김 숨 장편소설
바느질하는 여자

초판 1쇄 발행 2015년 12월 2일
초판 5쇄 발행 2018년 8월 24일

지은이 김 숨
펴낸이 이광호
펴낸곳 ㈜**문학과지성사**
등록번호 제1993-000098호
주소 04034 서울 마포구 잔다리로7길 18 (서교동 377-20)
전화 02)338-7224
팩스 02)323-4180 (편집) 02)338-7221 (영업)
전자우편 moonji@moonji.com
홈페이지 www.moonji.com

ⓒ 김 숨, 2015. Printed in Seoul, Korea

ISBN 978-89-320-2805-7 03810

이 도서의 국립중앙도서관 출판예정도서목록(CIP)은 서지정보유통지원시스템 홈페이지
(http://seoji.nl.go.kr)와 국가자료공동목록시스템(http://www.nl.go.kr/kolisnet)에서
이용하실 수 있습니다. (CIP제어번호: CIP2015032259)

마늘질 하는 여자

김숨 ┆ 장편소설

문학과지성사
2015

차례

바느질하는 여자

한 땀도 한 땀, 백 땀도 한 땀

어머니가 딸들을 서쪽 방으로 부른 것은 오후 느지막이였다. 저고리 앞섶 같은 마당을 시침질로 드뭇이 뜬 땀처럼 가로지르는 나일론 줄에는, 한 마 길이의 풀 먹인 모시가 여섯 장 게으르게 늘어져 있었다. 어쩌다 굼뜨게 뒤척이는 모시는, 깃들 육신을 기다리다 지친 영혼이었다. 모시영혼이었다. 오후가 기울도록 깃들 육신을 찾지 못한 모시영혼들은 꾸덕꾸덕 말라가고 있었다.

함석 대문 기둥에 맨 고무줄 한끝을, 작두날처럼 팽팽하도록 당겨 잡은 금택은 어머니가 자신들을 부르는 소리를 들었다. 예의 그렇듯 자갈돌이 혀를 누르고 있는 듯 구눌하게. 잠자리들이 금택의 종아리 높이에서 방향도 없이, 헛바느질을 하듯 날았다. 땅에서 한 뼘쯤 들린 함석 대문 밑에는 지칭개와 바랭이 같은 잡초가, 뜯긴 실밥이나 거칠게 지은 매듭처럼 지저분하게 돋아 있었다. 월계화계수수목단

금단토단일…… 금강산 찾아가자 일만 이천 봉…… 어머니가 부르는 소리를 듣지 못한 화순은 주문 같은 노래를 부르면서 고무줄 사이를 폴짝폴짝 뛰었다. 어머니가 자신들을 부르고 있다는 걸 화순은 번번이 금택을 통해서 알았다. 금택은 어머니가 언제 자신들을 부를지 몰랐기 때문에 서쪽 방을 향해 자신의 귀를 열어두었다. 나팔꽃처럼 활짝 열린 귀는 여간해서 오므려지는 법이 없었다. 어머니가 자신들을 좀처럼 부르지 않는데도.

짓이긴 금국화 같은 햇빛이 난하게 널린 쪽마루를 지나, 자매는 서쪽 방에 들었다.

누비대 앞 어머니의 입은 공그르기 처리한 숨구멍처럼 다물려 있었다. 누비대는 어머니가 누비질을 할 때 받침대로 쓰는 것으로, 광목천을 수차례 친친 둘러 감아 염을 끝낸 송장 같았다. 그 위에 먹구름처럼 떠다니는 것은, 달구어진 다리미나 인두로 옷감과 실을 다릴 때 난 자국이었다. 실들에 어머니는 초를 먹였다. 가래떡처럼 길고 흰 양초에 대고 실을 아래위로 당기고 밀기를 반복하면서 초를 먹였다. 초를 골고루 먹인 실을 어머니는 한지로 덮고 다리미로 다렸다. 다리미 열이 가해지면서 겉에 묻어 있던 초가 실에 막처럼 씌워졌다. 초를 먹은 실은 그렇지 않은 실보다 빳빳하고 질겨졌다.

다듬잇돌을 댓 개 합친 크기의 누비대 위에는 흰 저고리가 펼쳐져 있었다. 어머니가 한참 바늘땀을 떠 넣고 있는 저고리는 흡사 두루미 같았다. 물 댄 논을 거닐던 두루미가 날아들어 누비대 위에서 까무룩 잠든 것 같았다.

금택은 두려움이 깃든 눈으로 어머니의 눈치를 살피면서, 서쪽 방에 떠도는 냄새를 기민하게 맡았다. 말린 고사리나 취나물 같은 묵나물 냄새가 천들에서 나는 냄새라는 걸 금택은 알았다. 어머니의 뒤로 곤봉처럼 둘둘 만 옷감용 천들이 차곡차곡 탑을 이루고 있었다. 주로 명주와 광목과 무명으로, 비슷비슷해 보이지만 광택과 질감과 색깔에서 미미하고 미묘하지만 결정적인 차이가 났다. 같은 종류의 천이어도 그랬다.

한 흰색이어도 멥쌀 같은 흰색이 있고, 갓 지은 백미 같은 흰색이 있다는 것을 금택은 알았다. 배꽃 같은 흰색이, 달걀 껍데기 같은 흰색이, 두부 같은 흰색이 있다는 것을. 멥쌀 같은 흰색에는 옅은 밤빛이, 갓 지은 백미 같은 흰색에는 초겨울 새벽녘의 푸른빛이, 배꽃 같은 흰색에는 노란빛이 미미하게 감도는 연둣빛이, 달걀 껍데기 같은 흰색에는 탁하고 흐린 분홍빛이, 두부 같은 흰색에는 살굿빛에 가까운 노란빛이 감돌았다.

한 자색이어도 천 종류에 따라 그 색이 띠는 느낌과 분위기가 다르다는 것 또한 알았다. 금택은 그것을 어머니가 옷감용 천을 염색하는 과정을 지켜보다가 저절로 깨우쳤다. 양단이 띠는 자색은 광목이나 명주가 띠는 자색과는 사뭇 달랐다. 무명이 띠는 자색과도 달랐는데, 그보다 화사하지만 어쩐지 가벼웠다. 양단이 띠는 자색이 밭에서 금방 따 매끈한 윤기가 감도는 가짓빛이라면, 무명이 띠는 자색은 솥에서 한소끔 쪄 윤기가 걷힌 가짓빛이었다. 명주가 띠는 자색은 갓 피어난 가지꽃 색이지만, 광목이 띠는 자색은 시들해진 가지꽃 색이었다. 어머니는 자색을 화살나무 홑잎과 소목에서 얻었다. 그것들을 두어 시간 푹 끓여 우린 물에서 얻은 자색임에도 불구하고, 그것을 입은 천에 따라 그처럼 차이가 났다.

누비대 위 저고리에 금택의 눈길이 갔다. 저고리가 띠고 있는 흰색은 백미 같은 흰색으로, 옷감은 명주였다. 겨우 아홉 살이지만 금택은 양단, 명주, 광목, 무명, 삼베 정도는 구분할 줄 알았다. 비단이라고도 하는 명주는 광목이나 무명, 삼베와 다르게 들기름을 바른 절편처럼 윤기가 돌았다. 복숭아나 석류나 한자 복(福) 자 같은 문양이 수놓인 양단보다 은은하고 우아한 윤기가.

저고리에는 고구마줄기 폭 정도의 간격으로 반복해서 올이 튕겨져 있었다. 모든 천들이 씨실과 날실의 반복 교차로 짜였다는 것을 금택은 알았다. 올을 튕긴다는 것은, 씨실을 한 올씩 튕겨 '누빌 선'을 표시하는 것을 뜻했다. 민어 배에 슬쩍 낸 칼집처럼 가늘고 창백하지만 명료한 누빌 선들을 어머니는 일일이 바늘땀으로 채웠다.

누빌 선을 따라 뚜벅뚜벅 발자국을 찍듯 떠 나간 바늘땀들이 앞다투어 떠올랐다. 폭은 물론 간격을 숨 막히도록 일정하게 맞추어 뜬 바늘땀들이었다. 바늘땀들은 고작 땀구멍만 했다. 간격 또한.

흰 명주실로 뜬 바늘땀들은 저고리 옷감의 흰색에 묻혀 금방 눈에 띄지는 않았지만, 일단 눈에 띄면 홀리듯 사로잡았다. 바늘땀들이 어째서 눈에 띄지 않는 듯 띄는 것인지, 숨어 있는 듯 숨어 있지 않는 것인지 금택은 그 이유를 알았다. 그것은 바늘땀들이 누빌 선을 따라 한 줄로, 영근 옥수수 알보다 촘촘하고 질서 있게 모여 있기 때문이다. 하나의 바늘땀은 앞뒤로 이어지는 바늘땀들에 묻히면서도, 그 바늘땀들 때문에 도드라졌다.

세 뼘 길이의 누빌 선에 떠 넣은 바늘땀의 개수를 금택은 헤아려

본 적 있는데, 전부 149개였다. 다 세고 났을 때 금택은 바늘땀 1개가 바늘땀 148개를 위해 존재하는 동시에, 바늘땀 148개가 바늘땀 1개를 위해 존재한다는 것을 깨달았다. 하나의 바늘땀이 수십 수백 개의 바늘땀을 위해 존재하는 동시에, 수십 수백 개의 바늘땀이 하나의 바늘땀을 위해 존재한다는 것을. 바늘땀들은 행렬하는 개미들처럼 떨어져 있으면서도 서로 긴밀하게 연결되어 있었던 것이다. 어머니는 바늘에 실을 한 가닥 꿰면 매듭지을 여분 정도만 남을 때까지 그것을 끊지 않고 연속해서 바늘땀을 떴다. 실이 어쩌다 꼬이거나 끊어지지 않는 한은. 실 길이는 보통 어머니의 머리카락 길이와 비슷하거나 그보다 길었다. 가르마를 타 쪽을 찐 어머니의 머리카락은 풀어 헤치면 등허리를 덮었다. 수십 수백 개의 바늘땀은 그러므로 한 가닥의 실로 뜬 것들로, 하나의 바늘땀이기도 했다.

낮에 우연히 목격한 장면 때문인지, 흰 명주실로 뜬 바늘땀들이 금택은 생쌀 같기도 했다.

그날 낮에 금택은 어머니가 부엌에 드는 것을, 쌀 항아리에서 생쌀을 집어 입으로 가져가는 것을 훔쳐보았다. 부엌 문짝은 판판하고 길쭉한 나무판을 여러 장 붙여서 짠 것으로, 나무판들이 뒤틀리고 벌어져 그 새로 부엌 안이 들여다보였다. 종일 어둑하니 한기가 감도는 부엌에서 생쌀을 먹는 어머니의 모습은 소름 끼치도록 섬뜩한 데가 있었다. 어머니는 생쌀을 한 움큼 손에 쥐고 입으로 한두 톨씩 흘려 넣었다. 씹는 듯 마는 듯 생쌀을 삼키는 것을 목격해서인지, 어머니가 낮에 먹은 생쌀을 고스란히 토해 누빌 선 위에 줄지어 늘어놓은 것 같았다.

습한 바람이 능글스러운 구렁이처럼 기척 없이 서쪽 방 문지방을 타고 넘어왔다. 금택과 화순의 발가락을 간질이고 누비대를 타고 올랐다. 누비대 위 저고리가 참았던 숨을 깊이 들이쉬고 내쉬듯 들썩였다. 저고리가 숨을 들이쉴 때 바늘땀들이 일제히 숨구멍이 되어 오소소 일어나는 것을 금택은 유심히 지켜보았다. 한껏 들이쉰 숨을 도로 토할 때 바늘땀들이 차분히 가라앉는 것을.

누비 바늘

어머니가 누비대 옆 소반에서 오방색 바늘방석을 집어 들었다. 피나무로 짠 사각의 붉은 소반 위에는 옷을 짓는 데 필요한 도구들이 진열되어 있었다. 홍두깨처럼 생긴 밀대들, 대나무 자와 앵두나무 자와 줄자, 옷감을 자를 때 쓰는 무쇠 가위, 상아색 뼈인두, 흰 양초 등이.

오방색 바늘방석에는 바늘이 아홉 개 곤충의 촉수처럼 꽂혀 있었다. 어머니가 하나를 뽑아 들더니 세상에 단 하나 남은 바늘인 듯 금택에게 내밀었다.

"받으렴."

어머니가 고개를 끄덕여 보였지만, 금택은 얼른 받아 들지 못하고 망설였다. 입속에 고이는 침을 삼키면서 치맛자락을 그러잡는 금택의 손바닥에 땀이 고였다. 금택은 화순이 호기심 어린 눈으로 자신을 지켜보는 것을 느꼈다. 자신이 얼마나 바늘을 갖고 싶어 했는지 금택은 화순에게 절대로 들키고 싶지 않았다.

"누비 바늘이야. 누비질을 할 때 쓰는 바늘이지."

어머니가 누비대 위에서 하는 바느질이 누비질이라는 것을, 누비질로 짓는 옷들을 누비옷이라고 한다는 것을, 어머니가 올을 튕겨 표시한 누빌 선들을 따라 한참 바늘땀을 떠 넣고 있는 저고리가 누비저고리라는 것을 자매는 알고 있었다.

금택의 손이 들리더니 바늘을 향해 엄지와 검지를 벙긋 벌렸다.

방금까지 어머니의 손에 들려 있던 바늘은 어느 결에 금택의 손에 들려 있었다. 자귀나무 꽃술만큼 가는 데다 무게가 전혀 느껴지지 않아서인지, 바늘이 어머니의 손을 떠나 자신의 손에 들려 있다는 사실이 금택은 믿기지 않았다. 도무지 믿기지 않으면서도 바늘을 놓칠까 두려웠고, 그것을 잡은 손가락에 저절로 힘이 들어갔다.

"잃어버리기 쉬운 물건이야."

어머니는 딸들이 아니라 스스로에게 이르듯 중얼거렸다. 금택은 그 말을 바늘을 잃어버리지 말라는 뜻으로 들었다. 어머니의 마르고 핏기 없는 얼굴에 그 어떤 낯선 표정이 번개처럼 지나갔다. 어머니는 표정이 거의 변하지 않는 사람이었다. 만개한 해당화를 말끄러미 바라볼 때도, 달고 시원한 뭇국을 묵묵히 떠먹을 때도, 쪽마루에 나와 고개를 외로 틀고 소슬바람을 쐴 때도, 누비대 앞에 바투 앉아 바늘땀을 떠 넣을 때도, 어머니의 얼굴에는 바위에 새긴 것 같은 절대적이고 독보적인 표정이 어려 있었다. 장독대에서 쇠공처럼 얼어 죽어 있던 콩새를 발견했을 때도.

금택이 어머니의 얼굴을 조심스럽게 살피는 동안, 눈가장에 매달린 화순의 눈동자는 바늘을 잡은 금택의 손가락을 집요하게 바라보

았다. 화순에게 그 진동이 감지될 만큼 바늘을 잡은 금택의 손가락
은 심하게 떨렸다. 바늘을 잡은 금택의 손이 화순은 이상하게 낯설
었다. 금택의 손이 아닌 것 같았다. 한 소쿠리나 되는 쪽마늘을 묵묵
히 까던 손이, 상추 이파리에 붙은 민달팽이를 아무렇지 않게 떼어
내던 손이, 빨랫돌에 대고 걸레를 치대던 손이, 석회를 고르듯 목화
솜을 헤집고 목화씨 조각을 골라내던 그 손이. 새로 누비옷을 지을
때마다 어머니는 자매에게 한 뭉치의 목화솜을 주고 이물질을 골라
내는 일을 시키고는 했다. 목화솜을 헤집고 잔멸치 눈알만 한 목화
씨 조각과 티 따위 이물질을 골라내는 일은 쪽마늘을 까는 일만큼이
나 더디고 지루했다. 왜소한 편인 체구에 비해 금택은 손이 큰 편으
로, 손등에 두툼하게 살이 올라 있었다.

어머니가 오방색 바늘방석에서 바늘을 또 하나 뽑더니, 그것 또한
세상에 단 하나 남은 바늘인 듯 화순에게 내밀었다.

"받으렴."

화순 역시 망설였다. 금택과는 다른 이유에서였는데, 어머니가 자
신에게 건네는 바늘이 조금 전 금택에게 건넨 바늘과 같은 누비 바늘
이어서였다. 같은 바늘인 것이 화순은 싫었다. 그것이 무엇이든 어
머니가 늘 자신들에게 공평하게 나누어 준다는 것을 잘 알면서도.
어머니는 금택에게 복숭아를 한 알 주면, 화순에게도 한 알 주었다.
금택에게 신발을 한 켤레 사주면 화순에게도 한 켤레 사주었다. 팥
죽을 떠줄 때 새알심 개수까지 맞추었다. 딸들에게 어머니가 공평하
지 않았던 적은 없었다.

생각해보면 화순은 어머니가 공평한 것이 오히려 불공평하게 느

껴졌다. 금택에게 주는 복숭아보다 자신에게 주는 복숭아가 더 불그스름하고 달아야 한다고, 그래야 정말로 공평한 것이라고 생각하고는 했다. 마찬가지로 어머니가 자신들에게 같은 바늘을 건넨 것 또한 불공평하게 생각되었다. 화순은 어머니가 자신에게는 누비 바늘이 아닌 다른 바늘을 건네기를 기대했다. 누비 바늘보다 더 크고 굵은 바늘을. 더구나 누비 바늘은 어머니가 가지고 있는 바늘들뿐만 아니라 화순이 그때껏 보았던 그 어떤 바늘들보다 작고 가늘었다. 어머니에게는 누비 바늘이 아닌 다른 바늘도 있었다. 오방색 바늘방석에 꽂힌 아홉 개의 바늘 중에는 길이가 누비 바늘의 두 배쯤 되는 바늘도, 세 배쯤 되는 바늘도 있었다. 누비 바늘이 어머니가 주로 쓰는 바늘이라는 것은, 어머니가 그 바늘로 동태 알보다 많은 바늘땀을 떠 넣어 옷을 짓는다는 것은 화순에게 아무 의미가 없었다.

금택이 바늘을 놓친 것은, 화순이 바늘을 잡는 순간과 거의 동시였다. 금택의 맞물린 두 손가락 끝에서 바늘이 달아나는 순간, 화순의 두 손가락이 새의 부리처럼 맞물리면서 낚아채듯 바늘을 잡았다.

당황한 금택은 달아난 바늘을 집으려고 방바닥을 더듬었다. 들기름 먹인 한지 장판지를 발라 방바닥이 미끄러운 데다, 손가락 끝이 뭉툭한 편이라 바늘은 잘 집히지 않았다. 번번이 금택의 손에서 달아났다. 스무 번쯤 허탕을 치고 나서야 금택은 마침내 바늘을 집어 들었다.

달아난 바늘을 금택이 다시 손에 넣을 때까지 인내심을 가지고 묵묵히 지켜보던 어머니는 천 조각을 한 장씩 딸들 앞에 놓아주었다. 산비둘기의 찢긴 날개 같은 천 조각은 광목으로, 마 껍질에 도는 투박하고 거친 빛깔을 띠고 있었다. 흰 무명실 뭉치도 하나씩 공평하게 나누어 준 뒤 어머니는 바늘방석에서 바늘을 뽑아 들었다. 그 바늘 역시 누비 바늘이었다.

원손에는 누비 바늘을, 오른손에는 무명실 가닥을 든 어머니를 자매는 조용히 지켜보았다. 부드럽게 두 손을 놀려 누비 바늘의 귀에 무명실을 꿰는 것을. 한 가닥이던 무명실이 바늘귀에 걸려 양 갈래로 나누어지는 것을. 어머니는 한쪽이 다른 쪽보다 세 배쯤 길게 늘어질 때까지 무명실을 잡아당겼다. 바늘 끝이 천장을 똑바로 향하게 들더니, 바늘을 잡은 손 엄지손가락으로 무명실의 긴 쪽 끝을 바늘 몸통에 대고 눌러 잡았다. 바늘 몸통에 무명실을 세 차례 친친 감고는, 그 감은 부분을 밑으로 쭉 끌어내렸다.

"매듭을 짓는 거란다."

실 끝에 감쪽같이 매듭이 지어져 있었다. 어머니는 딸들에게 나누어 준 광목 조각보다 작은 광목 조각을 찾아 집어 들고는 바늘땀을 떠 나가기 시작했다.

바늘을 잡은 어머니의 손에 눈 초점을 집중한 금택의 눈꺼풀이 파르르 떨렸다. 자매가 그렇게 가까이에서 어머니가 바느질하는 것을 지켜보는 것은 처음이었다. 어머니는 평소처럼 누비대에 대고 바느질을 하지는 않았다. 허공에 대고 바느질을 했다. 원손에는 광목 조각을, 오른손에는 바늘을 들고 허공에서 바느질을 했다. 누비 바느질을 할 때 어머니는 누비대에 옷감을 단단히 고정시켰다. 어머니가 허공에서 뜨는 바늘땀은 누비대에 대고 뜨는 바늘땀보다 폭이 컸다. 누비대에 대고 뜨는 바늘땀의 세 배는 되는 바늘땀을 연달아, 마른 땅에 씨앗을 심듯 신중하게 떠 나갔다.

어머니는 손등을 덮도록 소매가 긴 무명 저고리를 입고 있었는데, 광목에 바늘을 찔러 넣을 때마다 소매 끝단이 슬쩍슬쩍 들렸고, 들린 새로 손등이 들여다보였다. 처음 받은 쌀뜨물이 아니라 두번째로 받은 쌀뜨물을 옷감 삼아 지은 것 같은 무명 저고리는 어머니가 손바느질로 지은 것이었다. 어머니는 쌀뜨물을 받을 때 세 번에 걸쳐서 받았다. 처음 받은 탁하고 거친 쌀뜨물은 토란 같은 것을 우리는 데 썼고, 쌀을 박박 문질러 받아 뿌옇게 우러난 두번째 쌀뜨물은 된장국이나 미역국이나 숭늉을 끓이는 데 썼고, 세번째로 받아 덜 뿌옇지만 맑스그레한 쌀뜨물은 무국이나 콩나물국 같은 맑은 국을 끓이는 데 썼다.

엄나무 순을 뜯는 것 같은 소리가 서쪽 방에 떠돌았다. 그것은 바늘땀을 뜨는 소리였다. 더디게 바늘땀을 뜨는 것 같은데, 순식간에 수십 땀이 광목 조각에 떠졌다. 텅 빈 허공에 대고 떴는데도 바늘땀들은 폭과 간격이 균일했다. 바늘땀들이 그리는 선들은 벼나 보리의 잎맥처럼 가지런했다.

"뜰 수 있겠지?"

매듭을 짓기 위해 어머니가 바늘을 길게 뽑아 올렸고 그 바람에 소매 끝단이 손목까지 흘러내렸다. 소매 끝단에 늘 비밀스럽게 가려져 있던 어머니의 손등이 탄로 나듯 드러나는 순간 금택은 움찔했다.

어머니로부터 받은 바늘과 무명실 뭉치와 광목 조각을 들고 자신들의 방으로 오자마자 화순이 금택에게 물었다.

"언니도 봤지?"

"……뭘?"

금택은 눈꺼풀을 내리뜨고 중얼거렸다.

"못 봤어?"

금택을 쳐다보는 화순의 눈이 가늘어졌다.

"……"

"언니도 봤잖아."

"못 봤어."

금택은 단호하게 고개를 저었다. 금택은 자신만 본 줄 알았다. 저고리 소매 끝단이 손목까지 흘러내려 손등이 드러나는 순간 금택이 움찔한 것은 흉터 때문이었다. 흡사 지네 같은 흉터가 어머니의 오른손 엄지와 검지 사이에 들러붙어 있었다. 땀구멍처럼 작은 바늘땀을 뜨는 어머니의 오른손 손등에 흉터가 있으리라고는 금택은 상상조차 못했다.

"바늘에 찔렸나?"

화순이 금택을 떠보듯 생글생글 웃으면서 중얼거렸다.

"바늘……?"

"못 봤다며?"

"못 봤어."

금택은 화순을 똑바로 쳐다보고 말했다. 거짓말이었지만, 이상하게 자신이 거짓말을 하고 있다는 자책이 전혀 들지 않았다.

"바늘에 찔린 게 틀림없어."

확신에 찬 화순의 말에 금택은 고개를 저었다. 흉터는 바늘에, 더구나 누비 바늘에 찔려 생긴 흉터치고는 너무나 뚜렷했다. 독 오른 탱자나무 가시라면 몰라도. 금택은 바늘에 찔린 적이 있었다. 누비 바늘보다 크고 굵은 바늘이었다. 피가 났지만, 바늘에 찔린 자국은 흉터를 남기지 않고 아물었다. 아홉 살인 금택은 흉터가 생기는 과정을 이해하고 있었다. 상처가 아물어 딱지가 지고, 그 딱지가 굳어 떨어진 자리에 훈장처럼 자리 잡는 것이 흉터였다.

며칠 전 서쪽 방 앞을 지나다 우연히 목격한 어머니의 행동이 새삼 의미를 띠고 금택의 머릿속에 떠올랐다. 어머니가 바느질을 하다 말고 왼손으로 오른손을 감쌌는데, 특별할 것 없는 그 행동을 금택은 더러 목격했다. 가만히 숨을 고르는 것 같은 그 행동이 어쩌면 흉터를 어루만지는 행동일지 모르겠다는 생각이 금택은 들었다.

어머니의 오른손 엄지와 검지 사이의 흉터를 생각하던 금택은 한 가지 중요한 사실을 깨달았다. 자신을 최초로 찌른 물건이 바늘이라는 걸. 칼이나 못이나 유리 조각이 아니라.

훔칠 수 있는 것과 훔칠 수 없는 것

서쪽 방 문지방과 쪽마루에 짓이긴 금국화처럼 널려 있던 햇빛은 어느새 까맣게 짓물렀다. 저녁 밥상에 올라온 국과 반찬들은 어머니가 누비옷을 짓는 데 쓰는 천들과 묘하게 닮았다. 들기름에 볶다가 쌀뜨물을 붓고 끓인 무국은 명주를, 된장에 무친 무청시래기나물은 광목을, 데쳐 조선간장에 무친 배추는 무명을 닮았다. 갓 지은 쌀밥에 미리 삶아 식혀둔 보리를 섞은 밥은 광목을.

어머니가 한 가지 천이 아니라 서너 가지 종류의 천으로 옷을 짓는
다는 것을, 천들마다 감촉과 광택과 분위기가 다르다는 것을 안 뒤
로, 금택에게는 천을 음식과 비교해 이해하는 버릇이 생겼다. 시래
기된장국은 광목을, 콩나물국이나 무밥은 무명을, 들기름을 발라 구
운 김이나 가지무침은 명주를, 계란찜이나 팥죽은 양단을 닮았다.
금택은 명주를 닮은 음식을 좋아했지만, 화순은 양단을 닮은 음식을
좋아했다. 어머니는 무명을 닮은 음식을. 어머니가 주로 밥상에 올
리는 반찬들은 무명이나 광목을 닮은 음식들이었다. 잡채나 조기찜
같은 양단을 닮은 음식들은 생일이나 명절에나 상에 올랐다.

어스름 속에서 설거지를 끝낸 어머니는 서쪽 방에 들었다. 서쪽 방
알전구가 켜지고, 어머니의 그림자가 미닫이문 창호지 위에 어른어
른 번졌다.

어머니가 왜 갑자기 자신들을 서쪽 방으로 불렀는지, 함부로 만지
지 못하게 하던 바늘을 하나씩 들려주었는지 금택은 알 것 같았다.
어머니는 딸들이 바늘을 함부로 만지지 못하게 했다. 옷감들과 실들
도 마찬가지였다.

닷새 전 금택은 어머니의 바늘을 훔쳤다.

작정하고 훔친 것은 아니었다. 걸레질을 하려고 서쪽 방에 들었다
가 방바닥에 떨어져 있는 바늘을 보았고, 바늘을 보는 순간 그것을
훔치고 싶은 충동에 사로잡혔다. 마침 서쪽 방에는 금택만 있었다.
어머니는 옷감에 먹일 풀을 쑤고 있었고, 화순은 마당에서 혼자 사
방치기 놀이를 하고 있었다. 금택은 얼른 바늘을 집어 자신의 검정
무명 치마 밑단에 찔러 넣었다.

스스로 찾아서 집안일을 돕는 금택은 종종 걸레를 들고 서쪽 방에 들었다. 옷감들과 바느질 도구들과 누비대를 건드리지 않으려고 조심하면서 걸레로 방바닥을 훔쳤다. 서쪽 방은 모든 게 질서 정연해 먼지 한 점 없을 것 같지만 막상 걸레질을 하면 옷감 먼지와 실 먼지, 실오라기가 묻어났다. 조마조마 걸레질을 하면서 옷감들과 누비대 위 어머니가 한참 바늘땀을 떠 넣고 있는 누비옷을 기민하게 살폈다. 반짇고리 같은 서쪽 방은 옷감용 천들과 실들과 바느질 도구들로 인해 무궁무진한 장소가 되었다. 마을 앞 신작로보다 긴 실 뭉치들과 마을 여자들이 치마저고리를 한 벌씩 해 입고도 남을 옷감들로 인해.

  금택의 온 신경은 하루 종일 서쪽 방에 쏠려 있었다. 호시탐탐 걸레를 들고 그곳에 들 기회를 엿보았다. 어머니가 알려주지 않는데도 어떤 옷을 짓고 있는지, 얼마나 지어졌는지 금택이 훤히 꿰고 있는 것은 그 때문이었다. 금택은 때때로 어머니가 떠 넣은 바늘땀의 개수를 세다 놀라곤 했다. 셀 때마다 느끼는 것이지만 바늘땀의 개수를 세는 것은 불가능하게 여겨졌다. 그만큼 어머니는 많은 바늘땀을 떠 넣었다.

  자신의 바늘이 하나 사라졌다는 걸 어머니가 아무래도 알아차린 것 같았다. 금택은 어머니가 모를 줄 알았다. 어머니는 바늘을 여러 개 가지고 있었다. 바늘방석에 꽂혀 있던 바늘만 해도 아홉 개나 되었다. 자신들에게 하나씩 나누어 주어서 일곱 개로 줄었지만.

  금택은 전부터 바늘을 하나 훔치고 싶었다. 서쪽 방에 들 때마다 훔치고 싶어 안달이 났다. 그러나 자신이 정말로 훔치고 싶어 하는 것이 바늘이 아니라는 걸, 훔치고 나서야 깨달았다. 실은 바늘이 아니라 바느질을 하는 어머니의 손이라는 걸, 쉼 없이 바늘땀을 떠 넣는 어머니의 손이라는 걸.

바늘은 마음만 먹으면 얼마든지 훔칠 수 있었지만, 어머니의 손은 그렇지 않았다.

자신이 정말로 훔치고 싶어 하는 것이 바늘이 아니라, 바느질을 하는 어머니의 손이라는 것을 깨달은 금택은 훔친 바늘을 서쪽 방에 되가져다 놓으려고 했지만 그럴 기회는 주어지지 않았다. 훔친 바늘을 금택은 그만 잃어버리고 말았다. 무명 치마 밑단에 찔러 넣은 바늘이 온데간데없었다. 금택은 뒤미처 자신이 어머니의 바늘을 훔쳤다는 자각과 함께 두려움이 밀려들었다. 자신이 어머니의 바늘을 훔쳤다는 사실보다 그것을 잃어버렸다는 사실이 더 두려웠다. 바늘이 얼마나 잃어버리기 쉬운 물건인지 금택은 그때 이미 깨달았다. 그날 오후 어머니가 누비 바늘을 건네면서 일러주기 전에.

금택은 어머니로부터 받은 바늘이 훔친 바늘만 같았다. 훔친 바늘이자, 잃어버린 바늘만. 잃어버린 바늘을 어머니가 챙겨두었다가 도로 자신에게 준 것 같았다. 잃어버린 바늘을 또다시 잃어버릴까 봐 금택은 겁이 났다.

밤마다 자매는 자궁 속 쌍둥이처럼 한 요 위에서 잠들었다. 그을음 같은 어둠이 이목구비를 뭉개놓아 자매의 얼굴은 닮아 보였다. 낮에 환한 햇빛 아래서는 딱히 닮은 구석이 없는 두 얼굴이었다. 화순은 그새 잠들었다. 자매는 함께 잠자리에 들었지만, 먼저 잠드는 쪽은 항상 화순이었다. 금택은 혼자 남겨진 듯한 고립감에 화순의 손을 슬쩍 움켜쥐었다 놓았다.

천장을 바라보고 누운 금택의 가슴 위에는 어머니로부터 받은 광목 조각이 놓여 있었다. 누비 바늘은 광목 조각에 고정되게 꽂혀 있었다. 바늘을 또다시 잃어버리면 어쩌나 하는 불안 때문에 금택은 잠들지 못했다.

서쪽 방에서 어머니가 바늘땀을 뜨는 소리가 들려오는 것 같았다. 서쪽 방과 자매가 쓰는 남쪽 방은 부엌을 가운데 두고 기역 자를 그리고 있었다. 깊은 밤 오줌이 마려워 깨어난 금택이 마루로 나왔을 때 서쪽 방 백열전구는 어김없이 불을 밝히고 있었다. 바느질을 하는 어머니의 그림자가 문창호지에 당귀꽃처럼 아슴아슴 번져 있었다. 잠에 취한 금택은 꿈인 듯 그림자를 바라보면서 사기요강 위에 앉았다. 청색 목단 무늬의 사기요강에 오줌 방울 떨어지는 소리가 그친 뒤에도 금택은 그림자를 바라보느라 우두커니 그 위에 앉아 있고는 했다. 마지못해 요강에서 엉덩이를 떼는 순간 마루는 삐걱 비명을 내질렀다. 장귀틀과 동귀틀이 들뜨고 뒤틀린 마루는 그렇게 비명을 내지르고는 했다.

가슴 위 광목 조각이 금택은 정말로 산비둘기의 찢긴 날개만 같았다. 자신이 잠들기를 기다려 바늘을 품고서 훌훌 날아가버릴 것 같았다. 뒷산 미루나무나 참나무 가지 위에서, 한쪽 날개를 잃고서 울고 있는 산비둘기를 찾아 날아가버릴 것만 같아 금택은 불안했다. 광목 조각이 날아가지 못하도록 금택은 바늘을 잠옷 앞섶에 겹쳐 꽂았다. 어머니가 지어준 잠옷 옷감은 한지처럼 얄따랗지만 누비 바늘이 워낙 작고 가늘어 겹쳐 꽂는 것이 수월하지 않았다. 대여섯 번 헛손질을 한 뒤에야 광목 조각과 잠옷 앞섶에 누비 바늘을 겹쳐 꽂을 수 있었다.

숨을 들이마실 때마다 누비 바늘 끝이 왼쪽 젖꼭지 근처를 찔러 왔다.

아침이 되어 금택을 깨운 것은 화순의 새된 비명 소리였다.

"죽은 줄 알았어."

화순의 흰자위에 푸른빛이 비명처럼 떠돌았다. 달고 깊은 잠을 자고 난 뒤면 화순의 흰자위는 산딸나무 꽃잎처럼 희었다.

금택은 심장에 가시가 박히는 것 같은 통증을 느끼면서 일어나 앉았다. 광목 조각에 번진 피를 보고서야 누비 바늘이 자신의 가슴을 찔렀다는 것을, 피를 흘렸다는 것을 깨달았다.

잠결에 금택은 뾰족한 것이 젖꼭지 근처를 찔러오는 것을 느낀 것도 같았다. 벌이나 송충이에 쏘인 것처럼 따끔거려 화들짝 놀라 깨어났지만 금방 도로 잠들었다.

"어머니한테 이르지 마."

화순에게 당부하고 나서야 금택은 젖꼭지 아래에 박혀 가늘게 떨고 있는 바늘을 빼냈다. 비명을 참느라 입을 꾹 다문 얼굴이 일그러졌다. 금택은 아픈 것보다 화순이 어머니에게 일러바칠까 봐 염려되었다. 바늘에 찔려 잠옷과 광목 조각이 젖도록 피를 흘린 사실을 어머니가 알면 자신에게서 바늘을 되가져갈 것 같았다.

피가 번진 광목 조각을 금택은 가만히 들여다보았다. 모란꽃이 한 송이 피어 있는 것 같았다. 모란꽃 한가운데 바늘이 꽃술처럼 박혀 떨고 있었다.

어머니에게서 받은 바늘이 가슴을 찔러오던 밤, 금택은 부령할매 꿈을 꾸었다. 꿈에 금택은 바느질을 하는 부령할매의 발밑에 머리를 두고 누워 있었다. 연해서 쪄 먹기에 좋은 호박잎 같은 옷감이 부령 할매의 앞에 펼쳐져 있었다.

오늘은 뭔 날이야? 금택이 물었다.

지렁이날이지. 부령할매가 말했다.

지렁이날도 있어?

메뚜기날도 있고, 개미날도 있고, 참새날도 있지.

지렁이날에 바느질을 해도 돼?

금택은 아무래도 쥐날이나 뱀날처럼 지렁이날에도 바느질을 해서 는 안 될 것 같았다. 부령할매는 죽은 사람이 입을 옷을 지었다. 죽은 사람 옷만 지었다.

지렁이날에 바느질을 해도 돼?

바늘땀 뜨는 소리만 들릴 뿐 아무 대답이 없어 금택은 뒤를 돌아다 보았다. 부령할매는 온데간데없고, 바늘땀을 뜨는 소리만 사라지지 않고 떠돌고 있었다.

부령할매는 바느질하는 여자였다. 죽은 사람의 옷을 짓는 그녀는 바느질하는 날을 가렸다. 날을 가리지 않고 바느질을 하는 어머니와 다르게. 생각해보니 어머니는 죽은 사람의 옷은 짓지 않았다. 어머 니는 산 사람의 옷만 지었다.

쥐날이나 뱀날이나 돼지날에 부령할매는 절대로 바느질을 하지 않았다. 쥐가 곡식을 축내는 날이라 쥐날에는 가위질을 해서는 안된다고 했다. 가위질뿐 아니라 칼질과 낫질 등 모든 써는 일을 해서는 안 된다고. 쥐가 땅을 잘 파므로 구멍 뚫는 일도 해서는 안 된다고. 뱀날에는 바느질뿐 아니라 빨래도 하지 않고, 땔나무를 집안에 들이지 않는다고 했다. 바느질을 하면 손가락이 아리는 돼지날에는 머리도 빗으면 안 되는데, 머리를 빗으면 풍증이 생기기 때문이라고 했다. 그녀는 모든 날을 그렇게 동물로 따졌다. 쥐, 뱀, 돼지, 원숭이 호랑이…… 동물들이 없으면, 날들도 없었다.

부령할매는 날뿐 아니라 낮과 밤도 가렸다. 밤에 그녀는 바느질을 하지 않았다. 밤에도 바느질을 하는 어머니와 다르게. 그녀는 어스름이 깔려오면 바느질하던 것을 주섬주섬 거두어 높은 곳에 올려놓았다. 금택의 손이 절대로 닿을 수 없을 만큼 높은 곳에. 마치 죽음이 얼마나 높은 곳에 있는 것인지 가르쳐주기라도 하듯. 죽음은 저녁 밥상에 오른 동태국보다도, 시래기된장무침보다도, 실치젓국보다도 높은 곳에 있었다. 실치젓국에 담갔다 꺼낸 놋수저를 핥는 부령할매의 혀보다도.

꿈에서 깨어난 뒤에도 부령할매가 바늘땀을 뜨는 소리는 사라지지 않고 떠돌았다. 금택이 가는 곳마다 따라와 떠돌았다. 마루에서도, 부엌 아궁이에서도, 찬장에서도, 장독대에서도, 간장 장독과 소금 장독에서도.

바닥이 들여다보이지 않는 우물 속에서도 부령할매의 바늘땀 뜨는 소리가 떠돌았다.

아침을 먹는 동안에도 부령할매의 바늘땀 뜨는 소리는 금택의 귓

속에서 떠돌았다.

금택은 서쪽 방 들창 밑으로 가 웅크리고 앉았다. 부령할매가 바늘땀을 뜨는 소리는 그곳까지 따라와 떠돌았다. 사절지 크기의 들창은, 구들장을 지고 누워 미음을 받아먹는 입처럼 조금 들려 있었다.

졸음이 몰려왔다. 들창으로 바늘땀 뜨는 소리가 들려왔다. 그것은 어머니가 누비대 위에서 바늘땀을 뜨는 소리였다.

부령할매가 바늘땀을 뜨는 소리와 어머니가 바늘땀을 뜨는 소리는 이중창이 되어 처마 밑에 떠돌았다.

그것은 죽은 사람의 옷을 짓는 소리와 산 사람의 옷을 짓는 소리가 어우러져 만드는, 생과 사의 이중창이기도 했다.

놓치지 않으려, 찔리지 않으려

누비 바늘의 귀는 흑임자보다 작았다. 금택은 아까부터 오른손에는 바늘을, 왼손에는 실을 들고 바늘귀에 눈 초점을 모으려 애썼다. 부챗살처럼 분산되던 눈 초점이 모아지는 순간 화순이 바늘귀로 쏙 들어와 앉는 착시가 일어났다. 금택은 눈 초점을 흐트러뜨려 화순을 바늘귀 밖으로 토했다.

바늘귀에 겨우 무명실을 꿰고 매듭까지 지은 금택은 막상 바늘땀을 뜨려니 망설여졌다. 자신들 앞에서 시범 삼아 바늘땀을 떠 보이던 어머니의 손이 떠오르지 않았다. 바늘을 어떻게 잡았는지조차 전혀 기억나지 않았다. 어머니가 바늘을 엄지와 검지 두 손가락으로만 잡았는지, 엄지와 검지와 중지 그렇게 세 손가락으로 잡았는지조차.

금택은 바늘을 두 손가락으로 잡아야 하는지 세 손가락으로 잡아야 하는지 혼란스러웠다. 바늘이 처음 대하는 물건처럼 신기하고 낯설었다.

누비대에 대고 바늘땀을 떠 넣을 때와 달랐다는 것만 분명하게 떠올랐다. 누비대에 대고 뜰 때는 '떠 올리듯' 바늘땀을 떴지만, 허공에 대고 뜰 때는 '잇듯' 떴다.

엄지와 검지와 중지, 세 손가락으로 어정쩡하게 바늘을 잡은 금택은 어떻게 하면 광목천 조각에 더 많은 바늘땀을 떠 넣을 수 있을지 고민되었다. 바늘과 광목 조각과 무명실 뭉치를 챙겨 들고 서쪽 방을 나서는 딸들에게 어머니는 바늘땀을 떠 넣어보라고 했다. 떠 넣을 수 있는 데까지 떠 넣어보라고.

첫 바늘땀을 어떻게, 어디에 떠 넣어야 할지 몰라 전전긍긍하는 금택과 다르게 화순은 망설임 없이 바늘땀을 떠 나갔다. 바느질을 하는 화순의 손놀림이 어린 여자아이의 손 같지 않게 야무지고 민첩해서 금택은 무척 놀랐다. 바늘을 어떻게 잡아야 하는지조차 몰라 머뭇거리는 동안 화순은 바늘을 잡자마자 실을 꿰고, 매듭을 짓고, 바늘땀을 떠 나갔다. 금택의 손가락이 짧고 뭉툭한 편인 반면에 화순의 손가락은 새로 깎은 연필처럼 날렵했다.

금택은 화순의 손이, 바늘을 잡은 손이, 바느질을 하는 손이 거슬렸다. 화순은 내키는 대로 바늘을 잡고, 내키는 대로 바늘땀을 뜨고 있었다.

금택은 내키는 대로 바늘을 잡을 수 없었다. 어머니가 잡는 방식으로 바늘을 잡아야 한다는 강박이 떨쳐지지 않았다. 그리고 무엇보다 바늘이 두려웠다. 바늘은 번번이 금택을 찔렀고 피를 흘리게 했다. 훔친 바늘은 물론이고 어머니로부터 받은 누비 바늘도 어김없었다. 지난밤 자신의 왼쪽 젖꼭지 아래를 찔러 웃옷 앞섶과 광목 조각을 피로 적신 누비 바늘이 금택은 심장에 박힌 것 같았다. 숨을 쉴 적마다 바늘 끝이 심장을 찌르는 것 같은 통증이 느껴졌다.

평소 금택은 두려움을 모르는 아이였다. 두려움을 잘 타는 쪽은 오히려 화순이었다. 뒷산 무덤들 앞을 지날 때면 화순은 두려워 떨면서 금택의 손을 꼭 잡았다. 그믐밤 앞마당에 홀연히 서 있는 엄나무를 보고 비명을 질렀다. 금택은 여간해서 놀라지 않았다. 마른벼락이 쳐도, 담배 밭을 지나다 뱀을 만나도 소처럼 눈만 껌벅이던 금택은 이상하게 바늘이 두려웠다.

금택은 화순의 손에 들린 광목 조각을 들여다보았다. 화순이 뜬 바늘땀들을 살폈다. 어머니가 허공에서 떠 보인 바늘땀보다 컸지만 고르고 일정했다. 금택은 바늘땀 개수를 셌다. 모두 열다섯 땀이었다. 바늘을 어떻게 잡아야 하는지 몰라 금택이 한 땀도 뜨지 못하는 동안 화순은 열다섯 땀이나 뜬 것이었다.

산비둘기의 찢긴 날개 같은 광목 조각에 바늘땀을 하나라도 더 떠 넣으려면 바늘땀이 작아야 할 것이었다. 작으면 작을수록 더 많은 바늘땀을 떠 넣을 수 있을 것이었다. 어머니가 누비대에 대고 뜨는 바늘땀처럼 촘촘해야 할 것이었다. 금택은 문득 어머니가 누비대에 대고 뜨는 바늘땀보다 더 작게 바늘땀을 뜨는 것이 가능한지 궁금했다. 땀구멍보다 더 작은 바늘땀을 연달아 반복해서 뜨는 것이.

어머니가 딸들에게 시범을 보인 바느질은 사실 단순했다. 한 땀 건너 한 땀, 또 한 땀 건너 한 땀, 또 한 땀 건너 한 땀…… 그렇게 반복해서 바늘땀을 뜨면 되었다. 그것은 감자 껍질을 벗기는 일보다, 쪽마늘을 까는 일보다, 조리로 쌀을 일어 돌을 고르는 일보다 단순했다.

금택은 바늘을 잡은 자신의 손이 도무지 어색했다. 쥐가 난 것처럼 손가락들이 뻣뻣하게 경직되고 부자연스럽게 느껴졌다. 바늘을 틀리게 잡은 것 같다는 생각을 떨치려 애쓰면서 광목 조각 오른쪽 귀퉁이에서부터 바늘땀을 떠 나갔다. 첫 땀을 뜨고 한참 뜸을 들이고 나서야 두번째 땀을 뜨기 위해 금택은 바늘을 대여섯 번이나 다시 잡았다. 마침내 한 땀 한 땀 더디지만 연속해서 떠 나가면서 금택은 바늘을 놓치지 않으려, 바늘에 찔리지 않으려고 애썼다. 바늘땀을 가능한 한 작게 뜨기 위해 한 땀 한 땀에 온 신경을 집중했다. 금택은 어머니가 누비대 위에서 뜨는 바늘땀만큼 작게 뜨고 싶었지만 크게 떠지는 데다 간격조차 고르지 않자 초조하고 조급해졌다. 어머니가 잡는 방식으로 바늘을 잡아야 한다는 강박이 있는 것처럼, 바늘땀을 작고 고르게 떠 넣어야 한다는 강박 또한 금택에게는 있었다.

금택이 광목 조각의 오른쪽 귀퉁이에서부터 왼쪽 귀퉁이까지 바늘땀으로 채워 나가는 동안, 화순은 광목 조각에 나비를 수놓았다. 금택이 뜬 바늘땀들이 직선을 그리는 동안 화순이 뜬 바늘땀들은 곡선을 그렸다.

거침없이 바늘땀을 떠 나가던 화순이 갑자기 광목 조각을 내던졌다.

"재미없어."

"그렇지만 어머니는 하루 종일 바느질을 하시는걸."

금택은 서쪽 방 쪽을 바라보았다. 미닫이문 한쪽이 열려 있어서 그 너머로, 누비대 앞에 붙어 앉아 있는 어머니가 들여다보였다.

"어머니는 바느질이 재미있나 보지."

어머니가 바느질에만 매달리는 것이 불만인 화순이 비아냥거렸다. 댓돌 위 신발을 꿰어 신더니 서쪽 방을 흘끔흘끔 살피면서 도둑고양이처럼 마당을 건너갔다. 함석 대문 열리는 소리에 어머니가 고개를 들었을 때 화순이 마당을 건너간 흔적은 눈부시도록 환한 햇빛에 지워지고 없었다.

문득 우물집에 어머니와 자신뿐이라는 생각이 들자 금택은 기분이 이상했다. 화순이 단순히 함석 대문 밖으로 사라진 것이 아니라 멀리 떠나버린 것 같았다. 혼자 남겨진 듯한 상실감과 함께 어머니 곁에 자신이 남게 되었다는 안도감 같은 것이 밀려들었다. 자신이 얼마나 어머니를 독차지하고 싶어 하는지를 깨닫고 금택은 무척이나 놀랐다. 자신이 어머니의 유일한 딸이었으면 하는 갈망이, 화순과 자매로서 뭐든 함께하고 싶은 갈망보다 크다는 것을 깨닫고.

금택은 비로소 며칠 전 자신이 했던 행동이 이해되었다. 그날 자매는 강가로 놀러 갔다. 마을에서 멀지 않은 곳에 강이 흘렀다. 강가에 널린 자갈돌은 뙤약볕을 받아 막 찐 감자처럼 뜨거웠다. 여자아이들은 자갈돌 위에 애기똥풀과 꾸덕꾸덕 마른 미꾸라지와 피라미를 전시하듯 늘어놓고 소꿉놀이를 하고 있었다. 황기처럼 비쩍 마르고 까맣게 그을린 여자아이들이 사금파리로 미꾸라지를 절단하는 것을 구경하던 금택은 아무 말 없이 혼자 우물집으로 돌아왔다. 마을 집집마다 밥 짓는 연기가 무명 실타래처럼 피어오르고, 다리미에 눌은 자국 같은 어스름이 내릴 즈음 화순은 우물집으로 돌아왔다. 말없이 혼자 가버린 것에 대해 금택에게 따지지 않았다.

두 개이면서 하나인 신발이나 젓가락처럼 자신들이 늘 함께여야 한다는 강박은 어쩌면 금택에게만 있는 것이었다. 그런 의미에서 상대의 존재를 더 의식하는 쪽은, 상대에게 더 의존하는 쪽은 화순이 아니라 금택이었다. 자매로서 화순이 금택에게 기대하고 요구하는 것은 그때그때 다르면서도 단순했지만, 금택의 경우는 한결같으면서도 복잡했다. 화순은 금택에게 요구하고 싶은 것이 생길 때마다 거침없이 요구했지만, 금택은 화순에게 한 번도 요구한 적이 없었다. 화순의 요구는 자신이 얼마든지 들어줄 수 있는 것이지만, 자신의 요구는 화순이 결코 들어줄 수 없는 것임을 잘 알기 때문이었다. 금택의 요구는, 화순의 요구를 넘어섰다. 고무줄놀이나 공기놀이 등을 할 때 놀이 상대가 되어줄 것을 바라는 화순의 요구와는 다른 차원의 요구였다. 그것은 요구보다는 욕망의 차원에 가까웠다.

더구나 금택은 일찌감치 바라서는 안 되는 것들이 있다는 것을 깨달았다. 예를 들자면 해나 달이 두 개였으면 하고 바라는 것이, 꽃이 시들지 않기를 바라는 것이, 바라서는 안 되는 것들이었다. 자신이 어머니의 유일한 딸이었으면 하고 바라는 것 역시 절대로 바라서는 안 되는 것이었고, 바라서는 안 되는 것을 바라고 있다는 자책은 죄의식이라는 불편한 감정을 불러왔다. 죄의식에도 불구하고 어머니를 독차지하고 싶은 욕망은 때때로 금택의 통제를 벗어나는 수준이었다. 금택이 어린아이 같지 않게 자기통제를 잘하는 편인데도 그랬다.

바느질하는 여자의 바늘

금택이 보기에 어머니가 바느질을 재미있어 하는 것 같지는 않았다. 오히려 바느질 때문에 스스로를 억누르는 것 같은 느낌을 받았다. 바느질을 하는 동안 어머니는 철저히 혼자였다. 호두 껍데기 같은 정적이 내내 어머니를 외피처럼 둘러싸고 있었다. 어머니는 한번 바늘을 잡으면 반나절이 훌쩍 지나도록 놓지 않았다. 한번 누비대 앞에 자리를 잡고 앉으면 바위처럼 꿈쩍하지 않았다. 바느질할 시간을 벌기 위해서인지 아니면 소화가 잘 안 되어서인지, 어머니는 아침과 저녁 그렇게 하루에 두 끼밖에 먹지 않았다. 고구마나 감자로 저녁을 대신할 때도 많았다. 해가 중천에 뜨면 금택과 화순은 알아서 점심을 챙겨 먹었다. 감자나 고구마, 보리, 때때로 시래기나 무를 섞어서 짓기는 했지만, 어머니는 밥을 넉넉히 지었다. 봄에는 쑥버무리를 한 소쿠리 쪘고, 겨울에는 감말랭이나 늙은 호박, 채 썬 무로 설기떡을 쪘다. 쑥과 밀가루를 버무려 찌는 쑥버무리는 무명천이었다. 감말랭이설기떡과 늙은호박설기떡은 국화나 구름 문양 양단이었다. 무를 종이처럼 얇게 썰어 쌀가루와 섞어 찌는 설기떡은 명주였다.

잠자는 시간까지 아껴가면서 바느질을 하는 어머니가 간혹 서쪽 방에서 나와 휘적휘적 뒷산에 들 때가 있었다. 한 식경쯤 뒷산을 헤매다 돌아온 어머니의 손에는 고사리나 머위, 개똥쑥, 돌미나리가 들려 있었다. 이름 모를 풀들이 잔뜩 들려 있기도 했다. 동굴 같은 부엌에서 생쌀을 먹는 모습도 그렇지만, 몽유병자처럼 뒷산에 드는 어머니의 모습은 금택을 오싹하게 하는 데가 있었다.

지난 늦봄, 바느질을 하다 말고 서쪽 방에서 나와 뒷산에 드는 어머니 뒤를 금택은 몰래 밟은 적이 있었다. 뒷산은 씀바귀와 머위, 개똥쑥, 민들레, 노란장대, 다래순이 지천이었다. 어머니는 골짜기를 따라 뒷산에 들었다. 날이 가물어 물이 말라버린 골짜기 양옆으로는 층층 돌밭이었다. 마을 사람들은 그 돌밭을 일구어 감자, 고구마, 옥수수, 깨, 도라지를 심었다. 감자를 캘 즈음이면 분홍빛이 도는 흰 깨꽃과 파란 도라지꽃이 어우러져 피었다.

몽고반점 같은 웅덩이를 만난 것은 골짜기 중간쯤이었다. 마을 사람들이 물길을 찾아 파놓은 웅덩이였다. 가문 날이 오래 이어지면 마을 사람들은 물길을 찾아 곡괭이로 골짜기 바닥을 찍어 구멍을 냈다. 구멍으로 뽀글뽀글 올라오는 흙탕물을 양동이로 퍼다가 밭에 뿌렸다.

웅덩이를 둘러싸고 잿빛 나방 떼가 어지럽게 날아다녔다. 물을 찾아 모여든 나방들이었다. 비등점에 다다른 물처럼 들끓는 나방들 속으로 어머니는 삼켜지듯 걸어 들어갔다. 금택이 따라 들어갔을 때 어머니는 사라지고 없었다. 어머니를 찾아 뒷산을 헤매다 집으로 돌아온 금택의 팔과 종아리와 얼굴은 가시덩굴 위를 구르다 온 듯 긁히고 뜯겨 있었다. 운동화는 오디 물이 까맣게 들어 있었다. 언제 돌아왔는지 어머니는 서쪽 방에서 바느질을 하고 있었다. 마루 한쪽에서는 어머니가 뒷산에서 뜯은 것이 분명한 쑥이 한 무더기 시들고 있었다.

"쑥이 다 시들었어요."

"열을 못 이겨서 그래."

"열이요?"

"품고 있는 열을 못 이겨서……"

금택은 며칠 전 어머니가 우물가에서 자신을 씻기면서 몸에 열이 많다고 했던 것이 떠올랐다. 뒤꼍 우물가는 탱자나무 울타리 덕분에 은밀해서, 어머니는 여름 내내 딸들을 그곳에서 씻겼다. 들쥐나 산새만이 알몸의 자매를 훔쳐보았다. 어머니는 깻잎처럼 생긴 까끌까끌한 천으로 딸들의 등과 엉덩이, 허벅지를 문질러 때를 벗겼다.

금택은 이글거리는 태양 아래 서 있으면 몸속에서 수십 개의 성냥이 한꺼번에 타오르는 것 같은 열기를 느꼈다. 두 손은 숯을 잔뜩 넣은 다리미처럼 달아올랐다. 금택의 손이 살짝 스치기만 해도 화순이 불에 덴 듯 질색할 만큼. 개나리나 산벚꽃 같은 연한 꽃들은 금택의 손에 닿으면 금세 시들었다. 샐비어나 맨드라미 같은 강렬한 꽃들도 버티지 못하고 시들어버렸다. 한나절도 못 나고 허망하게 시드는 여름 꽃들을 보면 금택은 자신의 탓만 같았다. 어머니가 건네는 누비 바늘을 받아 들 때도 금택의 손은 화끈거렸다. 금택은 자신도 쑥처럼 열을 못 이겨서 까맣게 짓물러버리면 어쩌나 싶었다.

마을 여자들은 어머니를 바느질하는 여자라고 불렀다. 어머니와 금택과 화순, 세 모녀가 사는 집을 우물집이라고 불렀다. 마을 여자들은 어머니가 바느질하는 모습을 보지 못했지만, 어머니가 바느질하는 여자라는 걸 알았다.

마을 여자들도 바느질을 했지만 어머니가 하는 바느질과는 달랐다. 어머니가 하는 바느질은 누비 바느질이었다. 마을 여자들은 밭

일을 하고, 돼지나 소를 먹이고, 고사리 같은 나물을 뜯으러 다니는 틈틈이 바느질을 했지만 어머니는 거의 온종일 바느질에 매달렸다. 마을 여자들이 밭에 마늘이나 콩이나 고구마를 심을 때, 어머니는 명주나 광목이나 무명 같은 천에 바늘땀을 심었다.

한 해의 첫날과 마지막 날에도, 1년 중 밤이 가장 긴 날에도, 천둥 번개가 요란하게 천지를 뒤흔들던 날에도, 마을의 동쪽을 혁대처럼 감싸고 도는 강물이 홍수가 져 넘치던 날에도, 요강 속 오줌이 구리 덩어리처럼 얼던 날에도 어머니는 바느질을 했다. 심지어 금택의 꿈속에서조차 어머니는 바느질을 했다. 꿈속에서 어머니는 때때로 바늘도 없이 바느질을 했다. 바늘도, 실도, 천도 없이 바느질을 했다.

마을 여자들이 쓰는 바늘과 어머니가 쓰는 바늘이 다르다는 걸 금택이 안 것은, 마을 여자아이의 집에 어쩌다 놀러 가서였다. 마루에 모여 다슬기를 먹는 여자들의 손에는 바늘이 들려 있었다. 여자들이 바늘로 다슬기 살을 빼 입으로 가져가는 걸 금택은 신기해하면서 바라보았다. 마을 여자들이 다슬기 살을 빼 먹는 데 쓰는 바늘은 어머니가 누비 바느질을 하는 데 쓰는 바늘의 두서너 배는 되었다. 그녀들의 손에 들린 것이 바늘이라는 것을 알 수 있을 만큼 컸다. 누비 바늘은 멀리서 보면 어머니의 손에 아무것도 들려 있지 않은 것 같은 착각이 들 만큼 작았다.

어머니는 바늘로는 바느질만 했다. 바늘을 다른 데 쓰지 않았다. 마을 여자들이 바늘로 빼 먹는 다슬기 살을 어머니는 탱자나무 가시로 빼먹었다.

딱 한 번 어머니가 바늘을 다른 데 쓴 적이 있었는데 금택이 체했을 때였다. 어머니에게서 누비옷을 지어 입는 여자가 가져온 편육을 먹고서. 돼지머리를 통째로 삶아 눈구멍과 코와 입과 귀가 엉기도록 눌러 만들었다는 편육은 양단이었다. 구름 문양 양단이었다. 구름 문양 양단은 씹는 느낌이 묘했는데, 씹을 때 뜯긴 실밥 같은 털이 혀를 찔러왔다. 바늘이 엄지손톱 아래를 찌르자 오디처럼 검은 피가 앵두처럼 맺히면서 금택의 얼굴에 서서히 핏기가 감돌았다.

바느질을 하는 여자라서인지 어린 금택의 눈에 어머니는 마을 여자들과 달랐다. 어머니는 늘 머리를 쪽 찌고, 쌀뜨물을 옷감 삼아 지은 것 같은 무명 저고리 차림이었다. 고름 대신 똑딱 단추를 단 저고리는 새 옷처럼 깨끗했지만 실은 오래된 것이었다. 날이 아무리 더워도 어머니의 머리와 옷매무새는 흐트러지지 않았다. 분을 바르지 않는데도 어머니의 얼굴은 설거지를 하고 마른 행주로 물기를 훔친 사기그릇처럼 깨끗했다. 촛불이 조용히 타오르고 있는 것 같은 형형한 눈빛은 저고리의 쌀뜨물 빛깔과 어우러져 고유하고 독보적인 분위기를 풍겼다.

가까이 다가가고 싶어도 멈칫 움츠러들게 하는 서늘하고 처연한 분위기가 귀기라는 걸, 금택은 지난봄 우물집을 찾은 여자들이 자기들끼리 수군거리는 소리를 듣고서 알았다. 어머니에게서 누비옷을 지어 입으려고 찾아온 여자들이었다. 여자들은 우물집 앞마당 돌담 아래에 핀 꽃들을 구경하면서 어머니에 대해 쑥덕거렸다. 마당 돌담 아래는 어머니가 뒷산에서 캐다 심은 한련화, 하늘매밥톱, 고들빼기 같은 봄꽃들로 꽃밭을 이루었다. 꽃들은 그 이름만큼 모양과 색깔이 천차만별인데도 완벽한 조화를 이루었다.

"여자가 귀기가 있네."

"얼굴에서 찬 서리가 날려."

"과부라지? 모름지기 여자가 재주가 승하면 팔자가 드센 법이야."

여자들이 목소리를 은밀하게 낮추고 나누는 이야기가 어머니에 대한 이야기라는 것을 금택은 눈치로 알았다. 금택과 눈이 마주친 여자가 뜨끔해하면서 화제를 꽃으로 돌렸다.

"어머나, 저게 뭔 꽃이래?"

여자들은 흰젖제비꽃을 둘러쌌다. 어머니가 뒷산 무덤가에서 캐와 돌담 밑에 심은 흰젖제비꽃은 누비저고리처럼 선연하도록 흰 꽃을 피웠다. 새끼손톱만 한 흰 꽃잎이 다섯 개 모여서 피는데, 선지 덩이 같은 목단화를 압도할 만한 선연함이었다.

여자들이 간 뒤 금택은 어머니에게 귀기에 대해 물었다. 옷감을 정리하면서 어머니는 귀기에 대해 알려주었다. 무덤가에 떠도는 기운이, 뒷산 저수지 물빛에 감도는 기운이, 죽은 나무에 서린 기운이 귀기라고. 여자들이 어째서 어머니에게 귀기가 있다고 수군거렸는지 금택은 그제야 이해되었다.

귀기는 어머니 자신뿐 아니라 어머니가 온종일 살다시피 하는 서쪽 방에도 감돌았다. 서쪽 방은 천장이 유난히 낮아 납작 엎드린 자라 형국이었다. 어머니는 천장을 떠받치듯 옹그리고 앉아 바느질을 했다. 오후가 되면 햇빛이 서쪽 방 깊숙이 비쳐들었다. 옷감과 실과 목화솜 먼지가 부유하듯 떠오르는 것도 그즈음이었다.

귀기는 어머니의 손이 닿는 물건들에도 깃들었다. 바늘과 실과 옷감들에도. 어머니가 누비 바느질을 해 짓는 누비옷들에도. 무국이나 고사리무침이나 배추전 같은, 어머니가 주로 밥상에 올리는 음식에도.

귀기는 심지어 어머니의 딸들인 금택과 화순에게도 깃들었다. 마을 여자들 눈에는 우물집 전체가 묘한 귀기를 풍겼다.

우물집의 바느질하는 여자에 대해 마을 여자들이 아는 것은 거의 없었다. 이태 전 어느 봄날 바느질하는 여자는 두 딸을 데리고 마을의 우물집에 들어와 살았다.

그날 마을 앞 신작로에는 온종일 무명흙먼지가 일었다. 한 필, 두 필, 세 필, 네 필, 다섯 필, 여섯 필…… 신작로를 따라 무명흙먼지가 끝도 없이 펼쳐졌다. 무명흙먼지 옷감으로는 어떤 옷도 지을 수 있었다. 나무들 옷도, 질경이나 민들레 옷도, 직행버스나 완행버스 옷도, 아이들 옷도, 방앗간 양철지붕 옷도, 떼 지어 날아다니는 참새들 옷도, 방향 없이 나뒹구는 돌멩이들 옷도, 내장이 터져 죽은 쥐 옷도…… 무명흙먼지 옷감으로 지은 옷은 아무나 입을 수 있었다. 무명흙먼지 옷감은 어머니만큼이나 공평했다. 빈부귀천을 따지지 않는 세상에서 가장 흔하고 공평한 옷감이었다. 마을 초입의 미루나무는 무명흙먼지 옷감으로 지은 적삼을 여러 장 겹겹이 껴입고 서 있었다.

신작로에 무명흙먼지만 이는 것은 아니었다. 투박하고 거친 광목흙먼지도, 빳빳하고 깔깔한 생명주흙먼지도, 짜임이 성기고 부드러운 갑사흙먼지도 일었다. 광목흙먼지가 이는 날이면 미루나무는 무명흙먼지 적삼을 벗고, 광목흙먼지 두루마기로 슬그머니 갈아입었다. 비 온 뒤면 돌멩이들은 풀기 덜 마른 무명흙먼지로 지은 옷으로 갈아입었다.

겨우내 오줌소태 난 듯 비가 자주 뿌린 덕분에 마을 뒷산은 고사리가 지천이었다. 뒷산은 겨우내 눈비가 잦으면 고사리가, 여름 장마가 길면 밤버섯이나 싸리버섯 같은 야생 버섯이 지천이었다. 마을 여자들은 고사리를 뜯고 뒷산을 내려오다 바느질하는 여자가 우물집에 이사 드는 것을 구경했다. 우물집 함석 대문 앞에 부려진 세간은 뻔했다. 이불 보따리, 옷 보따리, 옷감과 실과 바느질 도구 보따리, 한 소쿠리도 안 되는 그릇과 냄비 들, 석유풍로, 돼지 간 같은 고무 대야와 양은세숫대야가 고작이었다.

바느질하는 여자가 이사를 들기 전까지 우물집은 폐가나 다름없었다. 무릎 높이까지 웃자란 잡풀이 마당을 뒤덮고 있었다. 부엌 아궁이에서 눈도 안 뜬 새끼 쥐 다섯 마리가 울고 있었다. 거미줄이 서쪽 방 허공을 온통 덮고 있었다.

몇 날 며칠에 걸쳐 어머니는 우물집을 손보았다. 마당 잡풀을 뽑고, 허공에 대고 빗자루를 휘둘러 거미줄을 쓸었다. 방 문짝들을 떼어 창호지를 새로 바르고, 장독들을 씻어 말렸다. 아궁이를 떼 방들이 들끓게 했다. 금택과 화순은 걸레로 방들과 마루를 훔치고 다녔다. 훔쳐도, 훔쳐도 걸레에 먼지가 묻어났다. 우물집에 전기가 들어온 것은 이사를 든 지 보름이 지나서였다. 어머니는 읍내에서 사람을 불러다가 방들과 부엌에 백열전구를 달았다. 온기와 빛이 깃들면서 폐가의 을씨년스러운 분위기가 걷혔지만, 시골에서 살았던 경험이 없는 금택과 화순은 우물집이 무섭고 낯설었다.

월성댁

　우물집에 이사를 들기 전까지 자매는 복래한복에 딸린 단칸방에
서 살았다. 복래한복은 한복 거리로 불리는 골목에 자리한 한복집들
중 하나였다. 마을과 다르게, 한복 거리에는 바느질하는 여자들로
넘쳐났다. 복래한복에 살 때도 어머니는 누비 바느질로 옷을 지었
다. 복래한복 주인 여자는 어머니가 짓는 누비옷들을 자신의 단골들
에게 팔았고, 누비옷 값에서 일부를 떼어 어머니에게 품삯으로 주었
다. 누비저고리를, 누비치마를, 누비두루마기를 얼마에 팔았는지 그
녀는 어머니에게 철저히 비밀로 했다. 그녀도 바느질을 해 저고리와
치마와 두루마기 등을 지었지만 그녀가 하는 바느질은 누비 바느질
이 아니었다. 죽은 시어머니로부터 바느질을 배우고, 복래한복까지
물려받았다는 그녀는 누비 바느질이라면 질색을 했다.
　한복 거리에서 멀지 않은 곳에 항구가 있다고 했지만 자매는 바다
나 배는 구경조차 못했다. 거짓은 아닌 듯, 복래한복에 사는 동안 자
매는 갈치미역국을 심심치 않게 먹었다. 은빛 갈치 살점이 덩어리로
떠 있는 미역국은 양단이었다. 수(壽)나 복(福) 같은 한자 문양이 수놓
인 양단이었다. 갈치 비늘이 떠다니는데도 미역국 국물은 비리지 않
고 고소했다. 그곳을 떠나온 뒤로 자매는 갈치미역국을 먹어보지 못
했다. 복래한복을 떠나올 때까지 자매는 한복 거리를 벗어난 적이
없었다.

복래한복에서 바느질품을 팔 때도 어머니는 거의 온종일 바느질을 했다. 온갖 옷감용 천과 실이 넘쳐나던 복래한복 구석진 곳에 누비대를 놓고 누빌 선을 따라 묵묵히 바늘땀을 떴다. 우물집과 달리 복래한복집은 여자들로 들끓었다. 옷을 맞추려는 여자들이 옷감을 종류별로, 색깔별로 늘어놓고 웃고 떠들 때도 어머니는 혼자 묵묵히 바늘땀을 떴다.

복래한복에는 어머니 말고도 바느질품을 파는 여자가 있었다. 얼굴이 주먹만 하던 그 여자를 복래한복 주인 여자는 월성댁이라고 불렀다. 월성댁이 한나절이나 반나절 바느질품을 팔고 돌아가면 복래한복 주인 여자는 참았던 트림을 토하듯 그녀의 흉을 늘어놓았다. 주인 여자의 말에 따르면 월성댁은 바느질은 기가 막히게 하지만 정작 저고리나 두루마기 한 벌 제대로 짓지 못했다. 그녀는 그 이유가 머리가 안 따라주기 때문이라고 했다. 대구에서 일류 여고를 나왔다는 복래한복 주인 여자는 월성댁뿐 아니라 바느질하는 여자들의 변변치 못한 학력을 꼬투리 삼아 우쭐해하고는 했다. 한복 거리의 바느질하는 여자들 대개는 무학이었고, 많이 배웠다고 해도 기껏 중학교 졸업에서 그쳤다. 자신의 이름 석 자도 쓸 줄 모르는 까막눈도 더러 있었다.

"옷을 지으려면 기본 머리가 있어야 하거든. 주야장천 잠 안 자고, 밥 안 먹고, 똥 안 싸고 바느질만 한다고 옷이 지어지나? 당장 저고리를 지으려면 뺄셈 덧셈은 기본이고 곱하기 나누기 정도는 할 줄 알아야 가슴둘레며, 등 길이며, 화장이며, 치수를 재고 도안을 그리지…… 어디 그뿐이야? 진동, 고대, 겉깃 길이, 겉섶, 안섶, 깃 너비, 고름 너비…… 아주 골치가 아프다니까. 그 많은 치수를 정확히 재고 계산해서 도안을 그리려면 아무튼 기본 머리가 있어야 한다니까. 어디 옷 짓는 것뿐인가. 음식도 다를 게 없지. 아무리 손맛이라지만 머리가 있어야 해. 20년 세월이면 강산이 변해도 벌써 두 번은 넘게 변한 긴 세월인데 남이 시키는 바느질만 하고 저고리 한 벌 지을 줄 모르니, 그 좋은 바느질 솜씨를 타고 나고도 자기 한복집 하나 못 냈지. 머리가 안 따라주니 날품팔이 하듯 바느질품이나 팔아먹고 살아야지 어쩌겠어? 성격은 또 오죽 순해 터졌어? 토끼띠 아니랄까 봐 이래도 흥, 저래도 흥이니. 사람이 너무 똘똘해도 못쓰지만, 지나치게 순해 터져도 사는 게 고달퍼. 우리 돌아가신 시어머니가 그렇게나 붙들어 앉혀놓고 옷 짓는 법을 가르치려고 애를 쓰셨다지. 며느리로 삼으려고 말이야. 월성댁을 보자마자 며느리로 점찍으셨다지. 화낼 줄 모르지, 남 의심할 줄 모르지, 욕심 부릴 줄 모르지…… 당신 말이라면 무조건 순종하니 오죽 눈에 들었을까. 아무리 붙들어 앉혀놓고 가르쳐도 안 되니까 두 손 두 발 다 드셨다지. 덧셈 뺄셈은 그럭저럭 해도, 곱셈 나눗셈은 죽어도 안 되는 머리를 시어머니가 어쩌겠어. 살아생전 관음보살님으로 불리던 우리 시어머니가 알고 보면 칼 같은 데가 있거든. 당신 며느리로는 들이지 않았지만 살아생전 월성댁을 당신 속으로 난 딸처럼 챙겼지. 며느리인 나보다 챙기셨으니까. 눈감을 때까지 며느리인 나보다 월성댁을 챙겼지. 한식에 죽나 청명에 죽나 매한가지라면서 극락왕생으로나 가게 해달라고 혀가 닳도록 빌면서 자리보전하고 누워 계실 때 병풍 자수 놓는 자수장이 복숭아를 가져다준 적이 있지. 복숭아가 어찌나 탐스러운지 십장생 병풍에서 따온 천도(天桃) 같았다니까. 우리 시어머니하고 형님아우로 지내던 그 자수장이도 십장생 병풍만 수놓았는데, 천도를 꼭 넣었지. 해, 산, 물, 돌, 구름, 소나무, 불로초, 거북, 학, 사슴 그렇게 열 가지 장생물(長生物)에 불로의 과일인 천도를 더 추가했지. 천도가 뭐야…… 3천 년에 한 번 열매를 맺고, 먹으면 3천 년을 산다는 복숭아 아니야? 천도 하나를 먹으면 1만 8천 년을 살 수 있다니 불로의 과일이지 뭐야. 시어머니가 그 좋아하는 복숭아를 당신이 드시지 않고 머리맡에 고이 아껴두셨다가 월성댁 손에 쥐여주는 걸 내가 봤지 뭐야. 밤낮으로 당신 병수발 드는 날 제쳐두고 월성댁 손에 쥐여주더라니까. 죽으면 제사상 차려줄 며느리인 날 제쳐두고. 어찌나 서운하던지 시어머니 드리려고 기껏 쑨 전복죽을 하수구에 쏟았지 뭐야. 천벌 받을 일인 줄 알면서도 그랬지 뭐야. 월성댁 손에 복숭아 쥐여주는 걸 보는 순간 정이 뚝 떨어져서는 돌아가셨을 때 눈물한 방울 안 나더라니까. 쇠심줄보다 질긴 게 미운 정 고운 정인데, 어떻게 그렇게 만정이 뚝 떨어질 수 있을까. 가위로 싹둑 도려낸 것처럼 뚝 떨어질 수 있을까. 남들은 시어머니가 며느리인 나를 끔찍하게 위한다고, 당신 아들보다 더 위한다고, 세상천지 우리 시어머니처럼 경우 바르고 공명정대한 시어머니는 둘도 없을 거라고들 떠들어대지만, 몰라서 하는 소리야. 며느리인 내게 속 깊은 정은 정작 주지 않으셨지. 월성댁이 머리가 조금만 있었어도 복래한복 여주인 자리를 꿰찼을 텐데…… 따지고 보면 월성댁도 안됐지. 낮에는 죽어라 바느질품 팔고, 밤에는 월남서 두 다리 잃고 돌아온 서방 병수발 드느라 날밤을 꼴딱 세운다니…… 서방이 밤새 월남에 두고 온 다리를 주무르라고 잠도 안 자고 볶아댄다지. 들깨 볶듯 볶아댄다지. 그래 서인지 바느질하다 말고 병든 닭처럼 졸더라구…… 바느질 솜씨가 예전만큼 야무지지가 못해."

복래한복 옛 주인이 원래는 월성댁을 며느리로 들이려 했다는 것 은, 한복 거리의 여자들이 다 아는 사실이었다. 여자들은 복래한복 주인 여자가 며느리 자리를 꿰찬 것으로 부족해, 월성댁을 부당하게 부려먹는다고 수군거렸다. 월성댁의 손을 제 손처럼 마음대로 부리 면서 품삯은 제대로 쳐주지 않는다고. 자신은 마나님처럼 한복 곱게 차려입고 게으르게 가게나 지키고 앉아 있고, 바느질은 정작 월성댁 이 다 한다고 했다. 복래한복 주인 여자가 아니었으면, 월성댁을 며 느리로 들였을 거라고 말하는 이들도 있었다. 그렇게 말하는 이들 은 굴러들어온 돌이 박힌 돌을 빼낸 격이라면서, 복래한복 주인 여 자가 남편 때문에 내내 속을 끓이고 사는 것을 응당한 죗값으로 치부 했다. 어린 금택의 눈에는 그녀의 하루하루도 월성댁 못지않게 고달 프고 팍팍해 보였다. 그녀가 한복을 곱게 차려입고 한가롭게 가게나 지키는 것 같지만, 도박에 취미를 들인 남편 때문에 얼마나 속을 끓 이는지 알기 때문이었다. 삼대독자로 자라 자신밖에 모르는 데다 도 박에 빠져 사는 남편 때문에 속이 상할 때면 그녀는 바느질을 하다 가도 허공을 향해 고개를 쳐들고 죽은 시어머니를 원망했다. 여섯이나 되는 딸들을 제쳐두고 며느리인 자신에게 바느질 솜씨를 물려준 시 어머니를 향해 저주를 퍼붓는 모습을 금택은 심심찮게 보았다. 저주 는 어느 순간 애원하는 소리로 바뀌었고, 금택은 그녀가 남편이 아 니라 죽은 시어머니를 붙들고 사는 것 같다는 착각이 들곤 했다. 저주와 애원을 한바탕 퍼붓고 나면 허기가 지는지 함지박 가득 밀가루 반죽을 개어 파전을 부치거나, 열 사람은 먹고도 남을 만큼 국수를 삶았다. 복래한복의 돈은 화투장을 달고 사는 남편의 손끝에서만이 아니라, 손이 크고 '남 퍼 먹이기 좋아하는' 주인 여자의 손끝에서도 그렇게 새고 있었다. 월성댁의 바느질 품삯을 하루 이틀 밀릴 만큼. 남편이 도박으로 모자라 보증을 잘못 서는 바람에 복래한복이 통째로 경매로 넘어가면서 어머니는 그곳을 떠나야 했다. 복래한복에서 일하는 동안 어머니의 누비 바느질 솜씨는 입소문을 타고 한복 골목에 퍼졌다. 우물집까지 누비옷을 지으러 찾아오는 여자들은 그때 어머니와 인연이 닿은 여자들이었다.

복래한복 주인 여자와 월성댁의 애매모호한 인연을 떠올릴 때마다 금택은 자신과 화순의 인연이 비교되어 떠올랐다. 그 두 여자의 인연이 자매인 자신과 화순의 인연과 어쩐지 비슷하다는 생각이 들었다. 겉으로는 더할 수 없이 공평했지만 속으로는 공평하지 않았던, 천도처럼 탐스러운 복숭아를 먹지 않고 아껴두었다가 몰래 챙겨줄 만큼 월성댁을 마음에 들어 하면서도 며느리로는 들이지 않았던, 복래한복의 죽은 옛 주인이 자신들의 어머니만 같았다.

월성댁과 마찬가지로 바느질품을 팔았지만 복래한복 주인 여자는 어머니를 함부로 대하지 않았다. 금택은 그것이 어머니가 월성댁과 다르게 한 벌의 옷을 지을 줄 알기 때문이라고 생각했다. 곱셈 나눗셈을 할 줄 알기 때문이라고. 더구나 어머니는 누비옷을 지었다.

월성댁을 생각하면 금택은 저절로 떠오르는 장면이 있었다. 한복 거리를 떠나오던 해 겨울, 설을 며칠 앞두고서였다. 그날도 복래한복에서 온종일 바느질품을 팔고 돌아가는 월성댁을 어머니가 조용히 따라나섰다. 복래한복과 서울한복집만이 희미하게 불을 밝히고 있는 한복 거리를 비치적비치적 걸어가는 월성댁은 흡사 서리 맞은 옥수수 대 꼴이었다. 복래한복과 서울한복집은 한복 거리에서 가장 늦게 불이 꺼졌다. 덕장의 물메기처럼 겨우내 얼었다 풀리기를 반복한 길은 빙판이 져 숫돌 같았다. 진한복집 앞을 지나갈 즈음 어머니는 월성댁을 불러 세웠다. 둘둘 말아 조끼 안에 꼭 품고 있던 누비목도리를 꺼내더니, 저고리 깃 새로 휑하게 드러난 월성댁의 목에 둘러주었다.

"돌려주지 않으셔도 돼요."

어머니가 말했다.

당황한 월성댁의 무방비하게 벌어진 입에서 명주실 같은 입김이 새 나왔다. 그것이 누구의 목에도 두른 적 없는, 보름 가까이 밤잠을 줄여가면서 지은 새 누비목도리라는 것을 어머니는 월성댁에게 구구절절 설명하지 않았다.

"내가 이걸 받아도 되나……?"

누비목도리를 더 꼭 매지도 못하고, 그렇다고 풀지도 못하고 월성댁은 어쩔 줄 몰라 했다.

"그럼요."

어머니는 누비목도리가 원래부터 월성댁의 것이었던 듯 말했다.

"이를 어쩌나. 나는 아무것도 줄 게 없는데……"

"줄 게 없긴요. 많은 걸 주셨잖아요."

"내가? 내가 뭘……?"

"이미 많은 걸요."

"그러지 말고 팔아서······"

누비목도리를 풀려는 월성댁의 손을 어머니의 손이 가만히 눌렀다. 금택은 월성댁이 어머니에게 뭔가 주는 걸 본 적이 없었다. 그런데도 어머니는 그녀가 자신에게 이미 많은 걸 주었다고 말했다.

월성댁의 입에서 풀어져 나오는 명주실과 어머니의 입에서 풀어져 나오는 명주실이 허공에서 씨실과 날실처럼 교차했다. 배냇저고리를 한 벌 지을 분량의 명주가 짜질 때까지, 월성댁과 어머니는 그렇게 서로를 바라보고 서 있었다. 한복 거리에서 가장 늦게 불이 꺼진다는 서울한복집마저 어둠에 잠기고, 월성댁이 한복 거리 밖으로 무사히 사라질 때까지 어머니는 자리를 뜨지 않았다. 월성댁과 어머니가 입으로 명주실을 뽑아서 짠 명주는 그새 온데간데없었다.

금택은 절구질하듯 머리를 세차게 떨어뜨리면서 조는 월성댁의 손에 쥐여진 바늘을 어머니가 조심히 빼 드는 것을, 빼 든 바늘을 월성댁으로부터 멀찍이 떨어진 곳에 꽂아두는 것을, 목격한 적도 있었다. 월성댁이 바늘에 찔리기라도 할까 봐서 어머니는 그렇게 한 것이었다.

한복 거리를 떠날 때 월성댁은 가장 앞에 나와 어머니와 자매를 배웅했다. 평소 구석진 자리나 남 뒤에 숨듯 앉아 있는 그녀였다.

"우리 꼭 다시 만나세."

그녀는 자신의 두 손으로 어머니의 두 손을 붙들고 말했다. 따뜻한 봄날인데도 목에 누비목도리를 두르고.

"우리 꼭 다시 만나세."

다시는 못 만나리라는 걸 알고 있는 듯 월성댁은 눈물을 글썽이면서 몇 번이나 그렇게 말했다. 간수처럼 짠 눈물이 누비목도리로 떨어져 얼룩이라도 질까 봐 걱정되는 듯 소맷자락으로 눈가를 훔치면서.

이미 많은 것을 주었다는 어머니의 말은 금택에게 깊은 인상을 남겼다. 월성댁이 어머니에게 도대체 무엇을 주었는지 떠올리려 했지만 아무것도 떠오르지 않았다. 그녀가 어머니에게 뭔가를 챙겨주는 걸 본 기억이 없었다. 하지만 어머니의 말이 그저 빈말이 아니라는 생각이 들었다. 어머니가 다른 사람에게 그런 말을 하는 것을 금택은 들은 적이 없었다. 복래한복 주인 여자에게도 하지 않은 말이었다.

노랑나비를 보면 금택은 어머니가 월성댁의 목에 둘러준 누비목도리가 떠올랐다. 염소 발목처럼 앙상하던 그녀의 목에 둘러준 누비목도리가 수십 마리의 노랑나비로 흩어져 날아오르는 광경이 머릿속에 선연히 그려졌다. 사방으로 흩어진 노랑나비들 중 한 마리가 날아와 월성댁의 소식을 전하는 것 같았다. 그래서일까. 노랑나비가 눈앞에서 날아다닐 때면 동동구루무 냄새가 났다. 그것은 월성댁의 얼굴에서 나던 냄새였다.

십장생 활옷, 인간이 누릴 수 있는 복이란 복은 죄다

한복 거리를 떠나오던 날을 떠올릴 때마다 금택은 자신이 경험한 기이한 착시가 꿈처럼 되살아나 어깨를 떨었다. 한복 거리 초입에 자리한 아씨한복에는 1년 내내 십장생 활옷이 간판 대신 걸려 있었다. 홍시처럼 붉은 활옷 뒷길에는 연꽃과 봉황과 원앙을 비롯한 십장생인 해, 산, 물, 구름, 바위, 소나무, 학, 거북, 천도 등이 색색 비단실로 수놓아져 있었다. 황금색과 분홍색 비단실로 수를 놓은 연꽃들은 황홀하도록 환했는데, 차라리 타오르는 불꽃같았다. 서로 마주 보고 다정하게 날갯짓을 하고 있는 한 쌍의 원앙은 흰 비단실로 온몸을 수놓아, 달빛을 받은 설원보다 희었다. 피보다 붉은 벼슬과 물결 모양으로 휜 다섯 가닥의 꽁지깃이 인상적인 봉황은 모두 네 마리로 닭과 용을 합쳐놓은 것 같은, 다소 우스꽝스러운 모습이었다. 구름들은 연꽃들 사이를 떠다녔다. 산모 젖가슴 같은 살구색 천도는 하늘에서 열리는 열매라는 걸 일깨워주듯 가장 높은 곳에 수놓아져 있었다. 땅이 아니라 하늘에 뿌린 씨앗에서 비롯된 열매처럼. 연꽃들은 천도를 떠받치듯 그 아래로 줄줄이 피어 있었다. 뒷길 아랫부분에는 오색 무지개 같은 바위들이 층층이 솟아 있었다. 십장생 활옷 양 소매 끝단에도 연꽃과 봉황이 수놓아져 있었다.

아씨한복 여자가 십수 년에 걸쳐서 옷을 짓는 틈틈이 자수를 놓아 완성했다는 십장생 활옷은, 한복 거리에서 가장 오래되었다는 복래한복이나 정인한복집에도 없는 것이었다. 아씨한복 여자는 주로 옷을 지었지만, 자수도 놓을 줄 안다고 했다. 옷 짓는 바느질 솜씨보다 자수 놓는 솜씨가 낫다고도 했다. 심지어 그녀가 어떻게 자수를 놓는 여자가 아니라 옷을 짓는 여자가 되었는지 의아해하는 이들도 있었다.

한복 거리의 명물인 십장생 활옷을 아씨한복에서는 팔지 않았다. 옷을 지으려 한복 거리를 찾았다가, 십장생 활옷에 홀리듯 이끌려 아씨한복 안으로 발을 들여놓는 이들이 적지 않기 때문이었다. 금택과 화순도 아씨한복으로 달려가 십장생 활옷을 구경하고는 했다. 십장생 활옷은 무릎 높이 정도 허공에 떠 있어서, 마치 공작보다 화려하고 희귀한 새가 땅을 뿌리치고 날아오르는 형국이었다.

활옷이 평소에 입는 옷이 아니라 특별한 날에만, 여자가 시집갈 때 입는 옷이라는 것을 금택은 복래한복 주인 여자로부터 들어서 알았다. 여자가 평생 동안 입는 옷들 중 가장 화려한 옷이 활옷이라는 걸, 일평생 한 번밖에 못 입어보는 옷이 활옷이라는 걸, 그 옷을 평생 못 입어보는 여자도 있다는 걸.

"인간이 누릴 수 있는 온갖 복을 담은 옷이 활옷이지. 연꽃은 장수와 행운을, 봉황은 권위를, 원앙은 다정한 부부를, 십장생은 고귀하고 영원한 삶을 상징하니까……"

한복 거리를 떠나올 때 어머니는 딸딸이라고 부르는 트럭을 불렀다. 어머니와 화순과 금택을 조수석에 태운 트럭이 아씨한복 앞을 지나갈 때였다. 어머니와 운전사 사이에 껴 앉은 금택의 눈길은 저절로 십장생 활옷으로 향했다. 한복 거리를 떠나는 것이 서운해 내내 시무룩하던 금택은 비명을 내질렀다. 십장생 활옷 뒷길에 수를 놓은 색색 비단실들이 스멀스멀 풀어지고 있었다. 연꽃을 수놓은 황금색 비단실들이, 분홍색 비단실들이 한 올 한 올 아지랑이처럼 풀어져 증발하고 있었다. 바위를 수놓은 오색 비단실들도 풀어져 증발하고 있었다. 봉황의 꽁지깃을 수놓은 비단실들도 풀어지고 있었다. 금택은 방금 자신이 똑똑히 목격한 장면을 알리기 위해 어머니를 쳐다보았다. 어머니는 무명 저고리의, 오징어 뼈처럼 희고 빳빳한 동정을 단 깃 위로 목을 꼿꼿하게 세우고 지그시 눈을 감고 있었다. 힘줄이 도드라지도록 마른 어머니의 목은 대추나무 밑동 같았다. 잠든 것 같지 않았지만 금택은 차마 입이 떨어지지 않았다. 어머니의 두 눈을 뜨게 할 자신이 없었다. 조수석이 좁아 어머니의 무릎 위에 올라앉은 화순은 한복 거리 밖 세상이 궁금한 듯 눈을 동그랗게 뜨고 앞만 뚫어져라 응시하고 있었다. 금택이 망설이는 사이에 트럭은 아씨한복을 지나쳐 한복 거리를 벗어나고 있었다. 금택이 목을 비틀어 돌아다보았을 때 십장생 활옷 뒷길 전체에 수놓아져 있던 연꽃들과 십장생은 사라지고 없었다.

어머니가 눈을 뜬 것은 트럭이 한복 거리를 완전히 벗어나고 나서였다. 높은 건물들과 차들과 분주하게 걸어가는 사람들을 호기심 어린 눈으로 바라보던 화순은 그새 꾸벅꾸벅 졸고 있었다.

금택은 자신이 목격한 장면이 황당하면서도 너무나 생생해 헛것을 본 것이라고는 차마 의심을 못 했다. 십장생 활옷이 어떻게 되었는지 궁금한 생각이 들 때마다 한복 거리를 찾아가고 싶었다. 떠나온 뒤로 금택은 한복 거리에 다시 간 적이 없었다. 어머니는 딸들 앞에서 그곳 이야기를 꺼내지 않았다. 다시는 그곳으로 돌아갈 일이 없다는 듯. 점심때가 조금 못 되어 떠나와 날이 어둑해질 즈음에야 우물집에 도착했기 때문에 그곳이 얼마나 먼지 대충 짐작이 갔지만, 어떻게 찾아가야 하는지 막막했다. 그곳을 떠나 우물집으로 오는 동안 지나쳐온 풍경들은 사진으로 찍은 듯 금택의 머릿속에 장면장면 새겨졌다. 부젓가락을 나란히 벌려놓은 것 같던 기찻길, 뗏장 같던 논밭들, 시멘트 먼지가 날리던 벽돌 공장, 집단 수용소처럼 벽이 높던 정미소, 거름 썩는 냄새가 진동하던 돼지 축사, 풀어 헤친 옷고름처럼 흐르던 강, 사지를 잃고 고향으로 돌아온 패잔병들처럼 신작로에 서 있던 전봇대들, 가락지매듭처럼 허공에 박히던 까마귀 떼, 요람 같은 함지박을 이고 하염없이 걸어가던 여자들, 무덤들…… 집채보다 커다란 무덤을 보고 놀라는 화순에게 트럭 운전사는 말했다.

"왕의 무덤이야."

곤약 특유의 비린 듯 쓴 냄새를 풍기던 트럭 운전사는 늙은 사내였다.

금택은 십장생 활옷이 여전히 아씨한복의 허공에 걸려 있을 것 같았다. 비단실들이 한 올도 남김없이 증발해 텅 비어버린 뒷길을 맨 얼굴처럼 드러내놓고, 한복 거리를 찾는 이들을 맞고 있을 것 같았다.

인간이 누릴 수 있는 복이라는 복이 다 들어 있다는 십장생 활옷이 금택은 그렇지 않아도 무서웠다. 인간이 누릴 수 있는 복이 어떻게 옷 한 벌에 다 들어 있을 수 있는지 의아한.

바늘땀 하나에 쌀 한 톨

광목구름이 온종일 하늘을 덮고 있던 날, 마을 아이들이 우물집으로 몰려왔다. 광목구름은, 정련을 하지 않아 생지(生紙) 상태인 광목을 닮은 구름이었다. 광목은 두께가 다양했다. 두께에 따라 10수, 20수, 30수로 구분했는데, 숫자가 커질수록 두께는 오히려 얇아졌다. 생지 상태인 광목구름이 하늘을 덮은 날은 산들이 흐리게 보였다. 여름날 광목구름이 하늘을 덮으면 후덥지근했다. 가만히 있어도 겨드랑이에 땀이 찼다.

옥양목구름이 떠다니는 날은 동풍이 불었다. 무명실로 짠 옥양목은 부드럽고 희었다. 동풍은 싸리비 같은 바람이었다. 덥고 습한 기운을 쓸어냈다. 어머니는 옥양목으로 버선을 지었다. 옥양목버선구름이 높게 둥둥 떠 있는 날은 유난히 화창하고 맑았다.

마을 아이들은 간혹 우물집으로 몰려왔다. 돌담 너머로 우물집 마당을 살폈다. 마당에서 공기놀이를 하거나 고무줄놀이를 하는 금택과 화순을 훔쳐보았다. 아이들은 금택과 화순을 헷갈려 했다. 우물집에 여자아이가 둘이 아니라 하나라고 믿는 아이도 있었다.

그날 우물집으로 몰려온 아이들은 마당 가득 만장처럼 흔들리는 천을 보았다. 쪽물을 들인 천이었다. 천들로 인해 우물집은 비밀스럽고 신비스러운 분위기를 풍겼다. 우물집과 마을이 온통 쪽빛으로 물드는 것 같은 착시를 일으킬 즈음, 처연하게 흔들리는 천들 사이로 금택이 걸어 나왔다. 그날 자매는 배추색 무명 저고리에 검정 무명 치마를 입고 있었다. 금택이 천들 속으로 사라지는 동시에 화순이 걸어 나왔다. 금택과 화순은 숨바꼭질을 하듯 천과 천 사이를 뛰어다녔다.

바느질하는 여자가 마을 여자들과 다르듯, 그녀의 두 딸 또한 마을 여자아이들과 달랐다. 버짐으로 덮인 마을 여자아이들의 얼굴과 달리 자매의 얼굴은 홍조를 띠었다. 여자아이들 대개가 바가지머리였지만 자매는 머리를 길게 땋아 내렸다. 어머니는 딸들의 머리카락에 함부로 가위를 대지 않았다. 가위로 싹둑 자르는 대신에 머리 땋는 방법을 가르쳐주고 아침마다 서로의 머리를 땋아줄 것을 당부했다. 자매가 아침에 일어나 가장 먼저 하는 일은 서로의 머리를 빗기고 땋아주는 것이었다.

자매가 간간이 마을 아이들과 어울리기 시작하면서 바느질하는 여자에 대한 소문이 마을에 심심치 않게 떠돌았다. 소문은 마을 여자들의 입에서 입으로만 떠돌 뿐, 당사자인 바느질하는 여자의 귀에까지는 흘러들지 않았다.

바느질하는 여자에 대한 소문들 중에는 두 딸 중 하나는 친딸이 아니라는 소문도 있었다. 친자매치고 금택과 화순의 모습이 사뭇 달라서 나기 시작한 소문이었다. 마을 여자들은 뱀처럼 예리한 눈을 가지고 있었다. 처음에는 쌍둥이로 착각할 만큼 닮았다고 생각했던 둘이 생긴 게 딴판이라는 것을 알아차렸다. 마을 여자들은 글자를 깨우치지 못했지만 24절기를 꿰고 있었고, 약초와 독초를 가릴 줄 알았다. 나물을 말려 묵나물로 만들어두었다가 이듬해 봄에 요긴하게 먹을 줄 알았고, 곡식과 채소의 씨앗을 받아서 여러 해 묵혔다 싹을 틔울 줄 알았다.

둥그스름한 금택의 얼굴은 광대가 편편하고 미간 사이가 벌어졌으며 눈매와 입매가 가늘고 길었다. 반면에 화순의 얼굴은 광대와 턱이 갸름하고 콧날이 오뚝했으며 쌍꺼풀이 짙게 진 데다 입술이 도톰했다. 웃을 때면 왼쪽 볼에 산딸기만 한 보조개가 팼다. 금택은 흐릿한 인상이었지만, 화순의 인상은 뚜렷하고 강렬했다. 금택과 단둘이 있을 때는 물론 마을 여자아이들과 어울려 사방치기나 고무줄놀이를 할 때도 화순은 단연 눈에 띄었다. 가늘고 한 톤 높은 목소리는 화순의 존재를 더 또렷하게 부각시켰다.

마을 여자들은 당연히 금택이 바느질하는 여자의 친딸일 거라고 생각했다. 바느질하는 여자가 지닌 고요하고 서늘한 비밀스러움이 화순이 아니라 금택에게 깃들어 있었기 때문이었다. 예쁜 얼굴은 아니지만, 곧게 뻗은 인중과 진지한 표정 덕분에 밋밋하고 흐린 금택의 얼굴은 여자아이의 얼굴 같지 않게 성숙한 분위기를 풍겼다.

바느질하는 여자의 친딸이 금택이라는 소문은 돌고 돌아 자매의 귀에까지 흘러들었다. 금택은 그 소문이 싫지 않았지만 혹시나 어머니의 귀에까지 흘러들까 봐 조마조마했다. 혹시나 어머니가 자신이 낸 소문으로 오해할까 봐 염려되었고, 그 오해로 인해 어머니에게서 버려질까 봐 두려웠다. 사실 어머니로부터 버려질지 모른다는 두려움은 그림자처럼 늘 금택을 따라다녔다. 화순이 나타난 뒤로 두려움은 한시도 금택을 떠나지 않았다. 어머니의 귀에 흘러들까 봐 염려하면서도 금택은 소문이 더 멀리, 더 많은 사람들에게 퍼지기를 바랐다. 마을 여자들뿐 아니라 세상 모든 사람들이 화순이 아니라 자신을 어머니의 친딸로 믿었으면 하고.

어머니로부터 버려질지 모른다는 두려움은 화순을 늘 따라다니는 것이기도 했다. 백일 갓 지난 자신을 버리고 떠난 어머니가 다시 나타난 것은 화순이 다섯 살이 되어서였다. 그때까지 친척들은 어머니가 죽었는지 살았는지 행방조차 알지 못했다. 젖이 무섭게 오른 가슴을 기저귀로 친친 감고 떠났다고 외할머니가 중얼거리는 소리를 화순은 귀에 딱지가 앉도록 들었다. 외할머니는 막걸리만 마시면 화

순을 앞에 두고 어머니가 떠나던 날 밤을 회상하곤 했다. 육이오동
란 중에 남편을 잃고, 혼자서 4남매를 키운 외할머니는 둘째딸의 생
사조차 감감한 자신의 한스러운 운명을 한탄했다. 남편이 일찍감치
세상을 뜨는 바람에 반평생을 과부로 살아야 했던 것을, 약 한번 못
지어 먹이고 큰딸을 어려서 떠나보낸 것을, 애를 가져 배가 불러오
기 시작한 딸을 두고 돈을 벌겠다면서 월남 전쟁터로 떠난 사위가 끝
끝내 돌아오지 못한 것을, 그 딸이 시댁에서 소박을 맞다시피 쫓겨
나 혼자서 딸을 낳은 것을, 외할머니는 자신이 전생에 지은 업보 탓
으로 돌렸다. 언제 또 어머니로부터 버려질지 모른다는 불안은 화순
을 한시도 떠나지 않았다. 어머니가 나타났을 때 외할머니는 세상을
떠나고 화순은 큰외삼촌네서 살고 있었다. 한두 살 터울이 지는 외
사촌들 틈바구니에서 잠들고 깨어났다. 미용 기술을 배워 미용실을
차린 큰외숙모는 어머니가 바람이 나서 집을 나간 것이라고 했다.
그녀는 어머니가 처녀 때도 집을 나간 적이 있다고 했다. 어느 날 갑
자기 고향에 다녀오겠다고 나간 어머니가 이태가 지나서야 돌아왔
다고 했다.

"이태 동안 어디를 가 있었는지 죽어도 말을 안 했지. 한번 입을
다물면 세상이 무너져도 절대 안 열었으니까. 계집애가 어려서부터
애교라고는 약에 쓰려야 없었다고, 한여름에도 얼굴에 살얼음이 도
는 게 정나미라고는 쥐꼬리만큼도 없었다고 네 외삼촌이 아주 학을
떼었으니까. 소띠라서 그렇게 미련스럽나? 나는 쥐띠, 네 엄마는 소
띠…… 소띠가 원래 남이야 열불이 나건 말건 답답하고 무식한 데가
있지. 남의 집 식모살이밖에 할 게 없는 네 엄마를 서울로 데리고 올

라와 공장에 취직시켜주고, 3년을 꼬박 공짜로 밥 먹여주고 재워주었는데도 인사치레로라도 고맙다는 소리 한번 못 들었으니까. '시' 자 들어가는 시누이 데리고 사는 게 어디 쉽나? 나나 되니까 아무 소리 안 하고 데리고 살았지…… 동기간도 다 소용 없지. 은혜를 원수로 갚지나 않으면 다행이지. 얌전한 고양이가 부뚜막에 먼저 올라간다고, 계집애라고 하나 있는 게 집안 망신시킬까 봐, 네 큰외삼촌이 머리끄덩이를 잡아끌다시피 해 서둘러 시집을 보냈지……"

큰외숙모는 화순이 태어나기 전 어머니의 돌연한 가출을, 화순이 태어난 뒤의 가출과 혼동하고는 했다. 그래서인지 큰외숙모의 이야기를 듣다 보면 화순은 어머니가 자신이 태어나기 전에 집을 나가 돌아오지 않고 있는 것 같은 착각이 들고는 했다.

금택과 화순, 둘 중 누구의 두려움이 더 큰지 비교하는 것은 무의미했다. 어머니라는 동일한 대상으로 인해 발생한 두려움이었지만, 둘의 두려움은 근본으로 달랐다. 화순의 두려움이 금택의 두려움보다 근원적이었지만 그렇다고 더 고질적이라고는 말할 수 없었다. 그 둘은 각자의 두려움을 대하는 방식에서도 차이가 났다. 화순은 두려움을 외면했지만, 금택은 직시했다. 화순은 두려움을 방치함으로써, 금택은 후벼 팜으로써 상태를 악화시켰다. 두려움을 외부로 드러내는 방식 또한 달랐는데 금택에게서는 순종으로, 화순에게서는 원망과 반항으로 나타났다.

금택과 화순은 서로에게 두려움을 들키지 않으려고 애썼다. 온종일 붙어서 지냈지만, 어머니에게 버려질지 모른다는 두려움만은 서로 교묘하게 숨겼다. 누가 더 잘 숨기는지 내기를 하듯 꼭꼭 숨겼기에 서로 알아차리지 못했다.

금택은 두려움의 대상인 어머니를 닮으려고 애썼다. 어머니는 두려움의 대상이기도 했지만, 동경과 선망의 대상이기도 했다. 서쪽 방에 들어 어머니로부터 누비 바늘을 받던 날, 금택은 어머니의 친 딸이 화순이라는 것을 절실히 깨달았다. 어머니가 내미는 바늘을 마지못해 받던 화순의 손이 어머니의 손과 닮았던 것이다. 하나는 어린아이의 손이고 하나는 어른의 손인데도. 전체적인 생김이 비슷하기도 했지만 손가락 모양과 손톱 생김이 특히나. 두루뭉술하고 뭉툭한 자신의 손가락과 다르게 어머니와 화순의 손가락은 가늘고 날렵했으며, 손톱 부분이 다듬은 연필처럼 뾰족했다.

그날 금택이 어머니에게서 받은 바늘을 떨어뜨린 것은, 그것을 잡고 있던 손가락에 힘을 주지 않아서가 아니었다. 금택은 자신이 바늘을 놓친 게 아니라, 바늘이 달아난 것이라고 생각했다. 바늘은 피라미처럼 금택의 손에서 달아났다. 방바닥에 떨어진 바늘을 집으려 애쓰는 동안, 금택은 손가락 사이로 교묘하게 빠져나가는 피라미를 잡기 위해 물속을 휘젓는 기분이었다.

금택의 눈과 귀를 비롯해 온 감각은 하루 종일 어머니를 향해 곤두서 있었다. 금택은 어머니처럼 얼굴 표정을 지으려 했고, 어머니처럼 말을 하려 했고, 어머니처럼 걷고 앉아 있으려 했다. 어머니가 침묵에 잠기면 금택 자신도 침묵에 잠겼다. 때때로 어머니보다 더 깊은 침묵에 잠기려 애썼지만 그때마다 어머니는 금택이 가늠할 수 없을 만큼 깊은 침묵에 잠겼다.

어머니를 닮고 싶은 욕망이 강하면 강할수록 어머니를 완벽하게 닮는 것이 금택은 불가능한 일처럼 생각되었다. 어머니를 그토록 닮고 싶어 하면서도, 자신이 어째서 어머니를 그토록 닮고 싶어 하는지 스스로도 이해되지 않는 순간이 있었다.

어머니의 여러 모습 중 금택이 가장 닮고 싶은 모습은 바느질을 하는 모습이었다. 누비대 앞에 앉아 누빌 선을 따라 바늘땀을 떠 넣는 어머니의 모습을 금택은 가장 닮고 싶었다.

어머니가 누비대 위에서 누빌 선을 따라 바늘땀을 뜨는 광경은, 물수제비를 뜨는 광경과 흡사했다. 잔잔하게 흐르는 강물로 던진 돌이 수면 위를 담방담방 튀기어 가면서 파문이 일듯, 바늘이 옷감 위를 튀기어 가면서 바늘땀이 떠졌다. 그렇게 물수제비를 뜨듯 바늘땀을 뜨는 것을 어머니는 누비 바느질이라고도, 누비질이라고도 했다.

어머니는 바늘을 최대한 낮게, 옷감과 바늘의 각도가 15도쯤 되게 뉘여 옷감 속으로 밀어 넣었다. 바늘 끝은 옷감 속으로 사라지기 무섭게 옷감 위로 솟구쳐 올랐다. 튕기듯 솟구쳐 오르는 순간을 놓치지 않고, 중지 마디로 바늘 머리를 밀어 넣었다. 어머니는 바늘 머리를 힘껏 밀어 넣기 위해 쇠로 만든 링 골무를 중지 마디에 꼈다.

어머니가 그렇게 물수제비 뜨듯 바늘땀을 뜨는 데는 다 이유가 있었다. 누비옷은 옷감과 옷감 사이에 목화솜 같은 충전재가 들어 있었다. 안팎을 맞춘 두 겹의 옷감과 그 사이를 채운 충전재에 동시에 바늘땀을 떠 넣어야 하는 데다, 바늘땀을 고르고 촘촘하게 떠야 했기 때문이었다. 어머니는 바늘을 떠 올릴 때 옷감이 밀리지 않도록, 바늘을 잡지 않은 손 엄지손가락으로 옷감을 꾹 눌러주었다.

어머니의 누비질 동작은 자로 잰 듯 엄격하게 절제되어 있었다. 어머니는 한번 누비대 앞에 자리를 잡고 앉으면 한 시간이고 두 시간이고 똑같은 동작을 기계처럼 반복했다. 반나절이 훌쩍 흐르도록 반복할 때도 있었다. 누비질 동작은 연달아 반복되면서 하나의 거대한 동작을 만들어냈다. 점(點)에 불과한 바늘땀들이 연달아 반복되면서 하나의 긴 선(線)을 만들어내는 것처럼.

갑갑할 정도로 지루하게 반복되는 누비질 동작은 어느 순간 최면과 같은 기이하고 황홀한 무아경으로 금택을 몰아넣었다.

금택은 바늘 역시 두려웠다. 어머니만큼 두려웠다. 어머니보다 더 두려웠다. 바늘은 어머니와 떼려야 뗄 수 없는 물건이었다. 바늘과 어머니를 떨어뜨려 생각하기란 어려웠다. 때때로 금택은 어머니가 바늘을 잡고 있는 게 아니라 바늘이 어머니를 잡고 있는 것 같아 보일 때가 있었다. 어머니가 바늘 끝에 매달려 있는 것만 같은 때가. 바늘은 금택에게 자신이 어머니의 친딸이 아니라는 사실을 똑똑히 일깨워준 물건이기도 했다.

화순은 바늘이 두렵기보다 싫었다. 바늘이 자신으로부터 어머니를 빼앗아갔다는 피해 의식마저 있었다. 어머니가 젖도 안 뗀 자신을 버린 것이 바늘 때문이라고 생각했다. 얼굴조차 본 적 없는 아버지가 죽은 것도 바늘 때문이라고. 큰외숙모가 일러주지 않았다면, 큰외삼촌 집 마당에 서 있는 여자가 자신을 낳은 여자라는 사실을 영원히 몰랐을 것이라고 화순은 생각했다. 어머니는 화순이 상상하던 모습이 아니었다. 화순은 수백 번도 더 어머니를 상상했다. 죽은 외할머니가 간직하고 있던 사진 한 장이 그것을 가능하게 했다. 그것은 여럿이 찍은 사진이었다. 외할머니는 간장에 삭힌 고추처럼 쭈글거리는 사진 속 여자들 중 하나를 가리키고 말했다. "이게 네 엄마다." 사진 속 젖살이 통통하게 남아 있는 어머니의 얼굴은 평범했다. 그렇게 평범한 여자가 자신을 버린 여자라는 사실이 화순은 실망스러웠다. 그런데 마당에 홀연히 서 있는 어머니의 얼굴은 볼이 패도록 말라 있었다. 화순은 사진을 잃어버리지 않고 간직하고 있었다. 큰외삼촌네로 보내질 때 화순은 옷 보따리 속에 그 사진을 몰래 넣어 가지고 왔다. 화순은 바늘이 자신으로부터 어머니를 빼앗아 갔다는 피해 의식이 있었다. 자신을 버렸던 어머니를 향한 원망과 적대감은 고스란히 바늘이라는 물건으로 전이되었다. 피해 의식과 적대감은 어린 화순의 내면에 이끼처럼 무섭게 번식했다. 바느질하는 어머니의 모습을 보고 있으면 화순은 심지어 화가 났다. 자신을 화나게 하는 물건임에도, 바늘을 잡는 순간 화순은 그것이 자신의 손가락들에 찰거머리처럼 달라붙는 걸 느꼈다.

화순은 바늘이, 어머니가 바느질에 매달려 사는 것이 싫으면서도 어머니가 누비옷을 더 많이 짓지 않는 것이 불만이었다. 어머니가 바느질을 하지 않기를 바라면서도 어머니가 지금보다 누비옷을 더 많이 짓기를 바랐다. 얼마나 많은 바늘땀을 떠 넣어야만 한 벌의 누비저고리가, 그보다 얼마나 더 많은 바늘땀을 떠 넣어야만 한 벌의 누비치마가, 그보다 얼마나 더 많은 바늘땀을 떠 넣어야 누비두루마기가 완성되는지 잘 알면서.

자매는 어머니가 완성한 누비옷이 쌀로, 소금으로, 밀가루로, 갈치나 동태로, 옷감으로 되돌아오는 순환의 원리를 잘 알고 있었다. 어머니가 누비 바늘로 뜨는 한 땀이 쌀 한 톨로 되돌아온다는 걸. 누비저고리 한 벌이 쌀 한 가마니로 되돌아온다는 걸.

바늘땀 하나에 쌀 한 톨.

바늘땀이 수북이 쌓이면 쌀도 덩달아 수북이 쌓였다.

그러나 어머니는 1년에 많아야 네다섯 벌의 누비옷밖에 짓지 않았다. 다섯 벌이 한계여서 그 이상은 짓지 못했다. 복래한복에 딸린 단칸방에서 지낼 때 화순은 이미 어머니가 옷을 짓는 속도가 한복 거리의 다른 여자들보다 느리다는 것을 알았다. 다른 여자들이 저고리를 열 장 지을 때 어머니는 겨우 한 장을 완성했다. 어머니가 누비 바느질로 옷을 짓는 속도가 어찌나 느린지 저고리가 언제까지나 완성되지 못할 것 같은 의심마저 들었다. 그러나 어느 날 저고리는 보란 듯이 완성되어 있었다.

온종일 바느질만 하는 것 같았지만 어머니는 틈틈이 딸들에게 옷을 지어 입혔고, 뒷산에 들어 반찬으로 쓸 나물을 뜯었다. 간장과 된장을 담갔고, 호박과 가지를 썰어 말렸고, 취나물과 고추로 장아찌를 담갔다.

어머니가 온종일 누비대에 붙어 앉아 있는 것이 불만인 화순은 급기야 누비저고리를 우물 속으로 던졌다. 보름도 더 전, 자매가 서쪽 방에 들어 어머니로부터 바늘을 건네받던 날 누비대 위에 두루미처럼 놓여 있던 바로 그 저고리였다. 보름 새 저고리에는 일일이 셀 수 없을 만큼 많은 바늘땀이 있었다.

우물 속으로 누비저고리를 던져 넣는 순간 화순은 묘한 흥분을 느꼈다. 누비저고리와 함께 자신이 우물 속으로 빨려 들어가는 것 같아 흠칫 떨었다. 춤을 추듯 허우적거리던 누비저고리가 우물 속에 고인 물 위에 사뿐히 내려앉는 소리가 희미하게 울렸다. 화순은 깜짝 놀라 우물에서 물러섰다. 방금 자신이 무슨 짓을 저질렀는지 뒤미처 깨달았지만 화순은 후회하지 않았다.

화순이 몰래 서쪽 방에 들 때, 어머니는 뒷산을 헤매고 있었다. 금택은 마루에서 마늘을 까고 있었다. 화순이 싫어해서 한 소쿠리나 되는 마늘을 금택은 혼자서 다 깠다. 뒷산에서 고들빼기를 한 주먹 뜯어 집으로 돌아온 어머니는 누비저고리가 사라진 것을 알고 딸들에게 물었다.

"누비저고리 못 봤니?"

"못 봤어요."

화순은 어머니가 아니라 금택을 쳐다보고 말했다.

"저도 못 봤어요······"

금택은 고개를 저었다.

"귀신이 곡할 노릇이구나."

어머니는 서쪽 방에 딸린 쪽마루에 걸터앉았다. 넋 나간 얼굴로 마당을 응시하다가 서쪽 방으로 들었다.

마당에 둘만 남았을 때 금택이 화순에게 물었다.

"누비저고리가 어디로 사라졌을까?"

"날아갔겠지."

화순이 말했다.

"어디로?"

"뒷산 너머로."

화순이 의미심장하게 웃었다. 언젠가 금택이 뒷산 너머로 날아가는 새를 바라보면서 어머니가 지은 누비저고리 같다고 감탄한 적이 있었다.

그날 저녁, 우물에서 물을 긴던 금택은 소스라치게 놀랐다. 출렁출렁 흔들리면서 올라오는 두레박에 누비저고리가 딸려 올라왔다. 너무 놀라 금택은 그만 두레박줄을 놓쳤고, 누비저고리는 두레박과 함께 우물 속으로 도로 떨어졌다. 금택은 두레박줄을 다시 천천히 당겼다. 누비저고리가 두레박에 걸려 올라왔다. 사라진 누비저고리가 분명했다. 흠씬 젖은 누비저고리를 어머니에게 당장 가져다주고 싶었지만, 혹시나 어머니가 자신을 의심하면 어쩌나 싶었다. 금택은 아무래도 화순이 의심스러웠다. 화순이 서쪽에서 나오는 것을 언뜻 본 것도 같았다. 화순은 어머니가 똑같은 옷만 짓는다고 불평했다. 어머니가 한 계절이나 두 계절, 길게는 세 계절에 걸쳐 완성한 누비옷들을 보고 감탄해 마지않는 금택과 다르게 화순은 시큰둥했다. 어머니가 여름내 붙들고 앉아 바늘땀을 떠 넣은 누비저고리를 우물 속에 빠뜨릴 만큼 화순이 누비옷을 질려 하는 줄은 몰랐다.

우물 쪽으로 다가오는 발소리가 들렸다. 다급히 두레박줄을 놓아버리고 우물에서 돌아서는 금택 앞에 어머니가 서 있었다. 고들빼기가 든 소쿠리가 어머니의 손에 들려 있었다.

"씻으시려고요? 제가 씻을까요?"

"씻을 수 있겠니?"

"전에 어머니가 씻는 걸 봐두었어요."

어머니가 우물가에서 나물을 다듬거나 씻을 때 금택은 옆에서 조용히 구경하고는 했다. 나물마다 다듬고 씻는 방법이 조금씩 다르다는 걸 그때 깨우쳤다. 냉이나 고들빼기 같은 나물의 경우 흙이 새새에 묻어 있어서인지 바락바락 치대면서 씻었다.

"누비저고리는 찾으셨어요?"

목소리가 떨려 나오려고 해서 금택은 얼른 침을 삼켰다. 어머니가 고개를 저었다.

"제가 찾아볼까요?"

누비저고리가 우물 속에 있다고 말하고 싶은 것을 금택은 간신히 참고 말했다.

"아니, 아니야."

어머니가 단호하게 말했다.

"여름 내내 지은 누비저고리잖아요."

"다시 지어야지."

"속상하지 않으세요?"

"속상한 걸 다 아니?"

"지난번에 어머니가 염색한 명주 옷감들이 비를 맞았을 때 속상했어요."

한 달도 더 전, 어머니가 애써 염색한 명주 옷감들이 비를 흠씬 맞은 적이 있었다. 그날 어머니는 쪽물 들인 명주 옷감들을 마당 그득 널고 외출을 했다. 쪽은 풀 종류로, 어머니는 뒷산에서 뜯은 쪽 한 무더기를 항아리에 넣고 2, 3일 정도 썩혔다. 항아리에는 비 오는 날

받은 빗물이 반쯤 고여 있었다. 어머니는 썩어 거름처럼 고약한 냄새를 풍기는 쪽을 건져내고 잿물을 섞었다. 함석 대문을 나서면서 어머니는 먹구름이 몰려오면 명주 옷감들을 거두라고 딸들에게 일렀다. 먹구름이 마을을 향해 몰려올 때 금택과 화순은 강에서 마을 아이들과 물놀이를 하고 있었다. 황소 눈알만 한 빗방울이 사정없이 떨어지자 화순은 마을 아이들과 다리 밑으로 소나기를 피해 들어갔다. 혼자 남겨진 금택은 우물집을 향해 달렸다. 금택이 대문을 열고 들어섰을 때 명주 옷감들은 비를 맞고 청록빛 눈물을 뚝뚝 흘리고 있었다. 그새 소나기가 지나가고 하늘은 맑게 개어 있었다. 청록빛 눈물이 어지럽게 번진 마당으로 새빨간 지렁이들이 꾸물꾸물 기어 나왔다.

"똑같은 누비저고리를 다시 지으실 거예요?"

"똑같은 누비저고리를 지을 수는 없어."

어머니는 고개를 저었다. 금택은 어머니가 마음만 먹으면 우물 속 누비저고리와 똑같은 누비저고리를 지을 수 있다고 생각했다.

어머니가 누비저고리에 바늘땀을 떠 넣던 여름이 얼마나 무더웠는지, 날벌레와 모기가 얼마나 극성이었는지 금택은 잘 알았다. 마을에서는 사람이 죽고, 사람이 태어났다. 이태 전 어머니가 딸들을 데리고 흘러든 마을은 죽음과 탄생이 쌍둥이처럼 붙어다녔다. 마을 사람들은 지렁이를 먹여 키운 닭을 잡아먹고, 다 죽어가던 폐병쟁이는 뱀의 피를 먹고 살아났다. 그 폐병쟁이는 뱀 피에 밀가루를 반죽해 팥알처럼 동글동글 뭉쳐서 먹었다고 했다. 한지로 접은 꽃으로 치장한 상여가 우물집 함석 대문 앞을 지나 뒷산에 드는 것을 자매는 장독들 너머로 구경했다.

어머니의 발소리가 우물에서 멀어지기를 기다려 금택은 두레박을 끌어올렸다. 누비저고리는 그러나 딸려 올라오지 않았다. 두레박을 힘차게 던져 넣고 물을 다시 퍼 올렸지만 역시나 허탕이었다.

밤이 깊어 잠자리에 들어서야 금택은 화순에게 말했다.

"우물물을 긷다 이상한 걸 봤어."

"뭘 봤는데?"

"새……"

"새?"

"흰 새……"

"죽은 새겠지."

화순이 말했다.

"두루미 같았어."

잃어버릴까 봐, 잃어버렸으면

바늘은 때때로 어머니를 압도했다. 때때로 금택은 바늘이 어머니보다 더 두려웠다. 어머니로부터 바늘을 받은 뒤로, 어머니와 바늘은 분리되어 금택에게 인식되고는 했다. 서쪽 방에 들어 바늘을 훔칠 때까지도 금택은 바늘을 어머니와 떨어뜨려 생각하지 못했다. 바늘은 눈, 코, 입이나 손가락처럼 어머니의 일부분이었다. 철저히 어머니에게 속한 물건이자, 어머니를 상징하는 물건이었다. 바늘을 훔치고 싶은 욕망은 따라서 어머니의 일부분을 훔치고 싶은 욕망이기도 했다. 어머니의 일부분을 가짐으로써, 어머니를 가질 수 있을 것 같았다. 마침내 바늘을 가졌지만 바늘도, 어머니도 갖지 못했다는 박탈감만 남았다. 바늘 때문에 금택은 혼란스럽고 불안했다. 금택은 바늘이 자신을 찌를까 봐 겁이 나기도 했지만, 그보다는 그것을 잃어버릴까 봐 더 겁이 났다. 어머니로부터 버려질지 모른다는 두려움을 희석시킬 만큼.

"바늘은 왜 들고 있어?"

공기놀이를 하면서도 손에 든 바늘을 놓지 않는 금택에게 화순이 짜증스럽게 물었다. 오른손만으로 얼마든지 공기놀이를 할 수 있었지만, 화순은 금택의 왼손에 들린 바늘이 신경 쓰였다.

"잃어버릴까 봐……"

"잃어버리면 잃어버리는 거지."

화순이 비아냥거렸다.

그러나 금택은 잃어버리지 않기 위해 바늘을 심장에라도 찔러 넣고 싶었다. 그래야만 바늘을 잃어버리면 어쩌나 하는 불안에서 놓여날 것 같았다. 밤에 잠을 자다가도 금택은 바늘을 잃어버린 것 같아 화들짝 놀라 깨어났다. 바늘 때문에 금택은 깊이 잠들지 못했다.

바늘을 손에 꼭 잡고 있는 동안에도 금택은 바늘을 잃어버릴지 모른다는 불안에 시달렸다. 서쪽 방에서처럼 바늘이 어느 순간 손에서 달아날 것 같았다. 심지어 금택은 이미 바늘을 잃어버린 것 같은 착각에 휩싸이기도 했다. 그러한 착각은 불현듯 엄습했고, 금택은 그때마다 손에 바늘을 들고 있으면서 바늘을 찾았다.

바늘을 잃어버렸으면 좋겠다는 말이 거짓이 아니라는 걸 증명하려

는 듯 화순은 바늘을 아무 데나 놓아두었다. 아무 데나 방치하듯 놓
아두는데도 바늘을 잃어버리지 않았다. 바늘은 달아나지 않고 화순
이 놓아둔 그 자리에 그대로 있었다. 화순은 심지어 바늘을 마루에
놓아두기도 했다. 들뜨고 뒤틀린 나무판 새로 빠져버리기를 바라는
듯. 화순은 자신이 바늘을 어디에 두었는지 깜박했고, 그때마다 금
택에게 자신의 바늘이 어디에 있는지 물었다. 그리고 그때마다 금택
은 잠시 뜸을 들인 뒤 바늘이 어디에 있는지 마지못해 알려주었다.

그날도 마을 아이들과 놀다 들어온 화순이 금택에게 바늘이 어디
있는지 물었다.

"내 바늘이 어디 있지?"

"모르겠어."

금택은 고개를 저었다.

"못 봤어?"

"문지방 위에 있는 걸 본 것도 같아."

"알면서 왜 모른다고 했어?"

화순이 따졌다.

화순이 바늘을 가장 많이 놓아두는 곳은 문지방이었다. 문지방은
마루에서 한 뼘쯤 올라와 있었다. 방을 드나들 때마다 금택은 문지
방이 아니라 바늘을 건너는 기분이 들었다.

화순이 바늘을 어디에 두는지 금택은 유심히 눈여겨보았다. 그것
이 어디에 있는지 화순에게 가르쳐주기 위해서가 아니라 찔리지 않
기 위해서. 바늘이 늘 자신을 찔렀기 때문에 찔리지 않기 위해서라
도. 금택은 화순이 아무 데나 놓아둔 바늘이 혹시나 자신을 찌를까

봐 조마조마했다.

금택은 화순의 바늘을 주시하면서도, 그것을 절대로 건드리지 않았다. 그리고 절대로 화순의 바늘 옆에 자신의 바늘을 놓아두지 않았다. 혹시나 화순의 바늘과 자신의 바늘이 바뀌면 어쩌나 싶어서였다. 화순의 바늘에 저절로 눈길이 갈 때마다 금택은 그것이 자신의 바늘이 아니라고 스스로에게 일깨웠다. 금택은 바늘이 어디에 있는지 확인하고 나서야 마침내 자신의 바늘을 집어 들었다. 화순이 바늘을 어디에 두었는지 살피고 신경 쓰느라 정작 자신의 바늘을 어디에 두었는지 까맣게 잊을 때가 있을 정도였다. 바늘을 아무 데나 놓아두는 화순과 달리, 늘 그것을 한 장소에 두면서도 그랬다.

금택은 자신의 바늘을 앉은뱅이책상 서랍 속에, 서쪽 방에서 주운 자투리 천 조각들과 함께 넣어두었다. 금택은 어쩌다 서쪽 방에 들 때마다 혹시나 천 조각이 없는지 살폈다. 천 조각이 눈에 띄면 슬그머니 그것을 집어 들었다. 서쪽 방에 들었다 나오는 금택의 손에는 그래서 자투리 천 조각이 들려 있고는 했다. 마름질을 할 때 나오는 천 조각들이었다. 까마귀의 찢긴 날개 같은 것부터 콩새의 찢긴 날개만 한 것까지, 자투리 천 조각은 크기와 모양과 색깔이 다양했다. 금택은 어머니에게서 받은 광목 조각에 바늘땀을 떠 넣었듯, 서쪽 방에서 주운 천 조각들에 바늘땀을 떠 넣었다.

금택은 어느 날 벽오동 잎을 천 삼아 바늘땀을 떠보았다. 벽오동 잎 잎맥을 따라 한 땀, 두 땀. 바늘땀을 다 떠 넣기 전에 벽오동 잎은 허무하게 부서졌다. 기껏 떠 넣은 바늘땀들은 물거품처럼 사라졌다.

늘 같은 장소에 두면서도 바늘을 어디에 두었는지 전혀 떠오르지 않을 때마다 금택은 창백하게 질렸다. 바늘을 영원히 잃어버렸다는 절망감에 한순간 백치 상태가 되었다. 그러고 난 뒤면 금택은 더더욱 바늘을 잃어버릴까 봐 조마조마했다. 더 강박적으로 바늘에 집착했다.

금택은 자신들이 함께 덮고 자는 이불 위에까지 바늘을 놓아두는 화순에게 화가 나면서도 한편으로는 안도했다. 화순이 바늘을 소중하게 다루지 않는 것을 다행으로 생각했다.

화순의 바늘이 자신조차 찾을 수 없는 곳으로 사라지기를 바라던 금택은 한 가지 중요한 사실을 깨달았다. 화순의 바늘과 자신의 바늘, 두 바늘이 같은 바늘이면서 같은 바늘이 아니라는 사실이었다. 두 바늘은 같은 바늘이면서, 같은 바늘이 아니었다. 처음에는 같은 바늘이었지만 자신의 것이, 화순의 것이 되는 순간 전혀 다른 바늘이 되었다. 어머니의 바늘 역시 같은 바늘이면서 같은 바늘이 아니라는 사실 또한 깨달았다.

참새의 찢긴 날개 같은 명주 조각에 뚜벅뚜벅 해바라기씨 같은 바늘땀을 떠 나가던 금택의 눈길이 앉은뱅이책상으로 향했다. 그 위에 화순의 바늘이 놓여 있었다. 금택은 자신의 손에 들린 바늘을 놓고, 화순의 바늘을 집고 싶은 충동을 느꼈다. 화순의 바늘과 자신의 바늘이 같은 바늘이면서, 같은 바늘이 아니라는 사실을 깨달은 뒤로 새롭게 발생한 충동이었다.

금택은 바늘을 명주 조각에 꽂아 넣고 앉은뱅이책상으로 손을 뻗었다. 화순의 바늘을 집어 드는 순간 욕망이 강렬하게 일었다. 화순의 바늘을 갖고 싶은 욕구가. 자신의 바늘조차 잃어버릴까 봐 전전 긍긍하면서 화순의 바늘 또한 갖고 싶어 하는 스스로가 이해되지 않았지만, 욕구는 이해를 넘어서는 것이었다. 화순의 바늘은 금택에게 자신들의 바늘이 같은 바늘이면서 같은 바늘이 아니라는 것을 일깨워주었다. 같은 바늘이었지만 그것이 갖는 무게감이 달랐다. 무게가 다를 리 없는 데다 지나치게 작고 가늘어 무게랄 것도 없었지만, 화순의 바늘은 금택에게 자신의 바늘보다 가볍게 느껴졌다.

금택은 화순의 바늘을 제자리에 내려놓았다.

화순의 바늘 또한 자신이 갖고 싶다는 욕망에 사로잡힌 뒤로, 금택의 내부에서는 또 다른 두려움이 발생했다. 그것은 어머니가 자신에게서 바늘을 되가져갈지 모른다는 두려움이었다. 금택은 어머니가 자신에게서 도로 바늘을 가져갈 것만, 되가져간 바늘을 화순에게 주어버릴 것만 같았다. 어머니가 자신들에게 얼마나 공평한지 잘 알고 있으면서, 자신의 몫을 화순에게 주어버린 적이 단 한 번도 없다는 것을 잘 알고 있으면서.

바늘이 없어진 것은, 어머니가 자신에게서 바늘을 되가져갈지 모른다는 두려움이 극에 달했을 때였다. 손바닥으로 방바닥을 샅샅이 훔치고, 이불을 탈탈 털었지만 바늘은 나오지 않았다. 앉은뱅이책상 서랍 속에도, 화순의 종이 인형으로 가득한 나무상자 속에도, 아리랑 성냥갑 속에도 없었다.

마침내 바늘을 잃어버렸다는 절망감에 금택은 몸서리쳤다.

바늘을 잃어버렸는데, 바늘을 잃어버릴지 모른다는 두려움은 사라지지 않았다. 바늘을 잃어버렸다는 상실감과 바늘을 잃어버릴지 모른다는 두려움은 공존했다. 바늘을 잃어버리면 어쩌나 하는 불안은 오히려 바늘을 잃어버리기 전보다 심했다. 잃어버린 것을, 또다시 잃어버릴 수도 있다는 것을 바늘은 그렇게 금택에게 일깨워주었다.

금택의 바늘이 사라졌다는 사실을 똑똑히 알려주려는 듯 화순의 바늘은 사라지지 않고 보란 듯이 문지방 위에 놓여 있었다. 아무 곳으로도 달아나지 않고 보란 듯이.

바늘이 없어진 날 밤, 화순이 바늘을 찾았다.

"내 바늘 못 봤어?"

"못 봤어."

금택은 명주 조각에 바늘땀을 떠 넣으면서 말했다.

"정말 못 봤어?"

"못 봤어."

금택은 고개를 들어 화순을 똑바로 쳐다보았다. 화순의 눈길이 금택의 손에 들린 바늘로 향했다. 금택의 손에 들린 바늘이 자신의 바늘일지 모른다는 의심을 전혀 못하는 눈치였다. 금택의 손에 들린 바늘은 화순의 바늘이었다. 아무리 찾아도 나오지 않자 금택은 화순의 바늘을 집어 들었다.

화순은 바늘을 찾으려 애쓰지 않았다. 화순의 바늘마저 잃어버릴까 봐 금택은 겁이 났다.

며칠 뒤 금택은 화순에게 물었다.

"바늘, 찾았어?"

"바늘?"

화순이 눈을 동그랗게 떴다. 자신이 바늘을 잃어버린 사실을 까맣게 잊고 있던 것이 분명했다.

"잃어버린 바늘."

금택은 화순에게 바늘을 잃어버린 걸 상기시켜주었다. 그제야 화순은 자신이 바늘을 잃어버렸다는 걸 깨닫고는 얼굴을 찌푸렸다.

"어머니도 아셔?"

금택이 물었다.

"뭘?"

"네가 바늘을 잃어버렸다는 걸."

"아니."

금택은 화순이 바늘을 잃어버린 사실을 어머니에게 언제까지나 비밀로 했으면 했다. 어머니가 모르기를 바랐다. 어머니가 그 사실을 알면 자신에게서 바늘을 빼앗아 화순에게 주어버릴 것 같았다.

금택의 감쪽같이 사라진 바늘은 문지방과 방바닥 새에 끼어 있었다. 없어진 지 닷새째 되던 날, 문지방 앞에 종이 인형들을 늘어놓고 인형놀이를 하던 화순이 바늘을 발견했다. 자신이 아무리 찾아도 나오지 않던 바늘이 화순의 눈에 띄었다는 사실이 금택은 싫고 화가 났다.

화순은 방금 자신이 찾은 바늘을 당연히 자신이 잃어버린 바늘로 생각했다. 금택의 바늘일 거라고는 전혀 의심 못 했다. 금택의 손에 들린 바늘이 자신의 것이라고는 꿈에도 생각 못 했듯. 금택은 화순의 손에 들린 자신의 바늘을 바라보았다. 그 바늘이 실은 자신 것이라고 말하고 싶은 걸 꾹 참았다. 온데간데없이 사라진 바늘을 찾고도 화순은 시큰둥했다. 바늘을 여전히 아무 데나 놓아두었다. 바늘을 잃어버릴까 봐 초조해하지 않았다. 바늘을 잃어버릴지 모른다는 두려움은 금택에게만 있는 것이었다.

자신 때문에 뒤바뀐 바늘을 금택은 바꾸지 않았다. 바꿀 기회가 없는 것도 아닌데. 화순이 여전히 바늘을 아무 데나 놓아두었기 때문에, 마음만 먹으면 얼마든지 제자리로 되돌려놓을 수 있었다. 화순은 어차피 눈치 채지 못할 것이었다. 자신이 바늘을 잃어버린 적이 있다는 것을, 또다시 잃어버릴 수 있다는 것을 화순은 생각조차 못하는 것 같았다.

뒤바뀐 바늘을 제자리로 되돌려놓을 수 있는 기회를, 금택은 화순에게 떠넘겼다.

"우리 바늘 바꾸지 않을래?"

"바늘?"

"네 바늘하고 내 바늘하고."

고민이 되는지 눈동자를 돌리던 화순이 단호하게 말했다.

"싫어."

"싫어?"

"싫어."

화순은 고개를 저었다.

"왜……?"

"그냥 싫어."

자신들의 바늘이 뒤바뀌었다는 사실은 금택에게 큰 의미로 다가왔다. 두 바늘이 같은 바늘이면서 같은 바늘이 아니었기 때문이다.

바늘이 뒤바뀌는 걸 다시금 스스로에게 상기시키던 금택은 심장이 격하게 뛰는 것을 느꼈다. 단순히 바늘이 바뀐 것이 아니라, 서로의 운명이 바뀌기라도 한 것처럼 의미심장하게 다가왔다. 뒤바뀐 바늘을 되돌리기에는 늦었다는 자각과 함께 순간적으로 공포가 밀려들었다. 생각하고 말하고 행동하는 것이 어른스러웠지만, 인간의 운명을 이해하기에 금택은 아직 어렸다. 금택은 겨우 아홉 살이었다. 한 인간의 인생이 얼마나 긴지, 얼마나 복잡하고 오묘한지, 또 얼마나 무수한 우연이 필연처럼 작용하는지 금택은 잘 몰랐다. 사실 운명이라는 말의 뜻조차 제대로 이해 못 하면서 금택은 바늘과 함께 자신들의 운명이 바뀌었다고 확신했다.

원래는 화순의 것이었지만 자신의 것이 된 바늘은 금택을 지배했다. 바늘을 잡는 순간 금택은 온몸의 피가 바늘을 잡은 엄지와 검지와 중지로 쏠리는 것을 느꼈다. 금택의 손이 바늘을 놓는 순간에도 의식은 바늘을 놓지 않았다. 바늘을 집요하게 잡고 절대로 놓지 않았다. 바늘을 꼭 잡고 있는 것은 금택의 오른손 엄지와 검지와 중지, 그렇게 세 손가락이 아니라 의식이었다.

금택은 바늘에 집착할 뿐 아니라 바늘이라는 물건을 이해하고자 했다. 바늘이 갖는 보편적인 특성에도 자연스럽게 관심을 가졌다. 금택은 바늘이 이 세상에서 가장 작지만 가장 쓸모 있는 물건이라는 생각이 들었다. 바늘만 있으면 옷을 지어 입을 수 있었고, 이불을 지어 덮을 수 있었다. 바느질로 옷을 지어 팔아 쌀과 소금을 살 수 있었다.

금택이 갑자기 비명을 내질렀다. 옆에 있던 화순이 금택을 쳐다보았다. 놀란 표정으로 주위를 두리번거리는 금택에게 이유를 물었다.

"바늘이 어디 갔지?"

"손에 들고 있잖아."

화순은 어이없어 했다.

금택은 자신의 손을 내려다보았다. 손가락으로 꼭 잡고 있으면서도, 바늘이 어디론가 사라지고 없다는 생각이 떨쳐지지 않았다.

초근 광목은 숙고사가 되고, 목피 삼베는 물항라가 되고

복래한복 시절에 인연이 닿은 여자들이 멀고 외진 우물집까지 찾아오는 데는 이유가 있었다. 한복 거리에 바느질하는 여자가 한둘이 아니라지만, 누비옷을 제대로 지을 줄 아는 여자가 거의 없는 데다, 어머니가 짓는 누비옷들이 그녀들을 사로잡았기 때문이다. 어머니에게서 한번 누비옷을 지어 입은 여자들은 어김없이 또 누비옷을 지어 입었다. 기왕 한복집을 낼 거면 경주나 대구 시내에 내지 그랬냐고 투덜거리면서도 그녀들은 삼삼오오 짝을 지어 기어이 우물집까지 찾아왔다. 친정 나들이라도 하듯 날을 잡고 찾아와 자신들의 우여곡절 많은 인생사와 별의별 일이 다 벌어지는 세상사와 한복 거리에 떠도는 풍문들을 한바탕 늘어놓고 돌아갔다. 한 계절이나 두 계절, 길게는 세 계절에 걸쳐 마침내 누비옷이 완성되면 찾으러 왔다.

어머니보다 나이가 많은 단골들 대개는 일제강점기 때 태어나 육이오동란을 겪고 자식을 여섯, 일곱씩 낳았다. 그녀들 중에는 조선 말기 명성황후가 시해되던 해에 태어난 이도 있었다. 복래한복에 옷을 맞추러 올 때마다 금택과 화순에게 갈색 일제 캐러멜을 쥐여주던 그녀는, 백 살이 코앞이라고 했다.

"내 외할머니가 백세 살까지 사셨지. 친정어머니는 아흔여섯 살에 돌아가셨고…… 활인 공덕이 있던 외할머니는 그 어렵던 시절에도 남 퍼 먹이는 걸 아까워하지 않으셨어. 거지가 동냥을 오면 귀한 손님에게 하듯 밥상에 밥을 차려 먹이셨지. 그게 반백 년도 더 전 일인데 엊그제 일처럼 눈에 선해. 젊어서부터 덕을 두루두루 베풀어 장수하는 복을 받은 거라고 이구동성으로 말하지만, 내가 볼 적에는 사주에 명을 길게 타고난 게 틀림없어. 우리 친정어머니도 아흔여섯까지 사셨지만 덕이라고는 눈곱만치도 없으셨거든. 자린고비인 외할아버지를 닮아서 콩 한 쪽도 남하고 안 나누어 드셨지. 친정어머니가 친척들한테든, 이웃한테든 생전 베푸는 걸 못 봤으니까. 우리 외가가 남자들은 명이 고만고만한데 여자들은 하나같이 명이 길어. 여자들 명이 유난히 긴 집안이 있다더군. 내가 그나마 늘그막에 일신이 편한 게 모두 다 외할머니 공덕 같아. 외할머니가 살아생전 쌓은 공덕 덕분에 고려장 안 치르고 자식들 효도 받으면서 세끼 뜨뜻한 밥 먹으면서 이리 사는 게 아니겠어? 똥구녕보다 더러운 거지 입으로 들어간 밥알 한 톨 한 톨이 복이 되어서 손녀인 나한테 화살처럼 되돌아온 게 분명하다니까…… 복이란 게 돌고 도는 거야. 돌고 돌아 자손에게라도 되돌아가는 게 복이야."

풍이 한차례 지나가 오른손을 떠는 그녀는 지난가을 큰딸과 함께 우물집을 찾아와 누비조끼를 한 벌 지어다 입었다.

추석을 한 달여 앞두고 단골들이 우물집을 찾아왔다. 서쪽 방에 든 단골들이 배추전을 뜯어 먹으면서 주고받는 소리가 우물가 자매들의 귀에까지 생생하게 들려왔다.

보름달처럼 둥글고 얼룩덜룩한 놋쇠숟가락으로 감자를 벗기면서 금택은 서쪽 방에서 들려오는 소리에 집중했다.

"지난봄에 단양 친정에 친정아버지 제사를 지내러 갔다가 큰올케가 소개한 한복집서 누비저고리 한 벌 맞추어 입지 않았나. 서울 사대문까지 소문난 한복집이라고 큰올케가 입이 닳도록 칭찬을 해서 5천 원이나 주고 맞추어 입지 않았나. 뭔 누비저고리가 북어포도 아니고 뻣뻣해서 입을 수가 있어야지."

"미싱으로 지었나 보네. 요새는 누비옷도 미싱으로 짓는다더라. 미싱으로 들들 박아서 지은 누비옷하고 군위네처럼 손바느질로 한 땀 한 땀 떠서 지은 누비옷이 어디 같겠나? 똑같은 명주로 지어도 처음부터 끝까지 손바느질로 지은 누비옷이 백 배, 천 배는 부드럽다. 미싱으로 박아서 지은 누비옷은 억세서 영 그렇다."

단골들은 어머니를 군위네라고 불렀다. 고향이 경북 군위인 어머니를 복래한복 여자가 군위네라고 부르자 다들 그렇게 부르게 된 것이었다. 바느질품을 팔러 다니는 여자들은 다들 그렇게 자신들이 태어난 고향이나 살다 온 지역에 따라 수원네로, 울산네, 공주네로 불렀다.

"진한복집 공주네도 누비옷을 짓는다지?"

"군위네 뜨고 나서, 우리 집 영감 누비저고리하고 누비바지 한 벌 맞추었는데, 치수 계산을 잘못 했는지 우리 집 영감이 불편하다고 하더라. 군위네가 지은 누비저고리만 입으려고 하더라. 그거 참 이상하지? 똑같은 옷감으로, 똑같은 목화솜 넣고 짓는데 공주네가 지은 누비옷보다 군위네가 지은 누비옷이 백배는 가볍고 따뜻하니 말이다. 하기야, 우리 집 영감이 삼대독자로 오냐오냐 자라 원체 까다로워야지. 된장찌개를 끓여도 소고기가 한 점 빠져 있어야 먹지, 두부하고 호박만 숭숭 썰어 넣어서 끓이면 숟가락도 안 댄다."

"똑같은 손바느질로 지은 누비저고리인데 군위네가 지은 누비저고리가 와 더 부드럽고 몸에 착 감기는 줄 아나?"

"와 그런데?"

"손 기운이 달라서 그렇다. 똑같은 밭에서 난 콩으로 한날한시에 장을 담가도 장맛이 천차만별인 이치하고 똑같다. 군위네 손을 봐라. 예사 손이 아니다. 손에서 느껴지는 기운이 벌써 다르다. 저런 기운을 가진 손으로 깨 농사를 지으면 한 말 달릴 깨가 두 말 서 말 달리고, 화초를 키우면 엄동설한에도 꽃을 피운다. 맹물에 계란만 풀어 넣고 국을 끓여도 그 국이 속풀이 해장국처럼 시원하고 달다."

"하다못해 멸치라도 두 마리 들어가거나, 들기름이라도 한 방울 들어가야지, 맹물에 계란만 풀어 끓인 국이 시원하면 얼마나 시원하고, 달면 얼마나 달까……"

"우리 친정어머니 손이 그랬다. 추어탕을 끓여도 큰어머니가 끓인 추어탕하고 비교가 안 됐다. 된장 한 숟갈 풀고 부추만 뜯어 넣고 끓이는데도, 큰어머니가 깻잎에 부추에 온갖 양념 썰어 넣고 끓인 추어탕보다 맛이 있어서 서로 먹으려고 했다. 시루떡을 쪄도 우리 친정어머니가 찌면 포슬포슬하니 찰지게 쪄지는데, 큰어머니가 찌면 죽이 되거나 설익어 부스러졌으니까."

"군위네야, 근데 저 옷감이 명준가, 양단인가?"

"광목이에요."

"뭔 광목이 저리 윤기가 잘잘 흐르나? 작년 추석 차례 상에 지어 올린 햅쌀밥보다 더 윤기가 흐르네."

"다듬이질을 해서 그래요."

"세상에나, 다듬이질을 얼마나 했으면 광목이 명주가 되었을까?"

"하여간 군위네 손을 거치면 초근 광목도 숙고사(熟庫紗, 잿물에 삶고 물에 빨아서 희고 부드럽게 한 명주실로 짠 고사)가 되고, 목피 삼베도 물항라가 된다니까!"

"항라가 야시시하지, 바람난 봄처녀 맨살만치로 야시시해."

"내사 마, 항라로 치마저고리 한 벌 야하게 해 입고 첫날밤 한번 다시 치르면 소원이 읎겠다! 내가 열여섯 살, 우리 집 영감이 열일곱 살에 첫날밤을 치렀으니 뭘 알았겠나?"

"항라로 저고리를 해 입으면 여름에는 시원하고, 겨울에는 따뜻하지."

"와 그런 줄 아나? 항라에서는 여름에는 찬바람이 나오고, 겨울에는 따뜻한 바람이 나오기 때문이다."

"항라보다는 숙고사가 얌전하니 고급스럽지…… 운문 숙고사로 저고리나 한 벌 해 입을까?"

"작년 초봄에 영천한복서 숙고사로 치마저고리 한 벌 해 입었는데, 깃을 어찌나 높이 올렸는지 깃이 아니라 형틀이다. 영락없이 성춘향 목에 씌운 칼 형틀이다. 내사 마, 한양 간 이몽룡 때문에 변사또 수청을 거절해 옥살이하는 성춘향도 아니고, 칼 형틀을 목에 짊어지고 다니려니까 화딱지가 나더라. 오죽하면 두 번 다시 영천한복서 옷 해 입으면 손에 장을 지진다고 맹세를 했을까!"

"그나저나 시어머니 수의도 지어야 하는데."

"요새는 삼베로 수의를 해 입는다지?"

"삼베로? 집에서 부리던 노비들이나 삼베로 수의를 해 입었지. 어디 제대로 해 입기나 했나? 노비가 죽으면 삼베로 둘둘 싸서 땅에 묻지 않았나? 수의는 명주로 해야 맞지."

"따지고 보면 맞고 그른 것도 다 인간이 만든 거 아닌가? 남들 하는 대로, 유행 따라 하는 게 제일이다."

"그게 다 장삿속이다, 장삿속…… 장삿속에 놀아나는 기다. 세상이 아무리 변해도 지킬 건 지켜야지."

"그나저나 서울한복집 남자가 기어들어왔다지?"

서울한복집은 복래한복과 마주하고 있는 한복집이었다. 서울한복이라는 간판을 내걸기는 했지만 서울이 고향이 아니라 풍기가 고향이었다. 실향민으로 풍기에서 자리 잡은 남편과 만나 자식을 다섯이나 낳고 살다가, 그 남편이 버스 안내양인 처녀와 바람이 나 처자식 내팽개치고 딴살림을 차리자 사주를 보는 집 옆에 쥐꼬리만 한 가게 자리를 얻어 한복집을 냈다. 한복 거리의 한복 가게들 중 규모가 가장 작았지만, 밤늦게까지 백열전구가 꺼지지 않았다. 서울한복집 여자로도, 풍기댁으로도 불리던 그녀는 주문이 없을 때면 다른 한복집 삯바느질 일도 마다하지 않았다. 그녀가 제때 밥도 챙겨 먹지 않고, 새우잠을 자면서 바느질을 해 혼자 자식 다섯을 키우면서 살고 있다는 것은 한복 거리에 훤히 알려진 사실이었다.

"야야, 첩년이 고마 병이 들었단다. 첩년이 병드니까 헌신짝 내다 버리듯 버리고서 고제사 조강지처하고 살겠다고 기어들어온 거지. 인간이 낯짝도 두껍지."

"문둥이들! 천년만년 붙어살 것 같더니만…… 첩년하고 자식은 안 나았다드나?"

"그렇게 죽고 못 살면서도 자식은 안 봤나 보더라. 천벌 받아 마땅하지만 따지고 보면 그 첩년도 불쌍하게 됐다. 제 속으로 자식 하나 못 낳고, 호적에도 이름 못 올리고, 세상 사람들 손가락질 받으면서 살다가 병이 들었으니 말이다."

"둘이 붙어 산 세월이 10년은 넘었을 텐데, 어째 자식이 안 들어섰을까?"

"본격적으로 살림 차리고 살기 전에 애가 들어섰는데 서울한복집 여자가 의원에 강제로 데리고 가 애를 뗐다더라."

"그래 서울한복집 여자가 서방을 받아주었다나?"

"진즉에 기어들어와 삼시 세끼 조강지처가 해다 바치는 따신 밥 받아먹고 죽은 듯이 살고 있다고 하드라."

"아이고 마, 밸도 읎다, 밸도 읎어."

"밸이 있으면 그 세월을 어떻게 살았겠노?"

"군위네야, 육영수 여사가 미국 샌프란시스코 방문했을 때 입었던 한복 말이다. 귤색 무궁화가 수놓인……"

한 소쿠리나 되는 감자 껍질을 다 까도록 서쪽 방에서는 이야기가 끊이지 않았다. 금택은 우물물을 퍼 감자를 씻었다. 솥에서 감자가 쪄지도록 단골들의 이야기는 잦아들지 않았다. 허기가 진 여자들은 찐 감자와 열무김치로 배를 불리고 돌아갔다.

영천한복 여자

한복 거리에는 바늘과 실과 옷감과 바느질하는 여자만큼이나 넘쳐나는 것이 있었다. 그것은 소문으로, 여자들은 모이기만 하면 저마다 주워들은 소문을 전했다. 종종 누구 팔자가 더 기구하고 기막힌지 시합을 벌이듯 남 인생은 물론 자신들이 겪은 세월에 대해 무채 널듯 늘어놓았다. 소문은 입에서 입으로 전하는 것이었기에, 바느질을 하면서도 얼마든지 전할 수 있었다. 망부석처럼 한자리에 버티고 앉아 바느질을 하느라 지치고 고단한 여자들은 서로서로 소문을 전하면서 지루함을 달래고 졸음을 쫓았다.

복래한복은 한복 거리의 그 어느 한복집보다 소문이 가장 극성스럽게 들끓었다. 복래한복 주인 여자가 남 퍼 먹이는 것을 아까워하지 않았기 때문에 복래한복은 여자들이 끊이지 않았다. 진한복집 공주네는 자신의 한복집을 두고는 아침 댓바람부터 바느질거리를 들고 복래한복으로 넘어왔다. 아침부터 밤까지 하루 세끼를 복래한복에서 해결하고 날이 어두워져서야 자신의 한복집으로 돌아가고는 했다. 복래한복에서 돼지고기김치찌개라도 한 솥단지 끓이는 날이면 고등학교에 다니는 자신의 아들까지 불러서 먹였다. 복래한복 주인 여자는 비계가 절반인 돼지고기를 서너 근 끊어다 묵은 김치를 두세 포기 썰어 넣고 양은솥 그득 끓이고는 했다. 공주네가 복래한복에서 살다시피 한다는 것을 아는 단골들은 아예 복래한복으로 그녀를 찾으러 왔다. 공주네는 복래한복 여자를 형님으로 떠받들면서 온갖 실속을 다 챙겼다. 바늘이 부러져도, 실이 떨어져도, 심지어 옷감이 떨어져도 그녀는 복래한복 여자에게서 빌렸다. 여자들은 공주네가 형님 소리를 입에 달고 살면서 약삭빠른 쥐처럼 복래한복의 바늘과 실과 옷감을 축내고 있다고 했다. 그녀가 복래한복 주인 여자의 반짇고리에서 바늘을 꺼내드는 것을, 무명 실타래나 명주 실타래를 꺼내드는 것을, 금택도 여러 번 목격했다. 여자들이 복래한복에 둘러앉아 소문에 소문을 보태고 빼면서 바느질을 하는 동안, 어머니와 월성댁은 구석에서 조용히 바느질에 몰두했다. 원체 말이 없는 어머니와 원체 말솜씨가 없는 월성댁은 바느질에만 몰두할 뿐 끼려고 하지 않았다. 월성댁은 간혹 고개를 들어 여자들의 이야기에 귀를 기울이다 고개를 갸웃거리고는 했다. 여자들에게 들리지 않을 만큼 작은 소리로 혼잣말을 중얼거릴 때도 있었다.

옷을 지으러 한복 거리를 찾은 여자들까지 가세하면 소문은 그야말로 시작도, 끝도 없이 이어졌다. 장수와 다산과 재물을 상징하는 문양들이 수놓인 화려한 비단 옷감들을 앞에 펼쳐놓고, 박복한 여자의 인생을 이야기하는 것이 금택은 어쩐지 이해가 안 되었다. 곱고 부드러운 비단에 비단실이 아니라 굵고 투박한 광목실로 수를 놓는 것만큼이나.

금택은 한복 거리에서 가장 많은 소문을 알고 있는 이가 진한복집 공주네도, 복래한복 주인 여자도, 어려서 참새를 하도 잡아먹어 참새처럼 입이 싸졌다는 수원댁도 아니라, 자신이라고 생각했다. 대개의 소문이 흉도 칭찬도 아닌 남 이야기였지만, 금택은 복래한복에 모인 그 누구보다 소문을 귀담아 들었다. 소문이 특히나 바느질하는 여자들의 우여곡절 많은 인생과 연관된 것일수록. 사실 한복 거리에 떠도는 소문의 대부분은 바느질하는 여자들에 대한 것이었다. 한복 거리의 바느질하는 여자들은 시치미를 뚝 떼고 서로의 소문을, 서로에게 전했던 것이다. 소문을 듣고 있다 보면 궁상스럽고 서러운 인생이 금택 자신의 전생처럼 절절히 다가왔다. 자신이 그 인생을 이미 한번 산 것 같은 착각마저 들었다. 바람기 많은 원양어선 선장을 남편으로 두어 3년에 한 번 꼴로 남편 얼굴을 보고 산다는 여자의 인생을, 딸을 아홉이나 낳고서야 낳은 아들이 연탄가스를 마시고 백치가 되었다는 여자의 인생을, 총각인 줄 알고 시집을 왔더니 죽은 전처가 낳은 자식들이 방 안에 참새 새끼들처럼 모여 있었다는 여자의 인생을.

여자들 중에는 세상천지에 자신의 인생사보다 흥미진진한 이야기가 없다는 듯, 자신이 살아온 이야기를 풍문처럼 전하기를 즐기는 이들도 있었는데, 영천한복 여자가 그랬다.

"내가 아홉 살 되던 해 엄마가 집을 나갔지. 아버지가 의처증이었지. 소처럼 일하다가도 술만 들어가면 엄마를 개 패듯 팼지. 엄마가 울산 방어진에 산다는 소리를 듣고 찾아 나섰지. 영천 산골짜기에서 울산까지 걸어서라도 엄마를 찾으러 가겠다고 아버지가 밤에 일을 나가자마자 주먹밥을 두 덩이 만들어 집을 나섰지. 엄마가 보고 싶어 해만 떨어지면 울었지. 해가 떨어지는 산을 바라보고 울었지. 머루처럼 시커먼 산 너머에 엄마가 숨어 있기라도 한 듯 산을 바라보고 울었지. 해가 떨어지는 것이 무서웠지. 낮에는 살겠는데 해만 떨어지면 엄마가 보고 싶어 죽을 것 같았지. 영천이 오죽 산골인가? 산골도 그런 산골이 없었지. 내가 태어난 마을이 산골짜기 중에서도 산골짜기였지. 무장공비를 축출하려고 든 군인들이 마을이 더는 없는 줄 알고 되돌아간 산골짜기 안쪽이 내가 태어난 마을이었지. 날이 금세 어두워졌지. 오징어 먹물처럼 차오르는 어둠 속으로 아른아른 떠오르는 불빛이 있어서 그 불빛을 똑바로 바라보고 걸어갔지. 비구니들이 모여 사는 절이었지. 사연을 듣고는 어린 게 불쌍하던지 절에서 살라고 했지. 그곳에서 잔심부름 해주고 밥 얻어먹으면서 비구니들을 엄마라고 부르면서 살았지. 비구니들이 글자도 가르쳐주고 바느질도 가르쳐주었지. 일흔이 넘은 주지를 엄마라고 부르면서 살았는데, 하루아침에 엄마가 여섯이나 생겼는데도 날 낳아준 엄마가 그리웠지. 비구니 엄마 여섯이, 낳아준 엄마 하나를 못 당해냈지. 비구니 엄마들 속에 파묻혀 살면서 엄마가 보고 싶어서 찔끔찔끔 울었지. 간장 항아리 뒤에 숨어서 울고, 사리탑 뒤에 숨어서 울고, 무덤만 한 가마솥 뒤에 숨어서 울고. 요즘도 심란한 일이 있으면 꿈을 꾸지. 영천 집에서부터 울산까지 엄마를 찾아가는 꿈을 꾸지. 죽어서도 꿈을 꿀 것 같지. 죽어 땅속에 들어가서도 꿈을 꿀 것 같지. 엄마 찾아 집을 나선 지 40년이 흘러서야 우여곡절 끝에 엄마를 만났지. 울산이 아니라 전라도 진안서 살고 있었지. 울산 방어진에 살고 있던 엄마가 진안서 살고 있을 줄은 꿈에도 몰랐지. 진안까지 흘러들어 팔자 고친다고 홀아비를 만났는데, 그 홀아비가 전처 자식들만 주렁주렁 달아놓고 세상을 떴다더라…… 자기 속으로 난 자식들 버리고 집을 나가 기껏 남 속으로 난 자식들이나 키우면서 살았다더라…… 남 속으로 난 자식들 키우고 사느라 발바닥 지문이 닳는 줄도 모르고 인삼 행상을 다녔다더라…… 얼마나 고생을 했는지 몸이 절반으로 줄어 있었지. 죽은 홀아비의 누이라는 이가 엄마가 산 세월을 들려주었지. 40년 만에 만났는데 치매가 와서 나를 못 알아보더라…… 당신 자신조차 까맣게 잊은 엄마가 개 패듯 팬 아버지 이름은 기억하고 있더라…… 죽은 홀아비는 성이 박이었는지, 김이었는지도 기억 못 하면서 징글징글한 아버지 이름은 기억하고 있더라…… 백충식이라는 이름 석 자는 까먹지 않고 기억하고 있더라…… 백충식이 누구요? 하고 물었더니 남편이라고 하더라…… 인연이라는 게 그렇게 무섭지, 그러게 인연이라는 게 함부로 맺을 게 못 되지. 40년 만에 엄마를 만나고 돌아온 날 밤부터 옷감을 끊어다 활옷을 짓기 시작했지. 엄마 돌아가실 때 입혀드리려고 활옷을 짓기 시작했지. 우중충한 삼베로 지은 원삼을 입혀 보내드리고 싶지 않아서, 그렇게 보내면 한으로 남을 것 같아서, 불쌍하게 살다 간 엄마가 죽어서까지 팔자를 못 고칠 것 같아서, 죽어서까지 팔자를 못 고칠 것 같아서. 자수 잘 놓는 여자를 찾아와 모란꽃과 나비를 수놓아달라고 부탁했지. 모란꽃은 부귀, 나비는 소생. 다시 태어나 부귀를 누리고 살라는 의미로 모란꽃과 나비를 소매에도 수놓아달라고 부탁했지. 이가 죄다 빠져 입이 구덩이처럼 꺼진 엄마가 활옷을 입으면 열일곱 새색시처럼 피어날 것 같았지. 엄마를 새로 시집보내는 심정으로 활옷을 지었지. 활옷을 짓고 나서야 지긋지긋하기만 한 바느질이 내 업이라는 생각이 들더라…… 야속하기도 하지. 활옷을 못 입혀드렸으니. 그 홀아비의 누이라는 여자로부터 뒤늦게 엄마가 죽었다는 소식을 듣고는 부랴부랴 활옷을 싸들고 급하게 진안으로 내려갔지. 허망하게도 활옷을 못 입혀드렸지. 삼일장 끝내고 땅에 묻은 뒤라 영영 못 입혀드렸지."

영천한복 여자가 어머니에게 입히려고 지었다는 활옷은 모르는 사람이 없었지만, 그것을 구경한 사람은 없었다. 그녀의 이야기가 매번, 활옷을 싸들고 내려갔지만 이미 장사를 지낸 뒤라 입혀드리지 못한 데서 끝이 났기 때문이었다.

눈속눈금자

단골들의 몸 치수를 어머니는 훤히 꾀고 있었다. 자로 재기에 애매하고 미묘한 부위의 치수까지 속속들이.

자로 재기 어려운 부위의 치수를 어머니는 눈속눈금자로 쟀다. 어머니의 눈 속에는 눈금자가 들어 있었다. 눈금자 대개가 1밀리미터 간격으로 눈금이 표시되어 있었지만, 어머니의 눈속눈금자에는 그보다 더 세밀하고 자잘하게 눈금이 표시되어 있었다. 어머니의 눈속눈금자는 눈금과 눈금 사이가 누비 바늘보다 가늘고 촘촘했다.

그렇다고 어머니에게 눈속눈금자만 있는 것은 아니었다. 어머니는 모두 일곱 개의 자를 가지고 있었다. 눈속눈금자 한 개, 대나무로 만든 자 세 개, 둘둘 말면 달팽이 모양이 되는 줄자 한 개, 앵두나무

로 만든 자 두 개. 앵두나무 자는 곡선으로 휘어져 있었다. 휘어지는
데도 앵두나무로 자를 만드는 이유는, 앵두나무 자가 자손의 번창을
가져다준다는 미신 때문이었다.

　앵두나무 자는 부령할매도, 복래한복 주인 여자도 가지고 있었다.
그녀들의 앵두나무 자들 또한 어머니의 앵두나무 자처럼 휘어져 있
었다. 휜 정도와 방향이 조금씩 다를 뿐이었다. 복래한복 주인 여자
는 시어머니로부터 받은 것까지 합쳐 모두 열두 개나 되는 앵두나무
자를 가지고 있었다. 복래한복에서 조금이라도 손때가 탄 바느질 도
구들과 물건들은 그녀의 죽은 시어머니의 것이었다. 그 모든 게, 바
늘 하나에서부터 미싱까지. 시어머니가 죽고 그 모든 게 자신의 것이
되었는데도, 그녀는 여전히 죽은 시어머니의 소유라는 생각을 떨치
지 못했다. 복래한복의 주인이 여전히 버젓이 살아 있는 그녀 자신이
아니라, 죽은 시어머니라는 생각 또한. 복래한복의 단골들은 대개
시어머니의 단골들이었다. 죽은 시어머니와의 오랜 인연과 정을 끊
지 못하고 복래한복에서 옷을 지어 입었다. 복래한복의 새 주인인 며
느리의 바느질 솜씨와 옷 짓는 솜씨를 못 미더워하면서도 여전히 옷
을 지어 입었다. 엿도 못 바꾸어 먹을 정도로 낡았다고 불평하면서도
그녀가 죽은 시어머니의 바느질 도구들과 물건들을 버리지 못하고
고스란히 물려받아 쓰는 것은, 그것들을 부적처럼 여기기 때문이었
다. 그것들마다 시어머니의 영혼과 기운이 부적처럼 서려 있어서 함
부로 버렸다가 무슨 화를 당할지 모른다는 맹목적이고 미신 같은 두
려움 때문이었다. 그녀는 녹슨 바늘 하나도 버리지 못하고 간직하고
있었다.

바느질하는 여자치고 어머니가 자를 많이 가졌는지, 적게 가졌는지 금택은 판단이 서지 않았다. 어머니가 가지고 있는 자는 늘지도 줄지도 않았다. 어머니는 앵두나무 자를 거의 쓰지 않으면서도 버리지 않았다.

부령할매의 앵두나무 자와 어머니의 앵두나무 자, 복래한복 주인 여자의 앵두나무 자. 그 세 앵두나무 자 중에 가장 절창으로 휜 것은 부령할매의 것이었다.

복래한복 주인 여자는 어머니보다 다양하고 많은 자를 가지고 있었지만, 눈속눈금자는 가지고 있지 않았다. 부령할매에게 눈속눈금자가 있었는지, 없었는지 금택은 기억나지 않았다. 그렇지만 부령할매가 자신만의 자를 가지고 있다면 그 자는 눈 속이 아니라 손이나 손가락에 달려 있을 것 같았다. 부령할매는 손으로 짚고, 손가락을 대가면서 길이를 가늠하고는 했다. 한 마디, 두 마디, 세 마디와 함께 한 뼘, 두 뼘, 세 뼘은 부령할매 고유의 절대적이고 융통성 있는 길이를 재는 단위였다.

품이나 등 기장 같은 큰 치수를 잴 때 어머니는 줄자를 사용했다. 품은 가슴 윗둘레와 가슴 밑둘레, 목둘레, 화장이었다. 가슴 윗둘레는 겨드랑이를 지나 돌려서 쟀고, 가슴 밑둘레는 젖꼭지를 지나 가장 볼록한 곳을 쟀다. 화장을 잴 때는 팔을 내리게 하고 목 뒤 뼈에서 어깨를 지나 손목뼈까지 쟀는데, 앞에서가 아니라 뒤에서 쟀다. 기장과 등 기장을 잴 때는 목 뒤 뼈에서부터 쟀다.

어머니는 자신의 눈속눈금자를 함부로 꺼내들지 않았다. 꼭 필요할 때 그것을 꺼내들었고, 다른 자로는 도무지 잴 수 없는, 세심하고 결정적인 부위의 치수를 재는 데 사용했다. 옷감을 고르느라 정신이 없을 때 슬그머니 꺼내들었기 때문에, 단골들은 어머니의 눈속눈금자를 알아차리지 못했다. 가슴 윗둘레와 밑둘레 사이의 길이, 제비초리가 있을 경우 제비초리에서 목 뒤 뼈까지의 길이, 팔뚝 둘레, 손목 둘레, 어깨 둘레. 턱의 들린 각도와 목의 휜 정도, 어깨선의 경사와 굽은 정도 또한 어머니는 눈속눈금자로 쟀다.

어머니의 눈속눈금자는 단골들의 미묘하게 달라지는 치수를 그때그때 정확하게 짚어냈다. 반년에 한 번, 1년에 한 번꼴로 누비옷을 지어 입기 위해 우물집을 찾는 단골들은 살이 내려 있거나, 올라 있었다. 대개 며느리를 하나나 둘 보았을 만큼 나이 들어 허리가 굽고, 어깨가 처져 있었다. 허리가 기형적으로 굽고, 등과 팔뚝에 살이 두둑하게 오른 여자도 있었다. 오십견이 와 팔을 어깨 높이까지 올리지 못하는 여자도 있었다.

어머니의 눈속눈금자는 자세 또한 쟀다. 자세에도 치수가 있었다. 오로지 어머니의 눈속눈금자로만 잴 수 있는 치수였다. 앉아 있을 때의 자세와 서 있을 때의 자세. 어머니는 두 치수 다 쟀다.

눈속눈금자로 잰 치수를 어머니는 기록하지 않았다. 일수 장부로도 모자랄 그 많은 치수를 어머니는 머릿속에 달달 외웠다.

"저고리 깃을 부추 씨 정도 내려서 굴릴게요."

금택은 어머니가 단골인 여자에게 그렇게 말하는 걸 들은 적이 있었다. 눈속눈금자로 잰 치수의 경우 어머니는 숫자가 아니라 곡식이나 씨앗, 열매, 나뭇잎을 치수 단위로 사용했다. 들깨, 흑임자, 복수초 씨앗, 해바라기 씨앗, 완두콩, 팥, 대추, 도토리, 전나무 잎 등등이 다 치수 단위로 요긴하게 쓰였다.

"부추 씨 정도 내려서 굴리든, 호박 씨 정도 내려서 굴리든 군위네가 알아서 하게."

남편이 부산에서 어묵 공장을 크게 한다는 여자는 복래한복의 오랜 단골이기도 했다. 진갑이 내일모레라는 그녀를 어머니는 광안리 은(殷) 사모님이라고 불렀다.

"부모 형제 떨어져 혈혈단신 부산으로 흘러든 소년이 어묵 공장 사장이 되어 떵떵거리고 살 줄 누가 알았을까?"

중학교 교복 차림의 까까머리 소년이 일자리를 구걸하고 다니던 모습을 생생하게 기억하고 있는 단골들은, 그의 대기만성을 수수께끼로 여겼다.

"1년 열두 달, 까마귀도 울고 갈 만큼 새카만 교복만 입고 살았지. 닳다 못해 반질반질 빛이 났으니까."

단골들은 그의 키가 그때 이후로 조금도 자라지 않은 것을 제대로 못 먹고 죽으라고 일만 한 탓으로 돌렸다. 그와 함께 어묵 공장에서 일하던 또 한 소년은 여전히 어묵 공장에서 일당을 받으면서 일을 한다고 했다.

"평생 어묵 공장에서 생선살이나 치대면서 살 줄 알았는데, 장가 들자마자 오뉴월 꽃처럼 신수가 훤히 피더라. 장가들어 신수가 피는 사내들이 있지. 깡통 쪼그라들 듯 쪼그라드는 사내도 있는가 하면……"

십수 년도 더 전에 죽은 복래한복의 옛 주인이 지은 옷 말고는 옷 취급도 않던 은 사모님은 어머니에게서 누비저고리를 한 벌 해 입은 뒤로는 우물집까지 찾아와 옷을 해 입었다. 그녀는 정리를 내버리지 못하고 복래한복에서 옷을 해 입으면서도 새 주인인 며느리의 옷 짓는 솜씨에 노골적으로 불만을 토로했다. 복래한복 주인 여자는 그녀 대로 당신 몸 생긴 건 생각도 않고 애먼 옷 탓만 한다고 불만이었다. 은 사모님은 목이 유난히 짧고 굵은 데다, 뒷덜미와 양 어깨에 살이 두둑하게 올라 있었다. 그녀는 어머니에게서 누비저고리를 해 입은 뒤로 조끼든, 배자든, 두루마기든 1년에 한 벌은 맞추어 입었다.

저고리 깃을 부추 씨 정도 내리는 것과 내리지 않는 것은 단순히 부추 씨 정도의 차이가 아니었다. 하늘과 땅만큼 큰 차이였다. 옷깨나 볼 줄 알고 입을 줄 아는 여자들이 어머니의 단골이 된 것은 어머니가 저고리 깃을 부추 씨 정도 내릴 줄 알기 때문이라고 금택은 생각했다.

어머니의 눈속눈금자는 '몸 없이' 몸 치수를 쟀다. 단골들은 자신들의 늙은 부모나 남편의 저고리와 바지, 조끼, 두루마기를 가져와 옷을 주문하고는 했다. 어머니의 눈속눈금자는 '몸이 입었던 옷'으로 몸 치수를 계산해냈다. 어머니는 먼저 옷을 바닥에 펼쳐놓고 줄자로 품과 길이를 잰 뒤 눈속눈금자를 꺼내들었다. 깃이나 소매 등에 눈속눈금자를 가져다댔다. 금택은 어머니가 아무래도 깃 부분의 해진 정도로 목이 짧은지 굵은지 짐작하는 듯했다. 어머니의 눈속눈금자는 옷에 잡힌 구김도 세심하게 살폈다. 겯마기 부분을 특히나 세심하게 살폈는데, 오래 입은 옷은 아무리 풀을 먹이고 다림질을 해도 구김이 주름처럼 잡혀 있었다.

인간만 귀하지 않았지

마을에서 여간해서 구경하기 힘든 승용차가 마을에 들었다. 승용차는 칡덩굴처럼 뻗은 길을 올라 우물집 함석 대문 앞에 이르렀다. 때마침 뒷산에서 주운 도토리 보따리를 젖먹이 자식처럼 끌어안고 내려오던 마을 여자들은 승용차가 우물집 앞에 서는 것을, 승용차 뒷자리에서 다부지게 생긴 여자가 내리더니 남색 비단 치맛자락을 추스르면서 우물집을 둘러보는 것을 지켜보았다.

여자가 우물집 함석 대문을 밀고 안으로 들 때, 금택은 마루에서 재색 명주 조각에 바늘땀을 떠 넣고 있었다. 화순은 마을 여자아이들과 어울려 강가로 놀러 나가고 집에는 어머니와 금택뿐이었다.

마당으로 들어선 여자의 눈길은 마루 위 여자아이에게 쏠렸다. 마루는 누각처럼 마당에서 높이 들려 있었다. 돌계단을 다섯 개나 오르고 댓돌로 올라서야 마침내 마루였다. 댓돌에서 마루까지 그 높이만도 꽤 되어서, 자매가 마루 끝에 엉덩이를 걸치고 앉아도 발이 댓돌에 닿을락 말락 했다. 여자아이의 어깨 너머 흙벽에는 주황색 틀이 인상적인 거울이 매달려 있었다. 거울에 여자아이의, 무명저고리에 머리를 길고 야무지게 땋아 내린 뒷모습이 떠올라 있었다. 박꽃처럼 흰 무명저고리와, 먹물에 담갔다 꺼낸 듯 짙은 흑색 머리가 만들어내는 기묘한 조화는 여자를 단박에 사로잡았다. 여자는 순간적으로 여자아이가 하나가 아니라 둘인 줄 알았다. 고만고만한 두 여자아이가 마루에서 서로 등을 지고 앉아 있는 줄 알았다.

여자의 시선을 의식한 금택이 고개를 들어 여자를 멀거니 바라보왔다. 이 집이 누비옷을 짓는 집이 맞는지 물었다. 뜸을 들이다 금택이 고개를 끄덕였다.

"이름이 뭐니?"

이번에도 여자는 여자아이가 아니라 거울 속에 대고 물었다.

"금택이요……"

금택은 이번에도 뜸을 들이다 중얼거렸다. 여자의 시선이 번번이 자신에게서 비껴나 있어서 자신이 아니라 다른 사람에게 묻는 것 같았다. 오른쪽 눈썹 위 작두콩처럼 큰 사마귀가 인상적인 여자의 얼굴은 바위를 깎아 만든 듯 강렬했다.

우물집 마당을 둘러보던 여자가 위엄과 생기 넘치는 목소리로 금택에게 또다시 물었다.

"뭘 하는 거지?"

"……바느질이요."

그렇게 대답해놓고 금택은 아차 싶었다.

"어린애가 바느질을 다 하네."

여자가 기특하다는 듯 웃었다.

"하기야 나도 너만 할 때 바느질을 배웠지……"

여자는 회상에 잠겨 중얼거렸다. 돌계단을 올라와 마루로 다가섰다. 금택의 손에 들린 명주 조각을 들여다보았다. 명주 조각에는 진드기가 달라붙은 듯 바늘땀이 떠져 있었다. 유심히 들여다보면 바늘땀들의 크기와 땀 사이의 간격이 제각각이었지만, 반복해서 떠 넣은 탓에 땀은 고르게 보였다.

"뭘 만드는 거지?"

"아무것도요."

금택은 고개를 흔들었다.

"아무것도? 아까운 천하고 실을 낭비해서야 쓰나!"

여자가 혀를 차면서 나무랐다.

"기왕 바느질을 할 거면 쓸모 있는 걸 만들 생각을 해야지. 하다못
해 동전 주머니라도 만들어야지…… 안 그러니?"

여자가 금택을 나무랐다.

"내가 너만 할 때는 천이 귀했지. 방직 공장들이 생기고 기계로 천
을 찍어내니까 그렇지, 우리 어릴 때는 수건 한 장도 귀했어. 어디 천
만 귀했나? 쌀도 귀하고, 소금도 귀하고, 마실 물도 귀했지. 귀하지
않은 게 하나 있긴 있었지…… 그게 뭔지 아니?"

"……?"

"모든 것이 귀했는데 딱 하나 귀하지 않은 게 있었어."

"……"

"인간만 귀하지 않았지. 인간이 먹고, 마시고, 입을 것들은 귀했는
데 정작 인간만은 귀하지 않았단다. 그러니 전쟁이 나고 난리 통에
그렇게나 죽이고 죽었지……"

그때 서쪽 방 미닫이문이 열리고 어머니가 쪽마루로 나왔다. 금택
은 손에 들고 있던 명주 조각을 얼른 뒤로 숨겼다. 그 모습을 지켜보
던 여자가 의미심장하게 웃었다. 어머니가 마루에서 내려와 여자를
맞았다.

화순이 마을 아이들과 놀다가 지쳐서 돌아왔을 때 우물집 앞에 서
있던 승용차는 가버리고 없었다.

여자가 다시 우물집을 찾은 것은 첫 서리가 내리고 나서였다. 그때도 금택은 마루에서 바느질을 하고 있었다. 여자를 보자마자 금택은 자신도 모르게 천 조각을 뒤로 숨겼다. 금택은 여자가 나무라듯 한 말을 잊지 않고 있었다. 바느질을 할 거면 하다못해 동전 주머니라도 만들어야 한다는 여자의 말이 떠오를 때마다 바늘땀이 크게 떠지거나 비뚤게 떠졌다. 금택은 바느질로 뭔가 쓸모 있는 것을 만들 엄두가 나지 않았다. 쓸모 있는 뭔가를 만들기 위해 바늘을 원했던 것이 아니었다. 금택은 어머니를 닮고 싶었다. 바느질하는 여자인 어머니를 닮고 싶었다. 대답하기 어려운 질문으로 금택을 곤혹스럽게 하던 지난번과 다르게 여자는 빙그레 미소만 지어 보일 뿐 아무 질문도 던지지 않았다.

여자가 대구에서 방직 공장을 하는 옥(玉) 사모님이라는 것을 안 것은 화순을 통해서였다. 여자가 세번째로 우물집을 다녀가던 날 화순은 마침 집에 있었다. 여자는 혼자가 아니라 다른 여자들과 함께였다.

"딸이 둘이었군."

화순을 보고 여자는 흥미로운 사실을 발견한 것처럼 중얼거렸다. 금택에게 그랬듯 화순에게 이름을 물은 뒤 자신이 데려온 여자들을 이끌고 서쪽 방으로 들었다. 여자가 돌아간 뒤 화순은 어머니와 여자들이 나누는 이야기를 엿듣고서 알게 된 사실을 금택에게 전했다.

"대구에서 큰 방직 공장을 한대."

어머니에게서 누비옷을 지어다 입는 단골은 열 명 남짓이었다. 옥 사모님은 새롭게 등장한 어머니의 손님이었다.

푸새와 다듬이질

어머니에게 무명 한 필은, 무명 한 필이 아니었다.

무명 한 필로 어머니는 세 종류의 다른 천을 만들었다. 무명이면서, 무명이 아닌 천들을.

푸새와 다듬이질로 어머니는 그렇게 했다. 푸새와 다듬이질에 필요한 재료와 도구는 멥쌀 넉 되와 다듬잇돌과 홍두깨, 숯다리미가 전부였다.

푸새는 풀을 먹이는 것으로, 어머니는 주로 멥쌀로 풀을 쑤었다. 무명 한 필에 풀을 먹이기 위해 어머니는 멥쌀 두 되로 풀을 쑤었다. 멥쌀 두 되는 적은 양이 아니었다. 멥쌀 한 되는 여섯 끼를 해 먹을 수 있는 양이었다. 밥을 지을 때 어머니는 멥쌀만으로 짓지 않았다. 보리, 감자, 고구마, 무채, 시래기, 콩나물, 우엉, 연근…… 어머니는 그중에 두서너 가지를 섞어서 지었다. 멥쌀보다 보리가 더 많았고, 보리보다 감자나 고구마가 더 많을 때도 있었다. 여름에는 감자나 콩나물을, 겨울에는 무채나 고구마를, 이른 봄에는 시래기를 주로 넣었다. 밥을 지을 때는 멥쌀 한 톨도 아끼는 어머니였지만 풀을 쑬 때는 아끼지 않았다. 어머니는 멥쌀 이외에 아무것도, 보리쌀 한 알도 섞지 않고 풀을 쑤었다.

어머니는 먼저 멥쌀 두 되를 밤새 물에 불렸다. 가래떡 뽑을 멥쌀을 불리듯 하루 저녁 물에 불렸는데, 어머니는 그것을 삭힌다고 표현했다.

풀 쑬 멥쌀이 삭혀지는 동안 우물집에서는 땡감이 소금물에, 끝물

고추가 된장에, 취나물이 간장에, 무와 삭힌 고추가 소금물에, 황석어가 굵은 소금에 삭혀지기도 했다. 우물집으로 이사를 들던 해 겨울에는 김장 김치와 함께 오징어가 땅에 묻은 항아리 속에서 삭혀지기도 했다.

물을 머금어 씨눈이 들뜨고 백색이 도는 멥쌀을 어머니는 맷돌에 갈았다. 두 배로 불어난 멥쌀이 맷돌에 갈리면서 쌀뜨물보다 농도 짙은 흰 즙이 젖처럼 맷돌을 타고 흘렀다. 어머니는 맷돌을 속이 깊고 둥근 함지박 속에 넣고 갈았다. 불그스름한 함지박 속에서 맷돌이 돌아가는 것을 들여다보고 있으면, 거대한 짐승의 심장 속에서 두 돌덩이가 맞물려 돌아가는 것 같은 기분이 들었다.

맷돌은 전체적으로 탁한 회색빛으로, 총천연색 광물 조각들이 창백한 밤하늘에 흐리게 뜬 별처럼 점점이 박혀 있었다.

맷돌 가는 소리는, 가는 것이 무엇이냐에 따라 달랐다. 불린 멥쌀을 갈 때는 익은 벼이삭을 훑는 소리가, 삶은 콩을 갈 때는 달구지 바퀴가 비탈길을 올라가는 소리가, 푹 찐 팥을 갈 때는 기름진 밭을 호미로 가만가만 가는 소리가, 말린 옥수수 알갱이를 갈 때는 우박이 양철지붕에 떨어지는 소리가 났다.

맷돌에 간 멥쌀을 어머니는 가마솥에 넣고 끓였다. 한 식경쯤 죽을 쑤듯 흠씬 물러져 걸쭉해질 때까지 은근한 불로 끓였는데, 죽이 가마솥 바닥에 들러붙지 않게 부지런히 주걱으로 저어주었다. 가마솥의 검은색과 죽의 흰색은 극명한 대비를 통해 오히려 조화를 이루었다. 차지고 끈끈한 성질이 어느 정도 생기면 어머니는 깨를 거르거나 밀가루를 곱게 내릴 때 쓰는 체에 걸렀다. 체에 거르는 과정을 통해 고와진 죽을 다시 가마솥에 넣고 풀처럼 끈적끈적한 점성이 생길 때까지 주걱으로 저어가면서 끓였다.

맷돌에 간 멥쌀이 죽이, 미음이, 풀이 될 때까지 어머니는 가마솥 앞을 떠나지 않았다. 풀이 쑤어지는 동안 어머니의 얼음장 같은 두 손에는 온기가 돌았다.

멥쌀을 삭히는 시간까지 합치면 꼬박 하루가 걸려 쑨 풀은 희고 걸쭉하고 끈적거리고 부드러웠다.

어머니는 풀을 밥공기 세 개에 공평하게 나누어 담았다.

무명 한 필의 길이는 밭고랑 길이 정도로, 20미터였다. 풀을 3등분했듯, 무명 한 필 역시 어머니는 3등분해 세 장으로 만들었다. 그리고 세 장의 천에 각각 다른 방식으로 풀을 먹였다.

한 장은 문대고 주물러 풀을 먹였다. 어머니는 먼저 풀을 무명 보자기에 싸 물에 넣고 치댔다. 수제비 반죽을 치대듯 치대다 보면 풀이 우러나왔다. 부옇게 풀이 우러난 물에 무명을 넣고 문대고 주물러 풀을 먹였다. 밥 뜸 들이는 시간만큼 주물러 풀을 먹인 뒤 무명 보자기에 넣고 지긋지긋 눌러가면서 물기를 뺐다. 비틀어 짜지 않는 것은, 그렇게 하면 구김이 남기 때문이었다.

또 한 장은 김에 들기름을 바르듯 풀을 발랐다. 김을 바르는 데 쓰는 대나무 솔로 풀을 적셔 발랐다.

나머지 한 장은 뿌려서 풀을 먹였다. 어머니는 풀을 입안에 머금고 무명에 뿌렸다. 핏기 없이 파리한 입이 벌어질 때마다 풀이 사방으로 뿌려지면서 무명에 스몄다. 입에 풀을 머금고 옷감에 뿌리는 방식은 부령할매가 흔히 하던 방식이기도 했다. 풀을 다 먹이고 나면 부령할매의 입과 입가는 마른 풀이 버짐처럼 허옇게 일어나 있었다.

어머니는 그렇게 풀을 먹인 세 장의 무명을 또 각각 다른 방식으로 말렸다.

문대고 주물러 풀을 먹인 무명의 경우 어머니는 약간 덜 말랐을 때 거두어 차곡차곡 이불을 개키듯 접었다. 그러고는 광목으로 둘둘 싸, 버선 신은 발로 자근자근 밟아주었다. 납작해질 때까지 밟아준 뒤 홍두깨에 둘둘 말아 다듬잇돌에 대고 두드렸다. 두드리는 동안 무명은 풀기가 마르는 동시에 씨실과 날실이 촘촘하게 조여졌다. 풀 기가 다 마를 때까지 메주 치대는 소리가 나도록 두드렸다.

김에 들기름을 바르듯 발라 풀을 먹인 무명은 잘 말린 뒤 이슬이 오르는 곳에 두었다가 빳빳해질 때까지 숯다리미로 다린 뒤, 꾸덕꾸 덕 마를 때까지 다듬이질을 했다.

문대고 주물러 풀을 먹인 무명은 숙고사-무명이, 김에 들기름을 바르듯 발라 풀을 먹인 무명은 갑사-무명이, 입안에 머금고 뿜어 풀 을 먹인 무명은 자미사-무명이 되었다.

풀을 먹이면 짱짱해지고 보푸라기가 잘 일지 않는 데다 광택이 돌 아 때가 잘 타지 않았기 때문에, 어머니는 간혹 그렇게 풀을 먹였다. 무명과 광목에 주로 풀을 먹였는데, 풀을 먹인 무명과 광목으로는 누비옷을 짓지 않았다. 금택이 생각할 때 아무래도 풀기가 씨실과 날실 사이에 배어들어 올을 튕기기가 어렵기 때문인 것 같았다. 어 머니가 누비옷을 짓는 데 가장 많이 쓰는 명주의 경우, 풀을 푼 물에 담갔다가 꺼내 축축한 상태에서 다듬이질을 했다.

우물집에는 가마솥이 두 개로, 마을 어느 집 가마솥보다 검고 윤기가 흘렀다. 염색 재료를 달이거나 푸새에 쓸 풀을 쑬 때 어머니는 서쪽 방 아궁이 위에 가부좌를 틀고 앉은 가마솥을 썼다. 서쪽 방 아궁이는 부엌 바깥에 있었다. 부엌 아궁이 위 가마솥으로는 밥을 짓고, 국을 끓이고, 감자를 쪘다.

푸새할 풀을 쑤기 전 어머니는 가마솥을 태웠다. 가마솥 안에 짚을 넣고 불을 붙였다. 짚이 타들면서 가마솥은 너덜너덜 찢긴 무명 같은 연기를 토했다. 연기가 가라앉으면 짚이 타고 남긴 재를 쓸어내고, 쇠똥처럼 뭉친 짚으로 가마솥 안을 닦았다. 들기름 묻힌 무명으로 가마솥에 반질반질 윤기가 돌 때까지 문댔다.

들기름을 바르기 전 가마솥이 거친 광목 느낌이라면, 들기름을 바른 가마솥은 명주 느낌이었다.

어머니는 들기름 바르는 일을 딸들에게 시키고는 했다. 들기름을 바르는 동안 가마솥은 뭉근하고 검은 열기에 휩싸였다. 언제까지나, 태양이 식은 뒤에도 식지 않을 것 같은 검은 열기는 금택에게 묘한 위안을 주었다.

들기름을 바르는 것으로 끝이 아니었다. 어머니는 짚과 물을 가마솥에 넣고 팔팔 끓였다. 한껏 달아오른 가마솥은 들기름이 속으로 스며들어 툭툭한 옥양목 느낌이 났다.

가마솥을 태우고 기름칠을 하는 시간까지 합치면, 풀을 쑤는 데 걸리는 시간은 꼬박 나흘이었다.

어머니가 푸새와 다듬이질만큼 중요하게 여기는 것이 있었다. 염색으로. 소색이던 무명은 염색을 통해 다양한 빛깔을 띠었다.

어머니는 오리나무 열매나 백당나무 열매 같은 열매로도, 복숭아나 소귀나무 가지 같은 가지로도, 칡 잎이나 은행나무 잎이나 모시 잎 같은 잎사귀로도, 홍화 씨나 창이자나 결명자 같은 씨앗으로도 염색을 했다. 억새와 양파 껍질로도. 오배자라는 붉나무에 생긴 혹으로도, 노란 꽃이 앙증맞은 애기똥풀로도. 염색을 거친 무명은 청색을, 자색을, 흑색을, 황색을, 적색을 입었다.

두 달에 한 번꼴로 어머니는 대구에 다녀왔다. 아침을 먹고 대문을 나선 어머니는 어스름을 몰고서야 우물집으로 돌아왔는데 손에는 어김없이 광주리만 한 옷감 보따리가 들려 있었다. 어머니는 대구가 아주 먼 곳이 아니지만 그곳까지 가는 차편이 복잡하다고 했다. 마을이 행정상으로는 경주에 속하지만 울산 쪽에 붙어 있어서 대구까지 가려면 버스를 여러 번 갈아타야 한다고 했다.

어머니가 대구에 나가 떼어오는 옷감은 주로 광목, 무명, 명주였다. 매번 뻔했지만 자매는 어머니가 어떤 옷감을 떼어올지 궁금해했다. 나중에 염색을 해 색을 입히기는 했지만 화순은 어머니가 칙칙한 옷감만 떼어오는 것이 불만이었다. 한복 거리에 살 때 화순은 화려하고 강렬한 색깔과 문양의 비단들을 질리게 보았다.

아무 염색을 하지 않아 본연의 색인 소색을 띤 옷감들을 어머니는 우물물에 한 사흘 우렸다. 하루 세 차례 우물물을 새로 갈아가면서 우렸는데, 그렇게 해야 옷감에 묻은 불순물과 풀기가 빠진다고 언젠가 어머니는 딸들에게 일러주었다. 불순물과 풀기가 빠진 옷감들을 어머니는 햇볕에 바짝 말려 쟁여두었다가 그때그때 풀새를 하고, 다듬이질을 하고, 염색을 해서 썼다. 광목이나 무명의 경우 손으로 살살 비벼 빨아 풀기를 뺐다.

그날도 어머니가 대구로 천을 뜨러 가고 우물집에는 금택과 화순, 둘뿐이었다. 해가 서쪽으로 기울면서 돌담은 우뭇가사리묵 같은 그늘을 마당으로 묵직하게 드리웠다.

어금니 같은 돌멩이로 공기놀이를 하던 자매는, 금택의 발 앞으로 지나가는 개미 행렬을 보았다. 땅에 고둥 모양으로 돌기한 구멍에서 갈색 개미들이 꼬리에 꼬리를 물고 밀려 나오고 있었다. 줄 지어 일사불란하게 이동하는 개미들이, 금택은 누빌 선을 따라 떠 넣은 바늘땀들 같았다. 한참 비가 오지 않아 누렇게 메마른 땅은 광목이었다. 풀새도, 다듬이질도 하지 않아 톡톡한 질감이 고스란히 살아 있는 광목이었다.

껍질 속에 알알이 들어찬 서리태를 보고도, 무명실에 줄줄이 꿰어 처마에 매단 감을 보고도, 까만 전깃줄에 빽빽하게 앉아 있는 참새 떼를 보고도 금택은 어머니가 반복해서 떠 넣은 바늘땀 같다고 느꼈다.

"징그러워."

화순이 공기놀이를 하던 돌멩이로 개미들을 짓뭉갰다. 화순의 갑작스럽고 무차별적인 공격에 평화롭게 이어지던 개미 행렬이 순식간에 흐트러졌다. 선두 그룹이 몰살을 당한 줄도 모르고 구멍에서는 개미들이 계속 밀려 나왔다. 바늘땀이 엉망으로 떠지듯, 개미들은 나아갈 방향을 종잡지 못하고 헤맸다.

놀란 금택이 말렸지만 화순은 들으려 하지 않았다. 오히려 더 잔인하게 개미들을 돌멩이로 짓뭉갰다. 흰 고무신 신은 발로 구멍을 뭉개고 나서야 돌멩이를 내던졌다. 함석 대문을 부수듯 열고 마을로 뛰어 내려갔다.

금택은 죽은 개미들을 한 마리 한 마리 집어 자신의 발 앞에 줄지어 늘어놓았다. 간격을 고르고 일정하게 맞추어서.

수십 마리의 죽은 개미가 그리는 죽음의 행렬을 금택은 물끄러미 내려다보았다. 화순이 흩뜨린 줄이 금택에 의해 복원되어 있었다. 그사이 돌담 그늘은 깊어져 있었다.

그날따라 어머니가 늦도록 돌아오지 않았다. 능이버섯 같은 어스름이 거뭇거뭇 우물집과 마을을 덮도록 돌아오지 않아 금택의 속을 태우던 어머니는, 버스가 끊기고도 한참이 지나서야 우물집을 향해 걸어 올라왔다.

어머니는 떼어온 옷감들을 서쪽 방에 부렸다. 수탉의 벼슬보다 붉고, 용담꽃보다 파란 비단을 풀어 헤치는 어머니는 혼이 나간 얼굴을 하고 있었다.

"무서워."

서쪽 방을 들여다보던 금택은 어깨를 떨었다.

"뭐가 무서워?"

화순이 물었다.

"홀리잖아."

"홀려?"

"사람을 홀리잖아."

손무명 50필

비단에는 명주와 양단이 있다. 둘 다 누에고치에서 뽑은 명주실로 짠 본견이었지만, 어머니가 누비옷을 짓는 데 쓰는 명주는 단색인데다, 아무 문양도 없어 올이 잘 읽혔다. 푸새와 다듬이질과 염색을 어떻게 하느냐에 따라 다양한 감촉과 광택을 띠었기 때문에, 옷감으로 쓰기 전까지 품이 많이 들었다.

양단은 겹으로 두껍게 짠 비단으로, 명주보다 촉감이 부드럽고 광택이 돌았다. 대개 은실이나 금실이나 색실로 수가 놓아져 있었다. 하다못해 하루살이처럼 작은 문양이라도. 양단으로 누비옷을 지을 경우 어머니는 올을 튕기는 대신에 초크로 죽죽 선을 그어 누빌 선을 표시했다. 두꺼운 데다, 문양들 때문에 올을 읽기가 어렵기 때문이다. 어머니는 양단으로 누비옷을 지을 경우 될 수 있으면 작고 단순한 문양의 양단을 옷감으로 썼다. 문양들이 크거나 다양하면 누비질로 애써 떠 넣은 땀들이 묻히기 때문이었다.

명주는 명주실로 짠 본견으로만 만들었지만, 양단은 화학섬유로 짠 인견으로도 만들었다. 복래한복 여자는 명주실로 짠 양단을 본견 양단이라고, 화학섬유로 짠 양단을 인견 양단이라고 불렀다. 인견 양단의 경우 물빨래를 해도 되어서 물실크라고도 불렀다. 복래한복에서 가장 인기가 좋은 양단은 인견 양단이어다.

양단은 다시 문양에 따라 다양하게 나뉘었다. 꾸미고 생색내기를 좋아하는 복래한복 주인 여자가 양단을 좋아해서, 금택은 복래한복 시절에 자연스럽게 양단 문양을 익혔다. 복래한복 주인 여자는 양단을 문양에 따라 다르게 불렀다. 모란 문양은 모본단, 구름 문양은 운문단, 금실이 들어간 것은 금직단, 꽃과 새 문양은 화조단, 복숭아 문양과 석류 문양은 도류단, 부처님 손 모양은 불수단. 대개는 두세 개의 문양이 어우러져 수놓아져 있었다.

옷감용 천들은 재료가 같아도, 그것을 짜는 과정에서 다른 느낌의 천이 되었다. 한 명주여도 풀을 얼마나 먹이고, 다듬이질을 얼마나 하느냐에 따라 윤기와 질감과 짜임의 촘촘한 정도가 달라지듯. 감나무 잎과 대나무 잎이 다른 것처럼 생판 다르기도 했고, 소나무 잎과 전나무 잎이 다른 것처럼 미미하게 다르기도 했다. 곰취와 참취가 같은 취이면서도 향이 다른 것처럼 달랐던 것이다. 야산에서 나는 돌미나리와 물가에서 나는 미나리가 다른 것처럼. 첫 순 부추와 두번째, 세번째로 올라오는 부추가 다른 것처럼(어머니는 봄부터 여름내 우물 뒤쪽 둔덕진 땅에 부추를 길러 먹었다. 비죽비죽 올라온 순을 베 먹으면 금세 또 순이 나왔다. 첫 순 부추는 질감은 연했지만 향은 무척 짙었다). 미역이 난 곳이 진도냐, 기장이냐, 완도냐, 영덕이냐에 따라 다른 것처럼.

"기장 먹은 원창 보도라워서 잘 퍼지고 끓일수록 뽀하이 국물이 우러나오고예, 진도 먹은 보도라운 게 기장 먹보다야 떨어지지만 깔끔하지예. 완도 먹은 빼신 게 잘 퍼지지 않아 소괴기하고 푹 끓이면 좋지예. 보기에는 비슷비슷해도예, 끓이면 대반 차이가 나지예."

멸치나 미역, 김을 보따리로 지어 이고 팔러 다니는 건어물 행상 여자의 설명처럼.

복래한복에 살 때 금택은 양단 문양뿐 아니라 여러 옷감을 익혔다. 갑사를, 자미사를, 풍기 비단을, 옥양목을, 노방을.

그것은 산골에 사는 아이가 저절로 나물 종류를 익히는 것만큼이나, 바닷가에 사는 아이가 조개 종류를 익히는 것만큼이나 자연스러운 일이었다. 복래한복에 살 때 자매는 바닷가 아이들이 조개껍데기를 가지고 놀듯 천 조각을 가지고 놀았다.

아무리 옷감 천지라지만 어린아이치고 금택이 옷감의 종류와 이름을 익힐 수 있었던 것은, 그것을 음식과 비교해 이해했기 때문이었다. 부령할매에게서 무의식중에 배운 방식으로, 그녀는 음식을 옷감과 비교해 말하고는 했다. 음식뿐 아니라 사람 성격과 됨됨이도, 날씨도. 복래한복을 떠난 뒤로는 기회가 되면 서쪽 방에 들어 천 조각을 주워 모았다. 새들의 찢긴 날개를 줍듯 천 조각들을 주워 모으는 동안 금택은 저절로 옷감들의 종류와 고유의 특성을 더 깊이 이해하고 익히게 되었다. 옷감 이름을 외우는 것이, 사람 이름을 외우는 것보다 금택은 이상하게 더 쉽고 재미있었다.

짜임이 성기고 얄따란 갑사는 들기름을 바른 돌김이었고, 부드럽고 은은한 자미사는 감자떡이었다. 까끌까끌하고 차가운 풍기 비단은 들기름 바른 파래김, 버선 감으로 흔히 쓰이는 흰 옥양목은 꾸덕꾸덕 마른 가래떡이었다.

잠자리 날개처럼 훤히 비치는 노방이 사골을 보얗게 우린 국물이라면, 칠색단은 도가니탕이나 소꼬리곰탕이었다. 칠색단은 일곱 가지 색의 실을 사용해서 무늬를 만들어낸 원단으로 화려하고 두툼했다.

항라라는 옷감을 명주로도, 모시나 무명실로도 짠다는 것 또한 금택은 알게 되었다. 당항라와 문항라로 나누어진다는 것도. 생사로 성기게 짠 것이 당항라였고, 고른 배열 규칙에 따라 문양을 넣어 짠 것이 문항라였다. 당항라는 파래무침이었고, 문항라는 무파래무침이거나 달래파래무침이었다.

한복 거리의 바느질하는 여자들은 저마다 특별히 좋아하는 옷감이 있었고, 그 옷감과 닮아 있었다. 무명을 특별히 좋아하는 어머니가 명주나 양단이나 모시보다는 무명을 더 닮은 것처럼.

순박하고 정이 많은 영천한복 여자는 모시를, 차갑고 쌀쌀한 서울한복 여자는 풍기 비단을, 처연한 아씨한복 여자는 옥양목을, 약삭빠른 진한복집 공주네는 칠색단을 특별히 좋아했다. 착하고 온순한 월성댁은 자미사를.

스스로를 최고라고 생각하는 정인한복 여자는, 비단 중에서도 가장 오래 삶은 숙고사로 짠 최고급 비단을 좋아했다. 정인한복은 한복 거리에서 옷을 가장 잘 짓는다고 소문이 나 있었다. 정인한복 단골들은 하나같이 부잣집 마나님들이었다. 한복 거리에서 옷 짓는 값이 최고로 비싼 데다 최고급 옷감만 취급하기 때문에 돈푼깨나 있는 마나님들이 아니면 지어 입을 엄두를 못 냈다.

명주실로 짠 비단이어도, 명주실을 삶은 정도에 따라 달랐다. 삶지 않은 명주실인 생사(生絲)로 짠 비단보다, 삶은 명주실인 숙고사로 짠 비단이 훨씬 광택이 뛰어났다.

정인한복에 고급스럽고 유행하는 옷감이 많다면, 복래한복에는 오래되고 귀한 옷감들이 많았다. 그녀의 죽은 시어머니가 살아생전 모은 옷감들로, 반닫이 속에서 오래 묵어 삭고 곰팡이 같은 얼룩이 져 있었다. 도무지 옷을 지어 입지 못할 정도로 상한 옷감들을 복래한복 여자는 골칫덩어리처럼 여기면서도 버리지 못했다. 그 옷감들에도 시어머니의 영혼과 기운이 부적처럼 깃들어 있다고 믿기 때문이었다. 시어머니의 제사를 앞둔 어느 날인가는 그녀가 손무명 옷감을 꺼내 펼쳐 보이면서 잔소리를 퍼붓듯 중얼거리는 소리를 금택은 들은 적이 있었다.

"하여간 우리 어머니는 손무명을 최고로 치셨으니까. 옛날에는 다 손으로 지었지, 기계가 어디 있나? 기계 무명이 판을 치는 것을 보고 손무명 50필을 사두셨다고 했어. 기계 무명은 무명으로 치지도 않으셨지. 투박한 손무명이 뭐가 그리 좋으셨을까. …… 손무명이 귀한 때가 올 거라고 하셨지. 구하고 싶어도 못 구할 때가 올 거라고. 목화를 따 씨를 뺀 뒤, 손으로 일일이 밀어 고치로 말고, 일일이 물레를 돌려 실을 자아서는, 일일이 베틀에 짜 지었다고 생각하면 귀하기야 귀하지. 아무리 그래도 아까워서 쓰지도 못하고 썩힐 손무명을 50필이나 사두셨을까? 죽지 않고 천년만년 바느질로 옷을 지으면서 살 줄 아셨을까? 옷도 못 지을 거, 관 속에나 넣어드리는 건데…… 어차피 옷도 못 지을 옷감들 전부 꺼내다가 관 속에나 넣어드릴 걸…… 손무명 50필 살 돈으로 금덩이나 사두셨으면 오죽 좋아? 비단도 아니고, 흔해터진 무명을 글쎄 돼지 한 마리 값을 주고 사셨다고 했지. 손무명 50필하고 돼지 한 마리하고 맞바꾸신 걸 보면, 우리 어머니가 은근히 옷감 욕심이 많으셨다니까."

고작 자신의 새끼발가락만 한 누에고치에서 수십 종류의 옷감을 얻는다고 생각하면 금택은 기분이 이상했다.

인연이 아니니까

늦봄에 다녀간 건어물 행상 여자는, 늦가을 잊지 않고 우물집을 찾아왔다. 마루에 보따리들을 풀고 건어물 좌판을 열었다.

"기장 멱이 잉굼님 수랏상에 오른 진상품으로 쓰였다는 건 다 알지예? 산모에게는 기장 멱이 장떠지만, 새일에 소괴기나 달 찢어 옇고 끓이기에는 완도 멱이 좋지예."

여자는 그렇게 어머니가 멸치든, 미역이든, 김이든, 북어든 하나를 사줄 때까지 가지 않고 건어물에 대해 자신이 알고 있는 상식을 구구단 외우듯 늘어놓았다. 운 좋게 밥때가 닿으면 수제비나 국수를 한 그릇 얻어먹고 가기도 했다. 여자가 다녀가는 날이면 우물집에는 짠 건어물 냄새가 감돌았다. 어머니는 누비옷을 지으러 찾아오는 단골들 말고는 우물집에 함부로 사람을 들이지 않았지만, 건어물 행상 여자에게는 싫은 눈치를 주거나 하지는 않았다. 난쟁이는 아니지만 땅딸막한 그녀는 솜이불만 한 보따리를 머리에 이고 행상을 다녀서인지 목이 바둑알처럼 납작하게 눌려 있었다.

어머니는 멸치 한 상자와 북어 한 쾌를 샀다. 김 한 톳이나 멸치 한 상자를 사는 게 고작이던 어머니가 북어 한 쾌를 집어 들자 만족한 여자는 마루에 늘어놓은 건어물들을 거두었다.

"북어가 푹 삶아 묵으믄 보약이라예, 다 죽어가는 멍뭉이도 살리는 게 북어라예. 보름에 한 번꼴로 집에서 다리 뻗고 자는 내 꼬라지도 꼬라지지만예, 아줌니도 안됐어예. 부지깽이처럼 말라가지고 예……"

여자는 풀었던 보따리들을 다시 꾸리기 위해 마당에 대고 보자기를 탈탈 털었다. 멸치 비늘이나 미역 부스러기가 묻어 있기 일쑤인 보자기는 낡고 해져 뚱기저귀 치대듯 치댄 아욱 같았다. 보자기를 다시 꾸리기 전 여자는 습관인 듯 그것을 허공에 대고 탈탈 털었다. 그 모습을 가만히 지켜보던 어머니가 여자에게 잠깐 기다려보라는 눈빛과 손짓을 보냈다.

여자를 붙들어두고 서쪽 방에 든 어머니는 바늘과 실, 쪽빛 명주 조각을 챙겨가지고 나왔다. 누비 바늘의 두 배쯤 되는, 시침바느질을 할 때 주로 쓰는 바늘에 녹색 명주실을 꿰더니, 명주 조각을 보자기의 뜯어진 곳에 덧대고 바느질을 하기 시작했다. 우물집에 들어와 살면서 어머니가 서쪽 방에서 나와 바느질을 하는 것은 그것이 처음이라 금택은 당황스러웠다. 쉬지 않고 입을 놀리던 여자는 갑자기 벙어리가 되어서는 자못 진지한 얼굴로, 어머니가 바느질하는 모습을 구경했다. 어머니는 한쪽 무릎을 세우고 앉아 바느질을 했는데, 누비대에서 바느질을 할 때와 동작이 달랐다. 누비질을 할 때보다 팔이 그리는 곡선이 훨씬 부드럽고 컸다. 어머니는 바늘과 실을 길게, 바늘을 잡은 쪽 어깨가 그렇지 않은 쪽 어깨보다 뒤로 젖혀지도록 잡아당겼다. 누비 바느질을 할 때 어머니는 팔을 거의 움직이지 않았다. 손목만 목각 인형의 목처럼 까딱까딱 규칙적으로 움직였다. 바늘땀은 보자기와 그 위에 덧댄 명주 조각에 반반씩 걸쳐져서 떠졌는데, 반듯하지 않고 사선으로 기울어져 있었다.

뜯긴 곳을 명주 조각으로 덧댄 보자기를 어머니가 여자에게 건넸다.

"새로 장만해야지 하믄서도 쉽지가 않네예. 정이 들어서 말이지예. 보자기가 뭐라구⋯⋯"

여자는 보따리를 꾸릴 생각은 않고 자신과 바늘이 실은 얼마나 인연이 깊은지 어머니에게 들려주었다.

대구 위 왜관에서 태어나고 자란 여자는 상주로 시집을 갔다고 했다. 바다하고 먼 곳에서 태어나 역시나 바다하고 먼 곳으로 시집을 간 자신이 울산에서 자리를 잡게 될 줄은 몰랐다고, 더더구나 건어물 행상을 해서 먹고살 줄은 꿈에도 생각을 못했다고 했다. 상고(商高)까지 나왔지만 월북한 큰아버지 때문에 신원보증에 걸려 합당하고 변변한 직장을 구하지 못한 남편이 보증마저 잘못 서는 바람에 빚더미에 올랐다고, 벼룩보다 극성인 빚쟁이들을 피해 산달이 다 된 몸을 이끌고 야반도주하듯 울산으로 내려갔다고 했다. 울산 터미널 근처 여관에서 나흘을 숙식하다 소여물통보다 못한 방을 얻어 세를 들었다고, 그 방에서 첫 애를 낳았다고 했다.

"아칙 되니까 주인 할매가 멱국을 끓여 방구적으로 들이밀어주지 뭐예. 멱국에 메리치가 동동 떠다니지 뭐예. 허기가 그렇게 지는데도예, 미역국을 입에도 못 대고 버렸어예. 워낙 비우가 약하게 태어난 데다 어려서부터 동태밖에 귀경을 몬해선지 비렁내 나는 건 입에도 못 댔어예. 몬살아도 소괴기 넣고 끓인 멱국은 묵어봤어도예, 메리치나 넣고 끓인 멱국을 묵어봤어야지예. 큰아 백일 돌아오도록 남

핀이 편적편적 돈버리를 몬하니까예, 주인 할매가예 하루는예, 큰아들이 시장서 건어물 도매를 한다믄서예, 행상바치를 해보지 않겠냐고 물어오대예…… 방세도 몬 내고 있으니 길바닥으로 쫓아내지도 못하고 주인 할매도 답답했겠지예. 그렇게 건어물 행상바치를 시작했지예."

태어난 지 6개월 된 애를 백수건달로 노는 남편 손에 맡기고 처음 멸치 행상을 나가던 날을 잊을 수 없다고 여자는 말했다. 멸치 열다섯 상자를 등에 지고 머리에 이고 대구 거쳐 영주까지 시외버스를 타고 올라갔다고 했다. 멸치를 팔러 들어간 식당에서 말 한마디 못 꺼내고 도망치듯 나왔다고. 해는 떨어지고, 꼭 쥐약 같은 빨간 약을 젖꼭지에 발라 젖을 겨우 뗀 애는 자꾸 눈에 밟히고, 죽어버리겠다는 말을 입에 달고 사는 남편이 충동을 못 이겨 목이라도 매달까 봐 걱정은 되고, 도무지 자신이 없어 차라리 남의 집 식모살이나 해야겠다는 생각으로 도로 울산으로 내려가려고 영주 터미널 앞에 앉아 있었다고. 팔려가는 염소처럼 쪼그리고 앉아 눈물 바람을 하고 있는데 친정아버지만큼이나 늙수그레한 사내가 다가오더니 멸치 한 상자가 얼마나 하느냐고 묻더라는 것이었다. 그녀가 얼른 대가리와 똥을 빼건넨 멸치 맛을 보더니 국물 내기 알맞게 짭짤하다면서 두 상자를 사주었다고 했다.

"멸치가 짜기는 짰을기예, 눈물 훔친 손으로 대가리하고 똥을 빼건넸으니 말이지예."

멸치를 두 상자 팔고 나니까 남은 열세 상자를 다 팔기 전에는 영주를 뜨지 말아야겠다는 오기가 독초(毒草)처럼 저절로 생겨나더라고 했다. 길바닥에서 잘 수는 없고 하룻밤에 50원 하는 여관방에 들어 잠을 자는데, 누가 훔쳐가기라도 할까 봐 멸치 열세 상자를 머리맡에 탑처럼 차곡차곡 쌓아두고 새우잠을 잤다고 했다.

"멸치 상자가 아니라 불국사 석가탑이 머리맡에 버티고 서 있는 것 같았어예. 멸치 상자로 쌓은 석가탑을 끼고 천수경을 외우면서 탑돌이 하는 상상을 하다가 겨우 잠이 들었어예."

닷새 만에 열세 상자를 전부 팔고 울산으로 내려갔더니 남편이 이 불로 굴을 만들어 그 안에서 나오지도 않고 살고 있더라고 했다. 행상을 떠나던 날 아침에 차려놓고 간 밥상이 방 안에 그대로 있더라고 했다. 보름 뒤 다시 나선 행상에서는 아예 미역과 김, 북어도 짊어지고 버스에 올랐다고 했다. 국밥 한 그릇 못 사 먹고 길에서 파는 오뎅 한 개, 호떡 한 개, 풀빵 한 개로 허기를 면하면서 1년 365일 중 3백일은 행상을 다니면서 살고 있다고 했다. 피난민처럼 거지꼴을 하고 행상을 다니면서도 딸을 여섯이나 낳았다고 했다. 재수가 좋은 날은 건어물을 팔러 들어간 집에서 밥 한 그릇이나 국수 한 그릇, 미숫가루 한 사발 얻어먹고 기운을 차린다고 했다. 그때나 지금이나 잠든 동안 누가 훔쳐갈까 봐 건어물들을 머리맡에 탑처럼 쌓아두고, 탑돌이 하는 상상을 하다가 잠든다고 했다. 단양 위로 제천까지 안 다녀본 데가 없다고 했다. 발에 못이 박히도록 건어물 행상을 다녀 울산에서 겨우 자리를 잡자 시어머니가 시누이 둘을 데리고 내려왔다고 했다. 애를 하나 낳았다지만 스물두 살 젊으나 젊은 나이에 세상 무서운 줄 모르고 행상을 나설 수 있었는지 그 시절을 생각하면 뒤미처 두려움이 앞서 가슴을 다 쓸어내린다고 했다. 쓸어내릴 가슴도 없는 가슴을 쓸어내린다고 했다. 충청도와 경상도 통틀어 안 다녀본 데가 없지만 친정이 있는 왜관에는 절대 가지 않는다고 했다.

"나도 바늘하고 인연이 깊다면 깊지예. 일곱 살 때 벌써 바늘을 들었지예. 우리 친할머니가 천 쪼가리 하나도 못 버리게 했지예. 천 쪼가리를 이어서 조각보 짓는 걸 가르쳤지예. 파리가 똥 싸듯이 감치라고 귀가 따갑게 잔소리를 하는데, 파리가 똥을 어떻게 싸는지 일곱 살이 뭘 알아야지예. 시집을 가니까 시어머니가 바느질을 못하게 하대예. 여자가 바느질을 하면 가세가 기운다고예. 실이고 천이고 자르는 게 일이라, 복이 잘려 나가버린다고예. 것도 잘려 나갈 복이 있어야 말이지예. 바느질을 했으면 팔도사방 객지로 행상 안 다니고 집에서 자식들 챙겨가면서 먹고살 수 있었을 낀데예. 딸 여섯을 행상 다니면서 낳아서 그런가 성한 데가 없어예. 넷째는 하마터면 길에서 낳을 뻔했지 뭐예. 애가 또 들어서려나 순댓국 한 그릇 먹는데 헛구역이 나와 간신히 먹었어예. 바느질도 못하게 한 시어머니가 아들 낳을 때까지 낳아야 한다고 성화지 뭐예. 아들 낳을 때까지 딸을 열이고 스물이고 낳으라고예. 배불러 사돈의 팔촌조차 없는 객지로 행상 다니는 며느리가 불쌍하지도 않은가……"

할 말이 많지만 그쯤에서 참는다는 듯 여자가 꿀꺽 소리 나도록 침을 삼켰다. 흉년이라 멸치 값이 다른 해보다 비싸다면서 멸치 상자를 풀어 헤쳤다.

"메리치가 숭년이라 메리치젓도 몬 담그게 생겼다고 난리라예."

"인연이 아니니까예."

여자가 대가리와 똥을 뺀 멸치를 어머니에게 건넸다.

"바늘하고 나하고 인연이 아니니까예. 아줌니는 바늘을 몇 살에 처음 잡았어예?"

"스물네 살에요……"

"스물네 살예?"

믿기지 않는다는 듯 여자가 눈을 동그랗게 뜨고 어머니를 바라보았다.

"그봐예……"

여자는 멸치를 한 개 집어 대가리와 똥을 빼고 자신의 입으로 가져갔다. 멸치 대가리가 여자의 발밑으로 떨어졌다.

"아줌니는 바늘하고 인연이 있는가 봐예. 스물네 살에 잡은 바늘로 먹고살고 있으니예. 남들은 시집 가서 아를 낳아도 둘은 거뜬히 낳았을 나이에 바늘을 다 잡았네예?"

여자가 물었지만 어머니는 다문 입을 벌리지 않았다.

"아무리 생각해도예, 역마살이 끼어서 바늘하고 인연이 안 된 것 같아예, 의성서 만난 관상쟁이가 내 얼굴을 들여다보더니예, 역마살이 끼었다고 하대예. 도화살까지 끼었으면 폐가망신할 팔자였다고 하대예. 엉덩이가 벌레 묵은 복숭아츠럼 짓무르도록예, 진득하니 앉아서 해야 하는 게 바느질인데예, 그놈의 역마살이 끼었으니 말이지예. ……더듬어보면 그때가 가장 행복했어예. 할머니하고 천 쪼가리들 이어 조각보 지을 때가예. 촛불이 흔들릴 때마다 할머니 그림자하고 내 그림자가 작아졌다 커졌다 했지예. 소꿉장난을 하는 것 같았어예."

빨간색, 노란색, 파란색, 분홍색, 살구색, 포도색, 깻잎색, 팥색,

귀리색, 거머리색, 염소눈빛색, 토끼똥색, 산비둘기똥색, 동쪽하늘
색, 콩죽같은땀색…… 여자는 자신의 할머니가 천 쪼가리들을 방바
닥에 죽 벌여놓고 자신에게 가르쳐준 색깔들을 하나하나 떠올렸다.
일자무식인 할머니가 동식물이나 자연의 이미지에 대치하여 지은
색명(色名)들이 우스워 죽겠는지 소리 없이 웃었다. 여자가 소리 없이
웃는 것은 처음이었다. 웃을 때 여자는 소리를 냈다. 양은 대야 속 다
슬기를 박박 치대는 소리를 냈다. 이상한 것은 여자가 소리 내고 웃
을 때는 가짜로 웃는 것 같았는데, 소리 없이 웃을 때는 진짜로 웃는
것 같았다. 소리 내고 웃을 때 여자의 얼굴은 따라 웃지 않았지만, 여
자가 소리 내지 않고 웃을 때는 얼굴이 따라 웃었던 것이다. 눈가에
주름이 잡히도록 여자의 얼굴이 따라 웃었던 것이다.

"열자손톱색."

여자가 박수를 치면서 말했다.

"열자손톱색이요?"

여자가 하는 이야기를 무덤덤하게 듣던 어머니가 물었다.

"열자가 고몬데예, 얼굴도 본 적 없어예. 내가 태어나기 전에 옥
천으로 시집을 보냈는데예, 아들 하나 낳고 죽었어예. 옥천 알지예?
생전 만난 적도 없는 열자손톱색을 어떻게 알겠어예."

눈물까지 찔끔찔끔 짜면서 웃던 여자는, 자신의 할머니가 천 쪼가
리들을 어디서 그렇게 다 주워 모았는지 뒤미처 의아해했다.

여자는 할머니가 지은 색깔 이름들이 계속 떠오르는지 중얼중얼
하더니, 광주리가 천 쪼가리로 가득했다고 말했다. 겨우 엄지발가락
만 한 것부터 사람 얼굴만 한 것까지 크기와 모양과 색깔이 제각각이

었다고 했다.

"색깔이 각객인 천 쪼가리들이 다투지 않고 어불래는 게 히얀했어예."

여자는 종종 꿈을 꾼다고 했다. 할머니 방에 드는 꿈으로, 할머니는 없고 광주리만 덩그러니 방 안에 놓여 있다고 했다. 천 조각으로 가득하던 광주리 속이 번번이 텅 비어 있다고 했다. 할머니가 없는 것은 슬프지 않은데, 광주리에 천 쪼가리 한 장 없는 것은 몹시 슬프다고 했다.

"할매가 조각보 끈티이는 몬 뀌매게 하데예. 복이 내리 있으라고예. 뀌매지 않고 나놓아야 복이 내리 들어오다고예."

버스가 마을을 지나가는 시간이 거의 다 되었다는 걸 깨달은 여자가 서둘러 보따리를 쌌다. 버스는 기다리는 법이 없었기 때문에 마을 사람들은 일찌감치 신작로에 나가 버스를 기다렸다. 버스는 약속된 시간보다 이르게 마을을 지나가기도 했다. 오늘 안으로 김천에 가야 한다고, 김천에서 자신처럼 건어물 행상을 다니는 여자와 만나기로 했다고, 그러려면 버스를 꼭 타야 한다면서 여자가 애를 태웠다. 어머니가 멸치 한 상자와 북어 한 쾌를 사주었는데도 보따리는 줄지 않았다. 여자가 보따리 하나는 머리에 이고, 하나는 손에 들고 버스가 서는 데까지 달려가기에는 무리였다. 우물집에서 버스가 서는 신작로까지 3백 미터는 족히 되었다. 어머니가 금택에게 버스 타는 데까지 보따리를 들어다주라고 일렀다. 반도 못 갔는데 버스가 엿기름가루 같은 먼지를 일으키면서 마을을 향해 달려오는 것이 보였다. 여자와 금택은 버스를 향해 달렸다. 여자가 헐떡거리면서 버스에 오르는 것을 짜증스럽게 지켜보던 버스 기사가 금택을 향해 어서 타라는 손짓을 해왔다. 순간 금택은 보따리와 함께 자신도 버스에 올라야 할 것 같은 충동에 사로잡혔다. 금택은 강력하게 자신을 잡아끄는 운명의 힘을 느꼈다. 건어물 행상 여자의 운명이 자석처럼 금택 자신의 운명을 끌어당기는 것 같았다. 금택은 운명을 거부하면서 손에 든 보따리를 버스 안으로 던지듯 밀어 넣었다. 보따리가 버스 바닥을 구르면서 풀어졌고 상자가 벌어지면서 멸치들이 토해졌다. 거칠게 문이 닫히고 버스가 흙먼지 속으로 사라진 뒤에도 금택은 붙박인 듯 서 있었다.

일곱 살에 바늘을 든 여자는 건어물 행상을 업으로, 스물네 살에 바늘을 든 여자는 바느질을 업으로 살아가는 두 여자의 엇갈린 운명은 금택에게 불가해한 일처럼 신기하고 두렵게 다가왔다. 그것은 복래한복 주인 여자와 월성댁이라는 두 여자의 엇갈린 운명과는 또 달랐다. 복래한복 주인 여자와 월성댁의 운명은 엇갈렸지만, 그녀들은 어쨌든 둘 다 바느질하는 여자로 살고 있었다. 바느질하는 여자라는 운명으로 묶여 있었다. 어쨌든 복래한복 주인 여자도 바느질하는 여자였고, 월성댁도 바느질하는 여자였던 것이다.

금택은 자신과 화순의 운명이 어떻게 엇갈려 전개될지 궁금했다. 건어물 행상 여자와 어머니의 엇갈린 운명과도 복래한복 주인 여자와 월성댁의 엇갈린 운명과도 다르게 전개되리라는 짐작만 막연히 들었다.

콩죽같은땀색과 토끼똥색의 조화

조각보라는 낱말은 금택의 머리에 인상 깊이 박혔다. 그 낱말은 멸치나 미역이나 북어라는 낱말과는 달랐다. 명주나 양단이나 누비저고리나 활옷이라는 낱말과도.

금택이 느끼기에 조각보라는 낱말은 사투리가 심한 건어물 행상여자의 입에서 나온 낱말들 중 가장 아름답고 고귀했다. 그녀를 가장 들뜨게 하고 행복하게 하는 낱말이지만, 건어물들을 보자기에 싸짊어지고 행상을 다니는 동안 까맣게 잊고 있던 낱말 같았다.

조각보는 우물집에도 여러 장 있었다.

어머니도 건어물 행상 여자의 할머니처럼 조각보를 만들었다, 누비옷을 만들고 남은 천 조각들을 이어서. 어머니는 조각보들로 밥상이나 찐 감자가 담긴 소쿠리를 덮어두거나, 씨앗을 싸두었다. 조각보는 마을 어느 집 부엌에나 한두 장은 있었다. 부령할매의 부엌에도, 복래한복 부엌에도.

그날 건어물 행상 여자가 마루에 죽치고 앉아 자신의 할머니를 그리워하면서, 할머니가 지은 색깔 이름들을 중얼거릴 때, 금택은 받아쓰기 하듯 하나도 빼놓지 않고 공책에 받아 적었다.

빨간색, 노란색, 파란색, 분홍색, 살구색, 포도색, 깻잎색, 팥색, 귀리색, 거머리색, 염소눈빛색, 토끼똥색, 산비둘기똥색, 동쪽하늘색, 콩죽같은땀색, 고디똥색, 보름달품은구름색, 그믐달품은구름색, 청개구리색……

건어물 행상 여자의 할머니는 색깔이 다른 천 조각들을 이어서 조

각보를 만들었다고 했다. 크기가 다양한 조각보를 만들어 어떤 조각
보에는 씨앗을, 어떤 조각보에는 비녀와 가락지를, 어떤 조각보에는
갱엿을, 어떤 조각보에는 돈을, 어떤 조각보에는 흑백사진을 싸두었
다고 했다.

깻잎색과 염소눈빛색이 어우러져 조화를 만들어내는 것이, 동쪽
하늘색과 콩죽같은땀색과 고디똥색이 어우러져 조화를 만들어내는
것이 금택은 신기했다. 콩죽같은땀색을 토끼똥색과 보름달품은구름
색과 청개구리색과 동쪽하늘색과 거머리색이 사방에서 둘러싸 조각
보라는 하나의 세계를 이루는 것이 신기했다. 그 세계 속에 씨앗을
싸두고, 비녀와 가락지를 싸두고, 흑백사진을 싸두는 것이.

도무지 어울리지 못할 것 같은 색들을 한데 불러 모으고, 모은 색
들이 다투지 않고 하나의 세계를 만들어내는 것을 가능하게 하는 것
이 바느질이라고 금택은 생각했다. 바늘과 실과 바느질하는 손에,
코딱지만 한 천 쪼가리도 아까워서 버리지 못하는 마음이 더해진 바
느질이라고.

금택은 우물집도 하늘에서 내려다보면 조각보처럼 보일 것 같
았다.

우물집 기와지붕은 서너해묵은조선간장색 명주 조각이었고, 마당
은 누렁이똥색 광목 조각이었다. 들기름 먹인 마루는 손목이 헐렁거
리도록 다듬이질을 해 명주처럼 윤기가 도는 칡우린물색 무명 조각
이었다. 돌담은 밤껍데기색 광목 조각, 돌담 그늘은 도토리우린물색
아사 조각이었다. 이끼가 드문드문 번진 우물가는 모란 문양과 구름

문양이 어우러진 메주색 양단 조각이었다. 함석 대문은 까치똥색 양단 조각, 항아리들은 번데기색 명주 조각, 함석 대문 앞으로 뻗은 마을 길은 황기나무색 광목 조각이었다. 부추밭은 운문초록색 양단 조각이었다.

어머니는 감나무 그림자가 길어지면 씨를 받기 위해 부추를 더는 베어 먹지 않고 꽃이 피도록 내버려두었다. 꽃이 피었다 져야만 씨를 받을 수 있다는 걸 금택은 부추를 통해 깨달았다. 처서가 지나면 감나무 가지들은 시합하듯 지붕 이쪽 끝에서 저쪽 끝까지 그림자를 길게 드리웠다.

우물집 뒷산에서 불어오는 바람은 바람바늘이었고, 햇살은 햇살실이었다.

햇살실에는 명주햇살실과 무명햇살실과 초를 먹여 빳빳해진 명주햇살실이 있었다.

바람바늘의 귀는 누비 바늘의 귀보다 작았다. 동틀 즈음에야 바람바늘의 귀에 명주햇살실이 꿰어졌다. 바람바늘이 부드럽게 감치고 지나간 자리마다 바늘땀이 떠졌다. 파리가 똥 싸듯 바늘땀이 떠졌다. 아침 먹은 설거지를 할 즈음이면 바람바늘의 귀에는 초를 먹인 명주햇살실이 꿰어졌다. 정오 즈음에는 무명햇살실로 바뀌어 꿰어졌다.

금택은 앉은뱅이책상 서랍 속 천 조각들을 꺼내 자신의 앞에 늘어놓았다. 천 조각은 모두 스물한 개였는데 신기하게도 모양과 색깔이 다 달랐다.

"애기오줌색."

금택이 말했다.

"애기오줌색?"

화순이 물었다.

"애기오줌색이야."

금택은 항라 조각을 손가락으로 짚어 보였다.

"노란색이잖아."

화순이 말했다.

"애기오줌색이야."

금택은 그리고 그 옆의 국화문 양단 조각을 짚어 보였다.

"소혓바닥색."

"그건 보라색이구."

화순이 말했다.

"그리고 이건…… 참나무숯색"

금택은 갑사 조각을 짚어 보였다.

"그건 검정색이구."

화순이 말했다.

"염소눈빛색이 뭔지 알아?"

금택이 물었다.

"염소눈빛색?"

화순이 되물었다.

그날 낮에 금택은 염소를 보았다. 염소는 뒷산 파헤쳐진 무덤 가까이 매져 있었다. 금택은 조심스럽게 염소 곁으로 다가갔다. 손을 뻗으면 염소의 뿔을 움켜쥘 수 있을 만큼 바짝 다가가 염소 눈을 들여다보았다.

염소눈빛색은 노란 애기똥풀 꽃색에 번개색이 더해져 만들어진 색이었다. 한여름 밤하늘을 두 쪽으로 가르는 번개색이.

뒷산에서 내려오면서 금택은 생각했다. 염소눈빛색은 그 어디에도 없는, 염소 눈에만 있는 색이라고.

염소 눈을 본 뒤로 금택은 일기장으로 쓰는 공책에 자신이 발견한 색깔의 이름을 적어 나갔다. 막걸리색, 돼지허파색, 우물가이끼색, 폐병쟁이입술색, 꼬막털색, 뭉게구름그림자색, 몽고반점색, 잉어부레색, 소뼈우린색, 자라피색, 털벗긴닭껍질색, 수탉벼슬색, 오리기름색, 저수지물빛색……

의문해도 되는 것과 의문해서는 안 되는 것

가을이 깊어지자 어머니는 딸들을 서쪽 방으로 불렀다. 누비 바느질을 하면서 딸들에게 글자를 가르쳤다. 봄이 되면 둘 다 읍내에 있는 학교에 다닐 거라고 했다. 딸들은 누비대 앞에 나란히 엎드려 누런 갱지에 글자를 그리듯 적어 나갔다. 자매가 글자를 익히는 동안 어머니는 누비대 앞에 버티고 앉아 바늘땀을 떠 넣었다. 누비대에는 석유빛 양단 조끼가 고정되어 있었다.

필라멘트가 다해 파들파들 떨리는 백열전구 불빛 때문에 세 모녀는 마치 물속을 부유하는 듯 보였다.

딸들에게 연필과 공책을 나누어 줄 때도 어머니는 늘 그렇듯 공평했다. 갱지의 장수를 똑같이 맞추어서 나누어 주었다. 연필 한 자루에 갱지 열 장. 금택은 갱지가 아직 다섯 장이나 남았지만 화순은 두 장밖에 남아 있지 않았다. 금택은 연필과 갱지를 글자를 익히는 데만 썼지만, 화순은 종이 인형을 만들고 그림을 그리는 데 써버렸다.

까끌까끌한 갱지에 뭉툭해진 연필심이 스치는 소리와 누비대 위에서 바늘땀이 떠지는 소리가 묘한 하모니를 만들어내면서 서쪽 방에 떠돌았다. 금택은 자신의 이름을 반복해서 적어 나가는 틈틈이 누비대를 흘끔거렸다. 누비대 위 양단 조끼가 금택은 박쥐 같았다. 어머니가 뒷산에서 주운 죽은 박쥐를 누비대 위에 올려놓고 바늘땀을 떠 넣고 있는 것 같았다.

자음과 모음을 어느 정도 익힌 딸들에게 어머니가 가장 먼저 가르쳐준 글자는 이름이었다. 금택은 자신의 이름을 갱지에 반복해서 쓰면서 자신들의 성이 다르다는 것을, 친자매가 아니라는 것을, 어머니뿐 아니라 아버지도 다르다는 것을 새삼 인식했다.

"내 이름은 박화순, 언니 이름은 서금택."

화순이 이름을 쓰다 말고 중얼거렸다.

"어머니 이름은 뭐예요?"

금택 역시 궁금했지만 차마 묻지 못하던 것을 화순이 물었다. 자매는 어머니의 이름을 몰랐다. 어머니의 이름을 어머니 자신은 물론 아무도 자매에게 가르쳐주지 않았던 것이다. 마을 여자들은 어머니를 '바느질하는 여자'로 불렀고, 한복 거리의 바느질하는 여자들과 단골들은 '군위네'로 불렀다. 금택은 어쩐지 어머니에게는 이름이 없을 것 같았다. 금택은 어머니를 군위네라고 부르는 것보다 바느질하는 여자라고 부르는 것이 더 좋았다. 그것으로 어머니의 모든 게 설명되는 것 같았다.

"어머니 이름이요."

보채는 화순을 바라보는 어머니의 눈동자가 흔들렸다. 이름이 기억나지 않는 듯 얼굴을 찌푸렸다.

"남수덕……"

간신히 기억해낸 듯 어머니가 중얼거렸다.

"남수덕요?"

화순의 얼굴에 실망한 기색이 감돌았다.

"남수덕……"

"나는 박화순인데 어머니는 왜 남수덕이에요?"

"네 외할아버지 성을 따라서 그래……"

실망하는 화순과 다르게 금택은 어머니와 화순의 성이 다른 것에 안도했다. 자신의 성이 어머니의 성과 다르듯 화순의 성 또한 어머니의 성과 다른 것이 공평하게 생각되었다.

"'남'자는 어떻게 써요?"

금택이 조심스럽게 물었다. 잠시 망설이던 어머니가 금택의 갱지에 '남'자를 적어주었다. 금택은 갱지에 남금택이라고 적었다. 서금택이라는 이름보다 남금택라는 이름이 더 자신의 이름 같았다. 금택의 공책을 흘끔 들여다보면서 화순이 새된 소리로 중얼거렸다.

"남금택?"

당황해하는 금택과 어머니의 눈이 마주쳤다. 금택은 잘못이 탄로난 듯 심장이 뛰었다. 연필을 쥔 금택의 손이 떨렸다. 어머니가 자신을 혼낼까 봐 지레 겁을 먹었지만 그런 일은 일어나지 않았다.

제 이름을 쓸 수 있게 된 딸들에게 어머니는 '땅'이라는 낱말을 가르쳤다.

"땅은 다 받아들이지. 비도, 뿌리도, 썩은 열매도, 씨앗도, 뱀도, 죽은 새도, 죽은 사람도……"

"그걸 다요?"

금택이 물었다.

"모든 걸 다."

어머니는 공기, 물, 바람, 나무, 바위, 산 같은 한두 글자로 된 명사를 먼저 가르쳤다. 봄, 여름, 가을, 겨울도.

어머니는 자음과 모음이 어떤 규칙과 원리로 결합을 하는지에 대해서는 설명해주지 않았다. 어머니는 딸들에게 낱말을 통째로 외우게 했다.

'겨울'을 익힐 때쯤 어머니가 딸들에게 나누어 준 연필은 뭉툭하게 닳았다. 어머니는 연필을 한 자루씩 더 나누어 주었다.

필라멘트가 다한 백열전구가 나간 것은 자매가 '길'을 반복해서 쓰고 있을 때였다. 어머니는 더듬더듬 촛불을 찾아서 켰다. 조용히 타오르는 촛불 속에서 어머니는 '빛'이라는 단어를 가르쳐주었다. 빛이 가장 먼저 밝힌 것은 어머니의 얼굴이었다. 어머니의 얼굴은 공평하게 자매의 얼굴을 밝혔다. 어둠이 촛불의 먹이가 되어주었다. 어둠은 아무리 먹어도 줄어들지 않았다.

'강물'이라는 낱말을 반복해서 쓰던 금택은 문득 어머니가 그 어떤 원칙을 가지고 자신들에게 글자를 가르친다는 걸 깨달았다. 어머니는 자연과 밀접한 낱말을 먼저 자신들에게 가르쳤다. 계절을 가르치고, 낮과 밤과 새벽 같은 시간대를 가르쳤던 것이다.

새벽이라는 낱말을 먼저 써 보이기 전에 어머니는 말했다.

"새벽은 세상 모든 눈동자가 익은 밤송이처럼 열리는 시간이야."

자매가 갱지에 '새벽'을 반복해서 쓰는 동안, 어머니는 누비대 위 양단 조끼에 바늘땀을 떠 넣었다.

겨울이 깊어지자 어머니는 거울과 빗 같은 사물 이름을 가르쳤다. 금택과 화순은 비슷한 속도로 낱말을 익혀 나갔지만, 저마다 더 빨리 익히는 낱말이 있었다. 금택은 자연과 계절이나 시간과 밀접한 낱말을 더 빨리, 화순은 사물 이름을 더 빨리 익혔다. 금택이 단번에 외운 새벽이라는 낱말을 화순은 백 번 넘게 반복해서 쓰고 나서야 겨우 익혔다.

가을과 겨우내 어머니가 가르쳐준 서른 개 남짓한 낱말들 중 금택이 가장 흥미 있어 하는 낱말은 '땅'이었고, 화순은 '거울'이었다. '땅'이라고 갱지에 쓸 때마다 금택은 그 낱말이 나무뿌리를, 뱀을, 죽은 새를, 죽은 사람을, 씨앗을 품고 있는 것 같은 기분이 들었다.

갱지에 '우물'을 반복해서 쓰던 금택이 문득 고개를 들어 어머니를 바라보았다.

"바늘은 어떻게 써요?"

저녁에 먹은 시래기된장국 냄새가 금택의 입안에서 맴돌았다.

"바늘?"

어머니는 '실'이라는 낱말은 가르쳐주면서 바늘이라는 낱말은 가르쳐주지 않았다. '목화솜'과 '비단'이라는 낱말은 가르쳐주면서 바늘은 가르쳐주지 않았다. '가위'라는 낱말은 가르쳐주면서 바늘이라는 낱말은 가르쳐주지 않았다. '옷'이라는 낱말은 가르쳐주면서 바늘이라는 낱말은.

어머니가 새로운 낱말을 가르쳐줄 때마다 금택은 바늘은 어떻게 쓰는지 묻고 싶었다.

어머니가 금택에게 손을 내밀었다. 금택은 연필을 건넸다. 어머니는 갱지에 바늘이라는 낱말을 써 보였다.

화순은 어머니에게 질문하는 것을 두려워하지 않았다. 궁금한 것을 마음속에 담아두지 못하는 성격이기도 했다. 궁금한 것이 생기면 화순은 그때그때 어머니에게 물었다. 개구리와 뱀은 왜 겨울잠을 자는지, 흰 꽃은 있는데 검은 꽃은 왜 없는지, 태양과 달은 왜 한 개씩인지…… 돌림노래처럼 끝나지 않는 질문으로 어머니를 곤란하게 했다. 어머니는 혼란스러워하면서 화순이 던지는 질문들을 조용히 귀담아 들었다. 태양과 달이 왜 한 개인가, 하는 질문에는 빛의 근원지가 한 곳이어야 하기 때문이라고 설명해주었다. 물이 고여드는 우물이 하나인 것처럼, 빛이 시작되는 곳도 하나여야 된다고.

화순이 의문스럽게 생각하는 것들을 금택은 당연하게 받아들였다. 금택은 화순이 의문해서는 안 되는 것들을 두고 의문한다는 생각이 들었다. 그것은 어머니에 대해서도 마찬가지였다. 금택은 어머니에 대해 그 어떤 의문도 품지 않았다. 어머니는 금택에게 절대적인 존재였다. 어머니가 짓는 누비옷들도 마찬가지였다. 어머니가 어째서 누비옷만 짓는 것인지, 한 벌의 누비옷을 짓기 위해 그렇게나 많은 바늘땀을 떠 넣는 것인지, 짙은 원색의 옷감들로는 어째서 누비옷을 지으려 하지 않는 것인지 의문하지 않았다. 한 벌의 옷을 짓기 위해 꼭 그렇게나 많은 바늘땀을 떠 넣지 않아도 된다는 걸 잘 알고 있으면서도 그랬다.

화순은 어머니가 짓는 누비옷에 대해서도 질문을 던졌다.

지난봄, 어머니가 겨우내 걸쳐 완성한 누비배자를 보고도 화순은 의아해하면서 물었다. 조끼와 비슷하게 생긴 배자는 추울 때 저고리 위에 덧입는 옷으로, 단추와 주머니가 없고 겨드랑이가 깊이 파였다. 자초 뿌리로 염색을 한 보라색 명주로 어머니는 배자를 지었다. 흰색 꽃이 피는 자초의 뿌리는 보라색으로, 도라지처럼 가늘고 길었다. 어머니는 자초 뿌리를 잘게 썰어서 염색에 사용했다.

"노란색 실로 뜨지 그랬어요?"

그제야 실 색깔이 금택의 눈에 들어왔다. 실 색깔도 옷감과 동일한 보라색이었다. 실 색깔이 보라색이라는 걸 금택이 의식 못한 것은, 실 색깔보다 바늘땀들이 먼저 눈에 들어왔기 때문이다. 실 색깔을 인식하기 전에, 균일하게 반복해서 뜬 바늘땀들이 그리는 질서가 금택을 압도했던 것이다. 고구마줄기만 한 누비 간격과 오이씨만 한 바늘땀들 앞에서 금택은 기가 질렸다.

"노란색은 태양에 가까운 색이지……"

어머니가 중얼거렸다.

"보라색과 노란색은 서로 다툰단다."

"다퉈요?"

금택이 물었다.

"어우러지기 어려운 색들이야. 사람이 입는 옷인데 실 색깔과 옷감 색깔이 다투어서야 되겠니?"

어머니는 동의를 구하려는 듯 금택과 화순을 번갈아 바라보았다. 이해했다는 듯 고개를 끄덕이는 금택과 달리 화순은 불만스러운 표정이었다.

"누비질할 실은 옷감과 같은 색을 쓰거나 숨는 색을 써야 한다."

어머니는 화순을 뚫어져라 바라보고 말했다.

"숨어요?"

화순이 물었다.

"숨는 게 쉬운 일은 아니지."

금택은 어머니의 말을 이해할 수 있을 것 같았다. 금택과 화순은 간혹 마을 아이들과 어울려 숨바꼭질을 했다. 화순은 번번이 금방 들켰지만 금택은 끝까지 들키지 않았다. 숨는 것이라면 금택은 자신 있었다. 있는 듯 없는 듯 눈에 띄지 않는 법을 금택은 본능적으로 깨우치고 있었다. 어디에 숨어야 술래에게 발각될 염려가 없는지 금택은 단번에 파악했다. 아이들은 마을 집집을 돌아다니면서 숨바꼭질을 했다. 금택은 절대 다른 아이들과 함께 숨지 않았다. 화순과도 함께 숨지 않았다. 다른 아이들이 숨기를 기다렸다가 가장 나중에 숨었다. 아무도 숨지 않는 곳에 숨었다. 술래뿐 아니라, 술래에게 일찌감치 잡힌 다른 아이들조차 찾을 수 없는 곳에 숨었다. 화순이 술래일 때 금택은 더 꼭꼭 숨었다. 화순이 찾다가 지쳐 포기할 때까지 나오지 않았다.

참새, 나비, 사과, 복숭아, 도라지, 고사리, 고구마, 감자, 소금,

쌀, 염소, 토끼, 개, 고양이, 눈, 코, 입. 겨우내 어머니는 자매에게
낱말을 가르쳤다. 겨울이 끝나갈 즈음, 자매는 낱말들을 해체하고
결합해 어머니가 가르쳐주지 않은 낱말도 쓸 수 있게 되었다.

결을 읽을 줄 알아야 해

봄이 되자 자매는 논두렁으로, 밭으로 냉이를 뜯으러 다녔다. 신
작로에서는 구렁이 같은 흙먼지가 일었다. 마을을 통째로 삼킬 듯한
기세로 꿈틀거리던 구렁이는 가마솥에 넣고 밤새 삶은 듯 순식간에
형체를 잃고 흩어졌다. 냉이 뿌리는 웬만한 어른의 손보다 컸다. 냉
이를 캐려 식칼을 땅속으로 푹 찔러 넣을 때마다 금택은 오줌소태가
난 듯 엄지발가락까지 전율이 일었다. 땅은 아직 언 기가 덜 풀려 있
었다. 논두렁은 불을 놓아 군데군데 까맣게 그을려 있었다. 불길이
막 잦아든 논두렁에서 무명실 같은 연기가 피어오르고 재가 날렸다.
화순이 캔 냉이는 대부분 중간쯤에서 뿌리가 잘려 있었다. 금택은
땅속 깊이 식칼을 찔러 넣었다. 더러는 뿌리 길이가 두 뼘이 넘는 냉
이도 있었다. 냉이 캐기에 금세 싫증이 난 화순이 민들레나 제비꽃
이나 양지꽃에 정신이 팔려 있는 동안 금택의 소쿠리에는 냉이가 수
북이 쌓여갔다. 자신이 캔 냉이로 어머니가 된장국을 끓이고, 죽을
쑤고(냉이 반, 멥쌀 반으로 걸쭉하게 죽을 쑤었는데, 조선간장으로 간
을 맞추었다), 수제비를 끓이고(냉이를 뿌리째 절구에 빻아 밀가루 반
죽을 할 때 섞어서 치댔다. 밀가루만으로 반죽했을 때와 다르게 어머니
는 반죽을 뭉텅뭉텅 떴다. 밀가루만 반죽해 뜨는 수제비는 한복 속치마

처럼 얇게 떴다), 밀가루 반죽을 해 냉이부침개를 부치고, 무침 할 것
을 생각하면 금택은 흥분이 되었다. 고추장을 풀어 국물 간을 맞춘
냉이수제비는 광목이었다.

자매가 냉이를 한 소쿠리 뜯어 집에 돌아왔을 때 어머니는 딸들 방
에 있었다. 댓돌 위로 올라서던 금택은 멈칫했다. 솔잣새의 찢긴 날
개 같은 노란 명주 조각이 어머니의 손에 들려 있었다. 금택은 귀까
지 빨갛게 달아오르는 걸 느꼈다. 금택은 어머니에게 비밀을 들킨
기분이었다. 명주 조각에는 금택이 드문드문 아래위로 반복해서 뜬
바늘땀들이 죽죽 줄을 그리고 있었다. 어머니가 누비 선에 떠 넣은
바늘땀들을 흉내 내듯. 금택은 한 땀 한 땀 최대한 작게 뜨려고 집중
했고 그 덕분에 무당벌레가 소금쟁이 잎에 알을 낳아 놓은 듯 작고
고르게 바늘땀이 떠져 있었다. 하지만 바늘땀들이 그리는 줄은 곧게
뻗지 못하고 휘어져 있었다.

"바늘땀을 빽빽하게도 떴구나."

어머니가 희미하게 웃었지만 금택은 어쩐지 칭찬 같지 않았다.

"줄이 자꾸 어그러져요."

"결을 못 읽어서 그래……"

어머니가 말했다.

"결이요?"

결이라고 웅얼거릴 때 금택은 입속에 잔잔히 파문이 번지는 것 같
았다. 결이 뭘 말하는 것인지 금택은 알 것도 모를 것도 같았다.

"결을 읽으면서 떠야 해……"

어머니는 금택이 명주 조각에 고정시켜놓은 바늘을 뽑아 들었다.

"씨실과 날실이 가로, 세로로 반복 교차해 얽히고설켜 짜인 게 천이란다. 가로 방향으로 놓인 씨실들이 모여서 만들어내는 무늬가 결이지. 천을 다루려면 결을 읽을 줄 알아야 해. 결을 못 읽으면 천을 망치기 십상이야…… 결이 읽히니?"

어머니는 바늘 끝으로 씨실과 날실을 짚어 보이면서 설명했다.

"읽혀요……"

"결대로 바늘땀을 떠야 하는데 너는 결을 거스르면서 바늘땀을 떴구나……"

어머니가 씨실 끝을 손으로 만지작거리더니 새치를 뽑듯 잡아당겼다.

"올을 튕기는 거란다."

씨실이 당겨지면서 잡아당긴 자국이 명주 조각에 칼로 그은 자국처럼 나타났다. 어머니는 명주 조각을 사방으로 잡아당겨 씨실을 도로 제자리에 넣어주었다.

"선이 보이지?"

"……보여요."

"이 선을 따라 바늘땀을 떠보렴."

어머니가 건네는 명주 조각을 받아드는 금택의 손이 떨렸다. 어머니가 눈앞에서 올을 튕겨 보인 것은 그것이 처음이었다.

생각해보니 금택은 누비옷이 만들어지는 과정을 처음부터 끝까지 지켜본 적이 없었다. 한 계절에서 두 계절, 길게는 세 계절에 걸쳐서 만들어졌기 때문에 누비옷이 만들어지는 과정을 처음부터 끝까지 지켜보는 것은 사실상 어려웠다. 무명이나 명주가 누비저고리로, 누비치마로, 누비두루마기로, 누비마고자로 탄생하는 과정을 금택은 막연히 짐작할 뿐이었다. 주야장천 땀구멍 같은 바늘땀만 반복해서 떠 넣는 것 같지만, 한 벌의 누비옷이 만들어지기까지 여러 과정을 거쳤다. 대구까지 나가 옷감을 떼어오고, 그 옷감에 감이나 쪽이나 오배자 같은 물을 들이고, 다듬이질을 하고, 올을 튕겨 누빌 선을 표시하고, 치수를 재 도안을 뜨고, 마름질을 하고, 실에 초를 입히고, 앞뒤를 맞춘 천과 천 사이에 목화솜이나 누에고치나 종이 같은 충전재를 넣고…… 누비질에 들어가기 전 어머니는 듬성듬성 바늘땀을 떠 충전재가 안에서 뭉치거나 밀리지 않도록 고정시켰다. 어머니는 그것을 시침질이라고 했는데, 옷이 완성되면 전부 풀어버렸다.

밤에 금택은 서랍 속 천 쪼가리들을 꺼내 바닥에 늘어놓았다. 도토리묵색 명주, 고디똥색 명주, 콩죽같은땀색 광목, 갈치비늘색 명주, 산비둘기똥색 명주, 팥죽색 양단, 소뼈우린색 양단……
"뭐해?"
금택이 서쪽 방에서 주워 나르는 천 조각들을 거들떠보지도 않던 화순이 관심을 보였다.
"결을 읽고 있어."
팥죽색 양단에서 눈을 떼지 못하고 금택이 중얼거렸다.
"결?"
"결……"
금택은 망설이다가 어머니로부터 들은 대로 결에 대해 화순에게 설명해주었다. 금택은 화순에게 결에 대해 알려주려고 애쓰면서도,

140

어머니로부터 들은 모든 걸 알려주지는 않았다. 결을 읽으면서 떠야 바늘땀이 곱게 나온다는 것까지는 알려주지 않았던 것이다. 화순을 의식하고 견제하는 스스로가 싫었지만 어쩔 수 없었다.

흥미를 느낀 화순이 도토리묵색 명주를 들어 자신의 얼굴 가까이 가져갔다.

"읽혀?"

금택이 물었다.

"응, 잘 읽혀."

결을 읽는 게 재미있는지 화순은 갈치비늘색 명주를 집어 들고 그 것의 결도 읽었다.

소뼈우린색 양단을 들여다보는 금택의 얼굴에 혼란스러워하는 표 정이 서렸다. 결이, 씨실과 날실의 교차가 읽히지 않았다.

"결이 안 읽혀……"

금택의 말에 화순이 소뼈우린색 양단을 홱 낚아채갔다. 야무지고 새침한 표정으로 그것을 들여다보던 화순이 말했다.

"나는 잘만 읽히는데."

화순이 득의양양한 목소리로 말했다.

"결이 읽혀?"

그새 싫증이 난 화순은 대꾸도 않고 앉은뱅이책상 밑에서 상자를 꺼냈다. 상자를 열고 그 안의 종이 인형들을 꺼내 방바닥에 늘어놓 았다. 갱지로 만든 종이 인형은 자가 증식하듯 늘어나 있었다. 종이 인형으로 화순은 '엄마와 딸' 놀이를 했다. 마음에 드는 종이 인형 두 개를 방바닥에 나란히 젓가락처럼 늘어놓고 엄마도 되었다가 딸도 되었다가 했다. 딸은 하나였다. 결코 둘인 적이 없었다. 엄마도 하나, 딸도 하나였다. 해와 달이 하나인 것처럼. 상자 속에 종이 인형이 열 개도 넘게 있는데도 그랬다. 엄마에게 별처럼 많은 딸은 필요 없었다. 언젠가 화순이 어머니에게 해와 달이 왜 두 개가 아니라 하나뿐인지 의문했던 것처럼 금택도 의문하고 싶었다. 어머니가 아니라 화순에게, 어째서 딸이 두 명이 아니라 하나뿐인지.

금택은 내기에서 진 기분이 들었다. 자신은 읽지 못하는 결을 화순은 읽은 것이다. 어머니의 친딸이 자신이 아니라 화순이라는 사실이 그것으로 또 한 번 입증된 셈이었다. 자신에게는 흐르지 않는 피가 화순에게는 흐른다는 것을 금택은 인정할 수밖에 없었다. 흰색이 다 같은 흰색이 아니라는 것을, 배꽃 같은 흰색이, 달걀 껍데기 같은 흰색이, 두부 같은 흰색이 있다는 걸, 미묘하게 차이가 나는 흰색을 구별할 줄 아는 자신의 눈에 어째서 결이 잘 읽히지 않는 것인지 금택은 의아했다.

뒷산 쪽으로 난 창으로 서늘한 동풍이 들이쳤다. 방바닥에 어지럽게 널린 천 조각들이 흥분한 듯 흔들렸다. 자투리 천들은 정말로 새들의 찢긴 날개 같았다. 비참하게 찢겨 너덜거리면서도 날고 싶은 비상의 욕구를 버리지 못해 안달하는 것 같았다. 굴뚝새의 찢긴 날개 같은 갈색 광목 조각은 금방이라도 훨훨 날아오를 듯 날아오르지 못하고 있었다. 쇠박새의 찢긴 날개 같은 회색 명주 조각이 훌쩍 날더니 금택의 발 앞에 사뿐히 떨어졌다. 그 명주 조각에는 바늘땀이 열 땀쯤 떠져 있었다.

금택은 천 조각들을 차곡차곡 포개 도로 서랍 속에 넣었다. 다시 서랍을 열고 나오는 일이 없도록 주먹만 한 돌로 그것들을 꾹 눌러두었다.

그날 밤, 금택은 앉은뱅이책상 서랍 속 새들의 찢긴 날개 같은 천 조각들이 날아가는 꿈을 꾸었다. 산비둘기, 굴뚝새, 동박새, 쇠박새, 호랑지빠귀, 꾀꼬리, 산까치, 종다리, 까마귀 등등 온갖 새의 찢긴 날개 같은 천 조각들이⋯⋯ 천 조각들은 잠든 자신들 위로 날아갔다. 새들의 찢긴 날개는 지붕 위를 떠돌다 뒷산으로 날아갔다.

바늘을 꽂아둔, 꾀꼬리의 찢긴 날개 같은 명주 조각도 날아갔다. 바늘을 품고서 날아갔다.

깨끗하게 입혀서 보내려고

금택은 열 살, 화순은 여덟 살 되던 해 학교에 들어갔다. 예비 소집이 있던 날 자매는 어머니를 따라 처음 읍내에 나갔다. 마을에서 읍내까지는 버스로 시루떡을 찔 시간만큼 걸렸다. 파란색 버스는 바퀴가 빠지면 어쩌나 걱정될 만큼 심하게 요동치면서 신작로를 내달렸다. 읍내까지 가는 동안 버스는 마을을 세 개나 지나갔다. 버스가 낯선 마을에 설 때마다 금택은 차창에 매달려 집들을 구경했다. 초가지붕이나 기와지붕, 양철지붕을 머리에 인 집들은 콩고물 같은 흙먼지를 뒤집어쓰고 있었다. 버스가 서는 소리에 놀란 참새 떼가 방앗간 양철지붕에서 날아오르는 광경을 보기도 했다. 수십 마리의 참새들이 그물처럼 퍼지면서 날아오르는 순간 양철지붕이 들리는 것 같아 탄성을 내질렀다.

읍내는 자매가 이태 전 떠나온 한복 거리와도, 금택이 아주 어릴 때 살았던 시장과도 달랐다. 읍내는 한복 거리보다 크고 번잡했지만 특색이 없었고, 시장보다 덜 활기찼다. 초등학교와 중학교, 도장 가게, 약국, 농약 가게, 신발 가게, 이발소, 정육점, 목욕탕, 교회 등이 십자로 뻗은 거리에 모여 있었다. 마침 보름마다 열리는 장날을 맞아 읍내는 사람들로 북적거렸다. 자전거와 소달구지와 삼륜 트럭이 뒤섞여 돌아다녔다. 사람들 옷차림은 한복 치마저고리에서 기성복까지 가지각색이었다.

예비 소집을 마친 뒤 어머니는 딸들을 문구점으로 데리고 가 유관순 열사가 그려진 가방과 학용품을 사주었다. 얼굴이 호빵처럼 둥글둥글한 유관순 열사가 흰 저고리에 검정 치마를 입고 태극기를 휘두르고 있었다. 갱지보다 부드럽고 보라색 가로 줄이 일정한 간격으로 그어져 있는 공책, 돼지비계처럼 생긴 지우개, 플라스틱 미진 필통(색깔이 여러 가지였는데 화순은 노란색을, 금택은 녹색을 골랐다), 피라미드를 배경으로 서 있는 빨간 낙타가 인상적인 문화 연필 한 다스.

흰 고무 밑창이 달린 파란색 운동화도 한 켤레씩 사 신긴 뒤, 붉은 깃발을 내건 반점에 데리고 가 자장면을 사주었다. 생전 처음 먹어보는 자장면은 그 어떤 음식보다 달고 기름졌는데, 옷감으로 치면 검정 운문단(雲紋緞)이었다.

처음 등교하는 날 어머니는 자매에게 무명으로 지은 박꽃색 저고리와 검정 치마를 입혔다. 자매는 버스를 타고 학교에 다녔다. 마을 아이들 중에는 걸어서 학교까지 가는 아이들도 있었다. 마을에서 읍내까지는 걸어서, 잉어를 한 마리 가마솥에 넣고 흐물흐물해지도록

고는 시간만큼 소요되었다. 버스가 덮칠 듯 지나가고 난 뒤면 아이들은 광목흙먼지 옷감으로 지은 저고리를 한 벌씩 걸쳐 입었다.

어머니는 아침마다 금택과 화순에게 차비를 들려주었다. 자매는 마을을 지나가는 첫 버스를 타고 학교에 갔다가 점심때쯤 버스를 타고 돌아왔다. 버스 차창 너머로 우물집이 있는 마을이 어렴풋이 떠오를 때마다 금택은 버스를 타고 끝까지 가보고 싶은 충동에 사로잡혔다. 신작로가 도대체 어디까지 이어지는지, 버스가 몇 개의 마을을 더 지나는지 끝까지 가보고 싶었다. 충동이 치밀 때마다 금택은 우물집에서 자신들을 기다리고 있을 어머니를 떠올렸고, 화순의 손을 낚아채듯 잡아끌면서 버스에서 내렸다. 어머니는 겨우내 먹고 남은 김장 김치로 김치수제비나 김치칼국수나 김치죽을 끓여 허기져 하는 딸들에게 먹였다.

자매는 종종 버스를 놓쳤다. 버스를 놓치면 두 시간을 꼬박 기다려야 했기 때문에 자매는 걸어서 마을까지 가야 했다. 자매가 버스를 놓치는 건 순전히 화순 때문이었다. 학교가 파하고 버스 정류소까지 가는 동안 화순은 버스 시간은 생각도 않고 한눈을 팔았다.

학교 정문에서 버스 정류소까지 3백 미터쯤 되는 거리에는 정육점과 건어물 가게와 잡화상 들이 몰려 있었다. 화순은 매번 꽃님이 옷가게 앞에서 걸음을 멈추었다. 유리를 끼운 미닫이문에 매달려 그 너머의 옷들을 구경했다. 유리 미닫이문 너머 옷들은 어머니가 서쪽 방에서 바느질을 해 짓는 누비옷과는 달랐다. 색깔이 짙은 그 옷들은 레이스와 구슬, 인조 보석 같은 장식이 요란하게 달려 있었다. 옷들을 보면서 신기해하는 화순과 달리 금택은 고개가 갸웃거려졌다.

꽃님이옷가게 옷들이 금택은 하나같이 낯설었는데, 옷감 때문에라도 더 그랬다. 손으로 만져보지는 못했지만, 옷감에서 느껴지는 질감과 윤기 때문에라도. 명주나 양단이 띠는 윤기와 달랐던 것이다. 명주가 띠는 윤기가 잘 익은 토마토나 가지에 도는 그것이라면, 양단이 띠는 윤기는 참기름을 바른 개피떡에 도는 그것이었다. 꽃님이옷가게 옷들의 옷감이 띠는 윤기는 석유에 도는 그것이었다. 윤기만으로 꽃님이옷가게 옷들이 광목도, 무명도, 명주도, 그렇다고 양단도 아닌 옷감으로 만들어졌다는 걸 금택은 확신했다.

그날도 버스가 떠나든 말든 유리 미닫이문에 달라붙어 옷들을 구경하던 화순이 금택에게 물었다.

"어머니는 왜 저런 옷들을 못 만들까?"

"못 만드는 게 아니라 안 만드는 거야."

대답을 하기 전 한 박자 반쯤 뜸을 들이던 평소와 달리 금택은 망설이지 않고 말했다.

"그걸 네가 어떻게 알아?"

화순이 금택을 쏘아보았다.

"어머니가 못 만드는 옷은 없으니까."

"거짓말."

화순이 고개를 저었다.

"어머니는 죽은 사람 옷도 만드는걸."

죽은 사람 옷도 만드는 어머니가 못 만드는 옷이 있을 리 없다고 금택은 생각했다. 어머니가 마음만 먹으면 꽃님이옷가게에서 파는

옷들을 얼마든지 만들 수 있다고. 연두색 바탕에 무당벌레 같은 무늬
가 어지럽게 번져 있고, 흰 레이스가 나팔나팔 달린 원피스도 얼마든
지 만들 수 있다고. 어머니가 꽃님이옷가게의 옷들과 같은 옷을 만들
지 않는 것은, 만들지 못해서가 아니라 만들고 싶지 않아서라고.

"죽은 사람?"

화순이 물었다.

"죽은 사람……"

죽음에 대해 잘 알고 있는 것처럼 금택은 중얼거렸다.

"어머니가 죽은 사람 옷을 언제 만들었는데?"

"예전에 만드는 걸 봤어, 네가 나타나기 전에."

화순의 기분을 상하게 하려고 그렇게 말한 것은 아니었다. 화순의
얼굴이 차갑게 굳었지만 어쩔 수 없다고 금택은 생각했다. 복래한복
에 딸린 단칸방에 셋이 모여서 살기 전에, 어머니는 죽은 사람 옷을
만들었다. 햇수로 고작 3, 4년 안팎이었지만, 아주 오래전 일처럼 까
마득해 금택은 현기증이 다 났다.

"죽은 사람 옷을 왜 만들어?"

화순이 물었다.

"입히려고."

"죽은 사람한테 옷은 왜 입혀? 죽으면 아무것도 모를 텐데."

"깨끗하게 입혀서 보내려고……"

마을 뒷산에 널린 무덤들이 떠올라 금택은 말끝을 흐렸다. 금택은
죽은 사람이 땅속에 묻혀 썩어 없어질 것 같지 않았다. 썩지 않고 다
른 어딘가로 갈 것 같았다. 겨우 열 살인 자신으로서는 짐작조차 할

수 없는 곳으로.

"죽은 사람 옷도 만드는 어머니가 못 만드는 옷은 없어."

화순을 똑바로 쏘아보면서 그렇게 말하던 금택은 한 가지 중요한 사실을 또 깨달았다. 그것은 어머니가 죽은 사람 옷뿐 아니라 갓 태어난 아기에게 입힐 배냇저고리도 만들 줄 안다는 것이었다.

그러니까 어머니는 갓 태어난 아기 옷도, 산 사람 옷도, 죽은 사람 옷도 만들 줄 알았던 것이다. 어머니는 더구나 바늘 하나로 그 모든 옷을 만들었다. 바늘이 탄생과 죽음을 아우르는 기이하고 오묘한 물건이라는 생각에 금택은 소름이 끼쳤다. 몸서리치는 금택의 귀에 자전거 경적 소리가 들렸다. 뒷자리에 돼지를 실은 자전거가 읍내 거리 한복판을 지나가고 있었다. 돼지는 살아 있었지만 동아줄로 친친 감아놓아 옴짝달싹 못 했다. 돼지의 무게 때문에 힘겹게 자전거를 끄는 사내는 늙고 왜소했다. 숯처럼 까만 사내의 발이 페달을 밟을 때마다, 자전거는 중심을 잃고 쓰러질 듯 휘청거리면서 위태롭게 앞으로 나아갔다. 서커스의 한 장면처럼 우스꽝스럽고 기괴한 광경에 홀린 금택의 귀에 화순의 목소리가 들렸다.

"근데 왜 만날 똑같은 옷만 만들어?"

"똑같은 옷이 아니야."

금택은 고개를 저었다.

"똑같아."

"똑같지 않아."

어머니가 만드는 누비옷들은 똑같아 보였지만, 똑같지 않았다. 누비옷들은 색깔뿐 아니라 모양에서 미미하게 차이가 났다. 누비옷이 완성되면 어머니는 광목 위에 반나절이나 하루 정도 전시하듯 놓아 두었고, 자매는 누비옷을 구경했다. 광목 위에는 한 번도 똑같은 옷이 놓인 적이 없었다. 우물가에서 어머니가 자신에게 한 말을 금택은 똑똑히 기억하고 있었다. 똑같은 옷을 만드는 것은 불가능하다고 어머니는 말했다.

금택은 꽃님이옷가게 옷들을 다시 찬찬히 구경했다. 금택의 눈에는 어머니가 만드는 옷들보다 꽃님이옷가게 옷들이 더 똑같아 보였다. 똑같은 옷들이 똑같아 보이지 않으려고 레이스와 구슬과 인조 보석을 주렁주렁 달고서 지랄 발광을 하는 것 같았다.

꽃님이옷가게 옷들에 정신이 팔려 버스가 떠나든 말든 신경도 쓰지 않는 화순에게 금택은 화가 났다. 전날도 자매는 버스를 놓쳤다. 어머니는 자매에게 버스를 놓치지 말라고 주의를 준 뒤 금택에게 따로 말했다. 네가 언니니까 더 신경을 써야 해. 번번이 버스를 놓치는 것이 순전히 화순 때문이라는 걸 어머니는 몰랐다. 버스를 놓치는 것이 자신 때문이라고 어머니가 오해하는 것 같아서 속상했지만 금택은 사실대로 털어놓지 못했다.

"이러다 또 버스 놓치겠어."

금택이 화순을 잡아끌다시피 하면서 버스 정류소로 달려갔지만 버스는 벌써 떠나고 없었다. 경주 시내로 나가는 직행버스에 사람들이 오르고 있었다. 읍내 정류소에는 외진 마을들을 경유하는 버스들을 비롯해 직행버스와 완행버스가 모이고 흩어졌다. 화순이 금택의 손을 뿌리치고 부엉상회로 달려갔다. 옷가게 옷들에 정신이 팔려 버스를 놓치는 날이면 화순은 어머니가 차비를 하라고 준 돈으로 꽈배기를 사 먹었다. 매표소 역할을 하는 부엉상회는 승차권뿐 아니라 과자와 음료, 생필품 등을 팔았는데 얼굴이 낮달처럼 흐린 여자가 온종일 지키고 앉아 있었다. 부엉상회 한구석 가래떡처럼 긴 나무의 자에는 거의 늘 버스를 기다리는 사람들이 보따리를 끌어안고 다닥다닥 붙어 앉아 있었다.

부엉상회 여자는 늘 그렇듯 이불을 덮고 앉아 양말을 깁고 있었다. 승차권 뭉치와 목침 크기의 경대와 동전이 담긴 분유통과 꽈배기가 수북하게 쌓인 쟁반을 앞에 벌여놓고 앉아서. 화순이 여자에게 동전을 내밀고 꽈배기를 한 개 집어 드는 것을 금택은 미닫이문 너머로 지켜보았다. 꽈배기에 묻어 있던 백설탕이 부엉상회 공중에 퍼진 햇빛을 받아 반짝반짝 빛을 발산하면서 떨어졌다. 너무 늙어 얼굴이 호두처럼 쪼글쪼글한 늙은이가 그 광경을 꿈인지 생시인지 모르겠다는 듯 황홀하게 바라보았다.

부엉상회 여자는 양말을 알전구에 씌워 기웠다. 그래서인지 깁고 있는 것이 양말이 아니라 새나 닭이나 오리의 알 같았다. 부화가 아직 멀었는데 그만 금이 가고 깨진 알을 깁고 있는 것 같았다. 여자가 허리 아래로 덮고 있는 이불을 들추면 바느질로 기운 알들이 여자의 두 다리가 파묻히도록 수북할 것 같았다. 언제까지나 부화하지 못하고 자기들끼리 데굴데굴 구르고 있을 것 같았다. 여자는 엄지와 검지 두 손가락을 새의 부리처럼 맞물려 바늘을 잡았다. 어머니가 시침질을 할 때 쓰는 바늘을 썼다. 기워도, 기워도 기울 양말이 아직 남아 있는 듯 여자는 한숨을 쉬어가면서 바느질을 했다. 양말을 깁느라 고개를 수그린 여자의 머리 위에서는 미원 봉지가 여러 개 집게에 물려 날아가지 못하고 새처럼 허공에 매달려 있었다. 여자의 뒤로 빨강, 노랑, 파랑 풍선들이 공기 빠진 잉어 부레처럼 늘어져 있었다. 여자는 언제나 두 다리를 이불로 덮고 있었는데 절대로 자리에서 일어서는 법이 없었다. 물건이 어디 있는지 여자는 말이나 손짓으로 설명했다. 한자리에 붙박이장처럼 앉아 있으면서도 여자는 물건이 어디에 있는지 정확히 꿰고 있었다. 양은 세숫대야부터 백반까지 부엉상회에는 없는 물건이 없었다.

여자는 양말을 깁다 말고 문득 고개를 들어 경대 거울을 들여다보고는 했다. 거울이 바로 앞에 있는데도 아주 멀리 있는 듯 두 눈을 바늘처럼 가늘게 했다. 승차권을 살 때마다 금택은 알전구에 끼운 양말을 곁눈질로 살폈다. 여자의 바느질 솜씨는 얼마나 형편없는지, 바늘땀들은 마치 터진 송편을 억지로 봉합하기 위해 손톱으로 꾹꾹 누른 자국 같았다. 바느질 솜씨가 엉망인 데다 기껏 구멍 난 양말이나 기웠지만 금택에게는 부엉상회 여자 또한 바느질하는 여자였다. 한복 거리의 여자들처럼 바느질하는 여자였다.

박꽃색 무명 저고리 위에 광목흙먼지 저고리를 껴입은 자매가 우물집 함석 대문을 밀고 들어섰을 때, 서쪽 방 쪽마루에는 어머니가 봄 내내 바늘땀을 떠 넣은 누비조끼가 내놓아져 있었다. 소뼈우린색 양단으로 지은 누비조끼였다. 마침내 완성되었다는 것을 알리듯 그것은 광목 위에 펼쳐져 있었다.

서쪽 방에서 나온 어머니는 나무라는 눈빛으로 딸들을 바라본 뒤 부엌으로 들어갔다.

금택은 어깨에 둘러맨 가방을 내려놓을 생각도 않고 누비저고리를 구경했다. 금택은 누비저고리에 손을 대지 않았는데, 그것이 절대로 만져서는 안 되는 귀한 물건처럼 느껴지는 데다 언젠가 어머니가 녁 달에 걸쳐서 완성한 흰 명주 누비저고리에 자두 물을 떨어뜨린 적이 있기 때문이었다. 금택이 자두를 베 무는 순간 입에 고인 다디단 즙이 누비저고리로 위로 뚝 떨어져 얼룩을 남겼다.

"눈알 빠지겠어, 뭘 그렇게 들여다보는 거야?"

화순이 물었다.

"바늘땀 개수를 세고 있어."

금택은 얼른 대꾸하고 바늘땀 개수를 계속 이어서 셌다.

"그건 세서 뭐하게?"

금택은 어머니가 누비옷에 떠 넣은 바늘땀 개수를 세면서 스스로 숫자를 익혔다. 화순이 열까지밖에 못 셀 때 금택이 백까지 셀 수 있었던 것은 그 덕분이었다. 백을 열 개 합하면 천이 된다는 걸, 천을 열 개 합하면 만이 된다는 걸 스스로 깨우칠 수 있었던 것은, 어머니가 누비저고리를 한 벌 완성하기 위해 바늘땀을 도대체 몇 개나 떠 넣는지 알고 싶은 욕구 때문이었다. 서른둘, 서른셋, 서른넷, 서른다섯…… 입안에서 웅얼웅얼 소리 내어 바늘땀 개수를 세던 금택의 눈동자가 흔들렸다. 방금 자신이 개수를 세고 넘어간 바늘땀을 그만 또 놓쳤다. 바늘땀들이 몹시 작은 데다, 눈금자의 눈금처럼 일정한 간격을 두고 연달아 이어졌기 때문이었다. 그럼에도 불구하고 금택은 완성된 누비옷만 보면 바늘땀의 개수를 세고 또 셌다. 그때껏 금택이 가장 많이 센 바늘땀의 개수는 3천 개였다. 누비마고자로, 10분의 1도 못 세었는데 3천 개나 되었다. 금택은 반나절을 누비마고자 앞에 붙어 앉아 바늘땀을 셌고, 3천까지 세고는 더는 못 셌다.

"너 때문에 잊어버렸잖아."

방금 자신이 세고 넘어간 바늘땀을 놓친 것이 화순 탓이 아니었지만 금택은 짜증을 냈다.

금택은 문득 들깨를 털듯 누비저고리를 털고 싶은 충동에 사로잡혔다. 누비저고리를 허공에 들고 대나무로 탁탁 두드리면 바늘땀들이 들깨처럼 쏟아질 것 같았다. 지난가을 금택은 마을 여자가 들깨를 터는 모습을 구경한 적이 있었다. 여자는 마른 들깨 다발을 비스듬히 쳐들고 대나무로 탁탁 두드렸다.

어머니가 끓인 김치수제비를 먹으면서 금택은 바늘땀 개수를 세는 것이 어쩌면 불가능한 일일지 모르겠다는 생각을 했다. 벌건 수제비 국물을 숟가락으로 떠 입으로 가져가다 말고 금택은 고개를 들어 어머니를 바라보았다. 세는 것이 불가능하게 생각될 만큼 많은 바늘땀을 떠 넣어 어머니가 누비저고리를, 누비치마를, 누비배자를, 누비마고자를, 누비두루마기를 짓는다는 것을 깨달았기 때문이었다.

"어머니가 정말 죽은 사람 옷을 만들었어?"

잠든 줄 알았던 화순이 그렇게 물어와 금택은 눈을 떴다. 우물집은 항아리 속처럼 고요했다.

"죽은 사람이 입는 옷은 어떻게 생겼는데?"

"나방처럼……"

"나방?"

"보리쌀에 사는 나방처럼 생겼어……"

대구에 천을 뜨러 나간 어머니가 버스가 끊기도록 돌아오지 않던 날, 자매는 보리쌀에 사는 나방을 보았다. 밥을 지으려고 보리쌀을 넣어두는 항아리 뚜껑을 열자 나방이 날아올랐다. 나방들은 어지럽게 날다가 부엌 천장 백열전구로 날아들었다. 보리쌀에 사는 나방들은 보리 빛깔이었다.

"난 나방 싫어."

흥미를 상실한 화순이 금택으로부터 돌아누웠다.

"죽은 사람이 입는 옷을 뭐라고 하는지 알아?"

그새 잠들었는지 화순은 아무 대꾸가 없었다.

"수의라고 해……"

금택은 화순이 듣든 말든 중얼거렸다.

"수의를 지을 때는 되돌아박기를 해서는 안 된대. 죽은 사람이 되돌아오면 안 되니까, 되돌아오지 말고 어서 가라고…… 다 풀고 가라고 매듭도 안 짓는다고 했어."

부령할매는 주로 명주로 수의를 지었지만, 어쩌다 삼베라는 옷감으로도 수의를 지었다.

삼베는 단물이 죄다 빠지고 섬유질만 남을 때까지 질겅질겅 씹은 칡을 엮어서 지은 것 같은 옷감이었다. 사실 금택이 최초로 인식한 옷감은 광목도, 무명도, 명주도, 양단도 아닌 삼베로, 쉰밥에서 풍기는 시큼한 냄새가 났다.

서쪽 방에는 삼베가 없었다. 우물집에서 어머니는 수의를 짓지 않았다. 복래한복에서 지낼 때도 수의를 짓지 않았다. 배냇저고리 또

158

한 짓지 않았다. 수의는 사람이 가장 마지막에 입는 옷이었고, 배냇저고리는 가장 처음 입는 옷이었다. 어머니가 어째서 가장 처음 입는 옷도, 가장 마지막에 입는 옷도 짓지 않는 것인지 금택은 문득 궁금했지만 묻지 못했다.

부령할매, 죽은 사람의 옷을 짓는 여자

어머니와 자신, 둘의 관계에서 금택은 풀리지 않는 수수께끼가 있었다. 화순이 백일도 안 되어 버려졌다는 것을 금택은 화순에게 들어서 알았다. 젖먹이 딸을 버릴 만큼 무서운 데가 있는 어머니가 자신을 거둔 게 금택은 이해되지 않았다. 어머니가 화순을 데려오기 전까지 금택은 복래한복에 딸린 단칸방에서 어머니와 단둘이 살았다. 부령할매의 수의점을 떠나 복래한복에서 자리를 잡은 어머니는 두 달쯤 지난 어느 날 화순을 데리고 왔다.

어머니가 거두기 전까지 금택은 부령할매와 살았다.

그녀를 떠올릴 때마다 금택은 자신도 모르게 입안에서 '부령할매' 하고 중얼거렸고, 그때마다 둥글납작하게 뭉친 청국장 덩어리 같은 부령할매의 얼굴이 떠올랐다. 함경북도 부령(富寧)이 고향이라 그녀를 그렇게 부른다는 것을 알았지만, 부령이 어디에 있는지 금택은 짐작조차 할 수 없었다. 부령이 얼마나 먼 곳인지 금택이 물을 때마다 부령할매는 바늘이나 놋숟가락, 무쇠 가위, 무명이나 명주 실타래가 들린 손을 들어 천장을 찌르듯 가리켰다. 폐병쟁이의 늑골처럼 서까래가 흉측하게 드러난 천장 저 너머에 부령이라는 곳이 있다는 듯.

부령할매도 어머니처럼 바느질을 하는 여자였다. 시장 골목에서 수의점을 하던 부령할매에게서 금택은 말을 배우고, 걸음마를 익혔다.

어머니가 살아 있는 사람의 옷만 짓는 것과 다르게 부령할매는 죽은 사람에게 입힐 옷만 지었다. 그녀는 죽은 사람에게 입힐 옷밖에 짓지 않았다.

어머니는 우물집 서쪽 방에 숨듯 자신을 가두고 바느질을 했지만, 부령할매는 수의점 미닫이문을 활짝 열어놓고 바느질을 했다. 미닫이문 밖은 곧장 시장으로, 새벽부터 저녁 늦게까지 사람들로 북적거렸다. 죽음이 몹시 가까이 있다는 것을 사람들에게 일깨우려는 듯 그녀는 수의가 완성되면 수의점 허공에 걸어두고는 했다.

부령할매는 미닫이문 앞에 돼지 간처럼 붉고 찌그러진 고무 대야를 늘어놓고 달리아를 심었다. 전체적으로 보라색을 띤 달리아는 꽃잎 끝부분이 서리를 맞은 듯 희끗희끗했다. 달리아와 관(棺)처럼 커다란 괘종시계, 옹알이하듯 혼잣말을 웅얼거리면서 바느질을 하는 그녀는 기묘한 조화를 이루면서 수의점을 흉몽인지 길몽인지 헤아릴 수 없는 꿈속 공간으로 만들었다.

금택은 부령할매의 발치에 태아처럼 웅크리고 누워 바느질하는 소리에 귀를 기울이고는 했다. 그녀가 두꺼비 같은 손을 굼뜬 듯 부지런히 놀려 명주나 삼베에 바늘땀을 뜨는 소리는 어린 금택의 귀를 잡아끄는 데가 있었다. 특히나 삼베에 바늘땀을 뜨는 소리는 투박하고 무심한 듯 강렬했다.

시장 골목은 온갖 소리로 들끓었다. 자전거 경적 소리, 리어카 끄는 소리, 닭이나 생선을 토막 내는 소리, 들깨 볶는 소리, 쌀이나 콩 같은 잡곡을 됫박으로 퍼 담는 소리, 동전 세는 소리, 기름에 도넛 튀기는 소리, 팔팔 끓는 물속으로 돼지머리를 빠뜨리는 소리, 핏대를 세워 흥정하는 소리…… 수의점 뒤편에는 더구나 봉제 공장이 있었다. 봉제 공장에서 수십 대의 미싱이 일제히 돌아갈 때면 시장 전체가 흔들리는 것 같았다. 삼베에 바늘땀을 뜨는 소리는 그 모든 소리를 압도하는 데가 있었다. 수십 대의 미싱이 한꺼번에 내지르는 소리마저 압도하는 우월한 데가.

4분의 3박자로, 빠르지도 느리지도 않은 바늘땀 뜨는 소리에 집중하다 보면 금택은 자신의 귀가 우물처럼 깊어지는 것 같은 착각이 들었다. 바늘땀 뜨는 소리가 멎을 때는 있었지만, 느려지거나 빨라지는 때는 거의 없었다. 부령할매가 짓는 옷이 죽은 사람이 입을 옷이라는 생각을 하면 금택은 기분이 이상했다. 겨우 네다섯 살이었지만 죽음에 대해 잘 알고 있는 것 같은 기분이 들었다.

어머니는 홀로 바느질을 했지만, 부령할매는 품앗이하듯 여럿이 둘러앉아 바느질을 하기도 했다.

윤달이라는 어느 달인가는 수의점이 바느질하는 여자들로 넘쳐났다. 부령할매만큼 늙은 여자들로, 그녀들은 수건돌리기 하듯 방 안에 둥글게 둘러앉아 바느질을 했다. 수의는 여러 옷과 부속품이 모여 한 벌이 되었다. 단령, 도포, 심의, 바지저고리, 속바지, 고의, 복건, 버선…… 늙은 여자들은 저마다 맡은 옷과 부속품을 지었고, 완성된 옷들과 부속품들을 모아 한 벌의 수의를 완성했다. 늙은 여자들은 따로 또 같이 수의를 지었다.

수의점이 바느질하는 늙은 여자들로 넘쳐날 때면 금택은 그녀들 사이를 곡예하듯 분주하게 오가면서 심부름을 했다. 무쇠 가위를 달라, 실타래를 달라, 냉수를 떠와라, 설탕물을 타와라, 동치미를 떠와라, 등 좀 긁어라, 다리 좀 주물러라…… 늙은 여자들은 바느질 때문에 눈알을 토할 것 같다고, 손가락에 쥐가 난다고, 등허리가 돌처럼 굳는다고 죽는 소리를 늘어놓으면서도 잔치를 치르듯 웃고 떠들고 노래를 부르면서 바느질을 했다.

"얼씨구나 절씨구나, 돈 잘 센다."

"얼씨구나 절씨구나. 아들 낳을라 고생 마소. 얼씨구나 절씨구나 성춘향 같은 딸 낳아서 이몽룡 같은 사위 얻지. 얼씨구나 절씨구나. 얼씨구나 절씨구나, 돈 잘 센다."

늙은 여자들은 날이 어두워지면 약속이나 한 듯 손에서 바늘을 놓았다. 자신들이 짓던 수의를 대나무 바구니에 담아 차곡차곡 탑을 쌓듯 한곳에 모아두고 집으로 돌아갔다.

"윤달이 뭐야?"

1년이 열두 달로 짜여 있다는 걸 어렴풋이나마 이해하고 있던 금택이 하루는 부령할매에게 물었다.

"썩은 달이지."

"썩은 달?"

"하늘이 인간의 일거수일투족을 감시하지 않는 달이지."

하늘이 봉사처럼 두 눈을 감고 있어서 자손들이 버젓이 살아 있는 부모의 수의를 짓는 불경을 저질러도 아무 탈이 나지 않는다고, 그래서 그렇게들 수의를 짓는 거라고 부령할매는 설명해주었다.

부령할매와 늙은 여자들이 똑같은 명주 옷감에 똑같은 바늘과 실로 바늘땀을 뜨는데도, 바늘땀 뜨는 소리는 다를 뿐 아니라 저마다 개성이 있었다. 일제 때 만주로 강제징용을 간 아들이 돌아오지 않고 있다는 늙은 여자가 바늘땀 뜨는 소리는 미련이 많은 듯 반 박자 느렸고, 동란 때 이북에서 내려왔다는 늙은 여자가 바늘땀 뜨는 소리는 감꼭지를 따듯 힘찼다. 반나절을 꼬박 배를 타고 가야만 닿는 섬에서 태어나 육지로 시집을 왔다는 늙은 여자가 바늘땀 뜨는 소리는 또박또박 경위가 발랐고, 열일곱 살에 시집와 열아홉 살에 혼자 되었다는 늙은 여자가 바늘땀 뜨는 소리는 주눅이 든 듯 작지만 집요했다. 바늘땀 뜨는 소리는 그렇게 저마다 달랐지만 묘하게 어우러져 하나의 소리를 만들어냈다.

한번은 금택이 바늘땀 뜨는 소리가 어째서 그렇게 다 다른지 부령할매에게 물은 적이 있었다. 어머니와 다르게, 죽은 사람의 옷을 짓는 그녀가 금택은 이상하게 두렵지 않았다. 그녀는 금택이 동치미 대접을 부엌 바닥에 엎어도, 이불에 오줌을 싸질러도, 방앗간에서 마른국수를 사오다 시장 길바닥에 흩뿌려도, 담배 심부름을 하면서 거스름돈을 적게 받아와도 혼내지 않았다.

늙은 여자들이 바늘땀 뜨는 소리가 다 다르다는 것을, 속도는 물론 강약도 다르다는 것을, 저마다 특징이 있다는 것을 알아차린 금택이 기특했는지 부령할매는 두꺼비 같은 손으로 금택의 머리를 쓰다듬어주었다.

"손이 다르니까 다르지."

"손이 다르면 바늘땀 뜨는 소리도 달라?"

"성미가 다르니까 다르지."

"성미가 다르면 바늘땀 뜨는 소리도 달라?"

"팔자가 다르니까 다르지."

부령할매가 금택에게 무섭게 화를 낼 때가 있었는데, 바늘을 함부로 만질 때였다. 바늘이 금택을 찌른다는 것을, 찔러 피를 흘리게 한다는 것을 부령할매는 아무래도 알고 있는 듯했다. 수의점에 살 때 금택이 바늘에 발이 찔려 피를 흘린 적이 있었다. 윤달이라 늙은 여자들이 수의점에 모여 바느질을 하고 있었다. 금택은 발에서 피가 나는 줄도 모르고 옥색 도포 자락을 어지럽게 밟고 다녔다.

"오뉴월 도포에 동백이 피었네."

기껏 지은 도포에 얼룩진 피 발자국을 보면서 그녀는 탄식했다.

부령할매는 금택에게 바늘을 못 만지게 하면서도 아무 데나 놓아두었다. 화순처럼 아무 데나. 아무 데나 놓아두는데도 바늘은 아무데로도 가지 않았다. 부령할매는 바늘을 아무 데나 놓아둘 뿐 아니라, 바늘 인심이 후했다. 늙은 여자들이 실을 새로 꿰거나 매듭을 짓고 난 뒤 바늘을 잃어버리기라도 하면 분통 뚜껑을 무심히 열고는 바늘을 하나 꺼내어, 오리무중인 바늘을 찾아 헤매는 손에 슬그머니 쥐여주었다. 종이 재질의 둥근 자주색 분통은 바늘이 끊임없이 고여드는 바늘 우물이었다.

부령할매와 살 때 금택은 어리기도 했지만, 바늘을 갖고 싶은 욕구를 느끼지 못했다. 늙은 여자들이 잔치를 벌이듯 죽은 사람이 입을 옷을 짓는 것이 그저 신기하고 흥미로웠다.

늙은 여자들을 떠올릴 때마다 금택은 그녀들이 부령할매의 환영 같았다. 수의 주문이 밀려드는 윤달을 맞아, 손이 달랑 두 개인 부령할매를 돕기 위해 모여든. 바느질할 손을 보태기 위해, 한 땀이라도 보태기 위해 모여든 환영들이 수의점에 들끓다 흩어지는 것 같았다.

죽은 사람이 입을 옷밖에 짓지 않는 부령할매의 바늘은 어머니의 바늘과 달랐다. 어머니가 누비옷을 짓는 데 쓰는 바늘보다 두 배쯤 길고 굵었다. 금택은 이상하게 부령할매의 바늘과 어머니의 바늘이 전혀 다른 차원의 물건만 같았다. 빗과 칫솔처럼 쓰임이 전혀 다른 물건만.

어머니는 일정한 간격과 모양의 바늘땀을 반복해서 떴지만, 부령할매가 뜨는 바늘땀은 그때그때 달랐다. 좁쌀만 한 바늘땀부터 호박씨만 한 바늘땀까지 다양하게 떴다. 어머니는 누비대 앞에 바짝 붙어 앉아 바늘땀을 떴지만, 부령할매는 아무 데나 자리를 잡고 앉아 바늘땀을 떴다. 대신에 그녀는 쥐날이니 뱀날이니 호랑이날이니 날을 따지고, 낮과 밤을 가려 바느질을 했다. 어머니는 그 모든 날에, 낮과 밤을 가리지 않고 바느질을 했다.

어머니가 부령할매의 수의점을 찾아온 것은, 윤달이 지나고 늙은 여자들이 발길을 뚝 끊어 조용하던 어느 날이었다. 금택은 부령할매의 발치에 누워 어머니가 수의점 미닫이문 안으로 들어서는 것을 보았다. 윤달 내내 명주로 수의를 지은 부령할매는 모처럼 삼베로 수의를 지었다. 삼베 특유의 시금한 냄새를 타고 금택의 머리 위에서 떠돌던 바늘땀 뜨는 소리가 일순 잦아들었다. 금택은 어머니가 수의를 맞추러 온 줄 알았다. 넋 나간 얼굴로 어머니를 바라보기만 하던 부령할매가 끄응 소리를 내면서 몸을 일으키는 것을 보면서도. 그녀는 몸집이 육중한 데다 오른쪽 무릎이 기형적으로 부어 올라 몸을 일으킬 때마다 구들장 밑으로 뻗은 뿌리를 잡아 뽑듯 용을 썼다. 그녀가 두리번두리번 무쇠 가위를 찾아 집어 들더니 금택에게 들려주었다. 무쇠 가위의 날을 갈아오라고 이른 뒤, 깜박했던 걸 깨달은 듯 한차례 손뼉을 치고는 검은 무명 치마 안으로 손을 쑥 넣어 주머니를 꺼냈다. 닭 모래주머니처럼 오므려진 주머니를 벌리고 그 안에서 동전을 두 개 꺼내 금택의 손에 쥐여주었다. 갈색 비단으로 만든 주머니 속에는 동전뿐 아니라 아리랑 담배와 부러진 옥가락지가 들어 있었다. 부령할매는 주머니에 노란 고무줄을 달아 무명 치마 안으로 넣었다 뺐다 했다. 그녀가 노란 고무줄을 잡아당겨 주머니를 꺼내는 것을 지켜볼 때마다 금택은 심장이나 간, 콩팥 같은 장기를 꺼내는 것 같아 기분이 이상했다. 시장에는 잡은 지 얼마 안 된 소와 돼지를 떼다 파는 정육점이 있었다. 소나 돼지가 들어오는 날이면 부령할매는 금택에게 돼지고기 반 근이나 선지를 사오라는 심부름을 시키고는 했다. 양동이 가득 든 선지와 내장, 허공에 풍선처럼 매단 소나 돼지의 간과 허파를 보면서 금택은 짐승의 몸속에 어떤 것들이 들어 있는지 저절로 익혔다. 짐승의 몸속에 들어 있는 것들이 인간의 몸속에도 고스란히 들어 있다고, 언젠가 부령할매는 금택에게 알려주었다.

부령할매는 무쇠 가위가 무디어지면 금택에게 들려 칼갈이 사내에게 보냈다. 금택은 칼갈이 사내가 무서웠다. 무쇠 가위 날을 숫돌에 대고 가는 소리도, 무쇠 가위 날이 갈아지면서 숫돌에 흐르는 쇳빛 물도 소름 끼쳤지만 순순히 무쇠 가위를 받아 들고 칼갈이 사내를 찾아갔다. 칼갈이 사내에게 보낼 때면 부령할매가 어김없이 심부름 값으로 번데기 사 먹을 동전도 들려주었기 때문이다.

칼갈이 사내를 찾아가는 길에는 번데기를 파는 여자가 있었다. 그녀는 포대기를 둘러 아이를 등에 업고서 번데기를 팔았다. 삼복더위에도 여자는 아이를 절대로 등에서 내리지 않았다. 아이가 어디로 가버릴까 봐 불안한 듯 번데기를 파는 틈틈이 포대기 끈을 새로 단단히 묶고, 자꾸만 밑으로 처지는 아이의 엉덩이를 두 손으로 툭툭 떠받치듯 끌어올렸다.

절구통 같은 양은 냄비에서 번데기가 한꺼번에 삶아지면서 풍기는 짠 지린내에 끌려, 오가는 사람들이 심심치 않게 사 먹는데도 번데기는 좀처럼 줄지 않았다.

여자가 번데기를 파는 동안, 간장에 절인 깻잎 같은 포대기 속 아이는 무섭게 자랐다. 포대기 밑으로 엄지발가락만 마늘 순처럼 삐죽 나와 있더니 어느 날 다섯 개의 발가락이 죄다 나와 있었다. 어느 날은 발등이, 발목이, 발뒤꿈치가, 종아리가, 무릎이. 온종일 포대기에 싸여 지내는 아이의 머리는 늘 여자의 겨드랑이 밑으로 처져 있었다. 닭집 여자의 말에 따르면, 뗏장에 잔디 오르듯 나날이 무성해지는 머리카락은 땀으로 축축이 젖어 있었다. 다 큰 아이를 등에서 내려놓지 않는다고 시장 여자들은 수군거렸다. 걸음마를 뗐어도 천년 전에 뗐어야 할 아이가 두 발로 설 줄도 모른다고. 금택은 여자가 아이를 언제까지나 등에서 내려놓지 않을 것 같았다. 포대기가 너덜너덜해져 무청 줄기 같아져도 아이를 절대 땅바닥에 내려놓지 않을 것 같았다. 두 발이 저절로 땅바닥에 닿도록 자란 아이의 무게에 눌려 허리가 굽고, 등에 쩍쩍 금이 가도 절대 내려놓지 않을 것 같았다.

"그 위로 머슴애 하나를 잃어버렸거든. 그래서 그런 거다. 죽지 않고 살아 있으면 열 살이 넘었겠네. 머슴애 잃어버린 게 어디 제 잘못인가? 난리 통에 내놓아도 아무 데도 안 가는 자식이 있는가 하면, 문지방에 묶어두어도 기어이 가버리는 자식이 있으니까. 다 팔자소관이다."

부령할매가 중얼거리는 소리를 들은 뒤로 금택은 여자의 등에 업혀 있는 아이가 잃어버렸다는 그 머슴애만 같았다. 여자가 이미 잃어버린 머슴애를 또 잃어버릴까 포대기로 둘러업고 있는 것 같았다.

여자는 번데기를 제사 공장에서 떼 온다고 했다. 제사 공장은 실을 뽑는 공장으로, 그곳에서는 머리에 흰 수건을 두르고 하늘색 작업복을 입은 처녀들이 아침부터 밤늦게까지 누에고치를 뜨거운 물에 담가 명주실을 뽑는다고 했다. 누에가 번데기가 될 때 제 몸뚱이를 보호하려고 실을 토해 제 몸뚱이를 친친 감아 집을 만드는데 그 집이 누에고치라고, 부령할매는 언젠가 금택에게 알려주었다. 시커멓고 주름이 자글자글한 번데기가 곱고 부드러운 명주실에 감겨 있었다는 것이 금택은 어쩐지 믿기지 않았다.

금택이 동전을 건네면 여자는 납작한 쇠숟가락을 써서, 깔때기 모양으로 접은 신문지나 누런 종이에 번데기를 퍼 담았다. 한 번, 두 번, 세 번 만에 번데기가 수북하게 담긴 종이를 내밀고는 포대기 끈을 다시 단단히 매었다. 여자가 포대기 끈을 질끈 동여맬 때, 아이의 축 처진 눈꺼풀은 파르르 치켜 올라갔다가 도로 처졌다. 칼갈이 사내가 가위의 날을 가는 동안 금택은 번데기를 먹으면서 시장을 돌아다녔다.

그날따라 칼갈이 사내는 무쇠 가위의 날을 더디게 갈았다. 날에 번개 같은 빛이 서늘하게 감도는 무쇠 가위를 들고 금택이 수의점으로 돌아왔을 때 어머니는 부령할매 옆에서 바느질을 하고 있었다. 잡상인들이 길바닥이나 좌판에 늘어놓고 팔던 물건들을 거두고 집으로 돌아가도록 어머니는 갈 생각을 않고 바느질을 했다. 봉제 공장 미싱 돌아가는 소리가 멎도록 갈 생각을 않고. 다음 날도, 그다음 날도 어머니는 갈 생각을 않고 수의점 한구석에서 묵묵히 바느질을 했다.

어머니가 바늘땀을 뜨는 소리는 부령할매가 바늘땀을 뜨는 소리와 달랐다. 부령할매가 바늘땀을 뜨는 소리보다 더디고 경직되어 있었지만 강렬하도록 집요한 데가 있었다. 부령할매가 바늘땀을 뜨는 소리는 설렁설렁 태연하고 무심했다.

바느질에만 전념할 뿐 곁을 좀처럼 주지 않았지만 금택은 어머니가 함께 지내는 게 좋았다. 자신이 어머니의 딸로 살게 될 줄은 꿈에도 모르고, 어머니가 어느 날 수의점을 떠나리라, 또다시 부령할매와 자신 단둘만 남게 되리라 생각했다. 그러나 철 지난 달리아가 시들도록 어머니는 떠나지 않았다. 고무 대야마다 허옇게 탄 연탄이 탑처럼 쌓이도록 가지 않는 어머니를 문득 물끄러미 응시하며 부령할매가 혼잣말처럼 중얼거리는 소리를 금택은 똑똑히 들었다.

"바늘 때문에 불타 죽으면 안 된다."

금택은 그 말이 어쩐지 자신에게 들으라고 한 말 같아 그녀에게 물었다.

"바늘에 불타 죽을 수 있어?"

"불타 죽을 수 있지."

"바늘이 성냥도 아닌데?"

금택은 얼마 전 시장 상가 건물에서 났던 불이 떠올랐다. 포목점이 몰려 있는 상가 건물이었다. 한밤중에 일어난 불은 4층짜리 상가 건물을 태웠다. 닭 벼슬 같은 불길이 사납게 일고 능이버섯 같은 연기가 시장을 뒤덮었다. 금택은 부령할매의 치맛자락을 붙잡고 연기가 하늘을 뒤덮는 것을 겁에 질려 구경했다.

"불타 죽을 수 있지. 돈 때문에 불타 죽을 수도 있고, 자식 때문에 불타 죽을 수도 있지……"

구역질이 나도록 시장 골목이 닭 비린내로 진동하던 날이었다. 중복 즈음의 뜨거운 열기와 닭 비린내에도 달리아는 화려하게 피어났다. 그날 부령할매는 절에 다니러 가고, 수의점에는 어머니와 금택 단둘뿐이었다.

어머니가 바느질하던 손을 멈추고 금택을 바라보았다. 짙은 밤색 반닫이 위 흑백사진을 가리키더니 금택에게 물었다.

"저 사람을 아니?"

백통과 놋쇠로 장식한 반닫이 안에는 삼베 옷감이 들어 있었다. 부령할매는 방 여기저기 너저분하게 물건들을 늘어놓았지만 반닫이 옷장 위에는 흑백사진 말고는 아무것도 놓아두지 않았다. 간혹 사

진을 내려 액자 유리에 호호 입김을 불어가면서 치맛자락으로 훔쳤
는데, 그럴 때면 금택은 그녀가 마치 흑백사진 속 청년의 얼굴을 지
우는 것 같은 착각이 들었다. 치맛자락으로 아무리 문질러도 바라지
않는 얼굴을 뭉개고 지우기 위해 무던히 애를 쓰고 있는 것 같았다.

"저 사람 말이야."

흑백사진 속 군인처럼 머리를 짧게 자르고 목까지 올라오는 티셔
츠를 입은 청년은, 광채가 도는 눈동자로 정면을 뚫어져라 응시하고
있었다.

금택은 뭐라고 대답해야 할지 몰라 망설이다가 말했다.

"알아요."

"저 사람이 누구지?"

"부령할매 아들이요."

금택은 잠시 뜸을 들였다 이어서 말했다.

"절에 공부하러 들어갔대요."

"저 사람을 만난 적 있니?"

"아니요."

금택은 고개를 흔들었다. 그러고 보니 금택은 부령할매의 아들을
본 적이 없었다. 절에 공부하러 들어갔다는 그는 한 번도, 추석이나
설 같은 명절에도 다녀가지 않았지만 금택은 이상하게 그가 낯설지
않았다.

"아줌마는요?"

어쩐지 어머니가 흑백사진 속 부령할매의 아들을 알고 있는 것 같
아 금택은 그렇게 물었다. 수의점을 떠나 복래한복 단칸방에서 살기

전까지 금택은 어머니를 아줌마라고 불렀다.

"너랑 눈매가 닮았구나."

"저랑요?"

"그래…… 이마와 입매가. 인중이 특히나 닮았어."

어머니의 그 말이 금택은 이상하게 들렸다. 자신이 부령할매의 친손녀가 아니라는 것을, 태생을 모르는 버려진 아이라는 것을 금택은 닭집 여자로부터 들어서 알고 있었다.

"죽은 애도 아니고, 대천문 소천문도 안 닫힌 핏덩이를 하필이면 수의점에 버렸을까? 포대기에 싼 애를 수의점 앞에 버리고 구룡포건어물 쪽으로 급하게 달아나는 그림자를 봤지."

흥분해 중얼거리는 닭집 여자의 머리에는 닭의 깃털이 서너 가닥 내려앉아 있었다. 구룡포건어물은 수의점 깊숙이 들어앉은 골목 중간쯤에 있었다. 시장은 도라지 뿌리가 갈라지듯 여러 골목으로 갈라져 있었는데, 부령할매의 수의점이 들어앉은 골목은 그중 하나였다. 구룡포건어물을 지나면 번데기를 파는 여자의 리어카가 있었다. 말린 명태나 갈치, 꽁치가 주렴처럼 걸린 구룡포건어물 앞을 지날 때마다 금택은 닭집 여자가 한 말이 떠올랐다. 부령할매 말에 따르면 '망조가 들어도 단단히 든' 닭집 여자의 입은 아귀가 뒤틀린 문짝처럼 온전히 닫히는 법이 없었다. 닭장 속 닭들의 부리가 일제히 닫히는 순간에조차 닭집 여자의 입은 닫히는 법이 없었다.

눈매와 입매와 인중이 닮았다는 소리를 들은 뒤로 금택은 자신도 모르게 사진에 흘끔흘끔 눈길이 갔다.

부령할매는 바느질을 하고, 어머니는 부엌에서 저녁을 짓고 있었다. 매움한 조기찌개 냄새가 났다. 수의점에서 함께 지내는 동안 어머니는 부엌일을 도맡아 했다. 바느질을 하다가도 때가 되면 조용히 부엌으로 가 밥을 안치고, 찌개나 국을 끓였다. 흑백사진 속 부령할매의 아들과 자신이 닮았다던 어머니의 말이 문득 생각나 금택은 부령할매에게 물었다.

"저 아저씨하고 나하고 닮았어?"

고개를 들고 금택을 쳐다보는 부령할매의 늘어진 볼이 출렁였다.

"아줌마가 그러는데 나랑 이마하고 입매가 닮았대. 인중이 특히나 닮았다던데."

성긴 눈썹들이 촉수처럼 일어서도록 부령할매가 눈을 치켜떴다.

"사람들 얼굴이 생판 다르게 생긴 것 같지만 찬찬히 뜯어보면 닮은 데가 한 군데는 있기 마련이지. 흰둥이 얼굴하고 검둥이 얼굴도 생판 다른 것 같지만 눈, 코, 입을 찬찬히 뜯어 살펴보면 동기간처럼 닮았지."

부령할매는 눈동자 초점을 모아 금택의 인중을 유심히 더듬었다.

그날 밤 어머니와 부령할매는 통행금지 사이렌 소리가 울리도록 바느질을 했다. 시장 골목에 난자하게 떠도는, 쫓고 쫓기는 발소리에 금택이 깼을 때는 어머니 혼자 바느질을 하고 있었다. 고무 대야에 탑처럼 쌓인 연탄들이 무너지는 소리가 들려오고 어머니가 조용히 고개를 들어 반달이 위 흑백사진을 응시하는 것을, 금택은 몰래 지켜보았다.

함께 지낸 지 1년쯤 지난 어느 날 어머니는 자신이 떠날 때가 되었다는 것을 깨달은 듯 짐을 꾸렸다.

어머니는 금택의 짐도 함께 꾸렸다. 금택은 선뜻 어머니를 따라나서지 못했다. 자신이 어머니를 따라가면 부령할매 혼자 남겨진다는 것을 알았기 때문이다.

"내가 가면 무쇠 가위는 누가 갈아와?"

"닭집 여자보고 갈아다 달라면 되지."

금택은 부령할매가 죽지 않고 아직 살아 있을 것 같았다. 죽은 사람이 입을 옷을 짓는 그녀가 영원히 죽지 않을 것 같았다. 죽은 사람이 입을 옷을 지어야 하기 때문에 죽지 않고 살아 있을 것 같았다. 돼지의 간 같은 고무 대야에 달리아를 키우고, 괘종시계의 건전지를 갈아주고, 윤달이 돌아오면 그녀의 환영 같은 늙은 여자들을 불러다 수의를 지으면서 살아 있을 것 같았다. 아무도 죽지 않을 때까지, 그래서 수의를 지을 일이 없을 때까지 언제까지나.

금택은 종종 부령할매의 바늘땀 뜨는 소리가 간절했다. 봉제 공장 수십 대의 미싱이 한꺼번에 돌아가면서 내지르는 굉음을 타이르고 어르는 듯한 그 소리가. 어머니의 친딸이 자신이 아니라 화순이라는 것을 새삼스럽게 깨달았을 때 특히나 그랬다. 그럴 때면 금택은 서쪽 방 쪽마루로 가 기둥 뒤에 숨듯 자리를 잡고 앉았다. 누비대 위에서 떠도는 바늘땀 뜨는 소리에 집중했다. 창틀을 타고 넘어오는 그 소리는 그러나 부령할매의 바늘땀을 뜨는 소리를 외려 더 간절하게 했다.

오이씨만 한 매듭도 없이

송홧가루가 마을로 불어왔다. 우물집 뒷산에는 소나무 숲이 있었다. 마르고 뒤틀린 소나무들이 화전민처럼 모여 있었다. 황갈색의 못버섯이나 흑담색의 서리버섯, 농갈색의 턱수염버섯, 검보라색의 능이버섯 같은 식용버섯들이 나는 곳이기도 했다.

연노란 송홧가루는 옥사(玉絲)였다. 치자 열매를 재료로 물을 들인 옥사송홧가루였다. 치자 열매는 주황색이었는데, 그것으로 물을 들이면 연노란 색깔이 났다.

옥사는 쌍고치라고 하는, 두 마리나 그 이상의 누에가 함께 지은 고치에서 뽑은 명주실로 짠 옷감이었다. 굵기가 일정하지 않고 광택이 떨어졌지만, 옥사로 짠 옷감은 질감이 자연스럽고 은은하게 속이 비쳐 여름 한복을 짓는 데 주로 쓰였다.

옥사 송홧가루로 지은 보자기를 뒤집어쓴 무덤들은 녹두 고물을 입힌 경단 같았다. 신작로의 미루나무도 광목흙먼지를 옷감으로 지은 저고리를 벗고 옥사 송홧가루를 옷감으로 지은 저고리를 입었다. 마을 늙은 여자들은 무명 저고리와 치마 위에 옥사 송홧가루로 지은 저고리와 치마를 겹쳐 입었다. 옥사 송홧가루를 뒤집어쓴 아이들의 얼굴은 수백 년 땅속에 묻혀 산화되고 녹슨 투구 같았다.

가마솥도, 찬장 속 놋그릇과 사기그릇들도 옥사 송홧가루를 옷감으로 지은 저고리를 입었다. 송홧가루가 옷감들에도 달라붙었기 때문에 어머니는 서쪽 방 미닫이문을 꼭 닫고 바느질을 했다. 금택은 걸레로 마루를 훔쳤다. 수시로 훔치는데도 훔칠 때마다 걸레는 송홧가루가 묻어 오줌 싼 기저귀 같았다.

2학년이 된 자매는 1년 새 키가 부쩍 자라 있었다. 하루에 여섯 번밖에 다니지 않던 버스는 여덟 번으로 늘어나 있었다. 화순은 팔다리가 부지깽이처럼 마르고 쌍꺼풀이 짙어졌다. 금택은 광대가 더 두드러지면서 인중이 또렷해졌다. 내과의원과 양장점과 전파사가 새로 들어선 데다 초등학교 앞 문구점들이 초가지붕에서 함석지붕으로 개량을 해 읍내는 풍경이 사뭇 달라져 있었다.

엘리자베쓰양장점이라는 간판을 내건 의상실은 화순의 발길을 붙잡는 꽃님이웃가게와 경희약국을 사이에 두고 있었다. 문짝 크기의 통유리 안에 마네킹이 버티고 서 있었는데, 밑단이 확성기처럼 벌어진 녹색 판탈롱 바지나 단무지 조각 같은 미니스커트를 입고 읍내 거리를 오가는 사람들을 빤히 쳐다보았다. 몽롱한 표정의 마네킹은 간혹 벌을 받듯 발가벗고 서 있었다. 그럴 때면 중학교 교복을 입은 남자아이들이 통유리 앞에 모여 마네킹을 구경했다.

엘리자베쓰양장점 앞을 지나던 자매는 재봉틀 앞에 앉아 있는 여자를 보았다. 그날따라 엘리자베쓰양장점 출입문은 거리를 향해 활짝 열려 있었다. 여자는 어머니 나이쯤이었지만, 어머니와 다른 세계에 사는 사람 같았다. 파마한 머리를 과장되게 부풀리고, 마네킹이 입은 옷과 비슷한 양장 옷을 입고 미싱 앞에 앉아 있었던 것이다. 1970년대 중반, 읍내는 한복 차림과 양장 차림이 혼재했다. 치마저고리에 쪽 찐 머리를 한 여자들과 나팔바지에 고대기로 머리를 배추처럼 부풀린 여자들이 섞여 돌아다녔다.

여자가 부지런히 미싱 페달을 굴리는 것을, 격자무늬 갈색 천이 미싱에 잡아먹히듯 당겨 올라가는 것을 구경하던 화순이 물었다.

"저게 뭐야?"

"미싱이라는 거야."

"저걸로 뭘 하는데?"

한복 거리에 살 때 미싱을 보았지만 화순은 기억을 못했다. 미싱 돌리는 것을 구경하는 것은 처음이었다.

"옷을 만들어."

"옷?"

"꽃님이옷가게에 있는 옷들도 전부 저걸로 만든 거야."

부령할매와 살던 수의점 뒤편 봉제 공장에서 들려오던 미싱 돌아가는 소리가 떠올라 금택은 얼굴을 찡그렸다. 봉제 공장에서는 아침부터 밤늦게까지 수십 대의 미싱이 일제히 합창을 하듯 돌아갔다. 수의점 부엌 쪽창으로는 공장 옥상과 철제 계단이 올려다보였다. 수직에 가까울 만큼 가파르고 녹슨 철제 계단을 오르내리는 여자들이 하나둘 늘어나는 것을, 여자들의 얼굴이 나날이 서리 맞은 배추처럼 차갑고 창백하게 질려가는 것을 금택은 종종 쪽창을 통해 바라보았다. 봉제 공장 미싱들이 새벽부터 밤늦게까지 요란하게 돌아가는 날이면 수의점 미닫이문과 부엌 쪽창도 온종일 경기를 하듯 떨었다. 미싱들이 유난히 기세등등하게 돌아갈 때면 부령할매는 바느질하던 손을 놓고 질끈 눈을 감았다.

금택은 봉제 공장 안을 몰래 구경한 적이 있었다. 봉제 공장 철제 계단을 오르는 금택의 손에는 번데기가 담긴, 고깔 모양으로 접은 종이가 들려 있었다.

겨울 끝자락, 금택은 울면서 걸어가는 여자를 본 적이 있었다. 여자의 손에는 동태가 든 종이봉투가 들려 있었다. 토막을 내 대가리와 몸통들이 따로따로 노는 동태가 든 종이봉투를 들고 울면서 걸어가는 여자가 공장 여자라는 것을 금택은 알았다. 봉제 공장 여자들은 조용히 걸어가도 눈에 띄었다. 시장 바닥은 질퍽하게 녹은 눈과 연탄재가 뒤섞여 지저분했다. 여자가 생선 가게 앞에 쪼그리고 앉아 동태를 사는 것을 금택은 지켜보았다. 네모난 나무 궤짝에는 쇳덩이처럼 언 동태들이 난파선에 실려 가는 난민들처럼 지느러미가 겹치도록 다닥다닥 붙어 있었다.

"아저씨 알 든 동태로 주세요. 알 안 들었으면 안 사요. 알 든 동태로 달라니까……"

여자는 고만고만한 동태들 중 조금이라도 더 크고, 알이 든 것을 사기 위해 안달을 했다.

금택은 가제 손수건 같은 창에 매달려 봉제 공장 안을 들여다보았다. 두부 한쪽 귀퉁이처럼 모서리가 찌그러진 봉제 공장 건물에는 창이 여러 개 나 있었다. 창들은 겨우내 외투 주머니에 넣고 다니면서 눈물과 콧물을 훔친 가제 손수건처럼 더러웠다. 전부 거두어 양은 대야에 한꺼번에 부리고는 이쁜이비누로 치대고 싶을 정도였다. 부령할매는 빨간 이쁜이비누를 얼굴 씻을 때만 썼다. 이쁜이비누의 빨간색은 홍옥의 빨간색보다 앵두의 빨간색에 가까웠다. 빨래판에 대고 한 장 한 장 빨아서는 땟국과 비눗물이 나오지 않을 때까지 헹구고 또 헹구어 짝 소리가 나도록 펼쳐 햇볕 아래 널고 싶었다. 김을 말리듯 바싹 말려서 여자들의 손에 쥐여주고 싶었다. 그것으로 눈물을 닦으라고 들려주고 싶었다. 창 너머로, 여자들이 알전구 아래서 거미처럼 납작 자세를 낮추고 일제히 미싱을 돌리는 광경이 펼쳐졌다. 여자들의 머리 위 알전구들은 부화하지 못한 달걀 같았다. 옷감 먼지가 난분분 알전구의 오줌 빛깔 불빛 속을 하루살이 떼처럼 날아다녔다. 옷감 먼지와 알전구 불빛으로 인해 여자들은 습자지 아래 글자처럼 흐리고 멀었다.

봉제 공장 안을 들여다보던 금택은 갑자기 의문스러웠다. 여럿이서 바늘땀을 뜨는 소리는 박자와 강약이 제각각인데도 묘한 조화를 만들어내지만, 수십 대의 미싱이 일제히 돌아가는 소리는 박자와 강약이 거의 같은 같은데도 전혀 조화롭게 들리지 않았다. 수십 대의 미싱이 돌아가는 소리는 악다구니를 치면서 더 빨리 돌라고, 계속 돌고 돌라고 서로를 닦달하는 소리처럼 들렸다.

창에서 돌아서서 철제 계단을 내려오던 금택은 그만 발을 헛디뎌 중심을 잃고 비틀거렸다. 그 바람에 번데기들이 철제 계단에 어지럽게 흩어졌다. 번데기들을 주우려고 고개를 숙이던 금택은 자신도 모르게 탄성을 내질렀다. 철제 계단을 아슬아슬하게 밟고 서 있는 금택의 발아래로 기와지붕과 판자지붕과 슬레이트지붕들이 펼쳐졌다. 엉성하게 이어 붙인 천 조각들처럼. 전깃줄들은 듬성듬성 뜬 바늘땀 같았다.

화순이 꽃님이옷가게 앞에서 머무적거리는 시간은 줄어들었다. 봄 내내 꽃님이옷가게 옷들은 바뀌지 않았다. 어제도, 그저께도, 엊그제께도 걸려 있던 옷들에 화순은 식상해했다. 화순은 그것이 무엇이든 금방 식상해했다. 옷의 경우는 특히 더 그랬다. 새 옷이 들어오면 어김없이 알아보았고, 옷의 색깔과 모양에 대해 품평을 했다. 옷에 대해 평가할 때 화순에게는 한 가지 기준이 있었다. 그것은 어머니가 짓는 누비옷을 기준으로 삼는다는 것이었다. 화순은 어머니가 짓는 누비옷들과 비교해 꽃님이옷가게 옷들을 평가했던 것이다. 어머니가 손바느질을 해 짓는 누비옷들이 스스로 의식 못 하는 사이에 화순에게 절대적인 기준이 되어 있었다. 꽃님이옷가게에서 파는 옷들은 공장에서 미싱으로 드들 박아 대량으로 지은 옷이고, 어머니가 짓는 누비옷들은 처음부터 끝까지 손바느질로 지은 옷인데도 그랬다.

꽃님이옷가게 앞에서 지체하는 시간이 줄어들었는데도 불구하고 자매는 번번이 버스를 놓쳤다. 화순은 엘리자베쓰양장점 앞을 그냥 지나치지 못했다. 통유리 안 마네킹이 옷이라도 갈아입은 날이면 화순은 그 앞에 붙어 서서 갈 생각을 안 했다. 그날도 그냥 지나치지 못하고 머뭇거리고 있는데 여자가 출입문을 열고 나왔다. 마네킹은 갈색 격자무늬 원피스에서 빨간색 바탕에 흰색 물방울이 이슬처럼 맺힌 원피스로 갈아입고 있었다. 목에는 빨간색보다 짙은 색 스카프까지 두르고 있었다. 원피스가 어찌나 강렬한지 금택은 마네킹이 금방이라도 통유리 밖으로 걸어 나와 읍내를 활보하고 다닐 것 같았다.

금택이 화순의 치맛자락을 잡아끌려는데 여자가 불쑥 문을 열고 밖으로 나왔다. 마네킹이 목에 두르고 있는 것과 똑같은 스카프가 여자의 목에도 둘러져 있었다. 전부터 눈여겨본 듯 여자는 자매에게 몇 살인지, 어디에 사는지 질문했다. 둘이 자매라는 것을 알고 놀라

위하면서도 혹시 쌍둥이인지 물었다. 여자는 자신의 육촌 중에도 쌍둥이가 있는데 생긴 게 영 딴판이라고 덧붙였다. 금자와 은자 두 육촌 쌍둥이 때문에 전혀 다르게 생긴 쌍둥이도 있다는 걸 알았다면서 여자는 화순과 금택의 얼굴을 번갈아 바라보았다.

"시집은 금자보다 은자가 더 잘 갔단다…… 이름대로라면 은보다 금이 더 귀하니까, 은자보다 금자가 시집을 잘 가야 맞는데 말이야. 은자 그 계집애가 건설 회사에 다니는 남자를 만나 식모까지 두고 손에 물 한 방울 안 묻히고 살지 어떻게 알았겠니?"

상념에 잠긴 여자의 눈길이 금택의 얼굴에 길게 머물렀다.

"우리 엄마는 손바느질을 해서 옷을 지어요."

금택에게 빼앗긴 여자의 시선을 자신 쪽으로 끌어당기려는 듯 화순이 불쑥 말했다.

"그래?"

흥미 있어 하는 목소리와 달리 여자의 얼굴에 짜증이 깃들었다. 어머니에 대한 비밀을 여자에게 함부로 폭로한 것 같아 금택은 화순을 쏘아보았다.

"버스 놓치겠어!"

금택이 잡아끌었지만 화순은 고집스럽게 여자 앞에 버티고 서 있었다.

"우리가 입고 있는 옷도 엄마가 손바느질로 지은 거예요."

여자가 화순이 입은 저고리와 치마를 훑었다. 자매는 토주로 지은 누비저고리와 검정 무명 치마를 입고 있었다. 토주는 명주의 한 종류로 두껍고, 질감이 톡톡했으며, 누르스름한 빛을 띠었다. 누비저고리는 허리를 덮도록 길게 내려와 언뜻 읍내 여자중학교 교복처럼 보였다. 여자의 눈동자가 커지면서 눈가 잔주름 새새에 묻어 있던 졸음기가 달아났다. 여자가 화순의 누비저고리로 손을 뻗더니 점자를 읽듯 어머니가 뜬 바늘땀들을 더듬었다. 여자의 손은 어머니의 손과 닮은 듯 닮지 않았다. 어머니의 손처럼 깡마르고 마디가 도드라졌지만, 신경질적이면서도 나른한 기운이 퍼져 있었다. 어머니의 손가락들은 바늘을 쥐고 있을 때도, 쥐고 있지 않을 때도 먹잇감을 눈앞에 둔 거미처럼 긴장해 있었다.

어머니가 떠 넣은 바늘땀들을 여자가 함부로 만지는 것이 금택은 싫었다. 바늘땀들이 만들어내는 숨 막히는 반복과 질서가 여자의 손가락에 의해 허무하게 흩어지는 것 같았다.

"세상에나, 촘촘하게도 떴네."

여자는 감탄과는 거리가 먼 말을 내뱉고 고개를 저었다.

"이렇게 뜨다가는 병이 나지."

"병이 나요?"

화순이 대뜸 물었다.

"손바느질은 신세를 볶는 일이야. 몸뚱이가 절단 나는지 모르게 절단 나는 일이지. 생각을 해봐라. 종일 방구석에 죄인처럼 쪼그리고 앉아서 땀구멍만 한 바늘땀을 뜬다고 생각해봐. 좀이 쑤시고 엉덩이에 못이 박히지…… 저고리 한 벌 짓고 나면 몸에서 사리가 한 사발 나오겠다."

여자가 혀를 찼다.

"천년만년 입을 것도 아니고, 자자손손 대대 가보로 물려줄 것도 아닌데, 뭣 때문에 몸뚱이가 축나도록 옷을 짓는다니?"

죄인이라는 말은 금택의 귀에 사금파리처럼 박혔다. 금택은 어머니가 모욕을 당한 것 같은 기분이 들었다.

"나도 어려서부터 바느질을 꽤나 한다는 소리를 들었는데……"

여자가 이마를 덮은 앞머리를 쓸어 올렸다.

"우리 할머니 밑으로 친손녀, 외손녀 다 합쳐 손녀가 아홉이나 되었지. 아홉 중 셋째인 내가 유일하게 할머니 바느질 솜씨를 물려받았다고들 했지. 우리 할머니가 홑청을 꿰맨 이불은 매듭 하나 없었단다. 매듭을 일일이 풀어서는 연결을 했지. 매듭짓는 걸 그렇게나 싫어하셨어. 오이씨만 한 매듭을 풀어서 새 실하고 연결하는 걸 보고 있으면 감탄이 저절로 나왔단다. 고생을 하도 해서 생강 같아진 손이 마술을 부리는 것 같았지. 마술이 뭐 별거겠니? 그런 게 진짜 마술이지. 생각을 해보렴. 오이씨가 얼마나 작니? 그 작은 매듭을 손가락으로 풀어 헤친다고 생각해봐…… 재주도 보통 재주가 아니고서야 불가능하지. 바느질 솜씨가 원체 뛰어나서 남이 한 바느질은 성에 안 차 하셨어. 베갯잇 하나도 당신 손으로 꿰매야 직성이 풀리는 양반이었으니까. 며느리가 기껏 꿰맨 베갯잇을 죄다 풀어서는 당신 손으로 다시 꿰매고는 하셨으니까. 하기야 자신이 뜬 바늘땀도 성에 안 차면 죄 풀고 다시 떴으니까. 며느리가 셋 있었는데, 시어머니라면 아주 고개를 절레절레 흔들었단다. 큰며느리인 우리 어머니는 두 손 두 발 다 드셨지. 나중에는 시어머니라면 경기를 일으키셨으니까. ……할머니가 날 만지는 게 싫었단다. 손가락이 유난히 차고 매웠어. 삼복더위에도 손발이 얼음장 같아서 평생 고생을 하셨지. 옻과 닭발을 넣고 푹 삶은 국물을 약으로 드시고는 했단다. 옻 한 무더기와 닭발 한 무더기를 가마솥에 넣고 삶는 날이면 온몸이 근질근질했단다. 솥에서 올라오는 김을 쐬기만 해도 옻이 올라 아주 고생을 했단다. 옻 탐을 안 하는 사람은 할머니가 유일했거든. 먹을 게 귀해 들에서 냉이나 쑥 한 줌 뜯어다 밀가루 죽을 쑤어 먹던 시절인데도 입은 또 얼마나 까다로운지, 아무리 식구여도 남 숟가락이 한 번 들어갔다 나온 국에는 당신 숟가락도 안 댔으니까. 제사상에 올라갔다 내려온 조기를 비리다고 거들떠도 안 보던 양반이 징그럽게 생긴 닭발은 어떻게 드셨나 몰라…… 허술한 게 차라리 낫지, 사람이 빈틈 하나 없이 정확하고 깔끔해도 피곤해. 바느질 솜씨가 그렇게 좋으면 뭐하나? 오이씨만 한 매듭 하나도 용납 안 할 만큼 완벽하고 깔끔하던 양반이 늘그막에 풍하고 치매가 한꺼번에 와서는 행주하고 걸레도 구분 못 하셨으니…… 보풀이 일고 홑청이 다 뜯겨 걸레처럼 너덜너덜한 이불을 덮고 돌아가실지 누가 알았을까?"

고개를 흔들던 여자의 눈길이 길 건너로 향했다. 제일교회 첨탑과 높이를 다투는 선녀목욕탕 굴뚝이 몽글몽글 순두부 같은 연기를 토했다. 어떤 이들은 제일교회 첨탑이 더 높다고 했고, 어떤 이들은 선녀목욕탕 굴뚝이 더 높다고 했다. 첨탑은 읍내 서쪽에, 굴뚝은 북쪽에 자리하고 있었다. 종소리가 울려 퍼질 때면 첨탑이 높아 보였고, 연기가 무섭게 토해질 때면 굴뚝이 높아 보였다. 선녀목욕탕 굴뚝이 토하는 연기를 볼 때마다 금택은 그것을 소쿠리에 담아 어머니에게 가져다주고 싶은 충동을 느꼈다. 목화솜 대신에 그것을 옷감과 옷감 사이에 넣고 누비라고. 하얗고 푹신하고 몽글몽글한 것만 보면 금택은 소쿠리에 담아다 어머니에게 가져다주고 싶었다. 뭉게구름도, 흰 염소도, 찔레꽃도, 토끼풀도, 가래떡도, 백설기도, 보리 한 톨 섞지 않은 흰 쌀밥도.

새털구름이 잔잔하게 퍼진 하늘을 올려다볼 때면, 쪽빛 물을 들인 명주에 목화솜을 펴놓은 것 같았다.

"……저희 엄마는 누비 바느질을 해요."

금택은 기어들어가는 목소리로 그러나 또박또박 힘을 주어서 말했다. 여자는 그러나 금택의 말을 듣고 있지 않았다. 여자는 자신의 할머니를 생각하는 것 같았다.

"염색을 해 먹물처럼 까만 머리를 쪽 찌고, 백로보다 흰 무명 저고리를 입고 마루에 앉아 닭발을 뜯는 모습이 잊히지 않아…… 풀칠로 고정해놓은 것처럼 머리카락 한 올 허투로 삐져나와 있지 않았단다. 하여간 참빗으로 탄 가르마 선이 어찌나 가늘고 똑바른지 식칼 날보다 서늘했으니까."

몇 마디 더 중얼거리던 여자는 갑자기 꿈에서 깨어나듯 두 팔과 어깨를 쥐어짜면서 기지개를 켰다.

"아아, 때나 벗겨야겠다. 경희약국 큰딸이 이화여대에 다닌다지? 서울 아현동 굴레방다리 밑에서 살던 때가 엊그제 같은데, 어쩌다 촌구석으로 다시 기어들어 왔을까?"

여자는 앞뒤 없는 말과 함께 길바닥에 대고 퉤 침을 뱉었다.

"애들아, 집에 가거든 엄마 보고 뼛골 빼먹는 손바느질은 일찌감치 때려치우고 미싱이나 배우라고 해라."

여자는 화순이 아니라 금택을 똑바로 쳐다보고 말했다. 금택은 송곳처럼 파고드는 여자의 시선을 피하지 않았다.

"손바느질로 옷을 지어 입는 시대는 갈 거야."

여자는 예언하듯 말했다.

"미싱이라는 기계가 있는데 누가 답답하게 손바느질을 해서 옷을 만들어 입겠니? 시대를 거스르면 안 돼. 시대에 맞게, 유행에 맞게 살아야지. 시대를 거스르다가는 도태되고 말지…… 얼마나 빠르게 돌아가는 세상인데."

그 말을 끝으로 돌아서려는 여자에게 화순이 대뜸 물었다.

"아줌마가 가르쳐줄래요?"

"내가?"

"아줌마가 우리 엄마한테."

여자가 손사래를 쳐 화순의 말을 잘랐다. 거리를 향해 어이없다는 듯 웃었다. 집요하게 매달리는 화순을 금택은 거칠게 잡아끌었다.

"어서 가자니까!"

화순이 마지못해 금택을 따라왔다. 발이 접질려 넘어질 정도로 버스 정류소를 향해 정신없이 내달렸지만 버스는 떠나고 없었다.

신작로를 걸어가는 내내 금택의 머리에서는 여자가 한 말이 떠나지 않았다. 손바느질로 옷을 지어 입는 시대는 갈 거라는 말이었다. 그 말이 금택은 어머니의 죽음을 예언하는 말 같아 무서웠다. 꽃님이웃가게에서 파는 옷들은 미싱으로 지은 옷들이었다. 미싱으로 들들 박아 지은 옷들이었다. 그 옷들이 손바느질이 아니라 미싱으로 지은 옷들이라는 것을 금택은 진즉에 알고 있었다. 금택이 살았던 시장에는 옷을 파는 가게가 여러 개 있었다. 옷가게마다 꽃님이웃가게보다 많은 옷들이 있었다.

서너 발짝 앞서서 걷던 금택은 화순을 홱 돌아보고 쏘아붙였다.

"어머니가 손바느질을 해서 옷을 짓는다는 말은 왜 하니?"

"비밀도 아니잖아."

"그 아줌마가 비웃는 거 못 봤어?"

금택은 신작로에 이는 흙먼지를 바라보다 다시 발을 뗐다. 뗏장도 안 입힌 무덤처럼 휑뎅한 야산을 돌아가자 성냥 공장이 나왔다. 회색 벽돌로 지은 성냥 공장 마당에는 뿌리와 가지가 잘리고 몸통만 남은 나무들이 수십 그루 월성댁의 남편처럼 드러누워 있었다. 성냥 공장에서 3백 미터쯤 떨어진 곳에는 양조 공장 마을이 있었다. 다디단 막걸리 냄새 때문인지 양조 공장 마을은 유난히 날벌레로 들끓었다. 마을을 통과하는 동안 자매의 얼굴은 날벌레 떼에 삼켜졌다 토해지기를 반복했다.

금택이 뒤를 돌아다보지 않고 걷는 동안 화순은 한없이 뒤처졌다. 금택이 마을 미루나무에 다다랐을 때 하늘은 노을이 져 오디 물을 들인 명주 같았다.

저녁을 먹으면서 화순은 읍내 엘리자베쓰양장점 여자로부터 들은 말을 어머니에게 전했다. 손바느질로 옷을 지어 입는 시대는 갈 거라는, 전해서는 안 되는 말을 전했다. 어머니는 묵묵히 감자국만 떠먹을 뿐 아무 말이 없었다.

손바느질로 옷을 지어 입는 시대는 지나간다는 여자의 예언 때문인지, 금택은 엘리자베쓰양장점 앞을 지나가는 것이 꺼려졌다. 엘리자베쓰양장점을 열 발짝쯤 남겨두고 금택은 화순과 나무젓가락이 두 쪽으로 쪼개지듯 갈라졌다. 혼자 먼저 버스 정류소로 가 화순이 올 때까지 기다렸다. 화순이 나타나면 그제야 버스에 올랐다. 버스가 떠나도록 오지 않으면, 버스가 떠나는 것을 허탈하게 바라보면서 화순을 기다렸다.

문지방을 타고 넘어온 바람에 누비대 위 저고리가 숨을 들이마시듯 들썩일 때 누빌 선을 따라 떠 넣은 바늘땀들이 한꺼번에 숨구멍처럼 오소소 일어나는 것을 목격한 뒤로, 금택은 어머니가 짓는 누비옷들이 가방이나 신발 같은 물건이 아니라 살아 있는 그 어떤 것으로 인식되었다. 목숨이 붙어 있는 그 어떤 것으로. 토끼나 염소나 고양이처럼 심장도 있고, 귀도 있고, 눈도 달린 그 어떤 것으로.

금택은 여전히 기회가 되면 서쪽 방에 들어 새의 찢긴 날개 같은 천 조각을 주웠고, 그 천 조각들에 바늘땀을 떴다. 집안일을 돕고, 숙제를 끝내고, 일기를 쓴 뒤 잠들기 전까지 바늘땀을 떴다. 기러기의 찢긴 날개 같은 흰 옥양목에, 산비둘기의 찢긴 날개 같은 회색 명주에, 공작의 깃털 같은 연보라색 양단에.

화순은 여전히 바늘을 아무 데나 두었다. 바늘을 잃어버렸다는 사실을 그 애는 기억 못하는 것 같았다. 화순은 간혹 자신이 바늘을 어디에 두었는지 금택에게 물었다.

"내 바늘이 어디 있지?"

화순이 그렇게 물어올 때마다 금택은 바늘이 어디에 있는지 알려주었다. 화순의 바늘과 맞바꾼 자신의 바늘이 어디에 있는지.

한지꽃 접는 여자

산에서 주운 생밤을 까던 금택은 흠칫했다. 생밤알 속에 들어앉은 애벌레가 바늘땀 같아서. 무명실로 떠 넣은 바늘땀 같아서.

바늘땀이 꿈틀거렸다.

그날도 자매는 엘리자베쓰양장점을 열 발짝쯤 남겨두고 갈라졌다. 화순과 떨어져 길을 가로질러 건너면서 금택은 설명하기 어려운 불안감에 휩싸였다. 길 건너 화순을 바라보면서 금택은 자신들이 건너지 못하는 강을 사이에 두고 걸어가고 있는 것 같은 기분이 들었다. 결코 건널 수 없는 강을 사이에 두고 그렇게 하염없이 걷고 있는 것 같았다. 읍내 중심을 관통하는 길은 더구나 면사무소에 이르러 두 갈래로 갈라졌다. 면사무소에서 왼편으로 꺾어지면 정류소였고, 오른편으로 꺾어지면 제일교회였다. 선녀목욕탕과 경희약국과 식육식당과 장의사가 있는 길 왼편은 응달이 져 있었다. 반면에 꽃님이웃가게와 엘리자베쓰양장점과 도장 가게가 있는 오른편은 양달이었다.

길 건너 화순을 흘끔흘끔 바라보는 금택과 달리, 화순은 금택에게 눈길 한번 주지 않았다.

장의사 앞을 지나는데 드르륵 미닫이문이 열리고 사내가 걸어 나왔다. 길 건너 화순을 바라보느라 금택은 그만 사내의 발을 밟고 말았다. 사내의 충혈된 눈동자가 실 풀린 단추처럼 튀어나왔다.

"놀래라, 눈깔을 빼 개한테 던져주기라도 한 거냐. 난 또 죽은 계집애가 살아서 돌아온 줄 알았지 뭐냐?"

사내의 짓무른 가지 같은 입에서 막걸리 냄새가 풍겼다.

금택이 가려고 하자 사내가 한쪽 발을 내밀어 가로막았다.

"그제 꼭 너만 한 계집애 염을 했거든."

"버스를 타야 해요."

금택이 말했다.

"계집애가 버짐꽃으로 뒤덮인 얼굴을 잔뜩 찡그리고 있더니만 내가 어루만져주니까 환하게 웃더구나. 어디 네 얼굴도 쓰다듬어줄까?"

뒷짐을 지고 두 다리를 팔자로 벌리고 미닫이문 앞에 버티고 서 있는 사내의 뒤로 장의사 안이 들여다보였다. 장의사 미닫이문은 천 조각을 이어 붙여서 조각보를 만들듯, 양철 조각을 덕지덕지 이어 붙여서 만든 것으로, 양철 조각들을 잇느라 바늘땀 같은 못이 수십 개 어지럽게 박혀 있었다. 금택의 호기심 어린 두 눈이 미닫이문 문턱 너머를 기민하게 살폈다. 무릎 높이의 문턱 너머는 맞바로 마루였다.

마루 한구석, 대나무 광주리에 수북이 담긴 백미처럼 흰 꽃들이 금택의 눈에 들어왔다. 흰색 한지를 오리고 접어서 피운 꽃들이었다.

희끗희끗 싸락눈 날리는 머리를 야무지게 쪽 찐 여자가 광주리 옆에서 한쪽 무릎을 접고 앉아 꽃을 접고 있었다. 검정 무명 치마 밑으로 흰 버선 신은 발을 넌지시 내밀고, 고개를 외로 살짝 틀어 비스듬히 기운 얼굴을 접은 무릎 위에 얹고서. 여자의 두 눈이 한지를 접는 손이 아니라 마루턱을 응시하고 있어서인지, 마치 두 영혼이 여자의 육체에 깃들어 있는 것 같았다. 여자의 손가락 끝에서 한지가 접히

는 소리가 미닫이문 문턱을 넘어 금택의 귀에까지 들렸다. 그 소리
는 마치 토끼가 마른 아카시아 잎을 갉아먹는 소리 같았다. 광주리
속 한지꽃들이 상여를 장식할 꽃이라는 것을 금택은 알았다.

"계집애가 우리 다섯째 누님을 닮은 게 착해 보이던데 파과지년도
못 넘기고 가다니, 안됐지."

목 실핏줄들이 갯지렁이처럼 불거지도록 사내가 입에 침을 모았다.

"……?"

"죽은 얼굴들 표정이 얼마나 천태만상인지, 살아 있는 얼굴이 짓
지 못하는 표정을 죽은 얼굴은 짓거든. 살아 있는 얼굴은 흉내도 못
낼 표정을 죽은 얼굴이 짓는단 말이야. 죽은 얼굴들 중에 아주 요상
한 표정을 짓고 있는 얼굴이 더러 있단 말이지. 웃는 건지, 우는 건지
수수께끼 같은 표정을 짓고 있는 얼굴이. 틀림없는 건 제아무리 오
만상을 찌푸리고 있는 죽은 얼굴도 내가 염을 하면 웃는 얼굴이 된다
는 거란다. 죽은 얼굴이 웃을 때까지 내가 이 손으로 누르고 문지르
고 어루만져서 풀어주거든."

사내가 금택의 얼굴로 손을 뻗었다. 죽은 여자아이의 얼굴을 어루
만졌던 손으로 금택의 얼굴을 어루만지려고 했다.

"내 말이 쓸데없는 거짓부렁이 같으냐? 어디 내 말이 거짓부렁이
인지 아닌지 네 얼굴도 만져줄까?"

금택이 고개를 저으면서 정류소로 달려갔을 때 버스는 떠나고 없
었다. 경주 시내로 가는 버스를 기다리는 사람들이 항아리 같은 응
달마다 들어앉아 있었다.

자신이 만져주자 찡그리고 있던 죽은 소녀의 얼굴이 웃더라는 장

의사 사내의 말을 금택은 믿었다. 수의점에 살 때, 부령할매에게서 수의를 해간 여자가 붉은 팥 한 말과 노란 좁쌀 한 말을 싸들고 찾아온 적이 있었다. 자신의 죽은 어머니가 원삼을 입혀드리자 기적처럼 성불(成佛)하셨다고, 그녀는 자신이 가져온 붉은 팥과 노란 좁쌀을 앞에 펼쳐놓고 몇 번이고 중얼거렸다.

"연둣빛 길에 자줏빛 깃을 달고, 일곱 빛깔 무지개 색동으로 소매를 단 원삼을 입혀드리자 새색시처럼 수줍게 웃으면서 성불하셨어요…… 일색 소박은 있어도 박색 소박은 없다는 걸 일평생 위안 삼아 사셨을 만큼 박색인 어머니가 천하일색 양귀비나 황진이 뺨치게 어여삐 보이더라니까요."

중얼거리는 내내 여자는 붉은 팥알을 손으로 집었다 놓았다 했다.

금택은 장의사의 한지꽃을 접는 여자가 떠오를 때마다 그녀가 잠도 안 자고, 밥도 안 먹고 내내 한지꽃을 접을 것 같았다. 한지꽃들이 불어나 무덤처럼 자신을 덮도록 접고, 또 접을 것 같았다. 한지꽃 무덤 속에서도 여자가 한지꽃을 접고 또 접을 것 같았다. 한지꽃들이 읍내 거리를 덮도록 접을 것 같았다. 읍내 전체가 한지꽃으로 뒤덮인 거대한 상여가 될 때까지 접고, 또 접을 것 같았다.

귀신에 홀리지 않고서야

가을 운동회를 앞두고 화순은 몇몇 아이들과 운동장에 내걸 만국기를 만드는 일에 동원되었다. 가위와 풀로 색종이를 오리고 붙여서 만국기를 만들었다. 혼자 버스 정류소 쪽으로 걸어가던 금택은 엘리자베쓰양장점 앞에서 멈칫 서버렸다. 통유리 너머 마네킹은 석유를 옷감으로 지은 것 같은, 종아리와 무릎이 훤히 드러나는 원피스로 갈아입고 있었다. 압정처럼 바닥에 붙어 떨어지지 않으려는 발길을 재촉하려는데 누군가 뒤에서 금택의 어깨를 꼬집듯 건드렸다. 놀란 금택은 화들짝 뒤를 돌아다보았다. 그 여자였다.

"애야, 너희 엄마는 아직도 손바느질로 옷을 지으시니?"

금택이 아무 대꾸도 않자 여자는 탄식처럼 중얼거렸다.

"신세를 볶는구나, 신세를 볶아……"

여자가 기지개를 켜다 말고 손으로 머리카락을 쓸었다. 매니큐어를 칠한 여자의 손톱은 쥐 잡아먹은 고양이의 이빨처럼 새빨갰다. 실패에 실을 감듯 여자가 머리카락을 손가락에 감았다. 느슨하게 감은 머리카락들이 풀어지면서 여자의 손등에 들러붙은 흉터가 드러났다. 두 눈동자의 초점이 흉터에 집중되면서 눈가가 떨렸다. 어머니의 오른손 손등에 있는 흉터 같은 것이 여자의 오른손 손등에도 있으리라고는 상상조차 못했던 터라 금택은 몹시 놀랍고 신기했다. 어머니의 오른손 손등 흉터보다 희미했지만, 여자의 오른손 손등 흉터도 엄지와 검지 사이에 자리하고 있었던 것이다.

"그거요……"

"그거?"

"흉터요, 손등 흉터……"

여자가 그제야 자신의 손등을 바라보았다.

"어쩌다가 생긴 거예요?"

"어린 게 별걸 다 궁금해하는구나?"

여자가 들뜬 매니큐어를 손톱으로 긁어 떼어냈다. 매니큐어가 떨어지면서 낮달처럼 창백하게 질린 손톱이 드러났다.

"말을 하자면 복잡하고 길단다."

여자가 고개를 저었다.

"따지고 보면 복잡하고 길 것도 없지. 복잡할 것도, 길 것도 없어……"

어머니가 그렇게 하듯 여자가 자신의 왼손으로 오른손 손등 흉터를 감추듯 감쌌다.

"미싱에 먹힌 자국이란다."

"미싱이요?"

"손이 옷감하고 같이 미싱 안으로 밀려 들어갔단다."

"……?"

"옷감이 손을 끌고 미싱 안으로 밀려 들어갔지…… 아무리 생각해도 귀신에 홀린 것 같단 말이야. 손이 미싱 안으로 밀려 들어가는 것을 빤히 보면서 페달을 미친 듯이 밟았으니…… 정말이지 발목아 부러져라, 부러져버려라, 노래 부르듯 페달을 밟았단다. 귀신에 홀리지 않고서야 어떻게 그럴 수 있었겠니?"

여자는 고개를 흔들었다.

"애야, 미싱 바늘을 본 적 있니?"

금택은 고개를 저었다. 시장 거리에 살 때와 한복 거리에 살 때 미싱을 구경하기는 했지만, 미싱에 달린 바늘은 못 봤다.

"미싱 바늘은 아주 크고 뾰족하단다."

금택이 알고 있는 바늘들 중 가장 큰 바늘은 이불을 꿰맬 때 쓰는 바늘이었다. 대바늘이라고 부르는, 누비 바늘의 대여섯 배쯤 되는 그 바늘이라면 어머니에게도 있었다. 어머니는 솜이불을 꿰맬 때나 그 바늘을 꺼내 썼다.

"대바늘보다 커요?"

"대바늘?"

여자가 웃었다.

"얘야, 소가죽도 거뜬히 뚫는 게 미싱 바늘이란다. 어디 소가죽뿐인 줄 아니? 염소 가죽도, 두더지 가죽도, 말 가죽도, 코끼리 가죽도, 악어 가죽도 뚫을 수 있지."

금택은 이해가 안 되었다. 모든 짐승의 가죽을 뚫을 수 있을 만큼 강력한 바늘이 달린 미싱으로 옷을 짓는다는 것이. 어머니는 대바늘로는 절대 옷을 짓지 않았는데, 금택은 그 이유를 알았다. 바늘이 굵으면 땀이 크게 떠지는 데다, 바늘이 통과하는 동안 옷감이 상하고, 바늘이 지나간 자국이 옷감에 남기 때문이었다.

"미싱 바늘이 들들들 박고 지나갔으니 흉터가 남지……"

여자가 부르르 어깨를 떨었다.

"피를 얼마나 흘렸는지 미싱이 피범벅이 되었단다."

떠올리고 싶지 않은 듯 두 눈을 질끈 감으면서도 여자는 입으로는 계속 띄엄띄엄 중얼거렸다.

"피를 뒤집어쓴 미싱이 마치 목을 따 도축한 염소 같았단다. 숨통이 덜 끊어진 염소가 찢긴 목으로 피를 흘리면서 신음하고 있는 것 같았지……"

길 건너를 응시하던 여자가 갑자기 금택을 뚫어져라 바라보았다.

"애, 혹시 네 엄마 손에도 똑같은 흉터가 있니?"

"아니요, 저희 엄마는 바느질로 옷을 지어요."

금택은 거칠게 고개를 저었다. 금택의 격한 반응에 여자가 피식 웃었다.

"그래, 너희 엄마는 죽으라고 바느질을 해 옷을 짓고, 나는 죽으라고 미싱을 돌려서 옷을 짓고…… 바느질로 옷을 짓는 네 엄마보다는 내가 옷을 훨씬 더 빨리, 더 많이 짓는다는 것만 똑똑히 알아두렴."

여자가 하는 말을 잠자코 듣고 있던 금택이 쏘아붙였다.

"징그러워요."

어머니의 오른손 흉터는 훔치고 싶을 만큼 아름답게 느껴졌지만, 여자의 오른손 흉터는 그렇지 않았다.

"뭐?"

"벌레 같아……"

나른하게 풀어져 있던 여자의 얼굴이 경직되더니 사납게 일그러졌다. 뒷걸음질 치던 금택은 여자로부터 휙 돌아섰다. 여자가 팔을 낚아채기 위해 손을 뻗었다. 자전거가 경적을 울리면서 달려오고 있었지만 금택은 길 안으로 뛰어들었다.

달려드는 금택을 피하느라 뒤뚱거리던 자전거가 중심을 잃고 옆으로 기울어지면서 뒷자리에 실려 있던 함지박이 엎어졌다.

흰 무명 한복 치마가 날리듯 멥쌀가루가 허공에 날렸다.

신기루처럼 사라지려는 흰 무명 한복 치마를 향해 금택은 손을 뻗었다.

그것이 방앗간에서 곱게 빻은 멥쌀가루라는 것을, 시루떡을 찌려고 곱게 빻은 멥쌀가루가 허공에 그리는 무늬라는 것을 금택은 깨닫지 못하고 있었다.

바느질을 너무 많이 해서

납의(衲衣)라고 부르는, 두루마기처럼 생긴 누비옷을 짓고 난 어머니는 심하게 앓았다. 어머니는 회색 무명 조각을 수십 장 이어서 납의를 지었는데, 정초에 짓기 시작해 봄과 여름 내내 매달렸다. 첫 서리가 내릴 즈음 납의를 완성한 어머니는 바늘조차 들지 못했다. 때마침 누비옷을 지어 입으려고 우물집을 찾은 단골은 어머니의 심신이 심각하게 고갈되었다는 것을 알고는 우물집으로 침쟁이를 보내왔다.

눈과 귀가 거의 멀었다는 침쟁이는 눈썹까지 센 노인으로 딸뻘 되는 처녀와 함께 왔다. 부끄러움을 심하게 타는 사내아이처럼 두 손으로 처녀의 한 손을 꼭 붙잡고 우물집 마당으로 들어섰다. 등허리가 굽은 침쟁이의 머리는 겨우 처녀의 어깨에 닿았다. 처녀가 한 발짝을 내디딜 때, 노인은 두세 발짝을 끌듯 내디뎠다. 광대가 홍옥처럼 불그스름하고, 오른쪽 눈 밑에 큰 점이 있어서 처녀의 얼굴은 기묘한 분위기를 풍겼다. 새끼손톱 크기의 점은 검은자위 바로 아래에 있어서 마치 또 하나의 검은자위 같았다. 노른자가 둘인 쌍알처럼, 검은자위가 두 개 위아래로 붙어 있는 것 같은 착시를 일으켰다.

처녀가 누비대 옆에 광목 요를 까는 것을, 어머니의 저고리 고름을 끄르고 앞섶을 풀어 헤치는 것을, 목덜미와 어깨가 훵하게 드러나도록 저고리를 끌어내리는 것을, 요 위에 어머니를 엎드리게 하는 것을, 금택은 서쪽 방 쪽마루에 버티고 앉아 감시하듯 지켜보았다. 그때까지 어머니의 머리맡에 가부좌를 틀고 앉아 있던 침쟁이가 더듬더듬 녹색 보자기를 풀더니 대나무통을 꺼냈다.

침쟁이가 대나무통에서 꺼내든 것은 뜻밖에도 바늘이었다. 누비바늘처럼 가늘고 길어 흡사 귀뚜라미 촉수 같은 그것은 미세한 진동속에 있었지만 틀림없는 바늘이었다. 사방으로 휘어, 곱고 보드라운 명주조차 뚫지 못할 것 같은 바늘을, 침쟁이는 어머니의 어깨에 찔러 넣었다. 바늘을 찔러 넣기 전 침쟁이가 손가락 끝으로 어머니의 어깨를 더듬는 것을 금택은 야릇한 흥분 속에서 숨죽이고 지켜보았다. 백도라지 같은 침쟁이의 손가락들이 어머니의 어깨가 아니라 자신의 어깨를 더듬고 있는 것 같은 이상한 기분마저 들었다. 바늘을 찔러 넣는 순간 금택은 바늘과 함께 침쟁이의 손가락들이, 침쟁이가 어머니의 몸속으로 빨려 들어가는 것 같은 착각마저 들었다.

앞 못 보는 침쟁이가 작지만 치명적인 물건인 바늘을 다루는 것이 금택은 의아하다 못해 신기하기만 했다. 침쟁이는 바늘을 살갗에 꽂아 넣자마자 그것을 비비듯 돌려주었는데 아무래도 살 속 깊이 박혀들게 하기 위해서인 것 같았다.

침쟁이는 엄지와 검지, 두 손가락을 집게처럼 오므려 바늘 가운데를 잡았다. 침쟁이가 두 손가락을 떼는 순간 바늘이 경기하듯 가늘게 떨리는 것이 금택에게 고스란히 느껴졌다. 바늘이 어깨를 찌르는데도 어머니는 비명을 지르지 않았다. 구린내가 풍기도록 소금에 절인 황석어처럼 늘어져 꿈쩍하지 않았다. 침쟁이는 대나무통에서 바늘을 또 하나 꺼내 어머니의 어깨에 찔러 넣었다.

어느새 어머니의 어깨에는 수 개의 바늘이 꽂혀 있었다. 수 개의 바늘에 찔리고도 어머니는 피를 흘리지 않았다. 바늘에 찔릴 때마다 피를 흘리는 금택과 달리 한 방울도. 세상에서 가장 작은 바늘인 누비 바늘에 찔리고도 목단화 같은 얼룩이 지도록 피를 흘린 금택과 달리. 금택은 어쩐지 피를 흘리는 자신보다 피를 흘리지 않는 어머니가 더 아플 것 같았다.

다음 날도, 그다음 날도 침쟁이는 두 손으로 처녀의 오른손을 꼭 붙들고 우물집을 찾아왔다. 어머니의 어깨에 수 개의 바늘을 찔러 넣었다. 배추전을 열 장쯤 부칠 정도의 시간이 흐를 때까지 지키고 앉아 있다가 바늘들을 거두어들였다.

우물집을 찾아온 지 닷새째 되던 날, 침쟁이는 어머니의 어깨에 바늘을 찔러 넣지 않았다. 기껏 꺼내든 바늘을 도로 대나무통 속에 집어넣었다.

"왜 오늘을 바늘을 안 놔요?"

"바늘?"

처녀가 금택에게 되물었다.

"바늘이요."

"침 말이니?"

처녀가 웃더니 대나무통 속에 넣어가지고 다니는 것들이 바늘이 아니라 침이라고 알려주었다. 침이 바늘같이 생겼지만 바늘은 아니라고 했다. 금택이 이해를 못 하자 침이 바늘처럼 생기기는 했지만 그것에는 실을 꿸 귀가 없다고 설명해주었다. 금택이 여전히 이해를 못 하자 처녀는 침은 바느질을 하는 데 쓰는 바늘이 아니라, 혈을 찔러 병을 치료하는 데 쓰는 바늘이라고 설명해주었다. 바늘은 터지거나 찢긴 옷을 깁고 꿰매는 데 쓰지만, 침은 막힌 기를 뚫는 데 쓴다고. 금택은 이해가 되면서도 이해가 되지 않았다. '혈'도 '기'도 금택이 이해하기에는 너무 어려운 말이었다.

"그런데 오늘은 왜 침을 안 놔요?"

"침몸살이 났거든."

"침몸살이요?"

"침을 못 이겨서 몸살이 났어."

"어머니가 침을 못 이겨요?"

어머니가 침을 못 이긴다는 처녀의 말이 금택은 믿기지 않았다. 어머니가 바느질을 하는 여자라는 것을, 한 가마니 분량의 쌀알만큼 많은 바늘땀은 떠 넣어 옷을 짓는다는 것을 여자가 모르는 게 아닌가 하는 의심마저 들었다.

"바느질을 너무 많이 해서 그래. 바느질을 너무 많이 해서 진이 다 빠졌어. 바느질이 은근히 중노동이거든."

금택은 어머니가 바늘을 들지 못하면 아무것도 들지 못할 것 같았다. 숟가락뿐 아니라 상추 씨 한 알, 쌀 한 톨, 머리카락 한 올도. 산벚꽃잎조차 들지 못할 것 같았다. 반대로 어머니가 바늘을 들 수 있으면 무엇이든 다 들 수 있을 것 같았다. 나무도, 바위도, 집도, 산도. 어머니가 바늘을 들지 못하면 아무것도 들지 못할 것 같다는 우려가 억지스러운 기우가 아닌 게, 어머니는 바늘뿐 아니라 아무것도 들지 못했다. 숟가락을 들지 못해 금택이 떠 넣어주는 죽을 받아먹었다.

금택은 곁눈질로 누비대를 바라보았다. 누비대는 텅 비어 있었다. 그 옆 구릿빛 화로는 그믐밤처럼 검게 꺼져 있었다. 다림질을 할 때면 구릿빛 화로에서는 숯덩이들이 가마밭갛게 타올랐다. 별똥별 같은 불꽃이 튀기도 했다. 어머니는 숯덩이로 다리미를 데워 다림질을 했다. 자라 형상의 쇠 다리미는 속이 텅 비어 있었는데, 그 안에 이글이글 타오르는 숯덩이를 넣으면 뭉근히 달아올랐다. 어머니는 숯덩이의 개수로 다리미의 온도를 조절했다. 숯덩이가 한 덩이, 두 덩이 더해질수록 다리미는 뜨겁게 달아올랐다.

금택은 어머니가 영영 바늘을 들지 못할까 봐, 바느질을 못 하게 될까 봐, 누비옷을 짓지 못하게 될까 봐 걱정되었다. 어머니가 바느질 때문에 병이 났다는 것을 알면서, 어머니가 어서 자리를 털고 일어나 바늘을 들었으면 했다.

조선간장으로 간을 한 쌀죽을 숟가락으로 휘휘 젓다 말고 금택은 조심스럽게 중얼거렸다.

"어머니가 죽을까 봐 겁이 나요."

금택에게 그 말은 어머니가 바느질을 못할까 봐 겁이 난다는 말이나 다름없었다. 솔직히 그녀는 어머니가 죽는 것보다 바느질을 못 하게 될까 봐 더 겁이 났다. 바느질을 못 하는 것이 죽는 것보다 어머니에게 더 치명적이라는 생각이 들었다. 바늘과 바느질이 어머니에게 목숨보다 더 귀한 그 어떤 것 같았다. 목숨과도 맞바꾸지 않을 만큼 절대적인 그 어떤 것 같았다. 바느질을 하지 않는 어머니를 금택은 상상할 수 없었다.

"나는 오래전에 죽었단다."

"……?"

"너희들이 세상에 태어나기 훨씬 전에 죽었지."

어머니의 입에서 구린 단내가 풍겼다. 죽은 사람이라는 어머니의 말을 금택은 믿기지 않아 하면서도 믿었다. 어머니가 거짓말을 한 적이 없는 데다, 어머니가 정말로 오래전에 죽은 사람 같았다.

오래전에 죽은 어머니가 손바느질로, 살아 있는 사람들이 입을 옷을 짓는다는 생각을 하자 금택은 오싹했다. 어머니가 바느질을 하다 말고 다급히 부엌에 들어 생쌀을 먹는 것이 죽은 사람이기 때문이라는 생각이 들었다. 금택은 산 사람들이 죽은 사람 곁에 생쌀을 한 주먹 부려놓는 걸 본 적 있었다. 노잣돈이라는 동전과 짚신과 함께 생쌀을 부려놓았다. 산 사람은 익힌 쌀을 먹는데 죽은 사람은 생쌀을 먹는 것이 금택은 신기했다.

"내 위로 두 살 터울이 지는 언니가 있었는데, 아홉 살 되던 해 시름시름 앓다 허망하게 죽었단다. 까막눈이던 할아버지가 사망신고를 낸다는 게, 언니가 아니라 내가 죽은 것으로 사망신고를 냈지. 그때는 그런 경우가 흔했단다. 태어난 지 몇 해가 지나서야 출생신고를 하는가 하면, 출생신고를 할 때 이름을 두 개나 올리는 바람에 쌍둥이로 출생신고가 되는 경우가 더러 있었지…… 죽은 언니를 산에 묻고 내려온 할아버지가 나를 보더니 언니 이름을 부르더구나…… 언니 이름이 수덕이었는데, 수덕아 하고 언니 이름을 부르더구나. 언니 대신 내가 죽기를 바랐던 것인지, 죽은 손녀를 언니가 아니라

나로 착각해서 그랬던 것인지…… 할아버지가 죽은 언니를 특별히
예뻐했던 것도 아닌데 그러더구나. 할아버지가 언니가 아니라 내가
죽은 것으로 사망신고를 하는 바람에 언니가 죽은 뒤로는 내내 언니
의 이름과 나이로 살아야 했단다."

어머니가 희미하게 웃었다. 금택은 숟가락으로 쌀죽을 떠 어머니
의 입으로 가져갔다.

이튿날 여자를 앞세우고 다시 우물집을 찾은 침쟁이는 침을 놓는
대신에 쑥으로 뜸을 떴다. 곱고 축축한 담황색 쑥 분말을 동글동글
고깔 모양으로 뭉쳐 어머니의 어깨와 등 여기저기에 올리고 불을 붙
였다. 여자는 쑥이 타면서 나는 열이 어머니의 몸에 쇠처럼 박힌 냉
기를 몰아내고 막힌 기를 풀어줄 것이라고 금택에게 일러주었다.

어머니의 등은 늑골이 앙상하게 도드라지고, 척추 마디마디가 구
근처럼 불거지도록 말라 있었다. 쑥 분말 뭉치가 타들면서 무명실
같은 연기가 어머니의 굴곡지고 메마른 등 여기저기서 피어올랐다.
무명실들이 가닥가닥 부드러운 곡선을 그리면서 풀어져 허공으로
사라지는 것을 금택은 초조한 심정으로 바라보았다. 허무하게 사라
지는 무명실 가닥들을 향해 자신도 모르게 손을 뻗었다. 무명실이
사라지기 전에 바늘귀에 꿰어 바늘땀을 떠 넣어야 할 것 같아서. 어
머니가 가지고 있는 무명실이 그렇게 전부 증발하듯 사라지는 것 같
아 금택은 애가 탔다.

"살이 타면 어떡해요?"

화순이 울먹였다.

"살을 태우기 전에 재가 될 거야."

여자가 화순을 달랬다. 화순은 어머니가 바늘을 다시는 못 들면 어쩌나 하는 걱정 같은 것은 하지 않았다. 어머니가 바늘을 못 들면 아무것도 들 수 없다는 것을 화순이 모르는 것 같아서, 금택은 원망스러운 눈빛으로 그 애를 바라보았다.

쑥 분말 뭉치는 금세 타버려 잿빛 재로 남았다. 여자가 흰 가제 손수건을 펄럭펄럭 흔들어 재를 털었다.

부령할매의 바늘땀 뜨는 소리가 또다시 금택을 찾아왔다. 그 소리는 금택이 가는 곳마다 따라왔다.

금택은 서쪽 방 들창 밑으로 가서 쪼그리고 앉았다. 그 어느 날처럼 부령할매가 바늘땀을 뜨는 소리는 그곳까지 따라와 떠돌았다. 뒷산으로 난 들창은 한 뼘 정도 들려 있었다.

부령할매의 바늘땀 뜨는 소리에 어머니의 바늘땀 뜨는 소리가 섞여들었다. 박자를 맞추지 못하고 겉돌았다. 물 위의 기름처럼 겉돌다가 어느 순간 화음을 만들어냈다.

광목 조각 같은 참새들이 탱자나무 가시들 속으로 날아들었다.

부령할매의 바늘땀 뜨는 소리가 어머니의 바늘땀 뜨는 소리를 불러온 것 같아 금택은 기분이 이상했다. 죽은 사람의 옷을 짓는 소리가 산 사람의 옷을 짓는 소리를 불러온 것 같아서. 죽음이 목숨을 불러온 것 같아서.

목화솜 고르기

목화솜을 고르는 일은 중요했다.

불순물을 골라내는 과정을 두고 어머니는 목화솜을 고른다고 표현했다. 목화솜을 헤집으면서 목화씨 조각과 티끌 같은 불순물을 골라내는 것은, 숱 많은 머리를 헤집으면서 이나 서캐를 골라내는 일만큼이나 까다로웠다. 목화씨 조각과 티끌은 이나 서캐처럼 교묘하게 숨어 있었다. 불순물을 골라내지 않고 누비옷 속에 넣으면 당장은 아니지만 나중에 얼룩이 되어 올라왔다. 하얀 분을 바른 얼굴 위로 기미와 주근깨가 거뭇거뭇 지저분하게 배어나오듯 올라와 치명적인 얼룩을 남겼다. 얼룩 한 점 없이 깨끗하던 흰 누비저고리가 하루아침에 좀 먹은 옷처럼 되었다. 누비저고리를 빨고 말리는 과정에서 목화씨 조각과 티끌이 녹아 얼룩이 되어 올라오는 것이었다. 어머니가 짓는 누비옷들은 대개 차분한 단색이어서 아주 조그만 얼룩도 눈에 띄었기 때문에 어머니는 목화솜 고르는 일을 무척이나 신중하게 여겼다.

소쿠리 속 목화솜을 들여다볼 때마다 금택은 살이 오른 양이 한 마리 그 안에 들어가 잠들어 있는 것 같았다. 잠든 양을 끌어안는 심정으로 금택은 목화솜을 소쿠리에서 꺼냈다.

목화솜 고르는 일은 나름 순서가 있었다. 먼저 두 마쯤 되는 광목을 마루 위에 보자기처럼 펼치고 그 위에 목화솜을 놓았다. 목화솜을 헤집어가면서 목화씨 조각과 티끌을 찾았다. 목화솜을 거칠게 헤집으면 목화솜이 뭉치는 데다, 이가 달아나듯 목화씨 조각이 달아났기 때문에 살살 헤집어야 했다.

목화씨 조각을 발견하면 손가락이 아니라 바늘 끝으로 톡 튕기듯 떠올려야 했다. 손가락으로 하면 목화솜이 딸려 올라오기 때문이었다.

금택이 그렇게 고른 목화솜을 어머니는 한 번 더 골랐다. 금택이 신경을 바짝 쓰고 고르는데도 목화씨 조각이 한두 점 숨어 있다가 어머니에게 발견되었다.

목화솜을 고르면서, 목화솜에도 나름의 기질이 있다는 것을 금택은 알게 되었다. 목화솜은 온순하면서도 고집스러운 데가 있었다. 그런 의미에서 목화솜은 월성댁을 닮았다. 덧셈 뺄셈은 되지만 곱셈 나눗셈이 안 되는 그녀는, 손에 쥐고 있는 돈을 훔쳐가도 멍하니 당할 여편네라고 놀림을 살 만큼 순했다. 생전 화낼 줄도, 남을 의심할 줄도 모르는 그녀는 복래한복에서만 바느질품을 팔았다. 정인한복이나 진한복집에서 품삯을 잘 쳐줄 테니 바느질 일 좀 거들어달라고 아무리 부탁을 해와도 들어주지 않았다. 복래한복에서 쳐주는 품삯의 두 배를 줄 테니 자신의 한복집 일을 맡아서 해달라는 정인한복 여자의 제안을 월성댁이 거절한 것은 다 아는 사실이었다. 노비 계약서라도 쓴 것처럼 월성댁이 복래한복의 일만 받아서 한다는 것 또한 다 아는 사실이었다. 그 좋은 바느질 솜씨를 타고나고도 월성댁이 복래한복에서만 바느질품을 파는 것은 순전히 옛 주인과의 약속 때문이었다. 그녀가 도붓장수처럼 바느질품을 팔러 이 집 저 집 돌아다니는 것을 싫어한 옛 주인이 어느 날 그녀를 불러다가 복래한복 바느질 일만 하는 걸로 약속을 받아냈다는 것이었다. 월성댁의 입장에서는 부당한 약속이었지만, 옛 주인이 원체 그녀를 친딸처럼 챙기고 거두었기 때문에 오히려 둘의 관계를 부러워하는 여자들도 있었다고 했다. 복래한복의 옛 주인은 명절이 되면 가장 먼저 월성댁을 챙겼다고 했다.

"우리 친정은 안 챙겨도 월성댁은 챙기셨으니까. 시집 온 이듬해 설을 앞두고 시어머니가 날 부르더니, 닭 한 마리하고 돼지고기 두 근을 챙겨 들려주면서 월성댁에게 가져다주라고 하시지 뭐야. 설날 닭 삶아 떡국 끓여 먹고, 돼지고기 으깨 만두 빚어 먹으라고 말이야. 월성댁 친정이 오죽 못살았어야지. 어찌나 심통이 나는지 닭은 친정에 주고 돼지고기 한 근만 가져다주었지. 우리 친정하고 월성댁 친정이 엎어지면 코 닿는 거리였거든."

복래한복 옛 주인이 살아 있는 동안 단 한 번도 약속을 어긴 적 없는 월성댁은 그녀가 죽었는데도 고집스럽게 약속을 지키고 있었다. 복래한복 옛 주인이 약속을 풀지 않고 죽었기 때문이다. 세월이 흘러 동태 값이 오르듯 바느질 품삯이 올랐는데도, 복래한복의 새 주인인 며느리는 죽은 시어머니가 정해놓은 바느질 품삯에서 한 푼도 올려주지 않았다.

목화솜은 잘 뭉쳐지고 잘 펴졌다. 그것은 양떼구름도 되었다, 새 털구름도 되었다, 층층구름도 되었다.

목화솜에서는 특유의 냄새가 났다. 햇빛이 청명하고 건조한 날에는 마른 땅콩 껍질에서 나는 냄새가, 비가 지루하게 내리는 날에는 질게 뜸 든 밥 냄새가 났다.

어머니는 목화솜을 첫물 목화솜과 끝물 목화솜으로 나누어 구분했다. 첫번째 수확한 목화솜이 첫물 목화솜, 두번째 수확한 목화솜이 끝물 목화솜으로, 어머니는 첫물 목화솜을 최상품으로 쳤다.

옷감 위에 목화솜을 고르게 펴는 것은 생각보다 쉽지 않았다. 뭉치는 데 없이, 헐하게 비는 데 없이, 한지처럼 얇고 고르게 펴 까는 것은.

목화솜을 고르면서 금택이 깨달은 것이 있다면, 아주 작은 문제가 어느 날 치명적인 문제가 되어 떠오를 수 있다는 것이었다. 목화씨 티끌이 얼룩이 되어 올라오면 새 누비옷은 헌 옷이 되었다.

어머니는 겉감에, 식서 방향으로 목화솜을 펴 깔았다.

식서 방향은 한 마 두 마 하고 셀 때 옷감이 풀리는 방향으로, 늘어나지 않았다. 식서 방향의 반대쪽은 폭이 되는 푸서 방향으로, 신축성 있게 늘어났다.

어머니는 손바닥으로 두드려서 목화솜 두께를 조절했다. 산적으로 부칠 소고기나 돼지고기를 칼등으로 두드리듯 툭툭.

목화솜 두께를 그때그때 달리했는데, 돼지 껍데기처럼 두툼하게 깔 때도, 한지처럼 얇게 깔 때도 있었다. 누비 간격에 따라 목화솜 두께를 달리한다는 것을, 금택은 얼마 전에야 알았다. 누비 간격이 넓으면 목화솜도 두껍게 깔았고, 누비 간격이 좁으면 얇게 깔았다.

금택은 목화솜을 고르다 초경을 맞았다. 바늘로 목화씨 조각을 툭 떠 올리면서 가랑이가 축축하게 젖어오는 것을 느꼈다. 비릿한 쇠 냄새가 가랑이에서 올라왔다. 욱신거리는 느낌이 가랑이에 감돌았다. 금택은 가랑이로 손을 가져갔다. 속옷 새로 손가락을 집어넣고 가랑이를 더듬었다. 손가락에 끈적끈적하게 묻어난 것은 피였다. 풀처럼 끈적거리는 피를 금택은 목화솜에 훔쳤다.

금택이 초경을 시작하고 얼마 안 있어 화순도 초경을 맞았다.

초경을 넘긴 자매들은 더 이상 서로의 머리를 땋아주지 않았다. 스스로 머리를 땋을 수 있을 만큼 자매의 팔과 손가락은 길어졌다. 아침마다 자매는 서로 등을 돌리고 앉아 머리를 땋았다. 허리까지 내려오는 머리를 먼저 땋고 일어서는 쪽은 화순이었다. 금택은 번번이 혼자 남겨져 머리를 땋았다. 금택은 화순보다 머리숱이 많은 데다 손놀림이 더뎠다. 화순이 벌써 자리를 떴다는 것을 알면서도 금택은 머리를 다 땋으면 훌쩍 뒤를 돌아보았다. 화순이 여전히 자신의 뒤에 등을 돌리고 앉아 있기라도 한 듯.

어느새 초등학교를 졸업한 자매는 읍내에 있는 여자중학교에 다녔다. 어머니는 딸들에게 새 옷을 지어주는 대신 교복을 맞추어주었다. 자매는 탈피를 하듯 어머니가 손바느질을 해서 지은 옷을 벗고, 미싱으로 지은 교복을 입었다. 교복 안에 브래지어를 차고 속치마를 입었다.

일찌감치 아침을 먹은 자매는 도시락을 챙겨 들고 함께 우물집을 나섰지만, 각자 우물집으로 돌아왔다. 학년이 같아 수업을 마치는 시간은 같았지만, 화순은 읍내에 사는 친구들과 어울리고 싶어 했다. 하루에 여섯 대뿐이던 버스는 아홉 대로 늘어나 있었다. 화순은 버스는 놓치면 읍내를 돌아다니다 다음 버스를 탔다. 혼자 우물집으로 돌아오는 금택을 어머니는 더는 나무라지 않았다. 어머니는 자매에게 더는 실과 바늘처럼 꼭 붙어 다닐 것을 강요하지 않았다.

자매가 다니는 여자중학교 정문에서 버스 정류소까지 걸어가는 길에는 여전히 꽃님이웃가게와 엘리자베쓰양장점과 장의사가 있었다. 장의사 앞을 지날 때마다 금택은 양철 조각을 이어 붙여 만든 미닫이문을 열고 안을 들여다보고 싶은 충동에 시달렸다. 양철 미닫이문을 열면 머리를 쪽 찌고 버선을 신은 여자가 한지꽃을 접고 있을 것 같았다.

가슴에 봉우리가 생기고 초경을 지나면서, 자매의 서로 다른 개성과 기질은 더 뚜렷해졌다. 한 살이 어렸지만 화순은 금택보다 키가 한 뼘 정도 더 컸다. 화순의 얼굴은 턱이 갸름하니 이목구비의 선이 또렷해졌지만, 금택의 얼굴은 동그라니 광대가 벌어지고 눈썹과 눈썹 사이가 길어졌다.

한 땀 한 땀 복을 빌면서

한복 거리에 살 때부터 자매를 보아온 여자들은 금택이 어머니를 더 닮았다고 이구동성으로 말했다. 언젠가부터 우물집 함석 대문을 밀고 들어서는 그녀들의 시선을 가장 먼저 사로잡는 것은, 돌담 밑에 핀 꽃이나 염색해 널어놓은 옷감들이 아니었다. 금택이었다. 마루 기둥 옆에 조용히 앉아 바느질에 몰두하고 있는 여자아이의 모습은 그녀들에게 어머니만큼 깊은 인상으로 각인되었다. 금택은 집에 돌아오면 교복을 벗고 어머니가 손바느질로 지어준 무명 저고리와 치마를 입었다. 머리를 길게 땋아 내리고 바느질을 하고 있는 여자아이의 모습은 그녀들의 시선을 끌기에 충분했다.

금택은 예쁜 얼굴은 아니지만, 길고 우아하게 뻗은 인중과 가지런한 눈썹과 얌전하게 다물린 입 덕분에 고유한 매력을 자아냈다. 금택은 차분하고 공손하게 어머니의 오랜 단골들을 맞았다. 어머니가 시키지 않아도 알아서 말린 무채나 말린 표고버섯 달인 차를 찻주전자에 데워 서쪽 방으로 가져갔다. 조심스럽고도 흐트러짐 없는 태도로 찻잔에 차를 따라 그녀들 앞에 놓아주었다.

어머니의 또 다른 딸인 화순에게도 단골들은 관심을 보였다. 또렷한 외모가 눈에 띄는 데다, 화순의 호의적이지 않은 태도는 단골들의 호기심을 사는 데 한몫했다. 화순은 어머니에게서 옷을 지어다 입는 여자들을 싫어할 뿐만 아니라 적대적으로 대했다.

단골들은 단박에 자매가 전혀 닮지 않았다는 것을 알아차렸고, 두 종류의 전혀 다른 옷감을 비교하듯 자매를 비교했다. 그녀들은 세상 소문에 밝았지만, 마을 여자들과 달리 자매가 친자매가 아닐지 모른다는 의심은 미처 못했다. 별다른 악의가 없었기에 그녀들은 어머니 앞에서 자매를 비교하기를 주저하지 않았다. 당사자인 금택이 듣는 앞에서도 마찬가지였다.

"거 참 이상하지? 똑같은 씨 받아 한 배 속에서 열 달을 품고 키웠는데 어떻게 그리 다를까?"

"자식을 열 낳아봐라, 그 열 자식이 죄다 다르지."

"그르게, 하나도 이상할 것 없다. 한 박에서 받은 씨앗을 똑같은 날, 똑같은 땅에 심어도 어떤 씨앗은 박을 대여섯 개밖에 못 맺고, 어떤 씨앗은 열 개 스무 개를 맺지 않나?"

"영주한복집 처녀 말이다, 시집이라도 갔나? 요새 안 보이데?"

"시집갔다는 소리는 못 들었는데? 언제 갔나?"

"그놈의 시집 벌써 갔다 왔다고 하더라. 전라도 무주서 목포까지 참 멀리도 시집을 갔는데, 남자가 의처증이 하도 심해서 속옷 바람으로 도망 나왔다고 하더라."

"목포에 한복 잘 짓는 여자가 있다더라. 그 여자한테서 옷을 해 입으면 그렇게 재수가 있다더라."

"재수가? 그 여자한테서 한복 한 벌 해 입으면 아들이 사법고시에라도 떡하니 합격 한다드나?"

"우리 둘째 시누이의 시누이 되는 이가 말이다, 그 여자한테서 치마저고리 해 입자마자 큰아들이 육군사관학교에 붙었다더라……"

"시누이의 시누이면 뭐꼬?"

"얄미운 시누이 잡는 귀신이지 뭐꼬!"

"재수는 우리 군위네가 짓는 옷도 있다."

"맞다, 맞다. 여태 군위네 지은 옷 입고 험한 꼴 당한 적 있나?"

"영주한복집 여자가 짓는 옷은 재수가 영 별로다. 여자가 죽상을 하고 앉아서 우는 소리나 하면서 바느질을 하니 재수가 있겠나?"

"목포 그 여자는 한 땀 한 땀 복을 빌면서 짓는다고 하드라."

"한 땀 한 땀 복을 빌면서 지은 옷이 다르기는 다르겠네."

"한두 땀도 아니고, 어떻게 한 땀 한 땀 복을 빌까?"

"그 말을 곧이곧대로 믿나? 깜박하고 건너뛰기도 하겠지!"

여자들의 이야기는 방향 없이 돌다가 다시 자매에게로 돌아왔고, 화순보다는 금택이 어머니를 더 닮았다는 데 합의하고 나서야 끝났다. 그녀들의 평가에 어머니는 침묵으로 일관했다. 긍정도, 부정도

하지 않았다.

어머니를 닮았다는 소리는 금택에게 상반되는 감정을 불러일으켰다. 어머니의 딸로 인정받았다는 뿌듯한 안도감과 함께 화순의 자리를 빼앗은 것 같은 양심의 가책을 동시에 느꼈다. 자신의 내부에서 두 감정이 다툴 때마다 금택은 화순의 옷을 몰래 훔쳐 입고 있는 것처럼 불안하고 찜찜했다.

목포의 옷 짓는 여자 이야기를 들은 뒤로 금택은 어머니가 바늘땀을 떠 넣는 동안 무슨 생각을 하는지 궁금할 때가 있었다. 그 여자처럼 한 땀 한 땀 떠 넣을 때마다 옷 입을 사람의 복을 비는지 궁금했다.

만약 어머니가 한 땀 떠 넣을 때마다, 한 땀 한 땀마다 복을 빈다고 가정할 경우, 천 땀이면 천 번 복을 빌어 지은 저고리를 입는 것이었다. 만 땀이면 복을 만 번 빌어 지은 옷을 입는 것이었다. 한 땀 떠 넣을 때마다, 그 옷을 입을 사람에게 복이 있게 해달라고 빌 경우.

단 한 땀도 거르지 않고 복을 빌 경우.

복(福)이라는 글자는 금택에게 익숙하면서도 낯설었다. 그것은 글자 이전에 양단에 들어가는 문양이었다. 양단이나 항라에 수놓은 '福' 자 문양을 볼 때마다 금택은 부령할매가 떠올랐다. 부령할머니는 사람들이 하는 행동을 복 받을 짓과 복 나갈 짓으로 평가하고는 했다.

깊은 밤, 바람바늘에 명주실이 꿰어지는 소리가 들렸다. 초를 먹인 보름달빛색 명주실이었다. 바람바늘이 부드럽고 느리게 감침질로 우물집 지붕과 허공을 잇는 소리가 들렸다.

기장 미역 한 뭇

까맣게 잊을 즈음 건어물 행상 여자가 우물집을 찾았다. 언제나처
럼 보따리 하나는 머리에 이고, 하나는 들고 우물집 마당으로 들어
서는 여자의 배는 임신했다는 걸 누구나 알 정도로 불러 있었다.

여자는 마루에 보따리들을 내려놓자마자, 아무래도 또 딸인 것 같
다고 투덜거렸다. 냇가에서 고디 줍는 태몽을 꾸었는데 알이 굵지
않고 자잘한 게 인물도 별로 없는 딸을 낳을 것 같다고 했다.

벌써 6년도 더 전 송홧가루가 극성이던 봄, 마지막으로 다녀갔을
때도 여자의 배는 불러 있었다. 그때도 여자는 또 딸일 것 같다고 투
덜거렸다. 그때보다 배가 조금 더 불러 있어서인지 금택은 여자가
그때 이후로 계속 임신 중인 것만 같은 착각이 들었다. 6년째 임신
중인 것 같았다. 그녀의 배 속 아기가 아주 느리게 자라는 바람에, 배
가 아주 조금씩밖에 불러오지 않아 열 달이 아니라 10년을 채워야
아기를 낳을 것 같았다. 금택이 보기에 그녀는 임신을 하고 아기를
낳기에는 너무 늙어 있었다. 6년 새 그녀의 얼굴은 늙은 여자의 얼굴
이 되어 있었다. 보따리를 하도 머리에 이고 다녀서인지 그녀는 머
리카락이 안쓰러울 정도로 빠져 머릿속이 훤히 들여다보였다.

그녀는 자신이 늙은 것은 생각도 못하고, 훌쩍 자란 자매를 보고
놀라워했다. 발길을 끊은 6년 동안 그녀가 딸을 몇 명이나 더 낳았는
지, 딸이 도대체 몇 명이나 되는지 금택은 궁금했지만 차마 묻지 못

했다.

여자가 풀어 헤친 보자기에는 생전 처음 보는 건어물이 들어 있었다. 그것은 말린 갈치하고도, 말린 가자미하고도 달랐다. 갈색과 청색이 어우러져 도는 그것은 투명 본드를 바른 듯 반질반질 윤기가 흘렀다. 여자는 그것이 말린 꽁치로 과메기라는 것이라고, 구룡포 특산물로 별미라고 알려주었다.

짜고 비린 냄새에 홀려 날벌레들이 마루로 몰려들었다. 날벌레들을 손으로 쫓으면서 여자는 아무나 붙잡고서라도 이실직고를 해야 두 다리를 뻗고 잘 수 있을 것 같다고 중얼거렸다. 그러나 막상 털어놓으려니 걸리는 데가 있는지 마른침을 여러 차례 삼킨 뒤에야 겨우 입을 열었다.

재작년 여름, 여자가 경남 의령에 갔을 때의 일이었다. 읍내에서 곱게 차려입은 할머니를 만났는데 기장 미역을 한 뭇 사줄 테니 자신의 딸에게 가져다 달라고 부탁을 하더라는 것이었다. 옥천으로 시집을 보낸 딸이 해산을 했는데 버스를 탈 줄 몰라 가보지도 못하고 애가 탄다면서, 미역이라도 보내야 어미 도리가 아니겠느냐면서…… 부탁을 거절하자니 자신의 죽은 친정어머니가 눈에 밟히기도 하고, 미역 한 뭇이면 심부름 값치고는 쏠쏠해서 그러겠다고 했다는 것이었다. 의령에서 대구로 나와 하룻밤을 잔 뒤 옥천까지 올라갔다고 했다. 할머니가 불러준 주소와 딸 이름만 믿고서 묻고 물어서 찾아갔는데 다른 사람이 살고 있더라는 것이었다. 뜻하지 않게 미역 한 뭇을 떼먹은 셈이 되었다면서, 미역 한 뭇을 떼먹은 것 때문에 천벌을 받을까 두렵다고 했다.

"치매 들랜 할매 같았어예. 복날에 금색 공단 두루매기를 입꼬 있었어예. 자석들이 잘사나 보나 했지예. 복날 쪄 죽으려고 두루매기를 입꼬 있는 게 이상하다 하믄서도 멱 한 뭇 팔 생각에…… 내종에라도 만나 가푸야 할 긴데예, 가푸야 할 긴데예……"

만 평 땅을 허리에 두르고

누비옷을 맞추러 우물집까지 찾아오는 여자들은 여남은 명에서 줄지도 늘지도 않았다. 옥 사모님이라는 새 단골이 생기기는 했지만, 풍으로 쓰러져 발길을 끊은 단골이 있었기 때문이었다.

단골들에게 어머니는 여전히 한복 거리의 바느질하는 여자들 중 하나였다. 바느질로 먹고사는 여자들 중 하나였다. 여자들은 어머니가 듣는 데서 바느질 솜씨가 뛰어나기로 소문이 난 여자들에 대해 이야기 하는 걸 꺼리지 않았다. 전주에 한복 잘 짓는 여자가 있다거나, 김해에 육영수 여사가 입었던 한복과 똑같이 짓는 여자가 있다거나, 대구 일대에서 한복 짓는 솜씨는 누가 최고라는 소리를 들을 때마다 금택은 이 세상에 바느질하는 여자들이 얼마나 많은지 생각했다. 부령할매와 늙은 여자들이 수의점에 모여서 바느질을 하듯, 바느질하는 여자들이 우물집에 모여 바느질을 하는 상상을 하기도 했는데, 그때마다 바늘땀 뜨는 소리가 가을날 밤 풀벌레 울음소리처럼 들려오는 듯했다. 바래고 시들어 모시나 삼베, 무명 뭉치 같아진 풀숲에서 들려오는 풀벌레 울음소리는 개똥벌레나 귀뚜라미, 풀무치, 여치, 사마귀 같은 이름만큼이나 다양하고 제각각이었지만 절묘하게 어우러져 가을밤을 화려하게 수놓았다.

　어머니의 중요한 단골이 된 옥 사모님이 다녀간 날, 금택은 어머니의 눈속눈금자가 성미와 평상시 습관, 버릇, 기질, 자세 역시 재고 가늠한다는 것을 알게 되었다. 성미에도, 습관과 버릇과 기질과 자세에도 치수가 있었던 것이다. 어머니의 눈속눈금자로만 잴 수 있는 치수가.

　옥 사모님의 저고리를 지을 때 어머니는 소매통을 약간 좁게 잡고, 소매 끝동은 넉넉하게 댔다. 고름을 길게 늘어뜨리지 않고 짧게 끊었다.

　"쓸데없이 거드럭거리지 않고 도도하지 않단 말이야. 그렇다고 경박하지도 않고 비굴하지도 않으니…… 고상하고 의젓하니 겸손하고, 합당한 게 뭔가 깨우쳐준단 말이야."

　옥 사모님이 어머니의 누비옷을 두고 하는 말을 듣고 금택은 충격을 받았다. 옷이 아니라 사람을 두고 하는 말과 별반 다르지 않아서 처음에는 어머니를 두고 하는 말인 줄 알았는데 어머니가 지은 누비옷을 두고 하는 말이었다.

　금택은 수년 전 화순과 함께 서쪽 방에 들어 누비 바늘을 받던 날이 떠올랐다. 그날 금택은 누비대 위의 저고리가 살아 있는 것 같은 환상에 사로잡혔다. 그날의 생생한 경험은 금택의 기억 한구석에 강렬하게 남아 있었다. 저고리에 죽죽 줄이 지게 떠 넣은, 땀구멍처럼 작은 바늘땀 하나하나가 전부 숨구멍이 되어 숨을 들이쉬고 내쉬고 있었다. 단 하나의 바늘땀도 거르지 않고 숨을 들이쉬고 내쉬었다.

저고리가 목숨이 붙어 있는 짐승처럼 느껴지도록. 그런데 옥 사모님은 한술 더 떠 누비옷을 인격을 지닌 인간으로 대하고 있었다.

복래한복 시절부터 인연이 닿은 오래된 단골들의 누비옷에 대한 평가는 단순했다. 편하고 따뜻하다거나, 깃털처럼 가볍고 부드럽다거나, 걸리는 데 없이 몸에 착 감긴다거나 하는 정도에서 그쳤던 것이다.

옥 사모님의 누비옷에 대한 평가는 귀를 솔깃하게 했지만 걸리는 데가 있었다. 어머니의 누비옷을 높이 사는 것은 수긍이 갔지만, 단정적인 어투가 거슬렸다. 높은 데서 아래를 내려다보면서 이야기하는 듯한 말투가 그녀 특유의 말투라는 것을 잘 알았지만.

단골들뿐 아니라 한복 거리의 바느질하는 여자들은 어머니의 손누비질과 누비옷에 감탄하고는 했다. 그러나 생각해보면 그것은 복래한복 한구석에서 귀와 입을 닫고 묵묵하고 끈덕지게 바늘땀을 떠넣고 있는 어머니에 대한 감탄이기도 했다. 복래한복 여자는 누비바느질이 시간을 잡아먹고 손가락을 절단 내는 바느질이라고 했다. 성미가 급하고 참을성이 없으면 죽었다 깨어나도 못하는 바느질이 누비 바느질이라고. 특별하고 어려운 바느질법을 쓰지 않아 단순해 보이지만, 그 단순한 바느질을 수천 또는 수만 번 반복해야 하므로 수행에 가깝다고.

어머니가 짓는 누비옷들은 홀리는 게 없었다. 눈길을 단번에 사로잡지는 못했던 것이다. 어머니는 색감이나 문양이 화려한 옷감을 잘 쓰지 않는 데다, 일절 장식을 넣지 않았다. 유행하는 옷들과도 거리가 멀었다. 어머니가 짓는 누비옷은 정해져 있었다. 여자 치마저고리와 남자 바지저고리, 조끼, 배자, 중치막, 두루마기. 어머니는 배 냇저고리와 수의와 활옷은 짓지 않았다. 어머니가 어째서 그 옷들은 짓지 않는지 금택은 여전히 알지 못했다.

누비옷에 대해서는 말이 많지만, 어머니에 대해서는 일절 아무 말도 하지 않는다는 점에 있어서도 옥 사모님은 오랜 단골들과 달랐다. 어머니가 자리라도 비우면 어머니에 대해 이런저런 별 의미 없는 말을 주고받는 다른 단골과도 달랐다. 옥 사모님은 햇수로 치자면 어머니와 인연이 가장 짧았지만, 어머니와 어머니가 짓는 누비옷에 대해 가장 깊이 이해하고 있었다. 그래서인지 그녀는 다른 단골과 다르게 어머니를 재촉하지 않았다. 자신이 주문한 누비옷이 완성될 때까지 느긋하게 기다렸다. 삼회장 누비저고리와 치마를 지어 입기 위해 1년 넘게 기다린 적도 있었다.

닷새 전에도 옥 사모님은 우물집에 다녀갔다. 어머니가 두 달 내내 매달려 완성한 누비치마를 두르면서 그녀는 말했다.

"땅을 두르는 것 같아."

치마 색깔은 두부콩이 띠는 것보다 짙고 선명한 노란색으로 붉은 기가 은은하게 감돌았다. 광목이었지만, 다듬이질을 해 명주처럼 윤기가 돌았다. 광목은 누에가 아니라 목화로 짠 천이었다. 기질적으로 전혀 달랐기 때문에 명주에 도는 윤기와 차별되었다. 명주에 도는 윤기가 찹쌀밥에 도는 윤기에 가깝다면, 다듬이질을 한 광목에 도는 윤기는 멥쌀밥에 도는 윤기에 가까웠다.

"만 평 땅을 허리에 두른 것 같다니까."

쪽마루에서 목화솜을 고르던 금택은, 미닫이문 새로 서쪽 방 안을 들여다보았다. 치마는 정말로 기름진 땅 같았다.

"땅을 둘러서 그런가, 주는 대로 모든 걸 받아들일 수 있을 것 같아."

"모든 걸요?"

옥 사모님과 함께 온 여자가 물었다. 남편이 은행원이라는 그 여자는 바늘귀에 걸린 실처럼 옥 사모님을 졸졸 따라다녔다. 바느질을 다 끝내고 매듭을 짓고 난 뒤 반 뼘 남짓 남은 실처럼. 한 뼘 남짓한 실로는 단추를 달 수도, 구멍 난 양말을 꿰맬 수도 없었다. 옥 사모님은 그녀를 미희라고 불렀다. 미희가 그녀의 이름인지, 그녀의 딸 이름인지는 금택이 알 도리가 없었다. 어머니는 옥 사모님과 여자에게 가려 보이지 않았다. 그래서인지 어머니가 없는 방 안에서 옥 사모님과 낯선 여자가 떠들고 있는 것 같았다.

"씨앗도, 눈비도, 천둥 번개도, 나무도, 온갖 벌레들도, 뱀도, 썩은 과실도, 송장도……"

"송장이요?"

여자가 끔찍하다는 듯 말했다.

"가리지 않고 주는 대로 다 받아들여 품는 게 땅이야. 땅이 받아먹기 싫다고 송장 뱉어내는 것 봤어?"

"기왕이면 하늘이 낫지 않아요? 천하를 호령하는 건 그래도 하늘 아니에요."

"자네가 몰라서 하는 소리야. 하늘은 변죽이 심하지. 변죽이 죽 끓듯 하는 게 하늘 아닌가. 좋다고 환하게 웃다가도 성에 안 차면 오만상을 찌푸리는 게 하늘이지. 성낼 자리인지 아닌지 못 가리고 대놓고 소리부터 지르는 게 하늘이야. 그런 하늘을 살살 구슬려서 달래는 게 땅이지."

"변죽 심한 하늘 만나 살살 구슬려 달래고 사느라 속이 썩어 문드러지는 건 어쩌구요?"

"땅도 땅 나름이겠지. 송장을 거름으로 만들어 기름진 옥토가 되는 땅도 있을 테고, 거머리 천지인 썩은 웅덩이가 되는 땅도 있을 테고."

"형님은 옥토가 되었네요."

옥 사모님이 갑자기 누비치마를 홱 풀었다. 적나라하게 드러난 속치마가 너무 희어서 금택은 자신도 모르게 눈살을 찌푸렸다.

만 평 땅을 허리에 두른 것 같다는 옥 사모님의 말을 들어서인지, 금택은 어머니가 그녀에게 지어준 것이 누비치마가 아니라 만 평 땅 같았다. 누빌 선에 연달아 떠 넣은 바늘땀들은 씨앗 같았다. 물을 주고, 햇볕을 쬐여주고, 거름을 뿌려주면 싹을 틔울 것 같았다.

옥 사모님을 생각할 때 금택은 한 가지 이해가 안 가는 부분이 있었다. 대구 근교에 있다는 그녀의 방직 공장이 뭘 만드는 공장인지 금택은 잘 알았다. 대량으로 천을 짜는 공장이었다. 공장이 잘되어 시장에 깔리는 원단의 절반은 그녀의 방직 공장에서 찍은 것이라는 소리를, 금택은 그녀를 따라다니는 미희라는 여자로부터 들어서 알고 있었다. 그녀의 말이 맞다면, 옥 사모님은 자신의 방직 공장에서 찍어내는 옷감들을 두고 서쪽 방에 있는 옷감으로 옷을 지어 입었다.

복래한복을 비롯해 한복 거리의 가게들과 비교할 때 서쪽 방에는 옷감이 다양하지 않았다. 복래한복 주인 여자는 외상으로라도 옷감을 떼다 쟁여놓았다. 죽은 시어머니가 얼마나 옷감 욕심이 많았는지 홍을 보면서, 그녀 자신 또한 옷감 욕심이 만만치 않게 많다는 것을 깨닫지 못했다. 시어머니가 살아생전에 장만한, 반닫이 속에서 하도 오래 묵어 옷도 못 지어 입는 옷감들을 그녀가 버리지 않는 데는, 그녀의 옷감 욕심이 한몫했다. 시어머니가 그 옷감들을 장만하려고 적잖은 돈을 지불했다는 걸 잘 알고 있는 그녀는, 그 돈이 아까워서라도 버리지 못했던 것이다. 손무명 50필은 돼지 한 마리, 홍화 씨로 염색한 붉은 명주실을 베틀로 짠 손명주 10필은 염소 한 마리였던 것이다.

어머니가 떼오는 옷감들은 여전히 한정되어 있었다. 명주, 무명, 광목. 하나의 옷감을 가지고 어머니는 염색과 다듬이질로 차별을 주었다. 아들 셋을 다 장가보낸 뒤로는 옷 해 입는 재미 말고는 세상사는 재미가 하나도 없다는 한 단골은, 어머니가 좀더 다양하고 많은 옷감을 갖추고 있지 않은 것에 대한 불만을 노골적으로 드러냈다. 요즘 유행하는 옷감이 어떤 것들인지 어머니에게 일러주기까지 했다. 급기야 누비옷 옷감으로 적당하지 않은 양단을 끊어와 누비배자를 한 벌 지어달라고 보챘다. 어머니는 곤란해하면서도 거절하지 않았다. 뼈인두로 누빌 선을 긋고 바늘땀을 떠 넣어 누비배자를 한 벌 완성했다.

옥 사모님은 서쪽 방에 있는 옷감들로 누비옷을 지어 입었을 뿐 아니라 명주로 지을지, 양단으로 지을지 고심을 하다가도 최종 결정은 어머니에게 맡겼다.

"자네가 알아서 하게. 자네가 어련히 알아서 할까."

그녀는 쑥색 명주로 지을지, 황색 명주로 지을지 또한 어머니에게 넘겼다. 그녀가 방금 둘렀던, 만 평 땅을 두른 것 같은 누비치마 역시 어머니가 고른 옷감으로 지은 것이었다.

옷감이 다양하지 않다는 단골들의 불만을 금택은 이해할 수 없었다. 어머니가 우물집 마당과 뒷산에서 얻은 씨앗이나 잎, 열매, 나무껍질, 뿌리 등을 재료로 내는 색들은 그 어디에도 없는 색들이었다. 그 어디에도 없는 색을 입은 옷감들 역시 그 어디에도 없는, 서쪽 방에만 있는 옷감들이었던 것이다. 어머니가 대구에서 끊어오는 옷감들은 어머니의 손을 거쳐 차원이 다른 옷감들로 재탄생했다. 무명이면서, 무명과 다른 차원의 옷감이 되었다. 염색을 통해 이 세상 어디에도 없는 색깔을 입고, 푸새와 다듬이질을 거쳐 이 세상 어디에도 없는 질감과 광택을 띤.

나흘 전 어머니가 양파 껍질을 재료로 무명에 들인 노란색은 엄밀히 말해 노란색이 아니었다. 노란색을 넘어서는 그 어떤 색이었다.

학교에서 돌아오던 금택은 논밭 사이로 난 길을 올라가는 상여를 보았다. 상여는 흰 한지꽃으로 뒤덮여 있었다.

전전날 금택은 마을에서 사람이 죽었다는 소문을 들었다. 양철지붕 집에 사는 사내가 홧김에 농약을 마시고 죽었다고 했다. 금택은 그 사내가 신작로에 철퍼덕 주저앉아 우는 것을 여러 번 보았다. 미루나무 너머로 해가 뉘엿뉘엿 질 즈음이면 사내는 울면서 신작로로 걸어 나왔다.

금택은 한지꽃으로 뒤덮인 상여가 논밭이 아니라 누비치마로 드
는 것 같았다. 어머니가 얼마 전 옥 사모님에게 지어준, 만 평 땅 같
은 누비치마로.

조강지처가 둘

한 번은 옥 사모님과 오랜 단골들이 우물집 마당에서 우연히 마주
친 적이 있었다. 단골들 중에는 대구에 사는 진희라는 단골도 있었
는데, 자신들을 지나쳐 가는 옥 사모님을 알아보았다. 그녀의 남편
이 대구에 소재한 신문사 편집국장으로 복래한복 주인 여자와 오촌
지간이기도 했다. 어머니의 단골들 중 세상 소문에 유독 해밝은 그
녀는 우물집을 가장 빈번하게 드나들었지만 정작 누비옷을 맞추어
입지는 않았다. 누비옷을 맞추어 입으려 우물집을 찾는 단골들 틈에
곁가지처럼 붙어 따라와서는, 옷감 고르는 걸 참견하고 훈수를 두다
가, 세상 소식을 한 보따리 풀어놓고 돌아갔다. 애교가 넘치고 감정
이 풍부해 꽈리가 터지듯 웃다가도, 기장떡 같은 손수건을 꺼내 눈
물이 그렁그렁 차오르는 눈을 훔쳤다. 그녀는 남의 집 함 들어온 날
짜까지 꾀고 있다가 까발리듯 떠벌리면서도 정작 자기 자신에 대해
서는 일절 입을 다물었다. 복래한복 주인 여자는 그 이유가 그녀의
아버지가 일본인이라는 출생의 비밀 때문이라고 했다. 친정 이야기
만 나오면 슬그머니 입을 다물거나 자리를 피하는 것이 다 그 때문이
라고. 아버지가 일본인이라는 출생의 비밀이 혹여 신문사 편집국장
인 남편의 출세에 방해가 될까 싶어 자기 이야기는 아예 꺼내지 않

는다는 것이었다. 온 국민이 보는 신문도 아니고, 대구 사람들도 볼까말까 한 신문사 편집국장이 출세를 해야 얼마나 한다고 골 아프게 숨기고 사느냐면서, 복래한복 여자는 시당숙모인 그녀를 도무지 이해 못 했다. 홀어머니 밑에서 자란 그녀가 고등학교까지 나올 수 있었던 것은 해방과 함께 일본으로 쫓겨 가 연락이 두절되었던 그녀의 아버지가 수년이 흘러 두 모녀가 먹고살 만큼의 돈을 해마다 보내왔기 때문이라고 했다. 딸 시집보내는 밑천까지 보내왔지만 정작 모녀를 만나러 한국에 나온 적은 한 번도 없다고 했다. 그 대목에서 복래한복 주인 여자는 방점을 찍듯 자신의 아버지를 원망하고 넘어갔다. 계집질, 노름질에 빠진 아버지보다 바다 멀리서 먹고살 돈이나 꼬박꼬박 부쳐오는 아버지가 백배, 천배 낫다는 것이었다. 복래한복 여자가 진희라는 단골의 출생의 비밀을 폭로하는 자리에 있던 여자들은 하나같이, 그녀의 일본인 아버지에 대해 독한 사람이라는 결론을 내렸다. 딸 시집보내는 밑천까지 보내온 걸 보면 일본에서 웬만큼 사는 모양인데, 독하지 않고서야 어떻게 수십 년이 흐르도록 단 한 번도 다녀가지 않을 수 있느냐는 것이었다.

출생의 비밀을 알고 있어서인지 금택은 진희라는 단골의 웃음소리가 서쪽 방에서 들려올 때마다 그녀가 자신의 아버지를 기억이나 하고 있는지 궁금했다. 그것보다 더 궁금한 것은 그녀가 아버지라는 존재의 아우라라도 기억하는 편이 나은가, 전혀 못하는 편이 나은가 하는 것이었다. 금택은 어쩐지 전혀 기억 못하는 편이 나을지 모르겠다는 생각이 들었다. 아버지라는 존재의 그 어떤 것도, 냄새도, 목소리도, 실루엣도.

진희라는 단골이 마당에 말뚝처럼 서서 정말로 자기가 아는 그 여자가 맞는지 기연가미연가하는 사이에 옥 사모님을 태운 차는 마을 길을 투덜거리듯 내려갔다.

　"맞다. 그 여자가 맞다. 그 여자도 군위네 단골이었나?"

　진희라는 단골은 이상하다는 듯 중얼거렸다.

　"이상하다. 그 여자가 최고급이 아니면 거들떠도 안 볼 텐데……"

　옥 사모님이 어머니의 단골이라는 걸 믿기지 않아 하자 그 옆의 단골이 눈짓을 하면서 그녀의 옆구리를 찔렀다.

　"군위네가 지은 누비옷 입기가 어디 쉬운 줄 아나? 우리나라에서 최고로 옷 잘 입는 육영수 여사도 못 입는 옷이 군위네가 지은 누비옷이다."

　진희라는 단골은 서쪽 방으로 들자마자 버선 속을 뒤집어 털듯 옥 사모님과 그녀 남편에 대해 폭로했다.

　"아까 그 여자 친정이 의령 옥(玉)씨로 일제 때부터 대구에서 알아주는 부자였다."

　무남독녀로 애지중지 키운 딸이 소사로 부리던 일꾼과 눈이 맞아 애를 배자 데릴사위로 들였다고 했다. 딸이 아들까지 낳자 그래도 피가 흐르는 외손주에게 가계와 재산을 물려줄 요량으로 사위에게 방직 공장을 차려주었다고 했다.

　"울며 겨자 먹기로 사위로 들이기는 했지만 장인이 그렇게 무시를 했다더라. 소사로 머슴 부리듯 부리던 치가 하루아침에 사위로 둔갑을 했으니 그럴 만도 하지…… 소사가 옛날 조선 시대로 치면 노비 아닌가? 자식이라고는 딸 하나 있는 게 노비 애를 뱄으니, 망석에 둘

둘 말아 오뉴월 개 패듯 때려 죽여도 시원찮을 판에…… 조선 시대
가 옛날 고릿적 같지만 따지고 보면 옛날도 아니다. 육이오동란이
엊그제 일 아닌가? 상놈 출신이든, 양반 출신이든 시대가 바뀌었으
니 서로 애지중지 아끼면서 화목하게 살면 그만인데, 그 남자가 북
에 두고 온 처자식이 있다더라…… 동란 때 처자식 버리고 남한으
로 혈혈단신 내려왔다더라. 남들은 불알 두 쪽 달랑 차고 남으로 내
려와 출세를 했다고 질투가 이만저만이 아니었다지만, 그 딸이 부잣
집 무남독녀로 자라 성격이 보통이 넘는다더라…… 우리 남편이 그
여자 남편을 좀 아는데, 북에 두고 온 처자식을 못 잊고 그렇게나 그
리워했다더라. 처자식을 버렸다는 죄책감 때문에 술만 마시면 힘들
어했다더라. 밸도, 쓸개도 없는 사람처럼 기죽어 살다가 장인이 죽자
돌변해서는 계집질을 그렇게 하고 다녔다더라. 장인이 살아 있을 때
도 억지로 붙어서 살았지 그 여자하고 아들한테는 정을 눈곱만치도
안 주었다더라. 첫 정이 무섭다고 북에 두고 온 처하고 꼭 닮은 여자
를 그렇게 찾아다녔다더라. 닮은 여자는 더러 있겠지만, 쌍둥이가 아
니고서야 꼭 닮은 여자를 어디 가서 찾을까? 북에 두고 온 처하고 비
슷하게 생긴 후처를 둘이나 보고도 그리움과 죄책감을 떨치지 못하
고 괴로워하다가 자개장롱 속에서 목을 매 죽었다더라. 겨우 일곱 살
이던 아들이 자개장롱 속에서 목을 매고 죽어 있는 걸 보았다더라."
   진희라는 단골은 그것이 벌써 10년도 더 전의 일이라고 했다. 옥
사모님은 남편이 하던 방직 공장을 운영하면서 혼자 아들을 키우고
살고 있다고 했다.
   "그렇게 그리워할 걸 왜 북에 버려두고 왔을까?"

"동란 때 북에 처자식 놔두고 남으로 내려온 사내가 어디 한둘인가? 일부러 버린 것은 아닐 테지, 그럴 만한 사연이 있겠지⋯⋯"

"인간이 참으로 어리석다, 어리석어⋯⋯ 어차피 북으로 가지도 못할 거 남쪽에서 인연 맺은 여자하고 정붙이고 오순도순 살 것이지, 후처를 둘씩이나 봤을까."

"천만금을 손에 쥐고 있으면 뭐하나, 서방이 자나 깨나 북에 두고 온 처자식만 그리워했으니⋯⋯ 더구나 후처를 둘이나 두었으니, 속이 아주 썩어 문드러졌겠다."

"남쪽에서는 그래도 그 여자가 조강지처 아닌가?"

"조강지처는 조강지처지."

"일부러 지은 죄는 아니겠지만, 죄책감에 사로잡혀 사는 게 쉬운 일이 아니다. 고깃국을 먹으면서는 북쪽 처자식이 피죽도 못 먹고 굶나 싶어 고깃점이 목구멍에 걸릴 테고, 따뜻한 아랫목에 드러누워서는 북쪽 처자식이 땔나무도 못 구해 동태처럼 얼고 있는 건 아닌가 싶어 이불이 가시덤불 같을 테고, 새로 옷을 해 입으면서는 북쪽 처자식이 기운 옷만 입나 싶어 새 옷이 피 묻은 짐승 가죽 같을 테고, 새 신발을 사 신으면서는 북쪽 처자식이 매미 허물 같은 신만 신고 다니나 싶어 새 신발이 천 길 구덩이 같을 테고⋯⋯"

"것도 사람 나름이다. 처자식 버리고 돼지새끼처럼 잘만 처먹고 사는 사내자식이 쌨다."

옥 사모님에 대한 이야기는 흐르고 흘러 엉뚱하게 그녀의 죽은 남편이 북에 두고 온 처 이야기로 흘러갔다. 여자들은 그 처가 두 아들을 데리고 어떻게 사나 걱정했다. 남편이 내내 자신과 두 아들을 그리워하다 스스로 생을 마감한 사실을 알면 얼마나 큰 한탄과 상념에 잠길지 상상하면서 탄식을 토했다.

"기다리겠지. 눈감기 전에 한 번은 볼 날이 있을 거라고 믿으면서…… 어느 날 홀연히 마당을 나섰듯이 홀연히 나타날까 싶어 기다리겠지. 설마 죽어 눈감을 때까지 못 만나리라고는 생각을 못 하겠지. 아무렴 자식까지 낳고 살았던 사람인데…… 밤늦어 찾아올까 싶어 놋대접 그득 밥을 퍼 아랫목에 파묻어두겠지. 혹시나 발길에 채여 밥알이 쏟아질까 싶어 가제 손수건으로 둘둘 싸 파묻어두겠지. 날이 밝고 아랫목이 식도록 오지 않으면 그제야 파묻어두었던 놋대접을 꺼내겠지."

진희라는 단골이 기장떡 같은 손수건으로 눈가를 훔치면서 그렇게 한탄할 때, 금택은 어쩐지 그녀가 북쪽 처가 아니라 친정어머니 이야기를 하고 있는 것 같은 생각이 들었다. 먹고살 돈은 꼬박꼬박 보내오면서 단 한 번도 다녀가지 않는 일본인 남편을 기다리느라 재취 자리를 마다하고 생과부로 살아야 했던 친정어머니 이야기를.

그날 진희라는 단골은 기장떡 같은 손수건을 우물집 함석 대문 근처에 흘리고 갔다. 금택은 그것을 앉은뱅이책상 서랍 속, 서쪽 방에서 주운 천 조각들 사이에 넣어두었다. 손수건을 주워 들 때 식은 아랫목에서 놋대접을 꺼내는 손이 금택의 머릿속에 그려졌다. 가제 손수건을 푸는 손이, 울긋불긋 얼룩이 져 심장 같아진 놋대접 뚜껑을 여는 손이, 밤새 놋대접 속에서 까끌까끌한 모래로 변한 밥알들을 손가락으로 헤집는 손이……

결을 맞추고, 올을 맞추고

옥 사모님을 떠올릴 때마다 금택은 북쪽 처가 함께 떠올랐다. 금택은 옥 사모님이 자신의 죽은 남편은 벌써 잊었어도, 북쪽 처는 잊지 못하고 살고 있을 것 같았다. 생이별한 북쪽 처에게 생을 온통 저당 잡힌 채 살고 있는 존재가 실은 그녀의 죽은 남편이 아니라, 그녀일 것 같았다.

옥 사모님이 겉감이고 북쪽 처는 안감이라면, 그녀들의 남편은 목화솜이었다. 안팎을 맞춘 두 천 사이에 충전재로 넣은. 겉감에도, 안감에도 들러붙지 못하고 들뜬 채 두 천 사이를 유령처럼 떠도는 목화솜이었다. 어머니는 겉감 쪽에 목화솜을 놓았는데, 목화솜이 움직이지 않도록 목화솜과 옷감을 시침으로 고정했다. 완성선의 시접(속으로 접혀 들어간 옷 솔기의 한 부분) 쪽에서 솜과 옷감을 함께 일정한 간격으로 꿰맸다.

겉감인 옥 사모님과 안감인 북쪽 처, 그 두 천의 안팎을 맞추어 바느질을 했을 그 어떤 손이 있을 것 같은 생각이 금택은 문득 들었다. 부령할매가 잠든 뒤에도, 한복 거리의 모든 바느질하는 여자가 잠든 뒤에도, 심지어 어머니가 잠든 뒤에도 잠들지 않고 깨어 묵묵히 바느질하는 손이 있을 것 같았다. '운명이라는 바늘'에 '인연이라는 실'을 꿰어 바느질하는 손이.

금택은 아무래도 바느질하는 손이 두 천의 결과 올을 제대로 맞추지 않고 급하게 바늘땀을 떠 넣은 게 아닐까 싶었다. 결과 올이 어긋났다는 것을 뒤미처 깨달았지만 이미 너무 많은 바늘땀을 떠 넣은 뒤여서, 밤을 꼬박 새워 떠 넣은 바늘땀들을 풀기가 아까워서 마저 떠 넣은 것 같았다. 결과 올이 어긋난 채 수백 개의 바늘땀으로 묶인 두 천 사이를 흰 솜이 유령처럼 떠돌고 있는 것 같았다.

겉감과 안감, 그렇게 두 천의 안팎을 맞추어 바느질을 할 때는 결과 올이 맞아야 했다.

누비질에 들어가기 전, 두 천의 결과 올을 정확하게 맞추기 위해 어머니는 각별히 신경 썼다. 마름질한 가장자리를 따라 시침하고, 누빌 면의 등솔기(옷 가운데를 맞추어 맞붙여 꿰맨 솔기)나 진동이나 섶 등의 솔기를 시침하고, (등판일 경우) 등판 면적을 2등분해 2등분한 선을 시침하고, 2등분한 면적을 다시 2등분해 2등분한 선을 시침했다. 그렇게 하지 않으면 겉감과 안감이 서로 밀리고 결과 올이 어긋나 당기고 뒤틀리는 바람에 누빌 선을 따라 떠 넣은 바늘땀들이 들뜨고, 바늘땀 뜬 자리마다 쭈글쭈글 주름이 잡혔다. 어머니는 또한 보조 천을 양쪽 끝에 달고, 그 보조 천을 시침핀과 집게를 이용해 누비대에 단단히 고정했다.

언젠가 어머니는 옷감에 목화솜을 펴 깔면서 중얼거렸다. 뭉치는 데 없이, 헐렁하게 비는 데 없이 목화솜을 고루 깔아야 한다고. 편편하게 펴 깔다 보면 목화솜이 알아서 옷감에 달라붙는다고. 목화솜을 고르게 까는 것은 중요했다. 뭉게구름처럼 덩어리져도, 양떼구름처럼 몽글몽글 뭉쳐도, 새털구름처럼 새새가 비어도, 파도구름처럼 한쪽으로 쏠려도 안 되었다.

금택은 자신과 화순도 안팎을 맞춘 두 장의 천이 아닐까 하는 생각이 들었다. 그렇다면 자신과 화순 사이를 유령처럼 떠도는 목화솜은 어머니였다. 금택은 어쩐지 올이 어긋나버린 것 같았다. 바느질하는 손이 올이 어긋난 것도 모르고 바늘땀을 떠 넣고 있는 것 같았다. 바느질하는 손을 멈추게 하는 방법을 금택을 알지 못했다. 어머니의 바느질하는 손을 멈추게 하는 방법을 알지 못하는 것처럼.

복래한복 주인 여자와 월성댁이 안팎을 맞춘 두 장의 천이라면, 두 천 사이를 유령처럼 떠도는 목화솜은 죽은 시어머니일 것이었다.

금택은 북쪽 처를 꼭 닮은 여자가 남쪽에 있다면 옥 사모님이 아닐까 싶었다. 그녀의 남편이 들였다는 후처들도 아니고 옥 사모님일 것 같았다. 그녀가 북쪽 처보다 북쪽 처를 더 꼭 닮았을 것 같았다. 그러니까 그녀의 죽은 남편이 기억하고 있는 북쪽 처보다 더 북쪽 처를 닮았을 것 같았다.

스스로 의식 못하는 새 금택은 옥 사모님의 아들이 자개장롱을 여는 장면을 상상하고는 했다. 복래한복에 살 때 금택은 자개장롱을 보았다. 복래한복 주인 여자의 안방에 자개장롱이 있었다. 요상한 빛을 발하던 장롱은 금박, 은박으로 수놓은 흑빛 양단이었다.

가장 단순한, 가장 어려운

중학교 정규 수업에는 가정 시간이 있었다. 가정 선생은 어머니 나이쯤으로, 소매 길이가 팔부쯤 되고 치마 끝단이 무릎 밑으로 살짝 내려오는 양장 원피스에, 검정 구두를 신고 다녔다. 귀밑 단발머리는 가발이 아닐까 의심스러울 정도로 더 이상 길지도, 짧아지지도 않았다. 그녀에게는 분필을 잡을 때 손수건으로 감싸서 잡는 버릇이 있었다. 그녀가 분필을 잡기 위해 손수건을 펼칠 때면 금택은 이상하게 가슴이 떨렸다. 그녀의 손수건은 옥양목처럼 하얬지만 옥양목은 아니었다. 광목이나 무명도 아니었다. 분필 가루는 그녀의 손가락에는 묻어나지 않았지만 손수건에는 묻어났다. 분필 가루가 묻어나 그녀의 손수건은 더 하얘졌고, 독특한 느낌의 천이 되었다.

때가 되자 가정 선생은 여자아이들에게 여러 가지 바느질 기법을 가르쳤다. 시침질, 감침질, 박음질, 공그르기, 휘갑치기, 두땀상침, 세땀상침, 새발뜨기, 사뜨기, 홈질. 가정 선생은 다양한 바느질 기법의 명칭을 흑판에 필기한 뒤 이음새나 옷감의 종류, 부위에 따라 바느질 기법을 적절히 달리해야 한다고 말했다.

그녀의 설명에 따르면 시침질은 본격적인 바느질에 들어가기 전 두 장의 옷감이 밀리지 않도록 임시로 듬성듬성 뜨는 바느질이었고, 감침질은 용수철 모양으로 둘둘 감듯이 하는 바느질이었다. 박음질은 바늘땀과 바늘땀을 겹쳐 뜨는 바느질로, 온박음질과 반박음질로 나누어졌다. 구멍을 막는 데 사용되는 손바느질 법은 공그르기였고, 천을 자르고 올이 풀리지 않도록 성기게 감치기 하는 것이 휘갑치기였다. 두 땀을 반박음질하고 그 두 땀만큼 간격을 둔 뒤 다시 두 땀을 뜨는 것이 두땀상침이었고, 같은 방식으로 세 땀씩 뜨는 것이 세땀상침이었다.

그 모든 바느질 기법을 가정 선생은 불과 한 시간 만에 가르쳤다.

그녀는 바늘과 실로 시범을 보이는 대신에 칠판에 그림을 그려가면서 가르쳤다. 다양한 바느질 기법을 익히는 데 바늘과 실은 필요하지 않았다.

한꺼번에 여러 가지 바느질 기법을 배운 탓에 금택은 혼란스러웠다. 바느질하는 여자의 딸인 자신이 어머니가 아니라 가정 선생으로부터 배워서인지 더욱. 바늘과 실 없이 바느질 기법들을 배워서인지 더더욱. 온갖 바느질 기법을 줄줄이 외우고 가르치기까지 하는 가정 선생이 바느질하는 여자가 아니라는 것이 이상했다.

가정 선생은 그 모든 바느질 기법 중 가장 기본이 되는 것은 홈질이라고 했다. 홈질은 두 천을 잇대어 드문드문 일정한 간격으로 호는 손바느질로, 수를 놓을 때나 주름을 잡을 때도 사용된다고 했다. "홈질을 할 때는 바늘땀을 고르게 뜨는 것이 가장 중요하다"고 가정 선생은 강조했다. 쉬는 시간을 알리는 종이 울리자 가정 선생은 바느질 기법에 대한 수업은 그것으로 충분하다는 듯 마무리를 하고 교실을 나갔다.

점심시간이었지만 금택은 도시락을 꺼내지 않았다. 흑판에는 다양한 바느질 기법의 명칭과 각각의 기법에 따라 달라지는 바느질 모양을 그 특징만 살려 대충 그린 그림들이 필기되어 있었다. 쉰 김치 냄새, 밥 누린내, 식은 달걀프라이 특유의 비린내, 무나 오이장아찌 냄새, 삭힌 깻잎 냄새가 뒤섞여 교실에 떠돌았다. 흑판을 뚫어져라 바라보던 금택은 어머니가 하는 손바느질이 홈질이라는 것을 깨달았다. 어머니가 화순과 자신에게 가르쳐준 바느질 기법 또한 홈질이라는 것을.

어머니가 하는 바느질 기법이 가장 기본인 바느질 기법이라는 사실이 금택은 놀라우면서도 당연하게 생각되었다. 홈질은 가정 선생이 설명한 다양한 바느질 기법 중에서 가장 단순했다. 그러니까 어머니는 가장 기본인 데다 단순한 바느질을 반복하고 있었다.

여러 바느질 기법 중 금택은 홈질이 가장 어렵게 느껴졌다. 뱀이 기어가는 모양을 닮았다고 해서 사뜨기라는 이름이 붙여졌다는 바느질 기법보다 어렵게 느껴졌다.

숨뜨기와 공주한복 여자

가정 시간에 배우지 않았지만, 금택이 익히 알고 있는 바느질 기법이 있었다. 한복 저고리와 치마를 지을 때 꼭 필요한 바느질 기법으로, 공구르기라고도 숨뜨기라기도 했다. 말 그대로 바늘땀을 숨기면서 뜨는 바느질 기법으로, 겉감 쪽에서 숨뜨기를 한 번 해준 뒤 안감 쪽에서 숨뜨기를 한 번 해주는 식이었다. 창구멍을 막을 때뿐 아니라 동정을 달 때, 치마 밑단을 뜰 때 주로 썼다.

바늘땀을 살짝살짝 숨겨야 했기 때문에, 숨뜨기를 할 때는 바늘을 쥔 손가락이 가벼워야 했다. 저수지의 잔잔한 수면 위에 드문드문 발자국을 찍으면서 나는 새의 발처럼.

한복 거리에서 숨뜨기를 가장 잘하는 사람은 공주한복 여자였다. 공주한복 여자는 바늘땀뿐 아니라 다른 것도 잘 숨겼다. 따지고 보면 한복 거리에서 가장 비밀스러운 사람은 어머니가 아니라 공주한복 여자였다. 그녀는 바늘땀을 숨기듯, 자신의 내력을 숨겼다. 어쩌다 한복 거리로 흘러들었는지 발설하지 않았다. 누구 팔자가 더 기구한지 내기를 하듯 떠벌리는 여자들 속에서 고집스럽게 느껴질 정도로 입을 꾹 다문 채 야릇한 미소를 짓고 있었다. 여자들은 그녀의 고향은 물론 나이도, 이름도 몰랐다. 그녀는 자신에 대해 아무것도 밝히지 않은 채 한복 거리에서 살아가고 있었다. 바느질을 누구로부터 배웠는지 역시. 그녀의 고향이 충남 공주라는 것은 어디까지 추측이었다. 공주가 정말 충남 공주가 맞는지 아무도 그녀에게 확인한 바 없었지만, 공주가 고향이라 한복집 이름을 공주한복으로 했을 것이라고 막연히 생각했다. 서울한복 여자와 나이가 엇비슷할 거라는 것 또한 추측에 불과했다. 얼굴과 이목구가 동글동글한 공주한복 여자는 나이가 잘 가늠되지 않았다. 얼굴만으로는 어머니나 아씨 한복 여자의 나이 즈음으로 보였지만, 낮게 깔리는 목소리를 들으면 정인한복 여자만큼 나이 들었을 것 같은 생각이 들었다. 띠가 어떻게 되는지 물어도 특유의 미소만 짓는 그녀를 답답해하던 여자들은 서울한복이나 복래한복 여자와 엇비슷할 거라고 생각해버렸다. 더 비밀스럽게 느껴지는 데는, 외지인인 그녀가 한복 거리에서 삯바느질 시절 없이 처음부터 자신의 한복집을 낸 것도 한몫했다. 한복 거리에서 자신의 한복집을 낸 여자들은 대개 삯바느질 시절을 거쳤다. 10년, 20년 이 집 저 집 바느질품을 팔면서 떠돌다 마침내 자신의 한복집을 냈던 것이다. 정인한복 여자도 그랬고, 숙희한복 여자도 그랬다. 서울한복집 여자는 삯바느질 30년 만에 겨우 자신의 한복집을 냈다.

공주한복 여자는 아들과 단둘이 살았다. 그녀의 아들은 머리가 기형적으로 크고 납작했으며 자신의 이름조차 못 외울 정도로 지능이 낮았다. (숙희한복 여자의 말에 따르면 소문이 될 만한 것은 뭐든, 썻 나락 같은 것이어도 까발리고 퍼뜨려야 직성이 풀리는) 진한복집 여자 는, 공주한복 여자의 비밀스러운 과거를 파헤치고 싶어 안달하다 못 해 그녀에 대한 근거 없는 소문들을 퍼뜨리고 다녔다. 가장 흥미로 운 소문은 그녀의 모자란 아들의 아버지가 유명한 절의 주지승이라 는 소문이었다. 진한복집 여자에 따르면, 바느질도 절에서 지낼 때 궁중 나인 출신인 늙은 보살로부터 배워 익혔다는 것이었다. 그녀 의 아들이 결함을 가지고 태어난 것도 실은, 주지승의 애를 가진 것 이 무섭고 겁이 나 어떻게든 떼어내려고 먹어서는 안 되는 독한 약 을 먹은 탓이라고. 소문이 사실임을 뒷받침할 만한 증거로 진한복 집 여자는 천수경과 반야심경과 금강경은 물론 불경을 줄줄 외울 정 도로 남다른 공주한복 여자의 불심을 들었다. 바느질을 할 때 그녀 는 버릇처럼 불경을 독송했다. 바느질하는 그녀의 모습을 한참 보고 있으면 구분이 안 되었다. 그녀의 바느질하는 손이 불경을 독송하는 소리를 타는 것인지, 불경을 독송하는 소리가 바느질하는 손을 타는 것인지. 그녀의 불경을 독송하는 실력은 남 칭찬에 인색한 정인한복 여자도 인정하는 수준으로, 높낮이 없이 이어지는 그 소리를 가만히 듣고 있으면 어느 순간 귀가 마비되는 것 같았다. 공주한복 여자의 불경을 외우는 소리는, 어머니가 누빌 선을 따라 바늘땀을 연달아 뜨는 것과 닮은 듯 달랐다. 강박적으로 반복되었지만 부령할매의 바 느질 소리처럼 무심한 데가 있었다. 그녀가 불경을 외우면서 바느질 을 하는 동안 그녀의 아들은 사과 크기의 명주실 뭉치를 반복해서 풀고 감았다. 그녀의 아들은 두 다리를 벌리고 앉아 무척이나 천천히 손가락을 굼뜨게 움직여가면서 명주실 뭉치를 풀고 감았는데, 갑자기 동작을 멈추고 멍하니 앉아 있을 때가 있었다. 방금 전까지 자신이 실 뭉치를 풀고 있었는지, 감고 있었는지 까맣게 잊어버린 듯. 우리에 갇힌 짐승처럼 온종일 방에 틀어박힌 채 두 손만 굼뜨게 움직여 명주실 뭉치를 풀었다 감았다만 해서인지 뒤룩뒤룩 살이 찐 그가 명주실 뭉치를 푸는 모습을 뒤에서 구경하고 있으면, 뽕잎을 하도 갉아먹어 기형적으로 비대해진 누에가 스스로 실을 뽑고 있는 것 같은 착각이 들었다. 그의 몸에서 풍기는 비릿한 누린내는 누에 특유의 냄새 같았다. 명주실 뭉치를 풀고 감는 단순한 일도 그에게는 엄청나게 어려운 일 같았다. 금택은 그가 명주실에 사지가 친친 감겨 허우적거리는 모습을 여러 번 보았다. 그는 스스로 헤어 나오지 못하고 공주한복 여자가 풀어줄 때까지 그렇게 허우적거렸다.

공주한복 여자는 자신을 둘러싼 소문들에 대해서도 함구함으로써 진실인지, 거짓인지 오리무중으로 만들어버렸다.

흙먼지 옷감으로 옷을 지으면

혼자 신작로를 걸어가던 금택은 열 발자국쯤 앞에서 이는 흙먼지를 바라보면서 생각했다. 방금 일었다 흩어진 흙먼지는 툭툭한 광목이라고, 뒤이어 이는 흙먼지는 빳빳하고 깔깔한 생명주라고, 50미터쯤 앞에서 일었다 흩어진 흙먼지는 짜임이 성기고 부드러운 갑사라고. 광목흙먼지, 생명주흙먼지, 갑사흙먼지…… 흙먼지 옷감은 한복 옷감만큼 그 종류가 다양했다. 끝 모르게 이어지는 신작로에는 온갖 종류의 흙먼지 옷감들이 유행을 타듯 계절과 날씨를 타면서 널려 있다.

흙먼지 옷감의 짜임과 결과 광택을 결정짓는 것은 바람과 눈비와 햇빛의 양이었다.

버스가 전속력으로 달려가고 난 뒤에는 삼베흙먼지가 날리듯 일었다. 부슬비가 온종일 촉촉하게 내린 이튿날에는 명주흙먼지가 차분하고 우아하게 일었다. 얌전하고 새침한 여학생의 까만 운동화 뒤꿈치에서는 자미사흙먼지가. 자미사는 얇고 부드러워 초가을 옷감으로 쓰였다. 그것으로 치마를 해 입으면 걸을 때 사각사각 치맛자락 스치는 소리가 났다.

신작로를 따라 코스모스가 지천으로 필 즈음이면 노방흙먼지와 항라흙먼지가 한복 치마의 안감과 겉감처럼 겹쳐 일었다. 소의 혀 같은 구름이 낮게 하늘을 뒤덮어 바람이 거의 일지 않는 날에는 양단흙먼지가 낮고 묵직하게 깔려 일었다. 바람이 잔잔하고 햇빛이 화창한 날에는 숙고사흙먼지가 아련한 추억이 떠오르듯 일었다. 초봄에는 결이 촘촘하고 빳빳한 옥사흙먼지가 쌀쌀하게 손사래 치듯 일었다. 초복부터 중복까지 한여름에는 주로 툭툭한 광목흙먼지가, 건조하고 맑은 가을날에는 까끌까끌하고 쌩그런 모시흙먼지가 일었다. 모시흙먼지와 삼베흙먼지는 비슷한 듯 천지 차이였다. 모시흙먼지는 곱고 빛깔이 매화꽃처럼 고왔지만, 삼베흙먼지는 투박하고 거칠었으며 황달이 든 듯 누르스름한 빛을 띠었다.

터벅터벅 걸음을 내딛던 금택은, 바람바늘의 귀에 무명실이 꿰어
지는 것을 느껴졌다. 바람바늘이 휘갑치기로 허공을 성기게 감치는
것이 고스란히 느껴졌다. 허공 찢긴 곳들의 올들이 풀려 너덜너덜
날리지 않게 하기 위해서.

방앗간 마을을 지나고, 성냥 공장을 지나자 삼베흙먼지가 일었다.
금택은 걸음을 멈추고 두 손으로 볼을 감싸 쥐었다. 삼베흙먼지에
삼켜졌다 토해지면 입에서 흙이 씹혔다. 흙은 눈에도 들어갔다. 삼
베흙먼지가 가라앉자 광목흙먼지가 일었다. 한 필, 두 필, 세 필, 네
필…… 한자로 합동방직이라고 새긴 나무 현판이 금택의 눈길을 끌
었다. 읍내에서 마을로 이어지는 신작로에는 3, 4년 새 소규모 공장
들이 우후죽순 들어섰다. 설탕 공장, 비누 공장, 단추 공장, 연필 공
장. 합동방직도 새로 들어선 공장들 중 하나였다. 공장들이 들어서
면서 신작로를 따라 한적하고 소박하게 펼쳐지던 풍경은 점차 살기
를 띠어갔다.
　얼마 전 금택은 버스를 타고 가다가 어린 여자아이들이 자기들끼
리 하는 소리를 들었다. 버스는 합동방직 앞을 지나가고 있었다. 바
가지 머리를 한 여자아이들은 버스가 읍내 정류소를 출발하기 전부
터 참새 다리처럼 가는 손가락으로 차창에 매달려 있었다.
　"저기 저 공장서는 배가 고프면 목화솜찐빵을 먹는데."
　"팥도 들었대?"
　"팥은 안 들었겠지."
　여자아이들이 주고받는 말을 가만히 듣고 있던 금택이 중얼거렸다.

"팥이 들어가야 진짜 찐빵이지."

그 뒤로 금택은 버스를 타고 합동방직 앞을 지날 때마다 목화솜찐빵이 떠올랐다. 목화솜순두부, 목화솜백설기, 목화솜삶은달걀.

금택은 신작로에서 벗어나 합동방직 공장 쪽으로 걸어갔다. 이상하게 방직 기계 돌아가는 소리가 들리지 않았다. 송아지처럼 누렇고 커다란 개가 공장을 지키고 있었지만 금택을 보고도 짖지 않았다. 개는 풀 한 포기 나지 않은 땅에 인절미처럼 들러붙어 끈적끈적한 침만 흘렸다.

지붕도 없이 회색 벽돌을 네모반듯하게 쌓아 올려 지은 공장 건물은 교실 두 개를 합친 크기로, 가파른 산비탈 아래에 자리해 음침하게 그늘져 있었다. 금택은 공장 마당 뒤쪽으로 걸어갔다. 지붕이 없어 창도 없을 줄 알았는데 제법 커다란 창이 나왔다. 금택은 주저하면서도 창 가까이 다가갔다. 창 너머에 어린 여자아이인지, 소녀인지, 여인인지 분간이 안 되는 모습의 여자가 고요히 동상처럼 서 있었다. 가는 숨조차 쉬지 않는 듯한 정적에 휩싸인 여자의 뒤로 펼쳐진 거미줄이 금택이 눈에 들어왔다. 8폭 치마를 두 장 합친 넓이의 거미줄에 압도되어 탄식조차 지르지 못하던 금택은 그것이, 씨실과 날실을 반복 교차해 짜고 있는 천이라는 것을 깨달았다. 고장이 난 것인지, 잠시 작동을 멈춘 것인지, 기계는 정지해 있었다. 교차하다 만 씨실과 날실 사이는 들떠 있었고, 들뜬 새로 날벌레 같은 먼지가 운율을 타고 날아다녔다.

거미줄에 사로잡혀 있던 금택의 눈길이 여자에게 향했다. 금택이 자신을 바라보고 있는 것을 의식 못한 듯 여자는 여전히 미동조차 없었다. 나른하게 늘어뜨린 두 팔과 목이 기형적으로 느껴질 정도로 가는 여자는 어린 여자아이도, 소녀도, 그렇다고 여인도 아니었다. 금택은 불현듯 창 너머의 여자가 자신처럼 느껴져 한 발짝 뒷걸음질 쳤다. 그 순간 여자의 눈길이 금택을 향했다. 화들짝 놀란 여자가 몸 서리쳤고, 짜다 만 천이 출렁 흔들렸다. 교차된 씨실과 날실들이 떨리는 것이, 씨실 한 줄 한 줄이, 날실 한 줄 한 줄이 필라멘트처럼 떨리는 것이 고스란히 느껴져 금택은 도망치듯 공장을 뛰쳐나왔다.

어느새 신작로 위에 서 있는 금택의 옆으로 중학교 교복을 입은 남자아이들이 웃고 떠들면서 지나갔다. 남자아이들은 까만 교복 위에 삼베흙먼지로 지은 옷을 입고 있었다. 자신들처럼 삼베흙먼지로 지은 옷을 껴입은 돌멩이를 툭툭 차면서 걸어가는 남자아이들에게 금택은 알려주고 싶었다. 합동방직에 거미 여자가 살고 있다고. 어린 여자아이도, 소녀도, 여인도 아닌 거미 여자가.

논들 너머로 흰 새들이 날아가는 광경이 금택의 시야에 담겨왔다. 흰 새들이 부엉상회 여자의 머리 위에 떠 있던 미원 봉지라고, 미원 봉지들이 자신들의 날갯죽지를 물고 있던 빨래집게에서 놓여나 멀리 달아나는 것이라고 금택은 생각했다.

우물집이 있는 마을을 백 미터 앞두고 무명흙먼지가 일었다.

흙먼지 옷감으로 옷을 지을 경우 누가 가장 잘 지을지 생각하던 금택은, 부령할매를 시작으로 한복 거리의 바느질하는 여자들을 한 명한 명 떠올려보았다. 천년한복 여자, 정인한복 여자, 숙희한복 여자, 아씨한복집 여자, 서울한복 여자, 월성댁, 어머니…… 금택은 그녀

들 중 월성댁이 가장 잘 지을 것 같았다. 덧셈 뺄셈은 하지만 곱셈 나
눗셈을 못해 저고리 도안을 그릴 줄 모른다는 그녀가, 그래서 수십
년 바느질을 했으면서 옷 한 벌을 못 지어 남이 시키는 바느질만 한
다는 그녀가, 시키는 바느질은 고분고분 꾀 안 부리고 날밤을 새워
서라도 한다는 그녀가, 바느질 솜씨 하나만은 타고났다는 그녀가 가
장 잘 지을 것 같았다. 흙먼지 옷감으로 짓는 옷들은 도안을 그릴 필
요가 없었다. 기본 치수를 재는 것도, 더하고 빼고 곱하고 나누어 도
안을 그리는 것도, 바람이 다 알아서 했기 때문이었다.

　건어물 행상 여자가 다녀갔는지 마루에 멸치가 한 상자가 놓여 있
었다. 넉 달 전쯤 찾아왔을 때 그녀의 배는 불러 있었다. 어머니는 밥
을 새로 짓고 들깨토란탕을 끓여 그녀에게 밥상을 차려주었다. 밥을
만 들깨토란탕을 연신 숟가락을 떠 입으로 가져가면서 그녀는 말했
다. 배가 불러 행상을 다니는 자신이 불쌍하고 안쓰러운지 문전박대
하는 집 없이 냉수라도 한 대접 먹여 보내더라고. 목이 타 입이 간장
종지 같을 때는 냉수가 꿀물이라고…… 금택은 그녀가 아들을 낳았
을지 딸을 낳았을지 궁금하지 않았다. 어쩐지 그녀가 또 딸을 낳았
을 것 같아서였다.
　걸쭉한 들깨 국물에 희멀건 토란이 둥둥 떠다니는 들깨토란탕은
운문 양단이었다.

3년 묵은 한산모시

하루는 마을 늙은 여자가 보자기를 들고 어머니를 찾아왔다. 석유를 한 사발 마시고 기생충 똥을 쌌다는 소문을 달고 다니는 늙은 여자로, 금택과 한 반인 병숙이라는 여자애의 큰할머니이기도 했다. 어느 해 봄인가 금택은 그녀가 고사리 보따리를 끌면서 뒷산에서 내려오는 것을 보았다. 보따리가 어찌나 큰지 무덤을 끌고 내려오는 것 같았다. 마을 사람들은 서로서로 가깝거나 먼 친인척 지간으로, 하다못해 사돈의 팔촌이라도 되었다.

늙은 여자가 보자기를 풀고 어머니 앞에 꺼내 보인 것은 한산모시 아홉 필이었다.

"3년 묵은 한산모시요."

3년을 묵었다는 한산모시는 복래한복 옛 주인이 남긴, 12년을 묵었다던 한산모시보다 심하게 삭아 있었다. 검은빛 곰팡이와 쥐 오줌 자국 같은 얼룩이 사방에 번져 썩은 짚더미 같았다. 금택은 늙은 여자가 거름으로 쓰려고 묵힌 짚더미를 가져와 3년 묵은 한산모시라고 우기고 있다고 생각했다.

"딱 3년 묵었소."

어머니가 자신의 말을 믿지 않을까 봐 조바심이 나는지 늙은 여자는 손가락을 세 개 들어 보이기까지 하면서도, 한산모시를 펼쳐 보이지는 않았다. 금택은 늙은 여자가 어째서 3년을 묵었다고 우기는지 그 이유를 알았다.

복래한복의 옛 주인은 손무명과 손명주와 함께 한산모시도 남겼다.

"한산모시는 모시를 삼은 지 3년이 지나야 제맛이 나는 옷을 지을 수 있다고 하셨지. 고추장, 된장만 숙성을 시키는 게 아니라 옷감도 숙성을 시켜야 제맛이 난다는 걸 시어머니가 가르쳐주었지. 신혼여행에서 돌아온 나를, 돌아오자마자 붙들어 앉히더니 한산모시를 스무 필 사셨다면서 보여주셨지. 한산모시가 나무하고 같다고 하셨지. 나무도 벌목하고 나서 3년을 숙성시킨 뒤에야 집 짓는 목재로 쓴다고 하셨지. 3년 묵혀두었다가 숙성이 제대로 되었을 때 꺼내 쓸 거라면서 내가 지켜보는 앞에서 도로 접어 반닫이 속에 넣으셨지. 3년 되던 해 풍이 와 쓰러지시는 바람에 9년을 꼬박 묵었네. 고추장, 된장도 적당히 묵어야 맛이 나는 법이니까. 3년에 9년을 더하면 12년, 세상에나 12년이나 묵은 한산모시를 어쩌나?"

늙은 여자는 어머니가 자신의 한산모시를 사주었으면 했다. 3년 묵었다지만, 수십 년은 묵은 것 같은 한산모시를, 옷은커녕 보자기를 만들어 쓰지도 못할 것 같은 한산모시를.

어머니는 모시라는 옷감으로는 누비옷을 짓지 않았다. 올과 올 사이가 성겨 바늘땀을 잡아먹기 때문이었다. 어머니가 당연히 거절할 것이라던 금택의 예상은 빗나갔다.

"귀한 천을 가져오셨네요."

"귀한 천이지……"

늙은 여자가 한숨과 함께 나지막하게 중얼거렸다.

"아주 귀한 천을 제게 가져오셨어요."

"귀해서 농 속에서 묵혔지, 귀해서 옷도 못 해 입고……"

늙은 여자는 어머니를 제대로 쳐다보지 못하고 말했다. 옷도 못 만들어 입을 만큼 삭은 한산모시는 그 순간, 옷을 만들어 입기에도 아까운 아주 귀한 천이 되었다. 한산모시보다 귀한 천이, 3년을 묵어 제맛이 나는 옷을 지을 수 있는 한산모시보다 더 귀한 천이.

금택은 어머니에게 아주 특별한 능력이 있다는 것을 깨달았다. 어떤 옷감도 어머니의 손이 닿으면 특별한 옷감이 되었다. 싸구려 광목도 어머니의 손이 닿으면 숙고사로 짠 최고급 비단이 되었다. 금택은 어머니가 푸새와 다듬이질과 염색으로 그것을 가능하게 한다고 생각했다. 그런데 어머니는 한마디의 말로도 그것을 가능하게 했다. 더구나 평소 거의 말이 없는 분이 단 한마디 말로.

어머니에게는 마침 누비저고리를 지어주고 받은 돈이 있었다. 어머니는 그 돈을 한산모시 아홉 필 값으로 고스란히 내주었다. 석 달 동안 매달려 지은 누비저고리 값에서 한 푼도 떼지 않고.

어머니로부터 받은 돈을 한 장 한 장 세던 늙은 여자는 몹시 놀라면서 한시가 바쁘다는 듯 자리를 털고 일어섰다. 한산모시 아홉 필을 그것을 쌌던 보자기째 어머니 앞에 놓아두고 서둘러 돌아갔다. 한산모시를 묵묵히 내려다보던 어머니는 그것을 도로 보자기로 쌌다.

한산모시로 어머니는 아무것도 짓지 않았을 뿐 아니라, 단골들에게 구경시키지도 않았다. 금택은 어머니가 3년 묵은 한산모시를 더 묵혀두려는 것이라고 생각했다. 3년으로는 부족해 몇 년 더 푹 묵혀두려는 것이라고. 삭을 대로 삭아 씨실과 날실이 엉긴 한산모시로 누비저고리를 지으려는 것이라고. 뼈인두로 누빌 선을 죽죽 긋고, 땀구멍만 한 바늘땀을 연달아 떠 넣으려는 것이라고.

복래한복 여자가 12년 묵은 한산모시를 구경시키던 그 자리에는 영천한복집 여자도 있었다. 한산모시를 옷감 중 최고로 치는 그녀는, 그것이 어떻게 만들어지는지 들려주었다. 한산모시는 모시풀 줄기 껍질에서 실을 뽑아 짠 옷감으로, 억세고 거친 모시풀 줄기 껍질을 여자들이 입과 앞니로 세세하게 쪼아 실을 뽑는다고 했다. 한산모시는 세모시를 최고로 치는데, 어찌나 가는지 한 필 분량의 실이 밥공기에 다 담길 정도라고 했다. 모시풀 줄기 껍질을 수 가닥으로, 수십 가닥으로, 수백 가닥으로 쪼개려면 얼마나 바지런히 쪼아야 하겠느냐면서, 그녀는 닭 모래집처럼 두툼한 자신의 입을 새부리처럼 뾰족하게 모으고 쪽쪽 쪼는 시늉을 해 보였다. 밤낮 쉬지 않고 쪼아도 세모시 한 필을 얻으려면 꼬박 석 달이 걸린다고 했다. 한 필은 저고리와 치마를 한 벌 해 입을 수 있는 양이었다.

얼마나 가늘면 한 필 분량의 실이 밥공기에 다 들어갈 정도인지 금택은 새삼 경탄스러웠다. 입술이 터지고 갈라져 피가 나도록, 입술 곳곳에 못이 박히도록, 앞니가 닳고 닳아 모래알이 되도록. 금택은 아무리 생각해도 세모시 한 필을 밥공기에 욱여 넣는 것은 불가능할 것 같았다. 그것을 짤 실을 넣는 것은 가능해도.

돼지 피가 한 필 두 필 세 필⋯⋯

마을에는 아들 부잣집으로 소문난 집이 있었다. 아들만 아홉으로 다섯째 아들부터는 아예 오근이, 육근이, 칠근이, 팔근이, 구근이로 이름을 지었다고 했다. 그 집 아홉 형제는 집안 대소사 때마다 돼지를 한 마리 잡아 몇 날 며칠 잔치를 벌였다.

아홉 형제는 하나같이 머리가 가분수처럼 크고, 어깨가 호두를 쪼개 벌려놓은 듯 단단했다. 그 집 아들들은 마을에서뿐 아니라 읍내에서도 유명했다. 큰아들은 경주에서 알아주는 건달이라고 했고, 둘째아들인가는 읍내에서 다방을 차렸다고 했고, 칠근인가 팔근인가는 부산에서 목재상을 하는데 고향 집에 다니러 올 때마다 여자가 새로 바뀌어 있다고 했다. 형제들끼리 싸움이 나면 칼부림이 날 정도로 서로 죽일 듯이 굴다가도 집안 대소사 때는 그렇게 온 마을에 돼지고기를 굽거나 삶은 냄새가 진동하도록 잔치를 벌인다고 했다.

아홉 형제의 집 마당은 마을 어느 집보다 넓었는데, 꼭 저고리 앞섶 모양이었다. 유난히 가물고 덥던 여름 끝자락, 아홉 형제가 마당에 모여 돼지를 잡는 광경을 금택은 우연히 목격했다.

자신들이 태어나고 자란 고향 집 마당에서, 아홉 형제가 도살할 돼지를 가운데 두고 모여 있는 장면은 살벌하기보다는 기이했다. 전체적으로 옅은 분홍빛이 도는 돼지는 언젠가 읍내에서 보았던, 자전거 뒷자리에 실려 가던 돼지를 떠올리게 했을 뿐 아니라, 그 돼지가 아홉 형제의 집 마당에 부려져 있는 것 같은 착각마저 불러일으켰다. 도끼를 들고 돼지를 향해 빙그레 웃고 있는 아들이 오근인지, 육근인지 금택은 알지 못했다. 마루에는 형제들의 어머니가 박제 새처럼 오도카니 앉아 있었다. 아들을 아홉이나 낳았다는 사실이 믿기지 않을 정도로 그들의 어머니는 왜소했다. 그들의 아내와 아이 들은 구경꾼들처럼 마당 여기저기 흩어져 있었다.

아홉 형제의 흰자위는 도끼의 날보다 번득였다.

오근인지 육근인지의 손에 들린 도끼가 돼지의 모가지를 찍었다. 도끼를 거두기 무섭게 돼지의 모가지에서 울컥 피가 토해졌다. 끔찍한 광경이었지만 금택은 고개를 돌려 외면하거나, 눈을 감지 않았다. 돼지의 모가지에서 울컥울컥 토해지는 것이 피가 아니라 양단 같아서, 붉은 양단 같아서. 붉은 양단이 한 마, 두 마, 세 마 풀어져 나오는 것 같아서.

금택은 돼지 피 양단을 거두어 아씨한복 여자에게 가져다주고 싶은 충동을 느꼈다. 활옷을 지으라고. 아씨한복에 걸어놓은 활옷하고 같은 십장생 활옷을 지으라고. 복래한복 여자에게도 한 필 가져다주고 싶었다. 영천한복집 여자에게도, 서울한복 여자에게도, 심지어 월성댁에게도 가져다주고 싶은 돼지 피 양단을 이상하게 어머니에게만은 가져다주고 싶지 않았다.

아홉 형제가 기이한 광기에 휩싸여 돼지를 잡는 동안 마루 위 그들의 어머니는 꼼짝 않고 그 모든 광경을 지켜보았다. 도끼가 몇째 아들의 손에 들려 있는지, 몇째 아들이 입을 가장 크게 벌리고 웃는지, 마당을 뒤흔들면서 쓰러진 돼지의 배를 몇째 아들이 가르는지, 돼지의 배 속에서 꺼낸 간이, 허파가 몇째 아들의 손이 들려 있는지……

어머니의 공평함과 신의 공평함

중학교 2학년이 되자 가정 선생이 바뀌었다. 머리를 소라처럼 틀어 올리고, 붉은색이나 녹색 벨벳 양장 차림인 그녀를 처음 보는 순간 금택의 동공이 저절로 커진 것은 벨벳이라는 천 때문이었다. 명주도 양단도 아닌 벨벳은 느낌과 광택이 묘한 천이었다. 짐승의 털 느낌을 주는 벨벳은 어머니에게 없는 천이기도 했다. 벨벳에는 게다가 음영이 존재했다. 주름이 질 때, 햇빛이 비칠 때 빛깔이 미묘하게 변했다.

가정 선생은 여자아이들에게 자수를 가르쳤다. 양귀비꽃이 만발하고 호랑나비가 한 쌍 날아다니는 꽃밭 도안이 그려진, 얼굴만 한 천을 색실로 수놓았다. 자수용 바늘은 누비 바늘하고도, 옷이나 양말을 깁고 이불을 꿰맬 때 쓰는 중바늘이나 대바늘하고도 달랐다. 자수용 바늘은 바늘귀가 유독 크고 뾰족했다.

"자수는 조선 시대 절제되고 격리된 생활을 해야 했던 한(恨) 많은 우리 옛 여인들이 스스로를 아름답게 가꾸어 나가는 수행의 한 방법이었다. 바깥출입이 엄격하게 제한된 아녀자들은 자신들이 거처하던 규방에서 문화를 꽃피우고 예술 공예품을 탄생시켰는데, 그것이 규방 공예다. 규방 공예품은 크게 한복과 자수와 보자기와 노리개 같은 장신구로 나눌 수 있다. 그 셋 중 가장 화려하고 예술혼이 살아 있는 결정체가 자수라고 할 수 있다."

중학교 1학년 때 가정 선생과 달리 그녀는 여자아이들을 열 명씩 모아놓고 직접 수놓는 시범을 보였다. 양귀비꽃의 꽃잎 안을 붉은 색실로 한 줄 한 줄 채워 나가면서 그녀는 말했다. 자신이 지금 놓고 있는 수는 평수로, 평수에는 수평 평수와 수직 평수와 사선 평수가 있다고. 꽃잎 안을 채울 때 빈 공간이 있어서는 안 된다고. 실이 겹쳐서도 안 되고, 틈이 있어서도 안 된다고.

가정 선생은 수업 시간이 다 끝나가도록 양귀비꽃의 꽃잎을 한 줄도 채우지 않은 금택의 천을 보았다. 다른 아이들의 것은 꽃잎이 거의 채워져 있었다.

"넌 어째서 그대로지?"

"……"

책상 밑 금택의 손에는 산비둘기의 찢긴 날개 같은 광목 조각과 누비 바늘이 들려 있었다.

"가정 실기 점수에 고스란히 반영된다는 것은 알고 있겠지?"

"……네."

"화순이 네 동생이지?"

"……"

"자매가 닮지를 않았구나. 이상할 것도 없지. 자매라고 꼭 닮으라는 법은 없으니까. 아무리 그래도 너희는 전혀 닮지를 않았어. 그런데 손에 쥐고 있는 건 뭐지?"

금택은 주저하면서 손에 쥐고 있던 광목 조각과 누비 바늘을 책상 위에 올려놓았다. 가정 선생이 광목 조각을 집어 들더니, 미간을 찌푸리고 금택이 홈질로 뜬 바늘땀들을 들여다보았다. 산비둘기의 날개 같은 광목 조각은 바늘땀으로 촘촘하게 채워져 있었다.

"홈질은 기본이야."

그녀는 1학년 때 가정 선생과 똑같은 말을 했다.

"기본에서 한 단계, 두 단계 나아가야 발전이 있지."

수업이 끝난 뒤에도 가정 선생은 금택에게 광목 조각과 누비 바늘을 돌려주지 않았다.

모든 수업이 끝나고 금택은 교무실로 갔다. 가정 선생은 교무실 창

가에 나무 의자를 놓고 앉아 자수를 놓고 있었다. 창으로 쏟아져 들어오는 햇빛은 교무실 바닥에 비스듬히 기울어진 직사각의 도형을 그리고 있었다. 교무실 바닥은 나무로, 칡물 빛깔이었다. 햇빛이 그리는 직사각의 도형 속에 들어앉아 있어서인지 그녀는 액자 속 초상화처럼 비현실적인 분위기를 풍겼다.

"무슨 일이지?"

그녀는 고개를 들지 않고 물었다.

"돌려주셨으면 해서요……"

금택은 그녀의 손에 들린 천에 눈길을 주었다. 여자아이들에게 나누어 준 천보다 조금 더 큼직한 천에는 목단화 도안이 그려져 있었다. 그녀는 황금색 실로 목단 꽃잎을 채워 나가는 중이었다. 그녀는 금택을 세워둔 채 시범을 보이듯 꽃잎을 채워 나갔다. 바늘이 천을 통과할 때마다 선이 한 줄 생겼다. 한 줄, 두 줄, 세 줄…… 선들이 모여 면이 되었다. 자수에도 반복과 강박이 있었지만, 누비 바느질의 반복과 강박과는 달랐다. 자수는 바느질과 같은 원리였지만 바느질은 아니었다. 금택은 누비 바느질의 반복과 강박에는 속수무책으로 끌렸지만 자수의 반복과 강박에는 이상하게 반감이 생겼다.

꽃잎 하나를 다 채우고 나서야 그녀는 금택에게 물었다.

"어머니가 의상실을 하신다지?"

"네?"

"네 동생이 그러더구나, 어머니가 의상실을 하신다고."

사춘기가 시작되면서 화순은 어머니가 바느질하는 여자라는 사실을 부끄럽게 생각했다. 어머니가 누비 바늘로 반복해서 뜨는 바늘땀들을 못 견뎌 했다. 고요하고 정결한 우물집을 숨 막혀 했다.

"바늘과 실로 천에다 씨앗을 심고, 꽃을 피우고, 열매는 맺고, 나비와 벌을 불러오는 게 신기하지 않니?"

"……"

"씨앗을 심을 때는 수직으로 심어야 해. 수직으로 힘 있게 바늘을 꽂아야 옹골찬 씨앗이 심어지지."

생각해보니 한복 거리에도 자수를 놓는 여자들이 있었다. 그녀들은 저고리 끝단, 치마 끝단에 자수를 놓았다. 그녀들은 먹고살기 위해서 한복집들을 전전하면서 자수를 놓았다. 복래한복 주인 여자의 이종사촌이라는 여자도 자수를 놓았다. 복래한복 주인 여자는 간혹 그녀를 한복집으로 불러 자수 일거리를 주었다. 복래한복 주인 여자보다 나흘 먼저 태어났다는 그녀는 열흘이 아니라 10년은 더 늙어 보였다. 그녀의 아버지는 빨치산이었다고 했다. 그녀의 어머니는 남편이 빨치산을 하다 죽자 자식들을 데리고 친정 오빠가 살고 있는 여수로 흘러들었다고 했다. 열네 살 때부터 자수를 배워 남동생들 공부 뒷바라지를 하다가 스물여섯 살이 되어서야 남자를 만나 시집을 갔다고 했다. 그녀는 먹고살기 위해 자수를 배웠고, 먹고살기 위해 자수를 놓았다. 가정 선생은 그러나 먹고살기 위해 자수를 놓는 것 같지 않았다.

가정 선생이 고개를 들어 금택을 바라보았다.

"돌려받고 싶으면 자수를 완성해오렴."

교무실을 나와 복도를 걸어가던 금택은 화순을 보았다. 화순은 다른 여자아이와 함께였다. 금택은 그 여자아이가 자신보다 더 화순과

자매처럼 보인다는 것을 깨닫고 질투심에 가까운 묘한 감정에 사로
잡혔다. 자신들이 친자매가 아니라는 사실을 금택은 새삼 고통스럽
게 깨달았다. 자신들이 친자매가 아니라는 사실은 언제부터인가 금
택을 고통스럽게 했다. 그것이, 자신이 어머니의 친딸이 아니라는
사실을 일깨우기 때문이었다. 또한 어머니를 닮고자 하는 자신의 부
단한 갈망과 노력에도 불구하고 친딸인 화순을 도저히 극복할 수 없
는 지점이 존재한다는 걸 일깨우기 때문이었다.

화순은 금택을 싸늘히 지나쳐 갔다. 학교에서 화순은 금택을 외면
하고 무시했다. 화순의 그러한 태도는 도를 넘어, 금택과 눈이 마주
치기 전에 쌀쌀하게 얼굴을 돌려버렸다. 화순은 어머니나 우물집만
큼이나 금택을 답답해했다. 때때로 어머니보다 금택을 더 답답해했
다. 기회가 될 때마다 금택에게 어머니의 친딸은 자신이라는 것을
똑똑히 깨닫게 하면서도, 어머니와 금택을 동일시하는 모순적인 태
도를 보였다.

그날 밤 금택은 자수바늘을 들었다. 순전히 누비 바늘을 되돌려 받
기 위해 자수바늘을 들었다.

다음 날 금택은 학교에 가자마자 교무실로 갔다. 완성된 자수 작품
을 보고 가정 선생은 조금 놀라는 눈치였다.

"밤을 새웠니?"

금택이 완성한 자수를 살피던 가정 선생이 혼잣말을 중얼거렸다.

"역시 신은 공평해."

신은 공평하지 않다고 말하고 싶은 걸 금택은 꾹 참았다. 어머니는
공평하지만 신은 공평하지 않다고, 어머니가 자신들에게 공평하지

않았던 적은 없다고.

"신이 네 동생에게 없는 재능을 너에게 주셨구나."

"……?"

"신은 공평하다는 것을 잊지 말아라."

가정 선생은 당부를 하고 나서야 누비 바늘과 광목 조각을 되돌려 주었다. 화순에게는 없는 재능, 신이 자신에게만 주었다는 재능이 무엇인지 금택은 그러나 짐작조차 가지 않았다.

밤을 새워 자수를 놓았지만 금택은 흥미가 일지 않았다. 금택이 자수를 완성하기 위해 밤을 새운 것은 오로지 누비 바늘을 되돌려 받기 위해서였다. 자수바늘은 금택을 사로잡지 못했다. 자수바늘은 금택의 손에서 달아나지도 않았고, 금택의 손을 찌르지도 않았다. 놓치면 어쩌나 안달하게 하지도, 불안감에 시달리게 하지도 않았다. 잃어버리면 어쩌나 하는 조바심을 일으키지도 않았다. 금택은 그 이유가 단순히 자수바늘이 누비 바늘보다 크기 때문만은 아닌 것 같았다.

화순에게는 없고 자신에게만 있는 재능이 무엇인지 금택은 궁금했다. 그것이 무엇인지 듣기 위해 금택이 교무실로 찾아갔을 때, 가정 선생은 햇빛이 그리는 직사각형의 도형 속에 의자를 놓고 앉아 자수를 놓고 있었다.

"말씀해주세요."

금택이 가지 않고 버티고 서 있자 그녀는 탄식 같은 한숨을 토한 뒤 중얼거렸다.

"네 동생이 가진 재능은 선택받은 이들에게만 주어지는 특별하고 특출한 재능이지만 잃어버리지 쉬운 것이지. 태어날 때 손가락, 발가락처럼 달고 태어나는 재능이라, 그 재능이 얼마나 귀한 것인지 모르고 함부로 방치하고 굴리다가는 잃어버리기 십상이지."

가정 선생이 끝끝내 말해주지 않은, 화순에게는 없지만 자신에게는 있는 재능이 무엇인지 금택은 알 것 같았다. 화순은 어머니로부터 바느질 솜씨는 물려받았지만, 기질은 물려받지 못했다. 그리고 그것을 화순 자신보다 금택이 먼저 알아차렸다. 화순의 기질은 물 위의 기름처럼 어머니의 기질과 겉돌았다. 화순이 어머니로부터 기질은 물려받지 못했다는 사실을 알아차린 금택은 안도했다. 금택은 신이 불공평하다던 자신의 생각이 틀렸었다는 것을 비로소 깨달았다. 신의 공평함은 어머니의 공평함과는 다르다는 것 또한. 신의 공평함은 불공평을 통해 공평함으로 드러내는, 오묘하고 복잡한 공평함이라는 것을.

가정 선생은 여학생들의 자수 작품 중 뛰어난 작품들을 액자로 만들어 교무실 앞 복도에 전시했다. 뽑힌 열 작품에는 화순의 것도 포함되어 있었다. 화순은 자수에 흥미를 보였고, 그녀의 자수 작품은 다른 여학생들의 작품보다 돋보였다. 화순의 작품을 바라보던 금택은 묘한 감정에 사로잡혔는데, 그것은 단순한 질투심은 아니었다.

화순의 작품 옆에는 전통 자수에 대해 설명해놓은 종이가 붙어 있었다.

'옛 여인들이 인고의 세월을 아름답고 뛰어난 예술로 승화시킨 가장 대표적인 생활 예술 작품.'

금택은 그 글귀를 여러 번 반복해서 읽었다. 예술이라는 단어를 읽을 때 금택은 어머니의 누비옷들이 떠올랐다. 어머니의 누비옷들이 예술 작품이라는 생각을 금택은 그때껏 한 적이 없었다.

어머니는 쌀과 석유를 사고 전기세를 내고 옷감과 실을 사기 위해 누비옷을 지었다. 어머니가 지은 누비옷들은 살아가는 데 꼭 필요한 물건들과 교환되었다. 어머니는 또한 누비옷을 지어 딸들인 자신들을 가르쳤다.

그럼에도 예술이라는 단어는 어머니의 누비옷들을 떠올리게 했다. 어머니는 바늘과 실로 꽃이나 나비를 그리지 않았다. 홈질이라는 가장 기본적이고 단순한 바느질로, 가장 작은 바늘땀을 반복해서 떴다. 점에 불과한 바늘땀들이 모여 하나의 선이 될 때까지 반복해서 떴다.

누비 바느질은 점을 통해 선에 도달했지만, 자수는 선을 통해 면에 도달했다.

금택에게는 황금색 실로 입체감 있게 수놓은 나비나 꽃보다 0.2, 0.3센티에 불과한 바늘땀들이 그리는 선이 훨씬 매혹적이고 아름답게 다가왔다.

아름다운 것을 만들어내는 행위가 예술이라면 금택은 어머니가 하는 누비 바느질 역시 예술이라는 생각이 들었고, 예술이라는 말을 입속에서 중얼거리는 순간 갈비뼈들이 갈라지고 벌어지는 것 같은 통증이 느껴질 정도로 심장이 격하게 떨렸다.

한 땀에서 백 땀, 천 땀, 만 땀이 열리고

바늘을 가정 선생에게 빼앗기기 전까지, 금택은 그것을 어머니나 화순이 아닌 다른 사람에게 빼앗길 수 있으리라고는 미처 생각 못 했다. 자신으로부터 바늘을 가져갈 수 있는 존재는 어머니와 화순, 둘 뿐이라고 생각했다. 언제든, 가차 없이 자신의 손에서 바늘을 거두어갈 수 있는 존재는.

어머니가 자신으로부터 바늘을 거두어가면 그것을 다시는 되돌려 받지 못하리라는 두려움이, 금택에게는 있었다. 화순 또한 언제든 자신으로부터 누비 바늘을 빼앗아갈 수 있다는 불안이 금택을 늘 따라다녔다. 화순에게 바늘을 빼앗기면, 어머니에게 빼앗겼을 때와 마찬가지로 그것을 되돌려 받지 못할 것 같았다.

어머니나 화순이 아닌 다른 사람에게 바늘을 빼앗길 수 있다는 걸 똑똑히 경험한 뒤로 금택은 바늘에 더 집착하게 되었다.

자수바늘이 금택에게 아무것도 가르쳐주지 않은 것은 아니었다. 자수바늘은 누비 바늘이 미처 가르쳐주지 않은 것을 금택에게 가르쳐주었다. 세상에는 여러 종류의 바늘이 있다는 것을 가르쳐주었다. 바늘마다 고유한 세계가 있다는 것 또한. 자수바늘의 세계와 누비 바늘의 세계는 달랐던 것이다.

전통 자수 수업은 결과적으로 금택에게 누비 바늘과 누비 바느질과 누비옷에 대해 생각하는 계기를 마련해주었다. 누비 바느질을 바느질을 넘어서서 하나의 세계로 인식하는 계기를 마련해주었다.

누비 바느질의 세계에 금택은 깊이 매료되었다. 겨우 땀구멍만 한 바늘땀을 일정한 간격으로 고르게 반복해서 뜨는 엄격하고 질서 정연한 세계에. 누비 바느질의 세계는 또한 어머니의 세계이기도 했다.

누비 바느질의 세계는 씨앗의 세계와 흡사했다. 씨앗의 원칙과 원리가 고스란히 적용되는 세계와.

한 땀은 열 땀을, 백 땀을, 천 땀을, 만 땀을 불러왔다. 참깨 한 알에서 참깨 수백 알이 열리듯 한 땀에서 수백 수천 땀이 열렸다.

금택을 사로잡은 누비 바늘의 세계를 화순은 숨 막혀 했다. 연달아 꼬리에 꼬리를 물고 이어지는 바늘땀을 들여다보고 있노라면 그것이 마치 바지의 꽉 맞물린 지퍼처럼 자신을 가두는 것 같다고 화순이 투덜거리는 것을 금택은 들은 적이 있었다.

도류불수단

중간고사 기간으로 금택이 평소보다 일찍 학교에서 돌아왔을 때 옥 사모님을 위시한 여자들이 우물집에 와 있었다.

서쪽 방 미닫이문은 모처럼 마당을 향해 활짝 열려 있었다.

"구름 문양은 운문단, 모란 문양은 모본단, 장지 문양은 장지양단, 석류 문양은 석류단, 복숭아하고 석류를 섞은 문양은 도류단, 수(壽)와 복(福)은 수복단……"

옥 사모님이 중얼거리는 소리가 서쪽 방과 우물집에 떠돌았다.

"부처님 손가락 문양이 들어간 양단도 있다던데요?"

미희라는 여자가 물었다.

"불수단이요."

어머니가 말했다.

"자네 집에 도류불수단은 없는가?"

옥 사모님이 어머니에게 물었다.

"도류불수단이요?"

"도(桃)는 복숭아로 장수를, 류(榴)는 석류로 다산과 사내아이를, 불수(佛手)는 부처님 손가락으로 이승과 저승의 복을 비는 마음을 뜻하지."

"하여간 우리 형님은 복이라면 사족을 못 쓴다니까."

초록색 장지양단을 쓰다듬던 여자가 양철 대문보다 요란한 웃음소리를 섞어 중얼거렸다.

"만복을 가져도 성에 차지 않는 게 복이 아닌가?"

옥 사모님이 한마디 했다.

"만복을 가져도 복이 이승에서 끝나면 쓰나…… 그 복이 저승까지 이어져야 복이지."

금택이 듣기에 옥 사모님이 하는 말은 특징이 있는데 세속적이면서 고답적이고, 천박하면서 고상했다.

어머니는 늘 여자들이 나누는 이야기에서 한 발짝 물러나 있었다. 그녀들이 웃을 때 함께 웃지 않고 조용히 다물려 있었다.

"도류불수단을 구해서 두루마기 한 벌 지어줄 수 있겠나?"

옥 사모님과 어머니 사이에 묘한 긴장감이 흐르는 것이 마당의 금택에게까지 느껴졌다. 웃고 떠들던 여자들이 조용했다. 여자들은 긴장한 얼굴로 옥 사모님과 어머니의 눈치를 살폈다. 그러나 가장 긴장한 사람은 어머니도, 손님들도 아닌 금택이었다. 어머니는 평정심을 잃지 않고 있었다.

"수고한 값은 얼마든지 쳐주지."

옥 사모님이 어머니를 채근했다.

"우리 형님이 도류불수단으로 두루마기 한 벌 지어 입는 게 소원인가 본데, 한 벌 지어주지 그러나?"

초록색 석류단을 쓰다듬던 손님이 옥 사모님을 거들고 나섰다.

"어렵겠어요."

어머니가 바늘땀을 뜨듯 또박또박 말했다.

"자네 참 만만치 않은 사람이야."

옥 사모님이 농담처럼 던지고 자색 운문단으로 눈길을 돌렸다.

"만만치 않아서 자네가 마음에 들어. 우리 아버지가 꼭 자네 같았지. 싫다 좋다 말은 없지만 한번 아닌 것은 끝까지 아닌 분이셨지. 바늘로 찔러도 피 한 방울 안 나올 분이셨어. 할머니는 내가 아버지의 기질을 고스란히 물려받았다고 말씀하고는 하셨지. 하여간 눈감는 날까지 입만 열면, 자신의 유일한 손녀인 내가 사내아이가 아니라 계집아이로 태어난 걸 두고 한탄을 하셨으니까."

어머니가 송화색 모본단을 꺼내어 펼쳐 보였다.

"수복문도류단으로 지어 입을까? 영친 왕비의 수복문도류단 당저고리가 눈에 선해."

옥 사모님이 눈을 낮고 가늘게 내려떴다.

"영친 왕비요?"

어머니보다 젊어 보이는 여자가 물었다.

"고종의 일곱번째 아들 영친왕의 왕비 말이야. 영친왕은 열한 살의 나이로 황태자에 책봉되었으나 일본에 끌려가 황족의 딸 마사코와 결혼했지. 마사코가 영친 왕비인데 영친왕의 성을 따라 이방자라는 이름을 갖게 되었지."

"미국에 살다가 환국해서 창덕궁 낙선재에 살고 있지요?"

"일본에서 조선 왕실의 대를 끊어놓기 위해서, 불임 진단을 받은 영친 왕비와 정략결혼을 시켰다지요?"

"헌데 아들을 낳았지……"

"팔자에 그래도 자식이 있었으니 다행이지요."

"여자로서 자식을 낳고, 그 자식을 위해 음식을 만들고, 빨래를 하고, 응석을 받아주는 행복보다 더한 행복이 있을까."

"자식들이 아장아장 걸어 다닐 때가 가장 행복했던 것 같아요."

초록색 석류단을 쓰다듬던 여자가 말했다.

"부귀는 어찌어찌 누려도, 제 속으로 난 자식이 없으면 영화까지는 누리지 못하지. 부귀에 영화까지 누리려면 자식이 있어야 해……"

옥 사모님이 자족적으로 중얼거렸다.

"양단이 고급스럽기는 한데 무거워…… 양단은 집어치우고 수포사로 해 입을까?"

고개를 들어 마당을 내다보던 옥 사모님이 금택을 보았다. 그녀는 후벼 파는 것 같은 송곳 같은 눈동자를 가지고 있었다. 놀라 황급히 돌아서는 금택의 귀에 옥 사모님의 목소리가 들렸다.

"저 애가 큰딸이지? 볼 때마다 마루에서 바느질을 하고 있던데, 저 애에게 누비 바느질을 가르치나?"

"아니요."

어머니가 무심하면서 단호하게 말했다.

"어쩜 저렇게 자네를 쏙 빼닮았을까?"

미희라는 여자였다.

"빼닮기야 작은 딸이 빼닮았지."

그것은 옥 사모님의 목소리였다.

"작은 딸이요?"

"이목구비를 가만히 뜯어보면 큰딸보다는 작은딸이 이 사람을 더 닮았어."

"듣고 보니 그런 것 같네요…… 하여간 형님 눈이 매섭기는 매서워요."

어머니의 목소리는 들리지 않았다. 금택은 옷을 갈아입고 우물가로 갔다. 뒷산에서 말라비틀어진 아카시아 꽃잎이 날렸다. 아카시아 꽃잎은 대야 속 물 위에도 점점이 떨어졌다. 뻐꾸기가 처연하게 울었다. 금택은 우물에서 물을 퍼 대야를 채웠다. 대야 앞에 쪼그리고 앉아 물속으로 두 손을 천천히 집어넣었다. 물이 일으키는 굴절 현상 때문에 더 크고 뭉뚝해 보이는 손가락들을 바라보았다. 손에서 누비 바늘이 달아나던 순간이 고스란히 떠올라 금택은 흠칫했다. 바위처럼 고요하던 대야 속 물에 파문이 일었다. 자매를 알고 있는 손님들 중 자신보다 화순이 더 어머니를 닮았다는 것을 알아차린 손님은 옥 사모님이 유일했다. 금택은 어쩐지 자신이 친딸이 아니라는 것 또한 그녀가 이미 알고 있을 것 같았고, 그것이 몹시 싫고 두려웠다.

서쪽 방에서 여자들이 떠드는 소리는 우물가까지 들려왔다.

"나주에 자수 놓는 솜씨가 귀신 같은 자수장이 있다지. 그 여자가

3년을 꼬박 매달려 완성한 신사임당 초충도 8폭 병풍이 있는데 자수 솜씨가 얼마나 뛰어난지 기가 막힌단다. 그 여자 집안이 영덕에서 알아주는 양반 가문인데 아버지가 빨치산이 되는 바람에 집안이 쫄 딱 망해 나주까지 내몰려갔다지. 환갑을 바라보는 여자가 평생을 남편도, 자식도 없이 혼자 자수만 놓으면서 산다더군."

옥 사모님의 목소리였다.

"병풍 장만하시려고요? 이왕이면 십장생으로 하지 그러세요?"

"병풍은 십장생보다 신사임당 초충도가 끌린단 말이야. 풀하고 꽃하고 곤충 들이 조화롭게 어우러져 노는 모습이 묘하게 흥분을 일으키거든. 화사하면서도 소박하고, 우아하고 품위 있으면서도 재치와 농담이 넘친단 말이야. 섬세하고 여성스러우면서도 단순하고 담박해."

"신사임당 초충도 8폭 병풍이라면 우리 친정에도 있는걸요. 할머니가 시집오실 때 손수 수를 놓으신 병풍이라고 들은 것 같아요. 1폭에 가지하고 방아깨비가 수놓아져 있던 게 기억나네요……"

"어디 가지하고 방아깨비뿐인가! 개미도 기어다니고, 나비도 날아다니고, 벌도 날아다니지…… 2폭에는 수박하고 들쥐하고 패랭이 꽃하고 호랑나비가 등장하는데 들쥐 두 마리가 수박을 파먹는 모습이 귀엽고 재미있단 말이야. 3폭에는 어숭이, 개구리, 원추리, 매미가…… 4폭에는 여뀌, 메꽃, 잠자리, 벌, 사마귀……"

"5폭에는요?"

"맨드라미, 산국화, 나비, 쇠똥벌레……"

"그럼 6폭에는요?"

"어숭이꽃, 도라지, 나비, 벌, 잠자리, 개구리, 메뚜기……"

"형님은 어떻게 그런 걸 다 기억하세요?"

"보고, 보고, 보다 보면 저절로 머릿속에 입력이 되지."

"나는 보고, 또 보고, 아무리 봐도 가물가물만 하지 뭐예요."

"감탄을 하면서 봐야 기억이 되지. 한 번을 봐도 감탄을 하면서 봐야 하고, 백 번을 봐도 감탄을 하면서 봐야지."

"천 번을 봐도요?"

"천 번이 아니라 천만 번을 봐도 감탄을 하면서 봐야지."

"어떻게 천만 번 다 감탄을 하면서 본데요."

"천만 번이 아니라 백만 번을 봐도 감탄을 하면서 봐야지. 제대로 감탄을 할 줄 아는 것도 재능이야."

옥 사모님과 여자들이 주고받는 소리가 끊이지 않고 들려왔지만, 어머니의 목소리는 들려오지 않았다. 금택은 혹시나 서쪽 방에 어머니가 없는 게 아닌가 하는 의심이 들었다. 어머니가 없는 서쪽 방을 옥 사모님이 자신이 데리고 온 여자들과 함부로 차지하고서 그렇게 떠들고 있는 것 같았다. 서쪽 방의 주인이 어머니가 아니라 옥 사모님인 것만 같았다.

"그 나주 자수장이 밑에서 자수를 배우려면 바늘 잡는 법은 물론이거니와 바늘귀에 실을 꿰는 법까지 똑같아야 한다더군. 얼마나 엄격한지 남아나는 제자가 없다지. 바늘 잡는 법이 한 치라도 틀리면 냉정하게 내쫓아버린다니까. 대학교까지 나와 자수를 배우겠다고 서울에서 내려온 제자 하나가 수직으로 바늘을 꽂아 바늘땀을 떠 넣어야 하는데, 뉘여서 꽂았다가 혼쭐이 나고 쫓겨났다니까. 남아나는 제자가 없고, 원망과 저주를 안 퍼붓고 떠나는 제자가 없다고 하니……"

"바늘을 수직으로 꽂든, 뉘여 꽂든 꽂기만 하면 되는 거 아니에요?"

"그러게요. 모로 가도 서울만 가면 되는 거 아닌가?"

"스승이 바늘을 수직으로 꽂으라면 수직으로 꽂아야지. 스승으로 모시고 배우려고 제 발로 찾아왔으면 꽂으라는 대로 꽂아야지."

옥 사모님의 목소리는 엄하고 단호했다.

"아무튼 여자든 남자든 강직하면 고독해요."

"고독해야 제대로 된 게 나오지, 천만 번을 봐도 천만 번 다 감탄이 저절로 나오는 작품이 나오지."

잠시 침묵이 감돌았다.

"목포에서 알아주는 침선장도 어찌나 엄격한지 그 밑에서 남아나는 제자가 없다고 하더라구요. 바늘 잡는 법도 자기 식으로 하지 않으면 불호령이 떨어진다지 뭐예요. 자기 식으로 똑같이 바늘을 잡을 때까지 아예 바늘만 잡고 있으라고 시킨대요. 보름 내내 바늘만 잡고 있다가 손가락에 쥐가 나서 떠난 제자도 있다지 뭐예요. 바늘 잡는 법까지 똑같이 하라고 하는 건 너무 심하지 않아요?"

"똑같아야지."

"손가락 생긴 게 저마다 다른데 어떻게 똑같이 잡는데요?"

"그래도 스승이 잡으라는 대로 잡으려고 용을 써야지. 보름이 아니라 1년 365일이라도 바늘을 잡고 버텨야지. 스승이 일평생을 바쳐 익힌 재주를 하루아침에 익히려고 하면 쓰나."

잠시 침묵이 흘렀다.

"물(物) 중의 명물(名物)이요, 철(鐵) 중의 쟁쟁(錚錚)이라. 민첩하고 날래기는 백대의 협객이요. 굳세고 곧기는 만고의 충절이라. 추호(秋毫) 같은 부리는 말하는 듯하고, 뚜렷한 귀는 소리를 듣는 듯한지라."

"독수리요?"

"능라와 비단에 난봉과 공작을 수놓을 제, 그 민첩하고 신기함은 귀신이 돕는 듯하니, 어찌 인력이 미칠 바리요."

"아, 바늘이요!"

"바늘에 대한 글귀들 중에 유씨 부인의 조침문(弔針文)을 따라갈 글귀가 또 있을까."

해가 기울도록 여자들이 갈 생각을 하지 않자 어머니는 서쪽 방에서 나와 부엌으로 갔다. 건어물 행상 여자로부터 사두었던 멸치를 한 주먹 우려 국물을 내고, 배추전을 부칠 밀가루를 반죽했다. 화순은 그때까지 돌아오지 않았다. 금택은 옥 사모님과 여자들이 갈 때까지 화순이 돌아오지 않았으면 했다.

장독에서 간장을 뜨고 돌아서던 금택은 화들짝 놀랐다. 간장 뜨는 모습을 지켜보았는지 옥 사모님이 금택의 뒤에 서 있었다.

"짐승의 눈동자 같구나."

"네?"

"흰 종지에 담긴 간장이 짐승의 눈동자 같아."

금택은 그제야 자신의 손에 들린 종지를 들여다보았다. 옥 사모님의 말대로 종지 속 간장은 짐승의 눈동자 같았다.

"저기…… 제가 지어드릴게요."

입이 말라 금택은 간신히 말했다.

"뭘 말이냐?"

옥 사모님의 얼굴에서 웃음이 가셨다.

"도류불수단으로……"

"도류불수단이 뭔지 알고 있니?"

"어머니하고 말씀하시는 걸 들었어요. 복숭아하고 석류하고 부처님 손가락을 조합한 문양이 수놓아진 양단이라고……"

"도류불수단은 구하고자 하면 얼마든지 구할 수 있는 옷감이지. 돈만 있으면 당장이라도 구할 수 있는 옷감이야. 얼마든지 구할 수 있는 도류불수단으로 옷을 짓지 않는 이유가 무엇이라고 생각하니?"

"모르겠어요."

금택은 고개를 저었다.

"그게 누구든, 나는 한번 한 약속은 잊지 않는다. 못 지킬 약속을 하느니 하지 않는 게 낫지. 그래도 약속을 하겠니?"

금택은 망설여졌다. 금택은 어머니가 도류불수단이라는 양단으로 옷을 짓지 않는 이유를 알 것 같았다. 자신이 설사 약속을 하지 않는다고 해도 옥 사모님이 자신에게 실망하지 않으리라는 말이 빈말이 아니라는 것 역시. 금택은 그녀가 어렵고 불편했지만 두렵지는 않았다. 금택에게 두려운 존재는 어머니뿐이었다. 어떻게 보면 그녀는 금택에게 자신이 두려워하는 존재는 어머니와 바늘뿐이라는 것을, 그만큼 그 둘에 대한 두려움이 깊다는 것을 일깨워주었다.

"제가 어머니처럼 누비옷을 지을 수 있게 되면 도류불수단을 구해서 사모님께 누비옷을 지어드릴게요."

"누비질로 옷을 짓는 게 쉬는 일이 아니지……"

옥 사모님이 고개를 저었다.

"내가 네 어머니에게서만 옷을 지어 입어봤을 것 같니? 바느질깨나 한다는 이가 있으면 그길로 찾아가 옷을 지어 입었단다. 전주에도 누비옷을 짓는 여자가 있단다. 네 어머니에게 누비옷을 지어 입기 전까지는 그 여자에게서 옷을 지어 입었지. 10년 가까이 그 여자에게서 옷을 지어 입다가 네 어머니 소문을 들었지. 얼마나 잘 짓나 궁금하기도 하고, 전주 여자 바느질 솜씨가 예전 같지 않아서 누비저고리를 한 벌 지어 입으려고 찾아왔더니만 단박에 거절을 하더구나. 그때가 가을이었는데 짓고 있는 누비저고리가 있어서 겨울 지나고, 봄 지나고, 여름에나 지을 수 있다면서."

금택은 옥 사모님이 처음 우물집을 찾아왔던 날이 기억났다. 가을이 깊어가던 어느 날이었다. 화순은 놀러 나가고, 우물집에는 어머니와 자신뿐이었다. 금택은 마루에서 거울을 등지고 앉아 바느질을 하고 있었다. 쇠박새의 찢긴 날개 같은 회색 명주 조각에 바늘땀을 떠 넣고 있었다.

"짐승의 눈을 앞에 두고 약속을 했으니 반드시 지켜야 한다."

옥 사모님은 종지 속 간장에 눈길을 주었다.

도류불수단이라는 문양을 금택은 구경조차 한 적이 없었다. 어머니는 처음 우물집으로 들어와 살던 해보다 다양한 색깔과 문양의 양단을 갖추었지만, 도류불수단 문양의 양단은 들여놓지 않았다.

그날 밤, 금택은 그동안 모은 천 조각 중 양단 조각만 따로 골라내 그것들에 수놓인 문양들을 살폈다.

복숭아 문양도, 복주머니처럼 생긴 열매 속에 씨앗들이 들어차 있는 석류 문양도 있었다. 수복문이라고 한자 수(壽)와 복(福)을 혼합한 문양도, 구름 문양도, 장미와 구름을 혼합한 문양도 있었다. 복숭아와 석류와 부처님 손가락이 어우러진 문양이 금택은 잘 그려지지 않았다.

금택은 어머니가 어째서 도류불수단이라는 양단으로는 옷을 짓지 않는지 알 것 같았다.

올 튕기기

마을에 들어와 자리 잡은 지 햇수로 9년째 되던 해 겨울, 어머니가 우물집을 샀다는 소문이 마을에 돌았다. 소문이 사실임을 입증하듯 어머니는 우물집을 떠나지 않고 살았다. 고등학교 입학을 앞두고 허벅지에 살이 오르고 가슴이 제법 봉긋해진 딸들에게 어머니는 올 튕기는 법을 가르쳐주었다.

누비옷을 지을 때 올을 튕겨 누비 선을 표시하고, 그 누비 선을 따라 바늘땀을 떠 넣었기 때문에 올 튕기기는 중요했다. 어머니는 마름질을 하기 전에 올을 튕겨 누비 선을 표시했다. 어머니는 지을 옷에 따라 누비 선과 누비 선의 간격을 달리 했다. 고구마 줄기 간격일 때도, 근대 줄기 간격일 때도, 조릿대 줄기 간격일 때도, 대나무 간격일 때도 있었다.

서쪽 방 알전구 불빛 아래 세 모녀가 모인 것은, 초등학교 입학을 앞두고 글자를 익히기 위해 모인 이후로 처음이었다. 어머니는 소색 명주 한 필을 2등분해 두 장을 만든 뒤 딸들에게 한 장씩 나누어 주었다. 옷감을 나누어 줄 때도 어머니는 공평했다. 어머니가 공평하지 않았던 적은 없었다. 어머니는 딸들에게 0.3센티 간격으로 올을 튕겨 자신에게 가져오라고 했다. 명주 한 필의 길이는 대략 16미터였고, 폭은 36센티미터였다.

옷감은 그 종류에 따라 한 필에 해당하는 길이와 폭이 약간씩 차이가 났다. 명주 한 필과 마 한 필은 길이와 폭이 약간 차이가 났다. 금택은 그것이 짜는 방법이 다르기 때문일 거라고 막연하지만 확신했다.

명주 한 필은 치마와 저고리 한 벌을 충분히 지을 수 있는 양이었다. 어머니에게서 받은 명주를 가슴에 끌어안고 서쪽 방에서 나온 금택은 마당을 건너다 말고 밤하늘을 올려다보았다. 꽁꽁 언 밤하늘은 무쇠 가위나 무쇠 식칼을 갈 때 숫돌에 흐르는 물빛이었다. 뭉텅 뭉텅 떨어져 흐르는 구름들은 생인손을 앓는 손톱처럼 검푸르고 아파 보였다. 금택은 불현듯 부령할매가 그리웠다. 까맣게 잊고 있던 부령할매의 얼굴이 떠오르려고 해서 얼른 고개를 저어 지워버렸다. 부령할매를 만나면 금택은 묻고 싶은 것이 있었다. 오늘이 쥐날인지, 호랑날이지, 뱀날인지, 돼지날인지, 원숭이날인지…… 쥐날이었다면 부령할매는 하루 종일 바늘을 들지 않았을 것이다.

옷감이 풀리는 방향인 식서 방향으로 올을 튕기는 것은 집중을 요구했다. 튕길 올을 골라내는 것부터가 벌써 까다로웠다. 가위로 재단한 부분은 올이 약간 풀려 있기 마련이었다. 길이가 고작

0.2~0.5센티지만 풀려 나달거리는 올들 속에서 한 가닥 한 가닥 올을 골라 튕겨야 했다. 나비의 더듬이처럼 가는 올들 속에서 튕긴 올을 골라내는 것은 꽤 정교한 작업이었다. 튕긴 올을 골라내려고 손가락 끝을 가져가면 올들은 꽃과 꿀 냄새를 찾듯 분분 일었다. 그것들을 가위로 자르면 민들레 홀씨처럼 사방으로 퍼지면서 꽃을 찾아 날아갈 것 같았다. 금택은 어머니가 누비 바늘 끝으로 튕길 올을 떠올리는 걸 본 적 있었다. 튕긴 올을 떠올리자마자 어머니는 새치를 뽑듯 잡아당겼다.

어머니는 0.3센티 간격으로 올을 튕기라고 했다. 0.3센티 범위 안에는 올이 무려 12개나 촘촘하게 모여 있었다.

어머니가 하던 식으로 금택은 누비 바늘 끝으로 튕길 올을 떠 올렸다. 톡 떠 올린 올을 엄지와 검지 끝으로 잡았다. 손톱과 손톱을 맞물려 잡으려 했지만 뭉툭해 맞물려지지 않았다. 가까스로 잡은 올을 슬쩍 당기자, 올이 밖으로 밀려 나오면서 명주에 줄이 갔다. 반대편 끝까지 줄이 지도록 올을 당기고 펴는 것을 반복했다. 힘껏 잡아당기면 올이 끊어질 염려가 있었기 때문에 금택은 너무 세게 잡아당기지 않기 위해 신경을 썼다.

올 하나를 튕기는 데 드는 시간은 고구마줄기 한 다발을 다듬는 시간과 맞먹었다.

올을 튕겨서 표시한 누비 선은 아주 또렷하지는 않았지만, 밀어 배에 낸 칼집처럼 서늘한 데가 있었다. 누비 선은 자를 대고 연필로 그은 선보다 가늘고 반듯했다.

누비 바늘로 떠 올린 올 끝을 잡아당기면서 금택은 올이 아니라 실핏줄이라도 잡아당기는 것 같았다. 자신의 손목이나 발목에서 가장 가는 실핏줄을 찾아내 잡아당기는 것 같았다.

올 여섯 줄을 튕기고 나서야 금택은 한숨 돌리기 위해 고개를 들었다. 올을 튕겨 표시한 누비 선들을 바라보았다. 0.3센티 간격으로 고르게 표시된 누비 선들이 금택은 거문고 줄이라도 되는 것 같았다. 손으로 튕기면 소스라치듯 떨면서 '덩' 하고 소리를 낼 것 같았다. 거문고 줄을 타듯 누비 선들을 타면 '덩, 둥, 등, 당, 동, 징' 울림과 높낮이가 다른 소리를 낼 것 같았다. 거문고 줄을 명주실로 만든다는 소리를 금택은 음악 시간에 들은 적이 있었다. 올을 튕길 때 어머니는 거문고나 가야금 줄을 고르는 것 같았다.

딸들이 올을 튕겨 가져다준 명주로 어머니는 저고리와 치마를 한 벌 지었다.

노랑 양단 저고리

쪽빛 하늘에 옥양목버선구름이 떠 있던 날, 금택은 마을 늙은 여자들이 신작로 가에 장독들처럼 옹기종기 모여 나누는 이야기를 들었다. 어머니에게 한산모시 아홉 필을 판 여자도 그녀들 속에 있었다. 함께 버스를 기다리는지 그녀들은 약속이나 한 듯 고개를 오른쪽으로 향하고 있었다. 금택은 하늘에 떠 있는 옥양목버선구름을 거두어 늙은 여자들의 발에 신기고 싶었다. 옥양목버선구름은 다섯 장이었는데, 늙은 여자는 넷이었다. 늙은 여자들의 발을 모두 합치면 여덟 개였다. 서쪽 저 멀리 옥양목버선구름이 한 장 지어지고 있었다.

옥양목버선구름을 어느 발에는 신기고, 어느 발에는 신기지 않을 수
없어 세 장 더 지어지기를 기다리는 동안 버스가 와서 늙은 여자들을
태우고 가버렸다. 금택은 옥양목버선구름들을 한 장 한 장 거두어
자신의 왼발과 오른발에 껴 신었다.

"서울 사는 둘째아들이 모시고 갔다지?"

"누굴?"

"구천댁 말이다."

"첫째아들이 아니라?"

"첫째아들은 진즉에 이혼하지 않았나? 며느리가 살림은 딴전이고
카바레로 춤이나 추러 다녀서 내보냈다는데, 진짜 속사정이 뭔가는
모르지."

"영감님 보내고 날개 잃는 새가 되었더라."

"영감님 살아생전에 때 되면 돌 앞둔 애 옷 해 입히듯 양단으로 저
고리며, 바지며, 조끼며, 두루마기를 해 입히더니만, 죽은 영감이 벌
거벗고 구천을 떠돌아다닐까 봐 땅이 꺼져라 걱정을 하더라. 여름
저고리인지 겨울 저고리인지도 구분 못하고 그저 마나님이 입으라
는 대로만 입던 영감님이 엄동설한에 여름 저고리 입고 벌벌 떨면서
허공을 떠돌면 어쩌나 싶어 뗏장도 안 마른 무덤 찾아가 일러주고 왔
다더라. 날이 언 동치미 무 같으니 목화솜 두둑하게 넣어 지은 노랑
저고리를 입고, 그 위에 초록 조끼를 덧대 입으라고 일러주고 왔다
더라."

"죽으면 끝이지, 죽은 사람 입성까지 걱정을 할까?"

"솔직한 말로 구천댁이 영감님 새로 옷 해 입힐 때마다 천이 아깝

더라. 청명에 죽을지 한식에 죽을지 모를 영감 옷을 자꾸 해 입히나 싶더라. 옷도 어디 그냥 해 입히나? 최고급 양단으로만 해 입히더라. 죽으면 어차피 불태울 거, 새장가 보낼 것도 아니면서 뭔 옷을 그렇게 해 입혔을까."

"평생 흰 쌀밥에 소고기국만 먹고 산 부잣집 영감처럼 때깔은 나더라. 구순 넘은 영감이 연보라색 양단으로 지은 저고리 입고, 홍시처럼 붉은 양단으로 지은 조끼 입고 봄볕에 나와 앉아 있는데 돌 돌아온 애처럼 뽀야니 해맑더라."

"간장에 조린 알감자같이 쪼글쪼글한 얼굴이 뽀야면 얼마나 뽀얗고 해맑으면 얼마나 해맑을까."

"그 영감이 젊을 때 구천댁을 그렇게 예뻐했다더라."

"뭐가 그렇게 예뻤을까, 별 인물도 없는 구천댁이 뭐가 그렇게 예뻤을까?"

금택은 언젠가 노랑 저고리에 초록 조끼를 두른 노인을 마을에서 본 적이 있었다. 키가 훌쩍한 노인이었다. 숫돌처럼 얼어붙은 길 위에 뒷짐을 지고 서 있던 노인은 노랑 저고리와 초록 조끼 때문에 한 송이 꽃 같았다.

마을 늙은 여자들이 나누는 이야기를 들은 뒤로 금택은 노랑나비를 보면 노랑 저고리가 떠올랐다. 목화솜을 두둑하게 넣은 노랑 양단 저고리가, 뗏장도 안 마른 무덤이, 뗏장도 안 말라 까다 만 토란 같은 무덤을 쓰다듬는 늙은 여자가 떠올랐다. 날이 언 동치미 무 같으니 노랑 저고리를 입으라고 신신당부를 하는 늙은 여자가 떠올랐다. 노랑나비는 노랑 저고리를 입은 노인이었다. 날이 풀리고 봄이 깊어지는데도 노인은 노랑 저고리를 벗지 않았다. 개도 감기에 안 걸린다는 오뉴월에도 노랑 저고리를 입고 마을을 떠돌아다녔다.

　새해 벽두부터 한복 거리의 바느질하는 여자의 소식이 들려왔다. 금택이 그렇게나 기다리던 월성댁의 소식은 아니었다. 그녀처럼 바느질품을 팔러 다니는 여자들 중 하나로, 쉰두 살에 시집을 갔다고 했다. 그것도 띠동갑인 늙은이에게. 어머니보다 늙고, 복래한복 주인 여자보다도 늙은 그 여자가 처녀라는 소문을 금택은 들은 적이 있었다. 그녀는 한복 거리 초입에 있는 중국요릿집에서 늙은이의 자손들과 식사를 함께하는 것으로 식을 대신했다고 했다. 혈혈단신이나 마찬가지인 그녀와 다르게 늙은이에게 딸린 자손은 두 다스가 넘는다고 했다. 늙은이의 큰아들이 그녀와 겨우 일곱 살 차이라고 했다. 그녀가 그 집안에 들어가 할 일이라고는 언제 싸늘한 송장이 될지 모르는 늙은이의 수발을 드는 것뿐이라고. 그녀는 손수 지은 옥색 명주 치마저고리를 입고 시집을 갔다고 했다.
　"글쎄 기가 팍 죽어서는, 평소에는 구경도 못하는 비싼 중국요리가 차려져 있는데도 입이 타는지 보리차만 홀짝거리는 게 그렇게 안쓰럽고 궁상스러울 수가 없다더라."
　"미쳤다, 늙어 죽을 날 받아놓은 늙은이가 뭐 좋다고 시집을 갔을까?"
　"그러게 뭔 심정으로 시집을 갔을까?"
　"하루아침에 자손이 두 다스나 생겼으니 손해 보는 장사는 아니네."

"손해 보는 장사인지 아닌지는 살아봐야 알지 살아보기 전에는 절대 모른다."

"살아봐야 안다는 게 백번 맞는 말이지만, 어디 그럴 수 있나? 시장에서 사 신는 고무신도 아니고 살다 물릴 수 없으니까 미리 집안도 보고, 생년월일 넣어 궁합도 보는 거 아닌가?"

"들리는 말로는 늙은이 자식들이 꼬박꼬박 어머니라고 부른다더라."

"돈 드는 것도, 입 부르트는 것도 아닌데 어머니라고 못 부를 이유가 있나. 내가 자식이라도 백번, 천번 부르겠다."

"아니다. 어머니라는 말이 그렇게 쉽게 나오는 말이 아니다⋯⋯ 내 나이 아홉 살 때 낳아준 어머니 돌아가시고 새어머니가 들어와 살았는데 죽어도 어머니라는 말이 안 나오더라. 어머니라는 말이 죽어도 안 나오더라. 생전 어머니라고 부르지 않은 게 서운했던 모양인지 당신 죽기 전에 어머니라는 소리는 듣는 게 소원이라는 말을 다 하더라. 소원이라는데도 어머니라는 말이 끝끝내 안 나오더라."

"낳은 정이 있는 것도, 키운 정이 있는 것도 아닌데 위하면 얼마나 위하겠나?"

"새어머니도 어머니인데 죽으면 장사는 치러주겠지."

"왜 진즉에 시집을 안 갔을까?"

"그러게 말이다. 다 늙어 시집갈 거, 한 살이라도 젊을 때 시집가 자식도 낳고, 남들 사는 것처럼 살지⋯⋯ 죽으면 썩어 문드러질 육신, 국보로 길이길이 보전할 것도 아니면서 쉰 냄새 나도록 처녀로 버텼을까?"

손수 지은 옥색 명주 치마저고리를 입고 늙은이의 자손들 앞에 앉아 있는 그녀의 모습이 금택은 사진으로 본 듯 훤히 그려졌다. 훤히 그려지다 못해 자신이 그녀가 되어 늙은이의 자손들 앞에 앉아 있는 것 같은 기분이 들었다.

바늘땀과 바늘땀의 거리

날이 풀리자 어머니는 서쪽 방 미닫이문 창호지를 새로 바르고, 함석 대문을 새로 해 달았다. 마을의 다른 집들처럼 마당 한쪽에 펌프를 놓았다. 물을 한 바가지 붓고 펌프질을 하면 한 대야의 물을 불러오는 이상한 원리에 의해 펌프는 작동되었다. 그 한 바가지의 물을 어머니는 마중물이라고 했다. 똑같이 땅속에서 퍼 올리는 물인데 우물물과 펌프로 퍼 올리는 물은 물맛이 달랐다. 우물물이 더 점성이 강하고, 단맛이 났다. 어머니는 설거지나 빨래를 할 때는 펌프로 끌어올린 물을, 동치미나 식혜를 담그고 옷감을 염색할 때는 우물물을 썼다.

금택과 화순은 서로 다른 고등학교에 입학했다. 자신들이 당연히 같은 고등학교에 입학할 줄 알았던 금택은, 화순이 다른 고등학교에 지원했다는 사실을 알고는 실망과 배신감에 사로잡혔다. 화순은 읍내 고등학교가 아니라 경주 시내에 소재한 고등학교에 지원했고, 합격 통보를 받은 뒤에야 어머니와 금택에게 그 사실을 알렸다. 경주 시내까지는 읍내에서 버스를 갈아타고 20분을 더 나가야 했다.

"나는 우리가 같은 고등학교에 다닐 거라고 생각했어."

"우리가 항상 붙어 다녀야 하는 건 아니잖아."

생리를 시작한 뒤로 화순은 이불을 따로 깔고 잠들었다. 마치 함께 깃들어 있던 자궁을 버리고 다른 자궁을 찾아가듯 화순은 이불 속으로 들어가 잠들었다.

"그런 건 아니지만……"

"멀리 가보고 싶어."

답답해하는 화순을 보고 금택은 더 멀리 가보고 싶어 하는 쪽은 오히려 자신이라고 생각했다. 버스를 타고 신작로를 달릴 때마다 그녀는 끝까지 가보고 싶은 충동에 사로잡혔다. 내리지 않고 끝까지 버티고 앉아 있으면 버스가 그녀가 자란 시장 골목 입구에 내려줄 것 같았다. 수의점을 찾아가면 부령할매가 죽은 사람에게 입힐 옷을 짓고 있을 것 같았다. 상비약인 설탕물이 담긴 대접을 발치에 놓아두고. 수십 대의 재봉틀이 일제히 돌아가는 소리에 쪽창이, 대접 속 설탕물이 흔들리고 있을 것 같았다.

학교 수업을 마치면 금택은 곧장 버스 정류소로 갔다. 꽃님이웃가게와 엘리자베쓰양장점 앞을 그녀는 묵묵히 고개를 수그리고 지나갔다. 엘리자베쓰양장점에서 재봉틀을 돌리는 소리가 아무리 기세 좋게 들려도 그녀는 고개를 들지 않았다. 그 가게들 앞에서 화순과 지체하던 시간들은 흘러간 과거의 시간이 되어 있었다. 학교에서 버스 정류소까지 걸어가는 동안 그녀는 꼭 한 번은 스스로에게 화순과 자신이 친자매가 아니라는 사실을 상기시켰다. 동시에 자신이 어머니의 친딸이 아니라는 사실 또한. 그때마다 그녀는 세상에 자신 혼자뿐이라는 고립감에 사로잡혔다.

금택은 학교에서 돌아오면 집안일과 염색 일을 거들고, 바늘을 들었다. 우물집에 들어와 산 뒤로 어머니는 그 어느 해보다 누비질에 매달렸다. 하루에 열 시간 이상 어머니는 바느질을 했다. 바느질로 어머니는 두 딸을 가르치고 우물집을 꾸려 나갔다. 단골이 늘었지만, 어머니가 짓는 누비옷은 거의 늘지 않았다. 누비질이 시간을 많이 잡아먹는 데다, 절대의 시간을 요구했기 때문에 어머니가 지을 수 있는 누비옷의 벌수는 뻔했다.

누비 바느질을 하는 데 드는 절대의 시간은 늘어나면 늘어났지 줄지 않았다. 한 벌의 누비저고리를 완성하려면 하루 열 시간 이상, 스무 날에서 한 달을 꼬박 누비 바느질에 매달려야 했다. 누비 바느질은 미싱을 돌리듯 서두르고 재촉할 수 있는 것이 아니었다. 한 땀 한 땀 동일한 집중을 요구했다. 정신이 흐트러지는 순간 바늘땀이 어긋나면서 질서가 흐트러졌다. 바늘땀을 뜰 때 어머니의 온 신경과 감각은 바늘을 잡고 있는 두 손가락 엄지와 집게손가락에 쏠렸다.

금택은 때때로 누비 바느질이 어머니에게 내려진 천벌처럼 가혹하게 생각되었다. 어머니가 소리 나게 웃는 것을, 흐느껴 울거나 탄식하는 것을, 얼굴에 분을 바르고 꾸미는 것을, 기름진 음식을 탐하는 것을 금택은 보지 못했다. 마을의 다른 집들처럼 때가 되자 전화기를 놓고 티브이를 들였지만, 어머니는 티브이를 보지 않았다. 어머니는 세상 소식을 단골들로부터 들었다. 어머니가 여자로서만이 아니라 한 인간으로서 인색하고 고단한 인생을 살고 있다고 생각하면서, 자신이 어째서 어머니처럼 되고 싶어 안달하는 것인지 금택은 스스로가 이해가 안 되었다.

어머니처럼 되고자 하는 금택의 욕망은 스스로 자랐다. 죽순처럼 무섭게 올라오는 욕망을 그녀는 아무에게도 발설하지 않았다. 그것이 불온한 욕망이라는 것을 잘 알기 때문이었다. 어머니가 딸들인 자신과 화순에게 누비 바늘을 건네던 날을 금택은 똑똑히 기억했다. 그녀는 어머니가 단순히 누비 바늘이라는 물건이 아니라 자신의 운명을 건넨 것이라고 의미를 부여했다. 어머니는 그러나 정작 딸들에게 누비 바느질을 가르치려 하지 않았다.

마당으로 들어서던 화순은 마루에서 바느질을 하고 있는 금택을 보았다. 그녀는 어머니처럼 오른 다리 무릎을 접고 세우고, 어깨와 등을 웅크리고 바느질에 몰두하고 있었다. 화순이 자신을 뚫어져라 바라보는 것도 깨닫지 못할 만큼 그녀는 바늘땀을 뜨는 데 정신을 집중하고 있었다. 마당 빨랫줄에는 복숭아나무 가지로 염색해 귤빛을 입은 명주가 일정한 간격으로 널려 있었다. 귤빛은 햇빛에 반사되어 마당과 마루에까지 환하게 번져 있었다. 화순은 심란하고 복잡했다. 금택의 모습에서 어머니의 모습을 보았기 때문이었다. 친딸이 아닌 그녀에게서.

그날 이후 화순은 금택의 모습에서 언뜻언뜻 어머니의 모습을 보았고, 그때마다 불쾌하고 짜증이 났다. 어머니의 피가 친딸인 자신이 아니라 금택의 몸속에 흐르는 것만 같아서.

어머니의 친딸은 자신이라는 것을 일깨워주고 싶지만, 그때마다 묵직한 무엇인가가 그녀의 목구멍을 틀어막고 혀를 꾹 눌러왔다. 그러나 무엇보다 자신이 어머니의 딸이라는 생각이 좀처럼 들지 않았다. 자신이 아니라 금택이 오히려 어머니의 친딸 같았다.

화순에게 바늘을 들게 하는 사람은 어머니가 아니라 금택이었다. 그녀는 어머니의 친딸이 금택이 아니라 자신이라는 것을 증명하기 위해서 바늘을 들었다. 금택에게 진실을 똑똑히 일깨워주기 위해.

바늘만큼 진실을 분명하게 깨우쳐주는 것이 없다는 것을 화순은 알았다. 바늘은 화순이 말로는 전달하지 못하는 진실을 금택에게 상기시켜주었다.

금택이 특별히 친구를 사귀지 않는 것은, 학교가 끝나자마자 우물집으로 달려오는 것은, 순전히 바늘 때문이었다. 금택은 학교에서 돌아오자마자 숙제를 끝내듯 자신 몫의 집안일을 한 뒤 바늘을 들었다.

맥이 뛰듯 바늘땀이 떠지는 소리, 나방 두 마리가 백열전구 불빛 속을 분잡스레 날아다니는 소리가 서쪽 방에 떠돌았다. 낮에 침쟁이가 다녀가기라도 했는지 마른 쑥 태우는 냄새가 서쪽 방에 옅게 배어 있었다. 어머니는 간혹 침쟁이를 불러 침을 맞고, 쑥뜸을 떴다.

저녁 먹은 설거지를 끝내자마자 걸레를 들고 서쪽 방에 든 금택은, 걸레질을 끝내고도 나갈 생각을 않고 머물러 있었다. 누비대 위에서 바늘땀이 떠지는 것을 조용히 구경했다. 걸레질을 핑계로 금택은 서쪽 방에 들고는 했다. 바느질을 방해하지 않았기 때문에 어머니는 그런 금택을 내버려두었다. 서쪽 방은 정결하게 정돈되어 있었지만 자잘한 목화솜 먼지와 옷감 먼지, 실 먼지가 떠다녔다. 바늘 하나, 실 한 가닥 건드리지 않고 걸레질을 하기가 쉽지 않았지만 금택은 그렇게라도 서쪽 방에 들고 싶었다. 어머니가 바느질하는 모습을 가까이에서 지켜보고 싶었다.

앞뒤를 맞춘 두 천과 그 사이에 영혼처럼 들어앉은 목화솜을 통과한 누비 바늘이 떠오르는 동시에 바늘땀이 떠졌고, 손등을 덮은 소매 끝단이 슬쩍슬쩍 들렸다. 들린 소매 끝단 새로 흉터가 언뜻 들여다보였다.

"북두칠성 같아요……"

숨죽이고 지켜보던 금택은 자신도 모르게 탄성을 내질렀다. 화순 말대로 바늘에 찔려서 생긴 자국일지 모르는 흉터가, 지네처럼 징그러울 수 있는 흉터가, 북쪽 밤하늘에 장식품처럼 걸려 있는 북두칠성 같아서.

춤을 추듯 리듬을 타면서 바늘땀을 이어가던 어머니의 손이 멈칫했다.

"흉터가 꼭…… 북두칠성 같아요."

금택은 흉터가 어머니의 '바느질하는 손'을 특별하고 독보적인 손으로 만들어주는 것 같은 생각마저 들었다. 부적처럼, 어머니의 바느질하는 손을 지켜주는 것 같은.

"바늘 자국이야."

"바늘…… 자국이요?"

"바늘이 지나가면서 남긴 자국."

어머니는 바늘땀을 이어서 떴다. 금택이 서쪽 방에서 나가지 않고 누비대 앞을 지키고 앉아 있다는 사실을 망각한 듯 바늘땀을 연달아 떠 나갔다.

283

서쪽 방을 나와 마당으로 내려서다 말고 금택은 밤하늘을 올려다보았다. 오배자 우린 물처럼 검갈색을 띤 하늘은 낮게 내려와 있었다. 다락 천장보다 낮게 내려온 하늘에는 별 한 점 떠 있지 않았다.

오배자는 옻나무 중에서도 가장 붉게 물드는 붉나무 잎에 오배자 충들이 지어놓은 집으로, 건성건성 뜬 수제비처럼 모양이 제각각이고 연둣빛 바탕에 갈색과 선홍색이 얼룩처럼 번져 있었다. 그 안에는 누비저고리에 떠 넣은 바늘땀만큼이나 많은 벌레가 살았다.

우물집으로 이사를 들던 해, 어머니는 북쪽 하늘에 뜬 일곱 개의 별을 차례로 짚어 보이더니 북두칠성이라고 딸들에게 알려주었다.

"별과 별 사이가 얼마나 멀 것 같니?"

화순은 한 뼘이라고, 금택은 두 뼘이라고 했다. 어머니는 둘 다 틀렸다는 뜻으로 고개를 가로저었다. 별과 별의 거리가 아주 멀다고, 바늘땀과 바늘땀의 거리만큼 멀다고 일러주었다.

"바늘땀과 바늘땀이요?"

바늘땀과 바늘땀의 간격이 멀다는 어머니의 말이 이해가 안 가 금택은 반문했다. 왜냐하면 바늘땀과 바늘땀의 간격은 고작 좁쌀 정도였기 때문이었다. 그런데 어머니는 바늘땀과 바늘땀의 거리를 별과 별의 거리와 비교해 이야기하고 있었다.

금택이 묻는 소리를 못 들은 듯 어머니는 혼잣말을 중얼거렸다.

"별하고 별 사이가 까마득히 멀다지? 몇 백 광년이라지. 광년이 빛의 속도라지……"

과학 시간에 우주라는 공간과 그 공간을 채운 물질들에 대해 배우고 나서야 금택은 별과 별 사이가 얼마나 멀고도 먼지 알게 되었다. 지상에서 올려다볼 때는 거리가 한두 뼘밖에 안 될 것 같은 별과 별이 사실은 몇 백 광년이나 떨어져 있다는 걸.

걸레질을 끝내고 그만 일어서려는 금택의 눈에 명주 조각이 들어왔다. 그것은 놋쇠 화로 뒤쪽에 떨어져 있었다. 괴화(콩과에 속하는 홰나무로, 초봄에 아카시아처럼 무더기로 꽃봉오리가 맺혔다. 개나리 꽃봉오리보다 작고 노란 그 꽃봉오리를 따서 말려두었다가, 염색할 때 불에 볶아서 썼다)로 염색을 해 짙은 노란색이 감도는 명주 조각은 솔잣새의 날개 같았다. 뒷산 골짜기에서 두어 번 만난 적이 있는 솔잣새는 참새처럼 작았고 날개가 노란색이었다.

금택은 어머니가 버티고 앉아 있는 누비대를 경계로 앞쪽만 걸레질을 했다. 바느질 도구들과 옷감들이 쟁여져 있는 뒤쪽은 건드리지 않았다. 혹시나 걸레질을 하다 그것들을 건드릴까 봐 지레 겁이 나서였다. 어머니가 평소 함부로 드나들지 못하게 해서인지 금택에게는 서쪽 방의 그 어느 물건도, 바늘 하나도 손을 대서는 안 된다는 강박이 있었다. 걸레질을 끝내고 서쪽 방에서 나오자마자 우물가로 가 걸레를 세심하게 살폈다. 혹시나 방바닥에 떨어져 있던 바늘이 걸레에 묻어 딸려 왔을까 싶어서였다. 걸레를 몇 차례 턴 뒤에야 우물물을 퍼 그것을 빨았다.

금택은 걸레질을 하는 척 어머니의 눈치를 살피면서 얼른 손을 뻗어 명주 조각을 주웠다.

어머니의 오른손 흉터가 북두칠성처럼 신비롭게 다가온 뒤로, 금택은 그것을 훔치고 싶은 충동에 사로잡혔다. 흉터를 고스란히 자신의 오른손 엄지와 검지 사이로 옮겨오고 싶었다. 그것은 바늘을 훔치고 싶던 충동보다 강렬한 것이었다.

충동에 사로잡힌 금택은 바늘 끝으로 엄지와 검지 사이에 지느러미처럼 붙어 있는 살을 찔렀다. 밤하늘에 별이 떠오르듯 피가 맺혔다. 반짝이는 그 별로부터 조금 떨어진 곳을 또 바늘로 찔렀다. 바늘 끝이 살을 파고드는 고통은, 별이 떠오르듯 피가 맺히는 순간 황홀감으로 바뀌었다.

황홀감에 취해 눈동자 초점이 몽롱하게 풀어진 금택의 귀에 화순이 내지르는 비명이 들렸다.

황홀감에 취한 금택은 비로소, 바늘땀과 바늘땀의 거리가 별과 별의 거리만큼 멀다는 어머니의 말을 이해할 수 있을 것 같았다.

바늘땀과 바늘땀 사이, 기껏해야 좁쌀 정도밖에 안 되는 공간 안에는 몇 백 광년이라는 시간이 존재했다. 서로 유기적으로 긴밀히 연결되어 있었지만 바늘땀들은 결코 서로 만나지 못했다.

나일론그림자

방직 공장으로 한 시절 크게 돈을 번 옥 사모님은 의류 제조 공장을 지었다. 대구 근교에 사들인 만 평 땅에 지은 공장에서는 남자 양복을 만든다고 했다. 어머니가 지은 누비치마를 허리에 두르면서 만 평 땅을 두르는 것 같다고 그녀가 말했던 것을 금택은 기억하고 있었다. 금택은 어쩐지 어머니의 누비대 위에서 누비치마가 완성되던 날, 그녀가 만 평 땅을 사들였을 것만 같다는 생각이 들었다. 방직 공장에서 천을 대량으로 짜듯 의류 제조 공장에서는 남자 양복을 대량으로 만든다고 했다.

금택은 옥 사모님의 의류 제조 공장에서 만든다는 남자 양복이 그녀의 남편 그림자일 것만 같았다. 그녀의 죽은 남편의 나일론그림자일 것만. 그녀가 자신의 공장에 수백 대의 미싱을 줄 맞추어 들여놓고는, 미싱마다 여자를 한 명씩 붙들어 앉혀놓고 들들들 미싱을 돌리게 할 것 같았다. 자개장롱에서 끄집어낸 죽은 남편의 그림자를 도면 삼아 대·중·소 크기 별로 죽은 남편의 나일론그림자를 짓게 할 것 같았다. 똑같은 단추를 개수와 위치까지 맞추어 달고, 똑같은 모양과 크기의 주머니와 지퍼를 똑같은 자리에 달고, 똑같은 안감을 대고. 죽은 남편의 나일론그림자를 하나라도 더 짓기 위해 미싱들이 멈추지 않고 돌아가게 할 것 같았다. 죽은 남편의 나일론그림자가 한 장, 두 장, 세 장, 네 장…… 그녀의 공장 한쪽에 목욕탕 굴뚝보다 높게 쌓일 때까지.

나일론은 금택이 알고 있는 천들 중 가장 이상한 천이었다. 나일론에서는 명주나 무명이나 광목 같은 천들에서는 맡을 수 없는 냄새가 났는데, 석유 냄새에 가까웠다. 전체적으로 광택이 돌았는데 화사하고 고급스러운 느낌을 주는 게 아니라 들떠 보였다. 감촉은 미끄럽고 질겼다. 결이 일정하지 않고 신축성이 없었다. 그녀는 중학교에 다니는 내내 나일론 소재의 교복을 입고 학교에 다녔지만 나일론이라는 천에 도무지 익숙해지지 않았다. 나일론 특유의 냄새가 거슬리고, 살갗에 닿는 감촉이 거북하고 싫어서, 집에 돌아오면 서둘러 옷부터 갈아입었다. 교복을 벗어 장롱 속에 처박아두고, 어머니가 무명이나 광목으로 지어준 옷으로 갈아입었다. 그 이유는 모르지만, 어머니는 나일론으로는 누비옷을 짓지 않았다.

옥 사모님을 생각할 때 금택은 이해가 안 되는 부분이 있었다. 온갖 종류의 천을 생산하는 방직 공장을 가지고 있는 그녀가 서쪽 방에 있는 옷감으로 옷을 지어 입는 것도, 대량으로 옷을 생산하는 의류제조 공장을 가지고 있는 그녀가 서너 달을 꼬박 붙들고 매달려야 하는 누비옷을 즐겨 입는 것도.

바느질하는 여자인 어머니는, 자신이 손수 바느질해 지은 옷을 입었다. 중학교에 들어가 어쩔 수 없이 교복을 입기 전까지 딸들에게도 자신이 지은 옷을 입혔다. 그런 논리대로라면, 옥 사모님은 자신의 방직 공장에서 생산한 천을 옷감으로, 자신의 의류 제조 공장에서 지은 옷을 입어야 했다.

옥 사모님은 어머니가 짓는 누비옷을 가장 잘 이해하고 있는 단골이자, 누비옷 값을 가장 후하게 쳐주는 단골이자, 가장 까다로운 단골이었다. 누비저고리의 가격은, 옷감과 누비 간격에 따라 달라졌다. 그녀는 누비 간격이 0.3센티인 잔누비 누비옷만 주문했다. 0.5센티 내외의 간격으로 누벼진 잔누비는 목화솜을 한지처럼 얇게 펴 깔아야 했다.

누비 간격은 0.3센티부터 6센티까지 다양했다. 0.5센티 내외는 잔누비, 1센티에서 3센티 이내는 중누비, 4센티 이상은 드문누비. 누비 간격이 좁을수록 올을 그만큼 더 많이 튕기고, 바늘땀을 정교하게 떠 넣어야 했기 때문에 시간과 공이 배로 들었다. 그녀의 누비옷을 지을 때 어머니는 다른 단골의 누비옷을 지을 때보다 바늘땀을 더 많이 떠 넣어야 했다.

금택은 문득 궁금했다. 어머니가 그녀의 누비저고리를 한 벌 지을 때, 그녀의 의류 제조 공장에서는 죽은 남편의 나일론그림자가 몇 벌이나 생산되는지.

바늘땀 하나에, 나일론그림자가 한 벌.

누비저고리 한 벌에 바늘땀을 3만 땀 떠 넣는다고 치면, 누비저고리 한 벌에 나일론그림자가 3만 벌.

생각이 거기까지 미치자 그녀는 소름이 끼쳤다. 어머니가 바늘땀을 하나 떠 넣을 때마다 나일론그림자가 한 벌씩 지어진다고 생각하니.

우린 다 미싱을 돌려

마을 여자아이들 중 몇몇은 일반 고등학교에 진학하는 대신에 공장으로 흘러들었다. 그녀들은 낮에는 공장에서 일을 하고, 밤에는 공장에 딸린 학교에서 공부를 할 것이라고 했다. 화순과 단짝이던 병순도 그녀들 중 하나로, 의류 제조 공장에 취직을 했다. 병순을 금택은 우연히 부엉상회에서 만났다. 대구로 나가는 완행버스를 기다리는 중인지, 그 애는 부엉상회 나무 의자에 앉아 꽈배기를 먹고 있었다. 핏기 없는 입을 벌리고 꽈배기를 베 물던 그 애는 금택을 보고는 먼저 알은척을 해왔다.

부엉상회 여자는 그날도 버스 승차권과 경대, 동전들이 담긴 분유통, 꽈배기를 수북하게 쌓아 올린 쟁반을 앞에 벌여놓고 양말을 깁고 있었다. 여자의 머리 위 미원 봉지는 그사이 늘어나 집게마다 미원 봉지가 물려 있었다. 부엉상회에서 버스 승차권을 살 때마다 금택은 미원 봉지가 늘었는지 줄었는지 살폈다. 미원 봉지가 줄어들었으면 금택은 생각했다. 밤새 새가 달아난 모양이라고. 반대로 미원 봉지가 늘어나 있으면, 여자가 밤새 새를 잡아다 매달아놓은 모양이라고 생각했다.

"승차권 주세요."

전구에 끼운 살색 양말을 깁던 여자는 그것을 잠시 이불을 덮은 다리 위에 내려놓았다. 승차권을 사기 위해 들릴 때마다 양말을 깁는데도 기울 양말이 아직 남아 있는 것이 금택은 새삼 신기했다.

금택은 여자에게서 승차권과 잔돈을 받아 들고 병순 곁으로 가서 앉았다.

"너도 미싱을 돌리니?"

"우린 다 미싱을 돌려."

병순이 입속 그득 든 꽈배기를 씹으면서 중얼거렸다. 기름에 튀긴 밀가루 냄새와 백설탕 냄새 때문인지 그 애가 하는 말이 비현실적으로 들렸다.

"우리 다?"

금택은 부엉상회 여자의 머리 위 미원 봉지들이 흔들리는 것을 바라보면서 물었다. 우린 다 미싱을 돌려 하고 말할 때, 자신도 병순과 함께 미싱을 돌리는 것 같다는 착각이 들어서였다.

병순이 고개를 끄덕이고는 종이봉투에서 꽈배기를 하나 더 꺼냈다. 조약돌처럼 작은 얼굴과 깡마른 두 팔과 다르게, 그녀의 허벅지는 빵빵하게 살이 올라 있었다. 그녀는 나일론 소재의 격자무늬 바지를 입고 있었는데, 너무 꽉 끼어 미싱으로 박은 솔기 부분들이 금방이라도 뜯어지고 벌어질 것 같았다. 꽈배기를 먹어도, 먹어도 채워지지 않는 허기가 그녀에게서 느껴졌다. 쟁반에 수북이 담긴 꽈배기를 꾸역꾸역 전부 먹어치워도 채워지지 않을 허기 같았다.

금택은 수의점 뒤편에 있던 봉제 공장을 떠올렸다. 그곳에서는 수십 대의 미싱이 동시에 일제히 돌아갔다.

"먹을래?"

병순이 종이봉투를 들어 내밀었다. 금택은 고개를 저었다. 그녀는 꽈배기를 먹지 않았다. 그것을 한 번도 사 먹은 적이 없었다. 그것이 어떤 맛일지 먹어보지 않고도 알 것 같았다. 기름지고 달고 차가운 맛일 것 같았다. 병순은 기름과 백설탕 묻은 손을 바지에 문질러 훔쳤다.

"나는 부엉상회 꽈배기가 세상에서 가장 맛있는 것 같아…… 대구 시내에 있는 제과점에서 파는 꽈배기보다 맛있다니까. 밤에 자려고 누우면 꽈배기가 너무 먹고 싶어서 입에 침이 다 고여."

자신이 건네는 꽈배기를 거절한 것이 서운한지 병순은 풀이 죽은 목소리로 중얼거렸다.

"화순은 만났니?"

종이봉투에서 꽈배기를 하나 더 꺼내 입으로 가져가던 병순이 금택을 흘끗 쳐다보았다.

"너하고 친해지고 싶었는데……"

"뭐……?"

"너하고 친하게 지내면 화순이 싫어할 것 같아서 그럴 수 없었어."

그녀의 뒤늦은 고백에 금택은 당황스러웠다. 금택은 그녀와 친해지고 싶다는 생각을 한 적이 없었다. 마을의 다른 그 어떤 여자아이와도. 그것은 중학교에 들어가서도, 고등학교에 들어가서도 마찬가지였다. 반면에 화순은 금택을 철저히 배제하고 다른 여자아이들과 어울려 다녔다. 화순은 학년이 올라갈 때마다 새로운 친구들을 사귀

없고 친구들로 끓었지만, 금택은 늘 혼자였다.

병순은 화순의 안부를 물어오거나 하지는 않았다. 대구를 경유하는 완행버스가 버스 정류소로 들어왔다. 병순이 베어 물던 꽈배기를 한꺼번에 입안으로 쑤셔 넣고 발딱 일어섰다. 발 옆에 놓아두었던 가방과 짐 보따리를 집어 들고 뛰쳐나갔다. 완행버스에 오르다 말고 뭔가를 깜박했다는 듯 고개를 홱 돌리더니 금택을 향해 손을 흔들어 보였다. 읍내에서 먼 곳으로, 다시는 돌아오지 못할 만큼 아주 먼 곳으로 떠나는 듯. 금택은 손을 흔들어줄 생각은 않고 병순이 완행버스에 오르는 것을 바라보기만 했다. 금택이 끝까지 손을 흔들어주지 않는데도 그녀는 완행버스에 올라서도 창문을 활짝 열고 손을 흔들어 보였다.

완행버스가 떠나고 나서야 금택은 병순이 꽈배기가 든 종이봉투를 두고 갔다는 것을 알았다. 종이봉투 속에는 꽈배기가 두 개 들어 있었다.

금택은 어쩐지 그녀를 다시는 만나지 못할 것 같다는 생각이 들었다. 그녀와 친하게 지낸 적도 없고, 친해지고 싶어 한 적도 없는데, 그녀를 다시는 만나지 못할지도 모른다는 생각이 들자 심장이 녹아내리는 것 같았다.

금택은 종이봉투에서 꽈배기를 한 개 꺼내 그것을 입으로 가져갔다. 한 입 베어 물고 우물우물 씹었다. 꽈배기는 금택이 짐작했던 대로 기름지고 달고 차가웠다. 기름에 튀겼는데 덜 익은 밀가루 맛도 났다.

꽈배기를 우물우물 씹으면서 금택은 중얼거렸다. 우린 다 미싱을 돌리지, 우리 다…… 의류 제조 공장 수백 대의 미싱마다 병순이 앉아 있는 광경을 그려보았다. 수백 명의 병순이 동시에 미싱을 돌리고, 돌려 옥 사모님의 죽은 남편의 나일론그림자를 짓는 광경을.

경대 거울을 들여다보는 부엉상회 여자의 눈이 바늘처럼 가늘어지고 있었다. 부엉상회 미닫이문이 드르르 열리고 머리에 보따리를 인 늙은 여자가 들어섰다. 잽싸게 따라 들어온 바람에 미원 봉지들이 날아갈 듯 흔들렸다.

금실한복 여자

예비고사를 며칠 앞두고 금택은 서쪽 방에 들었다. 어머니는 명주실에 초를 먹이고 있었다. 잿빛 명주실이 금택은 어머니의 머리카락 같았다. 한복 거리를 떠나올 때만 해도 오디처럼 까맣던 어머니의 머리카락은 반백이었다.

"누비 바느질을 배우고 싶어요."

금택의 목소리가 떨려 나왔다.

"물 좀 떠다 주겠니? 목이 말라……"

금택이 물을 떠왔을 때 어머니는 여전히 명주실에 초를 먹이고 있었다.

"누비 바느질을 배우고 싶어요."

"왜 이렇게 목이 마른지 모르겠구나."

어머니는 대접을 들어 물을 입으로 흘려 넣었다.

"누비옷 짓는 법을 배우고 싶어요."

"저녁을 짜게 먹었는지, 황석어젓을 입에 물고 있는 것 같아."

금택은 저녁 밥상에 올라온 반찬들을 떠올려보았다. 고구마와 감자를 섞어 지은 밥과 멀건 무국, 두부부침, 백김치, 숙주나물무침이 전부였다. 음식을 할 때 어머니는 간을 거의 하지 않았다. 파나 마늘이나 고춧가루 같은 양념을 최대한 자제했다. 밥상 위에 올라오는 음식들은 염색을 하지 않은 무명이나 광목 빛깔이었다. 무국을 끓일 때 어머니는 소금도, 간장도 넣지 않았다. 채 썬 무를 들기름에 달달 볶다가 쌀뜨물을 부어 한소끔 끓여내기만 하는데도 무국은 달고 시원하고 간이 맞았다.

어머니는 아침과 저녁 두 끼만 먹으면서 소식을 했다. 돼지고기나 소고기는 일절 입에 대지 않았다. 어머니는 혹독할 만큼 스스로에게 철저했다. 비구니처럼 극도로 절제된 생활을 했다. 새벽 다섯 시면 어김없이 일어나 우물물로 세수를 하고, 머리를 가지런히 빗고, 옷 매무새를 가다듬고, 누비대 앞으로 가서 앉았다. 조금밖에 먹지 않아서인지 어머니의 몸피는 갈수록 말랐다. 그렇게 계속 마르다 바늘이 되어버릴까 염려스러울 정도였다.

어머니로부터 아무 대답을 듣지 못했지만 금택은 예비고사를 치르지 않았다. 예비고사를 치르기 위해 대구로 떠나는 여학생들 무리에서 금택은 스스로 이탈했다. 경주에는 예비고사장이 없었기 때문에 학생들은 도청이 있는 대구까지 나가 예비고사를 치렀다. 수학여행을 떠나듯 교사들의 인솔을 받으며 하루 전에 대구로 나가, 예비고사장 근처에 있는 여관을 잡고 집단으로 투숙했다.

화순은 대구행 열차에 오르는 여학생 무리 속에 있었다. 열차에 오르지 않고 말뚝처럼 버티고 서 있는 금택을 보았지만 어서 타라는 손짓 같은 것은 하지 않았다.

여학생들을 태운 열차가 떠나고 빈 선로 옆에 혼자 남겨진 금택은 읍내를 배회하다 날이 어둑해져서야 버스 정류소로 갔다. 버스 정류소에 마을을 경유하는 버스가 대기하고 있었지만 그녀는 오르지 않았다. 버스가 떠나는 것을 바라보다 부엉상회 미닫이문을 열고 안으로 들어갔다.

부엉상회 여자는 어김없이 알전구에 씌운 양말을 깁고 있었다. 집게에 날갯죽지를 물린 미원 봉지들이 날아가지 못하고 한자리에서만 뱅글뱅글 돌았다. 나무 의자에는 늙은 여자 둘이 쌍둥이처럼 꼭 붙어 앉아 있었다. 태어날 때는 얼굴이 똑같았지만 각자에게 주어진 인생을 사는 동안 인상과 이목구비의 조합이 변해, 쌍둥이라는 걸 자신들조차 깜박할 정도로 얼굴이 달라진 쌍둥이 자매처럼. 쌍둥이는커녕 자매라는 사실조차 믿기지 않을 만큼 달라진 얼굴로 그렇게 붙어 앉아 있는 것 같았다. 늙은 여자들은 자글자글한 주름 말고는 닮은 데가 없었다. 한쪽은 얼굴이 둥글고 납작했고, 한쪽은 광대가 절벽처럼 튀어나오고 볼이 골짜기처럼 깊고 길었다.

졸음에 겨워하는 늙은 여자들이 그녀는 자신과 화순만 같았다. 버스를 기다리는 동안 폭삭 늙어버린 얼굴로 그렇게 앉아 있는 것 같았다.

입이 건포도처럼 쪼그라든 늙은 여자의 엉덩이 아래, 사과 궤짝 속에 담긴 새끼 고양이들이 금택의 눈에 들어왔다. 들쥐보다 작은 새끼 고양이들이 흰색과 갈색이 섞인 털을 바늘처럼 뾰족뾰족 세우고 떨고 있었다. 에메랄드빛 눈동자가 실 풀린 단추처럼 튀어나오도록 새끼 고양이들은 말라 있었다.

새끼 고양이들은 금택에게 금실한복 여자의 나비를 떠올리게 했다. 그녀가 나비라고 부르는 고양이 역시 흰색과 갈색 털이 섞여 있었다. 몸집이 비대해져 발바리만 해진 나비를 그녀는 끔찍하게 위했다. 아침저녁으로 멸치를 삶아서 먹이고, 방 안에서 키웠다. 한복 거리의 여자들은 짐승인 고양이를 사람보다 더 애지중지하는 그녀를 못마땅해하면서도, 정 붙이고 살 살붙이가 없기 때문이라고 이해했다. 그녀가 정미소를 크게 하는 부잣집에 시집을 갔지만 자식을 낳지 못해 소박을 맞고 평생을 청상과부처럼 혼자 살고 있다는 소문은 한복 거리에서 공공연한 비밀이었다. 종종 외조카라는 사내가 그녀를 찾아와 들여다보고는 했는데, 혼자 사는 고모가 걱정이 되어서가 아니라 돈이 궁해서라는 것도.

홀로 바느질을 하는 그녀의 곁을 지키는 것은 나비였다. 쓸쓸하게 늙어가는 그녀 곁에 자신뿐이라는 것을 알고 있기라도 한 듯, 나비는 정물화 속 그림처럼 조용히 그녀의 곁을 지켰던 것이다. 낯가림이 심해 두문불출하다시피 하는 그녀가 간혹 골목에 나와 앉아, 얼굴이 숯처럼 새카맣게 타도록 속을 끓일 때가 있었는데, 십중팔구 집을 나가 돌아오지 않는 나비 때문이었다. 나비는 고집스럽게 그녀의 곁을 지키다가도 홀연히 사라져 그녀의 속을 태우고는 했다. 하루나 이틀이 지나 어슬렁어슬렁 돌아오는 나비의 입에는 어김없이 죽은 까치나 쥐가 들려 있었다. 그녀가 자신 때문에 얼마나 애가 닳았는지 자신은 알 바 아니라는 듯 죽은 까치나 쥐를 그녀의 앞에 무심히 떨어뜨려주고는, 은빛 주렴이 찰랑찰랑 흔들리는 금실한복 안으로 사라졌다. 죽은 까치는 물론 쥐를 소름 끼쳐 하면서도 그녀는 나비를 나무라지 않았다. 나비가 선물한 죽은 까치나 쥐 들을 그녀가 어떻게 처리하는지 금택은 궁금해하고는 했는데, 그녀가 그것들을 치우는 것을 한 번도 목격한 적이 없었기 때문이다. 복래한복 주인 여자의 말에 따르면 금실한복 여자는 생전 애를 낳아보지 않아 생선 토막 내는 것도, 오징어 껍질을 벗기는 것도 끔찍해한다고 했다. 그런 그녀가 죽은 까치나 쥐를 아무렇지 않게 만질 리 없는데도, 그녀가 나비를 따라 금실한복 주렴 너머로 사라진 뒤 살펴보면, 그것들은 온데간데없었다.

털 색깔과 배합이 비슷해서 금택은 사과 궤짝 속 새끼 고양이들이 금실한복 여자의 나비가 낳은 새끼들 같았다. 새끼 고양이들이 나비만큼 자라면 죽은 까치나 쥐를 입에 물고 금실한복 여자를 찾아갈 것 같았다. 속을 태워 얼굴이 숯덩이가 된 그녀 앞에 죽은 까치나 쥐를 떨어뜨려줄 것 같았다. 금택이 한복 거리를 떠나오던 전날도 금실한복 여자는 골목에 나와 집 나간 나비를 기다리고 있었다. 바느질품을 팔러 다니던 여자들이 저녁을 지으러 집으로 돌아갈 때까지, 나비는 돌아오지 않았다. 금실한복의 주렴을 등지고 앉아 나비를 기다리는 그녀 앞에 쌓이는 것이, 금택은 어둠이 아니라 죽은 까치 떼만 같았다. 나비가 한 마리, 두 마리 물어다 놓은 죽은 까치들이 차곡차곡 쌓이고 있는 것 같았다.

늙은 여자가 갑자기 입을 찢듯 벌리고 하품을 토했다. 터진 송편처

럼 어수선한 머리를 긁적이다 말고 자신의 옆 늙은 여자에게 손가락
세 개를 들어 보이고 투덜거렸다. 새끼 고양이를 아홉 마리 팔려고
가지고 나왔는데 세 마리밖에 팔지 못했다고. 그 말을 듣고 사과 궤
짝 속 새끼 고양이들을 세던 금택은 고개를 갸웃거렸다. 새끼 고양
이는 전부 네 마리였다. 아홉 마리 중 세 마리를 팔았으면 여섯 마리
가 남아야 맞았다.

"아홉 마리요?"

금택은 늙은 여자에게 물었다.

"아홉 마리를 팔려고 가지고 나왔는데 세 마리밖에 못 팔았어."

금택은 나머지 두 마리는 어디로 갔는지 물어보려다 말았다. 늙은
여자도 모를 것 같아서였다. 세 마리를 팔고 남은 여섯 마리 중 네 마
리만 있고, 나머지 두 마리는 어디로 갔는지.

늙은 여자들이 버스를 타고 떠나고 부엉상회에는 여자와 금택 단
둘뿐이었다. 금택은 의자에서 일어나 여자 앞으로 걸어갔다. "승차
권 주세요." 모기 소리보다 작은 소리로 중얼거리고 여자에게 지폐
를 건넸다. 여자가 거슬러 줄 동전을 세는 것을 지켜보던 그녀는 경
대로 손을 뻗었다. 닭 모가지를 비틀듯 경대를 자신 쪽으로 홱 돌렸
다. 꽈배기를 차곡차곡 쌓아 올려 담은 쟁반이 경대 모서리에 걸려
기울어졌다. 꽈배기가 바닥으로 떨어지면서 그것에 묻어 있던 백설
탕 가루가 은하수처럼 날렸다. 여자가 일그러진 얼굴로 금택을 쏘아
보았다. 너무 놀라 승차권과 거스름돈을 챙기지 못하고 부엉상회를
뛰쳐나오는 금택의 귀에, 미처 부화하지 못한 알들이 무참하게 깨지
는 소리가 들렸다. 금 간 곳을 일일이 실과 바늘로 꿰매어, 황금색 목

단 이불 아래로 여자가 품은 알들이 깨지는 소리가…… 그 소리는 금택이 신작로를 걸어서 마을까지 오는 내내 잦아들지 않고 들렸다. 부엉상회 여자가 미원 봉지 아래서 엉성하게 뜬 바늘땀들이 깨진 알에서 흐른 노른자에 파묻히는 것이 금택에게 느껴졌다.

서쪽 방 쪽마루에 오도카니 앉아 있던 어머니는 마당으로 들어서는 금택을 보고 조금 놀라는 눈치였다. 그러나 물끄러미 바라보기만 할 뿐 아무것도 묻지 않았다. 소리 없이 쪽마루에서 내려오더니 부엌으로 갔다. 부엌 알전구에 불이 들어오고, 멸치다시 우리는 냄새가 우물집 마당에 퍼졌다. 황금색 목단 이불 아래서 알들이 깨지는 소리는 우물집까지 들려왔다. 우물집 굴뚝으로 무명실 수십 가닥이 엉키고 풀어지면서 오르고 있었다.

감자와 미역을 넣고 끓인 수제비를 말없이 떠먹는 금택에게 어머니가 물었다.

"후회하지 않겠니?"

"네……"

그녀는 어머니를 쳐다보지 않고 말했다. 수제비는 미역보다 부들부들했다. 그녀가 수제비 한 대접을 비울 때까지 어머니는 더는 아무것도 묻지 않았다.

며칠 뒤, 금택은 어머니가 했던 질문과 똑같은 질문을 국어 선생으로부터도 들었다.

"그래 지금은 후회하지 않겠지. 어려서 인생을 모르니까…… 인생이 뭔지 알게 되는 날 비로소 후회하겠지. 후회하기에는 늦었다는 걸 알면서도 후회하게 되겠지."

금택이 사범대학교에 진학해 자신처럼 교사가 되기를 바랐던 그녀의 손에는 펄 벅의 소설 『대지』가 들려 있었다.

"열여섯 살 때 처음 이 소설을 읽었단다. 읽어봤니? 30년이 흘러 다시 읽고 있는데 인생들이 이제야 제대로 이해가 되는구나. 왕룽의 인생도, 오란의 인생도, 칭서방의 인생도, 린화의 인생도…… 쉰 살이 넘어서야 비로소 그들의 인생을 제대로 이해하면서 읽는 것 같아."

그녀가 호두색 눈동자의 초점을 흐리면서 하는 말을 금택은 이해할 것 같았다.

첫 땀을 뜨는 것이 어렵지,
두번째 땀을 뜨는 것은 더 어렵고

화순은 대구에 있는 대학교에 입학했다. 우물집과 어머니, 금택을 떠나서 살 수 있는 정당한 기회가 마침내 화순에게 열린 것이었다. 화순은 대구에서 방을 얻어 살고 싶어 했다. 마침 대구에 사는 어머니의 단골이 하숙집을 한 군데 소개시켜주었다.

화순이 입학한 학과는 의류학과였다. 그녀가 의류학과에 지원한 사실을 금택은 합격 통보가 있은 뒤에야 알았다. 합격이 결정되기 전까지 화순은 자신이 어떤 학과에 지원을 했는지 금택은 물론 어머니에게조차 비밀로 했다. 금택은 화순이 현실적인 학과에 지원한 줄 알았다. 그러나 생각해보면 의류학과보다 현실적인 학과가 있을까 싶었다. 화순이 어머니를 떠나 대학교에서 체계적으로 옷 짓는 법을 배우리라는 생각을 하면 금택은 기분이 이상했다. 어머니가 옷을 짓는 방식과는 전혀 다른 방식으로 옷 짓는 법을 배우리라는 생각을 하면.

화순의 결정이 어머니에 대한 반발심에서 비롯된 것인지 모른다고 금택은 의심했다. 옷 짓는 법을 어머니가 가르쳐주지 않았지만, 금택은 자신들이 어머니가 아닌 다른 사람에게서 옷 짓는 법을 배우는 것이 어쩐지 그릇된 일처럼 여겨졌다. 심지어 그것이 죄를 짓는 일처럼 생각되기까지 했다.

화순이 대학교에 별 무리 없이 진학하는 데는 옥 사모님의 도움이 컸다. 그녀는 화순의 대학교 등록금을 대주었다. 금택은 화순이 옥 사모님을 경멸하면서도 그녀의 도움을 거절하지 않는 것을 이해하기 어려웠다. 아무리 옥 사모님이라지만 어머니가 그녀의 호의를 아무 대가 없이 받아들였을 리 없다고 금택은 생각했다. 그 대가가 무엇인지 자신은 알 수 없지만, 누비 바늘로 그 대가를 치르지 않을까 지레짐작했다. 어머니로부터 나오는 모든 것은, 누비 바늘로부터 나오는 것이기도 했으므로.

마을에서 화순은 유일하게 대학교에 진학했다. 마을 여자아이들은 대개 잘해야 고등학교를 겨우 졸업했다.

우물집을 떠나기 전날 화순은 필요한 물건들을 챙겨 가방 속에 넣었다. 그녀는 아직 오지 않은 계절인 여름에 입을 옷은 챙기면서 어머니로부터 받은 바늘은 챙기지 않았다.

화순이 챙기지 않은 바늘을 금택은 대신 챙겼다. 그것은 그녀의 바늘이기도 했다.

화순이 떠난 우물집은 그 어느 해 봄보다 꽃들이 화사하게 피어났지만 그 어느 해 봄보다 적막했다. 한동안 금택은 잠들고 깨어날 때마다 화순의 부재를 실감했다. 스물두 살인 그녀는 하루 종일 우물집 대문 밖으로 한 발자국도 나가지 않았다. 그녀는 화순처럼 대학교에 진학한 것도, 마을 여자아이들처럼 취직을 한 것도 아니었다. 그녀는 라디오도 듣지 않고, 책도 읽지 않았다. 무기력한 날들을 보내고 있는 그녀에게 어머니는 진로에 대해 물어오지 않았다. 그렇다고 누비옷 짓는 법을 가르치려고 들지도 않았다. 어머니는 그녀를 내버려두었다. 그녀는 문득 어머니가 자신에게 뭘 바라는지 궁금했다. 어머니가 바라는 것이 아무것도 없을지 모른다는 생각이 들었다. 어머니가 자신은 물론 딸들에게 뭔가를 바랐던 적이 있었는지 생각해보았지만, 그랬던 기억이 없었다.

지독한 무기력에 휩싸여 하루하루를 소일하면서도 그녀는 자신이 우물집에 남았다는 사실에 안도했다. 언젠가 자신과 화순 둘 중 하나는 우물집을 떠나야 한다는 강박은 고질적인 것이었다. 자신과 화순 둘 다 우물집에, 어머니 곁에 남아 있을 수 없었다.

중학교에 진학하면서 금택은 화순과 자신이 급격히 멀어지는 것을 느꼈다. 기질적으로 자신들이 다르다는 것을 그녀들은 잘 알았다. 두 기질이 서로 충돌하고 서로 밀어낸다는 것을. 둘 중 하나가 우물집을, 어머니를 떠나는 날은 그녀가 생각했던 것보다 빨리 왔다. 그녀는 떠나는 쪽이 자신이 될까 봐 두려웠다. 화순이 어머니의 친딸이라는 것은 불변하는 사실이었다. 화순이 스스로 떠남으로써, 그녀의 고질병처럼 오래된 강박과 두려움은 쓸데없는 것이 되었다.

곱게 간 백반 가루 같은 햇살 속에서 금택은 문득 의문이 들었다. 어머니가 어쩌다 누비 바느질과 인연이 되었는지.

세상에는 누비 바늘 말고 여러 종류의 바늘이 있었다. 어머니가 자신들에게 누비 바늘을 들려주었듯, 어머니에게도 누비 바늘을 들려준 존재가 있을 것이었다. 누비 바늘 잡는 법을 가르쳐준 존재가. 옷감의 올을 튕겨 누비 선을 표시하는 법을, 목화솜 놓는 법을, 누비 선을 따라 연달아 바늘땀 떠 넣는 법을 가르쳐준 그 어떤 존재가.

금택을 거두기 전부터 어머니는 누비 바느질을 했다. 누비 바느질로 옷을 지었다. 세상 여자들이 군위댁이라고 부르는 어머니 대해 딸들이 알고 있는 것은 거의 없었다. 누비 바느질로 옷을 짓는 여자라는 것 말고는 아는 게 없었다. 어머니는 비밀스러운 사람이었다. 한복 거리의 바느질하는 여자들 중 가장 비밀스러운 사람이었다. 어머니를 찾아오는 사람들은 누비옷을 지어 입으려는 여자들뿐이었다. 어머니가 자기 자신에 대해 이야기하는 것을 금택은 들은 기억이 없었다. 어머니가 감정을 잘 드러내지 않아서 슬픈지, 기쁜지, 화가 났는지조차 딸들은 알지 못했다. 어머니에 대해 금택이 그나마 알고 있는 비밀 중 하나는 어머니가 오래전에 죽은 사람이라는 것이었다. 죽은 언니를 대신해 살아가고 있다는 것이었다. 그것은 화순은 모르는, 그녀만이 알고 있는 비밀이었다. 오래전 죽은 언니를 대신해 살고 있다는 이야기를 어머니로부터 들었을 때 그녀는 어머니에 대해 모든 걸 다 안 것 같은 기분이 들었다. 어머니의 과거와 현재와 미래는 물론 전생과 후생까지 알아버린 것 같았다. 오래전에 죽은 사람이므로 어머니가 자기 자신에 대해 아무 말도 하지 않는 것은 어쩌면 당연했다.

어머니에게 누비 바늘을 들려주고, 누비옷 짓는 법을 가르친 존재를 궁금해하던 금택은 까맣게 잊고 있던 부령할매를 떠올렸다.

부령할매는 죽은 사람의 옷을 지었다. 죽은 사람의 옷밖에 짓지 않았다. 그녀는 누비대가 아닌 자신의 무명 치마 위에 옷감을 펼쳐놓고 바느질을 했다. 명주이거나 삼베인 옷감 위에서 금택은 걸음마를 뗐다. 걸음마를 떼던 순간은 기억나지 않았지만, 발바닥에 닿던 옷감의 감촉과 남빛을 기억하고 있었다. 어머니는 어느 날 부령할매를 찾아왔다. 금택은 뒤미처 누비옷을 짓는 어머니가 수의를 짓는 부령할매를 찾아온 이유가 궁금했다. 수의점을 떠나온 뒤로 금택은 어머니가 죽은 사람의 옷을 짓는 걸 본 적이 없었다.

금택은 부령할매가 여태 살아 있을 것 같다는 생각이 들었다. 다디단 설탕물을 마시면서 죽은 사람을 위한 옷을 짓고 있을 것 같았다. 죽은 사람의 옷을 짓는 그녀는 정작 천년만년 죽지 않고 살아 있을 것 같았다. 뒷산에 올라 무덤 근처를 지날 때마다 그녀는 부령할매를 떠올렸다. 무덤 속 죽은 이가 부령할매가 지은 수의를 입고 잠들어 있을 것 같았다. 그래서인지 금택은 무덤이 무섭지 않았다. 무덤에 핀 귀기 어린 제비꽃이 무섭지 않았다.

어머니가 어떻게 누비 바늘과 인연이 닿았는지 처음으로 의문을 품은 날 밤, 금택은 다시 바늘을 들었다. 넉 달 가까이 놓았던 바늘을 다시 들려니 처음 대하는 물건처럼 어떻게 잡아야 할지 막막했다.

그러나 생각해보면 그녀는 바늘을 잡을 때마다 생경했고, 그것을 어떻게 잡아야 할지 모르겠어서 애를 먹었다.

그녀는 찌르레기의 찢긴 날개 같은 담홍색 명주 조각에 바늘땀을 떠나갔다. 첫 땀을 뜨는 것이 어려웠다. 그것에 이어서 두번째 땀을 뜨는 것은 더 어려웠다. 그리고 그것에 이어서 세번째 땀을 뜨는 것은 더 어려웠다. 땀이 더해질수록 점점 더 어려웠다.

복식과 사회

두 달 만에야 화순은 우물집에 다니러 왔다. 토요일 늦은 오후 우물집 대문을 열고 들어서는 그녀를 금택은 순간적으로 못 알아보았다. 우물집을 떠난 두 달 새 그녀는 분위기가 달라져 있었다. 마을 여자들이 보았다면 우물집 바느질하는 여자의 딸이라고는 생각 못 할 만큼 달라져 있었다. 그녀의 길던 머리는 단발로 잘려 있었고, 귀에서는 인조 보석이 경쾌하게 반짝거렸다. 옷은 청바지에 면 티셔츠 차림이었다. 변화가 너무 갑작스럽고 생경해서 금택은 그녀가 두 달이 아니라 여러 해 우물집을 떠나 있다가 돌아온 것 같았다.

화순이 머리를 자른 것에 대해, 어머니는 아무 말도 하지 않았다. 생각해보면 어머니는 딸들을 자신의 세계 속에 가두어 키우면서도 딸들의 인생에서 한 발짝 물러나 있었다.

밤에 단둘이 되었을 때 금택은 화순에게 말했다.

"네가 대학교에서 뭘 배우는지 알고 싶어……"

"복식과 사회에 대해 배우고 있어."

화순은 금택을 쳐다보지 않고 말했다.

"복식과 사회?"

"정치, 경제, 문화, 종교가 복식에 미치는 영향과 관계 말이야. 신분 계급 사회에서는 의복으로 철저히 신분을 구분했다는 것은 알고 있지? 의복의 형태와 재질과 색상으로……"

그녀는 뭔가 더 말하려다 말고 가방에서 잡지를 꺼냈다. 그것은 일본어로 된 패션 잡지였다.

"그런 잡지도 보니?"

"유행을 알아야 하니까."

화순이 잡지 낱장을 건성건성 넘기는 소리가 방 안에 떠돌았다.

"유행?"

"옷도 소비니까…… 유행하는 옷을 만들지 못하면 소비자들로부터 외면당할 수밖에 없어. 소비자들로부터 선택 받으려면 유행이 어떻게 변화하고 확산되는지 알아야 해. 대량 소비 사회에서는 옷도 유행에 따라 대량 소비되니까. 이중적이게도, 현대 소비자들은 개성을 중시하면서도 유행에 민감하지."

화순이 난해한 이야기를 하는 게 아닌데도 금택은 혼란스러웠다. 금택은 어머니의 오랜 단골들을 떠올렸다. 그녀들도 엄격한 의미에서 소비자들이었다. 어머니가 누비 바느질로 짓는 누비옷을 찾는 소비자들이었다. 따지고 보면 그녀들은 인내심 있는 소비자들이었다. 자신들이 주문한 옷을 어머니가 다 지을 때까지 참을성 있게 기다려주었다. 옥 사모님은 그녀들 중 가장 인내심 있는 소비자였다. 더구나 아이러니하게 그녀는 똑같은 옷을 대량으로 생산하는 의류 제조 공장의 주인이었다. 그녀들은 이미 완성된 옷을 사는 것이 아니라, 아직 지어지지 않은 옷을 주문하러 어머니를 찾아왔다. 취향에 따라 자신들의 마음에 드는 옷감을 고르고, 어떤 옷을 지을지 어머니와 혹은 함께 온 다른 단골들과 상의했다. 저고리를 지을지 조끼를 지을지 정하고 난 뒤에는 이런저런 주문을 했다. 고름 대신 매듭 단추를 달아달라거나, 소매를 몽똑하게 해달라거나, 깃을 맞깃으로 해달라거나, 품을 넉넉히 해달라거나…… 어머니의 단골들은 똑같은 저고리를 지어 입어도 저마다 선호하는 깃 모양이 달랐다. 옥 사모님은 깃 끝이 버선코처럼 솟은 당코깃을 선호했다. 남편이 한약방을 한다는, 목이 유난히 길고 호리호리한 단골은 매번 돌림깃을 원했다. 돌림깃은 깃이 왼쪽에서 오른쪽으로 둥글게 돌아가면서 섶이 깊이 여며지는 것으로 사슴 같은 그녀의 체형에 어울렸다.

"그렇지만 유행은 말 그대로 지나가는 거잖아."

금택은 의문했다.

"그래, 네 말대로 지나가는 거니까, 유행을 선도해야지."

화순이 시큰둥하게 대꾸했다.

"읍내에 있는 엘리자베쓰양장점 기억나니? 그 양장점 여자가 우리에게 했던 말…… 기억나?"

그녀가 고개를 외로 돌려 금택을 바라보았다.

"그 여자가 뭐라고 했는데?"

그녀는 아무래도 기억 못하는 것 같았다.

"아니야……"

금택은 고개를 저었다. 그 여자가 한 말을 그녀에게 굳이 상기시켜주고 싶지 않았다.

"그 여자가 뭐라고 했는데?"

"별로 중요한 말도 아니었는걸 뭐."

못마땅해하는 눈빛으로 금택을 쏘아보던 그녀는 미간을 찌푸리고 다시 잡지에 눈길을 주었다. 잡지의 낱장을 넘기던 그녀의 손이 멈추었다.

엘리자베쓰양장점 여자가 자신들에게 한 말을 금택은 분명히 기억하고 있었다. 그것은 손바느질로 옷을 지어 입는 시대는 갔다는 말이었다. 바느질을 하는 여자인 어머니를 향한 저주로까지 해석되던 그 말을 화순이 기억조차 못하는 것이 그녀는 이해가 안 될 뿐 아니라 못내 서운했다.

대학교 진학을 스스로 포기한 금택에게 화순은 앞으로 어떻게 할 것인지 물어오지 않았다. 어머니가 그렇듯 그녀도 자매인 금택의 인생으로부터 한 발짝 물러나 있었다. 화순은 하룻밤을 자고 아침을 먹자마자 대구로 돌아갔다. 우물집에는 또다시 어머니와 금택만 남겨졌다. 그녀가 놓고 간 일본 잡지를 금택은 아궁에 넣고 태웠다.

화순이 다녀가고 얼마 뒤, 우물집을 찾은 옥 사모님이 서쪽 방으로 들려다 말고 금택에게 넌지시 물어왔다.

"시골 구석에 처박혀 사는 게 답답하지 않니?"

금택은 고개를 저었다.

"한참 멋을 낼 나이인데 화장도 하지 않는구나."

"어머니도 화장을 안 하시는걸요."

"네 나이 때만 할 수 있는 게 있지. 다 때가 있는 법이거든. 때가 다

지나고 나서 후회해봤자 소용없지······ 나는 네가 안됐다는 생각이
드는구나."

"화장을 하는 게 즐겁지 않아요."

"그 나이에 제 얼굴을 꾸미는 게 즐겁지 않으면 뭐가 즐거울까?"

"······바느질이요."

어머니와 화순에게 차마 털어놓지 못하던 비밀을 얼떨결에 옥 사
모님에게 발설한 것 같아 몹시 심장이 떨렸지만 금택은 후회하지 않
았다.

"10년 전 내가 처음 저 대문으로 들어섰을 때도 너는 바느질을 하
고 있었지. 어쩐지 어린애 같지가 않았어."

회상에 잠겨 중얼거리던 옥 사모님은 탄식을 토한 뒤 서쪽 방에 들
었다.

방학을 맞아서야 우물집에 다니러 온 화순은 볼살이 내려 이목구
비가 더 선명해져 있었다. 머리는 지난번보다 길었지만, 어깨를 살
짝 덮는 정도였다. 그녀는 일본 패션 잡지와 함께 다른 책도 보았다.
한 권은 잡지이고 다른 한 권은 단행본이라는 것을 감안하더라도,
두 책의 분위기는 이질적이었다. 이질적인 두 권의 책을 그녀는 동
시에 보았다.

화순이 씻는 동안 금택은 그녀가 읽고 있는 책을 살펴보았다. '사
회주의 인간론'이라는 제목의 책에서 그녀는 뜻밖의 사진을 한 장
발견했다. 경주 왕릉을 배경으로 대학생인 듯한 남자와 여자들이 어
울려서 찍은 사진이었다. 여자들 속에는 화순도 있었다. 경주에 다

녀가면서 화순은 우물집에 들르지 않은 것이었다.

　거울을 벽에서 내려 방바닥에 놓고, 그 앞에 앉아 젖은 머리를 말리는 화순에게 금택은 마침내 묻고 싶었던 질문을 했다.

　"어머니의 단골들은 어떻게 생각해?"

　"어떻게 생각하느냐고?"

　화순이 설명을 요구하는 눈빛으로 거울 속 금택을 바라보았다.

　"소비자로서……"

　"소비자로서?"

　금택은 고개를 끄덕였다.

　"천박한 프티부르주아인 그녀들은 생산자인 어머니를 독점하고 있어."

　화순은 머리를 빗으로 빗어 내리면서 또박또박 말했다. 금택은 충격을 받았다. 고등학교 때 사회를 가르쳤던 교사로부터 들었던 말을 화순이 하고 있었다. 대학교를 졸업하자마자 부임한 그 교사는 비쩍 마르고 곱슬머리가 인상적인 청년으로, 교과서에는 실리지 않은 이야기들을 수업 중에 여학생들에게 들려주고는 했다. 어느 날인가는 프티부르주아와 부르주아의 개념에 대해 설명해주었다. 수업을 하다 말고 울분에 찬 표정으로 창 쪽을 응시하곤 하던 그는 어느 날 소리 소문 없이 학교에서 사라졌다. 그즈음 금택은 나이 든 교사들이 소각장 근처에서 담배를 나누어 피우면서 빨갱이 자식이라고 그를 욕하는 소리를 들었다. 그가 인사 한마디 없이 학교를 떠나고, 금택은 그가 하숙을 하던 집에 몰래 찾아간 적이 있었다. 그가 프랑스 대혁명과 단두대에서 처형된 마리 앙투아네트에 대해 이야기해주던 날, 금택은 그를 읍내 거리에서 우연히 보았다. 엘리자베쓰양장점 앞을 빠른 걸음으로 지나쳐 가는 그의 모습이 금택에게 포착된 것이었다. 금택은 미열과 함께 심장이 격하게 뛰는 것을 느끼면서 그의 뒤를 쫓았다. 그는 읍내 제일교회 뒷골목에 있는 집에서 하숙을 하고 있었다. 읍내를 떠났다는 것을 알면서 그녀는 혹시나 그가 나타날지 모른다는 생각에 골목을 지키고 서 있었다. 저녁 여섯 시면 어김없이 울리는 제일교회 종소리를 들으면서 천천히 골목을 걸어 나왔다. 그녀가 버스 정류소로 갔을 때, 마을을 경유하는 버스는 떠나고 없었다.

"프티부르주아?"

"부르주아와 프롤레타리아의 중간 계급. 부르주아는 아니지만 부르주아적인 사고를 갖고 있지."

우물집까지 찾아와 어머니에게 누비옷을 지어 입는 여자들은 먹고살 만한 여자들이었다. 그녀들의 남편은 고위 공무원이거나 군인이었고, 은행원이었다. 한복 거리의 바느질하는 여자들 대개가 초등학교나 중학교를 겨우 졸업했거나 초등학교 근처에도 못 가본 것과 달리, 그녀들은 일제의 지배와 해방과 전쟁을 겪으면서도 정규교육을 제대로 받았다. 바느질 솜씨가 좋은 여자들을 찾아다니면서 한복을 맞추어 입는 것은 그녀들에게 큰 낙이자 자랑이었다. 영부인이 미국과 호주, 독일의 보육원을 방문할 때 입은 한복의 원단을 수소문하고 다니고, 어떻게든 똑같은 원단을 구해 한복을 지어 입는 여자들이 그녀들이었다.

"그녀들은 어머니가 짓는 누비옷이 얼마나 부드럽고 따뜻한지 잘 알고 있어. 그녀들은 10년, 20년 변함없이 어머니에게서 누비옷을 지어다 입고 있지."

그녀들을 옹호하려는 생각에서 한 말은 아니었다.

"그럼 어머니는 어째서 마을 여자들을 위해서는 누비옷을 짓지 않는 거지?"

"그녀들이 누비옷을 지어달라고 어머니를 찾아온 적이 없으니까."

"그녀들이 왜 어머니를 찾아오지 않는 것 같아? 농사를 짓고 산에서 고사리를 캐다 파는 자신들이 맞추어 입기에는 어머니가 짓는 누비옷이 비싸다는 걸 잘 알기 때문이겠지. 어머니가 짓는 누비옷을 어떤 여자들이 입는지 그녀들은 잘 알고 있어. 석 달 동안 겨우 한 벌의 저고리를 짓는 게 비효율적이라고 생각하지 않아?"

그녀의 말이 너무 논리적이어서 금택은 당황스러웠다. 논리적인데, 논리적으로 들리지 않아서.

"그렇지만 그것이 어머니가 옷을 짓는 방식인걸. 어머니는 누비 바느질로 옷을 지으시니까. 일일이 바늘땀을 떠 넣어서……"

금택은 화순이 어머니가 옷을 짓는 방식은 고려하지 않는 것이 서운했다. 그러나 생각해보면 그녀는 어려서부터 어머니가 옷을 짓는 방식을 못마땅해했다. 어머니가 한 벌의 옷에 쓸데없이 너무 많은 바늘땀을 떠 넣고 있다고 그녀는 생각했다. 그녀는 어머니가 온종일 바느질에 매달려 사는 것이 불만이면서 어머니가 더 많은 옷을 짓지 못하는 것에 대해 불평했다.

"합리적인 방식은 아니야."

화순이 단호하게 말했다.

"누비질로 옷을 짓는 방식이?"

"어머니는 전혀 합리적이지 않을 뿐 아니라 시대의 흐름에 역행하는 방식을 고집하고 있어."

"어떤 게 합리적인 방식인지 나는 잘 모르겠어……"

금택은 고개를 저었다.

"미싱으로 할 부분과 바느질로 할 부분을 적절히 나누면 어머니가 한 벌의 저고리를 짓는 데 들어가는 시간은 훨씬 단축될 거야."

"글쎄…… 난 잘 모르겠어."

"어머니가 석 달에 걸쳐 짓는 누비저고리를 사흘 만에 지을 수 있다는 걸 알아야지."

"그게…… 어떻게 가능하지?"

금택은 반문했다.

"미싱이 있잖아."

"미싱으로 지은 누비저고리를 봤는데 어머니가 지은 누비저고리하고 다를 게 없었어."

화순은 미싱으로 지은 누비저고리를 어디서 봤는지에 대해서는 말하지 않았다.

"설마……"

"사흘이면 지을 수 있는 누비저고리를 어머니는 고집스럽게 석 달에 내내 짓고 있는 거야."

금택은 어머니가 아니라 자신이 모욕을 받은 것처럼 화가 치밀었다.

"미싱으로 사흘 만에 지은 누비저고리하고, 석 달을 꼬박 붙어 앉아 일일이 바늘땀을 떠 넣어 지은 누비저고리하고 어떻게 같을 수 있지?"

"다르지 않았어."

금택은 반박하고 싶었지만 할 말이 떠오르지 않았다.

"어머니의 단골들은 생산자인 어머니를 독점하고 착취하고 있어."

머리를 다 빗은 화순은 방바닥에 떨어진 머리카락들을 치우고, 거울을 제자리에 걸었다. 벽에 등을 기대고 앉아 책을 펼쳐드는 화순을 바라보던 금택은, 그녀의 주장에 모순된 점이 있다는 것을 뒤미처 깨달았다.

사회주의의 논리로 옥 사모님을 포함한 어머니의 오랜 단골들을 비난하면서, 어머니의 생산 방식에 대해 평가할 때는 자본주의의 논리를 끌어들였다. 그녀에게는 생산자인 어머니도, 소비자인 어머니의 단골들도 비난의 대상이었다. 그녀는 자신의 주장이 논리적이지만, 모순을 품고 있다는 것을 깨닫지 못하는 듯했다. 금택은 그 점을 지적해주고 싶었지만, 그렇게 하는 것이 자신의 능력 밖의 일처럼 어렵게 생각되었다.

불을 끄고 누울 때까지 자매는 서로 침묵했다. 먼저 침묵을 깬 쪽은 금택이었다.

"너, 옷 만드는 것은 안 배우니?"

"배우고 있어."

화순은 별로 관심 없다는 듯 말했다.

"옷 만드는 걸 배우려고 의상학과에 간 거 아니야?"

화순은 그러나 대답이 없었다. 화순이 잠들고 한참이 지나도록 금택은 잠들지 못했다. 그녀는 화순과 시소를 타고 있는 것 같았다. 시소 양 끝에 마주 앉아 있는 것 같았다. 시소가 어느 쪽으로도 기울어지지 않고 팽팽한 평형을 유지하고 있는 것 같았다. 그녀들이 다닌 초등학교 운동장 한쪽에는 풍향계와 시소가 있었다. 수업이 일찍 끝난 어느 날 자매는 시소를 탄 적이 있었다. 쇠 냄새가 짙게 풍기는 시소는 모래 위에 있었다. 습기를 머금은 모래는 축축했다. 자매는 어머니가 광목으로 지은 저고리와 치마를 입고 있었다. 둘 다 머리를 길게 땋아 내려 자매는 일란성 쌍둥이처럼 보였다. 금택이 앉은 쪽에서는 풍향계가 보였다. 사방이 트인 운동장은 사방에서 바람이 불었다. 자매의 검은 광목 치마가 펄럭펄럭 들렸다. 화순의 머리 위 풍향계의 붉고 뾰족한 화살은 한 방향을 가리키지 못하고 불안정하게 흔들렸다. 그녀는 손을 뻗어 풍향계의 화살을 잡고 싶었다. 그것이 흔들리지 않도록 꼭 붙잡고 있고 싶었다. 운동장 한가운데에서는 5, 6학년 언니들이 부채춤을 연습하고 있었다. 그때가 금택은 전 생애의 한때처럼 아득하게 기억되었다. 금택은 시소의 평형을 유지하기 위해 모래 속으로 반쯤 파묻은 발에 힘을 주었다. 아슬아슬한 평형이 깨지지 않게 엄지발가락에 쥐가 나도록. 그런 줄도 모르고 화순은 시소의 평형이 깨지지 않는 것을 신기해했다. 시소의 논리는, 작용과 반작용의 원리에 의해 상승과 하강의 리듬을 지향하는 논리였다. 시소의 논리를 벗어난 평형을 화순은 신기해하면서도, 의아해하지는 않았다.

금택은 어쩐지 그때 그 풍향계가 화순의 앞날을 예견한 것 같은 기분이 들었다. 화순은 '바늘들' 사이에서 갈피를 못 잡았다. 금택이 어머니에게 받은 누비 바늘을 놓치지 않기 위해 그것을 잡은 손가락에 온 힘을 주고 있는 동안, 그녀는 바늘들 사이를 헤맸다.

화순은 사흘만 머물고 자신이 다니는 대학교가 있는 대구로 나갔다. 그녀는 미싱을 장만하기 위해 방학 동안 아르바이트를 할 것이라고 했다.

며칠 뒤, 금택은 서쪽 방에 들었다가 어머니가 새로 완성한 누비저고리를 보았다. 화순이 대학교에 다니기 위해 우물집을 떠날 즈음부터 짓던 누비저고리였다. 누비대 위에 놓여 있는 누비저고리는 언젠가 화순이 우물 속에 수장시킨 누비저고리와 비슷했다. 한 마리의 두루미 같던.

어머니는 서쪽 방에도, 부엌에도 없었다. 석 달에 걸쳐 완성한 누비저고리를 누비대 위에 펼쳐놓고 뒷산에 든 것이 틀림없었다.

금택은 누비저고리로 손을 뻗었다. 어머니가 골이 지게 반복해서 뜬 바늘땀들을 손가락 끝으로 더듬던 그녀는 화들짝 놀랐다. 바늘땀들이 숨을 쉬고 있었다. 0.2센티 간격으로 고르게 떠 넣은 바늘땀들이 일제히 숨을 들이쉬고 내쉬고 있었다. 바늘땀들은 유기적으로 연결되어 있었고, 미묘한 역동 속에서 서로 밀고 끌어당기면서 숨을 들이쉬고 내쉬기를 반복했다. 그녀는 누비저고리 앞섶을 들추고 그 안으로 손가락들을 밀어 넣고는 더듬기 시작했다. 더듬으면 심장이 만져질 것 같아서.

달아날까 봐, 빼앗길까 봐

고등학교를 졸업한 이듬해, 금택은 경주 시내에 있는 관공서에 취직했다. 1년 동안 우물집에 틀어박혀 소일하는 그녀에게 어머니는 누비 바느질을 가르치려 들지 않았다. 그녀는 대학교에 진학하지 않은 것을 후회하지는 않았다지만, 간혹 자신도 의류학과에 진학했으면 어땠을까 하는 가정을 해보고는 했다. 그러나 어머니가 아닌 다른 사람으로부터 옷 짓는 법을 배우는 자신을 상상하기는 힘들었다. 그녀에게는 여전히 그것이 죄를 짓는 일처럼 여겨졌다.

화순이 대학교 강의실로 향할 때 금택은 읍내까지 나가 경주 시내로 나가는 버스를 타고 출근을 했다. 그녀는 혼인신고와 출생신고, 전·출입을 담당하는 부서에서 근무했다. 임시직으로 정식 공무원 신분이 아닌 그녀에게는 서류 정리뿐 아니라, 커피 타는 일과 복사 같은 잡무도 주어졌다. 출근하면 그녀는 물을 적신 걸레를 들고 부서의 책상들을 닦았다. 관공서에는 그녀와 같은 신분의, 20 초반 여자들이 여럿 있었다. 간혹 초등학교나 중학교 동창들이 혼인신고나, 자신들이 낳은 아이의 출생신고를 위해 그녀가 일하는 곳을 찾았다. 경주는 버선 속처럼 깊고 좁은 곳이었다. 신는 것도 벗는 것도 힘든 버선 속 같은 곳에서, 거대하고 오래된 무덤들 사이를 무심히 오가면서 살았다. 무덤들은 땅이나 하늘이나 산처럼 그들이 태어나기 전부터 있던 것이었다. 방금 자신의 발에 채여 굴러간 것이 천 년 전 와당 조각이라는 사실에 그들은 놀라지 않았다. 아이들은 무덤들을 지나 학교와 집을 오갔다.

금택과 화순, 둘 다 알고 있는 동창들은 그녀에게 어김없이 화순의 안부를 물었다. 동창들 중에는 금택과 화순을 쌍둥이로 철석같이 믿고 있는 이들도 있었다. "네 쌍둥이 동생은 어디 있니?" 그렇게 물어올 때마다 그녀는 화순이 대구에서 대학교에 다니고 있다고 알려주었다. 그녀들은 대학생이 된 화순을 부러워하다가, 어째서 화순만 대학교에 진학했는지 의아해했다. 둘 중 공부를 잘한 쪽은 금택이었다. 그녀들 대개는 금택이나 화순처럼 하루에 대여섯 대뿐인 버스를 타고 읍내 중학교를 다녔다. 그녀들의 아버지는 농사를 짓거나 가축을 키우고, 어머니는 산나물을 뜯어다 팔았다.

화순은 드물게 우물집에 다녀갔다. 다니러 올 때마다 달라져 있는 그녀와 다르게, 금택은 고등학교를 졸업할 때의 모습 그대로였다. 여전히 혼자였지만, 아주 간혹 금택은 자신처럼 임시직으로 일하는 동료들과 어울려 오므라이스나 돈가스 같은 음식을 사 먹고, 팝송이나 클래식을 틀어주는 찻집에서 커피를 마셨다. 어느 토요일인가는 대구까지 나가 영화를 보고 쇼핑을 했다. 대구에 자신의 자매가 있다는 것을 금택은 동료들에게 말하지 않았다. 동료들이 데리고 간 옷가게에서 그녀는 기가 질리도록 많은 옷을 보았다. 많고 많은 옷들 중에 어머니가 짓는 옷과 비슷한 옷은 없었다. 아무 옷도 고르지 못하고 있는 금택에게 동료들은 유행하는 옷이라면서 강제로 옷을 골라주었다. 레이온 소재의 자잘한 꽃이 프린트된 노란 원피스로, 그녀들이 평소에 입고 다니는 옷과 디자인과 색상이 비슷했다.

레이온은 나일론만큼이나 금택에게 이상하고 낯선 옷감이었다. 그것은 차갑고 부드러웠지만 안정감이 없었다. 흘러내리는 느낌이 금택은 부담스러웠다. 옷감은 제쳐두고라도, 유행하는 옷이라는 것만으로 그녀는 원피스가 마음에 들지 않았다. 유행이라는 단어가 거슬렸는데, 그 이유가 화순의 영향 때문이라는 것을 스스로 잘 알았다.

경주로 돌아오는 시외버스 안에서 금택은 원피스를 꺼내 살펴보았다. 옷감을 살피던 그녀는 자신도 의식 못하는 새 바늘땀을 살피고 있었다.

"마음에 안 들어?"

옆에 앉은 동료가 물었다.

"바느질이 허술한 것 같아."

"평생 입을 것도 아닌데 뭘."

동료가 웃었지만 금택은 따라 웃을 수 없었다. 그녀는 원피스에 얼굴을 묻고 냄새를 맡았다.

"휘발유 냄새가 나."

"새 옷 냄새야."

동료가 당연하다는 듯 말했다. 그러나 어머니가 짓는 누비옷들에서는 말린 고사리나 취나물 냄새가 났다.

여름방학을 맞아 화순은 우물집에 내려왔다. 길어야 사흘을 못 넘기던 그녀는 일주일이 다 되도록 대구로 돌아가지 않고 우물집에 머물렀다. 그녀는 금택에게 자신의 대학교 생활에 대해 함구했다. 이해 못 할 것이라고 생각해서인지, 별로 할 말이 없어서인지 금택으로서는 알 수 없었다. 금택은 그녀가 미싱을 배웠는지 궁금했지만 묻지 않았다. 일주일이 훌쩍 지났는데도 대구로 돌아갈 생각을 않는 화순이 그녀는 신경 쓰였다. 자신이 출근하고 난 뒤 어머니 곁에 화순 혼자 남아 있다는 생각을 하면 그녀는 초조했다. 자신이 아니라 화순이…… 그녀가 온종일 뭘 하는지 금택으로서는 알 수 없었다. 어머니로부터 누비 바느질을 배우는 것 같지는 않았다. 금택은 어머니가 공평하다는 것을, 공평하지 않았던 적이 단 한 번도 없었다는 것을 알면서도, 혹시나 화순에게 누비 바느질을 가르칠까 봐 우려되었다. 자신에게는 가르치려 들지 않았던 누비 바느질을. 누비 바느질을 배우고 싶어 하는 딸이 자신이 아니라 화순이었다면 어머니가 어떻게 나왔을지 금택은 궁금한 생각마저 들었다.

화순의 바늘. 우물집을 떠날 때 그녀가 버리고 간 바늘은 녹슬지도, 달아나지도 않았다. 자신에게서는 자꾸만 달아나려 하는 바늘이, 화순에게는 끈질기게 매달려 있었다. 화순의 손에서 바늘이 달아나는 것을 금택은 목격한 적이 없었다. 아무렇게나 잡고 있어도 바늘은 그녀의 손에 속한 뼈처럼 매달려 있었다. 어머니는 자신과 화순 둘 다에게 바늘을 나누어 주었다. 하나씩 공평하게 나누어 주었는데도 불구하고 그녀는, 오래전 그날 어머니가 자신들에게 건넨 바늘이 둘이 아니라 하나였다는 생각이 종종 들었다. 자신들은 둘이지만 바늘은 하나라서, 종국에는 둘 중 한 명만 그것을 갖게 될 거라는. 바늘은 나누어 가질 수 없는 물건이었다. 바늘 하나에 손이 두 개 매달려 있는 경우를, 한복 거리 그 어디서도 금택은 본 기억이 없었다.

금택이 퇴근해 집에 갔을 때 화순은 대개 책을 읽고 있었다. 제대로 만들어진 책이 아니라 일일이 복사를 해 스프링으로 제본한 책이었다. 표지도 없는 책을 화순은 파란 모나미 볼펜으로 밑줄을 그어

가면서 읽었다. 하루는 금택이 퇴근해 갔을 때 화순이 집에 없었다. 그녀는 밤이 늦어서야 우물집으로 돌아왔다. 어디를 다녀왔는지 궁금해하는 금택에게 화순은 대학교 선배가 찾아와서 만나고 오는 길이라고 둘러댔다. 어떤 선배인지에 대해서는 금택에게 이야기해주지 않았다.

출생 장부에 얼마 전 태어난 아기의 이름과 날짜를 기입하던 금택은 갑자기, 어머니 곁에 화순이 남아 있다는 생각이 들자 심장이 멎는 것 같았다. 불안감을 가라앉히고 나서야 마저 출생 날짜를 기입할 수 있었다. 출생 날짜를 두 번이나 잘못 기입할 만큼 그녀가 불안감에 시달리다 퇴근해 우물집에 갔을 때, 화순은 그런 그녀를 비웃듯 떠나고 없었다. 화순이 떠났다는 것을 알면서 그녀는 어머니에게 물었다.

"화순은요?"

멀건 콩나물국에 만 밥알을 떠먹던 어머니가 고개를 들어 그녀를 물끄러미 바라보았다. 자신의 앞에 앉아 있는 딸이 화순이 아니라 금택이라는 사실을 확인하듯.

"그 애는 떠났다."

어머니의 그 말이 금택은 당신 자신에게 하는 말로 들렸다. 스스로에게 그 애가 떠났다는 사실을 똑똑히 각인시키기 위해서 하는 말로.

여름방학이 끝나갈 즈음 화순은 하숙집에서 나와 친구의 자취방으로 들어간 사실을 전화로 알려왔다. 그녀는 어머니와 통화하고 싶어 하지 않았다. 자신을 대신해 금택이 그 사실을 전해주기를 바랐

다. 우물집에 언제 또 내려올 계획인지 궁금해하는 금택에게 화순은
변명처럼 말했다.

"옷을 만드느라 바빠. 중간고사 과제로 옷을 만들어 제출해야 해."

"옷? 어떤 옷을 만드는데……?"

금택의 질문에 그녀는 한참을 침묵했다.

"어머니가 만드는 옷과는 차원이 다른 옷."

"차원이 다른 옷?"

"아무튼 다른 옷을 만들 거야."

"차원이 다르다는 것이 무슨 뜻인지 모르겠어."

"어머니는 나이 든 여자들이 찾는 옷만 만들지. 그녀들이 더 나이
가 들고 하나 둘 세상을 떠나면 누가 어머니가 짓는 누비옷을 찾을
까? 어머니가 짓는 누비옷은 보편적이지도 않고, 대중적이지도 않
아. 시대에 맞게 변화를 주어야 하는데 어머니는 고집스럽게 누비옷
을 짓고 있어. 박물관 진열장 안에서나 의미 있는 옷이나 만들지."

그녀의 말은 금택에게 초등학교 시절 그녀가 꽃님이옷가게 앞에
서 했던 말을 떠올리게 했다. 그녀는 어머니가 어째서 그 옷가게에
진열된 옷들처럼 레이스와 인조 보석이 달린 옷들을 만들지 않는 것
인지 의문했다. 엘리자베쓰양장점의 미싱을 보고는 어머니가 어째
서 그 기계로 옷을 만들지 않는지 의문했다.

금택은 그녀가 만들고 있다는 옷을 보지 못했지만, 자신이 대구에
서 산 원피스와 비슷한 옷일 것 같았다. 금택은 그 원피스를 입지 않
았다. 우물집에 돌아오자마자 장롱 깊숙이 처박아두었다.

통화를 끝내고 송수화기를 내려놓던 금택의 얼굴이 굳었다. 그녀

는 그때까지 화순이 어머니가 짓는 누비옷에 대해 제대로 알려 하지 않는다고 생각했다. 그런데 불현듯 누비 바느질과 누비옷에 대해 자신보다 화순이 더 잘 이해하고 있을지 모른다는 생각이 들었다. 실은 자신보다 더 많은 것을 알고 있을지 모른다는 생각이. 어머니에 대해서도 자신보다 더 많은 걸.

화순이 하숙집을 나와 친구의 자취방으로 들어간 사실을 금택은 며칠이 지나서야 어머니에게 알렸다.

"그 애는 옷을 만드느라 바쁘대요. 중간고사 과제로 옷을 만들어야 하나 봐요."

금택은 그녀가 어떤 옷을 만드는지는 말하지 않았다.

금택은 가방 속에 천 조각과 바늘을 넣어가지고 다녔다. 근무 시간 내내 그녀는 천 조각과 바늘을 꺼내 들고 싶은 충동과 싸웠다. 비둘기나 까치, 참새의 찢긴 날개 같은 천 조각에 뚜벅뚜벅 바늘땀을 떠 넣고 싶은 충동과. 점심시간에 그녀는 혼자 점심을 해결했다. 제과점에서 우유와 소보로를 앞에 놓고 천 조각에 바늘땀을 떴다. 그것이 그녀의 점심이었다. 출퇴근길 흔들리는 버스에서도 그녀는 천 조각과 바늘을 꺼내들었다. 버스가 서고 출발할 때마다 바늘이 그녀의 손가락을 찔러왔지만 그녀는 비명을 지르지 않았다.

화순이 만들고 있다는 옷이 금택은 궁금했다. 그녀의 말대로 어머니가 짓는 옷과는 차원이 다른 옷일 테지만, 그녀가 한 벌의 옷을 만들 줄 안다는 사실이 금택은 이상했다. 또박또박 바늘땀을 반복해서 뜨는 것조차 금택은 여전히 어려웠다. 한 땀 한 땀 연달아 떠 넣는 것이. 바늘을 손에 잡는 순간 금택은 바늘을 놓칠까 봐 조마조마했다.

바늘이 달아날까 봐. 바늘을 빼앗길까 봐.

살아생전에 입었던 옷

버스에서 내려 우물집으로 걸어 올라가는 금택의 시야에, 검은 무명실과 흰 무명실이 수십 가닥 풀어지고 엉키면서 허공으로 오르는 광경이 들어왔다. 풀어지고 엉키다 허무하게 사라져버리는 무명실들이 한낱 연기라는 것을 깨달았지만, 그녀는 연기가 피어오르는 쪽으로 발을 내디뎠다.

반쯤 허물어진 돌담 너머, 시든 근대 같은 수건을 머리에 두른 여자가 이불과 옷가지를 태우고 있었다. 옷이 타면서 발생하는 열기와 빛 때문에 마당은 일그러져 보였다. 돌담을 무성하게 뒤덮은 호박잎들은 덥다고 아우성을 쳐댔다. 여자의 뒤로 아직 태우지 않은 이불과 옷가지가 수북하게 쌓여 있었다. 불길 속 옷이 거의 타면 여자는 부지깽이로 성한 옷을 번쩍 들어 불길 속으로 휙 던졌다. 수십 개의 혓바닥이 한꺼번에 날름거리는 것 같은 불길은 먹잇감을 받아먹듯 옷을 넙죽 받아 삼켰다. 그녀가 무명실로 착각한 연기는 옷이 타면서 나는 연기였다. 옷을 태우는 광경을 처음 목격해서인지, 여자가 태우는 것이 옷이 아니라 살아 있는 짐승만 같아 금택은 끔찍했다. 여자가 버젓이 살아 있는 짐승들을 자신의 집 마당에 모아놓고 태우고 있는 것 같았다. 보리된장색 무명 치마가 불길에 타드는 것을 바라보던 금택의 눈길이 아직 태우지 않은 옷가지들을 더듬었다. 무명 치마가 거의 다 타들자 여자가 부지깽이로 옷가지들을 뒤적뒤적하더니 검정 저고리를 들어 올렸다. 검정 저고리를 보는 순간 금택은 그것이 손으로 일일이 바느질을 해 지은 오래된 옷이라는 것을 알았다.

"그 저고리…… 저 주세요."

여자가 자신의 얼굴로 날벌레 떼처럼 날아드는 재를 수건으로 훔치고 금택을 바라보았다.

"죽은 사람 옷이야."

그제야 금택은 보름 전쯤 마을에서 초상이 났다는 것을 기억해냈다. 상여가 나가는 것을 보지는 못했지만, 사흘 내내 마을은 초상집 분위기였다.

"태울 거면 저 주세요."

"죽은 사람 옷은 가져서 뭐하게?"

여자가 검정 저고리를 불길 속으로 던져 넣으려다 말고 금택의 발쪽으로 휙 던졌다. 무명 저고리가 아니라 죽은 까마귀를 던지듯.

"귀신이 붙은 옷이야."

여자가 하는 말을 무시하고 금택은 성급히 돌아섰다. 검은 무명 저고리의 소매 끝이 땅에 끌리도록 들고, 아홉 형제의 집을 지나면서 금택은 담 너머로 마당을 들여다보았다. 마당은 텅 비어 있었다. 붉은 옷감이 한 마, 두 마, 세 마 펼쳐지듯 마당에 돼지 피가 흐르던 장면이 눈에 선했다. 시멘트를 바른 마당에는 돼지 피 대신 밭에서 추수한 깨가 널려 있었다. 아직 털지 않은 깨들은 석양을 받고 바짝 마르고 있었다. 마을 어느 집에서 청국장 콩을 삶는 냄새가 났다.

오리나무 아래서 그녀는 검정 저고리를 가방 속에 쑤셔 넣었다. 대문도, 담도 없는 마당에서 감을 깎고 있던 노파가 그런 그녀를 수상스럽다는 듯 지켜보고 있었다.

"죽은 까마귀예요."

그녀는 노파에게 말했다.

"삶아 먹으려구?"

노파가 물었다.

"날려 보내려고요."

"기왕 날려 보낼 거면 동쪽으로 날려 보내."

"왜요?"

"동쪽에 죽은 들쥐가 널렸거든."

우물집으로 돌아온 금택은 방문을 꼭 닫고서 검정 저고리를 살폈다. 그것은 그녀가 생각했던 것보다 심하게 낡아 있었다. 쥐 오줌 자국 같은 누런 얼룩이 지저분하게 번져 있고, 동정이 떨어져 나간 깃은 소 창자처럼 주름이 져 있었다. 앞섶은 탄식이 끊이지 않는 입처럼 들려 있었다. 소매 끝은 닳고 닳아 톱니를 달아놓은 것 같았다. 수선이 불가능할 만큼 몹시 낡았지만, 그것이 보름 전 죽은 사람이 입었던 옷이라는 생각을 하자 그녀는 기분이 이상했다.

검정 저고리의 옷감은 무명이었다. 안감 역시 무명이었다. 소색이었을 안감은 10원짜리 동전처럼 누렇게 변색되어 있었다. 그녀는 바늘땀들을 살폈다. 어머니가 누비대 위에서 떠 넣는 바늘땀보다 두세 배쯤 크고 투박했지만 손바느질로 한 땀 한 땀 떠 넣은 바늘땀들이었다. 소매를 손으로 쓰다듬던 그녀는 검정 저고리의 옷감이 무명이 아니라 전혀 다른 천이라는 것을 깨달았다. 그것을 지을 때는 무명이었지만 다른 천이 되었다. 곰팡이와 좀 먹은 자국과 얼룩과 주름과 변색이 더해져서, 이 세상 어디에도 없는 옷감이 되었다. 그녀는 검정 저고리를 가져다 어머니에게 보여주고 싶었다. 어머니라면 검정 저고리의 옷감이 무엇인지, 그것이 얼마나 오래전에 지어진 것인지 알 것 같았다. 그녀는 화순에게도 검정 저고리를 보여주고 싶었다.

사람들은 누군가 죽으면 그가 살아생전에 입었던 옷들을 태우고, 새로 옷을 해 입혔다. 어머니의 단골들도 언젠가 세상을 떠날 것이었다. 그녀들이 죽은 뒤 남겨질 옷들을 생각하자 기분이 이상했다. 그녀들이 어머니에게서 지어다 입은 누비저고리나 누비치마나 누비마고자가 남겨질 생각을 하자.

검정 저고리를 금택은 앉은뱅이책상 서랍 속에 넣어두었다. 서쪽 방에서 주운 천 조각들 위에. 검정 저고리는 죽은 까마귀였고, 천 조각들은 새들의 찢긴 날개였다. 온갖 새의 찢긴 날개를 죽은 까마귀가 품고 있었다.

저녁을 먹으면서 그녀는 어머니에게 말했다.

"마을 어떤 여자가 죽은 사람 옷을 태우는 것을 봤어요. 죽은 사람 옷을 죄다 마당에 끌어내놓고 태우고 있었어요. 한 장, 한 장 불길 속으로 던지면서 태우고 있었어요……"

염장이 아버지의 공덕으로

해가 바뀌고, 금택은 스물네 살이 되었다. 반백 년 바느질하는 여자로 살아온 정인한복 여자가 명장(名匠) 증서를 받았다는 소식이 우물집까지 들려왔다. 한복 거리의 바느질하는 여자들 중 명장 칭호를 받은 것은 정인한복 여자가 처음이자 유일무이하다고 했다.

단골들이 전하는 소문에 따르면, 바느질하는 여자들 중에 더러는 그녀가 명장이 된 것은 순전히 아버지의 공덕 덕분이라고 수군거린다고 했다. 그녀의 덕으로는 하늘이 두 쪽 나는 일이 있어도 명장은 될 수 없다는 것이었다.

한복 거리에 정인한복 여자의 아버지가 염장이였다는 것을 모르는 사람은 없었다. 말더듬이에 곰보인 그녀의 아버지는 열 살에 천애고아가 되었다고 했다. 비렁뱅이질을 다니다 초상집에서 만난 염장이로부터 염하는 일을 배우게 되었다고 했다. 초상집들을 돌며 밥을 얻어먹기만 해도 배곯아 죽는 일은 없겠다 싶어 염장이가 되었다고. 시신을 씻기는 손이 어찌나 야무진지 소문난 염장이가 되었다고.

영천한복 여자는 그녀의 바느질 솜씨가 따지고 보면 염장이 아버지로부터 물려받은 것이라고 했다. 시신을 씻기고, 옷을 갈아입히고, 염포로 싸는 솜씨가 딸에 이르러 고스란히 바느질 솜씨로 나타났다고.

정인한복 여자는 자신의 아버지가 근동에 이름난 염장이였다는 사실을 숨기고 싶어 하면서도, 염을 하고 돌아온 아버지의 모습을 회상하고는 했다.

"……염을 하고 집에 돌아오면 제일 먼저 가마솥에 데운 물로 손을 깨끗이 씻으셨지. 한 번 씻고 마는 게 아니라 세 번, 네 번 씻으셨으니까. 염을 하는 동안 당신의 손에 찰거머리처럼 들러붙은 죽음을 씻어내기라도 하듯, 손이 닳도록 씻으셨어. 아무도 안 만지려는 시신을 만지는 손이었지만, 우리 아버지 손보다 우아하고 정결한 손을 여태 못 봤어. 정작 여자인 어머니 손은 굳은살이 박이고, 마디가 굵은 게 웬만한 사내 손보다 거칠었지. 아버지 손은 영락없는 여인네 손이었지. 손가락이 어찌나 길고 곧은지 병약하고 온순한 선비처럼 책장만 넘기면서 사는 손 같았지. 손톱은 분홍빛이 도는 게 반달 같았지. 하여간 손톱에 때가 껴 있는 걸 본 적이 없으니까. 그 손으로 뭘 깨부수는 걸, 누굴 때리는 걸…… 손을 애지중지 아끼셨어. 개미 한 마리 못 죽일 것 같은 그 손으로 씻기고 옷을 갈아입혀주고 싸매 주었으니 시신들이 얼마나 황홀했을까. 그 손으로 시신 얼굴은 어루만져주면서 자식들 얼굴을 절대로 어루만져주지 않았지…… 어머니가 그랬지. 내가 손 하나는 아버지를 닮았다고. 다른 건 다 자신을 닮았는데 손 하나만 아버지를 닮았다고."

어머니의 나이 든 단골들은 정인한복 여자의 바느질 솜씨를 인정하면서도, 그녀가 명장이 된 것이 순전히 염장이 아버지의 공덕 덕분이라는 데 합의했다.

"죽은 사람을 씻기는 일이 어디 보통 덕을 쌓는 일인가."

"맞다. 염장이 세상에서 가장 천한 일 같지만, 그것보다 확실하게 덕을 쌓는 일도 없다. 죽은 사람이 제 몸을 씻겨주니 고마워 저승 가는 길에 덕을 빌어줄 테고, 자손들은 자신들을 대신해 죽은 제 부모의 몸을 씻기니 고마워 덕을 빌어줄 것 아닌가. 십시일반이라고, 집집마다 쌀 한 줌씩만 모아도 금방 한 가마니가 되지 않나? 평생을 염장이로 살았다고 하니, 염을 얼마나 많이 했을까. 염 한 번 할 때마다 죽은 사람하고 그 자손들이 염장이 아비를 위해 빌어주었을 복이 모이고 모여 고스란히 정인한복 여자에게 갔을 테니 그 복이 얼마나 크 겠나?"

"조상은 죽어 흙으로 없어져도, 조상이 살아생전에 쌓은 덕은 안 없어진다. 자손들 중 하나는 반드시 그 덕을 보게 되어 있다."

"그러게, 그런 거 보면 살아생전 덕스럽게 살다 간 부모를 둔 것도 큰 복이다."

"공덕까지는 안 바라더라도, 남한테 죄 안 짓고 살다 간 부모를 둔 것만 해도 감지덕지할 일이다."

"복도 오래 살아야 누리는 것 같다. 정인한복 그 여자도 죽지 않고 오래 사니까 명장도 되는 거 아닌가?"

"그러게, 너무 일찍 죽으면 누릴 복도 못 누린다. 복래한복 어른이 살아 있었으면 그 복이 그 어른에게 갔을 텐데……"

"그건 모르는 일이다. 복래한복 어른이 지금 시퍼렇게 살아 있대 도, 명장 복이 정인한복 여자에게 트였으면 별수 있나."

금택은 정인한복 여자의 얼굴이 가물가물하니 희미했다. 한복 거 리의 바느질하는 여자들 중 금택의 기억 속에 가장 인상 깊게 남아 있는 여자는 월성댁이었다. 복래한복 며느리 자리도 꿰차지 못하고, 자신의 한복집 하나 못 내고 바느질품만 죽어라 팔고 다니는 월성댁 이었다. 그녀의 미음처럼 흐릿한 얼굴은, 적어도 금택의 기억 속에 서만은 가장 형형하게 빛났다.

지네를 바늘 삼고, 칡뿌리를 실 삼아

복래한복 옛 주인과 정인한복 여자는 광복 이듬해인 1946년 한복집을 냈다. 1902년 범띠 생인 그녀들이 한 해 터울로 낸 한복집이 시초가 되어 한복 거리가 형성되었다. 복래한복 옛 주인의 단골들이기도 했던 어머니의 단골들은, 한복 거리가 형성되기 전 한복 거리의 풍경이 어떠했는지 생생하게 기억하고 있었다. 금택이 그녀들로부터 들어서 알게 된 한복 거리와 복래한복, 정인한복의 대략적인 역사는 이러했다.

복래한복 옛 주인이 등장하기 전까지, 한복 거리는 포목점과 전시물품을 파는 노점상들이 우후죽순으로 자리 잡고 있었다. 일제가 패망해 일본인들이 제 나라로 돌아가기 전까지는 일본인들이 활개를 치고 다녔다. 한복 거리와 그 근방에서 일본 가옥을 심심치 않게 볼 수 있는 것은 그 때문이었다. 복래한복 자리는 원래 한약방 자리였다. 한약방 노인이 죽자, 그의 아들이 복래한복 옛 주인에게 한약방을 팔아넘겼다. 왜정 때 일본에 유학을 가 일본 여자와 결혼을 하고 동경에 눌러앉은 아들은, 백 년도 더 된 한약방을 팔아넘기면서 조금도 서운해하지 않았다. 오히려 장례를 치르자마자 임자가 나타난 것을 다행으로 생각했다. 복래한복 옛 주인은 한동안 한약방 현판을 그대로 두고 한복집을 했다. 자신의 한복집에서 삯바느질을 하던 정인한복 여자가 한복집을 내고 자리를 잡게 도와준 이도 실은 복래한복 옛 주인이었다. 삯바느질을 하는 여자들이 하나 둘 몰려들고, 그녀들 중 몇몇이 복래한복 옛 주인의 도움을 받아, 자신의 한복집을 내면서 지금의 한복 거리가 자연스럽게 형성되었다.

복래한복 옛 주인이 없었으면 한복 거리는 없었을 거라고, 명장의 자리에까지 오른 정인한복 여자도 없었을 거라고, 단골들은 이구동성으로 말했다. 복래한복 옛 주인의 바느질 솜씨가 알려지면서 정인한복 여자의 바느질 솜씨도 덩달아 알려졌다고. 어지간한 단골은 다아는 빤한 사실을 정작 당사자인 정인한복 여자만 모르는 척 시치미를 떼고 있다고 했다.

"바느질 솜씨가 웬만하고 성실하면 복래한복 어른이 한복집 낼 가게 자리도 알아봐주고, 옷감도 빌려주고, 돈도 융통해주었다더라."

"그 어른이 여간해서는 돈은 안 꿔주었지. 대신에 돈을 꿔주면 절대로 이자를 받지 않았으니까."

"이자를 왜 안 받았을까?"

"이자 놀이로 흥한 집안은 그 부가 삼대를 못 가고 망하게 되어 있다고, 절대로 이자를 받지 않았단다."

"그 말이 맞기는 맞네. 우리 사촌형부가 평생 이자 놀이로 먹고살았는데, 6남매 중 잘 풀린 자식이 하나도 없다. 사촌형부가 어찌나 자린고비인지 형제 지간에도 이자를 꼬박꼬박 받았다더라."

"돈을 빌려 썼으면 응당 이자를 내야지, 빌려주는 사람은 하늘에서 돈이 떨어져서 빌려주는 줄 아나?"

"이자도 어지간히 받아야지, 오죽 살기 힘들면 남한테 아쉬운 소리 해가면서 돈을 융통해 쓸까."

이야기는 멀리 돌아 다시 정인한복 여자와 복래한복 옛 주인의 질긴 인연으로 돌아왔다. 단골들은 정인한복 여자가 복래한복 옛 주인의 이야기만 나오면 떫은 감 씹은 표정을 짓는 것은 복래한복 옛 주인의 바느질 솜씨를 여전히 시기하고 질투하기 때문이라고 했다. 복래한복 옛 주인이 죽어 땅속에 묻힌 지 십수 년이 지났는데도 불구하고. 그녀의 손가락들이 진즉에 짓무르고 썩어 뼈밖에 남아 있지 않은데도 불구하고.

"명장이 되었으니 그놈의 시기, 질투도 기세가 한 풀 꺾였겠네."

"모르지……"

단골들의 증언에 따르면 정인한복 여자의 시기와 질투가 가장 극에 달했던 것은 아이러니하게도 복래한복 옛 주인이 살아 있을 때가 아니라 죽은 뒤였다. 복래한복 옛 주인의 장례를 치르는 내내 그녀는 감당이 안 될 만큼 휘몰아치는, 망자를 향한 시기와 질투심 때문에 두문불출했다고 했다. 장례식을 직접 보지는 못했지만 금택은 복래한복 옛 주인의 장례식 분위기가 어떠했는지 상상이 되었다. 한복거리 전체가 초상집 분위기로, 울지 않는 여자가 없었다던 단골들의 회상만으로도.

복래한복 옛 주인을 아는 이들은 여전히 그녀의 바느질 솜씨를 최고로 쳤다. 그녀가 망자라는 사실을 망각한 듯. 그래서인지 금택은 얼굴조차 모르는 그녀가 땅속에서도 바느질을 하고 있을 것 같았다. 뼈만 남은 손가락을 바지런히 움직여서. 지네나 뱀을 바늘로 삼고, 칡뿌리나 옻나무를 실로 삼고, 흙과 바위를 옷감 삼아……

금택은 정인한복 여자가 여전히 복래한복 어른을 변함없이 시기하고 질투할 것 같았다. 살아 있는 사람이 죽은 사람을 이길 수는 없으므로. 정인한복 여자는 명장이라는 명예는 얻었는지 모르지만, 복래한복 옛 주인처럼 전설이 되지는 못했으므로. 복래한복 옛 주인 여자는 명이 길지 않아 명장의 반열에 오르는 복은 누리지 못했지 만, 불멸의 존재처럼 전설이 되어 영원히 죽지 않고 떠돌았다. 아홉 살에 벌써 저고리와 치마를 짓고, 열다섯 살에 원삼 짓고, 빛 한 점 없는 칠흑 어둠 속에서도 한 치 오차 없이 정확하게 바늘땀을 떴다 는, 확인할 길 없는 소문들과 함께.

복래한복 옛 주인은 금택에게 부령할매를 떠올리게 했다. 금택은 그녀들이 한 사람이라는 착각이 들고는 했다.

"새벽 다섯 시면 어김없이 일어나 머리를 곱게 쪽 찌고 앉아 바느 질을 했단다. 바늘로 찔러도 피 한 방울 안 흘릴 것 같은 양반이 일 년에 한 번 하루 날 잡아 대성통곡을 했단다. 스물한 살인가 두 살에 혼자 돼 바느질로 다섯 남매 키우고 사는 게 어디 쉬웠겠나? 1년에 하루 그렇게 한바탕 울고 나야 살지……"

단골들은 뜬금없이 한복 거리에서 조용히 사라진 여자들을 기억 해 불러왔다. 어느 날 한복 거리로 흘러들어와 한복집들을 떠돌며 바느질품을 팔다가, 어느 날 소리 소문 없이 사라진 여자들이었다.

"전주 여자 기억하나?"

"전주 여자가 한둘인가? 전주 사람 반이 전주 여자 아닌가."

"손이 아니라 입으로 바느질하던 여편네 말이다."

"기억난다, 기억나. 그 여편네, 옷을 입으로 지었지. 입으로는 못 짓는 옷이 없는데 막상 바느질해놓은 거 보면 기도 안 찼다."

"그 처녀는 시집 가서 잘사는가 모르겠네. 정인한복 여자 밑에서 삯바느질하던 처녀 말이다. 처녀 엉덩이가 애 대여섯은 낳은 듯 펑

퍼짐했지."

금택은 어머니도 그녀들처럼 소리 소문 없이 사라질 수 있었지만, 사라지지 않은 것에 안도했다. 한복 거리를 떠나왔지만, 누비옷을 지어 입으려고 우물집까지 찾아오는 단골들에 의해 어머니는 여전히 한복 거리에 존재했다.

정인한복 여자가 명장이 되었다는 소식은 금택을 심란하게 했다. 그것이 어째서 자신을 심란하게 하는지 논리적으로 설명할 수는 없었지만, 명장이 되는 것이 이름을 얻는 것임을, 바느질하는 여자로서 세상에 자신의 이름 석 자를 알리는 것임을, 금택은 잘 알았다.

그즈음 옥 사모님은 어머니의 누비 바느질 솜씨를 세상에 알리기 위해 애썼다. 그녀가 어머니를 명장으로 만들기 위해 사방팔방 힘쓰고 있다는 소문이 단골들 사이에 나돌 정도였다.

"실력만으로는 명장이 되기는 어려워. 든든한 후원자가 있어야지."

"옥 사모님만 한 후원자가 어디 있나?"

"하여간 군위네하고 옥 사모님 인연도 보통 인연이 아니야."

"전생에 금슬 좋은 부부였는지도 모르지."

"울진에 한복 잘 짓는 여자가 있는데 마흔 살에 벌써 명장이 되었다지 뭐야. 스님 힘으로 명장이 되었다던가……"

어머니가 정인한복 여자처럼 명장의 자리에 오르기 위해서는 옥 사모님의 도움이 절대적으로 필요하다고 생각하는 단골들이 원망스러웠다. 옥 사모님이 어머니를 위해 애를 쓸수록 금택은 그녀가 어머니의 인생에 깊이 개입해오고 있는 것 같은 위기감을 느꼈다. 그

녀가 자신이 생각하는 것보다 훨씬 무서운 사람일지 모른다는 적대
감마저 들었다. 옥 사모님은 하나에서부터 열까지 자신의 통제 아래
에 두어야 직성이 풀리는 성격이었다. 금택은 그녀가 죽은 남편도
자신의 통제 아래 두려고 하는 것 같은 느낌을 받았다. 그가 북에 두
고 온 처자식 또한.

금택은 어머니 자신도 명장이 되고 싶은 마음이 있는지 궁금했다.
그러나 어머니의 마음을 읽을 수 없었다. 씨실과 날실이 너무 촘촘
하게 짜여 올이 잘 읽히지 않는 양단처럼.

금택은 어머니가 스스로 명장의 자리에 오르기를 바라면서도, 그
것이 어렵다면 옥 사모님의 도움을 받아서라도 그러기를 바랐다.

어머니와 옥 사모님, 둘의 관계가 화순이 생각하는 것처럼 단순하
지 않다는 것을 금택은 일찍이 꿰뚫었다. 옥 사모님은 어머니가 지
은 누비옷 값을 가장 잘 쳐주었다. 그녀는 어머니와 흥정하려 들지
않았다. 석 달 뒤나 넉 달 뒤, 길게는 1년 뒤에나 지을 수 있는 누비
옷 값을 선불로 지불했다. 그녀가 아직 시작도 않은 누비옷 값을 놓
고 갈 때마다 금택은 태어나기는커녕, 수태하지도 않은 염소 새끼나
송아지 값을 던져놓고 가는 것 같아 기분이 이상했다.

녹의홍상

어머니가 바늘에 매달려 사는 동안 세상은 무섭도록 빠르게 변했
다. 마을 집집마다 연탄보일러와 수도를 놓고, 흑백이던 텔레비전이
컬러로 바뀌었다. 어머니도 연탄보일러를 놓고, 광을 개조해 목욕탕

을 들이고 부엌을 개조했다. 마을을 지나가는 버스는 한 시간에 한 대로 늘어났다. 탱자나무 울타리로 담을 대신하던 마을의 집들은 벽돌로 담을 치고, 초가지붕 대신 함석지붕을 올렸다. 마을 인근에 공장들이 들어섰다. 마을 사람들은 농한기에는 공장에 일을 다녔다. 여자들은 여전히 봄이 되면 뒷산에 들어 고사리를 뜯고, 가을에는 도토리를 주웠다.

세상 모든 게 변해도, 절대 변하지 않는 것이 있었다. 그것은 서쪽 방과 어머니였다. 어머니는 서쪽 방에 스스로를 가두고 바늘에 매달려 살았다. 어머니는 서쪽 방을 벗어나지 않았고, 벗어나려 하지 않았다. 바늘을 한시도 손에서 놓지 않았다. 바늘을 통해서만 세상과 교류했다. 바늘 때문에 원망을 샀고, 바늘 때문에 인정을 받았다. 더구나 어머니의 손에 들린 바늘은 세상에서 가장 작은 누비 바늘이라는 것이었다.

어머니는 여전히 0.3에서 0.5센티미터밖에 안 되는 바늘땀을 반복해서 떠 넣어 옷을 지었다. 바늘땀의 길이와 간격은 조금도 늘어나지 않았다. 그래서인지 20년을 넘게 누비옷을 지었지만, 누비저고리를 한 벌 짓는 데 드는 시간은 거의 동일했다. 바늘땀을 떠 넣는 데 드는 시간은, 그리고 한 벌의 누비옷을 짓는 데 필요한 시간은 단축되지 않았다. 어머니가 짓는 누비옷은 정해져 있었고, 달라지지 않았다. 어머니가 가장 최근에 지은 누비저고리는 10년 전, 20년 전 지은 누비저고리와 다르지 않았다. 어머니는 여전히 두 달에 한 번 버스를 타고 대구까지 나가 옷감을 떼왔고, 자연에서 구한 재료로 손수 염색을 했다. 염색을 할 때는 우물물을 쓰는 원칙을 고수했다.

옥 사모님을 위시한 어머니의 단골들은 손바느질로 옷을 짓던 여자들이 시대의 흐름을 타고, 재봉질과 손바느질을 적절하게 섞어서 옷을 짓는다는 것을 알았다. 울진의 유명한 침선장마저도 기본적인 것은 재봉질로 하고, 자잘한 마무리만 손바느질로 한다는 소문을 어머니에게 일부러 전해주는 단골도 있었다. 어머니는 그러나 고집스럽게 처음부터 끝까지 손바느질로 한 벌의 옷을 지었다. 단골들 중에는 시대의 흐름과 변화에 무심하다 못해 역행하는 것 같은 어머니를 답답해하는 이들도 있었다. 누비옷을 지어 입기 위해 짧게는 3, 4개월에서 길게는 1년을 기다려야 하는 것이 불만이던 단골은 어느 날 발길을 끊었다.

어머니에게서 누비옷을 지어 입는 단골은 여남은 명에서 더 늘지도, 더 줄지도 않았다. 새 단골이 하나 생기면 자기들끼리 알아서 숫자를 맞추듯 오래된 단골 하나가 미련 없이 자리를 내주고 떠나갔다. 길게는 십수 년에서 짧게는 수년 어머니에게서 누비옷을 지어다 입은 단골들의 인생이 어떻게 흘러가는지, 그녀들의 속수무책으로 늙어가는 육신과 변화무쌍하게 달라지는 인상만큼이나 형편과 사정이 어떻게 달라지는지 지켜볼 수 있었다. 명성황후가 시해를 당하던 해 태어났다는 단골은 중풍으로 쓰러져 구들장을 지고 사는 신세가 되었다고 했고, 상(床) 공장을 크게 하던 누군가는 사업을 하다 말아먹은 큰아들 때문에 다 늙어 길거리에 나앉는 신세가 되었다고 했다. 육군사관학교 출신인 남편이 아들 하나 낳고 죽는 바람에 그 아들 하나만 보고 살아온 단골은 그 아들이 미국 시카고로 이민을 떠나자 울며 겨자 먹기로 따라갔다고 했다.

"이민 떠나기 전날 그렇게 울더라. 전기도 안 들어오는 영천 산골짜기에서 태어난 자신이 죽어 미국 시카고에 묻힐지 알았겠느냐면서⋯⋯"

"미국이라는 나라는 땅덩어리가 으리으리하니 무덤도 으리으리하겠네."

"궁궐도 아니고 무덤이 으리으리하면 뭐하노? 같이 묻힐 서방이 있는 것도 아니고. 부부는 한 무덤에 묻혀도 부모 자식은 한 무덤에 못 묻힌다. 부모 자식 합장하는 것 봤나?"

대구 시내에서 금은방을 하는 단골은 중동으로 돈 벌러 간 아들을 두고 바람이 난 며느리의 뒤를 캐고 다니느라 제정신이 아니라고 했다. 간통죄로 처넣기 위해 딸과 함께 택시를 대절해 며느리의 뒤를 밟는다고 했다. 진희라는 단골은 지방 신문 편집국장 자리에서 밀려나 하루아침에 백수 신세가 된 남편 때문에 속을 끓이고 있다고 했다.

어머니의 단골들을 통해 금택이 깨달은 것이 있다면 고정 불변하는 인생은 없다는 것이었다. 인생이 그녀들이 기대하는 방향으로 흘러가지 않는다는 것 또한. 단독으로 흘러가지 않고 여러 인생과 복잡하게 얽히고설켜 흘러간다는 것 또한.

어머니의 오래된 단골들은 어머니보다 나이 든 여자들이었다. 그녀들 대개는 왜정 때 태어나 해방과 전쟁이라는 큰 소용돌이를 겪으면서도, 문벌(門閥)이 좋거나 돈푼깨나 있는 부모 밑에서 태어나 먹고사는 걱정 없는 집안으로 시집을 갔거나, 자수성가한 남편을 만나 한평생 먹고사는 걱정 없이 산 이들이었다. 일평생을 호의호식하고 살 팔자를 타고난 것 같은 그녀들이 불행한 말년을 보내고 있다는 소식이 들려올 때마다, 금택은 어쩔 수 없이 엘리자베쓰양장점 여자의 저주가 떠올랐다. 그것은 손바느질로 옷을 지어 입는 시대는 갔다는 저주였다.

어머니의 단골들은 꾸미기 좋아하고 세상 소문을 입에 달고 살았지만, 손바느질로 지은 옷과 미싱으로 지은 옷을 구별할 줄 알았다. 그녀들의 기억 속에는 그녀들의 할머니나 어머니가 손바느질로 저고리나 치마를 짓고, 조각보를 만들고, 자수를 놓던 모습이 남아 있었다. 푸새를 한 명주인지 아닌지 구분할 줄 알았고, 다듬이질을 얼마나 공들여 한 명주이고 광목인지 알아보았다.

어쩌다 우물집을 찾는 단골들이 드문드문 들려주는 이야기를 고려할 때, 한복 거리의 한복집들이 예전만 못하다는 것을 금택은 짐작할 수 있었다. 단골이 끊긴 한복집들은 예단 전문 한복집으로 탈바꿈을 하고, 한복 대여점들이 들어서고 있다고 했다. 한복 대여점들에서는 미싱으로 들들 박아 지은 한복을 허공에 죽죽 걸어놓고 대충 치수가 맞는 한복을 돈을 받고 빌려준다고 했다.

"정인한복만 신났다. 한복 명장이라고 대문짝만 하게 쓴 간판을 새로 달았더라."

"명장이 짓는 한복 한 벌 해 입겠다고 서울서도 내려온다더라. 명장이 지은 한복은 뭐가 달라도 다르다고 믿으니까 그렇겠지……"

"시장에서 사 입는 옷도 메이커 따지는 세상 아닌가?"

바느질품을 팔아 수십 년 먹고살던 여자들은 일거리가 없어, 바느질이 아닌 다른 부업거리로 살아가고 있다고 했다. 그녀들이 한꺼번에 멸종하듯 밀려난 자리를 차지한 이들이 미싱사들이라고 했다. 미싱사들은 밴댕이 속 같은 가게 자리를 구해 옷수선집을 내고, 라면 한 그릇 값인 수선비를 받고 바짓단이나 치맛단을 고쳐주면서 살아 가고 있다고 했다.

금택은 종종 오래된 단골들이 죽고 어머니의 누비옷을 찾는 사람 이 옥 사모님뿐이면 어쩌나 하는 두려움에 사로잡히고는 했다. 세상 에서 어머니의 누비옷을 찾는 사람이 그녀 한 사람뿐이면 어쩌나 하 는 두려움은, 자신이 어머니로부터 버려질지 모른다는 두려움만큼 이나 컸다. 전혀 다른 두려움인데도 그녀는 그 두 두려움이 같은 두 려움 같았다. 어머니의 누비옷을 찾는 단골들이 다 죽고 옥 사모님 밖에 어머니의 누비옷을 찾는 사람이 없을지 모른다는 두려움에 시 달리면서도, 그녀는 어머니에게서 손누비 기술과 누비옷 짓는 법을 배우고 싶었다. 시간도, 품도 많이 드는 손누비의 자리를 기계 누비 가 오래전에 차지했다는 것을 알면서도.

한복 거리의 바느질하는 여자들도 달라진 인생을 살고 있었다. 시 어머니로부터 물려받은 한복집을 팔아먹고 야반도주하듯 한복 거리 를 뜬 복래한복 주인 여자는 제 발로 기어들어와 한복집을 냈다고 했 다. 그녀의 남편은 화투장을 다시는 잡지 않겠다는 결심으로 손가락 을 하나 절단하고도 정신을 못 차리고 도박판을 기웃거린다고 했다. 수십 년 단골들이 어쩌다 죽은 시어머니와의 정리를 생각해 적선하 는 셈치고 한복을 지어 입는데 바느질이 시원찮아 불만이 이만저만 이 아니라고 했다.

"처외삼촌 벌초하듯 바느질을 한다더라."

"바느질로 먹고사는 여자가 그러면 쓰나."

"내가 뭐랬나. 죽었다 깨어나도 시어머니 바느질 솜씨는 못 따라갈 거라고 하지 않았나?"

"어디 바느질 솜씨뿐인가? 벌써 그릇이 다르다."

서울한복 여자는 기능인대회에 출전했다가 망신만 당했다고 했다. 한복 거리의 그 누구보다 솀을 잘하고, 수십 년 한복을 지어온 그녀는 대회에 나가서는 정작 망부석처럼 자리만 지키다 대회장을 나왔다고 했다. 기능인대회에서는 재단을 도식화해 도면으로 그릴 수 있어야 하는데, 그걸 못해서라고 했다. 마름질하는 법은 그녀의 머릿속에 다 들어 있었지만, 기능인대회에서 요구하는 도면으로는 그려낼 줄 몰랐던 것이다. 단골들은 어머니에게 기능인대회 출전을 권유했다. 그녀들은 어머니가 도면을 그릴 줄 안다는 것은 알았지만, 어머니의 방식으로 그린다는 것은 몰랐다. 어머니는 자신의 눈속눈금자로 치수를 재고, 변칙적으로 도면을 그렸다. 어머니의 눈속눈금자는 어머니에게만 있는 것이었다. 눈속눈금자로 잰 치수들은 기능인대회에서는 통용되지 않는 치수였다.

아씨한복집 여자의 소식은 조금 끔찍했다. 그녀의 시아버지가 문중 산소에 며느리인 그녀의 열녀비를 세웠다고 했다. 그것도 죽은 지 수백 년도 더 지난 죽은 조상 무덤 앞에.

"살아 있는 며느리 열녀비를 시아버지가 세웠다는 소리는 처음 듣는다. 자손들이 세우는 게 맞지, 시아버지가 세우는 경우가 어디 있노?"

"재가 안 시키려고 별 희한한 짓을 다 하네."

"그러게, 발목에 쇠고랑 채우는 것보다 더 무섭다."

"친정아버지가 다녀갔다지? 적당한 자리 알아봐서 재가를 시킬테니 그리 알라고 단단히 엄포를 놓고 돌아간 이튿날 곧바로 비석집 찾아가 열녀비를 주문했다지? 대문짝만 한 비석에 열녀 오(吳) 아무개라고 새겼다지?"

"조선 시대도 아니고 마흔 갓 넘은 며느리 열녀비를 시아버지가 세우는 게 말이 되나?"

아씨한복 여자는 과부였다. 열아홉 살에 시집와 스무 살에 혼자 된 그녀는 자식도 없이 긴 세월 시부모를 모시고 살았다. 바느질을 해 시동생들 공부 뒷바라지를 다 하고, 시집 장가까지 보내고, 시집장가 보낼 때 패물에서부터 수저까지 다 해주었지만, 손수건 한 장 사다주는 시동생이 없다고 그녀가 한탄하는 소리를 금택은 들은 적이 있었다. 자기들이 아쉬울 때나 큰형수이자 큰올케인 자신을 찾는다고. 인물이 곱상하고 얌전한 데다 친정이 과수원을 크게 해 웬만큼 사는 그녀가 재가를 못 들고 과부로 살고 있는 것은, 죽은 남편을 못 잊어서가 아니라 시부모가 그녀를 놓아주지 않기 때문이라고 했다. 상부한 지 3년째 되던 해 친정아버지가 딸을 재가시킬 작심을 하고 찾아왔는데, 적당한 때가 되면 어련히 알아서 재가를 시키겠느냐면서 구슬려 돌려보내고는, 스무 해가 훌쩍 지나도록 아귀처럼 붙들고 놓아주지 않고 있다고 했다. 그녀가 바느질을 하는 동안 아씨한복집 여자의 시어머니와 시아버지는 38선 보초를 서듯 교대로 돌아가면서, 두 눈을 부릅뜨고 며느리 곁을 지킨다고 했다. 혹시나 갔다가 돌아오지 않을까 싶어 생전 친정 나들이를 시키지 않는다고 했다. 허파에 바람이 들어가면 못쓴다고 계 하나 못 들게 한다고 했다. 목욕

346

탕에 갈 때도, 시장에 갈 때도, 시어머니가 그녀의 뒤를 졸졸 따라다 닌다고 했다. 손님들 앞에서는 며느리를 신주단지 모시듯 위하면서 도 부엌에서는 그렇게 잔소리를 퍼붓고 구박을 한다고 했다.

한복 거리의 바느질하는 여자들은 저마다 특별히 잘 짓는 옷이 있 었다. 특별히 좋아하는 옷감이, 특별히 좋아하는 색깔이 있는 것처 럼. 모든 옷을 다 잘 지을 수는 없었다. 모든 옷을 다 잘 짓는다는 복 래한복 옛 주인은 죽고 없었다.

두루마기는 정인한복 여자가 가장 잘 짓는다고 소문나 있었다. 고 종 때 궁중 나인으로부터 바느질을 배운 것을 가장 큰 자랑으로 삼는 그녀는, 조선이 망하지 않았으면 궁중 나인으로 들어가 임금님 도포 자락을 바느질하고 있었을 거라는 말을 입에 달고 살았다.

여자 저고리는 숙희한복 여자가 가장 잘 지었다. 그녀는 열다섯 살 먹어서부터 삯바느질을 했다고 했다. 여태 지은 옷을 합치면 수 천 벌은 될 거라고, 수 천 벌을 지었으면서 정작 친정어머니에게 저고 리 한 벌 지어드리지 못했다고, 그것이 한으로 남았다고 그녀가 탄 식하는 소리를 금택은 들은 적이 있었다. 그녀는 나이 지긋한 단골 의 저고리를 지을 때면 죽은 친정어머니의 저고리를 짓는 심정으로 짓는다고 했다.

수의는 천년한복 여자가 가장 잘 지었는데, 부령할매가 그랬듯 그 녀는 해가 떨어지면 바느질을 하지 않았다.

남자 저고리하고 바지는 금실한복 여자가 가장 잘 지었다. 그녀는 자신의 옷이라도 만들어 입을 생각으로 집어든 바늘과 질긴 인연으로 엮여 업이 되었다고 했다.

아씨한복 여자는 녹의홍상(綠衣紅裳)을 가장 잘 짓는다고 했다. 녹
의홍상은 녹색 저고리에 붉은 치마로, 신부가 입는 한복이었다. 그
녀는 시집올 때 손수 녹의홍상을 지어 입었다고 했다. 한복 거리를
떠나오던 날 금택이 마지막으로 본 십장생 활옷도 아씨한복에 걸려
있던 것이었다. 활옷은 혼례 때 입는 예복이다. 스무 살에 혼자된 그
녀가 한복 거리의 바느질하는 여자들 중 그 누구보다 녹의홍상을 가
장 잘 짓는다는 것이 금택은 아이러니했다.

금택은 아씨한복 여자가 손님의 녹의홍상을 지을 때 자신이 입을
녹의홍상을 짓는 심정으로 지을 것 같았다. 숙희한복 여자가 저고리
를 지을 때 죽은 친정어머니가 입을 저고리를 짓는 심정으로 짓는 것
처럼.

바느질을 업으로 평생을 살아가는 여자들 중에는 정인한복 여자
처럼 '바늘' 하나로 명장이라는 자리에 오르고, (여자라서) 족보에도
오르지 못하던 이름 석 자를 세상에 알리는 이들이 더러 있다는 것을
안 뒤로, 금택은 욕망에 사로잡혔다. 그것은 그녀 자신의 욕망도 그
렇다고 어머니의 욕망도 아닌 기이한 욕망이었다. 그것은 금택의 내
면에서 발생한 욕망이지만, 어머니를 통해서만 실현 가능한 욕망이
었다. 말하자면 금택을 숙주로 기생하는 욕망이었다. 금택의 영혼을
자양분 삼아 자라나는 욕망이었다. 나이 들수록 극도로 절제된 생활
을 하는 어머니에게서는 명장이 되고자 하는 욕망은커녕, 그 어떤
욕망도 엿볼 수 없었다. 욕망이 묘목처럼 접붙이기가 가능한 것이라

면 그녀는 자신의 내부에서 발생한 욕망을 꺾어 어머니에게 접붙이기를 하고 싶었다. 그녀는 어머니가 명장이 되기를 바랐다. 어머니가 그저 한복 거리를 거쳐간 수많은 여자들 중 한 명으로 기억되다가 사라지는 것을 원치 않았다. 한복 거리의 바느질하는 여자들은 어느 날 소리 소문 없이 사라지거나, 한평생 그곳을 떠나지 못하다가 죽어서야 비로소 바늘을 손에서 놓고 떠났다. 죽지 않고 오래오래 살아 명장의 자리에 오른 정인한복 여자는 아주 특별한 경우였다. 전설로 남은 복래한복 옛 주인의 경우를 봐도 그랬다.

한복 거리를 떠나왔지만 어머니는 소리 소문 없이 사라지지도 않았고, 죽어 땅에 묻히지도 않았다. 여전히 손에서 바늘을 놓지 않고 있었다. 그럼에도 금택은 어머니가 잊힐까 봐, 사라질까 봐 두려웠다.

선(線)의 세계, 면(面)의 세계

관공서 건물 뒤편은 가게와 식당 들이 몰려 있는 거리로, 병풍 가게도 있었다. 전통 자수 병풍을 전문으로 파는 가게로, 두꺼비들이 의뭉스럽게 붙어 있는 것처럼 목과 어깨 살이 두둑하게 오른 여자가 노상 가게를 지키고 있었다. 금택은 종종 그 병풍 가게 앞을 지나갈 일이 있었고, 그때마다 돌부리에 걸린 듯 걸음을 멈추고 통유리 너머 가게 안을 들여다보았다.

병풍 가게 여자는 6폭 일월오봉도(日月五峯圖) 병풍 앞에 의자를 놓고 앉아 꾸벅꾸벅 졸거나, 쑥색 송수화기를 붙들고 통화중이거나, 눈꺼풀이 반쯤 감긴 나른한 표정으로 부채질을 하고 있었다. 전화 통화를 할 때 그 소리가 길에까지 들릴 만큼 여자의 목소리는 새되었다.

병풍 가게의 일월오봉도 병풍은 한복 거리를 떠나올 때 보았던, 아씨한복에 걸려 있던 십장생 활옷을 떠올리게 했다. 연꽃들과 원앙과

해, 산, 물, 구름, 돌, 소나무, 학, 거북 등을 수놓은 비단실들이 스멀스멀 풀어져 흩어지던 광경은 금택의 뇌리에 강렬하게 남아 있었다.

병풍 가게의 일월오봉도 병풍에는 해도 있고, 달도 있었다.

크기가 똑같은 해와 달은, 똑같은 높이에 대칭되게 떠 있었다. 해는 고라니의 배를 가르고 꺼낸 심장처럼 붉었고, 달은 마처럼 희었다. 낮과 밤이 공존하듯 해와 달이 한꺼번에 떠 있는 하늘은 황금색에 가까운 귤색이었다. 해와 달을 포위하고 있는 구름들은 녹슬고 무디어진 낫 같았다. 해와 달 아래에는 고깔 모양의, 녹색과 남색이 어우러진 산들이 부채처럼 펼쳐져 있었다. 짙은 당근색으로 흡사 지렁이 가지를 뻗은 소나무들 너머, 무리를 지어 호수를 찾아가는 사슴은 모두 열 마리였다. 표고버섯처럼 생긴 바위들은 불어터진 국수 가닥 같은 물줄기를 게우고 있었다.

금택의 눈길은 번번이 일월오봉도 병풍을 살피다 말고 여자의 얼굴로 향했다. 일색(一色)도 박색도 아니었지만 색조 화장을 짙게 해서인지, 여자의 얼굴은 일월오봉도 병풍을 압도하는 데가 있었다. 여자의 얼굴도 오방색 비단실로 수놓은 장생(長生) 중 하나만 같은 착각을 불러일으켰다. 돌이나 소나무, 거북, 사슴처럼 장생불사를 표상하는 물상 중 하나만 같은.

그날도 금택은 병풍 가게 앞을 그냥 지나치지 못했다. 통유리 앞을 서성거리다 서둘러 가버리던 다른 날과 다르게, 미닫이문을 조심스럽게 열고 안으로 들어서는 그녀를 힐끔 쳐다보기만 할 뿐 여자는 통화를 끝내려 하지 않았다.

"궁궐 같은 집을 지었으면 일월오봉도 병풍 하나는 들여놔야지.

내가 싸게 해줄게…… 어떻게 있는 사람이 더해?"

여자는 몇 마디 더 이어가다 송수화기를 신경질적으로 내려놓더니 금택에게 하소연했다.

"간, 쓸개 빼놔도 병풍 하나 팔기가 어렵네. 요즘 누가 병풍을 들여놓으려고 하나…… 하긴 들여놓을 게 쌔고 쌨는데, 누가 병풍을 들여놓으려고 할까. 컬러텔레비전도 들여놔야지, 세탁기도 들여놔야지, 소파, 식탁, 침대, 전자레인지, 비디오…… 열 손가락으로 세고도 모자랄 판이니까. 병풍이야 있어도 살고 없어도 살지만, 세탁기가 없으면 못 사는 세상이니 말이야. 손에 물 한 방울 안 묻히고 기계가 빨래를 대신 빨아주는 세상이 올 줄 누가 알았겠어? 요즘은 혼수품으로 세탁기가 필수라지?"

체념 섞인 말투로 중얼거리는 여자의 뒤로 차곡차곡 접어 세워둔 병풍들이 눈에 들어왔다.

오랫동안 그렇게 한자리에 서 있었던 듯 병풍들은 부옇게 먼지를 뒤집어쓰고 있었다. 그것들을 일일이 펼쳐보기 전에는 십장생이 수놓아졌는지, 목단이 수놓아졌는지, 신사임당 초충도가 수놓아졌는지 알 수 없었다. 그러나 병풍들을 다 펼쳐놓기에는 가게가 좁았다.

"곰팡이가 먹어 치우기 전에 처분해야 하는데, 도대체 사려는 사람이 있어야. 난전에 가지고 나가 노상에 펼쳐놓고 팔면 좀 팔릴까? 아무리 싸게 판다고 해도 비단실 값은 빠져야 팔지. 싸구려 무명실도 아니고 처음부터 끝까지 최고급 비단실로만 수를 놓았으니, 실값은 받아야 하지 않겠어? 죽을죄를 지은 죄인도 아니고 형틀 같은 수틀 앞에 붙어 앉아 수를 놓느라 엉덩이가 짓무른 값은 못 받더라도……"

금택은 접힌 병풍들을 일일이 펼치고 들여다보고 싶은 충동을 느꼈지만, 여자 때문에 엄두가 나지 않았다.

여자가 돌연 눈빛을 빛내고 금택을 쳐다보았다.

"병풍 자수를 배우고 싶어서요……"

"철 지난 기술은 배워서 뭐하게?"

여자의 입이 쌜그러졌다. 눈동자를 굴리던 여자가 인심을 쓰듯 말했다.

"내일 이 시간에 다시 와봐."

그러나 다음 날 금택은 병풍 가게를 찾아가지 않았다.

닷새가 지나서야 병풍 가게를 다시 찾은 금택을 여자는 쌀쌀한 표정으로 쳐다보았다. 여자는 그녀를 앞에 두고는 송수화기를 집어들더니 다이얼을 돌렸다. 신호가 가는 소리가 금택에게까지 들려왔다. 저쪽에서 전화를 받지 않자 여자는 신경질적으로 송수화기를 놓았다.

일월오봉도 병풍에서 튀어나오듯 여자가 갑자기 쑥 몸을 일으켜서 금택은 한 발짝 뒤로 물러섰다.

"따라와봐."

여자는 금택을 일월오봉도 병풍 뒤쪽으로 데리고 갔다. 일월오봉도 병풍 뒤쪽이 벽으로 막혀 있는 줄 알았던 그녀는 당혹스러웠다. 일월오봉도 병풍 뒤는 부엌이었다. 터널처럼 어두컴컴하고 좁은 부엌 양쪽 벽에는 밥상과 냄비, 프라이팬, 국자 등이 박제한 새들을 전

시해놓은 듯 나름의 질서를 가지고 걸려 있었다. 가스레인지 위 누런 양은 냄비에서는 간장과 물엿에 연근이 졸여지고 있었다. 거무스름하고 끈적끈적한 거품이 양은 냄비 밖으로 넘칠 듯 넘치지 않고 끓고 있었다. 가스레인지 불은 벌초한 무덤의 잔디처럼 미약했다. 그렇지 않아도 연근이나 우엉을 졸이는 냄새가 나기에 근처 식당에서 나는 냄새인 줄 알았는데 병풍 가게 부엌에서 나는 냄새였다. 냉장고 돌아가는 소리가 늙고 병든 짐승의 흐느낌처럼 부엌에 떠돌았다. 화려하고 장대한 6폭 일월오봉도 병풍 너머에 펼쳐진 풍경이 너무나 적나라해 금택은 오히려 비현실적으로 느껴졌다.

부엌을 통과하자 방이 나왔다. 마음의 준비 없이 무심코 방 안을 들여다보던 금택의 얼굴이 창백하게 질렸다. 동굴처럼 은밀한 방 안에서 웬 여자가 수틀을 앞에 놓고 앉아 수를 놓고 있었다.

"……누구예요?"

"나잖아."

여자가 얄궂게 웃었다.

"누구요?"

"나…… 나하고 닮지 않았어?"

금택은 여자의 얼굴과 방 안 여자의 얼굴을 번갈아 바라보았다. 두 여자의 얼굴은 닮았지만 전혀 다른 얼굴처럼 느껴졌다.

"쌍둥이 언니야. 언니가 나보다 6분 먼저 태어났어. 고작 6분이어도 먼저 태어났으니까, 언니는 언니지."

쌍둥이인 두 여자의 얼굴이 어째서 전혀 다른 얼굴처럼 보이는지 금택은 알 것 같았다. 색조 화장을 짙게 한 여자와 다르게, 방 안 여자는 화장기 하나 없이 누렇게 뜬 얼굴에 쥐색 스웨터를 받쳐 입고 있었다.

"누구야?"

방 안 여자가 간유리처럼 떨리는 목소리로 물었다. 여자의 손에 들린 자수바늘도 여자의 목소리와 함께 떨리는 것이 금택에게 느껴졌다. 자수바늘 귀에 걸려 있는 실이 실핏줄처럼 붉었다.

"우리 언니가 사람을 귀신보다 무서워해."

여자는 방 안 여자가 묻는 말에는 대답을 않고 금택에게 말했다.

"네?"

"형부 그 인간이 의처증이 심해서 멀쩡한 사람을 반 등신으로 만들어놓았어. 성실하고 착한 줄로만 알았는데 의처증이 도지면 미치광이가 돼서 남아나는 살림이 없었지. 얼마나 들볶이고 살았으면 결혼한 지 15년 넘도록 애가 안 들어섰을까. 그 미치광이한테서 간신히 구해냈지 뭐야. 나중에는 아예 자물통을 채운 방 안에 가두고 못 나오게 했으니까…… 쉰이 넘은 여자가 수놓는 것 말고는 할 줄 아는 게 아무것도 없어. 은행 통장이 어떻게 생겼는지 모를 정도니까, 말 다했지. 신혼여행 다녀오자마자 집 밖으로 나다니면 이웃 사내들하고 정분난다고 신발을 몽땅 내다버렸다니 말 다했지. 우리 친정 식구들은 그것도 모르고 잘사는 줄 알았지 뭐야. 친정어머니는 애 안 들어서는 게 순전히 언니 탓인 줄 알고 그 인간만 보면 죄인처럼 굽실거렸지 뭐야. 그 미치광이가 친정 식구들 있는 데서는 언니를 얼마나 끔찍하게 위하는지, 다들 속아 넘어갔다니까. 그 미치광이한테 속고 산 걸 생각하면 오장육부가 뒤집힌다니까. 내가 일찌감치 그 미치광이한테서 구해내지 않았으면 벌써 송장을 되었을 거야. 우리 친정 식구들이 여관방 잡아놓고 그 미치광이가 출근할 때까지 기다렸다가 자물통을 부수고 언니를 꺼내왔지. 거짓말 하나 안 보태고 쇠불알만 한 자물통을 부수느라 얼마나 애를 먹었는지 몰라. 쇠절단기로도 안 끊어져서 아예 문짝을 떼어냈다니까. 동네 사람들이 죄다 나와 구경할 정도로 난리를 피우는데도 언니는 수틀 앞에 앉아 수를 놓고 있더라니까…… 도망쳐 나올 때 언니가 수틀하고 비단실 든 바구니 하고, 바늘통만 챙기더군. 갈아입을 속옷 한 장 안 챙기면서, 결혼할 때 패물로 받은 옥가락지 하나 안 챙기면서…… 신사임당 초충도 수놓은 게 있었는데 못 챙기고 나왔지 뭐야. 아무리 생각해도 아까워. 그렇잖아도 며칠 전에 신사임당 초충도 병풍을 찾는 사람이 있었는데, 없어서 못 팔았지 뭐야."

방 안의 쌍둥이 언니라는 여자가 다 듣고 있는데도 여자는 거리낌 없이 말했다.

"누구야?"

방 안 여자가 조금 전보다 더 떨리는 목소리로 물었다.

"병풍 자수가 배우고 싶다고 해서 데려왔어. 글쎄 요즘 세상에 병풍 자수를 배우겠다는 처녀가 다 있네? 언니가 잘 가르쳐봐."

여자는 금택을 그곳에 세워두고 가버렸다. 에나멜 슬리퍼를 질질 끌면서 걸어가는 여자의 발소리가 부엌을 지나, 일월오봉도 병풍 너머로 멀어졌다. 부엌이 통째로 간장과 물엿에 졸여지고 있는 것 같은 착각이 들 만큼 연근 졸이는 냄새는 짙었다.

"병풍 자수를 배우겠다고?"

"……"

"자수는 배워서 뭐하게?"

여자는 금택을 빤히 쳐다보다, 수틀에 고정시킨 잿빛 양단에 자수 바늘을 수직으로 꽂았다. 순간 바늘이 자신의 심장을 찌르는 것 같아 금택은 자신도 모르게 비명을 질렀다.

우물집 대문 앞에서 금택은 한참을 서 있었다. 어머니에게 죄를 지은 것처럼 불안하고 떨렸다.

"늦었구나."

서쪽 방 백열전구 아래서 어머니가 물었다.

"내일도 오늘처럼 늦을 거예요……"

금택은 고개를 숙이고 대답했다. 그녀는 어머니의 얼굴을 똑바로 볼 엄두가 나지 않았다. 왜 늦는지 그 이유에 대해서는 설명하지 않았다.

이튿날부터 금택은 퇴근하자마자 병풍 가게로 향했다. 일월오봉도 병풍 뒤로 들어가 부엌을 곧장 통과해 방에 이르렀다. 그다음 날도, 그다음 날도…… 그때마다 부엌 가스레인지에서는 늘 연근이나 우엉, 콩이 조려지고 있었다.

자수 놓는 여자는 금택에게 바늘만큼도 곁을 주지 않았다. 어머니처럼 그녀에게 아무것도 가르치려 들지 않았다. 천적을 피해 숨어든 장소를 발각당하고 침범당한 벌레처럼 온 신경을 바짝 세우고 금택을 경계했지만, 쫓아버리지는 않았다. 팔리지 않는 병풍들이 화투장처럼 접혀 먼지를 뒤집어쓰고 있는데도, 여자는 자동 기계처럼 쉬지 않고 수를 놓았다. 그녀의 동생인 병풍 가게 여자는 한 시간에 한 번 꼴로 에나멜 슬리퍼를 질질 끌면서 나타나 감시하듯 방 안을 살피고 돌아갔다. 일월오봉도 병풍과 부엌을 사이에 두고 쌍둥이 자매는 서로 다른 세계에 살고 있었다. 동생은 일월오봉도 병풍이 천지간처럼 펼쳐진 세계에, 6분 먼저 태어난 언니는 그 후편의 어둡고 흐릿해 잊힌 전생만 같은 세계에.

여자는 4폭 모란도 병풍을 작업 중이었다. 돌 지난 아이의 얼굴만 한 붉은 모란, 노란 모란, 흰 모란, 분홍 모란이 풍성하게 열려 있었다. 세 폭은 이미 완성되었고, 남은 한 폭을 수놓고 있었다.

여자가 자신에게 아무것도 가르치려 들지 않았기 때문에, 금택은 수놓는 걸 한 시간이고 두 시간이고 지켜보다가 병풍 가게를 나왔다. 두부판 모양의 나무 수틀에 팽팽하게 고정시킨 바탕 감을 자수바늘이 위아래로 반복해서 통과하면서 선이 생기고, 그 선들이 모여 면이 생기는 것을, 명암이 생기는 것을, 한 송이 모란이 피어나는 것을.

자수를 놓는 동안 여자의 오른손은 바탕 감인 잿빛 양단 위에, 왼손은 밑에 있었다. 오른손 엄지와 검지로 쥐고 있던 바늘을 양단에 90도로 꽂으면, 밑에서 기다리고 있던 왼손이 그것을 덥석 받았다. 엄지와 검지로 받은 바늘을 180도 돌려 끝이 위를 향하게 하고 도로 양단에 찔러 넣었다. 바늘을 양단 아래에서 위로 찔러 넣을 때 여자는 왼손 엄지 마디로 바늘 찌를 자리를 찾았다. 그 과정에서 자수바늘의 귀에 꿰어져 있던 수실이 덩달아 엇갈려 통과하면서 양단에 땀이 떠졌다. 단순하면서도 정확하고 정교한 동작을 여자는 계속 반복했다. 여자는 땀 길이를 달리하면서, 먼저 뜬 땀에 땀을 겹쳐가면서 떴다. 땀과 땀이 겹쳐진 부분은 조금도 들뜨지 않았는데, 금택은 그것이 쉬운 작업이 아니라는 것을 알았다.

여자는 수실로 광택이 도는 명주실을 썼는데, 어머니가 누비질을 할 때 쓰는 명주실보다 굵고 전체적으로 꼬여 있었다. 나중에야 금택은 그것이 꼰사라는 것을 알았다. 말 그대로 실이 꼬여 있어서인지 유난히 반질거리고, 각도에 따라 빛깔이 미묘하게 달라졌다. 여자는 수실 색깔을 수시로 바꾸어가면서 모란꽃의 부채꼴 꽃잎을 메워 나갔다. 모란꽃은 부채꼴 꽃잎이 강강술래를 하듯 둥글게, 겹쳐져 모여 있었다.

노란 모란꽃 꽃잎을 완성하는 동안 여자는 수실 색깔을 네 차례나 바꾸었다. 흰색에서, 개나리꽃보다 짙은 노란색으로, 하늘색이 감도는 노란색으로, 오줌처럼 흐린 노란색으로.

여자가 꽃잎들을 하나하나 수실로 채워 모란꽃을 한 송이 피우는 것을 금택은 숨죽이고 지켜보았다. 마침내 모란꽃이 완성되었을 때, 그녀는 자수에 몇 가지 원칙이 존재한다는 것을 터득했다. 수실이 중복되지 않게, 틈이 생기지 않게 땀을 고르게 겹쳐 뜬다는 것. 수결의 방향이 일정하다는 것. 매듭을 바탕 감 위에서 짓는다는 것. 수실을 잡아당기는 속도와 힘이 일정하다는 것.

전통 자수는 바느질은 아니었다. 엄밀한 의미에서 바느질은 아니지만, 그 어느 바느질보다 누비 바느질과 닮아 있었다. 둘 다 절대적인 시간과 인내를 필요로 한다는 점에서 그랬다. 누비 바느질은 선을, 자수는 면을 강박적으로 메워 나갔다. 다른 점이 있다면 누비 바느질에는 지독한 반복만 있지만, 자수에는 지독한 반복과 함께 변화가 있다는 것이었다.

누비 바늘이 그리는 세계는 선의 세계였다. 날선 칼날 같은 선들의 세계였다. 그러나 자수바늘이 그리는 세계는 다산과 길복을 기원하는 장생불사의 세계였다. 만발한 꽃과 열매와 나비와 새 들이 노니는 세계였다. 흉과 화가 없는 세계였다. 씨앗이 마르지 않고, 꽃들이 시들지 않고, 과일이 짓무르지 않는 세계였다.

바늘이 똑바로 서야

20일째 되던 날. 여자가 마침내 금택에게 말을 걸어왔다.

"고집이 세네."

여자가 바늘을 수직으로 꽂아 천에 고정시켰다. 앉은뱅이처럼 엉덩이를 질질 끌면서 수틀에서 두어 발짝 옆으로 물러나 앉았다. 영문을 몰라 하는 금택에게 앉으라는 고갯짓을 해왔다.

망설이던 금택이 마지못해 수틀 앞으로 가서 앉자 여자가 물었다.

"놓을 줄 알지?"

"아니요……"

금택은 고개를 가로저었다.

"집어!"

"……?"

"바늘 말이야."

여자가 금택이 말할 틈을 주지 않고 이어서 말했다.

"엄지와 검지로, 바늘이 수직이 되게."

금택은 여자가 천에 수직으로 꽂아놓은 자수바늘을 바라보았다. 자수바늘로 손을 뻗었다. 엄지와 검지를 벌려 자수바늘을 집었다. 자수바늘에 자기장 같은 것이 흘러 손가락을 밀어내는 것 같았다. 자수바늘을 뽑아 드는 순간 그것이 꽂혀 있던 천에 파문 같은 떨림이 번졌다. 그녀는 자신이 누비 바늘 말고 다른 바늘을 원하지 않는 다는 것을 깨달았다. 자신이 원하는 바늘은 단 하나의 바늘이라는 것을. 그 단 하나의 바늘이 누비 바늘이라는 것을. 자수바늘을 원한 적도 없고, 원하지도 않았지만 그녀는 자수바늘을 놓지 않았다.

"수직이 되게 집어야지."

"……집었어요."

"천과 수직이 되게 집어야지."

"그렇게 집었잖아요."

"천과 수직이 되게 집으라니까."

"어떻게요?"

금택은 원망이 담긴 눈빛으로 여자를 바라보았다.

"나는 바늘 잡는 법만 1년을 배웠어."

여자가 말했다.

"1년이요?"

"1년 열두 달을 꼬박 바늘 잡는 법만 배웠지. 바늘이 똑바로 서야 나무가 똑바로 서고, 인간이 똑바로 서고, 하늘이 똑바로 서고, 땅이 똑바로 서고, 탑이 똑바로 선다고 생각해. 바늘이 똑바로 서야 오장 육부가 똑바로 선다고 생각하란 말이야……"

전통 자수바늘은, 중학교 때 자수를 배울 때 썼던 바늘과는 또 달랐다. 이불을 꿰맬 때 흔히 쓰는 대바늘만큼 컸지만 그 바늘과도 달랐다. 자수용 바늘은 누비 바늘의 서너 배 크기였다. 몸통보다 귀가 가는 것이 특징으로, 바늘이 지나간 자국이 천에 남는 것을 최소화하기 위해 의도된 구조였다. 바늘귀가 크면 천에 바늘이 지나간 자국이 남기 마련이었다.

세 시간을 꼬박 자수바늘과 여자에게 시달리고 나서야 금택은 놓여났다.

일월오봉도 병풍이 천지간처럼 펼쳐진 세계로 나왔을 때, 병풍 가게 여자는 졸음에 겨운 얼굴로 거리를 내다보고 앉아 있었다. 여자가 금택을 향해 눈을 가늘게 뜨고 물었다.

"배울 만해? 우리 언니가 제대로 가르치기나 하는지 몰라. 반 등신이 되어서 수놓는 것 말고는 할 줄 아는 게 없으니…… 동사무소에서 주민등본 초본 한 장 뗄 줄 모르니 말 다했지. 수틀 앞에 고상하게 앉아 수만 놓을 줄 알았지, 하나부터 열까지 내가 다 해줘야 한다니까. 그래도 어디 가서 병풍 수놓는 걸 배우겠어? 모란도면 모란도, 십장생이면 십장생, 신사임당 초충도면 초충도…… 못 놓는 게 없으니까. 우리 언니가 그 미치광이만 안 만났으면 자수장으로 이름을 날렸을 텐데."

여자가 넋두리처럼 늘어놓는 소리를 무시하고 병풍 가게를 나온 금택은 참을 수 없는 허기를 느꼈다. 식당들을 둘러보다 국수를 파는 집으로 들어갔다. 멸치다시 낸 국물에 가는 국수를 말고 유부와 쑥갓을 얹어 파는 국숫집이었다. 숟가락으로 국수 국물을 떠먹으면서 그녀는 병풍 가게 불이 꺼지는 것을 바라보았다. 조금 뒤 병풍 가게 여자가 유리문을 열고 거리를 나오는 것이 보였다. 그녀는 살피듯 골목을 둘러보더니 유리문에 자물통을 채웠다. 골목을 두어 차례 주의 깊게 둘러본 뒤 다급히 사라졌다.

그녀는 국숫집을 나와 병풍 가게로 다가갔다. 자물통을 채운 유리문을 두드렸다. 빛 한 점 없는 가게 안에서는 아무 기척이 없었다. 그녀는 유리문을 흔들었다. 거머리처럼 매달려 부술 듯 흔들었지만 수놓는 여자는 나타나지 않았다. 밤이 되면 여자는 자신보다 6분 먼저 태어난 쌍둥이 언니를 혼자 남겨두고 자신의 집으로 가는 게 분명했다. 그런 의미에서 수놓는 여자는 여전히 쇠불알만 한 자물통을 채운 방 안에 갇혀 사는 것이나 마찬가지였다. 자물통으로부터 벗어나지 못하고 수틀과 함께 자리만 옮겨 앉은 것이나 다름없었다.

자신이 날마다 수놓는 여자를 찾아간다는 사실을 금택은 어머니에게 비밀로 했다. 퇴근 후 어김없이 병풍 가게로 향했지만, 전통 자수와 자수바늘에 대해 알아가는 것이 두려웠다. 화순이 여러 다양한 바늘들을 갈망하고 경험하고 그것들에 집착하는 동안 그녀는 누비바늘에만 매달렸었다. 그녀에게 바늘은 누비 바늘뿐이었다.

병풍 가게 여자가 밤 아홉 시가 넘으면 어김없이 유리문에 자물통을 채우고, 일월오봉도 병풍 저 너머에 자신의 언니를 홀로 남겨둔 채 집으로 가버린다는 것을 알았지만, 금택은 아는 척하지 않았다. 그녀는 문득 궁금해하고는 했다. 병풍 가게 불이 꺼지고, 연근이나 우엉이나 검정콩을 졸이는 가스레인지 불도 꺼지고, 동생이 자신의 집으로 가버리고 나면, 팔리지 않는 병풍들과 함께 남겨진 여자는 무엇을 하는지…… 금택은 그녀가 그제야 자수바늘을 손에서 놓고 가게로 나올 것 같았다. 자신보다 6분 늦게 태어난 동생이 병풍들만큼 화려하게 얼굴을 화장하고 앉아 있던 일월오봉도 병풍 앞에 앉아 있을 것 같았다.

수놓는 여자는 문득문득 자수바늘을 천에 꽂고 금택에게 그것을 잡으라고 시켰다. 손가락에 쥐가 나도록 그것을 집고 있게 한 뒤 도로 가져가버렸다. 그것이 전부였지만 그녀는 저녁마다 병풍 가게로 향했다. 수놓는 여자의 옆에 묵묵히 버티고 앉아 있었다.

일월오봉도 병풍

그날도 여자는 노란 모란 꽃잎을 채워 나가다 말고, 수틀에 끼운 천 한가운데 자수바늘을 꽂았다. 수틀에서 물러나 앉는 여자의 치마가 풀썩 들리면서 발이 드러났다.

"집어!"

그러나 금택의 눈길은 자수바늘이 아니라 여자의 발을 향했다. 양말을 신지 않은 여자의 발은 기형적으로 느껴질 정도로 부어 있었고, 녹슨 못이 박힌 것 같은 종기가 발등에 나 있었다.

"집어!"

금택은 여자의 발에서 눈길을 거두고 자수바늘로 손을 뻗었다.

한 식경이 지나서야 자수바늘에서 놓여난 금택은 유리문을 나서다 말고 병풍 가게 여자를 돌아다보았다. 여자의 얼굴은 비단실들이 일어나듯 화장이 들떠 있었다.

"발이 심하게 부어 있어요."

여자가 핏발 선 눈동자를 굼뜨게 움직여 금택을 바라보았다. 여자의 눈동자를 따라 일월오봉도 병풍 속 해와 달도 움직이는 것 같았다. 금택은 해와 달이 병풍 가게 쌍둥이 자매를 상징하는 것 같았다. 쌍둥이 자매가 일월오봉도 병풍 속 해와 달처럼 낮도, 밤도 아닌 시간을 함께 떠 흐르는 것 같았다.

"발등에 종기도 난 것 같아요."

"난 또…… 당뇨가 있어서 그래."

여자가 별일 아니라는 듯이 중얼거렸다.

"노상 수틀 앞에 꼼짝 않고 앉아 있으니 당뇨가 생길 만도 하지. 밥을 먹고 나면 몸을 움직여야 하는데 수틀 위에서 손가락이나 꼼지락거리고 있으니…… 나 모르게 굼벵이를 한 솥 삶아 먹었는지 어려서부터 게을러 터져서는. 수놓는 것 말고는 할 줄 아는 게 있어야지. 밥 먹고 나면 맨손체조라도 하라고 혀가 닳도록 잔소리를 해도 들어야 말이지. 밥도 흰쌀밥만 먹지. 보리쌀 한 알 섞여 있어도 먹지 않으려고 하니 당뇨가 심해질 수밖에. 떡도 하얀 백설기하고 가래떡만 먹지 콩고물이 조금이라도 섞인 떡은 손도 안 댄다니까."

"일월오봉도 병풍은 언제 완성했나요?"

돌아서다 말고 금택은 여자에게 물었다.

손가락을 구부려가면서 햇수를 세던 여자가 눈동자 초점을 흐리고 중얼거렸다.

"27년……"

여자는 자신이 말해놓고 믿기 어렵다는 듯 고개를 흔들었다.

"세상에나, 저게 27년이나 되었네."

여자는 눈동자 초점이 한 지점에 모아질 때까지 고개를 흔들었다. 자신의 바로 뒤에 있는 일월오봉도 병풍이 멀리 떨어져 있기라도 한 듯 꼬박꼬박 저 일월오봉도 병풍이라고 지칭했다.

"27년이요?"

"3년을 꼬박 수틀 앞에 붙어 앉아 완성한 작품이야. 저걸 완성할 때까지 밥도 수틀 앞에서 먹고, 잠도 수틀 앞에서 잤지. 동치미 국물에 삶은 국수를 한 주먹 말아다 주면 수 한 번 놓고 국수 한 가닥 건져 먹고, 수 한 번 놓고 무 한 조각 건져 먹고, 수 한 번 놓고 쪽파 한 가닥 건져 먹고, 수 한 번 놓고 국수 한 가닥 건져 먹고 했다니까. 거짓말 하나 안 보태고 오줌 누고, 똥 눌 때만 수틀 앞을 떠났지. 세수도 고양이 세수를 했으니까. 저 일월오봉도 병풍에 실이 얼마나 들어갔는지 몰라. 실도 그냥 실인가? 최고급 비단실이 아니면 거들떠도 안 보니까. 하여튼 고집 부릴 때는 그 미치광이하고 살게 놔둘 걸 그랬나, 내 발등을 내가 찍은 것 같아서 후회막급이지만 어쩌겠어. 일월오봉도를 수놓을 때는 대작을 만드는구나 싶어서 실 값 아까운 줄 모르고 최고급 비단실을 사다 날랐지. 부르는 게 값이요, 서로 사 가겠다고 한바탕 난리가 나겠구나, 잔뜩 기대했는데 김칫국부터 마신 꼴이지 뭐야…… 해하고 달이 같이 있어서 선뜻 사려는 사람이 없어. 대개는 달 대신 구름을 넣거든. 해하고 달이 함께 떠 있는 것을 다들 이상하게 생각하지 뭐야. 흰 달하고 붉은 해하고…… 나는 그냥 그런가 보다 했는데…… 낮달을 생각하면 이상할 것도 없는데 말이야, 안 그래? 낮에도 달이 떠 있다는 것을 사람들이 모르나 봐. 그

게 벌써 15년 전인가…… 하여간 15년 안짝일 거야. 임자가 하나 나
타나기는 했었지. 서울 말씨를 쓰고, 서리 맞은 것처럼 머리가 센 늙
은 사내였어. 일흔은 족히 되어 보였지. 포마드를 발라 머리를 깔끔
하게 빗어 넘기고, 행동이 깍듯한 게 배운 사람 같았지. 우리 가게 앞
을 지나다 우연히 일월오봉도 병풍을 보고 무작정 들어왔다더군. 어
릴 때 자신의 집에 있던 일월오봉도 병풍하고 똑같아서 깜짝 놀랐다
면서 저 일월오봉도 병풍에서 눈을 못 떼더라니까. 어머니가 시집올
때 손수 수를 놓아 완성한 일월오봉도 병풍으로, 저 일월오봉도 병
풍처럼 해하고 달이 함께 있었다고 했어. 자신이 겨우 아홉 살 되던
해 어머니가 갑자기 돌아가시고, 교회 전도사이던 아버지를 따라 이
사를 다니는 동안 일월오봉도 병풍이 사라졌다더군. 일월오봉도 병
풍만 보면 어머니 생각이 그렇게 난다고, 어릴 때 자신의 집에 있던
일월오봉도 병풍과 똑같은 병풍을 사려고 병풍 가게들을 뒤지고 다
닌 적도 있다면서 울먹거리기까지 하더라니까. 그런데 경주에 볼일
이 있어서 내려왔다가 똑같은 병풍을 보고는 놀라서 들어왔다는 거
야. 꼭 사고 싶어 하는 눈치더군. 그래서 값을 높게 불렀지. 비싸다
고 하면 어쩌나 했는데, 억만금을 주고서라도 살 듯 굴지 뭐야. 돈푼
깨나 있어 보였어. 쥐색 양복 차림에 금색 로렉스 시계를 차고 있었
거든. 로렉스 시계가 얼마나 비싼지는 알지? 그런데 참 희한하지?"

쉬지 않고 말을 해서 혀가 마르는지 여자는 입술을 오므려 입안에
침을 모았다. 암홍색 립스틱을 바른 여자의 입이 새의 부리처럼 뾰
족해지는 것을 금택은 무심히 바라보았다.

"이튿날 저 일월오봉도 병풍을 사고 싶어 하는 사람이 또 하나 나

370

타난 거야. 쉰쯤 되어 보이는 여자였어. 삼릉(三稜) 밑에 집을 한 채 지었는데, 자개장을 들일지 일월오봉도 병풍을 들일지 고민이라면 서 어떻게 하는 게 좋을지 묻더라구. 그 사내만 아니었으면 당연히 일월오봉도 병풍을 들이라고 했겠지. 자개장은 돈 있으면 언제든 살 수 있지만, 제대로 수놓은 6폭 일월오봉도 병풍은 구하기 어려우니 까 말이야. 어쩌겠어, 그 사내가 하루 전에 찜해놓고 갔는데 여자에 게 홀딱 팔아버릴 수는 없잖아. 그 사내가 저 일월오봉도 병풍에 침 발라놓고 간 것은 아니지만, 약속은 약속이니까. 일월오봉도 병풍 이 팔렸다고 하니까, 아쉬워하면서 가버리더군. 글쎄 그랬는데, 일 주일 뒤에 경주에 다시 내려와 사가겠다던 인간이 15년이 지나도록 감감무소식이네. 그럴 줄 알았으면 계약금이라도 받아서 챙길 걸 그 랬어. 그랬으면 계약금이 아까워서라도 약속을 지켰을 덴데 말이야. 전당포는 아니지만 로렉스 시계라도 전당 잡아놓을 걸 그랬나? 하 긴 계약금 챙길 정신이나 있었나, 6폭 일월오봉도 병풍을 팔았다는 생각에 전화번호도 못 받아두었지 뭐야. 그때 내가 돈이 궁했거든. 아무래도 내가 값을 너무 높게 불렀던 것 같아. 따지고 보면 내가 값 을 아주 높게 부른 것도 아니야. 우리 언니가 3년을 꼬박 매달려 완 성한 걸 생각하면 말이야. 오죽하면 밥 먹을 때도 수틀 앞을 떠나지 않았을까. 소화가 안 되니까 나중에는 죽만 찾더군. 흰죽만 먹다 보 니까 변비가 생기지 뭐야. 안 되겠다 싶어서 김치하고 콩나물하고 밥하고 한꺼번에 넣고 죽을 끓여주었지. 멀쩡한 위 다 버려가면서 완성한 작품이 저 일월오봉도 병풍이야. 어쩔 때는 죄다 길거리에 끄집어 내놓고 공짜로라도 처분하고 싶지만, 언니가 수틀 앞에 붙어 앉아서 보낸 세월을 생각하면 차마 그렇게 못하겠다니까."

해와 달

화순이 불쑥 관공서로 금택을 찾아왔다. 사망신고를 접수하러 온 사람처럼 무거운 표정으로 자신 앞에 서 있는 화순을 보고 금택은 무척 놀랐다. 너무 뜻밖이라 멀뚱히 바라보기만 했다. 단발머리에 화장기 없는 얼굴은 그녀인가 싶게 낯설었다. 직원들 중 아무도 그녀가 금택의 자매라는 걸 알아차리지 못할 만큼 둘의 모습은 달랐다. 화순이 금택을 찾아온 것은 그것이 처음이었다. 근무 시간이라 금택은 자리를 비울 수 없었다. 화순은 맡아달라면서 여행용 가방을 그녀에게 건넸다. 가방을 한쪽으로 치우고 금택이 출생신고를 접수하는 동안 화순은 가버리고 없었다. 퇴근 시간이 30분이나 지나 퇴근하는 금택을 화순은 관공서 앞마당 화단에서 기다리고 있었다.

"얼굴이 왜 그렇게 창백한 거야."

"고속버스에서 멀미를 심하게 했어. 고속버스에 오르기 전에 김밥하고 어묵을 사 먹었는데, 내리자마자 토했어."

"먼저 약국에 들르자."

열 발자국 앞에 보이는 약국으로 잡아끄는 금택의 손을 화순은 거칠게 뿌리쳤다.

"이미 다 토했다니까. 으깨진 밥알 하나까지 다…… 다 토하고 났더니 오히려 속이 편해."

무슨 일인가 싶어 내다볼 정도로 화순이 격하게 반응을 해 금택은 잡고 있던 그녀의 팔을 놓았다. 놓고 나서야 자신의 손이 너무 세게 그녀의 팔을 잡고 있었다는 것을 깨달았다. 화순이 걷고 싶어 해서 자매는 걸으면서 말했다.

"휴학 신청했어."

"……?"

"언니가 알고 있어야 할 것 같아서 알려주는 거야."

"왜?"

금택은 걸음을 멈추고 화순을 바라보았다. 다 토했다는 그녀의 말이 거짓말 같았다. 소화되지 못한 밥알들이 그녀의 위와 식도에 그득그득 들어차 부패되고 있는 것 같았다.

"돈을 벌고 싶어서."

화순은 그녀를 똑바로 바라보지 못했다.

"졸업을 하고 취직을 하면 너도 돈을 벌게 되겠지."

"옥 사모님이 내 등록금을 대고 있다는 사실을 알았어. 그것을 용납할 수가 없어."

금택은 화순이 새삼스레 그것을 문제 삼는 것이 이해가 안 되었다. 옥 사모님이 그녀의 대학교 입학금은 물론 등록금을 꾸준히 대고 있는 사실을 그녀가 모르지 않았을 거라는 생각이 들었다. 그런데 그녀는 졸업을 한 학기 앞두고 휴학을 할 만큼 갑작스럽게 문제 삼고 있었다.

"그래서, 네가 어떻게 돈을 벌건데?"

"공장에 취직했어."

"공장이라니?"

"봉제 공장에……"

"봉제 공장에? 네가?"

그녀는 믿기지 않아 고개를 흔들었다. 우린 다 미싱을 돌리던 병순의 말이 떠올랐다. 병순과 함께 미싱을 돌리는 화순의 모습이 금택은 그려지지 않았다. 병순이 '우린 다'라고 말할 때 그 속에 금택 자신은 있었지만, 화순은 없었다.

"나는 미싱을 돌릴 줄 알지."

그 말을 듣는 순간 금택은 화순에게 참을 수 없는 분노를 느꼈다. 분노를 어쩌지 못해 지나가는 행인을 쏘아보았다. 그녀는 노동운동에 뛰어든 대학생들이 공장에 위장 취업을 한다는 소문을 들어서 알고 있었다. 그 일이 얼마나 비밀스럽고 위험한지 역시. 그녀는 화순이 그들 중 하나일 거라고는 생각하고 싶지 않았다. 그녀가 어머니의 누비옷을 일부 상류층의 전유물로 몰아붙이면서 비난할 때도.

"어머니가 아시면 무척 실망하실 거야."

생각지 않았던 말이 그녀의 입에서 흘러나왔다.

"아니, 실망하지 않으실 거야."

화순은 반박했다.

"옥 사모님이 아무 대가 없이 네 대학교 입학금과 등록금을 대주었다고 생각하는 거야?"

"실망하지 않으실 거야. 어머니는 어차피 처음부터 내게 아무 기대도 하지 않으셨으니까."

"네가 내게 했던 말 기억나?"

"어떤? 내가 어떤 말을 했는데?"

"어머니가 짓는 옷들과는 다른 옷을 만들 거라고 했지. 어머니와 다른 방식으로, 차원이 다른 옷을…… 나는 네가 옷을 만드는 사람이 될 거라고 생각했어. 네가 옷을 만들면 어떤 옷을 만들지 늘 궁금했어."

"……"

"나는 네가 뭘 위해서 그런 결정을 내렸는지 모르겠어. 네가 의상학과에 진학했을 때, 나는 네가 어머니로부터 도망치기 위해 발버둥을 치는 것처럼 보였어. 어머니와 다른 방식으로 옷을 짓겠다고 했을 때도. 어머니가 만드는 옷과 차원이 다른 옷을 만들겠다고 했을 때도."

"언니 말대로 내가 도망치기 위해 발버둥을 치는 것에 불과하다면, 내가 정말로 도망치고 싶은 대상이 정확하게 무엇인지 모르겠어. 어머니인지, 바늘인지, 아니면……"

화순은 입을 다물었다. 정전 같은 침묵이 그녀들 사이에 흘렀다.

금택은 폭발할 듯 들끓던 감정들이 한순간 잦아들고, 허탈하고 쓸쓸한 감정이 차오르는 것을 느꼈다. 금택은 새삼스레 화순을 바라보았다. 그녀의 얼굴에 자신의 얼굴이 겹쳐 떠오르는 것을 바라보았다. 자신의 얼굴이 화순의 얼굴과 겉돌지 않고 합일하는 것을. 그녀는 처음으로 화순과 자신이 쌍둥이처럼 닮았는지도 모르겠다는 생각을 했다. 병풍 가게의 쌍둥이 자매보다 더 닮았는지 모르겠다는. 그러나 그사이 금택의 얼굴은 화순의 얼굴에서 거두어지고 없었다.

금택은 병풍 가게 쪽으로 발을 떼었다. 화순은 그녀와 한 발짝 떨어져서 걸었다. 병풍 가게 통유리 앞에서 금택은 걸음을 멈추었다.

통유리 너머를 바라보았다. 살피듯 거리를 둘러보던 화순도 그녀를 따라서 통유리 너머를 바라보았다. 병풍 가게 여자는 변함없이 색조 화장을 짙게 하고 일월오봉도 병풍 앞을 지키고 앉아 졸고 있었다.

"저 여자 보이니?"

"병풍 앞에 앉아 있는 여자?"

"저 여자에게 6분 먼저 태어난 언니가 있어. 일월오봉도 병풍은 그 여자의 작품이지. 6분 먼저 세상에 태어나 언니가 된 그녀는 자수를 놓아 병풍을 만들고, 동생은 병풍을 팔지."

"그녀들을 알아?"

"병풍이 팔리는 것을 본 적이 없어. 병풍이 팔리지 않는데도 동생은 하루 종일 병풍 가게를 지키고, 언니는 자수를 놓지. 일월오봉도 병풍 너머에 저 여자의 언니가 있어. 일월오봉도 병풍은 철옹성처럼 늘 저렇게 펼쳐져 있지."

"병풍들이 팔리지 않는데 그녀들은 어째서 가게 문을 안 닫지?"

"저곳이 그녀들의 세계니까."

"그녀들의 세계?"

"그녀들이 살고 있는 세계……"

"저 세계를 누가 만들었는데?"

화순이 물었다.

"누가……?"

"그녀들일까?"

화순이 대답을 요구하는 눈으로 금택을 바라보았다.

"모르겠어…… 하지만 저곳이 그녀들의 세계인 것은 분명해. 저 일월오봉도 병풍 속 해와 달처럼, 6분 차이로 태어난 쌍둥이 자매가 공존하는 세계인 것만은."

"둘 중 누굴까? 아무것도 아닌 저 세계가 깨지지 않고 지속 가능하도록 상대를 붙들고 놓아주지 않고 있는 쪽 말이야."

화순이 그렇게 묻기 전까지 금택은 동생이 언니를 붙들고 있다고 생각했다. 언니를 착취하고 있다고. 병풍 가게 안에 수틀과 함께 가두고서. 그런데 그게 아닐지 모른다는 생각이 들었다.

"둘 다 아닐까? 서로가 서로를 꼭 붙잡고 있는 게."

"글쎄, 나는 그녀들을 모르니까."

화순은 그렇게 금택의 질문을 회피했다.

"저 일월오봉도 병풍을 볼 때마다 해와 달이 함께 떠 있는 게 이상했어. 어느 날 둘이 자리를 바꾸어도 모를 만큼 똑같은 크기의 해와 달을, 똑같은 높이에, 대칭이 되게……"

때가 되었다는 듯 병풍 가게 여자가 몸을 일으켰다. 일월오봉도 병풍 너머로 유유히 사라졌다. 10분쯤 시간이 지나서야 다시 일월오봉도 병풍 앞에 나타난 여자는 가게 형광등을 켰다. 화장이 들뜬 여자의 얼굴이 형광등 불빛에 적나라하게 드러났다. 그럴 리 없다는 걸 알면서도 금택은 병풍 가게의 쌍둥이 자매가 일정한 시간이 되면 서로 역할을 바꾸어, 한 명은 일월오봉도 병풍 앞에, 다른 한 명은 수틀 앞에 앉아 있는 것이 아닌가 하는 의심이 들었다. 일종의 역할 놀이를 하듯.

"어머니의 누비옷을 찾는 사람이 한 명도 없을까 봐 겁이 나."

금택은 차마 못 했던 말을 화순에게 했다.

"쌍둥이 자매의 팔리지 않는 병풍들처럼, 아무도 어머니의 누비옷을 찾지 않을까 봐."

"다 토해서인지 배가 고파. 따뜻한 국물이 먹고 싶어."

허기져 하는 화순을 금택은 우동을 전문으로 파는 식당으로 데리고 갔다.

화순과 헤어지고 나서야 금택은 그녀가 취직한 봉제 공장이 어디에 있는지 물어보지 않은 것을 후회했다.

그녀가 병풍 가게에 갔을 때, 일월오봉도 병풍 앞에 의자를 놓고 앉아 있던 여자가 대뜸 쏘아붙였다.

"늦었네."

여자가 송수화기를 들고 있어서 그녀는 순간적으로 자신에게 하는 말인지, 송수화기 저 너머의 누군가에게 하는 말인지 혼돈되었다.

"너도 쌍둥이야? 네가 똑같이 생긴 여자하고 가게 앞에 서 있던데."

"제가 그 애보다 먼저 태어났어요."

"그럼 네가 언니겠네. 1분을 먼저 태어나도 언니는 언니니까. 1초를 먼저 태어나도."

금택은 여자가 더 물어오기 전에 일월오봉도 병풍 너머로 걸어 들어갔다. 간장과 물엿에 우엉이 졸여지고 있는 가스레인지를 지나 방에 이르렀다.

이튿날 출근해서야 금택은 화순이 자신에게 맡기고 간 가방을 열어보았다. 책들과 사진들, 옷 몇 가지가 들어 있었다. 화순이 친구의 자취방에서도 나온 게 아닐까 의심이 들었지만 확인할 길이 없었다. 전공 서적인 듯한 책을 살피던 금택은 그녀가 양장기능사 자격증과 한복기능사 자격증을 딴 사실을 알게 되었다. 그 책 속에 양장기능사 자격증서와 한복기능사 자격증서가 있었다.

그즈음 우물집을 찾은 옥 사모님이 어머니에게 하는 소리를 듣고 금택은 몹시 놀랐다. 어머니에게 차마 전하지 못하고 있던 화순의 근황을 그녀가 알고 있어서.

"자네는 천하태평이군. 내 딸이었다면 마음대로 살게 두지 않았을 거야…… 하여간 정의롭다고 믿는 젊은 것들 때문에 세상이 어수선해."

금택은 그녀가 어머니와 자신들의 인생에 깊이 관여하고 있는 것 같은 묘한 기분이 들었다. 그녀가 어머니와 자신들의 관계를 훤히 꿰고 있는 것 같아 꺼림칙했다.

외팔 여자와 바늘

석 달 넘게 하루도 거르지 않고 찾아가서야 여자는 금택에게 곁을 조금 내주었다. 그녀가 갔을 때 여자는 수틀에 콜타르처럼 검고 번들거리는 모본단을 끼우고 있었다.

"나는 견직물이 좋아. 실크, 명주, 양단, 공단, 모본단, 새틴, 노방…… 자수감으로 옥스퍼드지나 후란넬이나 양복지를 쓰는 여자들도 있다지만 나는 견직물이 아니면 취급을 안 하지. 내 동생은 재료비 많이 든다고 귀 따갑게 잔소리를 하지만 석유 냄새 나는 양복지에 자수를 놓을 수는 없지."

여자는 주름진 데 없게 모본단을 팽팽하게 당겨 수틀에 끼운 뒤, 바구니에서 금사 뭉치를 꺼내 들었다. 사각의 한지 바구니 안에는 보리빛깔 금사 뭉치가 차곡차곡 쟁여 있었다.

"평생 실을 만지고 살 팔자라면, 견사나 금사 같은 최고급 실을 만지고 살아야지, 안 그래? 거칠고 투박한 것은 싫어. 화려하고 고상한 걸 갈망하는 게 죄 짓는 일은 아니잖아? 견사나 금사를 만지려면 손이 흐르는 물처럼 부드러워야 하지. 매사에 손을 아껴야 해. 손이 거칠면 실이 상하거든. 실 광택이 옅어지고, 뜯기기 십상이지. 손이 아기 손처럼 부드러우면 실 광택이 더 살지."

금택은 새삼 여자의 손을 바라보았다. 그러고 보니 여자의 손은 아기 손처럼 작지만 손가락들이 가늘면서 길었고, 걸레질 한번 안 해본 손처럼 부드러워 보였다.

"견사에 푼사, 꼰사, 반푼사, 곡사가 있다는 것은 알고 있어? 일일이 실을 꼬는 것도 일이야…… 실 꼬다 날밤 새우기 일쑤지."

여자는 자수바늘 귀에 금사를 끼웠다.

"전통 자수 기법이 몇 개나 되는지 알아? 60개는 돼. 잇는수, 평수, 가름수, 관수, 엇겨수, 평사수, 평사 누름수, 솔잎수, 솔방울수, 칠보수, 속수, 자련수…… 붉은 목단 한 송이를 피우려면 다섯 가지 기법은 구사해야 하지."

그 많은 기법을 어떻게 다 익히는지 의문하는 금택에게 여자가 말했다.

"한 가지 기법을 익히는 것보다 열 가지, 스무 가지 기법을 익히는 게 쉬울 수도 있어."

여자는 자신이 고등학교를 졸업하던 해 전통 자수를 배우려고 유명한 자수장의 제자로 들어간 이야기를 해주었다.

그녀는 해주 오(吳)씨인 자수장으로부터 자수바늘 잡는 법과 기법들을 전수받았다고 했다. 마당의 풀 한 포기조차 그녀가 나라고 하는 자리에서 나고, 감나무의 가지들도 그녀가 뻗으라는 방향으로 뻗을 만큼 매사가 자로 재단한 듯 분명하고 빈틈이 없던 그녀 밑에서 3년을 꼬박 제자로 있었다고 했다. 감기몸살이 아무리 심하게 들려도 새벽 네 시면 어김없이 일어나 수틀을 앞에 앉아야 했던 그때의 습관이 몸에 배어, 30년이 지난 지금도 새벽 네 시면 눈이 저절로 떠진다고 했다.

"전통 자수를 배우겠다고 찾아온 제자가 나까지 넷 있었는데, 얼굴에 화장을 못하게 했지. 머리도 그녀가 묶으라는 대로 묶어야 했고, 옷도 그녀가 입으라는 옷만 입어야 했어. 신발도 놓으라는 데 놓아야 했지. 외모에 신경을 쓰면 정신머리가 흐트러진다고 꾸미지 못하게 했지. 머리도 못 자르게 했으니까. 허파에 바람 든다고 대문 밖 출입도 못 하게 했어. 밥도 정해진 시간에, 정해진 양만큼만 먹어야 했지. 쌀을 아끼려고 그랬던 것인지, 배가 부르면 게을러진다고 하루에 두 끼밖에 못 먹게 했으니까."

똥도 그녀가 누라는 때에 누라는 곳에 누어야 한다는 우스갯소리가 제자들 사이에 돌 만큼 절대적이던 자수장 밑에서 그녀는 3년을 버티다 제 발로 뛰쳐나왔다고 했다.

"빚 떼먹고 야반도주하듯 떠난 게 시어머니보다 무서운 자수장 때문이라고 했지만, 실은 외팔 여자 때문이었지…… 내가 그 여자 때문에 도망쳐 나왔다는 걸 누가 알까?"

여자가 수틀에서 고개를 들어 금택을 바라보았다. 화장기 하나 없는 여자의 얼굴이야말로 장생불사의 물상 같아서 그녀는 어깨를 떨었다. 음침하게 음영이 드리워진 그녀의 얼굴이 일월오봉도 병풍 속 비단실로 수놓은 그 어떤 물상들보다 강렬해서.

"……외팔 여자요?"

"제자들 중에 외팔 여자가 있었지. 스무 살, 스물한 살의 다른 제자들과 달리 서른이 훌쩍 넘은 여자였어. 제자로 들어간 첫날 그 여자가 수놓는 걸 봤지. 자수바늘을 수직으로 내리꽂는데 어찌나 힘 있게 내리꽂던지 내 정수리에 꽂히는 것 같았지…… 제자로 들어간 지 한 달쯤 지났을까. 다른 제자로부터 그 여자에 대해 들을 수 있었지. 고향이 울릉도로, 물질을 배우다 오른팔을 잃었다더군. 어느 날 자수장을 찾아와 전통 자수 놓는 걸 가르쳐달라고 매달렸다더군. 자수장이 자수 놓는 게 보기와 다르게 중노동이라 한쪽 팔만으로는 수놓는 게 어려우니 다른 기술을 배우라고 타이르는데도 찰거머리처럼 매달려서 어쩔 수 없이 제자로 들였다더군. 길어야 석 달을 못 넘기고 제풀에 지쳐 나가 떨어질 거라던 자수장의 호언장담을 비웃듯한 해, 두 해, 세 해, 네 해, 다섯 해가 되도록 자수장 밑에서 하루에 열 시간 이상 수를 놓는다고 했지. 팔이 하나뿐이라는 자격지심 때문인지 질투가 심하고 고집스러워서 다른 제자들과는 사사건건 으르렁거리고 싸우면서도 자수장 말이라면 깜박 죽는 시늉까지 한다더군. 팔이 하나뿐이라 열 시간을 꼬박 수틀 앞에 망부석처럼 버티고 앉아 수를 놓는데도, 다른 제자들이 한 시간 동안 놓는 만큼밖에 못 놓는다고 하더군. 다른 제자가 꽃 한 송이를 수놓을 때, 그 여자는 꽃잎 한 장을 겨우 수놓는다고, 다른 제자가 나비를 한 마리 수놓을 때, 그 여자는 나비의 한쪽 날개를 겨우 수놓는다고…… 내가 제자로 들어갔을 때 외팔 여자는 신사임당 초충도 중 하나인 '양귀비와 도마뱀'을 수놓고 있었지. 3년 전 8폭 초충도 병풍을 시작했다고 했어. 3년 동안 하루에 10시간씩 수를 놓았다고 했지. 하루도 거르지 않고, 8폭 병풍의 1폭에 넣을 '양귀비와 도마뱀'을 수놓았다고 했지. '양귀비와 도마뱀'을 수놓는 동안 백 개가 넘는 바늘이 부러졌을 거라고 했어. 자수바늘을 잡은 손에 힘이 너무 들어가서 버티지 못하고 부러져버린다고…… 3년하고도 한 달 보름 만에 그 여자는 마침내 '양귀비와 도마뱀'을 완성했지. 그 여자가 수놓는 걸 가까이에서 지켜본 이들은 누구나 혀를 내둘렀지. 자수바늘이 관통해야 하는 것이 천이 아니라 바위라도 되는 것처럼 온 힘을 다해서 꽂았지. 자수장도 혀를 내두를 정도였으니까. 손가락이 부러지는 날이 올 거라고 자수장이 잔소리를 했지만 소용없었어. 그 여자는 들으려고 하지 않았어. 그 여자가 3년하고도 한 달 보름 만에 완성한 '양귀비와 도마뱀'을 내가 석 달 만에 완성하자 다들 내 수놓는 솜씨에 감탄을 하더군. 제자들에게 인색하기로 소문난 자수장도 칭찬을 하더군. 내가 '양귀비와 도마뱀'을 완성하던 날, 그 외팔 여자는 자신이 완성한 '양귀비와 도마뱀'을 불살라버렸지. 3년하고도 한 달 보름 만에 완성한, 자수바늘을 백 개나 잡아먹었다는 신사임당 초충도를 하루아침에 불살라버린 거야. 서리를 맞아 언 배추가 널려 있는 배추밭에서 검은 연기가 피어오르는 것을 지켜보았지. 다들, 자수장조차 그 외팔 여자가 마침내 제풀에 꺾여 자수 공방을 떠날 거라고 생각했지. 그런데 아니었어. 그 여자는 처음부터 다시 수를 놓기 시작했어. 3년하고도 한 달 보름 만에 완성한 초충도를 불살라버리더니, 양귀비와 도마뱀이 등장하는 초충도를 처음부터 다시 놓기 시작하더군. 처음부터 다시. 수틀에 천을 끼우고, 자수바늘 귀에 황색 비단실을 꿰는 것부터 다시…… 그 여자가 떠나지 않아서 내가 떠났지. 실은 내뺀 거야. 다시 자수바늘을 잡은 그 여자 손을 견딜 수 없어서. 그때 내빼지 않았으면 미치광이 남편도 안 만나고 이름난 자수장이 되었을까?"

여자는 잠시 침묵하다 다시 말을 이었다.

"네 손을 보는 순간 그 외팔 여자의 손이 떠올랐지. 자수바늘을 잡는 네 손에 얼마나 힘이 들어가 있는지 알아?"

"나는 잘 모르겠어요……"

금택은 고개를 저었다.

"바늘을 잡아먹는 손이야."

"……제 손이요?"

"바늘이 남아나지 않는 손이지."

"제 손이요?"

"하여간 바늘을 내버려두지 못하는 손이 있다니까."

여자는 중얼거리고는 수틀에 고정한 검정 모본단 한가운데 바늘을 꽂았다.

"집어!"

여자가 명령했다.

"못 집겠어요."

금택은 고개를 저었다.

"어서 집어!"

호박색 꼰사(푼사를 꼬아 만든 실로 은은한 광택이 흐른다) 같은 햇살이 새털수(새털이 난 것처럼 표현하는 기법)를 놓듯 내리비치는 마당을 무심결 내다보던 금택은 문득, 우물집에 자신 혼자라는 사실을 깨달았다. 적막한 우물집에 영원히 혼자 남겨진 것 같은 기분이 들어 그녀는 소름이 끼쳤다. 어머니는 아침 일찍 대구에 다니러 갔다. 천을 뜨러 간 것이 아니라 화순을 만나러 간 것임을 금택은 알고 있었다.

자신이 도망치는 것이라면 정말로 도망치고 싶은 대상이 무엇인지 모르겠다는 화순의 말은, 화두처럼 금택을 괴롭혔다. 어머니인지, 바늘인지 아니면······ 화순의 그 말이 떠오를 때마다 그녀는 이상하게 외팔 여자가 함께 떠올랐다. 자수 놓는 여자는 자신의 시어머니보다 매섭던 자수장이 아니라, 외팔 여자의 손으로부터 도망쳤다고 고백했다. 자수바늘을 잡은 외팔 여자의 손으로부터. 외팔 여자가 떠오를 때마다 금택은 기시감처럼 그 여자의 손을 본 것 같은 기분이 들었다. 수틀에 팽팽하게 고정한 바탕 감에 자수바늘을 수직으로 내리꽂는 외팔 여자의 손을.

외팔 여자에 대해서 듣기 전까지, 그녀는 화순이 자기 자신을 파괴하면서까지 도망치기 위해 발버둥 치는 대상이 어머니라고 생각했다. 그런데 어머니가 아닐지 모른다는 생각이 들었다. 어머니도, 누비 바늘도 아닌 다른 누군가일 수도 있겠다는.

고등학교를 졸업하던 해보다 더한 무기력증이, 어느덧 스물여섯 살이 된 금택을 지배했다. 두 달 전 관공서 일을 관둔 뒤로 그녀는 병풍 가게에 가지 않았다. 자수 놓는 여자가 외팔 여자에 대해 이야기한 뒤 검정 모본단 한가운데 수직으로 꽂은 자수바늘을 금택은 끝끝내 집지 않았다.

발길을 끊고 한 달쯤 지나 금택은 병풍 가게 앞을 지나갈 일이 있었다. 병풍 가게 여자는 일월오봉도 병풍 앞에 의자를 놓고 앉아 졸고 있었다. 간장과 물엿에 우엉이나 연근을 졸이는 냄새가 골목에 짙게 퍼져 있었다. 일월오봉도 병풍 저 너머에 시척지근한 살냄새 나는 맨 얼굴의 자수 놓는 여자가 있다는 것을, 당뇨 때문에 발이 썩고 있는데도 수틀 앞을 떠나지 못하고 있다는 것을, 길거리를 지나다니는 행인들 중 아무나 붙들고 폭로하고 싶은 충동을 그녀는 간신히 참았다.

우물집 마당 한쪽에는 검게 염색한 명주 천들이 만장처럼 널려 펄럭이고 있었다. 검은색을 내는 과정은 다소 복잡했다. 어머니는 7월 하순경 때 이르게 수확한 감으로 3일간 발색을 했다. 어머니는 청도에서 난 감을 썼는데 강판에 간 뒤 그 간 것을 보자기에 넣고 손으로 주물럭거려 감물을 짜냈다. 연둣빛 감물을 어머니는 보자기에 넣고 한 번 더 걸러주었다. 감물 들인 명주 천을 빨고 말리기를 세 차례 반복했다. 처음에는 살색을 띠던 명주 천은 빨고 말리기를 반복하는 과정에서 차차 짙어져 갈색을 띠었다. 감물은 따갑도록 강렬한 햇볕

에 말려주어야 골고루 들었다. 철매염을 한차례 해주면 갈색이 짙어
졌다. 이어서 석회 매염을 해주면 비로소 검은색이 돌았다.

보풀이 일어나듯 금택은 스르르 몸을 일으켰다. 마당으로 내려섰
다. 숨바꼭질을 하듯 만장 속을 허우적허우적 헤매다 서쪽 방으로
들었다.

누비대에는 어머니가 짓고 있는, 양파껍질색 양단 저고리가 압핀
을 수십 개 꽂고 숨죽이고 있었다. 그녀는 누비대 앞으로 가 자리를
잡고 앉았다. 어머니가 못처럼 버티고 앉아 누비질을 하는 자리였
다. 어머니의 기운이 전류처럼 흐르고 있는 것 같아 꺼림칙했지만
그녀는 버티고 앉아 있었다.

저고리는 바늘땀을 떠 넣은 누비 선이 반, 그렇지 않은 누비 선이
반이었다. 지네가 떨어뜨리고 간 다리 같은 누비 바늘이 그녀의 눈
에 들어왔다. 갈색 명주실이 누비 바늘 귀에 꿰어져 있었다. 그녀는
누비 바늘을 집어 들었다. 어머니가 누비대를 떠나기 전 마지막으로
떠 넣은 바늘땀에 이어서 바늘땀을 떠 넣었다. 차분히 숨을 고른 뒤
연속해서 바늘땀을 떠 나갔다. 겨드랑이가 축축하게 젖어오는 것을
느끼고서야 그녀는 자신이 저지른 짓을 깨닫고 소스라치게 놀랐다.
두려웠지만 그녀는 계속해서 바늘땀을 떠 나갔다. 누비 선 세 개가
순식간에 그녀가 떠 넣은 바늘땀으로 채워졌다.

어머니가 자라 떼 같은 어스름을 이끌고 우물집으로 돌아왔다.

금택은 부엌에서 수제비 반죽을 개다 함석 대문 열리는 소리를 들
었다. 어머니는 아침에 들고 나간 보자기를 마루에 놓아두고 서쪽
방으로 들었다. 질다 싶은 수제비 반죽을 손으로 뚝뚝 떠 넣으면서

그녀는 어머니가 언제 자신을 부를지 조마조마했다. 그러나 수제비 반죽을 다 떠 넣도록 어머니는 그녀를 부르지 않았다.

밥상에 마주 앉아 수제비를 먹는 동안 어머니는 아무 말이 없었다.

"화순은 만나셨어요?"

"자취방을 옮겼더구나······"

"사실은 넉 달 전쯤 관공서로 저를 찾아왔었어요. 화순이요······ 휴학 신청을 했다고 했어요."

어머니는 말을 잇지 못하고 금택을 바라보기만 했다. 그 사실을 어째서 자신에게 진즉에 말하지 않았는지 추궁하지 않았다.

"별다른 말은 없었니?"

"없었어요."

우물집을 떠나 자신이 다니는 대학교가 있는 대구로 나간 뒤로 화순은 모든 결정을 스스로 내렸다. 혼자 알아서 결정을 내린 뒤 번복이 불가능한 지경이 되어서야 자신의 결정에 대해 통보하듯 알려왔다. 화순이 대학 생활에 잘 적응하는지, 아닌지 금택으로서는 알 수 없었다. 대학교는 금택이 모르는 세계였다. 화순이 간혹 우물집에 다니러 와 자신에게 했던 말들을 통해 그녀가 혼란스럽고 위태로운 시기를 보내고 있다는 것을 어렴풋이나마 짐작했고, 위험한 수준은 아닐 거라고 생각했다. 금택은 화순에게 충동적이고 불같은 기질이 있다는 것을 알았다. 어머니에게 고분고분한 자신과 다르게 그녀는 의심과 불만과 원망이 많았다. 어머니의 친딸이 자신인데도 그녀는 불안해했다. 언니인 금택이 아니라 자신이 어머니의 친딸이라는 사실을 끊임없이 확인하고 증명하고 싶어 하면서도 그것을 못 견뎌 했다.

"세상이 혼란스러워."

어쩌면 어머니가 단골들보다 세상 이치를 더 훤히 통찰하고 있을 지 모른다는 생각이 들어 금택은 새삼스럽게 어머니를 바라보았다.

화순이 대학교에 다니는 동안 독재정권을 휘두르던 대통령이 암 살당하고, 신군부 세력이 정권을 잡았다. 그녀가 휴학하던 해에는 야간 통행금지가 해제되었다. 군부 출신인 새로운 대통령은 한국 프 로야구 개막전에서 시구를 했다. 흑백티브이에서 컬러티브이로 바 뀌듯 세상이 갑자기 바뀐 듯했다. 새로운 대통령의 부인은 컬러티브 이 시대에 맞게 화려한 색상의 한복을 입었다. 누비옷은 상류층의 전유물이 아니라 구시대의 유물 같아 보였다. 한복은 평상복이 아 니라 혼례 같은 잔치 때나 입는 옷이 되었다. 한복 옷감이 화려해지 고 다양해진 것 같지만 금택이 볼 때는 획일화되었다. 아이러니하게 도 옷감이 귀하던 흑백티브이 시절에는 여자들이 다양한 문양과 질 감의 옷감으로 저마다 개성에 따라 저고리와 치마를 지어 입었지만, 옷감이 흔해지자 오히려 획일화되었다. 금택은 초등학교와 중고등 학교를 다닐 때 부엉상회나 읍내 거리, 버스에서 만났던 여자들의 모습을 떠올리고는 했다. 여자들 대개는 한복 치마저고리 차림이었 다. 여자들은 무명은 물론 커튼이나 이불보로나 어울릴 것 같은 천 으로도 저고리와 치마를 지어 입었다.

손바느질로 옷을 지어 입는 시대는 갔다는 엘리자베쓰양장점 여 자의 예언은 한편으로는 적중했고, 한편으로는 빗나갔다. 한복 거리 의 여자들을 생각할 때 그녀의 예언은 적중한 셈이었다. 한복 거리 의 여자들은 대개 미싱으로 한복을 지었고, 손바느질이 필요한 부분만 손바느질을 했다. 그러나 어머니를 생각할 때 그녀의 예언은 빗나간 셈이 되었다. 어머니가 존재하는 한 손바느질로 옷을 지어 입는 시대의 종말은 아직 오지 않았다. 어머니가 손에서 바늘을 놓지 않는 한.

어머니의 누비옷은, 그리고 누비옷을 짓는 방식은 시대의 흐름을 전혀 따라가지 못했다. 오히려 시대의 흐름을 역행했다. 어머니는 여전히 고집스럽게 처음부터 끝까지 손과 바늘로 옷을 지었다. 안팎을 맞춘 옷감과 그 속을 채운 목화솜을 고정시키기 위해 윤곽을 둘러주는 홈질조차 어머니는 미싱이 아닌 손바느질로 했다.

한 땀도 어머니는 포기하지 않았다. 20년 전 어머니가 3만 땀을 떠넣어 누비저고리를 지었다면, 여전히 3만 땀을 떠 넣어 누비저고리를 지었다. 금택은 어머니가 강박적으로 반복해서 떠 넣는 바늘땀들이 세월이 흐를수록 점점 더 엄격해지는 것을 느꼈다.

화순이 다니는 대학교로부터 우편물이 한 통 날아왔다. 복학 통지서로, 복학 신청 기간이 명시되어 있었다. 금택은 복학 통지서를 전해주기 위해 화순이 다니는 대학교에 다녀왔다. 대학교에 가면 화순의 소식을 들을 수 있을지 모른다는 생각이 들었다. 그러나 화순의 행방을 아는 사람은 그녀가 다니던 대학교에도 없었다. 금택이 화순의 행방을 수소문하는 동안 복학 신청 기간은 지나가버렸다. 그녀는 학교로도 돌아가지 않았고, 우물집으로도 돌아오지 않았다.

아무 데서도 찾을 수 없어서인지 금택은 화순이 우물집에 돌아와 있는 것 같았다. 몰래 돌아와 우물집 어딘가에 숨어 있는 것 같았다.

그러나 잘 숨는 쪽은 화순이 아니라 금택 자신이었다. 잘 숨지 못해 번번이 술래가 되던 화순이 오래오래 숨어 있도록 찾지 않고 내버려 두고 싶은 마음이 금택에게 있었다.

그즈음 금택은 옥 사모님의 하나뿐인 아들이 은행 지점장의 딸과 결혼을 했다가 넉 달 만에 이혼을 했다는 소문을 들었다.

"남편 복이 없으면 자식 복도 없다더니, 아들이 문제가 많다더라."

진희라는 단골의 그 말은 모든 걸 설명해주는 듯했다. 옥 사모님의 아들에 대해서는 물론, 그들 모자 관계에 대해서도. 자신의 아들과 같은 고등학교를 졸업해서인지 진희라는 단골은 옥 사모님의 아들에 대해 잘 알았다. 그가 어느 대학교를 들어가고 군대는 어디로 갔는지, 대학교를 졸업한 뒤에는 어떻게 지내고 있는지, 금택은 그녀를 통해서 들어서 알고 있었다. 자개장롱만 보면 금택은 옥 사모님의 아들이 생각났다. 그녀의 아들이 자개장롱을 열려 하고 있는 것 같았다.

돌 색동저고리

어머니가 여전히 누비 바느질로 옷을 지어 먹고사는 것처럼, 마을 여자들은 여전히 봄이 되면 뒷산에 올라 고사리를 뜯어다 팔고, 가을에는 버섯을 따다 햇볕에 말리거나 소금에 절였다. 어머니가 바늘처럼 마르는 동안 그녀들은 허리가 호미처럼 휘었다.

아스팔트로 덮인 신작로에서는 더 이상 툭툭한 광목흙먼지도, 빳빳하고 깔깔한 생명주흙먼지도, 짜임이 성기고 부드러운 갑사흙먼지도 일지 않았다. 그 옷감들은 한산모시보다 귀한 옷감이 되었다. 봄이면 광목흙먼지나 생명주흙먼지나 갑사흙먼지 옷감으로 지은 적삼을 한 벌 얻어 입던 미루나무는, 멍처럼 올라온 새순을 온몸에 달고는 집에서 쫓겨난 아이처럼 벌벌 떨면서 서 있었다. 옷 한 벌 얻어 입으려 떼 지어 날아든 참새들은 낙담해서는 전봇대에 줄지어 않아 있거나, 방앗간 양철지붕을 찾아 날아갔다.

마을 여자들은 나이가 차다 못해 넘치도록 시집을 가지 않는 금택을 이상하게 생각했다. 어머니가 일부러 딸들을 시집보내지 않는 것이라고 오해했다. 어머니의 팔자가 드세서 딸들의 팔자도 순탄하게 풀리지 않는 것이라고 수군거렸다. 우물집의 바느질하는 여자와 딸들에 대해 수군거릴 때 그녀들은 닭의 모가지를 비틀 때처럼 노골적이었지만, 악의적이지 않았다. 그녀들은 마을에서 금택을 보면 자기들끼리 장단을 맞추어 떠들었다.

"시집은 안 가? 나이가 찼으면 시집을 가야지. 기왕 낳을 거 한 살이라도 적을 때 낳아야지."

"싸게싸게 낳아야지."

"싸게싸게 낳아 싸게싸게 키워 싸게싸게 장가보내고 시집보내야지."

"왜? 싸게싸게 해치우고 싸게싸게 죽어버리게?"

어쩌다 어머니가 마을 어귀나 샛길에 나타나면 그녀들은 일을 하다 말고 굽은 허리를 일으켰다. 호기심 어린 눈길로 어머니를 살폈다. 우물집 바느질을 하는 여자가 그동안 얼마나 늙었는지 살폈다. 그녀들은 어머니 역시 자신들처럼 공평하게 시간의 지배를 받는다는 것을, 속절없이 늙어가고 있다는 것을, 자신들의 멀어가는 두 눈으로 똑똑히 확인하고 싶어 했다.

한복 거리에서 여자 저고리를 가장 잘 짓는 숙희한복 여자가 치매에 걸렸다는 소식이 들려왔다. 똥오줌조차 못 가리는 그녀는 눈만 뜨면 색동을 찾는다고 했다. 돌 색동저고리를 한 벌 지으려고 색동을 다섯 마 마련해놓았는데 자고 일어나 보니 감쪽같이 사라지고 없더라고, 보는 사람마다 붙들고 하소연을 한다고 했다. 새가 되어 날아갔을 리도, 눈처럼 녹아 증발했을 리도 없는데 아무리 찾아도 없다고, 환장할 노릇이라고, 귀신이 곡할 노릇이라고. "아이고야, 어디로 갔을까? 내 색동이 어디로 갔을까." 숙희한복 여자의 소식을 전하던 단골은, 코맹맹이 소리가 섞인 그녀의 목소리를 똑같이 흉내 냈다.

색동으로 벌써 돌 색동저고리를 한 벌 짓지 않았느냐고 하면 그러냐면서 고개를 끄덕이다가도 금세 "아이고야, 내 색동이 어디로 갔을까" 노래를 부른다고 했다. 자신의 색동 좀 찾아 달라고, 아무나 붙들고 어린애처럼 보챈다고 했다.

색동은 여러 빛깔의 감을 층이 지게 짠 천이었다. 색동의 오방색은 청, 적, 백, 흑, 황으로 돌 색동저고리에는 사방에서 복을 받고 귀하게 자라라는 뜻이 담겨 있다.

무지개떡은 명주 색동이고, 도미찜 위 오색 지단은 양단 색동이다.

숙희한복 여자는 한복 거리의 모든 여자를 자신의 색동을 훔쳐간 도둑으로 의심한다고 했다. 그녀에게는 딸도 색동을 훔쳐간 도둑이고, 며느리도 색동을 훔쳐간 도둑이라고 했다. 시누이들도, 친정 동기간들도, 서울한복 여자도, 복래한복 여자도, 정인한복 여자도, 반백년도 더 전에 죽은, 오래전에 죽은 시어머니도 색동을 훔쳐간 도둑이라고 했다.

천년한복 여자 말로는 숙희한복 여자가 정말로 색동 다섯 마를 잃어버린 적이 있다고 했다. 그녀가 수십 년 전 정말로 색동 다섯 마를 잃어버리고 애를 태운 적이 있다고. 요즘에야 색동이 공장에서 직조되어 나오지만, 예전에는 색동을 하나하나 바느질로 이어서 만들었다고 했다. 숙희한복 여자가 잃어버린 색동도 바느질로 이어서 만든 색동이었다고 했다.

돌 색동저고리를 지을 자신의 색동 다섯 마를 누군가 훔쳐갔다고 믿는 그녀는, 옷감만 보면 숨기느라 정신이 없다고 했다. 옷감을 숨기는 게 일이라고 했다. 장롱이고, 찬장이고, 항아리고, 냄비 속이고, 신발이고 옷감을 숨긴다고 했다. 그녀의 며느리가 뒤주에서 날벌레가 하도 끓어 쌀을 끄집어냈더니 항라가 한 마 나왔다고 했다. 항라를 펼치자 쌀과 애벌레가 우수수 떨어지면서 나방이 날아올랐다고 했다. 시달리다 지친 며느리가 색동을 한 마 끊어다 주었는데 자신이 잃어버린 색동이 아니라면서 밀쳐내더라고 했다.

숙희한복 여자가 뒤주 속에 항라를 숨기는 모습이 금택은 생생하게 그려졌다. 뒤주 쌀알 속으로 항라를 깊숙이 밀어 넣는 모습이……

치매가 온 숙희한복 여자의 시간은 수십 년 전 색동을 잃어버린 그때로 되돌아가 있었다. 그녀의 까맣던 머리는 무명 실타래가 되었지만, 한복 거리에 숙희한복을 내고 밤낮으로 바느질에 매달리던 시절로. 돌 색동저고리를 지을 색동을 잃어버리고 애를 태우던 시절로.

그녀가 찾는 색동은 그러므로 그냥 색동이 아니라, 그녀가 수십 년 전 잃어버린 색동이라고. 그녀만이 기억하고 있는 색동이라고 금택은 생각했다.

아홉 형제의 집에서 오랜만에 돼지를 잡았다. 아들들이 돼지를 잡는 동안 마루 위에 박제 새처럼 앉아 말없이 구경하던 그들의 어머니는 보이지 않았다. 그녀는 방에도, 부엌에도, 장독대에도, 텅 빈 닭장 안에도, 광에도, 뒤뜰에도, 옻나무 아래에도, 앵두나무 아래에도, 건초더미 뒤에도 없었다. 자신들을 차례로 낳은 어머니가 집 아무 데도 없는데도 돼지를 잡는 아홉 형제의 얼굴들은 마른 귤껍질처럼 질겨져 있었다. 오래전 시멘트를 바른 마당은 곳곳이 갈라지고, 갈라진 새로 풀이 자라 있었다. 아홉 형제는 흥이 덜 나 있었고, 힘이 빠져 보였다.

그날 밤, 누비 바늘은 금택의 손가락을 찔렀다. 누비 바늘이 엄지와 검지 사이에 깊숙이 박혀들도록 금택은 내버려두었다. 피가 금택의 광목 치마로 떨어졌다. 누비 바늘은 꿈속에서도 금택의 손가락을 찔렀다. 손가락에서는 돼지 피 양단보다 두텁고, 번들거리고, 폭이 넓은 양단이 끝없이 풀려 나왔다. 마을 여자들이 두루마기를 한 벌씩 해 입을 수 있을 만큼 풀려 나왔다.

솜씨도 내림이라지

대학교로 돌아가지 않은 화순은 우물집으로도 돌아오지 않았다. 대신에 화순처럼 젊은 여자들이 우물집을 찾아왔다. 태생과 기질이 제각각인 그녀들이 어머니를 찾아오는 목적은 동일했다. 동일한 하나의 목적은 어머니에게서 누비 바느질을 배우는 것이었다. 명장의 자리에 오르지는 못했지만, 어머니의 누비옷 짓는 솜씨는 입소문을 타고 퍼졌다.

누비를 배우기 위해 찾아온 여자들이 우물집 함석 대문을 조심스럽게 열고 들어설 때마다 금택은 화순이 돌아온 줄 알고 화들짝 놀랐다.

여자들은 바느질하는 여자들이었다. 바느질하는 여자들이었지만, 한복 거리의 바느질하는 여자들과는 달랐다. 피난 보따리처럼 어수선하고 절실한 사연을 안고, 한복집들을 떠돌면서 바느질품을 팔아서 먹고사는 여자들은 아니었던 것이다. 월성댁이나 전주 여자와는 달랐던 것이다. 그녀들은 외려 화순과 비슷한 부류의 여자들이었다. 한복의 양식과 유형을 이해하고 있었고, 치수를 계산해 도안을 그리고 본을 뜰 줄 알았다. 미싱을 능숙하게 다룰 줄 알았다. 그녀들은 손바느질을 배우기 전에 미싱을 먼저 배웠다. 처음부터 미싱으로 옷을 지었다. 합리적이고 융통성이 있는 그녀들이 어머니를 찾아온 것은 누비라는 숨 막히도록 엄격하고 느린 바느질 기법에 반해서였다. 그녀들은 누비를 우리나라 전통 바느질의 한 기법으로, 누비옷을 고유한 의복 문화의 한 양식으로 이해했다. 그녀들에게 누비는 도전할 가치가 있는 세계였던 것이다.

손바느질로 옷을 짓는 여자들은 더러 있었지만, 누비로 옷을 짓는 여자는 드물었다. 복래한복 여자도, 서울한복 여자도, 아씨한복 여자도, 정인한복 여자도 누비 바느질을 할 줄은 알았지만, 누비로 제대로 된 저고리나 두루마기는 지을 줄 몰랐다. 바느질이라면 눈을 감고도 웬만큼 하는 그녀들이었지만, 누비 바느질은 익숙하지 않았다. 누비 바느질은 특별한 리듬과 강약을 요구하는 기법이었다. 숙달을 필요로 하는 기법이었다. 누비저고리를 한 벌 지을 시간에 민저고리나 회장저고리를 수 벌 지을 수 있었기 때문에 그녀들은 애써 누비 바느질을 하려 하지 않았다. 누비 바느질은 금 같은 시간을 잡아먹었다. 두 달이고 석 달이고 누비대 앞에 앉아 바늘땀을 떠 넣기에 그녀들은 돈이 궁했다. 그녀들은 바느질로 먹고살았다. 바느질로 자식들을 키워 시집장가 보냈다. 어머니는 수십 년 누비 바느질로 옷을 지었다. 어머니처럼 수십 년 누비 바느질로 옷을 지은 여자는 드물었다.

누비 바느질을 배우겠다고 제 발로 찾아오는 여자들이 있을 만큼 누비 바느질 솜씨가 세상에 알려졌지만 어머니는 달라진 것이 없었다. 그쯤 되면 명장의 자리에 오르고자 하는 욕망이 움틀 만한데도, 욕망은 여전히 당사자인 어머니가 아니라 금택의 내부에 기생했다. 어머니는 두 딸에게 그랬듯 여자들에게 거리를 두었다. 그녀들을 자신의 밑에 두고 가르치려 들지 않았다. 누비 바느질을 배우겠다고 찾아온 자신들을 물끄러미 바라보기만 하는 어머니 때문에 여자들은 처음에 당혹스러워했다. 침묵을 거절의 의미로 알고 풀이 죽어 가버리는 여자도 있었다. 누비 바느질을 배우고자 하는 자신의 의지가 얼마나 강한지 일깨우듯 누비대 앞에 버티고 앉아, 누비 도구들과 옷감들과 어머니의 안색을 기민하게 살폈다. 여자들이 한 시간이고 두 시간이고 가지 않고 버티고 앉아 있으면 어머니는 누비 바늘을 들었다. 꽁치 가시보다 작고 가는 누비 바늘 뒤로 숨듯 어깨를 움츠렸다. 그럴 때면 금택은 어머니가 누비 바늘에 삼켜지는 것 같아 자신도 모르게 탄식이 터져 나왔다. 여자들이 끝까지 가지 않고 버티면 어머니는 그녀들이 가버리든 말든 상관 않고 누비 바느질을 다시 했다. 아무도 자신의 누비 바느질을 방해할 수 없다는 듯. 여자들은 당황스러워하다가, 절도 있고 격조 높은 리듬을 타면서 또박또박 바늘땀을 떠 넣는 어머니의 두 손을 경탄스럽게 바라보았다.

여자들은 대개 어머니를 두려워하였다. 누비대 앞 화장기 하나 없는 어머니의 얼굴은 도무지 속내를 알 수 없었다. 둥글게 도드라진 이마는 발광 물질을 바른 듯 연신 푸른빛을 발산했다. 쪽 찐 머리는 염색을 하지 않아 잿빛을 띠었고, 머리카락 한 올 허투루 삐져나와

있지 않았다. 귀기마저 도는 흰 무명 저고리는 얼룩 한 점 없이 깨끗
했다.

누비를 배우겠다고 스스로 어머니를 찾아온 여자들은 아무리 길
어야 석 달을 버티지 못하고 스스로 떠나갔다. 그녀들은 처음에는
출퇴근하듯 매일같이 찾아왔다. 하루 이틀 간격을 두고 찾아오다 어
느 날 소리 소문 없이 발길을 끊었다. 멀리서 어렵게 찾아온 여자들
일수록 어머니를 질려 하면서, 원망하면서 떠나갔다. 그녀들 중에는
멀리서 고속버스와 시외버스를 타고 우물집을 찾아오는 이들도 있
었다. 멀리 부산에서 열차를 타고 찾아오는 여자도 있었다. 남편이
중학교 과학 교사라는 그 여자는 경주역에 내려, 버스를 두 차례 갈
아타고 우물집까지 왔다. 그 여자는 어머니의 마음을 사기 위해 올
때마다 갈치나 재첩이나 젓갈을 사들고 왔다. 한 번 흘끔 바라보고
는 자신을 유령 취급하는 어머니를 원망스러운 눈빛으로 바라보다
가, 금택이 끓여주는 수제비나 국수를 한 그릇 얻어먹고 부산 자신
의 집으로 돌아갔다. 어머니가 누비를 가르치려 들지 않았기 때문에
여자들은 돈을 지불하고서라도 누비를 배우고 싶어 했다. 그녀들 대
개는 자신들이 바느질 솜씨를 타고났다고 생각했다. 어머니가 자신
들의 타고난 바느질 솜씨를 알아주지 않는 것에 대해 서운해했다.
그녀들 중에는 약혼을 파기하고 누비 바느질을 배우겠다고 무작정
경주로 내려온 여자도 있었다. 그 여자는, 여자로서 평탄한 인생을
스스로 포기하고 누비 바느질을 배우겠다는 일념으로 찾아온 자신
을 알아주지 않는 어머니를 야속해했다.

제 발로 찾아와 제 발로 떠나간 여자들은 어머니를 곡해했다. 어머

니는 그녀들에게 바늘 하나 들어갈 구멍 없는 완고하고 엄한 사람이었다. 그녀들은 어머니가 자신들에게 누비라는 침선법을 일부러 가르쳐주지 않는 것이라고 오해했다. 자신들에게 절대 가르쳐주지 않는 누비 침선법을 딸인 금택에게만 가르치고 있다는 의심을 품었다. 딸에게 누비 침선법을 전수하기 위해 일부러 제자를 두지 않는다는 소문은 옥 사모님의 귀에까지 들어갔다. 그녀들은 어머니가 속으로 무슨 생각을 하는지 도무지 알 수 없어 답답해했다. 속으로 무슨 생각을 하는지 모르기는 금택도 마찬가지였다. 모르기는 옥 사모님도 마찬가지인지, 간혹 그녀가 어머니를 슬쩍 떠보는 소리가 서쪽 방에서 들려왔다.

"솜씨도 내림이라지? 솜씨 내림은 못 속인다던데 자네가 볼 때는 두 딸 중 누가 솜씨 내림을 받은 것 같은가?"

누비라는 침선법에 대해서도, 누비옷에 대해서도, 자기 자신에 대해서도 일언반구가 없어서인지 여자들은 어머니를 비밀스러운 사람으로 여겼다. 미스터리한 비밀스러움은 귀기와 결합되어 어머니를 더욱 두려운 존재로 만들었다.

서울 말씨를 쓰는 여자들이 우물집을 찾아왔다. 중년을 훌쩍 넘긴 여자들로 자매 지간이라는 것을 누구나 알 만큼 이목구비가 닮아 있었다. 특히나 턱 부분이 닮아 있었는데 하나같이 주걱처럼 돌출되어 있었다. 여자들은 돌림노래를 하듯 한 여자가 이야기를 시작하면 다른 여자가 곧바로 이야기를 받았다 정인한복 여자의 소개로 물어물어 찾아왔다는 그녀들은 (친정 장조카의 신부 쪽에서 보내온) 예단비로 양단 누비배자를 한 벌씩 맞추어 입고 싶어 했다. 아직 짓지도 않은 누비배자를 입고 장조카의 결혼식에 참석해 가족사진을 찍을 생각에 그녀들은 한껏 흥분해 있었다.

"신부 아버지가 금산서 인삼 농사를 크게 짓는다지?"

"인삼은 떨어지지 않고 먹겠네."

"키도 콩알만 하니 인물은 없더라."

"언니는 새삼 인물 타령이야. 인물 뜯어 먹고 살 일 있어? 남구 인물은 얼마나 대단하다고."

"남구 인물이야 보통은 되지. 인물이 반반해도 골치지만 너무 없어도 못쓴다, 얘. 인물이 어지간히 있어야 자식을 낳아도 이목구비가 반듯한 자식을 낳지."

"고분고분하니 순해 보이기는 하더라."

"겪어봐야 진면목을 알지, 한 4, 5년 겪어보기 전에는 모르는 일이다, 얘. 올케 봐라. 시집와서 남구 낳기 전까지는 얼마나 고분고분했니. 딸 많은 집에 들어와 아들 하나 낳더니만 세상 무서운 게 없는지, 저 듣기 싫은 소리를 하면 눈꺼풀을 발랑발랑하면서 따박따박 말대꾸를 하는데 아주 얄미워서 혼났다 얘."

"눈꺼풀 발랑발랑하는 건 어디서 배웠나 몰라, 나는 흉내 내려고 해도 안 되더라."

그녀들의 끝이 없을 것 같은 수다가 잦아들 때까지 어머니는 인내심을 가지고 기다렸다. 누비배자를 지어드릴 수 없을 것 같다고 정중히 말했다. 어머니는 이미 누비마고자 한 벌을 주문받아놓고 있었다.

여자들은 황당해하면서 떠나갔고, 어머니에게서 누비옷을 한 벌 지어 입으려면 목을 빼고 기다려야 한다는 악의적인 소문을 퍼뜨리고 다녔다. 누비배자를 한 벌 지으려면 꼬박 두 달 남짓 시간이 걸린다는 것을 그녀들은 모르는 듯했다. 더구나 그녀들은 다섯 명이었다. 여섯 달 뒤에 있을 친정 장조카의 결혼식 전까지 어머니 혼자 다섯 벌의 누비배자를 짓는 것은 불가능했다.

수십 년 전에 한복 거리를 떠나왔는데도 어머니에 대한 소문은 여전히 한복 거리에 떠돌았다. 어머니의 단골들은 소금을 퍼 나르듯 한복 거리에 떠도는 소문을 우물집으로, 우물집 어머니에 대한 소문을 한복 거리로 퍼 날랐다.

삼라만상

재숙도 누비 바느질을 배우기 위해 어머니를 찾아온 여자들 중 하나였다. 그녀는 서른세 살로, 대학교에서 전통 의상을 전공했다고 했다. 이름난 한복 명인 밑에 들어가 배냇저고리부터 수의 짓는 것까지 배웠다는 그녀는 금택의 눈에 다른 여자들과 달라 보였다. 허술해 보이는 구석이 그녀에게는 없었다. 그녀는 용의주도하고 치밀했다. 무엇보다 그녀는 어머니를 두려워하지 않았다.

그녀가 제 발로 찾아왔을 때 어머니는 마침 주문받은 누비마고자를 짓기 시작했다. 어머니가 치수 계산도 하지 않고 도안을 그리는 것을 그녀는 지켜보았다. 암기하듯 주의 깊게 지켜보면서도 그녀는 전혀 놀라워하지 않았는데, 어머니 세대의 바느질하는 여자들이 체계적이지 않은 자신들만의 방식으로 옷을 짓는다는 것을 알고 있기 때문인 것 같았다.

한 달 동안 하루도 거르지 않고 우물집을 드나든 그녀는 우물집에 자신이 지낼 방이 있는지 물었다. 금택에게 재숙은 이방의 여자였다. 어머니와 자신과 화순의 세계인 우물집에 이방의 여자가 들어오는 것을 금택은 원치 않았다.

어머니가 허락하지 않으리라는 금택의 예상은 빗나갔다. 재숙은 그녀를 통하지 않고 어머니에게 직접 우물집에서 지내도 된다는 허락을 얻었다. 그때껏 어머니를 찾아온 여자들이 딸인 그녀를 일종의 관문처럼 통과해 어머니에게 다다랐던 것을 생각하면 재숙의 행동은 무척 돌발적이고 이례적이었다.

어떤 의미에서 재숙은 또 다른 화순이었다. 금택은 어쩔 수 없이 그녀와 한방을 썼다. 밤이 되면 이불을 나란히 깔고 누워 잠들었다. 밤에 불을 끄고 이불 속으로 들어가 누울 때마다 금택은 화순이 돌아온 것이 아닌가 하는 착각에 사로잡히고는 했다. 어머니가 혹시나 재숙을 화순으로 착각한 것은 아닌가 하는 의심이 종종 들었다. 때때로 어머니에게 딸이 둘이 아니라 셋이었던 것 같은 착각마저 들었다.

재숙은 대담하게도 누비대를 가운데 두고 어머니와 대적하듯 마주 앉았다. 바늘땀을 떠 나가는 어머니의 손동작을 머릿속에 새기듯 바라보았다.

재숙은 금택하고도, 화순하고도 달랐다. 우물집으로 들어와 함께 살기 전까지 금택은 재숙이 화순과 비슷한 사람일 거라고 짐작했다. 그러나 그녀의 짐작은 빗나갔다. 그녀는 기질적으로 화순과 다른 사람이었다. 그녀에게는 화순에게는 없는 집요함이 있었다. 화순은 단순하고 충동적이었고, 그만큼 솔직했다. 재숙은 충동을 다스릴 줄 알았다. 감정과 욕망을 화순은 숨기지 않았지만, 재숙은 숨기고 포장할 줄 알았다. 금택은 화순과 자신, 둘 중 꼭 한 명을 지목해야 한다면 오히려 자신이라는 생각이 들었다. 화순보다는 자신의 기질이 재숙의 기질과 닿아 있다고 생각했다. 충동을 다스릴 줄 알고, 욕망을 숨길 줄 안다는 점에서 그랬다.

누비대 위에서 절도 있는 리듬을 타면서 동일한 바늘땀을 연속해서 떠 나가는 어머니의 손놀림을 보고도 경탄하지 않는 그녀에게, 금택은 누비 바느질을 배우려는 이유를 묻지 않을 수 없었다.

"누비 바느질의 세계는 심오해. 단순한 바느질이 아니라 삼라만상을 짓는 거지."

그녀의 대답이 신선했지만 금택은 어쩐지 마음에 들지 않았다. 설명을 할 수는 없었지만 금택은 그녀의 대답이 교묘하게 느껴졌다. 심지어 그녀가 거짓말을 하고 있다는 느낌마저 받았다. 누비 바느질을 배우려는 진짜 이유를 그럴듯한 말 뒤에 교활하게 숨기고 있는 느낌마저 들었다. 금택은 그녀가 누비 바느질을 배우려는 진짜 이유를 듣고 싶었다.

"삼라만상이요?"

"하나의 우주를 짓는 것하고 똑같다는 뜻이지."

금택은 삼라만상의 뜻을 모르는 것은 아니었지만 잘 와 닿지 않았다. 분명한 것은 어머니가 삼라만상을 짓는 심정으로 누비옷을 짓지는 않으리라는 것이었다. 삼라만상을 짓는 심정으로 바늘땀들을 떠 넣지는 않으리라는 것이었다. 바늘땀을 떠 넣으면서 어머니가 무슨 생각을 하는지 금택은 늘 궁금했다.

"누비의 어원이 납의에서 비롯되었다는 건 알고 있니? 승려가 입는 납의장삼(衲衣長衫)의 납이라는 한자에서 유래를 찾을 수 있지. '납의'의 '납'이 한자로 기울 납을 쓰거든."

재숙의 이야기가 거슬리고 거북스러웠지만 금택은 흘려버릴 수 없었다. 누비에 대해 그녀가 말하고 있기 때문이었다. 어머니가 말해주지 않았던 누비의 역사와 유래에 대해. 어머니가 누비에 대해 이야기하는 것을 금택은 들어본 적이 없었다. 누비옷의 특수성과 가치에 대해 이야기하는 것 역시. 어머니의 오랜 단골들은, 어머니가 설명하지 않아도 누비옷의 가치를 알고 있었다.

재숙은 체계적이고 학문적으로 누비를 이해하고 있었다. 옥 사모님과는 또 다르게 누비를 이해하고 있었던 것이다. 그녀는 어머니를 찾아오기 전에 이미 누비에 대해 이론적으로 무장하고 있었다.

재숙은 누비가 몽고 지방의 고비사막에서 시작된 것으로 알려져 있다고 그녀에게 알려주었다. 기원전 천 년 전에 벌써 고대 이집트와 중국에서 사용되던 퀼트 형태의 누비가 퍼져 회교권 지역인 동아시아와 중동의 이란, 아프리카로 퍼졌다고.

"누비가 언제부터 우리나라에서 시작되었는지 정확하게 알 수는 없지만 사계절이 존재하는 기후 특성상 오래전에 시작되었으리라 추측할 수 있지. 누비로 지은 옷이 가진 기능 중 가장 중요한 기능이 방한, 보온 기능이니까. 겨울을 나기 위해 방한과 보온성이 뛰어난 누비옷을 지어 입기 시작했겠지. 우리나라에서 가장 오래된 누비 유물은 신라 천마총에서 출토된 천마도 장니와 안욕이야. 안욕에 사용된 직선과 기하학적 문양 누비는 직물에 누비가 사용된 가장 오래된 예야."

재숙은 누비의 역사를 꿰고 있었다. 누비에 대해 모르던 지식을 그녀를 통해 알게 될 때마다 금택은 어쩔 수 없이 어머니는 알고 있는지 궁금해졌다. 그녀는 어머니가 자신이나 단골들 앞에서 누비에 대해 이야기하는 것을 들은 적이 없었다. 수십 년 누비옷만을 지었고, 세상 누구보다 누비옷을 잘 지었지만 어머니는 누비에 대해 아무것도 모르는 사람처럼 굴었다.

"일제시대 때 재봉틀이 보급되고 기계 누비가 유행하면서 우리나라 전통 누비가 변질되었지. 퀼트라고 알지?"

금택은 고개를 끄덕였다. 서양식 수예로, 천 조각들을 모자이크처럼 이어 붙여서 방석과 이불과 가방 등을 만드는 퀼트가 여자들 사이에 유행이라는 말을, 어머니의 단골로부터 듣기도 했다.

"우리 전통 누비를 서양식 퀼트와 비교하지만, 그 둘은 달라. 퀼트는 다양한 색깔의 천 조각과 실을 사용하지만, 우리 전통 누비는 한 가지 색상의 천과 실을 사용하지. 둘 다 홈질을 기본으로 하지만, 바느질을 할 때 퀼트는 천을 손에 들고서 하고, 누비는 천을 바닥에 놓고서 하니까. 퀼트에서는 천 조각들의 조화가 중요하지. 누비는 똑같은 바늘땀들의 반복을 통해 아름다움에 도달하지. 자기 수양과 인내, 극기에 가까운 절제를 통해 최상의 아름다움에 도달하는 게 우리 전통 누비야. 다른 어느 나라에도 없는, 우리나라에만 있는 고유한 침선법이지."

누비에 대해 꿰고 있는 재숙이 누비에 대한 자신만의 정의를 내리고 싶어 한다는 것을, 금택은 눈치 챘다.

　금택은 문득 의문이 들었다. 누비에 대해 통달한 것처럼 구는 그녀가 뭘 더 배우겠다고 어머니를 찾아왔는가 하는 것이었다.

　"언니는 이미 누비옷을 지을 줄 알겠어요."

　"이론과 실천은 다른 문제지."

　"그래서 지을 줄 알아요?"

　"지을 수야 있지. 누비저고리 한 벌 정도야 마음만 먹으면 얼마든지…… 그렇지만 누비저고리를 한 벌 짓는 게 무슨 의미가 있을까?"

　재숙은 회의적으로 말했다.

　금택은 화순이 대학교에 다니던 시절 간혹 우물집에 내려와 자신과 나누던 이야기들이 떠올랐다. 재숙이 화순이 했던 이야기들과는 또 다른 이야기를 하고 있었지만, 그때와 마찬가지로 금택은 혼란스러웠다.

　"그게 왜 의미가 없는데요?"

　금택은 묻지 않을 수 없었다.

　"잘 생각해봐. 누비저고리를 한 벌 짓는 게 무슨 의미와 가치가 있는지. 방한성과 보온성이 뛰어난 옷들이 넘쳐나는데 누가 누비옷을 입으려고 할까."

　"누비저고리를 한 벌 짓는데 그렇게 꼭 의미와 가치를 따져야 하는 것인지 모르겠어요……"

　그녀는 고개를 저었다. 화순과 이야기할 때는 반박하고 싶은 말이 명료하게 떠올랐지만, 재숙과 이야기할 때는 반발심만 생겼다. 그래서 재숙의 주장에 전혀 동의하지 않았지만 반박하지 않았다. 반박하고 싶은 의욕 자체가 일어나지 않았다.

"누비 기법이 왜 계승되어야 하는지 사람들을 납득시키려면 누비의 우수성과 가치를 사람들에게 이해시켜야 해."

"……"

"누비에 정신을 담지 않으면 안 돼."

"어떤…… 정신이요?"

"누비가 지닌 정신."

"누비가 지닌 어떤 정신이요?"

"느림, 인내, 자기 수양, 성찰 같은 것들."

"……"

"옛 사람들은 옷을 지을 때 한 땀 한 땀마다 입을 사람의 복을 기원했다지. 건강과 장수를 빌면서 정성을 다했다지."

재숙은 조금 길게 여운을 두었다가 이어서 말했다.

"내 목표는, 끊긴 전통 누비 기법을 복원하는 거야. 잔누비, 중누비, 드문누비, 납작누비, 오목누비…… 출토된 누비 복식들을 원형 그대로 복원하는 게 내 목표이지. 누비를 시대에 맞게 발전시키는 것은 그다음 목표이고."

금택은 의문했다. 누비저고리를 한 벌 짓는 것이 무슨 의미가 있는지 회의하는 그녀가, 전통 누비 기법을 복원하고 시대에 맞게 발전시키는 것을 목표로 품었다는 사실이 모순 같았다.

어머니는 누비저고리를 지을 때, 누비저고리에만 집중했다. 어머니는 다른 것은 생각하지 않았다. 누비저고리가 완성될 때까지 어머니는 바늘땀 하나에 몰두했다.

"언니의 그 목표들을 이루기 위해 어머니가 필요한가요?"

그녀는 대답대신 의미심장한 미소를 지었다.

"바늘땀 하나에 쌀 한 톨……"

그녀는 중얼거렸다.

"바늘땀 하나에 쌀 한 톨?"

재숙이 물었다.

"그것이 내가 알고 있는 누비의 정신이에요."

어느 날 재숙은 금택이 생각지도 않았던 질문을 해왔다.

"스승이 누군지 알고 있니?"

"스승이요?"

"선생님께 누비 기법을 전수해주신 분 말이야."

재숙은 어머니를 선생님이라고 불렀다.

"모르겠어요."

금택은 고개를 저었다.

"어떻게 모를 수 있지?"

그때껏 금택은 어머니에게 스승 같은 존재가 있으리라고는 생각을 못 했다. 어머니에게 누비 바느질을 가르쳐준 이가 있으리라고는. 어머니가 스스로 누비 바느질을 익혔을 리는 없었다. 어머니보다 앞선 존재. 짐작조차 가지 않는 존재에 대한 궁금증이 금택은 그다지 일지 않았다. 언제나 그랬듯, 그녀에게 관심의 대상은 어머니뿐이었다. 어머니 이전도, 이후도 그녀에게는 중요하지 않았다.

"선생님께서 어느 분께 누비 바느질을 배웠는지 네게 말씀해주신

적 없니?"

재숙은 집요했다.

"없어요."

"계승과 전수가 중요하다는 걸 모르는구나."

어머니가 누비마고자를 짓는 과정을 재숙은 처음부터 끝까지 지켜보았다. 어머니가 누비옷을 한 벌 완성하기까지 얼마나 많은 바늘땀을 반복해서 떠 넣는지. 어머니가 거의 온종일 누비대 앞에 버티고 앉아 바늘땀을 떠 넣는데도 석 달하고도 열흘 만에야 누비마고자가 완성되는 것을.

어머니가 새로 누비저고리를 짓기 시작하자, 재숙도 누비저고리를 짓기 시작했다. 금택은 재숙이 저고리 도안을 그리고, 본을 뜨는 것을 지켜보았다. 빳빳한 도화지 위에 도안을 그릴 때 한 치의 오차도 허용하지 않는 치밀함이 느껴졌다. 가위로 재단을 할 때도 마찬가지였다. 바늘을 든 그녀의 손은 어머니의 손하고도, 화순의 손하고도 달랐다. 금택의 손하고도. 바늘을 든 그녀의 손은 거침이 없었고, 그래서 위험해 보였다. 누비를 배우겠다고 어머니를 찾아왔을 때 그녀는 이미 바늘을 가지고 있었다. 많은 바늘을 가지고 있었다. 어머니보다 많은 바늘을 가지고 있었다. 어머니보다 바늘을 많이 가진 그녀가 누비 바느질을 배우겠다고 어머니를 찾아온 것도 금택은 아이러니했다.

금택은 재숙의 바늘들을 구경한 적이 있었다. 그녀의 바늘들은 새끼손가락처럼 생긴 자석과 함께 분홍색 플라스틱 통 속에 들어 있었다. 자석과 함께 넣어두면 바늘을 잃어버릴 염려가 없다고 재숙은 말했다. 바늘들은 선인장에 난 가시처럼 자석에 달라붙어 있었다. 자석은 그녀의 바늘들이 멀리 달아나지 못하게 붙들고 있었다. 자석을 중심으로 한 그녀의 바늘들이, 금택은 바늘이 아니라 다른 물건 같았다. 바늘과 차원이 다른 물건 같았다. 금택은 자석이 어머니의 바늘들도 끌어당길 것 같은 위기감에 사로잡혔다. 우물집의 모든 바늘을 자신에게 끌어당길 것 같은.

그로부터 며칠 뒤, 손으로 방바닥을 조심스럽게 더듬고 있는 금택에게 재숙이 물었다.

"뭘 찾고 있지?"

"바늘이요."

"어쩌다 잃어버렸지?"

"손에 잡고 있다가요."

금택이 대답했다.

"손에 잡고 있는데 어떻게 잃어버릴 수 있지?"

의아해하던 재숙은 분홍색 플라스틱 통 뚜껑을 열더니 그 안에서 바늘을 하나 꺼내들었다.

"자, 받아."

그녀가 내미는 바늘을 뚫어져라 바라보던 금택은 거절의 의미로 고개를 흔들었다.

"바늘이야."

그녀가 말했다.

"내가 잃어버린 바늘이 아니에요."

414

"네가 잃어버린 바늘은 아니지만 같은 바늘이야."

그녀가 말했다.

"아니요. 내가 잃어버린 바늘은 그 바늘이 아니에요."

"바늘을 어쩌다 잃어버린 거야?"

자신이 이미 물었다는 것을 깜박했는지 그녀는 다시 물었다.

"손에 잡고 있다가……"

바늘이 손에 잡고 있어도, 악착같이 잡고 있어도 얼마든지 잃어버릴 수 있는 물건이라는 걸, 피라미처럼 순식간에 달아날 수 있는 물건이라는 걸, 온데간데없이 사라질 수 있는 물건이라는 걸, 금택은 그녀에게 굳이 이해시키려 애쓰지 않았다.

재숙이 우물집에서 지낸 지 어느새 반년이 되어가고 있었다. 우연의 일치겠지만, 그녀가 나타난 뒤로 다른 여자들이 더 이상 어머니를 찾아오지 않았다.

"네 동생은 어디 있어?"

"누구요?"

금택은 되물었다.

"네 동생. 네가 언니 맞지? 선생님께 딸이 둘이라고 들었어. 네 동생을 본 적이 없어서 말이야."

금택은 그녀가 화순에 대해 관심을 보이는 것이 싫었다. 그녀가 화순의 존재를 알아야 할 이유가 없다고 생각했다.

"네 동생은 어디에 살아?"

"내 동생에 대해 언니가 왜 알고 싶어 하는지 모르겠어요."

"궁금해서. 네 동생은 의류학을 전공했지? 네 동생 이름이 화순…… 박화순, 맞지?"

그녀가 한 번도 만난 적 없는 화순을 이미 알고 있어서 금택은 놀랐다.

"언니가 그 애를 어떻게 알아요?"

"내 대학교 선배 하나가 네 동생을 알아. 그 선배로부터 네 동생 이야기를 들었어. 그 선배가 네 동생이 다녔던 의류학과에서 두 학기 출강을 했었는데, 네 동생이 수강생 중 한 명이었다지 뭐야. 특별한 재능을 타고난 학생으로 네 동생을 기억하던데. 벌써 10년 전인데도 그 선배가 네 동생 이름을 기억하고 있는 걸 보면 몹시 특출했나 봐. 내가 누비 기법을 배우러 경주에 내려와 있다고 했더니 대뜸 네 동생의 안부를 묻지 뭐야. 넌 줄 알았는데, 네 동생이더군. 세상이 좁다는 생각이 새삼 들더군. 그 선배가 중간고사를 과제로 대체했는데 네 동생이 제출한 과제물이 다른 학생들 것보다 뛰어나서 학기 내내 눈여겨보았다지 뭐야."

"어떤 과제요?"

"배냇저고리."

"배냇저고리요?"

의외여서 금택은 되물었다.

"다른 학생들은 배냇저고리를 제출했는데, 네 동생은 누비배냇저고리를 제출했다더군. 누비를 배우지도 않은 2학년 학생이 누비배냇저고리를 지어서 과제물로 냈으니 놀랄 만도 하지. 더 놀라운 건 다른 학생들은 미싱으로 배냇저고리를 완성해 제출했는데, 네 동생은 처음부터 끝까지 손바느질로 완성을 했다지 뭐야. 학기가 끝나갈 즈음에 네 동생을 따로 불러서 물었나 봐. 어디서 누비를 배웠는지 말이야. 망설이다가 어머니가 누비옷을 짓는 분이라고 고백을 했다지 뭐야."

"그 애가요?"

금택은 믿기지 않았다.

"경주에서 누비옷을 짓는 분은 선생님 한 분뿐이니까."

"그 애가 정말로 누비배냇저고리를 만들어서 과제로 제출했대요?"

"남 칭찬에 인색한 선배가 이름을 똑똑히 기억하고 있을 정도면 바느질 솜씨를 타고나기는 타고났나 봐? 네 동생이니까, 네가 더 잘 알겠지만."

금택은 믿기지 않았다. 대학교 2학년 때면 화순의 어머니를 향한 비난이 가장 극하던 시기였다. 그녀는 어쩌다 우물집에 다니러 오면 어머니의 생산 방식이 얼마나 비효율적인지, 노동 착취적인지 금택에게 이해시키지 못해 안달했다. 그녀는 어머니와 다른 방식으로 옷을 지을 것이라고 했다. 어머니가 짓는 옷들과는 다른 차원의 옷을 지을 것이라고 했다. 그런데 그녀는 어머니와 같은 방식으로 옷을 지었던 것이다. 처음부터 끝까지 손바느질만으로 누비배냇저고리를 지었던 것이다. 금택은 배신감에 사로잡혔다. 금택은 화순으로부터 뒤통수를 한 대 세게 얻어맞은 기분이었다. 그녀가 자신뿐 아니라 어머니를 속였다는 배신감마저 들었다. 그녀가 옷을 짓는다고 했을 때 금택은 늘 어떤 옷을 짓는지 궁금했다. 그녀가 완성한 옷을 보고 싶었다. 그러나 그녀는 자신이 만들고 있다는 옷에 대해서는 어떠한 설명도 하지 않았다.

"네 동생은 어디에 있지?"

"그 애는 졸업을 못했어요."

금택은 말했다.

"네 동생은 선생님으로부터 누비 바느질을 배웠니?"

"아니요."

금택은 단호하게 말했다.

"너는?"

"나도 배우지 않았어요."

"이해가 안 돼."

재숙이 고개를 흔들었다.

"뭐가요?"

"내로라하는 침선장들 대개는 유산을 물려주듯 침선 기법을 며느리나 딸에게 물려주고 싶어 하지. 내가 아는 팔순이 넘은 침선장은 당신 딸에게 침선장 자리를 물려주려고 16년을 꼬박 자신 밑에서 온갖 수발을 들면서 바느질을 익힌 제자를 가차 없이 쫓아냈지. 아무리 솜씨 내림이라지만, 바느질이 싫다고 어머니를 떠나 물리치료사가 된 딸에게 말이야."

금택은 그녀가 자신의 이야기를 하고 있는 게 아닌가 하는 의심이 들었지만 물어보지 않았다.

"어머니가 어떤 분이신지 언니가 잘 알잖아요."

"아니, 모르겠어. 너는 네 어머니가 어떤 분인지 알겠니?"

금택은 대답할 필요를 못 느꼈다. 그녀는 재숙이 어머니의 딸들인 자신들을 의식하고 있다는 것을 깨달았다. 어머니를 떠나지 못하고 있는 자신보다, 한 번도 본 적 없는 화순을 더 의식하고 있다는 것 또한.

병풍 가게 앞에서 헤어진 뒤로 금택은 화순을 보지 못했다. 그 애는 아무 곳으로도 돌아오지 않았다. 화순이 어디에 살고 있는지는, 당사자인 화순 자신만 알았다. 금택은 막연하지만 화순이 우물집으로 돌아올 때가 되었다는 것을 직감했다. 돌아올 때가 되었는데도 화순이 돌아오지 않는 것이 누비 바느질을 배우기 위해 어머니를 찾아온 여자들 때문이라고 금택은 생각했다. 재숙 때문이라고.

화순이 누비 바느질로 지었다는 것이 저고리가 아니라 배냇저고리라서 금택은 더 충격을 받았다. 어머니는 배냇저고리를 짓지 않았다. 생과 사, 그 둘 다 어머니는 멀리했다. 어머니는 자매에게 공평하듯, 생과 사에도 공평했던 것이다.

우물집에 들어와 산 지 이태째 되던 해 마을 늙은 여자가 어머니를 찾아온 적이 있었다. 늙은 여자는 어머니에게 배냇저고리를 한 벌 지어달라고 부탁했다. 시집을 간 딸이 애가 들어서지 않아 온갖 구박을 받다가 10년 만에 애가 생겨 두 달 뒤에 낳는데 배냇저고리를 한 벌 지어 보내고 싶어서 그런다고. 자신은 손이 뭉그러지고 뒤틀려 바느질을 할 수 없다고. 그녀는 마 같은 손을 어머니에게 내 보였다. 금택은 어머니가 그녀의 부탁을 들어줄 줄 알았지만, 어머니는 자신은 배냇저고리는 짓지 않는다면서 늙은 여자를 돌려보냈다. 탄생과 죽음이 어쩌면 어머니에게는 같은 것인지 모르겠다고, 어린 금

419

택은 그때 막연히 생각했다.

자신이 어머니 몰래 숨어서 바느질을 하는 동안, 화순 역시 숨어서 바느질을 했을 것을 생각하니 금택은 기분이 이상했다.

잃어버린 지 닷새 만에 금택은 바늘을 찾았다. 바늘은 앉은뱅이책상 밑에서 나왔다. 잃어버린 바늘을 찾았다는 것을 금택은 재숙에게 말하지 않았다.

금택은 재숙이 화순처럼 바느질 솜씨와 옷을 짓는 감각을 타고났다는 것을 눈치챘다. 그녀에게는 게다가 화순에게는 없는 근성이 있었다. 금택은 그 근성이 목표를 이루고자 하는 강한 성취 욕구 때문에 가능하다는 것을 알았다. 그녀에게는 '계산하는 머리'도 있었다. 한복 거리의 그 어떤 바느질하는 여자보다도 바느질 솜씨가 좋다는 월성댁에게는 없는 것이 그녀에게는 있었다. 그런 그녀를 어머니는 알아보지 못했다.

한번은 어머니가 금택에게 물었다.

"저 여자가 누구지?"

오전 내내 누비대 앞에 꿈쩍 않고 앉아 바늘땀을 뜨고 난 어머니의 눈은 멀어 있었다. 언제부터인가 바늘땀을 뜨고 나면 어머니의 눈은 어둠과 빛을 구분하지 못할 할 만큼 멀어 있었다. 멀어버린 눈이 돌아오면 어머니는 다시 바늘땀을 떴다. 금택은 문득 어머니의 멀어버린 눈이 돌아오지 않을까 봐 걱정되었다.

"누구요?"

"저 여자 말이다."

어머니가 바늘을 내려놓은 손을 들어 마당을 서성이고 있는 재숙을 가리켰다.

"재숙 언니잖아요."

"누구……?"

"재숙 언니요."

"저 여자가 왜 우물집에 있는 거지?"

"어머니께 누비를 배우려고요. 작년 가을에 누비를 배우겠다고 어머니를 찾아왔잖아요."

이모할머니의 반짇고리

밤에 불을 끄고 누우면 재숙은 자신이 '바늘' 때문에 얼마나 많은 것들을 포기해야 했는지 금택에게 들려주었다. 그녀가 바늘이라고 말할 때, 바늘은 단순히 바늘 하나가 아니라 여러 가지를 상징했다.

재숙의 아버지는 중동 건설을 주도한 건설 회사의 임원이었다. 해외 출장이 잦은 아버지와 중학교 국어 교사이던 어머니 때문에 식모의 손에서 자라다시피 했지만, 서울에 처음 지어진 아파트에서 어린 시절을 보냈을 만큼 물질적으로 부족한 게 없이 자랐다. 그녀의 아버지는 해외 출장에서 돌아올 때면 다른 여자아이들은 가질 수 없는 신기한 물건들을 사다 주었다. 여자아이들이 종이 인형을 가지고 놀 때 그녀는 바비 인형을 가지고 놀았다. 어머니의 화장대에는 샤넬 향수병이 놓여 있었고, 거실에는 이란에서 가져온 양모 양탄자가 깔려 있었다. 식탁에는 늘 노란 바나나가 놓여 있었다. 아버지가 해외 출장에서 돌아오는 날이면 어머니는 그녀와 오빠를 데리고 김포공항으로 마중을 나갔다. 그녀는 에스컬레이터를 김포공항에서 처음 타보았다. 그녀의 오빠는 의과대학을 나와 대학 병원 전문의가 되었고, 그녀는 서울에 소재한 여자대학교에서 의류학을 전공했다. 그녀의 부모는 그녀가 대학원에 진학해 의류학 공부를 계속해서 대학에 자리를 잡거나, 조건이 맞는 남자와 결혼해 가정을 꾸리고 살기를 바랐지만 그녀는 바늘을 들었다. 옷 하나 사는 것까지 어머니와 상의하던 그녀는 그때만큼은 독단으로 결정을 내렸다. 심한 배신감을 느낀 어머니는 늦었다는 것을 알면서도 딸의 결정을 반대하고 나섰다. 그녀는 사춘기 때도 하지 않았던 가출을 감행했고 한복 명인의 수제자로 들어가 한복 짓는 것을 배웠다. 아버지는 그녀가 대학교를 졸업하던 해 간암으로 세상을 떠났다.

자신의 부모가 딸인 자신이 갖고 싶어 하는 것은 다 갖게 해주었다고 그녀는 말했다.

"바늘만은 예외였어."

그녀의 어머니는 여전히 자신을 이해하지 못한다고 했다.

"바늘만 아니었으면 결혼해 자식 낳고, 내 나이에 누릴 수 있는 것들을 누리면서 행복하게 살고 있겠지. 중학교 국어 교사인 어머니를 대신해 오빠하고 나를 키운 식모가 틈만 나면 바느질을 했어. 늙은 여자였는데, 어머니 쪽 먼 친척이라고 했어. 외할머니가 그녀를 우리 집으로 데리고 왔어. 늙은 춘향이 늙은 향단을 데리고 오듯 우리 집으로 그녀를 데리고 왔지. 풍산 유씨인 데다 아들을 넷이나 둔 외할머니 기세가 대단했거든. 치매하고 중풍이 함께 와 천덕꾸러기 신세가 되었지만. 자식이 없었던 것 같아. 식모를 이모할머니라고 부르면서 친할머니보다 더 따랐어. 그녀는 백치 같은 표정을 짓고 온종일 일을 했어. 오빠하고 내가 물을 엎지르고, 유리컵을 깨고, 반찬 투정을 부려도 짜증이나 화를 낼 줄 몰랐어. 그녀가 볕이 드는 창문 밑에 웅크리고 앉아 바느질하던 모습이 잊히지 않아. 식모인 그녀가 바느질을 할 때만큼은 외할머니보다 우아하고 위엄이 있어 보였어. 머리를 쪽 찌고, 치마 밑으로 한쪽 무릎을 세우고 앉아 바느질을 했지. 우엉을 뚝뚝 분질러 붙여놓은 것 같은 그녀 손에서 바늘이 보석처럼 반짝반짝 빛났어. 어머니가 간혹 옷을 사다 주는데도, 바느질을 해서 저고리와 치마를 지어 입었어. 바느질을 하다가도 어머니나 외할머니가 오면 바느질하던 것을 옷장 속에 꼭꼭 감추었어. 어머니가 보는 앞에서는 절대로 바느질을 하지 않았지. 내가 중학교에 들어가던 해 우리 집을 떠났지. 어디로 갔는지는 모르겠어. 나중에야 외할머니로부터 들어서 그녀가 소실 출신에 위안부였다는 걸 알게 되었어. 바느질하는 공장에 돈을 벌러 갔다가 집안의 우셋거리가 되었다고. 외할머니는 정실 소생, 이모할머니는 소실 소생이었지만, 어쨌든 둘은 자매 지간이었던 거야. 외할머니가 보고 싶다는 생각은 들지 않는데, 이모할머니는 가끔 보고 싶어…… 내가 뭘 더 포기해야 하지? 뭘 더 포기해야 바늘을 얻을 수 있을까. 뭘 더 포기해야……"

그녀의 바늘에 대한 집착이 자신이 생각한 것보다 더 위험한 수준이라는 것을 깨닫고 금택은 놀랐다.

어머니는 바느질하는 여자로 살기 위해 자신이 포기해야 했던 것들에 대해 딸들에게 한 번도 이야기한 적이 없었다. 그래서인지 금택은 어머니가 바늘을 통해 얻은 것들에 대해서만 생각했다. 어머니는 바늘을 통해 살아가는 데 꼭 필요한 많은 것들을 얻었다. 쌀을, 소금을, 깨를, 밀가루를, 석유를…… 그것은 부령할매도, 한복 거리의 바느질하는 여자들도 마찬가지였다. 그녀들은 바늘로 먹을 것을 구하고 자식들을 가르쳤다. 그러나 재숙이 바늘로 얻으려 하는 것은 그런 차원의 것이 아니었다.

"이모할머니가 떠나고, 그녀가 쓰던 반닫이 옷장에서 반짇고리가 나왔지. 대나무로 촘촘하게 짠 반짇고리로, 바느질을 하는 데 필요한 물건들이 다 들어 있었어. 이모할머니의 손때가 묻은 물건들이, 아버지가 외국에 다녀올 때마다 사다 주는 이국의 물건들보다 신기했어. 바늘방석, 무명실 뭉치, 무쇠 가위, 천 쪼가리, 골무, 뼈인두…… 노란 모란 두 송이가 좌우 대칭되게 수놓아져 있던 바늘방석은 아주 오래된 것 같았어. 급하게 떠나느라 반짇고리를 미처 챙겨가지 못했던 것 같아. 당신이 키우다시피 한 오빠하고 내게 인사도 없이 가버렸으니까. 학교에서 돌아왔을 때 이모할머니가 떠나고 없었어…… 집 어디에도 이모할머니가 없었어. 아버지는 그때도 해외 출장 중이었지. 사우디인가 리비아인가에 가 있다고 했어."

"……"

"어머니가 바늘방석에서 바늘을 뽑아 들고는 중얼거리던 말이 잊히지 않아. 녹이 슬었다고 했어. 이모할머니의 손에서 반짝반짝 빛나던 바늘이 녹슬었다는 게 믿기지 않았어. 정말로 녹이 슬었는지 내가 확인할 새도 없이 바늘을 바늘방석에 찔러 넣더니, 다른 바늘을 뽑아 들고는 똑같이 말했지. 녹이 슬었다고…… 바늘도 못처럼 녹이 스는 물건이라는 걸 그때 알았지. 어린 내가 반짇고리와 그 속에 든 물건들을 신기해하는 것이 싫었던 걸까? 어머니가 뭔가 생각하는 눈치더니, 내게 반짇고리를 들리고 현관문을 나섰어. 나는 영문도 모른 채 두 팔로 반짇고리를 끌어안고 현관문을 나섰지. 어머니가 나를 앞세우고 복도를 걸어갔어. 쓰레기 투구함 앞에 이를 때까지 나는 이모할머니를 찾아가는 줄로만 알았어. 이모할머니가 깜박하고 두고 간 반짇고리를 가져다주려는 줄로만. 반짇고리가 이모할머니에게는 세상에서 가장 중요한 물건 같았거든. 어릴 때 내가 살던 아파트에는 층층마다 쓰레기 투구함이 있었어. 복도 가장 안쪽에. 어머니가 쓰레기 투구함 철제 뚜껑을 열더니 내게 반짇고리를 넣으라고 명령했어. 직업이 교사라는 걸 의식해서였을까. 어머니가 내게 하는 모든 말이 다 명령으로 들렸어. 절대로 어겨서는 안 되는 절대적인 명령처럼. 어머니가 시키는 대로 할 수밖에 없었어. 내가 반짇고리를 투구함 속에 넣자마자 어머니가 철제 뚜껑을 닫았지. 새된 비명 같은 그 소리가 고막을 두드리는 순간 내가 무슨 짓을 저질렀는지 알았어. 내 어머니가 내게 바늘에 대해 가르쳐준 것이 있다면, 녹이 슬어 하루아침에 무용지물이 될 수도 있는 물건이라는 거야."

"……"

"네 어머니는 너에게 바늘에 대해 뭘 가르쳐주셨지?"

금택은 질문을 회피하듯 재숙으로부터 돌아누웠다. 여자아이가 대나무로 짠 반짇고리를 끌어안고 복도를 걸어가는 장면이 그녀의 머리에 저절로 그려졌다.

"어머니는 우리에게 바늘이 잃어버리기 쉬운 물건이라는 걸 가르쳐주셨어요."

"그리고 또 무엇을 가르쳐주셨지?"

"죽을 수도 있다고 했어요, 바늘 때문에⋯⋯"

"그리고 또 무엇을 가르쳐주셨지?"

"⋯⋯"

"네 동생은 한 번도 다니러 오지 않는구나⋯⋯"

잠이 오는지 그녀의 목소리가 가물가물 잦아들었다.

한 식경쯤 지나, 깊이 잠든 줄 알았던 재숙의 목소리가 들려왔다. 금택은 그때까지 잠들지 못하고 있었다.

"꿈을 꾸었어⋯⋯ 반짇고리를 두 팔로 끌어안고 어머니와 아파트 복도를 걸어가는 꿈이야. 복도 끝에는 쓰레기 투구함이 있지. 한동안 꾸지 않았는데, 그 꿈을 다시 꾸었어⋯⋯ 그 꿈을 꾸고 나면 이모할머니가 나를 찾아올 것만 같은 생각이 들어. 깜박하고 두고 간 반짇고리를 달라고⋯⋯"

재숙은 나무판과 광목천으로 자신의 누비대를 만들었다. 어머니의 누비대보다 커다란 누비대를. 금택은 그녀가 도마를 아홉 개쯤 합친 크기의 판판한 나무판을 광목천으로 싸는 것을 도왔다. 그녀들은 나무판이 죽은 짐승의 사체라도 되는 듯 툭툭한 광목천으로 친친 싸 나갔다.

대담하게도 그녀는 어머니의 누비대 앞에 자신의 누비대를 놓았다. 자신의 누비대를 앞에 두고 마주 앉은 두 여자 사이에는 미묘한 긴장감이 흘렀다. 두 여자는 현실의 나이로는 스물대여섯 살밖에 차이가 나지 않았지만 수백, 수천 살 차이가 나 보였다. 보편적인 시간과 장소의 개념으로는 도저히 만날 수 없는 두 여자가 만나 그렇게 마주 앉아 있는 것 같았다.

대치하듯 어머니 앞에 버티고 앉아 있는 여자가 자신이나 화순이 아니라 재숙인 것이 금택은 문득 믿기지 않았다. 그녀에게 모든 걸 빼앗겼다는 박탈감과 위기감에 사로잡혀 고통스러웠다.

어머니가 바늘땀을 뜨는 소리에 재숙이 바늘땀을 뜨는 소리가 섞여들었다. 두 소리는 화음을 만들어내지 못하고 겉돌았다. 재숙의 바늘땀을 뜨는 소리는 도전적이었지만 조급하고 불안했다.

어머니가 누비대 앞에 자리를 잡고 앉으면, 그녀도 누비대 앞에 자리를 잡고 앉았다. 어머니가 바늘을 들면, 그녀도 바늘을 들었다. 어머니가 바늘땀을 떠 넣으면, 그녀도 바늘땀을 떠 넣었다.

부동의 자세에서 두 손만 까닥까닥 움직여 바늘땀을 떠 나가던 어머니가 갑자기 동작을 멈추었다. 고개를 들더니 재숙을 바라보았다. 멀어버린 눈이 돌아왔지만 어머니는 여전히 그녀를 알아보지 못하는 것 같았다.

화순에게는 있지만 재숙에게는 없는 것이 있었다. 어머니에게서 버려질지 모른다는 근원적인 두려움이 그녀에게는 없었다. 그 대신에 그녀에게는 화순에게 없는 것이 있었다. 그것은 금택에게도 없는 것으로, 어머니를 넘어서고자 하는 욕망이었다. 어머니의 위에 서고

자 하는 욕망이었다.

　어머니의 누비대 위에서 누비저고리가 완성되던 날, 재숙의 누비
대 위에서도 누비저고리가 완성되었다.
　두 누비저고리는 옷감도, 치수도, 누비 선 간격도, 충전재로 넣은
목화솜의 두께도 같았다. 바늘땀의 길이와 바늘땀들의 간격도 같았
다. 모든 게 같았지만 두 누비저고리는 다른 누비저고리였다. 종류
가 다른 새처럼.
　자신이 지은 누비저고리가 어머니가 지은 누비저고리에 미치지
못한다는 것을 누구보다 재숙 자신이 잘 알았다. 그녀의 누비저고리
는 어머니의 누비저고리에 미치지 못했다.
　누비저고리를 완성한 뒤로 재숙은 어머니가 자신에게 누비 기법을
전수해주지 않는다고 불평하기 시작했다. 우물집에서 그녀의 불평
을 들어줄 사람은 금택뿐이었다. 그녀는 어머니에게 특별하고 비밀
스러운 누비 기법이 있다고 믿었고, 그 기법을 전수 받고 싶어 했다.
　재숙의 불평은 노골적이었다.
　"어째서 아무것도 가르쳐주지 않으시는 거지?"
　"가르쳐줄 게 없으니까요."
　"가르쳐줄 게 없다니?"
　"이미 다 가르쳐주셨으니까요."
　"이미? 이미 뭘?"
　"어머니가 가르쳐주실 수 있는 모든 걸요."
　그녀는 금택의 말에 동의하지 않았다.

그녀는 누비의 기원과 역사와 특징을 이론적으로 꿰고 있을 뿐 아니라 누비옷을 지을 줄 알았지만, 누비 바느질이 가장 단순하고도 가장 어려운 바느질이라는 것은 모르는 듯했다. 반복되는 홈질 말고는 뾰족한 침선법이 없다는 것을 깨닫지 못한 듯했다.

재숙은 어머니를 가장 격렬하게 원망하면서 떠나갔다. 그녀는 노골적으로 어머니에 대한 악의적인 험담을 퍼뜨렸다. 그녀는 어머니가 자신을 내쳤다고 비방했지만, 어머니는 그녀를 내친 적이 없었다. 그녀는 다른 여자들과 마찬가지로 제 발로 어머니를 찾아왔고 제 발로 어머니를 떠나간 것뿐이다.

재숙이 떠난 이튿날 아침, 어머니가 금택을 불렀다. 금택이 서쪽 방으로 갔을 때, 어머니는 절벽 위의 염소처럼 두 눈을 형형하게 빛내고 있었다. 못이 깊숙이 박혔다 뽑힌 자리처럼 양 볼이 깊이 꺼진 어머니의 얼굴에는 혼란스러워하는 기색이 역력했다.

어머니의 손에 들린 오방색 바늘방석에 금택의 눈길이 갔다. 오방색 바늘방석에는 늘 그렇듯 누비 바늘 수 개가 꽂혀 있었다. 어머니가 오방색 바늘방석에서 누비 바늘을 하나를 뽑아 자신에게 내밀던 때가 떠올라 금택은 먹먹해졌다. 벌써 스무 해도 더 전이었지만 그때 일이 고작 엊그제 일처럼 눈에 선했다. 가슴 쪽으로 바짝 끌어당겨 들고 있어서인지 금택은 오방색 바늘방석이 어머니의 심장 같았다. 어머니가 여기저기 바늘에 찔린 심장을 어쩌지 못해 그렇게 손에 들고 있는 것 같았다.

금택은 서쪽 방을 둘러보았다. 누비대에는 어머니가 바늘땀을 떠 넣고 있는 개나리색 양단 조끼가 고정되어 있었다. 옷감들과 실타래들은 가지런히 정리되어 있었다. 잘못된 것은 없어 보였다.

"무슨 조화인지 모르겠다."

"왜 그러세요?"

"바늘이 죄다 녹슬었구나."

"바늘이요?"

"죄다 녹슬었어⋯⋯"

"설마요⋯⋯"

금택은 어머니가 뭔가 착각을 하고 있는 것이라고 생각했다. 스무 해 넘게 곁을 떠나지 않고 지켜보았지만 어머니의 바늘이 녹스는 경우를 본 적은 없었다.

어머니가 금택에게 오방색 바늘꽂이를 내밀었다. 그녀는 그것을 받아 바늘 하나를 뽑았다. 어머니의 말대로 바늘은 녹이 슬어 있었다. 바늘 일곱 개 다 검붉게 녹이 슬어 있었다.

"바늘들이 죄다 녹슬다니, 무슨 조화인지 모르겠어⋯⋯"

바늘들이 녹슨 것을, 어머니는 그 어떤 불길한 징조로 받아들이는 듯했다.

바늘 하나로 어머니는 수벌의 옷을 지었다. 수천수만 개의 알을 낳는 곤충처럼, 바늘은 수천 수만 땀을 제 속에 품고 있었다. 그래서인지 어머니는 바늘을 넘치게 소유한 적이 없었다. 어머니의 오방색 바늘꽂이에는 늘 대바늘 하나와 시침질을 하는 데 쓰는 중간치 바늘 두 개, 누비 바늘 네 개, 그렇게 일곱 개의 바늘이 꽂혀 있었다. 일곱 개에서 줄지도, 늘지도 않았다. 어머니는 더 많은 바늘을 원치 않는 것 같았다. 20여 년 전 딸들을 서쪽 방으로 불러 오방색 바늘꽂이에서 바늘을 뽑아 내밀 때, 어머니는 그 바늘이 세상에 남은 단 하나의 바늘인 듯 경외심을 가지고 다루었다.

백쪽저고리

우물집 기와지붕은 백(百) 조각 저고리였다. 백쪽저고리였다.

백 조각의 천을 이어서 지었다고 해서 그렇게 부른다는 백쪽저고리를 금택은 한복 거리에 살 때 구경한 적이 있었다.

천년한복 여자가 백쪽저고리를 가지고 있었다. 해주 오(吳)씨인 그녀는 그것을 시어머니로부터 물려받았다고 했다. 경주 석(石)씨인 시어머니는 그것을 밀양 박(朴)씨인 시어머니로부터 물려받았다고 했다. 백쪽저고리는 말하자면 함안 조(趙)씨 집안으로 시집온 박씨 성을 가진 여자에게서, 석씨 성을 가진 여자에게로, 오씨 성을 가진 여자에게로 전해진 셈이었다.

천년한복 여자의 말에 따르면, 백쪽저고리는 그녀의 시아버지 되던 이가 백일 때 입은 저고리였다. 시아버지의 어머니, 그러니까 그녀의 시할머니가 지은 것이었다. 시아버지가 살아 있었으면 아흔아홉 살이므로, 아흔아홉 해를 묵은 저고리라고 했다. 그녀의 시아버지는 오래전에 죽고, 백일 때 입었던 백쪽저고리만 남아 며느리에서 며느리로 가보처럼 전해 내려오고 있다고 했다.

백쪽저고리를 한복 거리의 여자들에게 구경시키면서 그녀는 중얼거렸다.

"타고난 명은 어쩔 수 없는지, 백 년을 살라고 백쪽저고리를 해 입히고 이름도 길할 길(吉)에 목숨 수(壽)를 써서 길수라고 지었건만, 스물세 살 되던 해 돌아가셨다지……"

백쪽저고리를 싼 한지를 꺼내 펼칠 때마다 그녀는 남 이야기를 하듯 시아버지 이야기를 했다.

"그나마 백쪽저고리를 지어 입혀서 스무 고개나마 넘겼는지도 모르지. 그거라도 해 입인 덕분으로다가, 장가도 들고, 아들을 둘이나 남기고 갔는지 모르지, 씨라도 뿌리고 갔는지 모르지…… 백 집을 돌아다니면서 얻은 천으로 지어야 진짜 백쪽저고리라지…… 천이 귀해서겠지. 천이 귀해 한 조각 한 조각 얻어다 지은 게 백쪽저고리가 되었겠지."

금 간 유리처럼 조심히 다루는데도 백쪽저고리는 심하게 상해 있었다. 군데군데 바늘땀이 끊어지고 올이 일어나 있었다. 좀먹은 자국과 곰팡이 얼룩이 늙은이의 얼굴에 피어난 검버섯처럼 번져 있었다. 조각과 조각 들은 미미하게 들떠 있었다. 백쪽저고리를 구경할 때마다 금택은 이상하게 가슴이 떨렸다. 천년한복 여자가 그것을 다시 개켜 한지에 쌀 때까지 백쪽저고리에서 눈이 떼어지지 않았다. 그래서인지 백쪽저고리는 그녀의 머릿속에 뚜렷하게 남아 있었다.

백쪽저고리의 천 조각들은 명주로, 고작해야 표고버섯 크기였다. 천 조각들은 흰색이 얼마나 다양할 수 있는지 일깨우듯, 천차만별의 흰색을 띠고 있었다. 금택은 조각조각들이 띠고 있던 흰색들을 떠올려보았다.

무말랭이의 흰색, 비지의 흰색, 보리의 흰색, 실치 젓국을 거른 무명 보자기의 흰색, 솔잎에 찐 송편의 흰색, 참외 속살의 흰색, 간수 뺀 소금의 흰색, 사기요강의 흰색……

천 조각들이 저마다 다른 흰색을 띠는 것이, 정말로 백 집을 돌아다니면서 한 조각씩 얻어서 그런 것인지, 아니면 백 년이라는 시간이 흐르는 동안 삭고 변색되어서 그런 것인지, 금택으로서는 알 수 없었다. 아무래도 둘 다인 듯했다.

천년한복 백쪽저고리가 '백 년 된 명주 백쪽저고리'라면, 우물집 기와지붕은 '반백 년 된 무명 백쪽저고리'였다.

기와지붕 기왓장들은 무명 조각이었다. 백 집을 돌아다니면서 얻은 무명 기와 조각이었다. 처음에는 고른 빛깔을 띠었을 무명 기와 조각들은 비와 바람, 햇빛, 이끼, 잡초, 썩은 낙엽, 벌레 들로 인해 풍화되고, 금 가고, 바래어 다채로운 빛깔을 띠었다. 천년한복의 백쪽저고리의 명주 조각들만큼이나 천차만별의 빛깔을 띠었다. 어떤 무명 기와 조각은 이끼로 뒤덮여 검푸른 빛깔을, 어떤 무명 기와 조각은 새똥으로 얼룩져 회색 빛깔을 띠었다.

동풍이 부는 날 바느질하는 손이 바람바늘을 꺼내들었다. 바람바늘의 귀는 누비 바늘의 귀만큼 작았다. 바느질하는 손은 허공에서 명주햇살실을 한 가닥 뽑아들었다. 초를 먹인 듯 빳빳한 명주햇살실은 번번이 바람바늘의 귀를 벗어났다. 허방을 짚던 명주햇살실이 마침내 바람바늘의 귀에 꿰어졌다.

바느질하는 손은 감침질로 들뜨고 떨어진 무명 기와 조각과 무명 기와 조각을 꿰매 나갔다. 풍화가 심하게 일어나 바늘땀들이 거의 유실되고 해진 앞섶을 시작으로, 부지런히 무명 백쪽저고리를 복원해 나갔다.

감침질은 천과 천을 연결할 때 유용한 바느질법으로, 연결하려는 두 천 끝단을 마주 대고 용수철 모양으로 감아 꿰매기를 반복했는데, 바늘땀이 겉으로 드러나지 않으면서 튼튼하게 꿰매졌다.

모시영혼

오래전 어느 날처럼 우물집 마당에서는 풀 먹인 모시영혼들이 말라가고 있었다. 온종일 빨랫줄에 매달려 깃들 육신을 기다리다 지친 모시영혼들이 꾸벅꾸벅.

모시영혼들을 거두려 마당으로 내려서던 금택의 고개가 훌쩍 함석 대문을 향했다. 어느덧 스물아홉 살이 된 금택의 얼굴은 누르스름한 이마가 반질반질 빛나고, 인중이 깊어져 있었다.

녹이 슬어 열고 닫을 때마다 새된 소리를 내지르는 함석 대문 앞에 화순이 서 있었다. 순간 그녀를 어머니로 착각한 금택은 할 말을 찾지 못한 채 탄식하듯 입을 벙긋 벌리고 화순을 바라보기만 했다. 화순 역시 순간이지만 금택을 어머니로 착각했다. 공교롭게도 함석 대문 앞에 서 있는 화순의 모습은 부령할매를 찾아올 즈음의 어머니를, 모시영혼들 속에 서 있는 금택의 모습은 화순을 데려가기 위해 외삼촌 집을 찾아올 즈음의 어머니를 닮아 있었다.

금택은 부령할매를 찾아오던 날 밤 어머니의 모습을 기억하고 있었다. 어머니는 다소 긴 단발머리에 격자무늬 자주색 투피스 차림이었다. 그로부터 두서너 해가 지나 복래한복에 살 때 어머니는 머리를 올려 묶고, 흰 무명 저고리에 검정 무명 치마 차림이었다.

화순은 손에 들고 있던 가방을 땅에 내려놓고 모시영혼들을 거두었다. 마침내 깃들 육신을 발견한 모시영혼들이 그녀에게 날아들었다. 그녀의 입이 꾹 다물려 있어서 육신에 깃들지 못한 모시영혼들은 그녀의 손과 팔에 악착같이 감겼다.

금택은 모시영혼들이 차례로 화순의 입으로 삼켜지는 상상을 했다. 멥쌀로 쑨 풀을 먹이고, 온종일 햇볕과 바람에 널어 말린 모시영혼들이.

모시영혼들을 마루에 부려놓고 화순은 방으로 들었다.

금택은 풀이 죽은 모시영혼을 한 장 방망이에 둘둘 감았다. 다듬이에 대고 그것을 툭 소리가 나도록 두드리기 시작했다. 그렇게 방망이에 둘둘 말아 두드려주면 헐렁하던 모시영혼의 결은 촘촘해졌다. 두드릴수록 더 촘촘해졌다.

우물집으로 돌아온 화순에게 어머니는 아무것도 묻지 않았다.

화순은 회복기의 환자처럼 잘 먹고, 잘 잤다. 낮에도 종종 깊은 잠에 빠졌다. 무명이나 광목을 닮은 어머니의 음식들을 먹고 그녀는 조금씩 기운을 차렸다. 그녀는 어머니에 대한 불만이 극에 달할 때

숟가락조차 대지 않던 무국에 밥을 말아 먹으면서 싱겁다는 불평을
하지 않았다.

간장을 뜨러 장독으로 가던 금택은 우물가를 서성이고 있는 화순
을 보았다. 우물가는 그늘이 져 서늘하고 습한 냉기가 감돌았다. 수
도가 들어오자 마을의 다른 집들은 우물을 폐쇄했지만 어머니는 여
전히 염색을 할 때는 우물물을 길어서 썼다. 우물가 풍경은 자매가
어릴 때보다 웅숭깊어져 있었다. 어릴 때 자매는 우물가에서 소꿉놀
이와 공기놀이를 하고, 감자 껍질을 벗기고, 봉선화 꽃물을 들였다.
돌멩이로 짓찧은 백반과 봉선화를 서로의 손톱에 올려주었다.
  흰 명주 누비저고리를 우물 속에 빠뜨린 뒤로 화순은 우물을 멀리
했다. 두레박을 던져 우물물을 퍼 올릴 때마다 금택은 누비저고리가
딸려 올까 봐 조마조마했다. 식혜에서 밥알이 떠오르듯, 불어 터진
바늘땀들이 우물물 위로 떠오르는 환영을 본 적도 있었다. 어머니가
누비저고리에 떠 넣었던 바늘땀들이.
  "신기해."
  화순이 중얼거렸다.
  "뭐가?"
  "그대로인 게. 어떻게 모든 게 그대로일 수 있지? 어머니도, 너도,
이 집도……"
  그녀가 떠나 있는 동안 누비 바느질을 배우기 위해 제 발로 어머니
를 찾아와 제 발로 떠나간 여자들에 대해서 금택은 화순에게 말하지
않았다. 재숙에 대해서도.

"바늘땀 하나에 쌀 한 톨……"

화순이 설명을 요구하는 눈빛으로 금택을 바라보았다.

"어머니는 여전히 누비옷을 지어 쌀과 연탄을 들이고, 소금과 밀가루를 사지…… 어머니가 바늘땀을 하나 떠 넣을 때마다 쌀이 한 톨 생기지. 바늘땀 한 되에 쌀 한 되, 바늘땀 한 가마에 쌀 한 가마. 밥을 안치려고 무심코 쌀 항아리를 열다가 깜짝 놀라고는 해. 쌀알들이 바늘땀들 같아서. 흰 쌀알들이 어머니가 누비저고리나 누비치마에 떠 넣은 바늘땀들 같아서."

겨울이 가고, 겨우내 얼어 죽어 있던 숙근초들이 잎을 틔우고 꽃봉오리를 맺도록 화순은 우물집을 떠나지 않았다.

겨우내 겨울잠을 자듯 우물집에만 틀어박혀 지내던 화순이 하루는 살 게 있다면서 경주 시내에 다녀왔다. 날이 어둑해져야 우물집으로 돌아온 화순은 금택에게 말했다.

"병풍 가게에 들렀었어."

금택이 병풍 가게 앞을 마지막으로 지나간 것은 3년 전이었다. 6분 늦게 태어난 동생이 화장을 짙게 하고 일월오악도 병풍 앞에 앉아 있는 병풍 가게를, 금택은 억겁의 세월을 지나는 심정으로 지나갔다.

"해하고 달의 위치가 바뀌어 있었어."

"그게 무슨 말이야?"

"일월오악도 병풍 속 해하고 달의 위치가……"

화순은 자기 자신도 믿기 어렵다는 듯 고개를 가로저었다.

"해가 어느 쪽에 떠 있었는데?"

금택이 물었다. 금택이 기억하기로 해는 왼쪽에, 달은 오른쪽에
있었다.

화순은 그녀의 질문을 무시하고 말했다.

"병풍 가게 여자에게 해하고 달의 위치가 바뀐 것 같다고 했더니
소스라치게 놀라더군. 자신도 몰랐다면서. 해하고 달이 언제 바뀌었
는지 모르겠다면서 끔찍해하지 뭐야."

"해가 어느 쪽에 떠 있었는데?"

"병풍 가게 여자가 날 알고 있는 것 같았어. 날 잘 알고 있는 것처
럼 굴었어. 나는 그 여자를 본 적 있지만, 그 여자는 날 본 적조차 없
는데 말이야."

"해가 어느 쪽에 떠 있었는데?"

화순은 계속 그녀의 질문을 무시하고 말했다.

"그 여자가 날 알고 있는 것처럼 구는 게 싫었어. 날 어떻게 아느
냐고 묻고 싶었지만 묻지 못했지."

"해가 어느 쪽에 떠 있었는데?"

"그 여자가 정말로 날 알고 있을까 봐."

"그 여자는 널 알아."

금택이 말했다.

"나를? 그 여자가 나를 어떻게 알지?"

화순의 얼굴이 굳었다.

"그 여자가 널 본 적이 있으니까."

"날?"

"그래, 널…… 나와 함께 있는 널."

금택은 말했다.

"해하고 달의 위치가 바뀐 일월오악도 병풍 너머에서 여자 목소리
가 들려왔어. 누군가를 부르는 여자 소리가……"

바늘을 잡은 손·하나

소고기들깨토란탕 같은 흰 양단이 화순의 발아래 펼쳐져 있었다.
그녀는 양단에 뭔가를 그려 넣고 있었다. 그녀가 마루에서 자라처럼
엎드리고 양단에 그려 넣고 있는 것이 저고리 도안 같았지만, 금택
은 모르는 척했다.

이튿날, 화순의 손에는 바늘이 들려 있었다. 햇빛을 받아 반짝 빛
나는 그것은 바늘이었다.

화순이 바느질을 하는 모습은 금택에게 여러 감정을 불러일으켰
다. 금택은 복잡하고 혼란스러웠다. 여러 종류의 실이 엉켜 있듯 엉
켜 있던 감정들을 그녀는 한 가닥 한 가닥 풀어 나갔다. 가장 마지막
에 남은 것은 불안감이라는, 나일론실처럼 뻣뻣하고 질긴 실 가닥이
었다. 금택은 화순이 우물집으로 돌아오기는 했지만 다시는 바늘을
들지 않을 줄 알았다. 화순은 여전히 바느질을 하는 여자인 어머니
를 질려 했다. 온종일 서쪽 방에 스스로를 가두고 누비 바느질을 하
는 어머니의 인생을 저주했다. 그런 그녀가 우물집에 돌아와 바느질
을 하고 있었다.

"바느질을 다 하네."

"심심해서……"

화순은 금택을 쳐다보지 않고 말했다. 화순은 미간을 찌푸리고 바늘땀을 뜨는 데 집중했다. 그녀의 손은 처음 바늘을 잡았던, 여덟 살 여자아이의 손이 아니었다. 그녀의 손은 어릴 때보다 더 어머니의 손을 닮아 있었다. 어머니가 그녀에게 들려준 것이 바늘이 아니라 손이 아닐까, 의심이 들 만큼 닮아 있었다.

"나는 네가 바느질을 싫어하는 줄 알았어."

"바느질 말고는 할 게 없으니까."

자신의 대답이 부족하다고 생각했는지 화순은 바느질하던 손을 멈추고 이어서 말했다.

"우물집에서 바느질 말고 내가 뭘 할 수 있겠어?"

우물집에서 할 수 있는 게 바느질 말고는 없다는 화순의 말은 금택을 자극했다. 자신은 차마 못하는 말을 그녀가 너무 쉽게 해서.

금택은 그녀가 대학 시절 누비배냇저고리를 지었다는 사실을 재숙에게 들어서 알고 있었다.

"그래서 뭘 짓는데?"

"누비저고리."

"누비저고리?"

"여자 누비저고리."

금택은 자신 역시 누비저고리를 짓고 있다고 말하지 않았다. 화순이 우물집으로 돌아올 즈음 그녀는 누비저고리를 짓기 시작했다.

그녀는 어머니 모르게 누비저고리를 짓고 있었다. 누비저고리가 지어지는 과정을 머릿속에 꿰고 있었지만, 그녀는 치수를 계산해내는 법을 몰랐다. 누비저고리를 짓기 위해서는 필요한 치수가 있었다. 가슴둘레, 등 길이, 화장, 깃 나비, 끝동 나비, 고름 나비, 겉섶 나비, 안섶 나비, 고름 길이, 고름 나비. 덧셈과 뺄셈은 물론 곱셈과 나눗셈을 할 줄 알 줄 알았지만, 얼마를 더하고 빼고 곱하고 나누어 치수를 계산해야 하는지는 몰랐다. 설사 할 줄 알아도 도안을 그릴 줄 몰랐다. 부령할매와 어머니는 저고리를 지을 때 자신들의 방식으로 치수를 계산하고, 도안을 그리고, 마름질을 했다. 복래한복 여자는 시어머니로부터 배운 방식으로 그 모든 걸 척척 해냈다. 한복 거리의 여자들은 대개 그렇게 자신들만의 방식이라는 걸 가지고 있었다. 그래서인지 똑같은 밭에서 난 콩으로 된장을 담가도 집집마다 된장 맛이 다르듯, 아무리 똑같은 천으로 저고리를 지어도 분위기와 느낌이 달랐다. 더구나 어머니에게는 눈속눈금자가 있었다. 그것은 어머니에게만 있는 것으로, 금택에게는 없었다. 금택에게는 대나무 자도, 휘어진 앵두나무 자도 없었다.

막막해하던 금택은 자신에게 죽은 사람의 저고리가 있다는 것을 깨달았다. 마을 노파에게서 얻은 죽은 사람의 저고리는 앉은뱅이책상 서랍 속에 들어 있었다. 찢긴 새들의 날개를 품고 잠들어 있었다. 금택은 서랍에서 저고리를 꺼내 방바닥에 펼쳐놓았다. 유심히 바늘땀들을 살피던 금택은 저고리에 떠져 있는 바늘땀들을 하나씩 풀어 나가기 시작했다. 하나씩, 신중하고 조심스럽게, 바늘로 바늘땀들을 슬쩍 떠 올린 뒤 가위로 그것을 끊는 방식으로 바늘땀들을 풀어 나갔다. 가위의 두 날을 참새 주둥이보다도 조금 벌려 바늘땀을 싹둑 끊을 때, 그녀는 맥박이라도 끊는 기분이었다. 바늘땀 하나를 푸는 것이, 바늘땀 서너 개를 뜨는 것보다 더 힘들었다. 누비저고리는 아니었지만, 저고리에는 서너 되 분량의 바늘땀이 떠져 있었다. 무명실로, 나름 고르게 뜬다고 떴을 바늘땀들은 흡사 오래 묵은 보리쌀 같았다. 바늘땀이 끊어지거나 유실된 곳도, 바늘땀이 옷감에 파고든 곳도 있었다. 바늘땀을 한꺼번에 풀었다가는 저고리가 찢기거나 해질 우려가 있었다.

날이 환하게 밝도록 금택은 저고리에 매달려 바늘땀을 풀었다. 단 하나의 바늘땀도 남기지 않고 풀고 나서야 겨우 한숨 돌리기 위해 고개를 들던 금택은 소스라치게 놀랐다. 방바닥에 어지럽게 널린 무명실 가닥들을 순간적으로 구더기들로 착각해서였다. 바늘땀으로 존재할 때는 보리쌀 같던 바늘땀들이, 가위로 일일이 끊어 풀어놓고 보니 구더기들처럼 징그러웠다.

그녀는 죽은 새를 해체하는 심정으로 저고리를 해체했다. 앞길, 뒷길, 안섶, 소매, 깃, 동정. 그것들을 도안 삼아 마름질을 했다.

금택도 누비저고리를 짓고, 화순도 누비저고리를 지었다. 하지만 금택은 자신과 화순이 전혀 다른 옷을 짓고 있는 것 같은 기분이 들었다.

천지 만물이 바늘 끝에 매달리고

화순이 바늘을 다시 잡은 뒤로, 금택은 바늘이 자신의 손에서 달아나는 것을 느꼈다. 그 어떤 원칙처럼, 화순의 손이 바늘을 잡으면 그녀의 손에서 바늘이 달아났다.

446

20년이 훨씬 지났지만, 금택은 그 순간을 생생하게 기억하고 있었다. 서쪽 방에 들어 어머니가 지켜보는 앞에서였다. 화순이 두 손가락을 벌려 누비 바늘을 잡는 순간 그녀의 손에서 누비 바늘이 달아났다. 그 순간은 불길한 징조처럼 그녀의 심장에 깊이 각인되었다.

화순은 바늘을 자신이 잡고 싶을 때 잡았고, 놓고 싶을 때 놓았다. 금택은 바늘을 잡는 것도 힘들었지만, 한번 바늘을 잡으면 좀처럼 놓지 못했다. 놓으면, 다시는 그것을 잡을 수 없을 것 같은 불안이 바늘을 놓지 못하게 했다. 바늘이 달아날까 봐, 심지어 바늘을 잡고 있는 동안에도 그것이 달아나버릴까 봐 전전긍긍했다.

금택은 때때로 어머니가 자신들에게 바늘을 하나만 준 것 같다. 자신들은 둘인데, 두 개가 아니라 하나를. 바늘은 나누어 가질 수 있는 것이 아니었다. 공평하게 나누어 가질 수 있는 것은 더더군다나.

자신들이 어릴 때 어머니는 그것이 무엇이든 공평하게 나누어 주었다. 친딸인 화순에게 더 크고 붉은 사과를 준 적이 없었다. 사과가 한 알일 경우 어머니는 두 쪽으로 갈라 한 쪽은 자신에게, 다른 한 쪽은 화순에게 주었다. 금택은 차라리 그날 어머니가 화순이나 자신 둘 중 한 명에게만 바늘을 주었더라면 어땠을까 싶었다. 차라리 화순에게만 바늘을 주었더라면.

금택은 바늘로 인해, 화순과 자신이 친자매보다 더 질기고 복잡한 인연으로 묶인 것 같았다.

만물이 바늘 끝에 달려 있는 것 같았다. 하루살이의 눈 같은 바늘 끝에. 하늘도, 땅도, 나무들도, 강도, 바다도, 밤하늘의 별들도, 길들도, 풀포기도, 허공을 날아가는 새들마저. 바늘을 놓치면 그 끝에 매달려 있던 만물이 천 길 낭떠러지로 떨어질 것 같았다.

환영이 금택을 괴롭혔다. 손에 잡고 있는 바늘이 은빛 피라미가 되어 잽싸게 달아나는 환영이었다. 환영이 한차례 지나가고 나면 바늘을 잡은 그녀의 손가락에 더 힘이 들어갔다. 부러지는 게 아닌가 싶게 힘이 들어갈 때마다 금택은 외팔 여자를 떠올렸다. 그녀 역시 자신과 같은 강박과 두려움에 시달렸으리라는 생각이 들었다. 그래서 그 여자의 자수바늘을 잡은 손에 그렇게나 힘이 들어간 것이라고, 병풍 가게 쌍둥이 여자를 도망치게 할 만큼 힘이 들어간 것이라고. 그러므로 자수바늘을 백 개 먹어 치운 것은 신사임당 초충도 '양귀비와 도마뱀'이 아니라, 외팔 여자의 손가락이라고. 외팔 여자의 손가락이 자수바늘을 하나씩 오독오독 분질러 먹어 치운 것이라고.

그녀는 어쩐지 소화되지 않은 자수바늘의 조각들이 외팔 여자의 손가락에 고스란히 박혀 있을 것 같았다. 녹이 슨 조각들이 하나씩 살갗을 찢고 선인장 가시처럼 그녀의 손가락에 돋아나고 있을 것 같았다.

우물집은 햇볕을 받아 아랫목에 파묻어둔 밥공기처럼 온기가 돌았다. 은가루를 입힌 명주실 같은 아지랑이가 마당에서 피어올랐다. 은빛 명주실들이 허망하게 증발하는 것을 무심히 바라보던 금택은, 짓고 있는 누비저고리를 챙겨 우물집을 나섰다.

마밭을 지나고, 소똥 무더기처럼 모여 있는 어느 문중의 산소들을 지나고, 띄엄띄엄 매놓은 검은 염소들을 지났다. 검은 염소를 지날 때마다 금택은 그것이 자신의 그림자 같았다. 검은 염소들을 지날 때 금택은 자신의 그림자를 뚝, 뚝 떨어뜨리면서 산속으로 드는 것 같은 기분이 들었다.

산철쭉과 어우러진 소나무 숲을 지나자, 고요하게 솟아 있는 무덤이 나왔다. 무덤 앞에는 갱엿 같은 돌비석이 세워져 있었다. 정으로 쪼아 새긴 글자들이 풍화되어 그 모양만 흐릿하게 남아 있는 돌비석은 금택에게, 아씨한복 여자의 열녀비를 생각나게 했다. 산에서 만나는 모든 비석이 그녀의 열녀비 같았다. 그녀의 시아버지가 산 여기저기 며느리의 열녀비를 세운 것 같았다. 호루라기를 연속해서 부는 것 같은 새되고 높은 새소리가 들렸다. 금택은 해를 정면으로 받으면서 자리를 잡고 앉았다.

바늘을 잡다 말고 금택은 비명을 내질렀다. 바늘을 잡는 순간 그것이 수십 마리의 피라미가 되어 사방으로 흩어졌다. 금택이 허둥지둥 손을 뻗었지만 피라미들은 손가락 사이로 재빠르게 달아났다.

바늘을 찾으려 풀숲을 손으로 헤치던 금택은 아주 중요한 사실을 깨달았다. 자신이 그토록 갖고 싶어 하는 것이 바늘이 아니라 바늘을 잡은 어머니의 손이라는 것을, 엄지와 검지 사이 지네처럼 징그럽게 달라붙어 있는 흉터가 북두칠성같이 생각될 정도로 경탄스러운 어머니의 손이라는 것을.

누비저고리

어머니가 아침부터 금택을 불렀다.

"대구에 좀 다녀와라."

"대구에요?"

"옥 사모님께 누비저고리를 가져다드리고 와."

어머니가 누비대 위 귤색 보자기를 금택 쪽으로 밀었다. 십자 모양으로 묶은 보자기 안에는 누비저고리가 들어 있을 것이었다. 재숙이 우물집을 떠나기 전부터 짓기 시작한 누비저고리였다. 백미 같은 흰색 명주로 어머니는 누비저고리를 지었다. 오래전 화순이 우물 속에 수장한 누비저고리도 백미 같은 흰색 명주를 옷감으로 했다. 그래서인지 금택은 어쩌다 서쪽 방에 들어 누비대 위 한창 바늘땀을 떠 넣고 있는 누비저고리를 볼 때마다, 우물 속 누비저고리가 날아와 소리 없이 늘어져 있는 것 같아 소름이 끼쳤다. 누비저고리를 짓는 동안 어머니는 주문을 받지 않았다. 가을이 가고, 겨울이 가고, 봄이 다 가도록 지은 누비저고리가 누구의 것인지 어머니는 금택에게 말해주지 않았다.

보자기를 들고 서쪽 방을 나오는 금택은, 어머니가 새로 지은 누비저고리를 끌어안고 있다고 생각하니 이상하게 가슴이 뛰었다. 누비저고리에 떠 넣은 바늘땀들이 일제히 숨을 들이쉬고 내쉬는 것이 느껴지는 것 같았다. 금택은 완성된 누비저고리를 보지 못했다. 어머니는 딸들에게 완성된 누비저고리를 보여주지 않았다. 금택은 당장 보자기를 풀어 헤치고 누비저고리를 구경하고 싶은 충동을 간신히 참았다. 보자기를 앉은뱅이책상 위에 놓아두고 대구에 나갈 채비를 하는 금택에게 화순이 물었다. 금택은 거울 앞에서 머리카락을 빗고 있었다.

"아침부터 어머니가 무슨 일로 부르신 거야?"

금택은 거울 속을 들여다보았다. 어머니가 자신을 따로 부른 이유가 무엇인지 화순이 신경 쓰고 있다는 사실이, 금택은 신경 쓰였다.

"대구에 다녀오라고 하시네."

금택은 무덤덤하게 말했다.

"대구에?"

"옥 사모님께 누비저고리를 가져다드리라고……"

금택은 머리카락들이 초를 입힌 무명실처럼 낱낱으로 흩어질 때까지 빗었다.

"대구에 내가 다녀올게."

"네가?"

"누가 가져다드리든, 옥 사모님께 누비저고리를 가져다드리기만 하면 되는 거 아니야?"

그녀가 선뜻 내켜 하지 않자 화순이 말했다.

"누비저고리를 꼭 언니가 가져다드려야 하는 이유라도 있는 거야?"

"아니. 그런 건 아니지만."

"혹시 댁으로 가져다드리라고 하셨어?"

화순이 그렇게 물어서 금택은 고개를 끄덕였다.

"옥 사모님 댁이라면 나도 알고 있어."

"네가 어떻게?"

"만촌동에 있는 그 댁에 찾아간 적이 있거든."

금택은 모르는 이야기였다. 화순이 옥 사모님 댁에 찾아간 적이 있다는 걸, 어머니 또한 모르고 있을 것 같았다. 금택은 화순이 옥 사모님 댁에 찾아갈 일이 뭐가 있을까 싶었다. 무슨 일 때문에 찾아갔었는지 묻고 싶었지만 묻지 않았다. 물어도 화순은 대답해주지 않을 것 같았다.

금택은 거절하고 싶었지만, 거절하지 못했다. 대구는 화순이 다니던 대학교가 있는 곳으로, 금택에게는 낯선 곳이었다. 누비저고리를 기어이 자신이 가져다드리겠다고 고집을 피우는 것이 우습고 자존심 상했다.

그녀는 끝까지 거절하지 못한 자기 자신에게 화가 났다. 누가 가져다드리든 옥 사모님께 누비저고리를 가져다드리기만 하면 되는 것 아니냐는 화순의 말에 아무 반박도 못한 자신이 부끄러웠다. 화순에게 결정적인 기회를 빼앗긴 것 같은 기분마저 들었다.

화순이 무슨 일로 옥 사모님 댁을 찾아갔었는지, 궁금증은 수그러들지 않았다.

정오가 넘어 서쪽 방에서 나온 어머니는, 걸레로 마루를 훔치고 있는 금택을 보고 말했다.

"대구에 아직 안 나갔니?"

"대구에는 화순이 갔어요."

"화순이?"

어머니가 고개를 들어 함석 대문을 바라보았다. 화순은 벌써 대구에 나가는 버스에 올랐을 것이었다.

"네게 가져다드리라고 시키지 않았니?"

어머니가 나무라듯 말했다.

"저는 화순이 가져다드려도 되는 줄 알았어요."

화순이 아니라 자신이 반드시 옥 사모님께 누비저고리를 가져다드려야 한다고 이르지 않았다는 것을, 그녀는 어머니에게 일깨워주고 싶었다.

"화순과 저, 둘 중 아무나 가져다드려도 되는 줄 알았어요."

날이 어두워져서야 화순은 우물집으로 돌아왔다. 어머니는 화순에게 누비저고리를 옥 사모님께 무사히 전해드렸는지 묻지 않았다. 금택은 조용히 일어나 부엌으로 갔다. 저녁 밥상을 차려 내왔다.

밤에 불을 끄고 누워서야 화순은 대구에 다녀온 이야기를 해주었다.

"옥 사모님이 의아해하셨어."

"······?"

"내가 아니라 언니가 누비저고리를 가져올 줄 알았나 봐. 옥 사모님이 이상한 말씀을 하시지 뭐야."

"어떤······?"

"어머니가 언니를 보낼 줄 알았는데 나를 보냈다고······ 언니가 아니라 내가 누비저고리를 가져온 것이 뜻밖이었나 봐."

"······"

"어머니는 무슨 말씀 없으셨어?"

"아니······"

"아무 말씀도?"

"아무 말씀도."

금택은 자신이 거짓말을 하고 있다는 생각은 들지 않았다. 어머니는 아무 말도 하지 않은 것이나 마찬가지였다. 금택은 화순이 자신에게 뭔가 더 말해주지 않는 것이 있다고, 숨기는 것이 있다고 느꼈다. 그것이 무엇인지 궁금했지만 묻지 않았다.

"너는 완성된 누비저고리를 봤겠구나."

"언니는 못 봤어?"

화순의 질문에 대답하는 대신에 금택은 말했다.

"어머니는 배냇저고리를 짓지 않으셔."

"그런가……?"

"어머니는 죽은 사람 옷도 짓지 않으시지."

자신들이 아직 어린 여자아이일 때였다. 읍내 꽃님이옷가게 유리를 끼운 미닫이문에 매달려 금택은 비밀을 발설하듯 화순에게 알려주었다. 어머니가 죽은 사람의 옷을 지을 줄 안다는 것을. 그런데 수십 년이 흐른 그날 밤 금택은 화순에게 다르게 알려주고 있었다. 어머니가 죽은 사람의 옷을 짓지 않는다고. 꽃님이옷가게는 그녀들이 고등학교를 졸업하던 해 정육점으로 바뀌었다. 인조 보석과 레이스를 주렁주렁 매단 옷들 대신 도축한 돼지와 소 들이 허공에 걸려 있었다. 최신 유행하는 옷들처럼.

알고 있었든, 모르고 있었든

한복 거리에 군위댁에 대한 소문이 돌기 시작한 것은 화순이 대구에 다녀오고 한 달쯤 지나서였다. 복래한복에서 한때 바느질품을 팔던 군위댁이 딸을 여읜다는 소문이었다. 한복 거리의 바느질하는 여자들은 군위댁에게 딸이 둘이라는 것을 기억하고 있었다. 그녀들은 자신들이 나이 든 것은 생각도 않고 조막만 하던 여자아이들이 어느새 자라 시집을 간다는 사실에 놀랐다. 한복 거리를 떠난 뒤로 그녀들은 군위댁과 두 딸을 보지 못했다. 그녀들은 혼사를 앞둔 딸이 당연히 첫째 딸일 거라고 생각했다.

소문은 치매에 걸린 숙희한복 여자의 귀에도 들어갔다. 아침에 먹은 국조차 기억 못하는 그녀는 정작 복래한복에서 누비옷을 짓던 여자와 두 딸은 기억했다.

"시집을 가? 딸들은 어쩌고 시집을 가?"

그녀의 파손되고 깨진 의식 속에서는 군위댁이 여전히 복래한복에서 바느질품을 팔고 있었다. 두 딸은 조금도 자라지 않은 채 한복 거리를 돌아다녔다. 숙희한복 여자는 뭔가 골똘히 생각하는 눈치더니 중얼거렸다.

"가만 있자, 내 색동이 어디로 갔을까."

두리번두리번 색동을 찾던 그녀는 갑자기 복래한복 옛 주인이 색동 다섯 마를 훔쳐갔다고 우기기 시작했다. 그녀의 파손되고 깨진 의식 속에서는 복래한복 옛 주인 또한 죽지 않고 살아 있었다. 한창때의 모습으로 살아 있었다. 그녀의 파손되고 깨진 의식 속에서는 그렇게 아무도 나이 들지 않고 죽지 않았기 때문에, 복래한복에는 복래한복 옛 주인부터 금택과 화순 자매까지 삼대에 걸친 여자들이 모여 살았다.

숙희한복 여자가 색동 다섯 마를 훔쳐간 도둑으로 복래한복 옛 주인을 지목했다는 이야기는 정인한복 여자의 귀에까지 들어갔다.

"그 양반, 옷감 욕심이 대단했지."

정인한복 여자는 기회를 만난 듯 한복 거리에서 관세음보살로 칭송
받던 복래한복 옛 주인의 옷감 욕심이 얼마나 대단했는지 증언했다.

"좋은 옷감만 보면 개가 고깃국을 보고 침을 흘리듯 그렇게나 탐
을 냈지. 그 양반 옷감 욕심이 하늘을 찔렀다는 걸 누가 알까? 고상
한 척, 세상 모든 욕심 다 내려놓은 척, 내숭을 떨었으니."

복래한복 옛 주인이 자신의 사라진 색동 다섯 마를 훔쳐갔다는 숙
희한복 여자의 주장은 진실도, 그렇다고 거짓도 아니었다. 복래한복
옛 주인이 그녀의 색동 다섯 마를 훔친 증거가 없으므로 진실이 아니
었지만, 그녀의 파손되고 깨진 의식의 수준에서는 진실이었기 때문
이다.

혼인날이 잡히고 나서야 금택은 화순이 옥 사모님의 며느리로 들
어가게 되었다는 사실을 알았다. 한복 거리에 파다하게 퍼진 소문을
금택만 몰랐던 것이다. 옥 사모님에게는 아들이 하나였다. 그녀의
아들을 떠올리면 금택은 자개장롱이 떠올랐다. 금택의 머릿속에서
그녀의 아들은 여전히 소년이었고, 겁을 집어먹은 얼굴로 십장생 자
개장롱 문을 열려 하고 있었다.

금택은 뭔가 잘못되었다는 것을 직감했다. 십장생 자개장롱 문을
열려고 하는 순간에 영원히 갇힌 소년이 화순의 남편이 되어서는 안
된다고 생각했다. 반짝반짝 빛나는 금조개 껍데기 조각들로 불로장
생의 물상들을 일일이 수놓은 십장생 자개장롱 문을 여는 순간, 얼
마나 끔찍하고 적나라한 악몽이 펼쳐질지 잘 알면서 그 순간에 스스
로를 가두고 나오지 못하고 있는 소년이……

금택은 자신이 당사자인 화순보다 화순을 더 잘 이해하고 있다고

확신했다. 화순 자신도 모르는 그녀의 기질과 개성과 어떠함을 자신이 더 잘 알고 있다고.

한 번도 만난 적이 없지만 그녀는 옥 사모님의 아들에 대해서도 잘 알고 있다고 확신했다. 화순만큼이나 잘 알고 있다고.

금택은 화순에게 어렵게 말을 꺼냈다.

"옥 사모님의 아들이 어릴 때 겪은 일을 너도 알고 있지?"

금택의 그 말을 화순은 오해했다.

"그가 무슨 일을 겪었지?"

"그를 잘 모르지만…… 네가 그를 감당할 수 있을 것 같지가 않아. 나는 네가 불행해지는 게 싫어."

금택은 그럴 수만 있다면, 옥 사모님의 아들을 생각할 때마다 자신의 머릿속에 강렬하게 그려지는 장면을 화순에게 보여주고 싶었다. 소년인 그가 십장생 자개장롱을 열려고 하는 장면을.

"언니가 아니라서? 언니가 아니라, 내가 옥 사모님의 며느리로 선택되어서 그러는 거야?"

"날 우습게 만들지 마."

"누비저고리를 내가 아니라 언니가 가져다드렸다면, 언니가 그 집 며느리로 들어가겠지."

"무슨 소리를 하는 거야?"

"그날, 어머니가 시킨 대로 누비저고리를 언니가 가져다드렸다면 모든 게 달라졌겠지."

그제야 금택은 결정권이 옥 사모님이 아니라 어머니에게 있었다는 것을, 누비저고리가 일종의 증표였다는 것을 알아차렸다.

"알고 있었어? 그래서 네가 옥 사모님께 누비저고리를 가져다드리겠다고 했던 거야?"

"알고 있었든, 모르고 있었든, 이미 운명이 되었어."

화순은 금택을 쳐다보지 않고 말했다.

옥 사모님은 한적한 한정식 식당을 빌려 조용히 아들의 혼인식을 치렀다. 불고기와 평양냉면으로 유명한 한정식 식당이었다. 그녀는 가까운 친척들만 초대했다. 신부 측 가족은 어머니와 금택 둘뿐이었다. 혼례는 오후 3시경 보경사라는 사찰의 주지로 있는 스님의 주례로 치러졌다. 화순은 초혼이었지만, 옥 사모님의 아들은 재혼이었다.

올림머리를 하고 연두색 삼회장저고리에 다홍색 치마를 입은 신부 옆, 하늘색 두루마기 차림의 신랑은 마르고 예민해 보였다. 재혼인 신랑은 신부와 아홉 살 차이였다. 스님이 주례사를 하는 동안 신랑과 신부는 서로 다른 곳을 응시하면서 벌을 서듯 서 있었다.

혼인식 끝나고 금택이 어머니를 모시고 우물집으로 돌아왔을 때 날은 어두워져 있었다. 금택은 화순이 정말로 우물집을 떠났다는 것을 실감했다. 금택이 단 한 번도 우물집을 떠나지 않는 동안, 화순은 수차례 우물집을 떠나고 돌아오기를 반복했다. 그녀가 정말로 우물집을 떠났던 적은 없었다.

어머니 곁에 자신이 남게 되었다는 안도감은 오래가지 않았다. 금택은 자신과 화순 둘 중 하나는 어머니를 떠나야 하는 날이 오리라는 걸 알았고, 어머니를 떠나는 딸이 자신이 아니라 화순이기를 간절히 바랐다. 그런데 막상 그렇게 되자 걷잡을 수 없는 상실감이 밀려들었다. 금택은 자신이 어머니만큼이나 화순에게 집착했다는 것을 인정할 수밖에 없었고, 그 순간 모멸감과 패배감을 동시에 느꼈다.

신혼여행에서 돌아온 화순 부부가 우물집을 다녀가고 얼마 안 지나, 감감무소식이던 월성댁이 마침내 소식을 전해왔다. 그녀는 누비목도리로 소식을 전해왔다. 한복 거리를 떠나던 날 어머니가 그녀의 목에 둘러주었던 노란 누비목도리로.

사시사철 그녀의 목에 친친 감겨 있을 것 같던 누비목도리가 뜻밖에 진희라는 단골의 목에 감겨 있었다. 그녀의 목에 감긴 누비목도리를 보는 순간 금택은 그것이 어머니가 월성댁의 목에 둘러준 누비목도리라는 것을 알아차렸다. 세상에 하나뿐인 누비목도리라는 것을. 월성댁의 목에 감겨 있어야 할 누비목도리가 어째서 진희라는 단골의 목에 감겨 있는 것인지 금택은 알 수 없었다. 진희라는 단골의 목에 감긴 누비목도리를 어머니는 모르는 척했다. 자신이 월성댁의 목에 둘러준 그 누비목도리가 틀림없다는 것을 알면서도.

누비목도리가 저 스스로 월성댁의 목을 떠나 진희라는 단골의 목으로 날아든 것이라고 금택은 생각했다. 훌쩍 날아, 그녀의 고목나무 줄기처럼 마른 목으로 날아든 것이라고.

서너 달 전쯤 금택은 그녀의 일본인 아버지가 죽었다는 소식을 다른 단골로부터 전해 들어서 알았다. 죽어 끝끝내 아버지 얼굴을 보지 못하게 되었다는 것을. 자신의 아버지가 죽었다는 소식을 어머니에게 전하면서 그녀는 말했다. 아버지가 죽었다는 소식이 들려올 즈음 아버지 꿈을 꾸었다고. 아버지가 꿈에 나타나지는 않았지만 틀림없는 아버지 꿈이었다고. 이상한 말이었지만, 금택은 이해할 것 같았다.

백일직물

어깨 통증과 마비가 또다시 어머니를 찾아왔다. 반복되는 바느질 동작은 뼛골이 빠지는 중노동이었다. 어머니는 한번 바늘을 잡으면 네다섯 시간을 꼼짝 않고 한자리에 붙어 앉아 바느질을 했다. 오른 손에 바늘을 쥐고 똑같은 동작을 천천히 반복했다. 누비 바느질은 특히나 다른 바느질에 비해 그 동작이 훨씬 단순하고 반복적이었으며 정교했다. 매일 장시간 반복하는 바느질 동작은 어머니의 육체를 집요하게 무너뜨렸다. 오로지 두 손만 바지런히 놀리는 부동의 자세는 오장육부의 기능을 약화시켰다. 먹은 밥 양이 반 공기가 채 되지 않는데도 어머니는 자주 체했다.

누비대 앞에 앉아 있는 것조차 힘에 부치면 어머니는 눈먼 침쟁이 노인을 불러 침을 맞고 쑥뜸을 떴다. 침쟁이는 영원 불멸의 존재처럼 늙지도, 죽지도 않았다. 마치 방부 처리한 박제처럼 20년 전 처음 우물집을 찾아오던 날 모습 그대로 살아 있었다. 시간의 지배를 받지 않는 듯 침쟁이가 늙지 않는 것과 다르게 처녀는 급속히 나이 들어 눈가에 주름이 자글거리고 머리카락이 희끗희끗했다. 침쟁이와 처녀의 관계는 여전히 금택에게 수수께끼였다. 금택은 그들의 관계가 궁금했지만 어쩐지 알려고 해서는 안 될 것 같았다. 적나라하게 까발려져서는 안 되는 관계가 있다는 것을 금택은 그 둘을 통해 이해했다.

침쟁이와 처녀가 돌아간 뒤 어머니가 금택을 불렀다. 어머니는 돈이 든 누런 봉투를 금택에게 주면서 대구에 나가 옷감을 끊어오라고 시켰다. 누런 봉투에는 검정 볼펜으로 '백일직물'이라는 상호와 전화번호, 옷감의 종류와 양이 꼼꼼하게 적혀 있었다.

어머니가 금택에게 옷감을 끊어오라는 심부름을 시킨 것은 그것이 처음이었다. 그 일만은 어머니가 직접 했다. 어머니가 대구에 나가 옷감을 끊어오면 금택은 그것을 받아 물에 담갔다. 풀기와 불순물이 빠질 때까지 충분히 담갔다가 건조시킨 뒤 다듬이질을 해 어머니에게 가져갔다.

언제부턴가 어머니는 옷감 염색과 푸새를 전적으로 금택에게 맡겼다. 목화솜을 고르고 옷감의 올을 튕겨 누빌 선을 표시하는 것은 진즉부터.

옷감을 염색할 때 어머니는 처음부터 끝까지 금택에게 꼼꼼하게 일러주었다. (오디로 염색을 할 경우 벌레 먹지 않은, 잘 익은 오디만 쓰게 했다.) 물 양을 1대 1.5배로 할지, 1대 2배로 할지. 한 시간을 우릴지, 한 시간 반을 우릴지. 매염제로 식초를 쓸지, 백반을 쓸지. 오디 우린 물이 어느 정도 식었을 때 옷감을 넣을지 또한. 얼마나 오래, 어느 정도의 강도로 주물러줄지 또한. 천연 염색은 아무리 염색 재료가 같아도 물의 비율, 우리는 시간, 온도, 매염제의 종류에 따라 채도가 달라졌다. 어머니는 염색을 할 때 수십 년 경험을 통해 체득한 지식을 바탕으로, 그 모든 과정을 세심한 계산 아래서 순차적으로 진행해 나갔다. 오디 염색의 경우 매염제로 식초를 쓰면 보라색이 났지만, 백반을 쓰면 푸른 보라색이 났다.

어머니는 대구에 나가 옷감을 끊어오는 것까지 금택에게 맡기면서 누비대는 허락하지 않았다. 최후의 보루처럼 누비대는 지켰다.

포목점들은 열차 통로보다 못한 골목을 중심으로 몰려 있었다. 흔히들 포목점 골목이라고 부르는 그곳에는 백여 개의 소규모 포목점이 몰려 있었다. 포목점들은 저마다 백열전구를 밝히고, 한 장씩 돌려 가진 패를 다투듯 화투짝 같은 간판들을 내걸고 있었다.
복지직물사, 정성실크, 서울포목, 경성비단, 삼대직물, 남양주단, 신사임당, 세보사, 춘향사, 오능비단, 경영직물, 금강비단, 현대직물, 세계면업……
'오능비단'이라는 간판 아래, 나이 든 여자가 둘둘 만 양단 뭉치를 풀어 펼치는 장면이 금택의 시야에 들어왔다. 흰 무명 깨끼 적삼을 걸치고 반백의 머리를 쪽 찐 여자는, 양단 뭉치 양끝을 두 손으로 잡고는, 두 팔을 앞으로 뻗었다 당겼다 리듬을 타듯 반복하면서, 풀어 펼치고 있었다.
양단이 유난스레 붉은 데다 윤기가 돌아서인지 금택은 염소를 도

살하는 광경을 보고 있는 것 같은 착각이 들었다. 양단이 풀려 펼쳐질 때마다 여자는 피를 흘리는 염소처럼 머리와 어깨를 심하게 떨었는데, 아무래도 양단 뭉치의 만만치 않은 무게 때문인 것 같았다. 양단 뭉치는 그 굵기가 웬만한 사내의 허벅지만 했다.

수년 전 금택은 아홉 형제의 집 마당에서 돼지를 도살하는 광경을 목격한 적이 있었다. 도끼에 모가지가 찍힌 돼지는 찢긴 모가지로 피를 토했다. 한 마, 두 마, 세 마, 네 마, 다섯 마, 여섯 마, 일곱 마…… 치마저고리를 한 벌 해 입고, 두루마기도 한 벌 해 입어도 충분할 만큼 많은 피를 토했다.

어느 순간 여자는 동작을 멈추고 납작 엎드린 자세로 숨을 골랐다. 몸 속 피를 다 토했다는 듯, 토할 피가 한 방울도 남아 있지 않다는 듯.

둘둘 만 광목 뭉치를 어깨에 짊어진 사내가 금택을 거칠게 밀치고 지나갔다. 금택은 온갖 천 냄새가 뒤섞여 만들어내는 냄새를 맡으면서 포목점 골목 안으로 발을 들여놓았다.

천들은 저마다 고유한 냄새를 가지고 있었다. 심지어 같은 천이어도. 무명을 예로 들자면, 포목점에서 갓 끊어온 무명에서는 익히지 않은 콩에서 나는 비릿하고 알싸한 냄새가 났다. 풀을 먹이고 다듬이질을 하면 식은 미음 냄새가, 그것을 다리미로 다리면 으깨진 밥알 냄새가, 장마철 습하고 더운 날에는 밥풀 묵은 나무 주걱에서 나는 냄새가, 건조하고 차가운 날에는 꾸덕꾸덕 마른 가래떡 냄새가.

백일직물은 포목점 골목 가장 안쪽에 있었다. 금택은 선뜻 그 안으로 발을 들여놓지 못하고 옷감들을 바라보았다. 둘둘 말아 가게 사방에 세워둔 옷감 뭉치들은 주로 무명과 광목이었다. 화려하고 고급스러운 느낌의 천들은 보이지 않았다. 광목과 무명 들이라서인지 옷감 뭉치들은 나무들 같았다. 뿌리와 가지가 죄다 잘리고 줄기만 남은 나무들이 그렇게, 집단 수용소의 전의를 상실한 포로들처럼 백열전구 아래 궁색하게 모여, 온기 없는 불빛을 쬐고 있는 것 같았다.

옷감을 둘둘 반복해서 감아 나가는 동안 자연스럽게 만들어진 원의 반복은 말하자면 나이테였다.

앵두나무 자

세월과 함께 어머니의 나무 자들은 눈금이 눈썹처럼 떨어졌다.

눈금이 우수수 떨어져 자로서의 기능을 상실한 나무 자들을 어머니는 버리지 않았다. 옷감 길이를 재고, 도안을 그릴 때 어머니는 여전히 그 자들을 썼다.

어머니의 나무 자들 중 눈금이 가장 많이 떨어진 나무 자는 거머리 빛깔 대나무 자였다. 5밀리미터에서 8밀리미터 사이의 눈금들은 아예 무더기로 떨어져 나가고 없었다. 마치 5밀리미터와 6밀리미터와 7밀리미터와 8밀리미터라는 단위가 존재하지 않기라도 하는 듯. 4밀리미터 다음은 9밀리미터이기라도 한 듯. 12센티미터와 14.6센티미터와 14.9센티미터와 22센티미터도 떨어지고 없었다.

밀리를 표시한 눈금은 물론 센티를 표시한 눈금들까지 단 하나의 눈금도 남지 않고 떨어진 대나무 자를 금택은 상상해보았다. 눈금이 하나도 없는 대나무 자를 가지고도 어머니가 과연 옷감 길이를 재고, 도안을 그릴 수 있는지 시험해보고 싶었다.

만약 대나무 자의 눈금들과 함께 밀리와 센티라는 단위의 개념이 사라진다고 가정할 경우, 무엇으로 단위의 개념을 대신하면 좋을지 금택은 생각해보았다.

1밀리미터를 대신할 만한 것. 씨앗과 곡물과 벌레. 겨자씨, 흑임자, 조, 멸치 눈알, 도루묵 알, 개미 머리, 바늘귀.

1센티미터를 대신할 만한 것. 씨앗과 곡물과 벌레와 꽃잎과 나뭇잎과 물고기. 해바라기씨, 땅콩, 멥쌀, 다슬기.

5센티미터는 솔잎으로,

10센티미터는 중간치 미꾸라지로.

15센티미터는 솔잎 하나 더하기 중간치 미꾸라지 하나.

기억을 더듬어보면 부령할매의 앵두나무 자도 눈금들이 드문드문 떨어지고 없었다. 더구나 회초리처럼 가늘고 휘어진 그 앵두나무 자를 부령할매는 자주 사용했다. 앵두나무 자를 옷감에 대고 죽죽 선을 그었다. 마치 부지깽이로 땅에 그림을 그리듯 선을 그렸다. 그녀는 따로 도안을 그리지 않았다. 금택은 그녀가 미리 그린 도안을 옷감에 대고 그리는 것을 본 기억이 없었다. 옷감에 바로 선을 그리고, 그 선을 따라 가위로 오려 재단했다.

금택은 죽은 사람이 입을 옷의 치수는 어쩐지 앵두나무 자로 재야 할 것 같은 생각이 들었다. 휘어지고, 눈금이 드문드문 떨어진 앵두나무 자로.

앵두나무 자가 죽은 사람이 아니라 여자아이의 옷을 지을 때 주로 쓰는 자라는 것을, 금택은 이미 복래한복에 살 때 알았다. 여자아이 옷을 지을 때, 고운 마음씨를 가진 여인으로 자라 자식을 많이 낳아 번창하라는 기원과 의미를 담아 앵두나무 자를 쓴다고, 금실한복 여자로부터 들어서 알았다.

앵두나무 자가 여자아이의 옷을 지을 때 쓰는 자라는 것을 부령할매가 모를 리 없다고 금택은 생각했다.

혹시나 어머니의 눈속눈금자의 눈금들도 우수수 떨어지고 있는 것은 아닌지 금택은 궁금했다. 어머니의 눈속눈금자의 눈금이 지워지면 큰일이었다.

여분 없는 연장

어머니의 어깨 통증과 마비는 등 전체로 퍼졌다. 어머니는 바늘을 들지 못했다. 손을 들어 올리지도, 앞으로 쭉 뻗지도 못했다.

누비 바느질로 짓는 누비옷이 더 많은 것들을, 쌀이나 소금이나 연탄과는 근본적으로 다른 것들을, 다른 차원의 것들을 가져다줄 수 있게 되었을 때, 어머니는 바늘을 들지 못했다. 어머니는 바늘을 들지 못하는 자신의 모습을 단골들에게 보이고 싶어 하지 않았다. 누비옷을 맞추어 입기 위해 우물집을 찾은 단골들은 어머니를 만나지 못하고 돌아갔다. 그녀들은 어머니를 이해하면서도 서운해했다.

바늘은 어머니에게 탯줄이나 마찬가지였다.

한복 거리에 살 때 금택은 손이 망가져 바늘을 들지 못하는 여자들이야기를 종종 듣고는 했다. 바느질을 하도 해 자신의 손이 속수무책으로 망가지고 있다는 것을 알면서도 바늘을 손에서 놓지 못하는 여자들 이야기를. 아이 낳고 하루 만에 바늘을 드는 바람에 손가락 마디마디가 들뜨고 뒤틀려 옷고름조차 매지 못하는 여자 이야기를.

금택은 뒤미처 궁금했다. 바느질하는 여자가 바느질을 못하게 되면 어떻게 되는지. 바느질을 해서 먹고사는 여자가 바느질을 못하게 되면. 바느질 말고는 배운 것 없는 여자가 바늘을 들 수 없을 만큼 손이 망가져버리면.

어머니 역시 그랬지만, 바느질하는 여자들은 대개 자신들의 손을 아끼지 않았다. 그녀들은 자신들의 손이 얼마든지 바꾸어 낄 수 있는 장갑이나 되는 듯 굴었다. 여러 켤레 장만해 장롱 속에 재두기라도 한 듯. 쓰고 있는 손이 고장 나 못쓰게 되면 새 손으로 바꾸면 되는 듯, 그녀들은 손을 아끼지 않았다. 손을 열 개쯤 가지고 태어난 게 아닌가 싶은 의심이 들 만큼 한시도 손을 놀리지 않았다. 바느질을 하지 않을 때도 그녀들은 손을 무위로 놀리지 않았다.

바느질을 하지 않을 때조차 그녀들은 손을 내버려두지 않았다. 바느질을 하지 않을 때 그녀들은 옷감을 염색하고, 풀을 쑤고, 풀을 먹이고, 다듬이질을 했다. 장을 담그고, 멸치나 황석어로 젓갈을 담그고, 햇볕에 말릴 무나 호박이나 가지를 채 썰었다.

바느질하는 여자들의 손은 그녀들이 잠든 뒤에도 잠들지 않았다.

어머니가 바늘을 들지 못하자 단골들은 하나 둘 발길을 끊었다. 한복 거리에는 벌써 어머니가 바늘을 들지 못할 정도로 몸이 망가졌다

470

는 소문이 돌았을 것이다. 오래전 그곳을 떠났지만 어머니의 일부는 여전히 그곳에 남아 떠돌고 있었다. 싫든, 좋든, 소문도 어쨌든 어머니의 일부였던 것이다. 소문은 복래한복 여자의 귀에도, 월성댁의 귀에도 들어갔을 것이었다. 한복 거리의 바느질을 하는 여자들은 들끓는 소문 속에서 살았다.

단골들이 발길을 끊으면서 금택은 한복 거리의 바느질하는 여자들의 소식을 더는 들을 수 없었다. 월성댁의 소식을 끝으로, 그 누구의 소식도. 우편이 두절되듯 한동안 감감무소식이던 소식을 오랜만에 전해준 이는 뜻밖에도 서울한복집 여자였다. 어느 날 그녀가 예고도 없이 물어물어 우물집을 찾아왔다. 외톨이처럼 한복 거리의 바느질하던 여자들 그 누구와도 친하지 않던 그녀가 우물집까지 찾아온 것은 뜻밖이었다. 어머니와 딸들이 한복 거리를 떠날 때만 해도 조선간장처럼 검던 그녀의 머리는 반백이 되어 있었다.

한복 거리의 바느질하는 여자가 우물집까지 찾아온 것은 그것이 처음이었다. 30년 넘게 우물집을 떠나지 않고 살고 있었지만 한복 거리의 바느질하는 여자들 중 아무도 어머니를 만나러 오지 않았다. 꼭 한 번 찾아오겠다던 월성댁조차. 바느질하는 여자들은 손바느질로 짓든, 미싱으로 짓든 옷을 한 벌 짓기까지 절대적인 시간을 필요로 했기 때문에 여간해서는 운신을 하지 않았다.

당뇨가 와 밥도 쥐꼬리만큼 먹는다면서 그녀는 감말랭이를 자꾸 집어 먹었다. 어머니가 두 딸을 데리고 한복 거리를 떠나던 날이 잊히지 않는다면서 그녀는 눈물도 나지 않는 눈가를 가제 손수건으로 훔쳤다. 자신들이 떠나는 것을 그녀가 지켜보았다는 말은 뜻밖이었다. 금택의 기억으로 그녀는 작별 인사는커녕 내다보지도 않았다. 천년한복에 불이 났을 때도 그녀는 자신의 한복집 문을 꼭 닫고 바느질만 했다. 어머니와 자신들이 한복 거리를 떠날 때 배웅하기 위해 복래한복 앞에 모여 서 있던 여자들을 금택은 똑똑히 기억했다. 바느질하는 여자들인 그녀들 속에 서울한복집 여자는 없었다.

서울한복 여자는, 숟가락도 들지 못할 만큼 무너진 어머니의 어깨와 등을 쓰다듬었다. 얹힌 것을 쓸어내리듯 쓰다듬다가 바느질하는 여자들의 소식을 하나하나 풀어놓았다. 그녀가 우물집까지 어머니를 찾아온 목적이 실은 그것이라는 듯.

바느질하는 여자인 그녀의 손이 바느질하는 여자인 어머니의 등을 쓰다듬을 때 금택은 그녀들 사이에 그 어떤, 피보다 더한 연대가 발생하는 것을 느꼈다. 그녀들이 한 어머니에게서 태어난 자매가 아닌가 싶은 착각이 들 만큼. 오래 소식이 끊겼던 자매들이 만나 그렇게 서로의 등을 어루만져주고 있는 것 같았다.

서울한복 여자는 한복 거리가 얼마나 변했는지 어머니에게 들려주었다. 한복 거리가 대형 한복 대여점을 비롯해 옷수선 가게, 복장 학원, 자수 공방, 전통 찻집 등이 비집고 들어와 자리를 하나씩 차지하는 바람에 전통 한복 거리로서의 명맥은 희석되었지만, 규모가 두 배쯤 커지고 주말이면 사람들이 모여들고 있다고 했다. 한복집들은 시대의 흐름에 맞게 전통 혼수 예복 전문점으로 탈바꿈했다. 한복 거리에서 가장 유명한 것은 한복집들이 아니라 식당들이라고 했다. 간판도 없이 시래기고등어찜을 팔던 식당은 맛집으로 소문이 나 주말이면 관광객들이 줄을 잇는다고 했다. 온종일 티브이 앞에 죽치고 앉아 소주나 홀짝이던 주인 사내는 카운터를 지키고 앉아 돈을 세느라 지문이 닳아 없어질 정도라고 했다. 양복 빼입고 카운터를 지키고 앉아 돈 세는 재미에 시간 가는 줄 모르는 주인 사내와 달리 주인여자는 손에서 고등어 비린내가 마를 날이 없다고 했다. 남편이 서빙을 보던 여자와 바람이 난 뒤로 서울에서 직장에 다니던 큰아들 내외를 불러 내렸다고 했다. 큰아들에게 카운터를 맡기고 며느리에게 시래기고등어찜 비법을 전수하고 있다고 했다.

"비법이 뭐 있나? 시래기 깔고, 무 깔고, 고등어 얹고, 양파 한 알 착착 썰어 고등어 위에 뿌리고, 양념장 끼얹어 국물이 자작자작 우러나도록 끓이면 끝이지."

그녀는 사람들이 왜 줄을 서고 번호표를 받으면서까지 시래기등어찜을 먹으려고 하는지 이해를 못했다. 닭칼국수를 팔던 옥천식당 역시 맛집으로 소문나 자루로 돈을 긁어모은다고 했다. 양은 적어지고 가격은 배로 올라 원래 단골들은 오히려 발길을 뚝 끊었다고 했다.

서울한복 여자는 바느질하는 여자들의 소식도 한 명 한 명 들려주었다.

명장인 정인한복 여자는 한복집 간판을 새로 해 달고, 한복 짓는 값을 예전보다 두 배로 올려 받는다고 했다. 서울에서 직장에 다니던 그녀의 막내딸이 대를 잇겠다고 내려와 뒤늦게 바느질을 배우고 있지만 바느질 솜씨가 도대체 신통치 않다고 했다.

"그 딸이 생긴 건 똑같던데 솜씨 내림은 못 받은 모양이지?"

그녀는 흥 아닌 흥을 보았다.

복래한복 주인 여자의 소식을 들려줄 때, 그녀는 새로울 것이 없다는 듯 심드렁하게 말했다. 복래한복 남편은 손가락을 하나 자르고도 도박판을 기웃거린다고 했다.

아씨한복 여자의 소식은 특히나 뜻밖이었다. 주문 받은 녹의홍상을 짓다 말고 홀연히 사라진 그녀가 한 달하고도 보름 만에 저수지에서 죽은 채 떠올랐다고 했다. 그녀의 열녀비가 세워진 산 뒤쪽에 자리한 저수지라고 했다. 새벽 낚시를 갔던 마을 사내가 저수지 물 위로 둥둥 떠오른 그녀를 발견했다고 했다. 물안개가 자욱하게 낀 저수지의 수면 위에 희끄무레하게 떠 있는 형체를 보고 그 사내는 잉어로 착각했다고 했다. 그물로 건져 올리려고 보니 사람이었다고 했다.

서울한복 여자가 전해주는 이야기를 듣는 동안 금택의 머리에는 아씨한복 여자가 발견되었다는 새벽 저수지 풍경이 눈앞에 펼쳐지듯 훤히 그려졌다. 칡 염색을 한 명주 위에 목화솜이 한지처럼 얇게 깔린 풍경이었다. 칡 염색을 해 검은 갈색을 띠는 명주는 저수지였고, 목화솜은 안개였다.

서울한복 여자는 아씨한복 여자가 하필이면 저수지에서 생을 마감했는지 의아해했다.

"주머니에 돈 5만 원하고, 활명수하고, 비녀가 들어 있었단다. 죽을 사람이 돈은 뭣 때문에 빌리고, 가스활명수는 뭣 때문에 챙기고, 머리는 뭣 때문에 잘랐을까?"

사라지던 날 아씨한복 여자는 금실한복 여자를 찾아가 5만 원을 빌렸다고 했다. 보름 뒤 갚겠다면서 빌려 갔다고 했다. 금실한복 여자는 이상하다 싶으면서도 아씨한복 여자가 생전 남에게 아쉬운 소리를 하지 않는 사람이라 이유를 묻지 않고 빌려주었다고 했다. 위장병을 달고 사는 아씨한복 여자는 활명수 역시 달고 살았다고 했다.

서울한복 여자는 무엇보다 아씨한복 여자가 머리를 갑자기 자른 것을 가장 이상하게 여겼다.

"죽어도 안 자를 것 같던 머리를 뭔 바람이 들어서 잘랐을까. 평생 안 자르고 비녀 꽂고 다닐 것처럼 굴더니만······"

서울한복 여자는 도무지 이해가 안 된다는 듯 고개를 연신 갸웃거렸다. 그녀가 사라진 시점과 정황에 대해서도 서울한복 여자는 의문을 제기했다. 그녀는 부엌에서 저녁을 짓다가 사라졌다고 했다. 저녁 밥상에 올릴 돼지고기찌개를 한 냄비 끓여놓고, 김을 들기름에 발라 구워놓고, 전기밥솥에 밥까지 앉혀놓고 사라졌다고 했다. 돼지고기찌개에 넣으려고 당면까지 한 주먹 불려놓았다는 것까지 서울한복 여자는 세세하게 알고 있었다. 마치 그녀가 사라진 날 저녁 아씨한복 부엌을 유심히 둘러보기라도 한 듯.

며느리가 홀연히 사라진 사실을 그녀의 시부모는 쉬쉬했다고 했다. 평소처럼 아씨한복 문을 열고 손님을 맞았다고 했다.

"서당 개 3년이면 풍월을 읊는다고 한복 맞추러 온 손님들을 시어머니가 일일이 상대했단다. 손님들하고 옷감도 골라놓고, 치수도 재놓고, 주문한 한복을 찾으러 올 날짜까지 맞추어놓았단다. 며느리가 제 발로 기어들어올 줄 알고······ 열녀비까지 세운 며느리가 설마 도망을 갈까 싶었겠지."

며느리의 가출을 쉬쉬하던 두 늙은이는 며느리가 죽어서 돌아오자 마지못해 털어놓았다고 했다.

"열녀비가 죽인 거다."

서울한복집 여자는 말했다.

"결국은 열녀비가 죽인 거다."

서울한복 여자가 다녀간 뒤, 금택은 아씨한복 여자가 짓다 만 녹
의홍상을 생각했다. 짓다 만 녹의홍상이 어떻게 되었는지 궁금했다.
완성되지 않은 채로 한구석으로 밀려나 있는지, 다른 누군가가 그것
을 완성시켰는지.

아씨한복 여자가 스스로 저수지 물속으로 들어갔다면, 짓다 만 녹
의홍상을 가장 마음에 걸려 했을 것 같았다.

평생 남 옷만 짓느라

옥 사모님이 주문한 누비저고리는 미완성인 채로 누비대 위에 방
치되어 있었다. 0.3센티 간격으로 반복해서 연달아 떠 넣던 바늘땀
은 계속 이어지지 못하고 중단되었다. 서쪽 방에 들 때마다 금택은
누비대 앞으로 가서 자리를 잡고 앉고 싶은 충동에 사로잡혔다. 누
비 바늘을 들고 바늘땀을 떠 넣고 싶은 충동을, 어머니가 미처 채우
지 못한 누비 선들을 바늘땀으로 채우고 싶은 충동을.

어머니와 경주 시내에 있는 정형외과에 다녀오는 길에, 금택은 경
주역 광장에 모여 서 있는 대여섯 명의 사내를 보았다. 사내들은 옥
사모님의 죽은 남편의 나일론그림자를 입고 사루비아 앞에 모여 있
었다. 그즈음 티브이에서는 이산가족 찾기가 한창이었다. 마을 여자

들은 논일과 밭일을 하다가 지쳐 돌아오면 티브이에 앞에 앉아 이산가족 찾기를 보았다. 북에 두고 온 가족을 찾는 사연을 자신의 사연처럼 들으면서 눈가가 장아찌처럼 검게 짓무르도록 눈물을 흘렸다. 만약 옥 사모님의 남편이 죽지 않고 살아 있다면 북쪽 자신의 처자식을 찾으려고 애썼을지, 금택은 문득 궁금했다. 금택은 어쩌면 옥 사모님이 죽은 남편을 대신해 그들을 찾고 있는지도 모르겠다는 생각이 들었다. 옥 사모님 자신은 물론 다른 여자들도 대체가 불가능했던, 북쪽의 아내가 살아 있는지 죽었는지 알기 위해서. 살아 있다면 어떻게 살고 있는지 알기 위해서. 남편이 스스로 목숨을 끊을 만큼 그리움과 죄책감에 시달리게 한 북쪽 처자식을 그녀가 만나고 싶어 할지 모르겠다는 생각이.

일주일에 두 번 금택은 어머니를 모시고 경주 시내에 있는 정형외과 병원에 다녀왔다. 중년의 의사는 어머니에게 오십견과 함께, 손가락퇴행성관절염이라는 진단을 내렸다. 뼈와 뼈가 서로 맞닿는 관절은 완충 작용을 하는 부드러운 연골로 채워져 있는데, 연골이 손상되는 것이 퇴행성관절염이라고 의사는 설명했다. 약한 연골을 오래 무리하게 사용했을 때 발병하는 퇴행성관절염의 경우 흔히 무릎 부위에 발생하는데, 어머니의 경우는 손가락에 왔다고 했다. 척추에 퇴행성관절염이 오는 경우에는 허리에 심한 통증을 느낀다고. 손마디도 퇴행성관절염이 흔하게 발생하는 부위로 보통 손가락 끝마디 관절에 잘 생기지만, 어머니의 경우는 거의 모든 손가락 마디에 발생했다고 했다.

의사는 오십견의 원인도, 손가락퇴행성관절염의 원인도 바느질에서 찾았다. 한자리에 쪼그리고 앉아 똑같은 동작을 반복하는 바느질 자세가 오십견을, 손가락퇴행성관절염을 불러온 것이라고 확신했다. 손상된 연골을 백 퍼센트 완전히 정상화시키는 방법은 없으며, 증상을 완화시키기 위해 약물치료와 물리치료를 병행한 치료를 꾸준히 받아야 한다고 했다. 오십견 치료는 약물치료와 물리치료와 함께 국소주사 치료를 병행해 받아야 한다고.

어머니가 자신의 상태를 심각하게 받아들이지 않는다고 느꼈는지, 의사는 영원히 바늘을 들지 못하는 지경까지 퇴행성관절염이 악화될 수 있다고 경고했다. 보호자인 그녀에게 어머니가 상당한 고통을 느끼고 있을 것이라고 일깨워주었다.

어머니가 물리치료를 받는 동안 금택은 정형외과 대기실에서 기다렸다. 어머니가 나오면 약을 타 우물집으로 돌아왔다.

늦은 오후에 찾은 정형외과 대기실에는 어머니와 금택, 늙은 여자 셋뿐이었다. 쥐색 카디건을 걸치고, 말린 무청 같은 목도리를 목에 친친 감은 그 여자는 어머니의 맞은편에 앉아 있었다. 정형외과 대기실은 탁자를 가운데 두고 소파가 마주 놓여 있었다. 탁자 위에는 난 화분과 신문, 잡지 두어 권이 아무렇게나 있었다. 하관이 가파른 여자의 얼굴은 메말라 풀 한 포기 나지 못하는 절벽 같았다. 의사가 수술 중이라 어머니와 금택은 마냥 기다리고 있었다.

말 한마디 나누지 않고도 여자는 어머니를 알아보았다. 어머니가 자신처럼 바느질하는 여자라는 것을 직감적으로 알아차렸다. 아무도 그녀에게 어머니가 바느질하는 여자라는 것을 알려주지 않았는데.

"손몸살이 난 줄 알고 동네 약국에서 진통제나 사다 먹어서 병을 키웠지 뭐예요. 달고 사는 게 손몸살이라, 손몸살이 난 줄 알고……
송곳으로 후벼 파는 것 같은데도 손몸살이 난 줄 알고 독한 진통제를
콩 주워 먹듯 먹었지 뭐예요. 속 다 버리고, 바늘을 못 들 지경이 되
어서야 병원을 찾았네요.”

여자가 어머니를 향해 두 눈을 멀겋게 뜨고 그렇게 중얼거렸던 것
이다.

금택은 어머니 역시 그 여자가 바느질을 하는 여자라는 걸 알아차
렸을 것 같았다. 여자처럼 알은척을 해오기 전에 이미. 여자와 어머
니가 서로 누가 먼저랄 것 없이 본능적으로, 서로를 알아보았을 것
같았다.

“평생 남 옷만 짓느라, 내 옷 한 벌 못 지어 입었지 뭐예요. 제대로
된 내 옷 한 벌……”

어머니가 아무 대꾸도 하지 않자 여자는 낮고 느리게 자신의 말을
이어 나갔다.

“내 옷 짓는 시간이 아까워서 시장 바닥에 굴러다니는 싸구려 옷
이나 사 입고 살았어요. 치마 한 벌 사면 10년을 입었으니까요. 성한
속옷 한 벌 없이 살았어요. 팬티 한 장 사는 것도 아까워서 벌벌 떨었
으니까요. 팬티 한 장 살 돈으로 돼지고기 반 근 끊어다, 김치 한 포
기 썰어 넣고 찌개를 끓이면 자식들이 한 끼 배불리 먹을 수 있으니
까…… 아무튼 한복 가게에 옷감이 넘쳐나도 내 옷 지을 옷감은 없
었으니까요. 시간이 남아돌아도 내 옷 지을 시간은…… 바느질로 자
식들 고등학교까지 졸업시켜놓고, 그럭저럭 먹고살 만해지니까 손
이 요 꼴이 되었지 뭐예요. 제대로 된 내 옷 한 벌 해 입으려고 하니

까······ 평생 남 옷만 짓고 살 팔자를 타고난 것인지······"

여자가 고개를 떨어뜨리고 자신의 손을 바라보았다. 검정 주름치마 위에 나란히 놓인 여자의 손은, 손가락들이 뒤틀려 흡사 새의 발같았다. 그곳에 앉아 있던 새가 두 발을 떨어뜨리고 날아간 것 같았다. 새가 떨어뜨리고 간 두 발을 어쩌지 못해 여자가 속을 태우고 있는 것 같았다.

"남 옷만 짓느라 내 옷 한 벌 못 지어 입은 게 한이지 뭐예요."

여자가 고개를 들어 다시 어머니를 바라보았다. 금택은 한복 거리의 바느질하는 여자들을 떠올려보았다. 여자는, 평생 자신의 한복집하나 못 내고 바느질품이나 팔러 다니는 여자들을 떠올리게 했다. 월성댁을 떠올리게 했다. 바느질품을 팔아서 먹고사는 그녀들은 제대로 된 옷 한 벌 지어 입지 못했다. 종일 바느질품을 팔고, 남는 시간에는 밥 짓고, 빨래하고, 자식들 옷 지어 입히느라.

"통증이 심할 때는 두 손을 장 지지는 데 넣고 지지고 싶다니까요. 그래도 평생 자식들 배 안 굶기고, 자식들 고등학교까지 교육시키고, 남한테 아쉬운 소리 안 하고 이날 이때까지 먹고살게 해준 손인데 병들었다고 괄시하고 원망하면 천벌을 받겠지요?"

풀이 죽어 있던 여자가 금택에게 눈길을 주었다.

"딸인가요?"

여자가 물었다.

"네······"

어머니가 고개를 끄덕여 보였다.

"우리 딸들은 나처럼 안 살겠다고 여상 나와서 하나는 농협에 취직을 하고, 하나는 서울 올라가 미용 기술을 배워 미용사가 되었지 뭐예요."

어머니와 금택이 진료실에서 나왔을 때 여자는 대기실에 없었다. 여자를 찾는 듯 어머니의 눈길이 물리치료실 쪽을 향했다.

며칠 뒤, 정형외과 병원에 가기 위해 우물집을 나서기 전 어머니는 금택에게 누비조끼를 챙기게 했다. 흰 양단으로 지은, 진희라는 단골이 주문을 하고는 가져가지 않은 누비조끼였다. 그녀는 어느 날 무를 자르듯 발길을 끊었다. 편집장이었던 남편이 신문사에서 밀려나 하루아침에 실업자 신세가 되었다는 소문이 들려오고 나서였다.

그날따라 정형외과 병원 대기실은 사람들로 붐볐다. 어머니는 사람들 얼굴을 찬찬히 살폈다. 금택은 어머니가 그 여자를 찾고 있다는 것을 눈치 챘다. 그제야 자신에게 누비조끼를 챙기게 한 이유를 알아차렸다. 금택은 어머니가 누비조끼를 진희라는 단골에게 가져다주려는 줄 알았다.

"기다릴까요?"

어머니가 금택을 바라보았다.

"기다리다 보면 올지 모르잖아요."

"누가……?"

싸 들고 간 누비조끼를 어머니와 금택은 우물집으로 도로 가지고 왔다. 어머니는 그것을 반닫이 속에 넣어두었다.

들깨미음이 담긴 대접을 쟁반에 받쳐 들고 서쪽 방으로 들어서던 금택은 흠칫했다. 어머니가 누비대 앞에 앉아 있었다. 2년 5개월 만이었다. 누비 바늘이 어머니의 손에 들려 있었다. 어머니는 그것이 세상과 자신을 이어주는 탯줄 같은 것이라도 되는 듯 꼭 잡고 있었다. 그것을 놓치면 자신의 존재가 사라지기라도 하는 듯.

누비 바늘에 온 신경을 집중하고 있어서 어머니는 금택을 의식 못했다. 천지간에 어머니와 바늘, 그렇게 둘뿐인 것 같았다. 누비대도, 누비대 위 저고리도 사라지고, 옷감들도 사라지고 어머니와 바늘만 남아 있는 것 같았다. 구름도, 나무도, 새도, 바위도, 강과 바다도, 빛도 사라지고.

어머니는 누비대 앞에 조금 더 바짝 다가앉았다. 통증이 잦아들기를 기다리는 것인지 뜸인 들인 뒤 바늘땀을 떠 넣었다.

한 땀, 또 한 땀, 또 한 땀, 또 한 땀······

한 땀을 떠 넣고서야 어머니가 고개를 들었다. 쟁반을 들고 서 있는 금택을 올려다보았다. 음영이 진 어머니의 얼굴에는 아무 표정도 담겨 있지 않았다.

들깨미음은 광목이었다. 풀을 먹이고 다듬이질해 명주처럼 윤기가 도는 광목이었다.

어머니가 다시 바늘을 잡았다는 것을 금택은 아무에게도 알리지 않았다. 그 사실이 혹시나 단골들이나 한복 거리의 바느질하는 여자들의 귀에 들어갈까 봐 금택은 조심했다. 금택은 당분간 그 사실을 비밀로 하고 싶었다.

다시 바늘을 잡기는 했지만 어머니는 예전처럼 오래 누비대 앞에 앉아 있지 못했다. 길어야 한 시간 남짓 그 앞에 버티고 앉아 있었다. 한 땀이라도 떠 넣으려고 했다. 중요한 것은 어머니가 다시 바늘을 잡았다는 것이었다. 어머니가 다시 잡은 바늘을 놓지 않으려고 안간힘을 쓰고 있었다. 서쪽 방에 들 때마다 그녀는 어머니가 바늘땀을 얼마나 더 떠 넣었는지 유심히 살폈다. 저고리 소매 부분의 누비 선 하나를 바늘땀으로 채우는 데 걸린 시간은 꼬박 사흘이었다. 한창일 때 어머니는 하루에 대여섯 개의 누비 선은 충분히 채웠다.

서쪽 방을 나오면서 금택은 문득 의문했다. 바늘이 거부할 수 없는 무서운 관성과 인력으로 끌어당겨서 어쩔 수 없이 바늘을 다시 잡은 것인지, 누비저고리를 어떻게든 완성하기 위해 바늘을 잡은 것인지.

겨울을 나고, 어머니는 누비대 앞에 앉아 있는 시간은 조금씩 늘려 나갔다. 오후에도 어머니는 한 시간 정도 누비대 앞에 앉아 바늘땀을 떠 넣었다.

아침을 먹고 누비대 앞에 앉은 어머니는 점심때가 되도록 그 앞을 떠나지 않고 있었다.

하루는 어머니가 금택에게 물었다.

"너는 왜 바느질을 하지 않니?"

"저요?"

"그래, 통 바느질을 하지 않더구나."

금택은 당혹스러웠다. 자신이 바느질을 하지 않는다는 것을 어머니가 알고 있었던 것이다.

금택은 망설이다가 말했다.

"바늘이 저를 찌르니까요."

금택은 어머니가 조금 더 일찍 자신에게 묻지 않은 것이 원망스러웠다. 조금 더 일찍 물었더라면 바늘을 손에서 놓지 않았을 것이라고 그녀는 생각했다. 바늘을 손에 잡지 않은 지 3년이었다. 화순이 떠난 지는 6년이었다.

"바늘은 매번 저를 찔렀어요. 찔러서 피를 흘리게 했어요."

그녀는 밤마다 바늘을 손에 잡고 싶은 욕구와 싸워야 했다. 지독한 불면의 밤이 시작된 것은 오히려 바늘을 손에서 내려놓고 나서였다.

바늘을 손에서 놓지 못할 때 금택은 바느질을 하느라 날을 꼬박 새웠다. 바늘을 손에서 놓은 뒤로는, 바늘을 다시 잡고 싶은 욕구와 싸우느라 날을 새워야 했다.

바늘에 집착하는 것만큼이나 바늘을 포기하는 것이 금택은 힘들었다. 바늘을 포기하는 것은 또 다른 형태의 집착이었다.

금택은 보이는 바늘을 손에서 내려놓고, 보이지 않는 바늘을 집어들었다.

보이지 않는 바늘은, 보이는 바늘보다 깊이 금택을 찔렀다. 그녀는 바늘에 찔린 자국투성이였다. 어머니로부터 바늘을 건네받던 날 밤, 그 바늘이 가슴을 찔러왔을 때처럼 피가 흘렀다. 그녀의 눈에만 보이는 피였다. 피는 선지보다 검붉고, 비린내를 풍겼다.

누비 배냇저고리

옥 사모님의 만촌동 집 공기는 숨을 쉬는 것이 어렵게 느껴질 만큼 습하고 무거웠다. 거슬리는 그 어떤 냄새가 공기 중에서 맡아졌지만 정체를 알 수 없었다. 마당 정원이 한눈에 들어올 만큼 커다란 통유리 창에도 불구하고 사방이 온통 막힌 것처럼 답답했다.

옥 사모님은 누비마고자가 든 보자기를 풀어보려 하지 않았다.

"군위댁이 널 보냈군."

그녀의 두 눈동자가 화순을 향했다.

"네 언니를 보낼 줄 알았는데 널 보냈어."

화순은 금택에게 자신이 누비마고자를 전해드리겠다고 고집을 부린 것을 후회했다. 어머니가 시킨 대로 금택이 옥 사모님에게 누비마고자를 전해드리게 했어야 했다고 후회했지만, 이미 엎질러진 물이었다.

"어머니가 제게 누비저고리를 가져다드리라고 하셨어요."

화순은 거짓말을 했다.

"바느질은 업을 만들지 않지."

옥 사모님의 두 눈동자가 또다시 다른 데를 향했다. 한곳에 고정된 채 꿈쩍 않는 얼굴과 다르게 눈동자만 이리저리 움직여서인지, 박제 처리한 얼굴에 살아 있는 짐승의 눈동자를 심어놓은 것 같았다. 옥 사모님의 눈동자가 자신을 향할 때마다 화순은 오싹 소름이 끼쳤다.

"업을 만들지 않는 유일한 일이 바느질이야. 삼시 세 끼 챙겨 먹고 사는 것도, 집을 짓는 것도, 자식을 낳고 기르는 것도 업을 만드는 일 이거든."

화순은 옥 사모님이 왜 자신에게 그런 말을 하는지 이해되지 않았 다. 그녀는 누비저고리를 싼 보자기에는 눈길조차 주지 않았다.

"업을 만들지 않는 일이지만, 업으로 삼아야 하는 일이 바느질이 야. 나는 내 며느리가 바느질을 업으로 삼는 것을 원치 않아. 바느질 을 업으로 하는 여자를 내 며느리로 받아들일 수는 없지. 바느질을 업으로 하는 여자들치고 잘사는 여자를 못 봤거든. 평생을 등허리가 휘고, 손가락이 굽도록 바느질을 하는데도 수중에 돈이 모아지지 않 거든. 솜씨가 알려져서 돈을 좀 모으나 싶다가도, 터진 독에서 물이 새듯 다 새 나가고 궁상스러워진단 말이야. 그러니 죽을 때까지 손 에서 바늘을 놓지 못하지…… 허구한 날 가위로 자르고 오리는 게 일이니 돈이 모아지지 않지."

"……"

"하여간 궁상도 그런 궁상이 없지."

488

화순은 옥 사모님이 왜 그런 말을 자신에게 하는지 이해되지 않았다. 그녀는 여전히 보자기를 풀어보지 않았다.

"솜씨는 내림이야, 솜씨 내림은 속일 수가 없어."

옥 사모님이 전에도 그 말을 자신에게 한 적이 있다는 것을 화순은 기억해냈다.

"군위댁이 네 편에 누비저고리를 보냈으니, 어쩔 수 없이 널 내 며느리로 삼아야겠는데……"

그제야 화순은 어머니가 어째서 금택에게 심부름을 시켰는지 이해했다. 옥 사모님이 어째서 금택이 아니라 자신이 누비저고리를 가져온 것을 두고 의아해했는지. 누비저고리를 옥 사모님께 가져다드리는 것이 무엇을 의미하는지.

입을 고집스럽게 다물고 뜸을 들이던 옥 사모님은 화순에게 한 가지 조건을 내세웠다. 그것은 평생 바늘을 멀리한다는 조건이었다. 화순은 스스로의 의지로 바늘을 멀리하려고 안달한 적은 있어도, 외부의 요구와 강압에 못 이겨 멀리한 적은 없었다. 바늘을 가까이 하는 것도, 멀리 하는 것도 순전히 자신의 의지와 욕구에 달려 있었다.

"평생 바늘을 멀리하겠다는 약속을 받아야겠는데……"

옥 사모님의 부당한 요구를 화순은 그 자리에서 받아들였다.

화순은 자신이 어머니와 우물집으로부터, 누비 바늘로부터 완전하게 벗어날 수 있는 길이 옥 사모님의 만촌동 집으로 들어가는 것이라는 확신이 들었다. 금택으로부터도. 우물집으로 다시 돌아온 날 밤, 화순은 자신이 어머니만큼이나 금택으로부터 벗어나려 안간힘을 썼다는 것을 깨달았다. 금택의 누비 바늘에 대한 집착은 화순을 질리게 했다. 그것은 어머니에 대한 집착이기도 했다. 화순은 어머니보다도 금택으로부터 벗어나고 싶었다.

화순은 만촌동 집 대문을 나서면서, 수년 전 만촌동 집을 무작정 찾아갔던 날을 떠올렸다. 그때 화순은 대학생이었다. 자신을 만나기 위해 만촌동 집을 찾아온 화순을 보고 옥 사모님은 놀라지 않았다. 그때도 화순은 그녀 앞에 자신이 가지고 온 보자기를 내려놓았다. 옥 사모님은 어머니가 보낸 보자기는 끝까지 풀어보지 않았지만, 수년 전 화순이 가지고 온 보자기는 풀어보았다.

"누비배냇저고리예요."

"네가 지은 거로군."

감탄과 달리 그녀의 표정은 어둡게 느껴질 정도로 복잡했다.

"솜씨는 내림이야, 솜씨 내림은 어쩔 수 없어…… 이걸 왜 내게 가져온 것이지?"

"사주셨으면 해서요."

"흥정을 하러 왔군."

"……"

"나는 배냇저고리가 필요 없는데 어쩌지?"

"제게 돈이 필요해요."

옥 사모님은 그녀에게 어디에 돈이 필요한지 묻지 않았다.

"얼마를 쳐줄까?"

그녀는 옥 사모님이 자신에게서 산 배냇저고리를 어떻게 했는지 묻지 않았다. 그녀가 아직 그것을 가지고 있을 것 같았다.

화순은 시댁인 만촌동 집에 들어가 살았다. 자신이 결혼한 상대
가 남편이 아니라 시어머니라는 것을 절실히 깨달았다. 어머니와 금
택이 증인처럼 지켜보는 앞에서 자신에게 결혼반지를 끼워준 사람
이 남편이 아니라 옥 사모님이었던 것 같은 착각이 들 정도였다. 결
혼식을 떠올릴 때 화순의 옆에는 남편이 아니라 시어머니가 서 있었
다. 어머니와 금택, 시어머니인 옥 사모님과 자신. 그렇게 네 사람밖
에 떠오르지 않았다. 네 사람을 제외한 다른 사람들은, 심지어 결혼
당사자 중 하나인 신랑마저도 증발하고 없었다.

삼각 구도가 고질적으로 반복되는 것 같아 화순은 끔찍했다. 어머
니와 자신 사이에 금택이라는 존재가 버티고 있었던 것처럼, 남편과
자신 사이에 시어머니라는 존재가 버티고 있었다. 그런 의미에서 금
택과 시어머니는 그녀에게 같은 존재였다. 둘 다 그녀에게 박탈감과
상실감을 심어주었다.

신혼여행지에서 화순은 남편이 자신의 어머니를 두려워한다는 것
을 깨달았다. 그는 자신의 어머니를 두려워할 뿐 아니라 경멸했다.
그녀가 옥 사모님에 대해 품고 있던 경멸보다 뿌리 깊고 위험했다.
두려움과 경멸의 대상인 어머니가 선택한 자신 또한 경멸한다는 것
을 화순은 깨달았다.

만촌동 집에서 화순은 어느 것 하나 스스로 선택할 수 없었다. 그
어느 것도 선택할 권리가 화순에게는 주어지지 않았다. 잠들고 깨어
나는 시간조차 그녀는 스스로 정할 수 없었다. 우물집을 떠나 대구
에서 대학교에 다니는 동안 그녀는 자유롭게 살았다. 우물집과 어머
니, 어머니가 만드는 누비옷, 금택으로부터 벗어났다는 해방감을 누

리면서 살았다.

만촌동 집에서 산 지 1년쯤 되었을 때, 그녀는 또 한 가지를 깨달 았는데 그것은 어머니로부터 버려질지 모른다는 두려움이 치유 불 가능한 질병처럼 고질적이라는 것이었다.

그녀는 새벽에 잠에서 깰 때마다 그 어떤 두려움이 한기처럼 엄습 하는 것을 느꼈다. 그것은 오래된 두려움이었다.

결혼한 지 햇수로 3년이 지나도록 그녀의 몸에는 아이가 들어서지 않았다. 남편은 처음부터 그녀에게 냉담했다. 그녀를 욕망하기는 했 지만, 욕망했던 증거는 남기지 않았다. 그는 그녀의 몸 밖에 자신의 그것을 쏟아버렸다. 날콩 냄새처럼 비릿한 그것의 냄새마저 창문을 활짝 열어 날려버렸다. 그녀는 삼십대 중반이었고, 남편은 사십대 초반이었다. 심약하고 내성적인 데다 이기적인 남편은 아이를 원하 지 않았다. 욕망했던 증거를 남기지 않으려는 그의 주도면밀한 행동 은 그녀에게 수치심과 모멸감을 심어주었다. 그녀는 간절하게 아이 를 원했다. 그녀의 아이를 갖고 싶은 욕망은 건강하지 못한 것이었 다. 그녀는 딸이 아닌 아들을 원했고, 아들을 낳는 것이 시어머니로 부터 자신이 해방되는 길이라고 믿었다.

아이를 갖고 싶어 하는 화순의 욕망이 강해지자 남편은 돌연 뒤늦 은 공부를 하기 위해 미국 유학을 결정했다. 그는 그러한 결정을 내 리기까지 어머니인 옥 사모님과도, 아내인 그녀와도 한마디 상의하 지 않았다. 그는 미국 이민자인 대학교 선배를 통해 자신이 머물 아 파트까지 알아두었다. 그가 미국에서 돌아오리라는 기약은 없었다. 그는 그녀를 함께 데려가고 싶어 하지 않았다. 그는 자신의 아버지와는 다른 사람이었다. 그의 아버지는 역사라는 거대한 소용돌이에 휩쓸려 북쪽의 처자식과 생이별을 했지만, 그는 자발적으로 이별을 선택했다. 그는 자신이 그런 결정을 내린 데 대해서 아내인 화순에게 미안해하기보다는, 자신이 어째서 좀더 일찍 그런 결정을 내리지 않았는지 자책하는 눈치였다. 그녀는 뒤미처 금택이 자신에게 했던 경고가 옳았다는 것을 인정했다. 그녀가 그를 감당할 수 없을 거라는 경고였다. 금택의 그 경고가 틀리지 않았다는 것이 입증된 셈이었다. 금택은 아내인 자신보다 그를 깊이 이해하고 있었다. 그녀는 그를 붙드는 대신에 자신의 패배를 인정했다.

미국으로 떠나기 전날 그는 의식을 치르듯 화순과 잠자리를 했다. 그가 떠나고 한 달쯤 지나 그녀는 자신의 몸에 변화가 있다는 것을 감지했다. 그녀는 임신 사실을 시어머니에게 알리지 않았다. 그녀가 임신한 사실을 시어머니는 집안일을 돌보는 할멈으로부터 들어서 알았다. 자식을 아홉이나 낳은 할멈은 그녀가 물을 가려 마시는 것을 보고 임신했다는 것을 알았다.

출산의 경험은 지독했다. 그녀는 출산의 과정이 지구를 지배하는 거대한 법칙인 중력을 거스르는 행위처럼 생각되었다. 그녀는 열세 시간 넘게 분만실에서 사투를 벌였다. 의사가 제왕절개를 권유했지만 시어머니는 반대했다. 시어머니는 여자가 출산하는 과정에서 아기를 밀어낼 때 나쁜 피도 함께 쏟는다고 믿었다. 나쁜 피를 쏟아야 훗날 병이 걸리지 않는다고 믿었다. 의사가 산모와 아이 둘 다 위험해지는 상황이 벌어질 수도 있다고 경고했지만 시어머니는 자신의 결정을 철회하지 않았다. 모든 결정권은 화순이 아니라 시어머니에게 있었다.

열세 시간의 진통 끝에 화순이 세상으로 밀어낸 아기는 그녀가 아니라 시어머니의 품에 안겼다.

"내가 아들일 거라고 장담하지 않았니."

화순이 해야 할 일을 시어머니는 대신해주었다. 그녀 대신 아기의 눈 코 입이 제대로 붙어 있는지 살폈고, 손가락이 열 개가 맞는지 세어보았다. 시어머니는 아기에게 누비배냇저고리를 입혀 그녀에게 보여주었다. 수년 전 그녀가 무작정 만촌동 집을 찾아가 흥정을 했던 누비배냇저고리였다. 그 누비배냇저고리가 자신의 아기에게 입혀질 줄은 꿈에도 몰랐다. 바늘땀을 떠 넣을 때마다 그녀는 어머니를 원망했다. 바늘땀마다 어머니를 향한 원망이 담겨 있었다.

퇴원해 만촌동 집으로 돌아온 화순의 품에는 아기가 없었다. 아기는 엄마인 그녀가 아닌 시어머니의 품에 있었다. 아기는 시어머니의 품에서 잠들고 깨어났다. 아기의 태몽을 꾼 사람도 그녀가 아니라 시어머니였다. 임신 기간 동안 그녀는 자신이 아니라 시어머니가 임신한 것 같은 착각에 휩싸이고는 했다. 그녀의 배가 아니라 시어머니의 배가 불러오는 것 같았다. 탯줄이 자신이 아니라 시어머니와 연결되어 있는 것 같은 기분에 휩싸이고는 했다. 달수가 찰수록 그녀는 배 속 아기의 탯줄이 시어머니와 연결되어 있다고 느꼈다. 열세 시간의 진통 끝에 낳은 아기가 자신의 아들이 아니라 시어머니의 아들 같았다.

그녀는 가혹하고 부당한 시어머니의 처사에 분개하면서도, 시어머니의 품에서 아들을 빼앗아오지 못했다. 그녀는 엄마로서의 당연한 의무와 권리를 주장하지 못했다. 의무와 권리가 자신이 아니라 시어머니에게 있다고 느꼈다. 아내로서의 의무와 권리가 시어머니에게 있다고 느끼던 것보다 그녀는 더 비참하게 그렇게 느꼈다.

아버지의 부재와 사랑하는 남자의 부재, 남편의 부재 속에서 살아온 이력은 그녀가 아들의 부재를 받아들이는 데 도움이 되었다. 남자와의 연대는 그녀에게 요원하고 불가능한 그 어떤 것으로 인식되었다. 그녀는 여자들 속에서 자랐다. 우물집을 떠나기 전까지 그녀의 곁에는 어머니와 금택이 있었다. 우물집을 떠나서는 더 많은 여자들에 둘러싸여 생활했다. 그녀가 선택한 의류학과에는 여자들밖에 없었다. 한복 거리도, 위장 취업을 했던 봉제 공장도. 그녀가 가는 곳은 어디나 여자들 천지였다.

임신 사실을 알았을 때 그녀는 아들을 원하지도 않았지만 딸을 원하지도 않았다. 아들도, 딸도 그녀에게는 두려운 대상이었다. 어머니와 금택과의 뒤틀리고 건강하지 못한 관계 때문인지 여자와의 연대도 그녀에게는 요원하고 불가능한 그 어떤 것으로 각인되었다.

시어머니는 작명소에서 손자의 이름을 지어왔다. 구순의 한학자가 생년월일시로 사주를 풀어 이름을 짓는 곳으로 유명한 작명소였다.

"사주에 물이 부족해 이름에라도 반드시 물의 기운을 가진 한자를 넣어야 한다고 하더구나. 물의 기운을 가진 한자를 넣어서 이름을 서너 가지 뽑아주었는데, 그중에 진수가 가장 나아서 그렇게 했다. 작명소에 다녀오는 길에 구청에 들러 출생신고도 마쳤다."

시어머니는 그녀 앞으로 대접을 받친 쟁반을 밀어주었다.

"네 사주도 넣었는데, 네 사주가 진수 사주에 해가 된다는구나. 우리 진수에게는 물이 필요한데 네 사주에는 물이 아니라 불이 있다니…… 세상에는 자식에게 해가 되는 부모도 있는 법이거든. 자식을 살리는 부모도 있지만, 자식을 죽이는 부모도 있지. 사주를 풀어보면 부모가 칼로 자식을 치는 악연도 있단 말이야."

아들과의 왜곡되고 병든 관계를 시어머니는 백일도 안 된 손자를 통해 복원하고자 했다.

잔누비 삼회장저고리

새벽마다 화순은 만촌동 집을 통째로 뒤흔드는 울음소리에 잠을 깼다. 울부짖음에 가까운 울음소리는 진수의 것이었다. 아들은 시도 때도 없이 울부짖어 자신의 존재를 알렸다. 남편은 아들을 보기 위해 나오지는 않았다. 그녀는 그를 기다리지 않았다. 그를 기다리는 편보다, 그의 부재를 인정하고 받아들이는 편이 훨씬 쉬웠다. 그 것은 아버지의 부재를 인정하고 받아들이는 것만큼 쉬웠다. 그녀는 그가 처음부터 부재했던 것 같았다. 아버지가 처음부터 부재했던 것처럼, 부재하는 채로 존재했던 것 같았다. 처음부터 부재했기에, 부재하는 채로 존재했기에 그녀는 분노를 느끼지 않았다. 그가 자신과 부부로 살려는 노력을 하지 않은 것처럼, 그녀도 노력을 하지 않게 되었다.

시어머니가 모시 적삼 앞섶을 풀어 헤치고 곶감처럼 쪼그라든 가슴을 꺼내드는 장면이, 젖이 마른 가슴을 진수의 입에 물려주는 장면이 악몽처럼 그녀의 머리에 그려졌다. 그녀는 시어머니의 방으로

가 진수를 되찾아오고 싶었지만 그럴 용기가 나지 않았다. 그녀는 진수를 두고 시어머니와 대립하고 싶지 않았다. 진수 때문에라도 그녀는 그렇게 하고 싶지 않았다. 늘 먼저 물러서는 쪽은 자신이었다고 그녀는 생각했다. 금택과의 관계에서도 그랬다.

그녀는 장롱을 열고, 겨울 외투들 너머로 손을 뻗어 상자를 꺼냈다. 두부 크기의 한지 상자로, 만촌동 집으로 들어올 때 그녀는 그것을 가방 속에 챙겨 가져왔다. 가방 속에 챙겨 가지고 온 대부분의 물건을 그녀는 하나씩 순서를 정해서 버렸다. 필요할까 싶어 가져온 물건들 중 필요한 물건은 없었다. 가방 속에 넣어온 물건들 중 남은 물건은 한지 상자뿐이었다. 한지 상자 속에는 바늘꽂이가 들어 있었다.

방석 모양의, 흰나비와 노랑나비가 노니는 바늘꽂이에는 단 하나의 바늘이 꽂혀 있었다. 어머니로부터 받은 바늘이.

그녀는 자신이 바늘로부터 도망치다 절벽 끝까지 내몰린 것 같았다. 더는 도망갈 데가 없었다. 바늘을 잡거나, 절벽 아래로 떨어지거나 둘 중 하나를 선택해야 했다.

먼 길을 돌아 다시 바늘을 잡은 그녀의 손가락 마디들은 들뜨고 어긋나 있었다. 진수를 낳을 때 들뜨고 어긋난 마디들은 미처 제자리를 찾지 못했다. 진수를 세상으로 밀어낼 때 그녀는 너무 많은 피를 흘렸다. 눈을 뜨는 것이 불가능할 정도로 얼굴이 부었다.

그녀는 장롱에서 혼례 때 남편이 입었던 두루마기를 꺼냈다. 두루마기는 그녀가 입었던 연두색 삼회장저고리와 다홍색 치마와 나란히 걸려 있었다. 신랑과 신부를 기다리듯 장롱 가장 안쪽에 걸려 있었다. 두루마기 옷감은 쪽빛 염색을 한 명주였다.

그녀는 가위를 들고 두루마기에 떠 넣은 바늘땀을 뜯기 시작했다.

밤에 화순은 모두가 잠들기를 기다려 바늘을 들었다. 뚜벅뚜벅 바늘땀을 떠 나갔다. 서른 땀을 연속해서 뜨고 나서야 그녀는 시어머니가 잘못 알고 있는 게 있다는 것을 알았다. 그녀는 시어머니 때문에 바늘을 들지 않는 것이 아니었다.

그녀는 대범하게도 시어머니 모르게 포목점 골목에 다녀왔다. 진수를 낳고 처음 하는 외출이었다. 만촌동 집을 나와 골목을 걸어가는 동안 그녀는 마취에서 깨어나는 것 같은 기이한 현기증을 느꼈다. 삼칠일이 지났다고는 하지만 그녀는 아직 회복 중이었다. 포목점 골목을 둘러보기 전 그녀는 천을 자르는 데 쓰는 가위와 뼈인두, 명주실, 재단용 자, 목화솜을 구했다. 누비 바느질로 옷을 짓는 데 필요한 도구와 자재들이었다.

포목점 골목은 그녀에게 익숙한 곳이었다. 대학교에 다니는 내내 그녀는 포목점 골목을 제 집처럼 드나들었다. 백여 개의 포목점을 돌아다니면서 옷감들을 구경하는 것이 그녀는 즐거웠다. 의류용 옷감들도 유행을 탄다는 것을, 유행에 따라 포목점들에서 가져다 놓는 옷감들이 바뀐다는 것을 그녀는 깨달았다. 유행을 따르기는 하지만, 포목점들마다 특색이 있다는 것 또한 깨달았다. 삼베와 모시를 주로 다루는 포목점이 있는가 하면, 양단을 다루는 포목점이 있었다. 양단 중에서도 최고급 양단만을 다루는 포목점이 있었고, 안감을 전문으로 다루는 포목점이 있었다. 주로 다루는 옷감의 기질과 포목점 주인의 기질이 묘하게 닮았다는 것 또한 그녀는 깨달았다. 그녀는 다양한 원단들을 익혀 나갔고, 자신이 양단을 특별히 좋아한다는 것을 깨달았다. 그녀는 원단들을 구경하다 지치면 길거리에서 파는 수제비나 국수를 사 먹었다. 포목점들을 돌아다닐 때마다 그녀는 어머니가 옷감을 떼오는 포목점이 어디일지 궁금해하고는 했다. 어머니는 염색을 하지 않은 옷감을 주로 떼왔다. 염색하지 않은 옷감을 파는 포목점이 서너 군데 있었다. 그중에서도 복지상회라는 포목점은 명주와 광목과 무명을 주로 팔았다.

그녀의 대학교 동기들은 의류 회사에 취직을 하거나 의상실을 냈다. 거의 15년 만에 다시 찾은 포목점 골목은 뭔가 획일화된 인상을 그녀에게 주었다. 갖추어놓은 옷감들이 비슷비슷했다.

포목점들을 돌아다니던 그녀는 맞춤 한복을 하루 만에 완성해준다는 문구를 보았다. 그녀는 놀라지 않았다. 하루 만에 한복 한 벌을 완성하는 것은 얼마든지 가능했다. 미싱만 있으면 그녀 자신도 하루 만에 치마와 저고리를 얼마든지 완성할 수 있을 것 같았다.

포목점 골목을 나와 택시를 타러 도로 쪽으로 걸어가던 그녀는 즉석에서 튀긴 꽈배기를 파는 노점상을 보았다. 그녀는 길거리에 서서, 설탕 범벅의 꽈배기를 다섯 개나 먹어 치웠다. 배가 불러오는 느낌이 들었지만, 허기는 가시지 않았다.

"임신을 했나 보네."

꽈배기를 튀기던 여자가 그녀의 배를 보고 말했다. 임신했을 때 그녀는 쌍둥이를 임신했다는 오해를 살 정도로 배가 불렀다. 아기를 세상에 내놓은 뒤에도 부풀어 오른 배는 꺼지지 않았다. 한 생명이 잉태되고 그 생명이 인간의 형상을 갖추는 동안 머물렀던 흔적이 그녀의 배에 거푸집처럼 남아 있었다.

"몇 개월이에요?"

설탕이 담긴 쟁반에 바싹 튀긴 꽈배기들을 굴리면서 여자가 물었다. 그녀는 자신이 얼마 전에 출산을 했다는 것을 깨달았다. 자신이 사내아이를 낳았으며, 그 사내아이가 시어머니의 품에 있다는 것 또한.

"6개월이요."

"6개월이면 배가 한참 불러올 때네."

여자는 반죽한 꽈배기들을 기름 속으로 던져 넣었다. 갈색으로 튀겨진 꽈배기들이 둥둥 떠올랐다.

화순은 포목점에서 끊어온 광목과 사과 상자로 누비대를 만들었다. 사과 상자를 수차례 광목으로 친친 감싸자 그럴듯한 누비대가 만들어졌다. 대학생 때 그녀는 이미 누비배냇저고리를 짓기 위해 누비대를 만든 경험이 있었다.

바늘을 잡은 그녀는 어머니가 그랬던 것처럼 무섭게 바느질을 했다. 그녀는 시어머니에게 들키지 않기 위해 밤에만 바늘을 들었다.

금택이 어머니 모르게 바느질을 하는 것처럼, 그녀는 시어머니 모르게 바느질을 했다.

그렇게 자매는 숨어서 바느질을 했다.

그녀가 누비대에 고정시킨 옷감에 바늘땀을 떠 넣는 소리는 결코 방 밖으로 흘러 나가지 않았다. 다행히 시어머니와 진수가 기거하는 방은 1층에 있었고, 그녀의 방은 2층에 있었다. 진수를 낳은 뒤로 화순을 대하는 시어머니의 태도는 도를 넘어설 정도로 쌀쌀했다. 진수가 태어난 것을 제외하고, 시어머니를 둘러싼 여러 가지 상황이 좋지 않았다. 방직 공장의 경기가 예전 같지 않다는 것 정도는 그녀도 알았다. 무리를 해서 인수한 방직 공장이 경영난을 겪고 있다는 것을 그녀는 눈치로 알았다. 중국에서 값싼 원단들이 무섭게 들어오고 있었다. 미국으로 떠난 그녀의 아들은 돌아오지 않고 있었다. 그런 상황에서 자신이 약속을 어기고 바늘을 잡은 것을 알면 시어머니가 자신을 만촌동 집에서 내쫓을지 몰랐다.

그녀는 만촌동 집에서 쫓겨나는 것이 두렵지는 않았다. 만촌동 집에서 그녀의 것은 아무것도 없었다. 심지어 자신이 낳은 아들조차도 그녀의 소유가 아니었다. 그녀는 화장지를 한 장 쓸 때도 그것이 자신의 것이 아니라는 생각을 했고, 그 생각은 자괴감을 불러일으켰다. 달걀 한 알도 자신의 것이 아니라는 생각을 그녀는 떨칠 수 없었다.

만촌동 집에서 그녀의 것은 바늘뿐이었다. 어머니로부터 받은 바늘뿐이었다. 자신이 그토록 달아나려고 했던 바늘뿐이었다.

그녀는 대물림하고 싶지 않았다. 어머니가 바늘 때문에 백일도 안 된 자신을 버린 것처럼, 자신 역시 바늘 때문에 아들을 버리고 싶지 않았다. 버리는 게 아니었지만, 더구나 바늘 때문에 아들을 버리는 게 아니었지만, 결과적으로 그런 꼴이 될 게 뻔했다. 결국 바늘 때문에 아들을 버린 꼴이 되고 말 것이었다.

그녀는 자신의 손가락들이 바느질을 하기에는 아직 무리라는 것을 알았다. 바늘땀을 뜨는 동안 거푸집처럼 부풀어 있던 배는 서서히 가라앉았다. 원래의 상태로 회복되었을 때 그녀는 오히려 자신의 배가 언제까지나 부풀어 있기를 바랐다. 임신을 한 여자처럼 배가 부른 채로 평생을 살아갈 수도 있겠다는 생각마저 들었다.

진수가 태어난 지 백 일째 되던 날, 그녀는 하늘색 잔누비 삼회장저고리를 완성했다. 하늘색 바탕에 깃, 끝동, 곁마기, 고름은 다홍색으로 했다. 혼례 때 남편이 입었던 두루마기와 자신이 입었던 치마저고리로 지은 잔누비 삼회장저고리였다. 해체한 옷들을 다시 재단하고 이어 붙이고, 바늘땀을 떠 넣어 그녀는 전혀 새로운 옷을 탄생시켰다. 바늘땀을 반복해서 뜨면서 그녀는 비로소 남편과 자신이 합일되는 것을 느꼈다. 부재하는 남편과 자신이 마침내 하나가 되는 것을 느꼈다. 남편의 몸과 자신의 몸이 합일하던 순간보다 더 하나가 되는 것을 느꼈다. 아이러니하게도 그녀가 남편의 부재를 뼛속 깊이 절감한 순간은 남편의 몸이 그녀의 몸속으로 들어오던 순간이었다. 남편의 몸과 자신의 몸이 결합하고 있는 동안, 그녀는 남편의 부재를 느꼈다.

그녀가 의류학과에서 배운 이론들은, 양장기능사 자격증과 한복기능사 자격증을 따기 위해 익혔던 기술들은 결과적으로 그녀가 옷을 짓는 데 도움이 되었다. 그녀는 옷이 만들어지는 과정을 체계적으로 이해하고 있었고 습득하고 있었다.

잔누비 삼회장저고리를 짓는 동안 그녀는 분열에 시달렸다. 자신이 그토록 답답해하던 방식으로, 어머니가 옷을 짓는 방식으로 그녀

502

는 옷을 짓고 있었다. 자신이 그토록 경멸하던 방식으로, 고집스럽고 비합리적이고 비생산적인 방식으로. 자존심에 심각한 손상이 갈 만큼 극심한 분열에도 불구하고 그녀는 누비 바늘을 손에서 놓지 않았다.

잔누비 삼회장저고리를 완성하기는 했지만, 석 달 동안 밤을 새워가며 반복한 누비 바느질은 그녀에게 치명적인 결과를 초래했다. 그녀는 온몸의 뼈가, 손가락뼈들이 들뜬 상태에서 누비 바늘을 들었다.

0.2에서 0.3센티 간격으로 바늘땀을 반복해서 뜨는 동안 그녀의 손가락들은 인대가 늘어나고 마디에 염증이 발생했다. 바늘땀을 떠나가던 그녀는 오른손 중지 가운데 마디를 바늘이 찔러오는 것 같은 통증을 느끼고 몸서리쳤다.

바늘을 잡은 손 · 둘

손가락 마디를 바늘이 찔러오는 것 같은 통증은 간헐적으로 찾아왔다. 감전처럼 순간적이지만 강력한 통증은 누비 바늘을 잡은 오른손뿐 아니라 왼손에서도 나타났다. 통증이 찾아들 때마다 그녀는 무감각해지려 애쓰면서 바느질을 했다. 통증은 바늘땀을 뜨는 데 방해가 되었다. 통증 때문에 바늘땀이 고르게 떠지지 않았다. 그녀는 통증을 참으면서 기껏 뜬 바늘땀들을 풀고 다시 떴다. 그녀는 자신에게 강박이 있다는 것을 깨달았다. 통증 때문에 바늘을 잡은 그녀의 손에 힘이 들어갔다.

바늘을 잡는 것이 힘들어지면서, 그녀는 바늘에 집착했다. 통증은 결과적으로 그녀가 바늘에 집착하게 만들었다. 어떤 의미에서 통증은 바늘과 그녀의 관계를 재정립시켰다. 누비 바늘과 그녀의 관계가 180도 새롭게 정립된 것이다. 그것은 철저히 어머니를 배제한 관계 정립이었다. 누비 바늘을 잡을 때마다 그녀는 바늘이 자신에게 거머리처럼 들러붙는 것을 느꼈다. 자신에게 악착같이 들러붙어 피를 빨아먹는 것 같았다. 그녀는 거머리에 대한 유별난 공포심을 가지고 있었다. 어릴 때 강에서 물놀이를 하는 그녀의 종아리에 거머리가 들러붙은 적이 있었다. 흉터처럼 들러붙어 떨어지지 않는 거머리를 그녀는 자갈돌로 내리치고 짓뭉개 간신히 떼어냈다. 누비 바늘이 그녀는 거머리 같았다. 자신의 인생에 들러붙어 피를 빨아먹는 거머리 같았다. 종아리가 찢기도록 자갈로 내리치고 짓뭉개도 떨어지지 않는 거머리 같았다.

그런데 손가락 마디마디에서 발생하는 통증 때문에 바늘을 잡는 것이 어려워지면서, 그녀는 바늘에 집착하고 있었다. 통증 때문에 누비 바늘을 놓칠까 봐 전전긍긍하고 있었다.

바늘을 잡고 있지 않을 때도 통증이 있었다. 통증에도 불구하고 그녀는 자신의 손가락들에 이상이 생겼다는 것을 자각하지 못했다. 임신과 출산을 겪으면서 그녀는 자신의 체질이 변하는 것을 경험했다. 몸은 그녀의 통제를 벗어나 있었다. 자신의 몸이었지만, 그 몸이 음식에 대해 어떤 반응을 보일지 자기 자신조차 예측할 수 없었다. 알레르기 반응 때문에 조개 종류는 아예 입에도 대지 못했다. 머리카락이 빠지고, 시력이 떨어진 것을 느꼈다. 잠에서 깰 때마다 그녀는 굳어 있는 손가락들이 가장 먼저 의식되었다.

발생 빈도가 심해지는 통증과 함께 손가락 마디들이 붓기 시작했지만, 그녀는 때가 되면 저절로 나을 것이라고 막연히 생각했다. 갑자기 바느질을 해서 손에 무리가 가는 바람에 생긴 일시적인 증상 정도로 여겼다.

손가락들에 이상이 생겼다는 것을 절감한 것은, 잔누비 삼회장저고리를 거의 다 지어갈 때였다. 그날 아침, 식사 준비를 하러 부엌으로 가는 그녀를 시어머니가 가로막았다. 누비질을 하느라 밤을 새운 그녀는 현기증을 느끼고 비틀거렸다. 시어머니는 그녀의 핏기 없이 창백한 모습을 보고 미간을 찌푸렸다. 거푸집처럼 부풀어 있던 배가 꺼지고 붓기가 잡히면서 그녀는 살이 내리고 있었다. 누비 바느질의 노동 강도는 그녀가 생각했던 것보다 셌다.

"안아보겠니?"

시어머니가 물었다. 그녀는 그제야 시어머니의 품에 안겨 있는 자신의 아들을 보았다. 이유식을 먹기 시작한 아들은 살이 올라 있었다.

"네 아들이다."

시어머니는 그녀가 모르는 것을 가르쳐주듯 말했다. 아들을 안고 싶은 강렬한 충동을 느꼈지만 그녀는 팔을 뻗지 못했다. 손가락들이 말을 듣지 않았다. 손가락들이 굳어 움직여지지 않았다.

"짐승한테도 있는 모성애가 네게는 없나 보구나."

시어머니의 비난을 그녀는 긍정하지도, 부정하지도 않았다.

그녀는 자신의 손에 문제가 발생했다는 것을 시어머니에게 들키지 않기 위해 스스로 고립된 생활을 했다. 식사 때가 되어도 그녀는 부엌에 내려가지 않았다. 식칼 등으로 굴비의 비늘을 벗기고, 김에 들기름을 바르고, 식탁에 숟가락을 놓는 일들로부터 그녀는 스스로 해방되었다. 그녀는 오전 열한 시경에 혼자 식사했다. 저녁은 복숭아나 카스텔라 같은 먹을 것을 방으로 가져와 해결했다. 오른손보다는 왼손이 그나마 사정이 나았기 때문에 그녀는 머리를 감거나 수저질을 할 때는 왼손을 사용했다. 스스로 고립을 자처하는 자신을 시어머니가 언제까지 봐주지 않으리라는 것을 알았지만 어쩔 수 없었다.

통증이 심하면 문고리를 잡지 못해 방 밖으로 한 발자국도 나가지 못하는 날도 있었다. 명주실 가닥을 잡는 것조차 엄두가 나지 않는 지경이면서 밤이 되면 어김없이 바늘을 들었다. 마른땅에 씨앗을 심듯 바늘땀을 떠 나갔다. 통증이 빈번해지고 그 강도가 세지면서 바늘을 잡은 그녀의 손에는 힘이 들어갔다. 손가락들에 힘이 들어가면서 무리가 갔고 마디마디에서 발생하는 통증이 심해졌다. 악순환의 원리를 그녀는 누비 바늘을 잡은 자신의 손을 통해 이해하고 있었다.

통증이 심할 때면 그녀는 손가락들에 전기 충격을 가하는 것 같았다. 실험을 하듯 충격의 강도를 차차 높여가는 것 같았다.

그녀는 자신이 어째서 그토록 바늘과 바느질에 집착하는지 스스로도 이해되지 않을 때가 종종 있었다.

아이러니한 것은 그녀의 손에 통증과 무감각이 동시에 찾아왔다는 것이었다. 손에 아무 감각이 없을 때, 아무 감각도 없어 손이 없는 것 같은 착각이 들 때, 그녀는 누비 바늘을 잡지 못하고 한 시간 두 시간 속수무책으로 흘려보낼 때가 있었다.

바늘땀을 떠 나가던 그녀는 묘한 경험을 했다. 홈질이라는 가장 단순하고 기본적인 바느질을 반복하는 누비질이라는 침선법이, 가장 난해하고 변화무쌍한 침선법처럼 느껴졌다. 수십 가지의 수법을 구사해야 하는 자수보다 훨씬 복잡하게 느껴졌다. 그녀는 그 단순한 침선법을 까맣게 잊어버릴까 봐 겁이 났다.

명주실 가닥을 들어 올리는 것이 칡뿌리를 들어 올리는 것만큼 힘겨워져서야 그녀는 스스로 병원을 찾았다.

지난 9개월 동안 밤마다 누비 바느질을 한 그녀의 손에 의사는 류마티스관절염이라는 진단을 내렸다. 손가락 연골이 손상되고, 관절을 싸고 있는 얇은 막인 활막에 염증이 발생했다고 했다. 염증을 제때 치료하지 않아 관절이 파괴되고 있다고 설명했다. 그녀가 최근에 임신과 출산을 경험했다는 사실을 확인한 의사는 그녀에게 특별히 하는 일이 있는지 물었다. 그녀가 고개를 가로젓자, 출산 직후 혹은 최근 얼마 동안 손을 무리해서 사용한 적이 있는지 물었다.

그녀는 망설이다 말했다.

"바느질을 해요."

의사는 관심을 보이면서 자신의 아내도 취미로 바느질을 한다고 말했다. 온갖 천 조각들을 이어서 가방이나 보자기, 이불 같은 것을 만든다고 했다. 의사는 그녀도 자신의 아내처럼 취미로 바느질을 한다고 생각하는 것 같았다. 자신의 아내와 그녀가 하는 바느질이 같은 바느질일 거라고 생각하는 것 같았다. 그녀는 그의 아내가 하는 바느질은 서양식 퀼트로, 자신이 하는 누비 바느질과는 구별된다는 것을 말하지 않았다. 의사는 그녀에게 바느질을 하루에 몇 시간이나 하는지 물었고, 그녀가 바느질을 하느라 밤을 새우기도 한다는 것을 알고는 부정적으로 고개를 저었다. 그는 그녀에게 당장 바느질을 중단할 것을 경고했다. 출산이 류마티스관절염의 원인이 되기도 하는데, 무리한 바느질이 류마티스관절염을 초래했을 것이라고 추측했다.

만성으로 진행된 데다 상태가 꽤 심각하다는 설명에도 불구하고 그녀가 아무 반응이 없자 의사는 손가락 근육들이 제멋대로 돌아가고 손가락들이 틀어져 변형이 일어날 수 있다고 경고했다. 경고조차 그녀가 심각하게 받아들이지 않자 의사는 류마티스관절염 때문에 변형이 진행된 손을 찍은 사진을 보여주었다. 손은 관절 부위가 붓고 뒤틀려 생강 덩어리나 구근 같았다.

의사의 경고에도 불구하고 그녀는 바느질을 중단하지 않았다. 밤에 그녀는 의사로부터 처방 받은 진통제를 복용하고 바늘을 들었다. 진통제는 일시적으로 통증을 완화시켜주었다. 통증이 심해지면서 중단해야 했던 바느질을 가능하게 해주었다. 진통제가 근본적인 치료에 도움이 되지 않는다는 것을 그녀는 간과했다. 장기 복용시 오히려 증상을 악화시키는 데 일조할 수 있다는 것을 미처 생각하지 못했다.

그녀는 자신이 그 무엇도 잃었다는 생각이 들지 않았다. 잃은 것은 아무것도 없었다. 아들은 자궁 속에 태아로 존재할 때부터 자신의 아들의 아니었으며, 남편은 처음부터 부재중이었다. 혼례 때 그녀의 옆에 서 있던 사람은 남편이 아니라 시어머니였다. 옥 사모님의 며느리라는 세속적이고 영화로운 자리는 처음부터 자신의 자리가 아니었기에, 그녀는 그 무엇도 잃었다는 생각이 들지 않았다. 그녀는 그 자리가 처음부터 금택의 자리였다는 것을 알았다.

아무것도 자신의 것이 아니었기에, 아무것도 잃을 것이 없었다.

천년을 해도, 만년을 해도 똑같지

회복의 기미가 있자 어머니는 예전처럼 누비 바느질에 몰두했다. 누비옷을 주문하는 사람이 없는데도 불구하고 한 시간이고 두 시간이고 누비대 앞에 버티고 앉아 누비 바느질을 했다. 누비 바느질로 저고리를, 치마를, 두루마기를 지었다. 병풍 가게의 수놓는 여자가 병풍이 팔리지 않는데도 십장생을, 모란도를, 초충도를 수놓듯. 허리가 굽다 못해 코가 땅에 닿는데도 밭으로 나가 깨를 심고, 도라지를 캐고, 콩을 터는 마을 여자들처럼.

자동 기계처럼 누비대 앞으로 가서 앉는 어머니를 금택은 말리지 못했다. 어머니는 어느 결에 누비대 앞에 버티고 앉아 바늘땀을 떠 넣고 있었다. 어머니의 의지를 넘어서는 무엇인가가 어머니를 누비대로 이끌고 있었다. 바늘을 들게 하고, 바늘땀을 떠 넣게 하고 있었다. 단순히 바늘땀을 하나라도 더 떠 넣어야 한다는 강박과 이골이 난 습관 때문만은 아닌 것 같았다. 강박과 습관을 뛰어넘는 그 무엇인가가 어머니를 누비대로 이끌고 있었다.

어머니는 한없이 느리게, 한 땀 한 땀 힘을 실어 바늘땀을 떠 넣었다. 바늘땀을 떠 넣을 때 어머니의 목 실핏줄들은 팽팽하게 당겨지듯 일어섰다. 금택은 어머니가 저 발끝에서부터 힘을 끌어모아 바늘땀을 떠 넣는 것을 느낄 수 있었다. 바늘땀이 자신의 살갗에 떠지는 것 같은 착각이 들 정도였다. 마치 낙타가 자신의 발자국을 남기려 애쓰면서 사막 뜨거운 모래 위를 건너듯, 어머니는 부단히 바늘땀을 떠 넣었다. 광활한 사막을 건너는 낙타가 멀리서 보면 제자리걸음을 하고 있는 것처럼 보이듯, 어머니도 한자리에 대고 바늘땀을 떠 넣고 있는 것처럼 보였다. 바늘땀 위에 바늘땀을 떠 넣고 있는 것처럼 보였다.

어머니의 단골들은 때가 되었다는 듯 하나, 둘 세상을 떠났다. 그 것은 어머니의 누비 바느질 솜씨를 알아주는 이들이 세상에서 사라지는 것을 의미했다. 종국에는 누비 바느질과 누비 바느질로 지은 누비옷의 멸종을 의미했다.

어머니가 금택을 서쪽 방으로 불렀다.

"대구에 좀 다녀와라."

"대구는 왜요?"

"모처럼 감물을 들여야겠다."

"감물을요?"

"감물은 1년 중 해가 가장 따가울 때 들여야 하거든. 뭐든 때라는 게 있으니까. 해가 시들기 전에 감물을 들여야겠어."

1년 넘도록 누비옷 주문이 한 벌도 없었다는 사실을 금택은 구태 여 어머니에게 일깨워주지 않았다.

옥 사모님의 노력에도 불구하고 어머니는 명장 칭호를 받지 못했 다. 30년 동안 누비 바느질을 했지만, 명장 칭호를 받기 위해서는 몇 가지 부합되는 조건이 있어야 했다. 조건 중에는 제자 양성도 포함되어 있었다. 어머니는 단 한 명의 제자도 길러내지 못했다.

"천년을 해도 똑같아."

"……"

"만년을 해도 똑같지."

"……"

"천년을 해도, 만년을 해도 늘지 않는 게 바느질이지. 바느질에는 뾰족한 수라는 게 없어."

"……"

"열 땀 뜰 걸 두 땀으로 해결할 수 없거든. 열 땀이면 열 땀을, 백 땀이면 백 땀을, 천 땀이면 천 땀을 꼬박 떠야 하거든……"

어머니를 닮고 싶어 하는 금택의 욕망은 한결같은 것이었다. 어머니는 여전히 금택에게 두려움의 대상이자, 동경의 대상이었다. 어머니를 닮고 싶은 욕망이 강하면 강할수록 어머니를 닮는 것이 요원할뿐더러 불가능한 일처럼 생각되었다. 단순하게 반복되는 누비 바느질로 인해 어머니의 어깨가 기우는 것을, 등이 굽는 것을, 척추가 주저앉는 것을, 손가락에 굳은살이 박이고 뒤틀리는 것을, 곁에서 똑똑히 지켜보았으면서도 어머니를 닮고자 하는 욕망은 시들지 않았다. 누비 바느질로 인해 망가지고 무너진 어머니의 육체를 금택은 오히려 동경했다. 그것은 어머니의 오른손 엄지와 검지 사이에 들러붙은 흉터조차 갈망하는 병적이고 맹목적인 욕망과 닿아 있었다.

금택의 나이는 어느덧 마흔한 살이었다. 우물집으로 딸들을 데리고 들어와 살던 해 어머니의 모습과 가장 닮아 있었다. 그녀는 어머니를, 우물집을 떠나지 못하고 있었다. 그녀에게는 남편도, 자식도 없었다.

실에 초를 먹이고, 마름질을 하고, 목화솜을 깔 때 어머니는 어김없이 금택을 서쪽 방으로 불러 도움을 구했다. 그러나 누비대 앞에 앉아 바늘땀을 떠 넣는 것만은 고집스럽게 온전히 혼자 했다. 백 땀이든, 천 땀이든, 만 땀이든. 어머니는 혼자 떠 넣었다. 금택에게는 단 한 땀도 구하지 않았다.

서쪽 방에 들어 누비대 위의 바늘땀을 한참 떠 넣고 있는, 완성 중인 누비옷을 볼 때마다 금택은 자신이 뜬 바늘땀을 섞어 넣고 싶은 충동에 사로잡혔다. 어머니가 떠 넣은 바늘땀에 자신이 뜬 바늘땀을 숨은 그림처럼 몰래 숨겨 넣고 싶었다.

그날도 금택은 서쪽 방에 들었다 그러한 충동에 사로잡혔다. 누비대에는 어머니가 한참 바늘땀을 떠 넣고 있는 쑥색 명주 치마가 누비대에 고정되어 있었다. 그녀는 바늘을 들었다. 그러나 바늘땀을 떠 넣지는 못했다.

바늘만 잡으면 금택의 손에는 힘이 들어갔다. 손가락 핏줄들이 낚싯줄처럼 당겨지고, 나사가 조여지듯 마디마디가 조여졌다.

열 땀, 스무 땀을 아무렇지 않게 뜨다가도 문득 한 땀을 떠 넣는 것이 힘들 때가 있었다. 땀 하나를 뜨는 데 한 시간이 걸릴 때가 있었다. 좁쌀만 한 땀 하나를 뜨기 위해 날밤을 꼬박 새운 적도 있었다.

그녀는 여전히 어머니 모르게 바느질을 했다. 숨어서 바느질을 했다. 어머니가 세상으로부터 숨어 바느질을 한다면, 그녀는 어머니로부터 숨어서 바느질을 했다.

바늘이 자신을 찌를지 모른다는 두려움과 함께 바늘을 잃어버리면 어쩌나 하는 초조함이 동시에 그녀의 내부에서 일었다. 바늘은 종종 그녀의 눈앞에서 사라졌다. 하루나 이틀, 사나흘 동안 종적을 감추었다가 엉뚱한 곳에서 나타났다. 사라진 바늘을 부엌에서 찾은 적도, 마당에서 찾은 적도 있었다.

새벽 세 시경, 금택은 누비대 앞에 버티고 앉아 있었다. 저녁 설거지를 끝내고 그녀는 내내 누비대 앞에 버티고 앉아 있었다. 누비대에는 그녀가 지난겨울부터 짓고 있는 산호색 명주 조끼가 고정되어 있었다. 저녁 설거지를 끝냈을 때 여섯 시가 조금 지나 있었다. 저녁에 그녀는 호박잎을 찌고, 된장찌개를 자작자작하게 끓이고, 묵은 김치를 들기름에 볶아 밥상을 봤다. 어머니는 밥을 반의반 공기도 먹지 못했다. 보리차에 말아 밥알을 세듯 천천히 입으로 가져갔다. 바느질은 어머니의 오장육부도 망가뜨렸다. 오장육부는 제 기능을 못하고 탈이 났다. 쪼그라든 위가 소화를 시키지 못해 어머니는 고깃점은 입에도 대지 않았다.

저녁 여섯 시경부터 새벽 세 시경까지, 아홉 시간 가까이 누비대 앞에 버티고 앉아 있었지만 그녀는 한 땀도 떠 넣지 못했다.

바늘땀을 떠 넣는 것이, 땅에 씨앗을 심는 것보다 단순하고 수월한 그 일이 끔찍할 만큼 어렵게 느껴졌다.

날이 밝도록 바늘땀을 떠 넣지 못하면, 바늘땀을 떠 넣는 것이 영원히 불가능할 것 같은 기분이 들었다.

미음 같은 새벽빛이 번져올 즈음 금택은 마침내 바늘땀을 떠 넣었다. 한 땀, 또 한 땀, 또 한 땀 연달아 떠 넣었다. 이상하게 손이 가벼웠다. 아홉 시간 가까이 누비대 앞에 버티고 앉아 한 땀도 떠 넣지 못하던 자신이 이해되지 않을 정도로 바늘땀이 잘 떠졌다. 바늘땀을 떠 넣는 손에 리듬이 실렸다.

서른 땀 넘게 연달아 떠 넣던 그녀는 문득 이상한 느낌이 들어 조끼를 뒤집어보았다. 위 옷감에 고르게 바늘땀이 떠지는 동안, 아래 옷감에 바늘땀이 하나도 떠지지 않았다. 헛땀을 뜬 것이었다.

간혹 그렇게 헛땀을 뜰 때가 있었다. 위와 아래를 맞춘 두 겹의 옷감과 그 사이를 채운 솜에 동시에 고르고 촘촘하게 바늘땀을 떠 넣는 것이 누비 바느질이었다. 위 옷감에 고르게 바늘땀이 떠지는 동안, 아래 옷감에도 고르게 바늘땀이 떠져야 했다. 위 옷감에 고르게 바늘땀이 떠지는 동안 아래 옷감에 바늘땀이 떠지지 않고 한두 땀 비는 경우가 간혹 그렇게 있었다. 그러나 서른 땀 넘게 위 옷감에 바늘땀이 떠지는 동안 아래 옷감에 한 땀도 떠지지 않는 경우는 거의 없었다.

헛땀을 뜬 것이, 금택은 불길한 징조처럼 느껴졌다.

누비저고리를 지어 입으려고 여자들이 다녀갔지

옥 사모님의 방직 공장과 의류 제조 공장이 도산했다는 소문이 금택에게 들려왔다. 그녀는 소문을 어머니에게 전하지 않았다. 뒤이어 들려온, 만촌동 집마저 경매로 넘어갔다는 소문 또한 어머니에게 전하지 않았다. 그녀는 우물집 담 너머에서 들려오는 그 어떤 소식도 어머니에게 전하지 않았다.

화순이 옥 사모님과도, 진수와도 함께 지내지 않는 것이 분명했다. 옥 사모님의 아들을 생각하면 금택은 기분이 묘했다. 그가 화순의 남편이자 자신의 남편이기도 한 것 같은 기분이 들었다. 금택이 그를 본 것은 혼인하던 날을 포함해 겨우 두 번이었다. 신혼여행지에서 돌아와 그는 화순과 함께 우물집에 다녀갔다. 화순이 결혼식을 올리던 날 밤, 금택은 화순이 아니라 자신이 그와 결혼하는 꿈을 꾸었다. 꿈속에서 화순이 아니라 자신이 올림머리를 하고 연두색 삼회장저고리에 다홍색 치마를 입고 그의 옆에 서 있었다.

화순이 그의 아이를 가졌다는 소식을 전해왔을 때 그녀는 자신 또한 그의 아이를 가진 것 같은 착각이 들었다. 화순으로부터 임신했다는 소식이 들려오기 한 달 전쯤 금택은 이상한 꿈을 꾸었다. 당사자가 아닌 단골로부터 임신 소식을 전해 듣고서야 전날 꾼 꿈보다 생생하게 기억나는 그 꿈이 태몽이었다는 것을 깨달았다.

화순을 자신의 며느리로 받아들인 뒤로 옥 사모님은 우물집에 발길을 하지 않았다. 어머니에게서 더는 누비옷을 지어 입지 않았다. 그녀의 행동은 갑작스러운 데가 있었지만 한편으로 이해되는 면이 있었다. 어머니와 옥 사모님의 관계는 생산자와 소비자 관계에서 사돈 관계로 수정 개편되었다. 새로 개편된 관계를 어머니보다는 옥 사모님 쪽에서 불편해하고 부담스러워했다.

화순이 어디서, 어떻게 지내고 있는지 궁금했지만 금택은 수소문하지 않았다. 금택은 화순이 어느 날 우물집으로 돌아오리라고 생각했다. 매번 그랬듯 기별도 없이 우물집 대문을 열고 들어서리라.

금택은 국수를 삶을 때 혹시나 화순이 올까 싶어 한 주먹 더 삶았다. 수제비 반죽을 할 때 혹시나 그녀가 올까 싶어 한 국자 분량쯤 더 반죽을 했다. 화순이 오지 않고 속수무책으로 불어 터진 소면을, 수제비를 금택은 소처럼 묵묵히 먹어 치웠다.

금택은 여전히 화순을 의식하는 자신이 혐오스러웠다. 화순을 그 어느 때보다 경쟁자로 느끼는 자신이 싫었다.

그럼에도 옥 사모님의 며느리라는 세속적이고 영화로운 자리를 상실하고, 아들을 빼앗기고, 남편의 부재 속에서 살아가는 화순이 그 어느 때보다 강력하고 위협적인 경쟁자로 느껴졌다. 화순이 당장이라도 나타나 자신에게서 바늘을 빼앗고, 자신의 자리를 내놓으라고 요구할 것 같아 두려웠다. 금택은 자신이 어머니와 우물집을 떠나지 않을 수 있었던 것이, 화순이 끊임없이 어머니와 우물집을 떠났기 때문인지 모른다는 생각이 뒤미처 들었다. 화순이 어머니와 우물집을 떠나지 않았으면 자신이 떠나야 했을지 몰랐다.

겨울이 다 가도록 화순은 우물집으로 돌아오지 않았다. 봄이 가고, 여름이 가고, 가을이 깊어지도록.

마을 옆으로 고가도로가 나고 신작로가 국도로 편입되었지만, 마을은 빈집들이 늘어갔다. 우물집은 마을의 빈집들보다 더 조용했다. 마을 여자들은 늙고 병들거나 일찌감치 세상을 등졌다. 아직 살아 있는 여자들은 여전히 봄이 되면 고사리를 뜯으러 다녔고, 고구마를 심었다. 가을에는 버섯을 따고 도토리를 주우러 다녔다.

추석을 앞두고 버섯을 따러 산에 들던 마을 여자들은 금택을 보았다. 금택은 대문 앞에 나와 웅크리고 앉아 있었다. 그해 비가 잦은 탓에 산에는 버섯이 지천으로 피었다. 마을 여자들은 버섯을 따다 장에 내다 팔거나 소금에 재두었다.

"저 여자는 생전 늙지도 않네."

보랏빛 싸리버섯이 한가득 든 자루를 머리에 이고 산에서 내려오던 마을 여자가 금택을 보고 중얼거렸다.

"저 여자, 딸이 둘이지."

어머니보다 더 심하게 등허리가 굽은 여자가 맞장구를 쳤다.

"하나는 야시같이 생겼고, 하나는 소같이 생겼지."

우물집 대문 앞 여자가 바느질하는 여자가 아니라 그녀의 딸이라고는, 여자들은 꿈에도 생각 못했다. 마을 여자들의 뱀처럼 매섭던 눈은 백내장이나 녹내장으로 뒤덮였다. 여자들은 집으로 돌아가 마당에 돗자리나 보자기를 펼치고 뒷산에서 따온 버섯을 부렸다. 집 안으로 들어가 마루 불을 환하게 켜고, 텔레비전을 틀었다. 냉수를 한 모금 마신 뒤, 점심에 먹다 남긴 돼지고기김치찌개나 시래기된장찌개를 데웠다. 텔레비전 앞에 차린 밥상에 우두커니 앉아 혼자 저녁을 먹었다. 돼지고기김치찌개 속 삭은 김치와 무청시래기는 아무리 건져 먹어도 줄지 않았다.

자정이 지나도록 서쪽 방은 환하게 불을 밝히고 있었다. 기름보일러 돌아가는 소리가 우물집에 들어차 있었다. 마당 수도꼭지에서 완두콩만 한 물방울이 똑똑 일정한 간격을 두고 떨어졌다. 입춘이 지났지만 수도꼭지를 조금 틀어두지 않으면 수도가 얼었다.

미닫이문 창호지 위로 어른어른 번진 어머니의 그림자에 대고 금택은 물었다.

"안 주무세요?"

"……?"

"뭘 하세요?"

"옷을 짓지……"

"누구 옷을요? 우물집에 누가 다녀갔나요?"

우물집에 아무도 다녀가지 않았다는 것을 알면서 금택은 그렇게 물었다.

"다녀갔지."

"……누가요?"

"여자들이 다녀갔지."

"어떤 여자들이요?"

"누비저고리를 지어 입으려고 여자들이 다녀갔지."

낮에 우물집을 나와 마을을 돌아다니던 금택은 어느 집 마당 빨랫줄에 널린 삼베옷을 보았다. 허공을 떠돌던 거대한 나방이 빈 빨랫줄을 찾아 날아들어 양 날개를 걸친 채 햇볕을 쐬고 있는 것 같았다. 나방이 마당에 드리운 그림자는 그냥 그림자가 아니었다. 죽음을 암시하는 그림자였다.

월성댁은 우물집에 다녀가는 대신에 금택의 꿈속에 다녀갔다. 그

녀의 남편과 함께. 두 다리를 잃은 그는 목화솜 위에 누워 있었다. 월
성댁은 그녀의 남편 머리맡에 앉아 있었다. 한쪽 무릎을 세우고 앉
은 그녀의 손에는 쪽빛 명주와 바늘이 들려 있었다. 그녀의 남편이
그녀에게 물었다.

뭐하나?

바지를 지어요.

저고리나 짓지.

입을 바지가 하나도 없잖아요. 저고리는 여러 벌인데.

저고리나 짓지.

바지가 있어야 입고서 밭에 일을 하러 나가지요.

밭이 있었나?

밭만 있나요? 소도 있고, 돼지도 있고, 닭도 있고, 경운기도 있잖
아요.

저고리는 안 지어?

바지 먼저 짓고요.

저고리나 짓지.

월성댁과 그녀의 남편이 꿈속에 다녀간 날, 금택은 오랜만에 읍내
에 나갔다. 여러 해 전 읍내 버스 정류소는 선녀목욕탕 뒤쪽으로 자
리를 옮겨 앉아 있었다. 읍내는 금택이 중고등학교에 다닐 때보다
규모가 더 커져 있었다. 은행과 제과점과 당구장과 슈퍼마켓들이 속
속 들어섰지만 어쩐지 활기는 덜했다. 버스 정류소가 자리를 옮겨
앉은 뒤로 금택은 부엉상회에 가보지 못했다. 부엉상회는 잡화도 팔
았지만, 매표소 역할을 했다. 부엉상회가 문을 닫았는지 아니면 여

전히 장사를 하는지 금택은 알 수 없었다. 부엉상회는 그녀뿐 아니라 읍내 사람들에게조차 사진첩 속 흑백사진처럼 과거의 시간과 공간으로 밀려나 있었다. 금택은 간혹 읍내에 나갈 때마다 부엉상회를 찾아가고 싶은 충동을 느꼈다. 그녀 자신도 의식 못하는 사이에 부엉상회로 향하고 있는 발길을 되돌리고는 했다. 그녀는 부엉상회가 여전히 자리를 지키고 있을 것 같았다. 미닫이문을 열고 안으로 들어서면 중학교 때 교복을 입고, 허리까지 내려오도록 머리를 길게 땋아 내리고, 자를 대고 쭉 그은 것 같은 입을 야무지게 다문 자신이 화순을 기다리고 있을 것 같았다. 부엉상회 여자의 머리 위 집게에 날갯죽지가 물린 새들은 제자리에서 빙글빙글 헛돌고……

약국과 은행에 들른 그녀는, 부엉상회로 향하는 발길을 애써 되돌리지 않았다. 그녀는 일부러 엘리자베쓰양장점 앞으로 지나갔다. 꽃님이옷가게 간판은 새롭게 등장한 간판들에 떠밀려 진즉에 없어졌지만, 엘리자베쓰양장점 간판은 끈질기게 살아남았다. 통유리 너머 마네킹은 아무 데로도 가지 않고 자리를 지키고 있었다. 마네킹은 조금도 늙지 않은 모습이었지만 유행이 한참 지난 옷을 아무렇지 않게 입고 있었다. 마네킹이 입고 있는 옷은 낙엽색 원피스로, 오래 갈아입지 않은 듯 빛이 바래 있었다. 엘리자베쓰양장점 문은 언제나처럼 거리를 향해 활짝 열려 있었다. 미싱 돌아가는 소리가 안에서 들려왔다. 바지 밑단이나 웃옷 소매를 수선하는 소리였다. 엘리자베쓰양장점은 일찌감치 '옷수선 가게'로 전락해 있었다. 읍내 여자들은 옷을 맞추어 입기 위해서가 아니라 수선하기 위해 엘리자베쓰양장점을 찾았다. 그녀는 미싱을 돌려 바지 밑단을 줄이고, 지퍼를 새로 달고, 블라우스 품을 넓혔다. 손바느질로 옷을 지어 입는 시대는 갔다는 저주는 결국 그녀 자신을 향한 저주이기도 했다.

부엉상회에 거의 다다라서야 미싱 소리가 더는 들리지 않았다.

버스 정류소 자리에는 5층 높이의, 우윳빛 타일을 비늘처럼 뒤집어쓴 모텔이 들어서 있었다. 경주와 대구와 울산을 오가던 직행버스들과 완행버스들이 바통을 주고받듯 서고, 떠나기를 반복하던 자리를 모텔 건물이 차지하고 있었다. 부엉상회는 철거되지 않고 모텔 건물이 드리우는 응달 속에 자라처럼 납작 엎드려 있었다.

버스 정류소 자리를 차지하고 서 있어서인지 모텔 건물이 금택의 눈엔 대형 버스 같았다. 출발 시간도, 경유지도, 최종 목적지도 정해지지 않은 대형 버스가 승객이 차기를 기다리면서 정차해 있는 것 같았다.

금택은 부엉상회 미닫이문 쪽으로 걸어갔다. 미닫이문을 열고 안으로 들어섰다. 부엉상회 안을 떠돌던 먼지들이 기민하게 금택에게 달려들었다. 먼지가 걷히고 금택의 눈길이 가장 먼저 가 닿은 것은 흰 새였다. 흰 새가 한 마리 끝까지 날아가지 않고 남아 여자의 머리 위를 지키고 있었다. 부엉상회 여자는 사진 속 시간의 지배로부터 벗어나 고정 불변하는 모습으로 자리 잡은 사람처럼, 늘 앉아 있던 자리에 있었다. 단 한 순간도 그 자리를 벗어난 적이 없는 듯. 언제나 그렇듯 물에 불린 건빵 같은 솜이불을 비밀스럽게 덮고 있었다. 놀랍게도 여자의 손에는 양말을 씌운 알전구와 바늘이 들려 있었다. 그녀 앞에는 꽈배기를 피라미드처럼 높게 쌓은 쟁반이 놓여 있었다. 백설탕 범벅의 꽈배기를 보는 순간, 금택은 자신이 중학교 시절로 되돌아와 있는 것 같은 현기증을 느꼈다. 십 수 년이라는 시차를 극복하기 위해 금택은 두 눈을 질끈 감았다 뜬 뒤 가게 안을 둘러보았다. 물건을 더는 들이지 않는지 나무로 짠 진열대 곳곳은 비어 있었다. 금택은 여자에게 다가갔다.

"승차권 주세요."

양말을 꿰매고 있던 여자가 고개를 들어 금택을 바라보았다.

"승차권이요."

금택은 빠르게 말했다. 여자가 바늘을 놓더니 두부 크기의 알루미늄 상자로 손을 뻗었다. 녹이 슬어 잘 열리지 않는 상자 뚜껑을 억지로 열더니 그 안에서 승차권을 한 장 꺼내 금택에게 건넸다. 승차권을 받아드는 금택의 심장이 몹시 떨렸다. 그것은 금택이 초등학교 때 쓰던 승차권이었다. 그 시절의, 폐지 조각에 불과한 승차권을 여자가 버리지 않고 간직하고 있었던 것이다. 승차권을 한 장 꺼내자마자 여자가 얼른 뚜껑을 닫아서 상자 속에 얼마나 많은 승차권이 들어 있는지 금택은 확인할 수 없었다.

부엉상회를 나와 버스 정류소 쪽으로 걸어가던 그녀는 거스름돈을 받지 않았다는 것을 깨달았지만 되돌아가지 않았다.

잔누비 쓰개 장옷

재숙이 어머니에 대해 퍼뜨린 악의적인 소문들을 기억하고 있는 금택은, 우물집 마당으로 들어서는 그녀를 보고 소름이 확 끼쳤다. 15년 전에도 그랬듯, 그녀는 제 발로 어머니를 찾아왔다. 마흔 후반의 그녀는 분위기가 사뭇 달라져 있었다. 전체적으로 고집스럽고 날카로워진 인상에 차가운 귀기가 감돌았다. 어머니에게서 느껴지는 귀기와는 다른 귀기였다. 어머니에게 느껴지는 귀기는 서늘하고도 처연했지만, 그녀에게서 느껴지는 귀기는 서늘하기만 했다. 그러나 15년 전과 비교해 가장 크게 달라진 점은, 그녀가 혼자가 아니라는 것이었다. 그녀는 자신의 두 제자와 함께였다.

금택은 재숙의 소식을 간간이 들어서 알고 있었다. 그녀가 누비의 역사와 기법에 대해 저술한 책을 두 권이나 냈다는 것을, 서울 경복궁 근방에 자신의 전통 누비 연구소를 차리고 누비 기법 연구와 복원은 물론 제자 양성에 힘쓰고 있다는 것을 알고 있었다. 어머니에게 없는 것이, 그녀에게는 있었다. 그녀는 자기 자신을 세상에 드러내고, 명성을 관리할 줄 알았다. 어머니가 무대 뒤에 꼭꼭 숨어서 바느질을 한다면, 그녀는 무대 위에서 조명을 받으면서 바느질을 했다. 그녀에게는 바늘 하나로 최고의 자리에 오르고자 하는 욕망이 있었다.

금택은 재숙이 낸 책들을 보았다. 그녀는 책이 출간될 때마다 우물집 어머니 앞으로 자신의 책들을 보내왔다. 그녀는 누비에 대해, 누비옷에 대해 정의 내릴 줄 알았다. 누비와 누비옷의 특수성과 가치, 효용에 대해 이론적이고 체계적으로 풀어낼 줄 알았다. 누비의 어원과 기원을 역사적으로 짚어낼 줄 알았다. 충전재로 쓰이는 솜의 종류, 누벼진 형태와 간격을 기준으로 누비의 종류를 구분할 줄 알았다. 뿐만 아니라 그녀는 누비옷을 짓는 과정을 글로 풀어낼 줄 알았다. 그녀가 보내온 책들을 금택은 어머니에게 전달하지 않았다.

그녀가 짓는 누비옷들이 수백만 원을 호가한다는 소문 또한 금택은 들어서 알고 있었다. 그녀가 낸 책들 속에 그녀가 지은 누비옷을 정밀 촬영한 사진이 실려 있어서, 금택은 그녀가 어떤 누비옷들을 짓는지 알 수 있었다. 그녀는 전통적인 방식으로도 누비옷을 지을 줄 알았고, 합리적인 방식으로도 누비옷을 지을 줄 알았다. 화순과 다르게, 전통적인 방식과 합리적인 방식을 결합시킬 줄 알았다. 화순처럼 그 두 방식 사이에서 갈등하거나 방황하지 않았다. 화순은 자신의 정체성을 찾지 못해 방황하는 입양아처럼 두 방식을 두고 갈등했다. 어머니의 누비옷과 누비옷을 짓는 방식을 두고 쏟아부은 비난의 말들은 실은 격한 갈등의 소산물이었던 것이다.

재숙은 누비옷을 대중화하고 상품화할 줄 알았다. 그녀는 자신이 만든 누비옷과 장신구 들로 전시회를 열고, 누비 기법을 지갑이나 가방 같은 장신구에 접목시켜 상품화했다. 백미처럼 흰 누비저고리에 샛노란 고름을 달 줄 알았다. 그녀는 모든 옷을 지을 줄 알지만 뜻한 바가 있어서 고집스레 누비옷만 짓는 사람처럼 누비옷을 지었지만, 어머니는 누비옷밖에 지을 줄 모르는 사람처럼 우둔하게 누비옷을 지었다.

어머니는 변함없이 옷감을 떼다 자연에서 얻은 재료들로 염색을 했고, 올을 튕겨 누비 선을 표시하고, 처음부터 끝까지 바느질로 누비옷을 지었다. 어머니가 짓는 누비옷들은 시시각각 변하는 유행으로부터 멀찍이 떨어져 있었다. 옷감과 디자인과 누비 기법이 30년 전과 똑같기 때문인지, 어머니가 짓는 누비옷들은 30년 전에 지은 누비옷들과 다를 게 없었다.

지난봄부터 어머니는 누비저고리를 짓기 시작했다. 누구의 누비저고리인지 어머니는 금택에게 말해주지 않았다.

백미처럼 흰 명주를 옷감으로 해서인지, 누비저고리는 30년 전 화순이 우물에 빠뜨린 누비저고리를 떠올리게 했다. 생각해보니 옥사모님에게 마지막으로 지어준 누비옷 역시 백미처럼 흰 명주 누비저고리였다.

금택은 어머니가 30년째 하나의 옷을 짓고 있는 것 같은 착각이 들었다. 화순이 우물에 빠뜨린 그 저고리를 30년째 짓고 있는 것 같았다. 30년째 하나의 누비 선에 바늘땀을 떠 넣고 있는 것 같았다. 금택은 얼마나 더 바늘땀을 떠 넣어야 하는지 어머니에게 묻고 싶었지만 묻지 않았다. 얼마나 더 많은 바늘땀을 떠 넣어야 하는지는 어머니 자신조차 모를 것 같아서였다.

한 시간 넘게 누비대 앞에 버티고 앉아 바늘땀을 떠 넣은 어머니의 눈은 멀어 있었다. 어머니의 눈은 금세 멀었고 돌아오는 데 긴 시간이 걸렸다. 어머니는 멀어버린 눈이 미처 돌아오기 전에 바늘을 들고 바늘땀을 떠 넣었다. 그것이 언제부터인지 모르겠지만 어머니가 누비 선을 따라 바늘땀을 떠 넣을 때 두 눈보다 손가락의 감각에 의지하는 것이 분명했다. 한 치의 오차도 없이 곧게 이어지는 바늘땀의 간격을, 손가락의 감각으로 맞추는 것이.

어머니는 눈이 멀어, 15년 만에 자신을 다시 찾아온 재숙을 알아보지 못했다.

"누구니?"

"재숙 언니잖아요."

"재숙이 누굴까?"

"오래전에 어머니를 찾아와 누비옷 짓는 법을 배우고 갔잖아요."

어머니는 전혀 기억나지 않는 표정이었다. 우물집에서 함께 살 때도 어머니는 그녀의 존재를 망각하고는 했다. 자신의 앞에서 대작하듯 누비 바느질을 하는 그녀를 알아보지 못하고 물끄러미 바라보고는 했다. 금택은 어머니가 어떻게 그렇게 재숙의 존재를 망각할 수 있는지 의문이었다. 자신에게서 누비옷 짓는 법을 배우고도 아무것도 배운 게 없다고 비난을 퍼붓고 떠난 그녀를 어떻게 못 알아볼 수 있는지, 의아했다.

"어머니의 바늘들이 전부 녹슬었던 것 기억하세요?"

"그래, 그랬었지."

어머니가 어깨를 움츠렸다.

"그즈음 재숙 언니도 어머니를 떠났어요."

대여섯 장의 사진이 운수를 점치려고 늘어놓은 화투장처럼 어머니 앞에 일렬로 놓여 있었다. 사진들을 살피던 금택은 한 가지 공통점을 발견했다. 하나같이 옷을 찍은 사진들이라는 것이었다.

재숙이 운을 떼듯 입을 열었다.

"풍양 조씨 무덤에서 출토된 의복이에요."

아무 감정이 담기지 않은 어머니의 눈길은 그녀가 아니라, 그녀 뒤의 두 제자를 향했다. 15년 전 그녀는 혼자였지만, 지금은 자신의 두 제자와 함께였다. 그녀의 제자들은 이십대 초반의 앳되어 보이는 여자들로, 자신들의 스승을 그림자처럼 따라다녔다. 그녀들은 호기심 어린 눈으로 서쪽 방과 어머니를 조심스럽게 살필 뿐 눈에 띄는 행동을 하지 않았다. 스승이 그 어떤 말이나 행동을 할 때마다, 그것이 자신들에게 하는 말이나 행동인 듯 바짝 신경을 곤두세우고 집중하는 것이 느껴졌다.

"19세기 풍양 조씨의 세도가 등등했다는 것은 알고 계시겠지요."

재숙의 목소리에 원망 같은 것은 담겨 있지 않았다. 그녀는 누비옷을 지어 입기 위해 찾아오던 여자들처럼 여유가 있어 보였다. 19세기 무덤에서 출토된 것이 틀림없음을 증명하듯 사진들 속 옷들은 원래의 색이 바래고, 누르스름하거나 거무스름한 얼룩이 번져 있었다. 난도질하듯 칼날 같은 날카로운 주름이 져 있었다.

재숙이 말했다.

"쓰개 장옷이에요."

"쓰개 장옷이요?"

금택이 물었다.

"잘 들여다보면 아시겠지만 잔누비 쓰개 장옷이에요. 잔누비 기법으로 기운 쓰개 장옷이에요."

재숙은 금택이 아니라 어머니를 보고 말했다.

"쓰개 장옷이 조선 시대 때 아녀자들이 머리에 쓰고 다니던 옷이라는 것을 알고 계시겠지요? 머리와 얼굴을 가리는데 종아리까지 내려갈 정도로 그 길이가 길었어요. 여성 차별적인 장옷이 언제부터 시작되었는지는 기록에 없으니 알 수가 없지요."

어머니가 재숙이 짚어 보인 사진을 집어 들더니 자신의 눈 가까이 가져갔다.

"명주로 지었어요."

재숙은 설명을 이어갔다.

"쓰개 장옷이 조선 시대 초기에는 분홍, 보라, 초록, 유록, 옥색, 남색, 황토색, 흑색 등 다양한 색이 겉과 속에 사용되다가, 후기에는 주로 겉은 초록색, 속은 흰색으로 통일되어 만들어졌지요. 여성을 억압하는 용도로 쓰이던 옷이지만, 유행이 있었던 거지요. 누비 기법이 결합되면서 방한 기능이 더해진 것은 조선 후기예요."

어머니가 사진을 도로 제자리에 놓았다. 재숙이 이어가는 설명을 들으면서 금택은 사진 속 잔누비 쓰개 장옷에 눈길을 주었다. 짙은 초록색으로, 소맷부리에 흰 회장이 넓게 대져 있었고, 고름은 자주색이었다. 깃에는 자주색 회장이 전체적으로 얇게 대져 있었다.

그 언젠가 어머니가 사진 속 쓰개 장옷과 비슷한 장옷을 지은 적이 있다는 것을 금택은 기억해냈다. 20년도 더 전 어머니가 옥 사모님에게 잔누비 장옷을 지어준 적이 있었다. 어머니는 초록색으로 염색한 명주를 옷감으로 잔누비 장옷을 지었다. 사진 속 쓰개 장옷처럼 소맷부리에 흰 회장을 넓게 대고, 자주색 고름을 달았다. 사진 속 무덤에서 출토되었다는 쓰개 장옷이 어머니가 옥 사모님에게 지어준 장옷하고 너무 흡사해 금택은 오싹 소름이 끼쳤다. 19세기면 2백 년 전이었다. 우연의 일치로 보기에는 2백 년 전 어느 여인이 지은 잔누비 쓰개 장옷과 어머니가 지은 잔누비 장옷이 너무 흡사해 신기했다. 금택은 어머니가 혹시나 사진 속 잔누비 쓰개 장옷을 전에 구경한 적이 있던가 의심마저 들었다. 기억해두었다가 옥 사모님의 잔누비 장옷을 지을 때 복제하듯 똑같이 지은 게 아닌가 하는. 심지어 사진 속 잔누비 쓰개 장옷이 어머니가 지은 누비옷이 아닌가 싶었다.

"언제 출토되었어요?"

금택이 물었다.

"재작년에요."

재숙은 이번에도 어머니를 보고 말했다.

"도로가 나는 통에 무덤을 이장해야 했나 봐요. 무덤을 이장하는 과정에서 우연히 발굴된 옷들이에요. 도로만 아니었으면 언제까지나 무덤 속에서 잠들어 있을 텐데 말이에요."

어머니가 잔누비 장옷을 지은 것은 십 수 년도 더 전이었다.

수백 년 땅속에서 송장과 함께 잠들어 있다가 출토된 옷을 찍은 사진을 왜 어머니에게 보여주는 것인지, 금택은 그 의도가 궁금했다. 단순히 그 사진들을 구경시켜주기 위해 15년 만에 다시 제 발로 어머니를 찾아온 것은 아닐 터였다. 그녀는 속내를 숨긴 채 사진 속 잔누비 쓰개 장옷에 대한 설명만 늘어놓고 있었다.

"살아생전 이 옷들을 입었을 육신은 백골이 진토 되어 온데간데없는데, 옷들은 남아 지하 땅속을 헤매고 있었으니…… 인간의 육신만큼 허탈한 게 없다 싶어요. 허무하게 사라질 육신이 뭐라고 숨통이 끊어지는 날까지 먹이고, 입히고, 꾸미고…… 인간이 참으로 우습지 않아요?"

그녀가 하는 말은 여전히 너무 추상적이고, 높고, 화려해 금택에게 거슬렸다. 그녀는 15년 전 처음 들었을 때처럼 서쪽 방을 둘러보았다. 저고리가 고정되어 있는 누비대에 눈길을 주었다가 어머니를 똑바로 바라보았다.

"이 옷을 제가 복원해 보이려고요. 잔누비 쓰개 장옷을요."

의미와 가치를 중요시하는 그녀는 그 옷들을 복원하는 것이 어떠한 의미와 가치를 갖는지에 대해서는 설명하지 않았다. 금택은 그녀가 그 말을 하기 위해 어머니를 찾아온 것은 아니리라 생각했다. 그녀는 여전히 속내를 드러내지 않고 있었다.

묵묵히 듣기만 할 뿐 아무 말이 없는 어머니를 대신해 금택이 그녀에게 물었다.

"복원을 한다고요?"

"누비옷 짓는 이들 중 누구 하나는 사명감을 가지고 이 옷들을 복원을 해야 하지 않겠어요?"

그녀는 금택이 아니라 어머니를 보고 대답했다. 우물집에서 지낼 때 자신에게 했던 고백이 떠올라 금택은 흠칫했다. 그녀는 자신의 목표가 끊긴 전통 누비 기법을 복원하고, 출토된 누비 복식들을 원형 그대로 복원해내는 것이라고 했다. 누비를 시대에 맞게 발전시키는 것은 그다음 목표라고 했다. 첫번째와 세번째 목표를 실현해 보인 그녀는 두번째 목표를 실현시키려 하고 있었다. 그녀의 고백이 있은 뒤에 금택은 물었었다. 그 목표들을 이루기 위해 어머니가 필요한지. 그녀는 대답을 회피했었다. 회피했던 대답을 금택은 15년이 지나서야 들은 셈이었다.

금택은 재숙이 자신이 생각했던 것보다 치밀하고 주도면밀한 사람이라는 생각이 들었다. 금택은 문득 그녀가 소녀의 환영을 어떻게 극복할 수 있었는지 궁금했다. 반짇고리를 버리러 복도를 걸어가는 소녀의 환영을 극복하지 않고서는 그녀가 목표들을 이루지 못하리라고 금택은 생각했다.

"선생님 생각은 어떠세요? 제가 넉 달 안으로 잔누비 쓰개 장옷을 복원하는 게 가능하겠어요?"

어머니는 사진 속 잔누비 쓰개 장옷에 시선을 고정시킨 채 아무 말이 없었다.

"선생님께서 도와주신다면야, 가능하지 않겠어요?"

어머니가 여전히 아무 말이 없자 그녀는 조심스럽게 사례비를 제시했다. 우물집을 떠나지 않아도 될 만큼 큰 액수였다. 그녀는 사진들과 함께 자신의 연락처가 적힌 명함을 어머니의 앞에 놓아두고 일어섰다. 그녀의 제자들도 따라서 일어섰다. 승낙이 떨어질 때까지 기다리겠다는 말을 남기고 그녀는 자신의 제자들을 데리고 함께 떠났다.

재숙이 가고 나서야 금택은 그녀가 해서는 안 될 제안을 어머니에게 했다는 생각이 뒤미처 들었다. 그녀의 제안은 어머니에게 수치였고, 모욕이었다. 30년 넘게 누비옷을 지은 어머니에게 그녀는 누비 바느질품을 팔라고 요구하고 있었다. 그녀가 제시한 사례비는 비싸게 쳐준 누비 바느질 품삯이었다. 그러니까 그녀는 어디서도 살 수 없는 누비 바느질품을 사기 위해 어머니를 찾아온 것이었다.

저녁을 먹으면서 금택은 어머니에게 말했다.

"거절하셨으면 해요."

어머니는 말없이 무국을 떠먹기만 했다.

"거절하셔야 해요."

재숙의 제안이 뭘 의미하는지 금택은 어머니에게 설명하지 않았다. 대신에 그녀는 말했다.

"어머니의 모든 게 망가질 거예요, 모든 게요."

금택은 잠들지 못했다. 재숙이 어머니 앞에 놓고 간 사진들은 금택이 가지고 있었다.

2백여 년 땅속에 묻혀 있었다던 잔누비 쓰개 장옷이 여전히 어머니가 옥 사모님에게 지어준 잔누비 장옷 같은 생각이 들었다. 어머니가 수억 땀을 떠 넣어 지은 잔누비 장옷이 그 긴 세월 땅속에 조용히 묻혀 있다가 우연히 발굴된 것 같았다.

잔누비 쓰개 장옷에 죽죽 곧은 줄이 지도록 떠 넣은 바늘땀들은 흩어지지 않고 고스란히 남아 있었다. 살아생전 그 옷을 머리에 쓰고 다녔을 여인의 어깨와 팔은 사라지고 없는데, 바늘땀들은 남아 있었다. 여인의 심장은 사라지고 없는데, 바늘땀들은 손실되지 않고 남아 있었다. 바늘땀들은 그것을 떠 넣은 자리에서 이탈하지 않고, 유실되지 않고 묵묵히 제자리를 지키고 있었다.

잔누비 쓰개 장옷이 자신과 함께 묻힌 여인의 머리카락들이 흩어지고, 살이 썩어 분해되고, 피가 마르고, 뼈가 바스러지는 과정을 고스란히 지켜보았을 생각을 하자 금택은 경이롭다 못해 끔찍했다. 천과 실이 얼마나 질긴 것인지 깨닫고 놀랐다.

마분지 두께의 명주 옷감이 인간의 살갗보다 질기고, 머리카락 굵기의 명주실이 인간의 뼈보다도 튼실했던 것이다. 목화솜이 인간의 피보다 점도가 높았던 것이다.

잔누비 쓰개 장옷이 원형 그대로 보존될 수 있었던 것은 거의 똑같은 굵기로, 거의 똑같은 간격을 두고 반복해서 떠 넣은 바늘땀들 때문이었다. 바늘땀들이 긴밀하게 유기적으로 연결되어 서로서로 이탈과 유실을 막고 있기 때문이었다.

초등학교에 들어가기 전 금택은 어머니가 떠 넣은 바늘땀들이 숨을 쉬는 것을 경험한 적이 있었다. 누비대 위 흰 명주 저고리에 떠 넣은 바늘땀들이 일제히 소소소 일어나 숨을 들이마시고 내쉬는 것을. 바늘땀들은 0.2에서 0.3센티에 불과했다. 사진이라 정확하게 확인하기는 어렵지만, 잔누비 쓰개 장옷에 떠 넣은 바늘땀들도 0.2에서

0.3센티에 불과할 것이었다.

오래된 무덤에서 출토된 옛 의복들을 원형 그대로 복원하는 작업이 종종 이루어진다는 것을 금택은 알고 있었다. 출토된 의복의 복원이 갖는 의미 또한 재숙이 알려주지 않아도, 알고 있었다. 잔누비 쓰개 장옷이 원형 그대로 복원될 경우 재숙에게 어떠한 영광이 주어질지 또한 충분히 짐작하고도 남았다. 누비 바느질로 누비옷을 짓는 여자로서, 재숙의 이력은 이미 어머니보다 요란하고 화려했다.

어머니가 바느질을 하는 여자라는 것을, 바느질 중에서도 누비 바느질을 업으로 하는 여자라는 것을, 누비 바느질로 옷을 짓는 여자라는 것을 알고 있는 사람들은 마을 여자들과 단골들과 한복 거리의 바느질하는 여자들을 합쳐 불과 서른 명 남짓이었다. 금택은 재숙이 어머니에게 바느질을 업으로 살아온 여자의 인생을 통째로 요구하고 있다는 생각마저 들었다. 재숙의 요구가 터무니없는 것일 뿐 아니라 부당한 것이라는.

한 가마니의 쌀알을 세는 것은 가능해도, 어머니가 지난 30년 동안 뜬 바늘땀을 세는 것은 불가능했다.

어머니가 우물집을 진즉에 떠나야 했다고 금택은 생각했다. 어머니에게 우물집을 떠날 기회가 없었던 것은 아니었다. 어머니는 대구나 경주 시내에서 누비 한복집을 낼 수도 있었다. 자매가 중학생일 때 옥 사모님이 어머니에게 대구에서 누비 한복집을 내는 것이 어떻겠냐는 제안을 해왔다. 방직 공장이 호황기를 누릴 때였다. 어머니는 그녀의 제안을 거절했고, 우물집에 눌러앉았다.

어머니가 바느질을 하는 여자로 살아온 세월만큼이나 긴 세월을 어머니의 딸로 살았다는 것을 금택은 새삼 자각했다. 금택은 여전히 자신이 어머니에 대해 알고 있는 것보다 모르는 것이 많다는 것을 인정할 수밖에 없었다. 그녀가 어머니에 대해 분명히 알고 있는 것은 어머니가 바느질을 하는 여자라는 것과 이미 죽은 사람이라는 것이었다.

아침 먹은 설거지를 끝내고 그녀가 부엌에서 나왔을 때 어머니가 서쪽 방 쪽마루에 나와 앉아 있었다.

"전화 좀 넣어라."

"전화를요?"

"며칠 전에 다녀간 그 여자한테……"

어머니가 재숙의 이름을 기억해내려 애쓰는 것이 금택에게 느껴졌다. 금택은 어머니가 어떻게 그렇게 재숙이라는 존재에 대해 무심하고 무감할 수 있는지 오히려 신기했다.

"전화를 넣어서 내가 그렇게 하겠다고 했다고 일러라."

"거절하세요."

"내가 해야 할 일이면 해야지."

"어머니가 해야 할 일이요?"

금택은 평정심을 잃고 발끈했다. 화가 치밀었다. 어머니가 도대체 무슨 생각으로 그렇게 말하는 것인지 따지고 싶었다. 자신의 진심을 어머니가 알아주지 않는 것이 원망스러웠다. 그녀는 자신의 경고가 순수하다고 믿었는데, 자신이 재숙을 경쟁 상대로 여긴 적이 없다는 것이 그 증거라고 생각했다. 그녀는 자신이 재숙의 경쟁 상대가 될 수 없는 것처럼, 재숙 역시 자신의 경쟁 상대가 될 수 없다는 것을 알았다. 그녀의 위상과 명성이 얼마나 높아졌는지 우물집까지 전해져오는 소식을 들으면서 별다른 감정을 느끼지 않았다. 그녀의 유일한 경쟁 상대는 화순이었다. 화순 이외의 그 누구도 그녀의 경쟁 상대가 될 수 없었다.

"내가 해야 할 일이면……"

"어머니가 해야 할 일이 어떤 일인데요?"

어머니가 해야 할 일이 아니라고 말하고 싶었지만, 그 말은 목구멍에 생선 가시처럼 박혀버렸다.

"내가 해야 할 일이면……"

금택은 자신의 경고가 무시를 당한 것 같아 더 화가 났다. 어머니는 금택과 한마디 상의 없이 결정을 내렸다. 금택은 내심 어머니가 자신에게 상의를 해올 줄 알았다. 어깨 통증이 심해지고 마비가 등 전체로 퍼지면서 어머니는 금택에게 많은 부분을 의지하고 있었다. 누비 선에 바늘땀을 떠 넣는 걸 빼고 어머니는 모든 걸 금택에게 의지하고 있었다.

금택은 처음으로 어머니를 떠나지 못하고 있는 스스로가 원망스럽고 한심했다.

"내가 해야 하는 일이면 해야지."

어머니는 그 옷들이 복원되어야 한다고 생각하는 것 같았고, 그러기 위해 재숙의 제안을 받아들일 수밖에 없다고 믿는 것 같았다.

"제발, 거절하세요."

어머니가 이미 그녀의 제안을 받아들이기로 결정했다는 것을, 그 결정을 번복하지 않으리라는 것을 잘 알면서도 금택은 강력하게 말했다. 잔누비 쓰개 장옷을 찍은 사진들을 보자마자 재숙이 무슨 일로 자신을 찾아왔는지 어머니가 훤히 꿰뚫고 있었던 것이 아닌가 싶은 생각마저 들었다.

"그녀가 어머니의 모든 걸 빼앗아갈 거예요."

재숙이 모든 것을 다 빼앗아갈 거라는 경고는 어머니를 지키기 위한 경고이자, 바느질하는 여자로 평생을 살아온 어머니의 인생을 지키기 위한 경고였다. 자신이 어머니를 떠나지 않기 위한 경고이기도 했다. 어머니가 단순 노동자로, 흔히들 말하는 노가다로 전락하는 것을 막기 위한 경고이기도 했다.

바느질하는 여자인 어머니는 단순 노동자이기도 했고, 아니기도 했다. 세상 모든 장인들은 단순 노동자이기도 했고, 아니기도 했다. 금택은 어머니가 단순히 단순 노동자로, 일당을 받고 기계처럼 똑같은 일을 반복하는 노가다로 전락하는 것을 구경만 할 수 없었다.

금택의 격한 반대와 집요한 설득에도 어머니는 자신의 결정을 번복하지 않았다. 금택은 하루아침에 순종하는 딸에서 불순종하는 딸이 되었다. 그녀는 자신이 어머니의 딸로 살아온 세월이 하루아침에 물거품으로 사라진 것 같아 쓸쓸하고 허망했다.

금택은 처음으로 어머니를 떠나고 싶은 욕구를 느꼈다. 억눌러온 것이 마침내 폭발하듯 그 욕구는 강렬했다. 우물집에 남아 어머니가 단순 노무자로 전락하는 것을 그녀는 지켜보고 싶지 않았다. 화순이 돌아왔을 때 어머니가 삯바느질로 근근이 살아가고 있을 것 같아 그녀는 두려웠다. 복래한복 시절보다 못해진 어머니의 곁에 남아 있는 자신을 보고 화순이 어떤 반응을 보일지 두려웠다. 어머니의 딸도, 그렇다고 어머니의 제자도 아닌, 아무것도 아닌 존재로 어머니의 곁에 거머리처럼 남아 있는 자신을 화순이 어떻게 생각할지 두려웠다. 한복 거리에는 평생 자기 한복집을 내지 못하고 바느질품을 팔러 다니는 여자들이 있었다. 그 여자들은 눈이 멀어서까지 바느질품을 팔아 먹고살았다.

그녀는 두려웠다. 어머니를 떠나는 것이 두렵다기보다, 어머니를 떠나고 싶다는 욕구가 자신의 내부에서 발생한 것이 두려웠다. 그렇다고 어머니에게서 버려질지 모른다는 두려움이 희석되거나 소멸한 것은 아니었다. 어머니에게서 버려질지 모른다는 두려움은 여전히 그녀의 내부에 존재했다. 그것은 어머니가 죽은 뒤에도 소멸하지 않을 두려움이었다. 어머니가 죽은 뒤에도 자신이 어머니로부터 버려질지 모른다는 두려움에 휩싸여 고통스러우리라는 것을 금택은 깨달았다.

어머니를 떠나고 싶다는 욕구는 일시적인 것이 아니었다. 한번 발생한 욕구는 쉽게 사그라지지 않았다. 기질적으로 그녀는 그 대상이 인간이든, 물건이든, 감정이든, 일이든 하나에 충실한 사람이었다. 하나에만 집중하고 몰두하는 사람이었다. 어머니 이외의 다른 대상을 그녀는 욕망한 적이 없었다. 누비 바늘 이외에 다른 바늘에 흥미를 느낀 적이 없었다. 병풍 가게 골방에서 자수틀에 고정한 천에 바늘을 수직으로 꽂아 넣던 순간에조차 그녀는 누비 바늘을 갈망했다. 그녀는 빗이나 가위 같은 자잘한 물건도 쉽게 바꾸지 않았다. 더는 못 쓰게 될 때까지 교체하지 않았다. 한편으로는 융통성이 없고 고지식한 기질이었지만, 한편으로는 한결같은 데가 있는 기질이었다. 그것이 원래부터 타고난 기질인지, 어머니의 기질을 닮고자 부단히 노력해 인위적으로 형성된 기질인지는 그녀 자신도 혼란스러웠다.

어머니에게서 버려질지 모른다는 두려움과 어머니를 떠나고 싶다는 욕구는 그녀의 내부에서 격렬하게 충돌했다. 그녀는 어머니에게 버려질까 봐 초조해하다가도, 당장 어머니를 떠나지 않으면 미칠 것 같은 분열에 시달렸다.

강렬하고 선명해지는 욕구에도 불구하고, 그녀가 어머니를 떠나지 못하는 데는 이유가 있었다. 어머니를 떠나면 돌아오지 못할 것 같았다. 화순은 언제든 떠나고, 언제든 돌아왔지만 자신은 한번 어머니를 떠나면 다시는 돌아오지 못할 것 같았다.

어느덧 마흔 중반으로 접어든 그녀의 모습은 젊은 날 어머니의 모습을 떠올리게 했다. 단골들은 그녀를 통해 젊은 날의 어머니를 떠올렸다. 뼛속까지 어머니를 닮고자 한 그녀의 노력은 헛되지 않았다. 어머니의 모습을 닮아 있었지만 금택은 자신이 어머니의 딸도, 제자도, 아무것도 아니라는 생각이 들었다. 어머니가 그녀에게 누비옷 짓는 법을 가르치려 들지 않았기 때문에 그녀는 스스로 터득했다. 그녀는 여전히 어머니 모르게 바느질을 했다. 어머니가 세상으로부터 숨어서 바느질을 한다면, 그녀는 어머니로부터 숨어서 바느질을 했다. 그녀가 어머니 모르게 지은 누비옷은 여러 벌이었다. 누비옷들을 그녀는 꼭꼭 숨겨두었다.

그녀가 어머니를 떠나지 못하는 데는 또 다른 이유가 있었다. 어머니는 바느질 이외의 거의 모든 걸 그녀에게 전적으로 의지하고 있었다. 세상 누구도 짓지 못하는 누비옷을 짓는 어머니는 금치산자나 마찬가지였다. 현금이 아닌 신용카드로 쌀을 사고, 옷을 사 입는 세상이 되었다는 것을 어머니는 모르고 있었다. 핸드폰이라는 작고 휴대가능한 기계로 소통을 한다는 것을 모르고 있었다. 그녀가 서쪽 방에 숨어 바느질을 하는 동안 세상은 무섭게 변했다. 그녀가 두 딸을 데리고 우물집으로 숨어들 무렵의 세상이 아니었다. 옷은 더 이상 귀한 것이 아니었다. 값싼 옷들이 넘쳐났다. 대형 마트에 가면 상추나 깻잎이나 오이를 팔듯 옷들을 평평한 매대 위에 수북이 쌓아놓고 팔았다. 사람들은 해진 옷이나 양말을 바늘과 실로 애써 깁지 않았다.

제안을 받아들이는 대신에 어머니는 조건을 한 가지 내걸었다. 자신에게 유리하기는커녕 불리한 조건이었다.

처음부터 끝까지 바늘땀을 혼자 떠 넣겠다는 것이, 어머니가 재숙에게 내건 조건이었다.

어머니는 자신의 바늘땀이 다른 사람의 바늘땀과 섞이는 것을 원치 않았다. 수천 수만 수억 땀을 그녀는 혼자 떠 넣고 싶어 했다. 어머니의 결벽은 이해되는 것이기도 했고, 이해되지 않는 것이기도 했다. 누비옷을 지을 때 어머니는 처음부터 끝까지 혼자 지었다. 어머니는 남에게 바늘땀을 구하지 않았다. 한 땀도 구하지 않았다. 한복거리에 살 때를 떠올려보면 바늘땀을 구하는 것이 공공연한 일인데도, 단 한 땀도 구하지 않았다.

어머니가 내건 조건을 재숙은 두말없이 받아들였다. 그녀로서는 마다할 이유가 없는 조건이었다.

　재숙은 어머니에게 잔누비 쓰개 장옷이 복원될 때까지 서울 전통 누비 연구소에서 지낼 것을 제안했다. 그러나 어머니는 서쪽 방을 떠나고 싶어 하지 않았다. 우물집을 떠나는 것이 어머니에게는 불가능한 일이 되어 있었다. 어머니를 어떻게든 서울 자신의 전통 누비 연구소로 데려가기 위해 애쓰던 재숙은 어쩔 수 없이, 잔누비 쓰개 장옷을 복원하는 데 들어가는 옷감들과 누비 도구들을 챙겨 우물집으로 내려왔다. 재숙은 이번에도 혼자가 아니었다. 자신의 제자들과 함께였다. 어머니를 서쪽 방에서 끌어내는 것이 태산을 옮기는 것보다 힘든 일일 거라고 재숙은 금택에게 투덜거렸다.

　재숙과 그녀의 제자들이 서쪽 방에 딸린 쪽마루에 임시 누비 연구소를 차리는 것을 조용히 지켜보던 금택은 물었다.

　"잔누비 쓰개 장옷은 어디 있어요?"

　"내 연구실에."

　"어머니가 그 옷을 보고 싶어 하실지 모르겠다는 생각이 들어서요."

　"그 옷을 함부로 가지고 다닐 수는 없지."

　원본 없이 복원 작업이 어떻게 가능한지 금택은 의문을 제기했다.

　재숙은 아무 문제될 게 없다는 듯 고개를 흔들었다.

　"내 머리에 잔누비 쓰개 장옷에 대한 모든 자료가 낱낱이 들어 있거든."

　금택은 정말로 어머니가 출토된 잔누비 쓰개 장옷을 보고 싶어 할 것 같다는 생각이 들었다. 2백여 년 전에 살았던 어떤 여인이 누비 선을 따라 떠 넣은 바늘땀들을, 어머니가 손으로 만져보고 싶어 할 것 같았다. 자신이 떠 넣는 바늘땀들과 어떻게 같고, 어떻게 다른지 확인하고 싶어 할 것 같았다. 재숙은 그러나 어머니에게 그럴 기회를 주고 싶어 하지 않았다. 그녀는 그럴 필요를 못 느끼는 것 같았다. 심지어 그녀가 잔누비 쓰개 장옷을 어머니에게 보여주고 싶어 하지 않는 것 같은 느낌마저 받았다.

넉 달은 긴 기간이 아니었다. 절대적인 시간을 필요로 하는 누비 바느질의 특성을 고려할 때 빡빡한 기간이었다.

금택은 재숙의 제자들이 대학교에서 의상과 관련된 학문을 전공했다는 사실을 알게 되었다. 그녀들 역시 이론으로 무장되어 있었다. 그녀들은 출토된 의복의 복원 작업에 참여하는 것을 일종의 기회로 여기는 듯했다. 그리고 그 기회가 스승을 통해서 자신들에게 주어진다는 것을 잘 알고 있는 듯했다. 스승에게 순종적인 그녀들의 태도에서 금택은 욕망을 보았다. 그녀들의 스승이 가지고 있는 욕망과 닿아 있는 욕망이었다. 쌍둥이처럼 붙어 다니는 그녀들을 보면서 금택은 어린 시절의 자신과 화순을 떠올렸다. 그녀들은 재숙을 두려워하였지만, 어머니를 두려워하지는 않았다. 그녀들에게 두려운 대상은 자신들의 스승 하나로 충분해 보였다. 스승 이외의 다른 대상을 두려워할 여력이 그녀들에게는 없는 듯했다. 그녀들은 자신들의 스승을 따라서 어머니를 선생님이라고 불렀다.

재숙은 잔누비 쓰개 장옷을 복원하는 데 쓸 옷감을 펼쳐 어머니에게 보여주었다. 출토된 잔누비 쓰개 장옷과 흡사한 초록색을 내기 위해 울진에 사는 구순의 염색 장인을 찾아갔었다고 그녀는 말했다.

"지어졌을 당시 그대로 복원해내는 게 제 목표예요."

그녀는 어머니에게 말했다.

어머니는 눈으로 초록 명주 옷감을 살폈다.

재숙은 복원할 잔누비 쓰개 장옷의 크기와 구조에 대해 어머니에게 설명을 했다.

"뒷길이는 12센티이고 화장은 105센티, 품은 72센티예요. 깃은, 좌우 섶 안쪽으로 들여 달린 목판 깃이고요. 깃 너비는 13.5센티이고요. 겉섶과 안섶 모두 두 조각으로 구성된 이중섶이고 겨드랑이 아래로 작은 사각접음 무와 커다란 사다리꼴 무가 달려 있지요. 전형적인 장옷 구조예요. 고름은 너비가 2센티, 길이가 25센티이고요."

재숙은 자신의 계획대로 일사불란하게 복원 작업을 진행시켰다. 그녀의 계획대로라면 넉 달 뒤에 잔누비 쓰개 장옷이 완벽하게 완성되어야 했다.

옷감의 올을 튕기는 것은 재숙의 제자들 몫이었다. 그녀들은 0.3센티 간격으로 옷감의 올을 튕겼다. 그녀들은 자라들처럼 납작 엎드리고 올을 튕겼다. 충전재로 쓸 목화솜을 고르는 것과 실에 초를 먹이는 것도 제자들의 몫이었다.

도안을 그리는 것과 마름질은, 재숙 자신이 했다. 그녀가 치수를 계산해 도화지에 쓰개 장옷의 도안을 그리는 동안, 그녀의 제자들은 숨죽이고 지켜보았다. 그녀는 신중하면서도 과감하게 도안을 그렸다. 그녀에게는 많은 자가 있었다. 눈썹이 떨어지듯 눈금이 떨어진 어머니의 나무 자들과 다르게 그녀의 자들은 눈금들이 온전하게 달려 있었다. 상아로 만든 자와 은으로 만든 자도 있었지만 앵두나무

자와 눈속눈금자는 없었다.

금택은 한 가지 이상한 점을 발견했다. 재숙은 좀처럼 바늘을 들지 않았다. 본격적인 누비 바느질에 들어가기 전 부수적인 바느질이 필요했다. 마름질이 끝난 안감과 겉감을 마주 놓고 완성 선을 따라 홈질을 해야 했고, 목화솜을 놓은 뒤 그것을 고정시키기 위해 시침질을 한 뒤, 뒤집어 또다시 시침질을 해야 했다. 목화솜을 놓고 뒤집기 위해 시침질을 하지 않고 남겨두었던 숨구멍을 공글러 꿰매야 했다. 그녀는 부수적인 바느질을 자신이 하지 않고 제자들에게 시켰다. 제자들은 자신들에게 주어진 과제를 수행하고 난 뒤 그녀에게 점검을 받았다.

재숙은 마름질 누비 제작 방법을 썼다. 조각조각 나누어 따로 누빈 뒤 연결해서 완성하는 방법이었다. 그녀는 그것이 전통적인 방법이기 때문에 그렇게 하는 것이라고 어머니에게 설명해주었다. 어머니는 주로 완성 누비 제작 방법을 썼다. 안감과 겉감을 완성된 옷의 형태로 만들어 연결한 다음 누비기에 들어갔다.

드디어 어머니의 차례가 되었다. 얼마나 많은 바늘땀을 떠 넣어야 하는지 짐작하기 어려운 누비 바느질만 남아 있었다. 흰 무명 적삼을 입고 누비대 앞에 앉아 있던 어머니는, 재숙이 가져다주는 쓰개장옷의 왼쪽 소매를 받아 자신의 누비대에 고정시켰다. 구김이 간 데가 없는지 손바닥으로 한차례 조심스럽게 쓰다듬은 뒤 누비 선들을 더듬었다. 누비 바늘을 집어 드는 어머니의 손이 문풍지처럼 가늘게 떨리는 것이 금택에게 느껴졌다. 재숙과 그녀의 제자들도 느끼는 것 같았다. 전구 불빛을 받아서인지 초록색으로 염색한 명주 옷감이 지나치게 번들거리는 듯했다. 습자지를 대고 꾹꾹 눌러주면 기름기가 묻어 나올 것 같았다. 초록색이 반사되어 어머니는 묘한 분위기를 떠었다. 턱을 끌어당기고 두 눈을 아래로 내려뜬 얼굴은 비스듬히 외로 기울어져 있었는데, 아무 감정도 담겨 있지 않았다. 뒤로 빗어 넘겨 쪽을 찐 반백의 머리카락은 한 올도 허투루 흘러나와 있지 않았다. 둔덕진 이마에는, 올을 튕겨 표시한 누비 선처럼 가는 주름이 여러 가닥 가로로 가 있었다. 눈썹은 가늘고 흐릿해 수평선처럼 아련했다. 미간에서 시작해 콧등을 타고 인중까지 이어지는 굴곡은 끊어지는 데 없이 완만했다. 조용히 다물린 입은 부들 이삭보다 짙은 갈색을 띠고 있었다.

어머니가 초를 먹인 초록색 명주실 뭉치로 손을 뻗더니 한 가닥 잡아 뽑았다. 명주실 한 끝을 엄지와 검지 끝으로 잡고, 누비 바늘귀로 가져갔다. 어머니는 단번에 명주실을 누비 바늘귀에 꿰어 보였다. 누비 바늘 끝이 천장을 향하게 잡았다. 누비 바늘귀에 걸린 명주실이 방바닥에 끌릴 만큼 길게 늘어졌다. 어머니는 굼뜬 듯 일사불란하게 손을 놀려 매듭을 지었다.

어머니는 소매를 한차례 더 손바닥으로 쓰다듬은 뒤, 누비 바늘 끝을 누비 선에 꽂아 넣었다. 두 땀 반박음질을 한 뒤, 홈질로 바늘땀을 떠 나갔다. 홈질에 들어가기 전 어머니는 두세 땀 반박음질을 했다.

누비대 위에서 바늘땀이 떠지는 소리가 서쪽 방에 떠돌았다. 금택의 귀에는 그 소리가 씨앗이 맺히는 소리로 들렸다.

어머니는 인내심을 시험하듯 천천히 바늘땀을 떠 나갔다.

바늘땀 떠지는 소리에 집중하던 금택의 눈가가 경직되었다. 뭔가 이상했다. 누비 선을 따라 바늘땀이 연달아 떠지는 소리가 만들어내는 박자가 이상했다. 고르지 않았다. 바늘땀들의 길이와 간격이 고르듯, 바늘땀 떠지는 소리가 만들어내는 박자 역시 고르고 규칙적이었다. 시계 초침 돌아가는 소리가 만들어내는 박자처럼, 강 약 중간 약 구분 없이 엄격하게 이어지던 박자가 어긋나고 있었다. 어깨와 등에 마비가 오고, 손가락들 관절이 약간씩 들뜨고 틀어져 섞임박자를 만들어내고 있었다. 독보적이고 독창적인 박자를 만들어내고 있었다.

재숙과 그녀의 제자들은 어머니가 누비 선 하나를 바늘땀으로 다 채울 때까지 지키고 앉아 있다가 서쪽 방에서 나갔다.

금택은 어머니가 누비 선 하나를 다 채우고, 또 하나를 채우고, 또 하나를 채울 때까지 누비대 앞을 지키고 앉아 있었다.

금택은 재숙의 제자들이 목소리를 억누르고 자기들끼리 하는 소리를 우연히 들었다.

"가야금을 타는 것 같아."

"손을 떠시던걸."

금택을 발견한 제자들은 누가 먼저랄 것 없이 입을 다물어버렸다.

어머니는 서너 시간을 꼼짝없이 누비대 앞에 앉아 바늘땀을 떠 넣었다. 한 시간 이상 누비대 앞에 앉아 있는 것은 어머니에게 무리였다. 어머니는 자신의 바위처럼 굳은 어깨와 등과 손가락을 고려하지 않고 누비질을 했다.

재숙은 우물집과 서울 자신의 전통 누비 연구소를 분주하게 오갔다. 그녀는 잔누비 쓰개 장옷의 복원에 신경을 쏟으면서도, 전통 누비 연구소를 챙겼다. 그녀는 아침 일찍 우물집을 나섰다가 밤늦게 돌아왔다. 서울 전통 누비 연구소에 다니러 갈 때 그녀는 자신의 그림자나 마찬가지인 제자들을 두고 갔다. 스승이 우물집에 없는 동안 그녀들은 감시하듯 어머니의 곁을 지켰다. 그녀들은 어머니가 누비선을 어떻게 바늘땀으로 채워 나가는지 지켜보았다. 누비 바늘을 잡은 어머니의 오른손과 왼손의 절제되고 엄격한 동작이 리듬을 타듯 반복되는 것을 지켜보았다. 경직되어 있던 그녀들의 표정에 경탄과 두려움이 담긴 표정이 불순물처럼 섞여들었다.

재숙과 그녀의 제자들은 벽처럼 어머니와 그녀 사이를 가로막았다. 화순과는 차원이 다른 장벽이었다. 화순이 곳곳이 금 간 벽이라면, 그녀들은 금 한 군데 간 곳 없는 견고한 벽이었다. 금방이라도 무너질 것 같은 벽이 금택에게는 훨씬 위협적이었다. 그 장벽은 균열과 파손에도 붕괴되지 않고 수십 년을 버티고 서 있었다. 금택은 그 장벽이 붕괴되기를 바라기도 했고, 바라지 않기도 했다. 장벽이 붕괴되는 순간 금택은 깨진 벽돌 무더기가 자신을 덮쳐 치명상을 입히리라는 것을 알았다. 금택은 재숙의 제자들이 둘이 아니라 여럿인 것만 같았다. 자기들 스스로 들쥐나 토끼처럼 무섭게 번식해 우물집에 넘쳐나는 것 같았다. 그녀들은 우물집 마루에도, 부엌에도, 마당에도, 우물가에도, 서쪽 방에도, 마당에도 넘쳐나는 것 같았다.

한번은 금택이 부엌에서 저녁을 짓고 있는데 재숙의 제자 하나가 불쑥 들어섰다. 금택을 보고 귀신이라도 본 듯 놀란 것이 미안했는지 그녀는 조심스럽게 입을 열었다. 재숙은 서울에 다니러 가고 우물집에 없었다.

"쓰러지실까 봐 겁이 나요."

그녀는 그렇게 말한 것을 금세 후회하는 눈치였다.

물병과 컵을 챙겨 부엌에서 나가려는 그녀에게 물었다.

"당신들의 스승은 어째서 바늘을 들지 않나요?"

"바늘이요?"

그녀는 금택의 질문을 이해 못한 표정이었다.

"바늘이요."

"……?"

"당신의 스승은 바느질하는 여자가 아닌가요?"

잔누비 쓰개 장옷의 복원 작업이 진행된 지 두 달쯤 지났을 때였다. 재숙이 깜박 잊고 있었다는 듯 금택에게 물었다.

"네 동생은 어디에 있지?"

금택은 재숙의 질문에 대답하는 대신에 물었다.

"나는 언니가 여자아이의 환영에서 언제까지나 놓여나지 못할 줄 알았어요."

"여자아이?"

"반짇고리를 두 팔로 끌어안고 그것을 버리러 복도를 걸어가던 여자아이요."

"그 여자아이는 버렸어."

"……"

"쓰레기 투구함 철제 뚜껑을 열고 반짇고리를 그 안으로 밀어 넣을 때 여자아이도 함께 밀어 넣었지."

"……"

반짇고리를 두 팔로 끌어안고 복도를 걸어가는 여자아이가 어디에도 없다는 생각이 들자 금택은 기분이 이상했다.

돌아서려는 재숙에게 금택이 말했다.

"내 동생은 돌아올 거예요."

"내가 그 여자아이를 언제 쓰레기 투구함으로 밀어 넣었는지 알아?"

"언제요?"

"내가 우물집을 떠나던 날."

잔누비 쓰개 장옷은 재숙이 계획한 대로 복원되었다. 2백여 년 땅속에서 잠들어 있던 옷이 넉 달 만에 원형 그대로 부활한 것이었다.

완성된 잔누비 쓰개 장옷을 금택은 구경하지 못했다. 어머니조차도 구경하지 못했다. 어머니는 부분들밖에 보지 못했다. 전체를 보지 못했다. 재숙이 왼쪽 소매를 가져다주면 어머니는 그것을 받아 자신의 누비대에 고정시킨 뒤 누비 선을 따라 바늘땀을 떠 넣었다. 실핏줄을 촘촘히 줄 세워놓은 것 같은 누비 선들을 무화과 씨보다 작은 바늘땀으로 채웠다. 어머니가 마침내 바늘땀을 다 떠 넣으면 재숙은 냉큼 그것을 누비대에서 거두어갔다. 오른쪽 소매를 어머니에게 가져다주었다. 어머니는 그러면 그것을 받아 자신의 누비대에 고정시키고 바늘땀을 떠 넣었다. 재숙은 우물집이 아니라 서울 자신의 누비 연구실에서 부분들을 연결했다.

어머니가 마지막으로 바늘땀을 떠 넣은 조각은 고름 부분이었다. 탯줄을 거두어가듯 재숙이 그것을 거두어간 뒤에도 어머니는 누비대 앞을 떠나지 않고 버티고 앉아 있었다. 계절은 여름에서 가을로, 겨울로, 봄으로, 여름으로 바뀌어 있었다.

텅 빈 누비대 앞을 좀처럼 떠나지 않으려는 어머니에게 금택은 말했다.

"다 끝났어요."

어머니가 고개를 들어 금택을 바라보았다. 금택은 어머니에게 산비둘기라도 한 마리 잡아다 주고 싶었다. 그것에라도 바늘땀을 떠 넣으라고. 산비둘기를 잡아다 주면 어머니가 말없이 그것의 날개에 바늘땀을 떠 넣을 것 같았다. 날개가 아니라 복원 중인 잔누비 쓰개장옷의 조각인 줄 알고.

재숙과 그녀의 제자들이 떠나고, 우물집에는 또다시 금택과 어머니만 남았다.

금택은 어머니를 떠나지 않았지만, 그렇다고 어머니를 떠나고 싶은 욕구가 소멸한 것은 아니었다. 그녀의 내부에서는 여전히 어머니에게서 버려질지 모른다는 두려움과 어머니를 떠나고 싶다는 욕구가 충돌했다.

금택은 심지어 때때로 자신이 벌써 어머니를 떠났다는 생각이 들었다. 어머니를 떠나지 못하고 있으면서 벌써 오래전에.

어머니를 떠나는 대신에 금택은 바늘을 손에서 놓았다. 손에 꽉 쥐고 있는 동안에도 달아날까 봐 잃어버릴까 봐 전전긍긍하던 바늘을 놓을 때, 그녀는 신경이 살아 있는 생손가락을 절단하는 기분이었다. 절단한 자리에 구멍이 생긴 기분이었다. 그 구멍으로 온몸의 피가 빠져나가고, 오장육부가 차례로 빠져나가는 기분이었다. 영혼마저 그 구멍으로 빠져나가는 기분이었다.

그녀의 손은 바늘을 놓았지만, 그녀의 의식은 바늘을 놓지 않았다.

그녀의 의식은 그 어느 때보다 바늘에 집착했다. 바늘이 달아날까 봐, 그것을 잃어버릴까 봐 늘 긴장하고 있었다. 그녀의 손이 바늘을 놓았다는 자명한 사실을 그녀의 의식은 인정하려 하지 않았다.

한동안 의식이 손을 압도했다.

의식은 그 어느 때보다 바늘에 집착했다. 바늘을 꼭 붙잡고 있는 것 같은 착각을 금택에게 불러일으켰다. 그녀는 허공에 대고 바늘땀을 떴다. 무화과 씨앗보다 작은 땀들을 연달아 떠 넣었다. 자신의 손에 누비 바늘이 들려 있지 않다는 사실을 깨닫는 순간 그녀가 떠 넣은 바늘땀들은 개미 떼처럼 흩어져버렸다.

누비 바늘을 다시 들지 않기 위해 그녀는 자신의 손을 가혹하게 몰아붙였다. 누비 바늘을 다시 잡으려는 자신의 손을 돌멩이로 짓찧었다.

넌 요새 뭘 짓고 있니

재숙이 어머니로부터 모든 것을 빼앗아갈 거라는 금택의 경고는 틀리지 않았다. 잔누비 쓰개 장옷의 부활과 동시에 어머니는 바느질품을 파는 단순 노동자로 전락했다. 재숙과 그녀의 제자들이 떠난 뒤 무참하게 망가진 것은 어머니의 육체가 아니라 정신이었다.

금택이 자신을 부르는 소리를 듣고 서쪽 방으로 갔을 때, 어머니 앞에는 명주가 엎질러진 미음처럼 펼쳐져 있었다. 며칠 전 금택이 풀을 먹이고 다듬이질을 해 쟁여놓은 명주였다. 엎질러진 미음을 어쩌지 못해 바라만 보고 있듯 어머니는 두 마쯤 풀린 명주를 바라만 보고 있었다.

"부르셨어요?"

어머니가 고개를 들었다. 금택을 바라보던 어머니의 눈길이 그녀의 어깨 너머를 더듬었다.

"화순은 어딜 갔니?"

"화순⋯⋯이요?"

어머니의 눈빛이 불안정하게 흔들렸다. 점심 밥상에서 어머니가 했던 이상한 행동이 불현듯 금택의 머리를 스치고 지나갔다. 어머니는 숟가락이 아닌 젓가락으로 미역국을 휘저었다.

"화순은 왜요?"

"아침부터 통 보이질 않는구나."

"대구에 다니러 갔잖아요."

그녀는 어머니를 떠보았다.

"대구에⋯⋯?"

"옷감을 떼오라고 어머니께서 심부름을 시키셨잖아요. 무명하고 광목하고 명주를 떼오라고요."

목소리가 떨려 나올 정도로 오싹 소름이 끼쳤다. 어머니는 전혀 기억이 나지 않는 눈치였지만 금택의 말을 곧이곧대로 믿는 눈치였다.

"그걸로 뭘 하시려고요?"

"누비저고리를 지어야지."

"누비저고리를요?"

"낮에 옥 사모님이 다녀가지 않았니……"

그러나 낮에 우물집에는 옥 사모님은 물론 아무도 다녀가지 않았다. 우물집 함석 대문은 하루 종일 열린 적이 없었다. 화순을 자신의 며느리로 들인 뒤로 그녀는 발길을 끊었다. 금택은 어머니에게 옥 사모님은 물론 아무도 다녀가지 않았다는 것을 일깨워주려다 말았다.

"옥 사모님 누비저고리를 지으시려고요?"

"지어드려야지……"

백치처럼 보일 만큼 멍한 어머니의 얼굴을 살피던 금택은, 그녀의 의식이 깨지고 파손되었다는 것을 알아차렸다. 숙희한복 여자의 의식처럼. 그녀의 훼손된 의식이 잃어버린 색동 다섯 마를 찾아야 한다는 강박에 시달리는 것과 달리, 어머니의 훼손된 의식은 옥 사모님에게 누비저고리를 지어주어야 한다는 강박에서 시달리고 있었다.

"넌 요새 뭘 짓고 있니?"

어머니가 물었다.

"저요?"

"그래, 뭘 짓고 있지?"

"누비저고리요."

어머니는 잠시 뭔가를 생각하는 눈치더니 물었다.

"화순은 요새 뭘 짓고 있다니?"

"누비저고리요…… 그 애도 누비저고리를 지어요."

금택은 말했다.

"그래……"

"어머니도 누비저고리를 짓고, 저도 누비저고리를 짓고, 화순도 누비저고리를 짓고요."

점심때가 되어 금택이 서쪽 방에 갔을 때 어머니는 여전히 명주를 펼쳐놓고 앉아 있었다. 금택은 어머니에게 말했다.

"누비저고리를 지으실 거라면서요."

"누비저고리를……?"

"옥 사모님께 누비저고리를 지어드려야 한다면서요."

"지어드려야지……"

어머니는 난감해했다. 저고리 짓는 순서를 어머니는 잊어버린 것이 분명했다. 명주를 펼쳐놓고 그 앞에 앉아 있는 것조차 어머니는 힘에 부쳐했다. 금택은 명주를 한쪽으로 치웠다. 어머니를 누이고 이불을 끌어당겨 덮어주었다.

어머니가 잠들 때까지 지키고 있다가 서쪽 방을 나오던 금택은 소름이 끼쳐 고개를 흔들었다. 숙희한복 여자는 수년째 잃어버린 색동 다섯 마를 찾아 헤매고 있었다. 어디에도 없는 색동 다섯 마를 찾지 못해 눈만 뜨면 애를 끓었다. 금택은 어머니가 옥 사모님의 누비저고리를 지어야 한다는 강박에서 헤어나지 못할까 봐서 두려웠다. 금택이 알기로 어머니가 옥 사모님에게 빚지고 있는 누비옷은 없었다.

우물가를 서성이던 금택은 문득 세 누비저고리가 하나의 누비저고리라는 생각을 했다. 오래전 화순이 우물 속에 빠뜨린 누비저고리와 어머니가 옥 사모님에게 징표로 보낸 누비저고리와 어머니의 의식이 파손된 뒤 옥 사모님에게 지어드려야 한다는 강박에 시달리게 하는 누비저고리가, 결국 하나의 누비저고라는.

금택은 누비저고리가 완성되면 어머니가 그것을 보자기에 싸 옥 사모님께 가져다드리라고 자신에게 이를 것만 같았다.

잠든 어머니 옆에서 금택은 명주 올을 튕겼다. 엎질러진 미음처럼 어머니 앞에 펼쳐져 있던 명주였다. 그녀는 0.3센티 간격으로 올을 튕겨 누비 선을 표시했다. 한 시간쯤 한자리에 꼼짝 않고 앉아 올을 튕기던 그녀는 소스라치게 놀랐다. 어느 결에 깨어난 어머니가 일어나 앉아 있었다. 거미줄을 헤치고 나온 듯 흐릿한 모습으로 앉아 금택을 아무 말 없이 바라보았다. 그녀는 어머니를 의식하지 않으려 애쓰면서 올을 튕겼다.

거문고 줄 수만큼 올을 튕기고 금택이 고개를 들었을 때 어머니는 여전히 그녀를 물끄러미 바라보고 있었다. 이불 밑으로 나온 어머니의 손이 명주 끝자락을 잡고 있어서, 그녀는 올이 아니라 어머니의 몸속 실핏줄을 잡아당기는 기분이었다. 어머니의 몸속 실핏줄을 죄다 잡아당기고 있는 것 같았다.

이튿날 어머니가 그녀에게 물었다.

"너는 요새 뭘 짓고 있니?"

"저고리요."

"금택은 뭘 짓고 있다니?"

"금택이요?"

"그래."

"언니도 저고리를 지어요."

금택은 기꺼이 화순이 되었다. 자신이 화순이 아니라 금택이라는 걸 어머니에게 구태여 일깨워주고 싶지 않았다. 그것이 아무 의미 없는 일임을 그녀는 알고 있었다.

어머니는 금택을 화순뿐 아니라 바느질하는 여자들 중 누군가로 착각하기도 했다. 복래한복에서 바느질품을 팔던 시절에 만났던, 자신처럼 바느질품을 팔아서 먹고살던 여자들 중 하나로. 한복 거리에 바느질하는 여자는 한둘이 아니었다. 바느질품을 파는 데는 특별한 밑천이 들지 않았다. 바느질할 두 손만 있으면 되었다. 여자들에게는 손이 유일한 밑천이자 연장이었다. 여벌 없이 달랑 두 벌뿐인 손을 여자들은 아끼지 않았다. 여자들에게는 불변의 원칙이 하나 있었는데 그것은 절대로 서로 연장을 빌려주지도, 맞바꾸지도 않는다는 것이었다. 여자들은 돈은 빌려주어도 연장은 빌려주지 않았다.

하루는 어머니가 금택에게 물었다.

"아기는 어떻게 했어요?"

"아기요?"

"아기요. 아기는 어떻게 하고 혼자 왔어요?"

한복 거리에는 돌도 안 지난 아기를 업고 다니면서 바느질품을 팔던 여자가 있었다. 금택은 어머니가 자신을 그 여자로 착각한 것이라고 생각했다. 여자는 아기를 등에 업고서 바느질을 했다. 등에서 내려놓기만 하면 아기가 자지러지듯 울었기 때문이다. 아기는 한순간도 여자의 등에서 떨어지지 않으려고 했다. 다른 사람이 자신을 만지기만 해도 소스라치게 놀랐다. 아기가 순순히 여자의 등에서 떨어질 때는 젖을 먹을 때뿐이었다. 아기가 젖을 빨다 잠들면 다시 등에 둘러업고 바느질을 했다.

"아기는 어쨌나요?"

"벌써 자라서 떠났는걸요."

금택은 생각나는 대로 말했다.

"평생 내 등에 붙어 떨어지지 않을 줄 알았는데 뒤도 안 돌아다보고 떠나버리던걸요. 내가 죽어 땅속에 묻혀도 내 등에 붙어 떨어지지 않을 줄 알았는데 떠나버리던걸요. 죽은 내 등이 썩어 문드러지고 구더기가 끓어도 떨어지지 않을 줄 알았는데 떠나버리던걸요."

어머니는 바느질하는 여자들을 하나 둘 우물집으로 불러들였다. 여자들의 환영을 하나씩 금택에게 덮어씌우는 방식으로. 어머니가 무작위로 불러낸 여자들의 환영을 자신에게 덮어씌울 때마다 금택은 소름 끼쳤지만 마다하지 않았다. 기꺼이 여자들의 환영을 뒤집어썼다.

어머니는 월성댁의 환영도 금택에게 덮어씌웠다.

"남편이 월남에 있다면서요."

금택은 남편이 벌써 돌아왔다고, 그곳에서 두 다리를 잃고 돌아왔다고 말하려다 말았다.

복래한복 주인 여자의 환영도, 정인한복 여자의 환영도, 서울한복 여자의 환영도 어머니는 금택에게 덮어씌웠다. 어머니와 금택, 그렇게 단둘이 살던 우물집은 그렇게 어머니가 불러들인 바느질하는 여자들로 들끓었다. 믿을 수 있는 밑천이라고는 여전히 두 손뿐인 여자들은 우물집 여기저기 자리를 잡고 앉아 바느질을 했다.

아씨한복 여자의 환영도 덮어씌우면서, 어머니는 정작 자기 자신의 환영만은 금택에게 덮어씌우지 않았다. 금택은 그 누구보다 어머니의 환영을 뒤집어쓰고 싶었다. 세상 모든 바느질하는 여자들의 환영 중 어머니의 환영을 간절하게 뒤집어쓰고 싶었다.

어머니가 급기야 금택에게 숙희한복 여자의 환영을 덮어씌운 날, 누비대에는 마름질을 끝낸 저고리가 수십 개의 핀을 사방에 꽂고 고정되어 있었다. 미완의, 아직 바늘땀을 한 땀도 떠 넣지 않은 저고리였지만 그것은 화순이 우물에 버린 저고리이기도 했고, 옥 사모님에게 징표로 보낸 저고리이기도 했다.

0.3센티 간격으로 올을 튕겨 표시한 누비 선들은 마치 도미나 조기 살집에 넣은 칼집처럼 흐린 듯 선명했다.

긴 낮잠에서 깨어난 어머니가 금택에게 물었다.

"아주머니, 색동 다섯 마는 찾았어요?"

"색동 다섯 마요?"

"색동 다섯 마를 잃어버리셨다면서요."

어머니가 말했다.

"그러게요, 내 색동 다섯 마가 어디로 갔을까요?"

그녀는 기꺼이 숙희한복 여자가 되어주었다.

"귀신이 곡할 노릇이네요."

어머니가 말했다.

색동 다섯 마를 찾는 듯 주위를 두리번거리던 어머니는 누비대 위

마름질을 끝낸 저고리를 보았다. 한참 동안 멍하니 저고리를 바라보던 어머니가 중얼거렸다.

"저걸 누가 해놓았을까?"

"어머니가요."

"내가?"

"밤새 명주 올을 뒹기고, 마름질을 하고, 목화솜을 놓고, 시침질을 했잖아요."

어머니는 전혀 기억이 나지 않는다는 표정을 지었다. 금택은 오방색 바늘방석에서 바늘을 하나 뽑아 들었다.

"자요."

어머니에게 바늘을 내밀었다.

어머니가 영문을 몰라 하는 표정으로 바늘과 그녀를 번갈아 바라보았다.

"바늘이잖아요."

그녀는 바늘을 더 바짝 어머니에게 내밀었다.

"바늘……?"

바늘이 뭔지 모르겠다는 듯 어머니가 중얼거렸다.

"바늘이요."

어머니의 손이 마지못해 바늘을 잡기 위해 들렸다. 엄지와 검지가 바늘을 향해 벙긋 벌어졌다. 벙긋벙긋 연신 벌어졌지만 번번이 바늘을 벗어나 허방을 짚었다.

40년 가까이 줄기차게 잡았던 바늘을 어머니는 잡지 못하고 있었다.

금택은 바늘을 잡지 못하는 어머니를 대신해 바늘을 잡았다. 누비 대 앞에 앉으려 하지 않는 어머니를 대신해 누비대 앞으로 가서 앉았다. 어머니를 대신해 누비 선에 바늘땀을 떠 넣었다.

바늘땀 하나에 그녀는 온 신경을 집중했다. 온몸의 피가 바늘을 잡은 두 손가락으로 쏠리는 것이 느껴질 정도로 집중했다.

자정이 넘도록 누비대 앞을 떠나지 않고 누비 선을 따라 반복해서 바늘땀을 떠 넣고 있는 금택을 어머니가 바라보고 있었다. 구천을 떠도는 영혼이 한 생애 동안 깃들었던 육체를 바라보듯.

마흔 중반의 금택은 우물집으로 흘러들 즈음의 어머니를 빼닮아 있었다. 그녀는 흰머리카락이 드문드문 올라오는 머리를 쪽 찌고, 흰 무명 저고리를 입고 있었다.

설백은조사

첫닭도 울지 않은 새벽, 마을을 포근히 덮은 안개가 우물집으로 밀려들었다. 6월 중순 장마 즈음의 안개가 멥쌀로 쑨 풀을 먹인 안개무명이라면, 11월 초순의 안개는 안개명주였다.

안개명주는 한 마, 두 마, 세 마, 네 마…… 끝없이 밀려들었다. 어머니가 하나 둘 우물집으로 불러들인 바느질하는 여자들은 탄성을 지르면서 안개명주를 거두어들였다.

숙회한복 여자는 자신 앞에 차곡차곡 쌓이는 안개명주를 챙기면서도 자신의 잃어버린 색동을 찾았다.

"아이고야, 내 색동이 어디로 갔을까."

그녀는 정신없이 챙긴 안개명주를 우물집 구석구석에 숨기고 다니느라 정신이 없었다. 마루 밑에, 마루 새새에, 부엌 찬장 속에 안개명주를 숨겼다.

"항라가 아니네?"

안개명주를 둘둘 말다 말고 서울한복집 여자가 말했다.

"이게 어딜 봐서 항라야? 은조사하고 항라도 분간 못하는 주제가 옷은 어떻게 짓는데?"

정인한복 여자가 한마디 했다.

"은조사요?"

"은조사 몰라? 은조사로는 생전 저고리 한 벌 못 지어보았나 보네."

"이게 어디 은조사예요?"

서울한복집 여자가 발끈했다.

"내가 은조사라면 은조사야."

"은조사가 아닌데 어떻게 은조사예요?"

"글쎄, 내가 은조사라면 은조사야."

정인한복 여자가 우겼다. 그녀가 우기면 삼베도 풍기 비단이 되었고, 광목도 양단이 되었다. 다른 여자들은 정인한복 여자가 우기든 말든 내버려두었지만, 서울한복집 여자는 그냥 넘어가지 않았다.

숙고사보다 부드럽고, 항라보다 가볍고, 자미사보다 은은한 안개명주는 은조사에 가까웠지만 은조사는 아니었다.

"이게 어디를 봐서 은조사예요."

안개명주를 손으로 매만지면서 서울한복집 여자가 따졌다.

"설백은조사야."

정인한복 여자가 문신한 눈썹 끝을 뾰족하게 세웠다.

"설백은조사요?"

복래한복 여자의 뒤에서 아무 말 없이 안개명주를 거두어 둘둘 말던 아씨한복 여자가 물었다.

"눈 설(雪)에 흰 백(百), 눈과 같이 희다고. 눈과 같이 희니 햇빛을 받으면 얼마나 반짝반짝 빛이 날까."

염장이 아버지로부터 한자를 배웠다는 정인한복 여자는 바느질하는 여자들 중 한자를 가장 많이 알았다. 한복 거리의 바느질하는 여자들은 모르는 한자가 있으면 그녀에게 물었다. 그녀는 못 읽는 한자가 없었고, 못 쓰는 한자가 없었다. 시집오기 전 염장이인 아버지로부터 하루에 한 자씩 배워 3천 자를 익혔다고 했다. 그녀의 아버지는 마당을 공책 삼아 한자를 가르쳤다고 했다. 아버지가 부지깽이로 마당 한 귀퉁이에 하늘 천(天) 자를 쓰면 그녀는 마당이 빽빽이 하늘 천 자를 반복해서 썼다고 했다. 염장이의 딸이라고 무시하던 시아버지는 그녀가 한자투성이의 족보를 술술 읽고, 앉은자리에서 저고리를 한 벌 뚝딱 지어내자 복덩이가 덩굴째 굴러들어왔다면서 보물 취급을 했다고 했다. 그녀의 아버지는 혼자서 한 자, 두 자 깨쳐 3천 자를 깨쳤다고 했다. 천애 고아에 천대 받는 염장이었지만, 명민함을 타고난 데다 성실해 스스로 물리를 깨쳤다고 했다. 바느질하는 여자들 대개는 한자를 배우지 못했다. 그녀가 귀할 귀라고 하면 그런 줄 알았고, 천한 천이라고 하면 그런 줄 알았다.

"은조사 종류가 얼마나 다양한지 아는가. 분홍은조사, 다홍은조사, 백은조사, 진홍은조사, 옥색은조사, 청옥색은조사, 남은조사, 두록은조사, 양남은조사, 초록은조사……"

정인한복 여자는 주문을 읊듯 은조사 종류를 줄줄이 외웠다.

"다홍은조사로 깨끼를 한 벌 지은 적이 있지. 어찌나 야한지 내 손으로 지어놓고 민망해서 혼났네."

은조사로 옷을 지을 때는 안과 겉을 같은 감으로 겹쳐서 지었다. 안감의 올과 겉감의 올이 겹쳐 형형색색의 무늬를 만들어내기 때문이었다.

명주는 뜸 잘 든 밥 냄새가 났지만 안개명주는 식은 쑥개떡 냄새가 났다. 찜통에 넣고 찐 쑥떡이 식으면서 풍기는 냄새가 났다. 식은 무떡 냄새가 얼핏 나기도 했다.

안개명주를 나누어 가진 여자들은 우물집 여기저기 자리를 잡고 앉아 바느질을 했다. 바늘 든 손을 바지런히 놀려 저고리를 짓기 시작했다. 숙희한복 여자는 안개명주를 여기저기 숨기느라 정신이 없었다. 순식간에 지은 안개명주 저고리를 여자들은 서로서로 입혀주었다.

서울한복집 여자는 자신이 지은 안개명주 저고리를 정인한복 여자에게 입혀주었다.

"저고리가 왜 이 모양이야? 발로 지었어? 바느질이 괴발개발 엉망이야."

정인한복 여자가 불평했다.

"저는 발로 짓고, 명장인 아주머니는 혀로 짓고요."

서울한복 여자는 지지 않았다.

정인한복 여자는 자신이 지은 안개명주 저고리가 아까워 아무에게도 입혀주지 못하고 손에 꼭 움켜쥐고 있었다. 여전히 안개명주를 숨기느라 정신이 없는 숙희한복 여자도 안개명주 저고리를 한 벌 얻어 입었다. 안개명주가 남아났기 때문에 여자들은 계속 저고리를 지었다. 녹슬고 부식되어 병든 홀아비 같은 함석 대문도 안개명주 저고리를 입었다. 애를 예닐곱은 낳은 여자처럼 펑퍼짐하게 퍼진 항아리들도.

바늘 잡는 법을 망각한 어머니는 모든 걸 망각했다. 자기 자신조차 망각했다. 그것은 어쩌면 당연했다. 바늘은 어머니에게 모든 것이었기 때문이다. 머리 빗는 것조차 망각한 어머니는 금택 없이는 아무것도 못했다. 금택은 아침마다 어머니의 머리를 빗기고 물 적신 가제 손수건으로 얼굴과 손을 닦였다. 사흘에 한 번 목욕을 시키고, 새 옷으로 갈아입혔다. 오후가 되면 금택은 장롱 속에서 묵은 솜이불을 꺼내 말리듯 햇빛 속에 어머니를 앉히고, 자신은 누비대 앞으로 가서 자리를 잡고 앉았다. 언제 끝날지 모르는 바늘땀을 떠 넣었다.

지난 석 달 동안 그래왔듯이 금택이 아침 먹은 설거지를 끝마치고 서쪽 방으로 갔을 때, 어머니가 누비대 앞에 홀연히 앉아 있었다. 자신의 자리를 빼앗기지 않기 위해 미리 지키고 앉아 있기라도 하듯.

해가 기울도록 어머니는 자신의 자리를 금택에게 내주지 않았다.

"딸이 있으세요?"

금택은 어머니에게 물었다.

감을 하나 깎을 만큼의 시간이 지난 뒤 어머니가 말했다.

"바느질 공장에 돈 벌러 갔어요."

"바느질 공장이요?"

"북쪽 나라에 바느질 공장이 있대요. 바느질 공장에 돈을 벌러 갔어요. 하루를 꼬박 열차를 타고 가야 할 만큼 멀다는데…… 그래도 돈을 아주 많이 준대요."

"딸이 몇이나 있는데요?"

어머니가 난감해했다. 딸이 아주 많아 일일이 헤아리기 어려운 듯.

금루옥의

옥 사모님은 금택에게 자신이 사는 곳을 어떻게 알아냈는지 묻지 않았다. 그녀가 살고 있는 방은 복래한복에 딸린 방을 떠올리게 했다. 장롱이 떠받치고 있어야 할 만큼 천장이 낮게 내려앉고, 벽들이 울퉁불퉁했다. 그녀는 수십 년 우리에 갇혀 지낸 짐승처럼 멍하니 앉아 있었다.

광목이 드리워진 창문 옆, 나무 액자에 넣어 나란히 걸어둔 사진들에 금택은 눈길을 주었다. 하나는 그녀의 가족사진이었다.

흑백사진 속 민소매 원피스 차림의 앳된 여자는 그녀였다. 그녀는 돌도 안 지났을 것 같은 아기를 품에 안고 있었다. 양복 차림에 넥타이를 매고 그녀의 뒤에 서 있는 사내는 그녀의 남편 같았다. 어깨가 좁고 호리호리한 편인 사내는 입을 다물고 있어서 엄격해 보이는 동시에 우울해 보였다. 한 지점을 빤히 응시하고 있는 눈동자는 구멍

같은 느낌을 주었다.

그 옆 또 다른 사진 속에도 사내가 있었다. 첫번째 사진의 절반밖에 안 되는 그 사진 속에서, 사내는 서너 살쯤 되었을 사내아이를 안고 서 있었다. 사내의 옆에는 옥 사모님이 아닌 다른 여자가 아기를 품에 안고 서 있었다. 저고리 차림에 쪽머리를 한 여자는 머리가 사내의 어깨에도 닿지 않을 만큼 작았다. 크고 처진 눈과 놀란 듯 벌어진 입 때문에 순해 보이는 인상이었다. 왜소한 몸집 때문인지, 통통하게 살이 오른 아이를 안고 있는 것이 벅차 보였다.

각각 다른 두 장의 사진 속에, 다른 두 세계 속에 동시에 존재해서인지 사내는 오히려 어디에도 존재하지 않는 것 같은 느낌을 주었다. 남쪽의 처자식과 찍은 사진 속에도, 북쪽의 처자식과 찍은 사진 속에도.

나머지 한 장의 사진은 그녀의 사진이었다. 두 사진을 번갈아 바라보던 금택의 얼굴이 굳었다. 옥 사모님의 품에 안긴 아기와 다른 사진 속 여자의 품에 안긴 아기가 닮아 있었기 때문이다. 둘 다 사내아이라서 닮아 보이는 것인지, 정말로 닮은 것인지 그녀는 판단이 서지 않았다.

"모든 영화가 끝나는 데는 하루면 충분해."

그녀는 탄식을 토한 뒤 소문으로만 떠돌던, 자신에 대한 이야기를 금택에게 띄엄띄엄 들려주었다.

죽은 남편에 대해서 이야기할 때 그녀의 목소리는 묘한 생기를 띠었다.

"자신이 조금이라도 행복해지는 걸 못 견뎌 했지. 자신이 행복해지면 북쪽에 두고 온 처자식은 불행해질 거라는 이상한 믿음을 가지고 있었어. 나중에는 더 불행해지지 못해 안달을 했지. 불행해지기 위해 술로, 여자로 자기 자신을 파괴했으니까. 처자식을 버린 게 아니라는 걸 그 누구보다 자신이 잘 알고 있으면서, 버렸다는 죄책감에서 벗어나지 못했지…… 저 여자도 늙었겠지. 나보다 일곱 살이나 위니까. 살아 있다면 여든세 살이겠군. 죽어 송장이 되었을까? 철새처럼 남쪽으로 날아간 남편 얼굴을 한 번은 볼 수 있으리라는 헛된 소망을 부여잡고 어떻게든 죽지 않고 살아 있지 않을까."

그녀는 잠시 말을 끊고 다리를 주물렀다. 그녀의 기형적으로 부어오른 다리에 푸른빛이 감돌았다. 지병인 당뇨 때문에 발과 다리가 썩고 있다고 그녀는 말했다.

"날 왜 찾아왔지?"

그녀가 대뜸 금택에게 물었다.

"어머니가 제게 가져다드리라고 해서요."

그녀는 보자기를 풀고 누비저고리를 펼쳐 보였다. 봄과 여름과 가을에 걸쳐 완성한 누비저고리였다. 옥 사모님이 목을 빼고 저고리를 바라보았다. 손을 뻗어 저고리를 어루만졌다. 그녀는 잠든 새를 어루만지듯 한없이 조심하면서 저고리의 앞섶과 소매를 만졌다. 잠든 새가 깨어나 날아가버릴까 봐 두려워하듯.

"네가 지은 거로군."

그녀의 얼굴에 미소가 번졌다.

"어머니가 지으신 거예요."

"누굴 속이려구…… 차라리 귀신을 속이지."

그녀는 고개를 저었다.

"내가 뭘 깔고 앉아 있는지 알아?"

그녀가 물었다.

"돈……"

그녀가 갑자기 엉덩이에 깔고 앉아 있던 둥글고 두툼한 방석을 빼내더니 위아래를 뒤집었다. 방석을 싼 천은 분홍색 공단으로 닳아 있었다. 가장자리에 두른 레이스는 너덜너덜 해져 있었다. 그녀가 지퍼를 열고 그 속을 보여주었다. 아귀 입처럼 벌어진 새로 만 원짜리 지폐 다발이 들여다보였다. 방석 속은 그러니까 솜이 아니라 만 원짜리 지폐 다발로 채워져 있었다. 그녀의 육신은 돈다발 위에서 썩고 있는 중이었다.

"썩고 있어요."

"내 몸뚱이하고 돈 중에 뭐가 더 빨리 썩는지 내기를 하는 중이야."

저고리를 두고 그만 일어서려는 금택에게 그녀가 무심한 듯 힘이 실린 말을 건넸다.

"다시 또 나를 찾아오려거든 원삼이나 한 벌 지어와."

"원삼이요?"

"죽어 수의로 입을 원삼이나 한 벌, 최고급 비단으로 지어와. 원삼을 시집갈 때도 입고, 죽어서도 입는다는 것은 알고 있겠지? 1200돈 황금실로 꿰맨 옥(玉) 수의라고 들어봤나?"

"옥 수의요?"

"서한 시대 중산왕 유승과 그의 부인이었던 독관 부인이 입은 수의가 금루옥의라지. 중산왕이 아들만 120명을 둘 정도로 정력과 주색에 미쳐 살면서도 덕과 지혜가 있어 42년 동안 왕을 지내고 52세까지 장수를 누릴 만큼 복을 누렸다지. 수의로 1200돈 황금실로 꿰맨 금루옥의를 입었으니, 살아생전에 누렸을 부귀영화야 말할 것도 없겠지. 중산왕이 입은 금루옥의는 2천 개가 넘는 옥편에 금사의 무게만 해도 1000그램이 넘었다지. 독관 부인이 입은 금루옥의의 금사 무게도 700그램에 달했다지. 백 명 이상의 장인이 들러붙어서는, 2년에 걸쳐 금루옥의를 완성했다니까…… 수천 수백 년이 흘러 중산왕과 독관 부인의 시신은 썩고 흩어져 뼛조각 하나 남지 않고, 금루옥의만 남아 살아생전의 영화를 증거하고 있으니 우습지? 남들은 허무하다 하겠지만 금루옥의 덕분에 중산왕과 독관 부인이 생전에 누렸을 권세와 복을 후대 사람들이 아는 것 아니겠어? 어차피 썩어 사라질 육신이니, 저승 가는 길에 입고 있던 옷이나마 성하게 남아 지하 땅속을 헤매면 덜 한스럽지 않겠어?"

그녀는 회환에 잠겨 낮게 깔리는 목소리로 말을 계속 이어 나갔다.

"아들만 120명이었다니 처첩은 또 얼마나 많았을까. 처첩이 수백 명이었어도, 죽어 중산왕의 옆자리는 단 한 사람 독관 부인의 차지였으니, 그것 또한 우습지?"

"……"

"가장 비싼 수의를 해 입혔지. 수의를 가장 잘 짓는다는 여자를 찾아가 비단 수의를 구해다 입혀주었지. 새신랑처럼 옥색 도포를 입혀 관 속에 뉘어주었지. 무덤을 쓸 때 합장을 하려고 빈 관 하나를 더 묻어두었지. 시집가는 새색시처럼 화려하고 고운 원삼 입고 관 속으로 들어가야지. 살아서는 북쪽에 하나, 남쪽에 하나, 조강지처가 둘이

나 되었지만, 죽어서까지 조강지처가 둘이면 안 되지. 죽어 조강지
처는 나 하나면 되지."

평생 두고두고 쓸 비단실을 일찌감치 다 써버려서

옥 사모님을 만나고 돌아온 뒤로 금택은 외팔 여자를 꼭 만나야 한
다는 강박에 시달렸다. 자수바늘을 잡은 외팔 여자의 손을 그녀는
자신의 두 눈으로 똑똑히 보고 싶었다. 그 손을 보아야만, 자신의 손
에서 바늘을 놓을 수 있을 것 같았다.

외팔 여자를 만나기 위해 금택이 경북 영주 자수 공방을 찾아갔을
때, 자수장은 세상을 뜨고 없었다. 자수장 밑에서 매서운 시집살이
를 살듯 자수를 배우던 제자들도 뿔뿔이 흩어지고 없었다. 외팔 여
자도 그곳을 떠나고, 죽은 자수장의 며느리가 지키고 있었다. 그 여
자는 죽은 시어머니의 명성을 등에 업고서 자수 공방을 갤러리처럼
운영하고 있었다. 취미로 자수를 배우고 싶어 하는 여자들을 대상으
로 자수 강좌를 열고, 자수를 접목해 디자인한 소품들을 판매했다.

죽은 자수장의 대표 작품인 신사임당 초충도 10폭 병풍은 유리 진
열장 속에 들어 있었다. 자수장의 며느리는 그 병풍을 팔지 않고 보
관하고 있었다. 유리 너머 병풍을 구경하면서 금택은 문득 산 자가
죽은 자에게 매달려 살고 있다는 생각을 했다.

자수장의 며느리는 본능적으로 금택을 경계했다. 그녀가 외팔 여
자를 수소문하는 이유를 알고 싶어 했다. 그녀가 자수 놓는 여자가
아니라는 것을 거듭 확인한 뒤에야 외팔 여자의 연락처를 알 만한 사

람의 휴대전화 번호를 가르쳐주었다.

"배은망덕이 따로 없지. 수십 년 공짜로 먹여주고, 재워주고, 자수 기술 가르쳐 먹고살게 해주었더니만, 우리 시어머니 돌아가셨을 때 코빼기도 안 내밀지 뭐예요?"

자수장의 며느리는 외팔 여자를 포함한 죽은 시어머니의 제자들에 대한 적대감을 노골적으로 드러냈다.

"인간 도리가 뭔지도 모르면서 무슨 수를 놓는다고."

"자수 놓는 일을 계속 하는가 봐요?"

"먹고살려면 별수 있어요? 몸뚱이가 온전한 것도 아니고, 돈 벌어다 주는 남편이 있는 것도 아니고. 그렇다고 잘사는 형제가 있나, 자식이 있나…… 기술이랍시고 배운 게 달랑 그거 하나인데."

외팔 여자가 어디에 사는지 수소문하는 과정에서 금택은 그녀의 이름이 서은숙이라는 것과, 그녀 역시 어머니처럼 단순 노동자로 전락했다는 사실을 알게 되었다. 죽은 자수장의 며느리가 알려준 휴대전화 번호는 제자 중 한 사람의 것이었다. 전화기 저편의 여자는 자신과도 소식이 끊긴 지 오래라면서 다른 사람의 휴대전화 번호를 알려주었다. 그렇게 다섯 사람을 거치고 나서야 겨우 외팔 여자의 집 주소를 알아낼 수 있었다. '황실사'라는 전통 자수용 실을 전문으로 파는 가게 주인 여자가 외팔 여자의 집 주소를 알고 있었다.

황실사 주인 여자는 서은숙이라는 이름은 기억을 못했지만, 외팔 여자는 기억했다. 5, 6년도 더 전 자신의 가게에 비단실을 떼간 적이 있는데 한쪽 손이 의수인 걸 단박에 알아차렸다고 했다. 여자는 자신의 외삼촌이 외팔이라서 아무리 감쪽같이 만들었어도 의수를 귀신같이 알아본다고 했다.

"외삼촌이 얼마나 미남인지 외팔만 아니었으면 유명한 영화배우가 되었을 거라고 했어요. 우리 외가가 원체 인물이 좋거든요. 일제 때 일본으로 강제 징용을 갔다가 오른팔을 잃었다고 했어요. 인물이 이도령이면 뭐하나…… 남들처럼 장가도 못 가고, 사람 구실도 못하고, 부모 형제 속만 썩이다가 어느 날 갑자기 교회에 다니기 시작해 마흔 넘어 전도사가 되었지 뭐예요."

외삼촌이 전도사가 되니까 명태 코 꿰듯 외가 식구들이 줄줄이 교회에 나가기 시작해, 조카 대에 이르러 목사가 둘이나 나와, 하루아침에 믿음의 집안이 되었다는 이야기를 여자는 장황하게 늘어놓았다. 시어머니가 절을 세웠을 만큼 시댁이 뿌리 깊은 불교 집안이라 여자는 친정 쪽 형제자매 중에 자신만 어쩔 수 없이 불교 신자라고 했다. 어쩌다 친정에 가면 자기 혼자만 구원을 못 받고 지옥에 떨어질 죄인 취급을 받는 것 같아 속이 상한다고 했다. 끝을 모르고 이어지는 여자의 말을 묵묵히 듣기만 하던 금택은 혹시 외팔 여자의 연락처나 사는 곳 주소를 알고 있는지 물었다. 여자는 잠시 생각하는 눈치더니 택배로 두어 번 물건을 부친 적이 있으니 어딘가 있기는 있을 거라고 했다. 수첩 낱장을 넘기는 소리, 낯선 이름들을 호명하듯 중얼거리는 소리가 한참 들린 뒤에야 여자는 외팔 여자의 주소를 겨우 찾아내 그녀에게 불러주었다.

외팔 여자는 경기도 부천에 살고 있었다. 광주에서 영주까지 흘러든 그녀가 어떻게 해서 부천에서 자리를 잡게 되었는지 금택은 알 수 없었다.

주소가 상가 건물이라서 외팔 여자의 집을 찾는 것은 어렵지 않았다. 가파른 비탈길에 자리한 상가 건물은 앞으로 고꾸라질 듯 위태로워 보였다. 여러 차례 증개축을 한 흔적이, 미처 아물지 않은 피부 이식 자국처럼 지저분하게 남아 있었다.

지그재그로 가파르게 이어지는 계단을 올라가자 가건물이 나왔다. 사방으로 복잡하게 뻗은 전선줄 때문에 가건물은 거미줄을 치고 먹잇감이 걸려들기만을 기다리는 거미처럼 보였다. 전선줄들이 출렁 흔들릴 때마다 가건물이 덩달아 흔들리는 것 같았다.

꼭 닫힌 알루미늄 문 앞에 열십자로 놓인 노란색 에나멜 슬리퍼 한 쌍이 금택의 시선을 잡아끌었다. 알루미늄 문 양쪽으로는 거인이 신는 신발 같은 화분들이 줄줄이 늘어서 있었다. 금택은 어쩐지 알루미늄 문 너머에 거인 사내들이 살고 있을 것 같았다. 한 손으로 자수를 놓는 외팔 여자의 곁을 지키면서.

그녀는 조심스럽게 가건물 가까이 다가갔다. 사절지 크기의 유리창으로 방 안이 들여다보였다. 거인들은 다 어딘가로 가버리고 없고, 방 안에는 외팔 여자뿐이었다. 여자는 횃대 위의 새처럼 두 발을 바닥에 붙이고 양 무릎을 모으고 앉아 있었다. 시든 취나물 녹색 카디건에 살색 코르덴 바지를 입은 여자는 양말을 신지 않은 맨발이었다. 발가락들은 정말로 횃대를 움켜잡고 있는 새의 발가락처럼 구부러져 있었다. 숱이 한 줌도 안 될 것은 같은 여자의 머리카락은 젖어 있었다. 유난히 뾰족한 턱을 부리처럼 빼고 앉아 있는 여자의 앞에는 둥글고 흰 접시가, 접시 위에는 주먹 크기의 감자가 한 알 덩그러니 놓여 있었다.

금방 쪘는지 감자에서 명주실 같은 가느다란 김이 올라왔다. 외팔 여자가 하나뿐인 손으로 감자 껍질을 벗기는 것을, 감자를 손으로 지그시 눌러 으깨는 것을, 으깬 감자를 손가락으로 조금씩 뭉쳐 입으로 가져가는 것을, 금택은 숨죽이고 지켜보았다. 감자를 먹는 데 온 집중을 다하느라 여자는 금택을 의식하지 못하고 있었다. 감자 한 알이 여자의 하루 식사 같았다. 자신에게 남은 양식이 감자 한 알 뿐인 듯 여자는 몹시 아껴가면서 먹었다. 당장 여자의 앞에 먹을 것이라고는 찐 감자 한 알 말고는 아무것도 없었다. 물조차 없었다.

금택은 천천히 방 안을 둘러보았다. 비키니 장롱, 카세트 라디오, 보온밥솥, 냉장고, 싱크대, 탈수기. 여자의 옆 사각 수틀에 금택의 눈길이 오래 머물렀다. 병풍 가게의 수놓는 여자가 가지고 있는 수틀과 똑같은 것으로, 외팔 여자는 아무래도 방 안에서 모든 것을 해결하는 듯했다. 자수를 놓고, 감자를 쪄 끼니를 해결하고, 잠을 자고, 텔레비전 보고, 빨래를 널고……

외팔 여자가 빈 접시를 들고 일어설 때, 축 늘어져 있던 카디건 한쪽 소매도 덩달아 일어섰다. 외팔 여자는 싱크대 쪽으로 걸어가 수돗물을 틀고 접시를 여러 차례 헹구었다. 그릇과 접시와 컵 등이 차곡차곡 쌓여 있는, 분홍색 플라스틱 식기 건조대에 접시를 엎어놓았다. 걸레를 찾아든 여자는 수틀을 중심으로 방 안을 한차례 훔치고 난 뒤 라디오를 틀었다.

10분 남짓한 자리에 못처럼 박혀 꾸벅꾸벅 졸던 여자는 마침내 수틀 앞으로 가서 자리를 잡고 앉았다.

외팔 여자가 하나뿐인 손으로 자수바늘을 잡는 것을, 수틀에 고정한 청포묵색 바탕천에 자수바늘을 일자로 내리꽂는 것을, 황금색 실을 한 가닥 뽑아 자수바늘의 귀에 신중하면서도 민첩하게 꿰는 것을, 금택은 숨죽이고 지켜보았다.

외팔 여자가 마침내 자수바늘을 들었다. 수직으로 내리꽂는 동시에 유리창 쪽으로 휙 고개를 돌렸다. 경기하듯 떨리는 유리창을 사이에 두고 왼팔 여자와 금택의 눈이 마주쳤다. 금택은 소스라치게 놀라면서 유리창에서 떨어졌다.

도망치듯 계단을 뛰어 내려가던 금택은 뒤를 돌아다보았다. 거인들이 자신을 뒤쫓는 것 같아서. 화분처럼 커다란 신발을 신고서.

외팔 여자를 보고 내려오는 길에 그녀는 병풍 가게에 들렀다. 혹시나 싶었는데 병풍 가게는 여전히 존재하고 있었다.

병풍 가게 여자는 여전히 일월오봉도 병풍 앞에 의자를 놓고 앉아 꾸벅꾸벅 졸고 있었다. 짙게 화장한 얼굴은 참혹하게 늙어 있었다. 깨져 자글자글 금이 간 도자기에 도료를 덕지덕지 발라놓은 형국이었다. 여자의 얼굴을 제외하고, 병풍 가게의 모든 게 그대로여서 십수 년이 흘렀다는 사실이 금택은 믿기지 않았다.

금택은 병풍 가게 유리문을 조심스럽게 열고 안으로 들어갔다. 여자는 금택을 알아보지 못했다. 금택이 일월오봉도 병풍을 살피듯 바라보자, 여자가 먼저 말을 꺼냈다.

"해가 있어야 달이 있고, 달이 있어야 해가 있는 거 아니겠어요? 그렇게 따지고 보면 해하고 달하고 같이 있는 게 이상할 것도 없지.

안 그래요?"

여전히 일월오봉도 병풍에서 눈길을 거두지 못하는 금택의 얼굴에 파르르 경련이 일었다.

"해하고 달의 위치가 바뀐 것 같아요."

"낯이 익네? 어디서 봤더라……"

"해가 왼쪽에 있지 않았나요?"

여자는 금택이 하는 말은 신경도 쓰지 않고, 그녀를 기억해내려 애썼다. 고개를 갸웃거리던 여자는 마침내 기억이 나는 듯 미간을 찌푸렸다.

"세상에나, 이게 얼마 만이야?"

"해하고 달 위치가 바뀐 것 같아요……"

"우리 언니가 너를 얼마나 기다렸는지 알아?"

병풍 가게 여자는 금택의 말을 무시하고 자신의 말만 했다.

"저를요?"

"죽는 날까지 널 기다렸는걸."

여자는 혀를 찼다.

"저를 왜……?"

"한날한시에 태어나 한날한시에 죽을 줄 알았는데, 죽는 건 마음대로 안 되더군. 언니가 세상 뜨고 한동안은 팔이나 다리 하나가 떨어져 나간 것처럼 허전하더니 시간이 지나니까 아무렇지도 않네."

여자는 자신의 언니가 당뇨 합병증으로 병이라는 병은 다 달고 살다가 심근경색으로 세상을 떠났다고 말했다. 자신의 죽은 쌍둥이 자매를 회상하는 여자의 목소리에는 회한도, 그리움도 묻어 있지 않았다.

금택은 여자가 자신에게 거짓말을 하고 있는 것 같았다. 일월오봉도 병풍 저 너머에 여전히 여자의 언니가 존재하고 있을 것 같았다. 수틀 앞에 버티고 앉아 목단화를 한 송이 피우고 있을 것 같았다. 가스레인지 위 냄비에서는 우엉이 간장과 물엿에 졸여지고.

"내 생각에는 언니가 자신에게 할당된 비단실을 일찌감치 다 써버려서 제 명보다 일찍 세상을 떠난 게 아닌가 싶어."

"……?"

"평생 수를 놓고 살 팔자로, 태어날 때 평생 두고두고 쓸 비단실을 가지고 태어났는데, 너무 일찍 다 써버린 게 아닌가 싶어. 평생에 걸쳐 아껴가면서 써야 할 비단실을 일찌감치 다 써버려서…… 그렇게 쉬엄쉬엄 게으름을 부려가면서 수를 놓았으면 오죽 좋았을까. 비단실을 한 가닥이라도 남겨두었더라면 그렇게 허망하게 세상을 떠나지는 않았을 것 같단 말이야. 다만 한 가닥이라도 남겨두었더라면……"

여자가 의자에서 몸을 일으켰다. 통유리 너머 거리를 내다보았다. 혼잣말을 중얼거리던 여자가 말했다.

"한 달 전인가, 어떤 여자도 똑같은 말을 하더군. 불쑥 가게로 들어와서는, 해하고 달 위치가 바뀐 것 같다면서……"

"누가요?"

금택이 물었다.

"그거야 나도 모르지. 나는 하도 질리게 봐서 오히려 바뀌었는지 모르겠어. 해가 달 같고, 달이 해 같아."

끝이 나지 않는 바느질이 누비 바느질이지

평소 수의점 앞에만 이르면 걸음을 재촉하던 수덕은 그날따라 머뭇머뭇 멈추어 섰다. 수의점 미닫이문 앞 돼지의 간처럼 검붉고 찌그러진 고무 대야에는 아기 얼굴만 한 보라색 달리아가 다섯 송이 피어 있었다. 달리아들이 아무리 모가지를 한껏 빼고 해맑게 올려다보아도 눈길 한번 주지 않던 그녀였다. 그녀가 수의점 앞에만 이르면 쫓기듯 걸음을 재촉하는 데는 여러 이유가 있었다. 한시라도 서둘러 봉제 공장으로부터 멀어지고 싶은 데다, 수의점 맞은편 닭집에서 풍기는 뜨겁고 역한 비린내가 역겨워서였다. 그러나 가장 큰 이유는 죽은 사람이 입는 옷을 짓는 곳이라 꺼림칙한 기분이 들어서였다. 수의점에서는 종종 완성된 도포나 원삼을 허공에 전시하듯 걸어두고는 했다.

수의점이라는 간판 하나 없고, 아무도 그녀에게 그곳이 수의를 짓는 곳이라고 알려주지 않았지만, 그녀는 허공에 걸린 옷들이 죽은 사람이 입을 옷이라는 것을 알았다. 미닫이문 너머 동굴처럼 깊어 보이는 방 안에서 바느질을 하고 있는 부령할매가 수의를 짓는 여자라는 것을. 그녀는 어릴 때 할머니가 삼베로 수의 짓는 것을 구경한 적이 있었다. 녹내장이 심해 눈동자가 푸르게 빛나던 할머니는 수의를 먼 옷이라고도 했다. 원삼이 혼례 때 입는 예복이기도 하다는 것을 그녀는 할머니로부터 들어서 알았다. 할머니는 수의를 지을 때는 생전의 예복보다 넉넉하게 지어야 한다는 것과 매듭을 짓지 않고 실을 길게 늘어뜨려야 한다는 것을 어린 그녀에게 알려주었다. 매듭을 짓지 않고 길게 늘어뜨려야 실이 내세와 현세를 이어준다고 믿기 때문이라고 했다. 되돌아박기를 하지 않는다는 것 또한 알려주었는데, 되돌아박기를 하면 죽은 사람이 가다가 되돌아오기 때문이라고 했다. 수의를 짓는 내내 할머니는 비단으로 짓지 못하는 것을 한탄했다.

"혼례복보다 중한 게 수의인데…… 비단이 없으니 삼베로라도 지어야지. 삼베로는 노비들이나 수의를 해 입었지. 어디 제대로 지어 입기나 했나. 그나마 흔한 게 삼베라고, 노비가 죽으면 멍석에 말듯 삼베로 둘둘 말아 땅에 묻었지."

1963년은 파독 광부 128명이 첫 출국을 한 해였다. 우리나라에서 첫 대통령 선거가 치러지기도 한 해로, 미국에서는 대통령 케네디가 암살을 당했다. 수덕은 신문에서 파독 광부를 모집한다는 광고를 보았다. 중국요릿집에서 기름에 튀긴 만두를 먹으면서 그 광고를 읽었다.

수의점은 일제강점기 이전에 지어진 한옥으로 자라가 납작 엎드려 있는 형국이었다. 그 안에서 얼굴과 손이 두꺼비 같은 부령할매가 느릿느릿 바느질을 해 수의를 짓고 있다고 생각하면 그녀는 기분이 이상했다. 수의점이 봉제 공장과 등을 맞대고 있어서인지 그녀는, 부령할매가 자신과 등을 맞대고 앉아 바느질을 하고 있는 것 같은 착각에 휩싸일 때가 종종 있었다. 그때마다 자신도 모르게 미싱을 멈추고 흘쩍 뒤를 돌아다보았다. 봉제 공장 허공을 부유하는 옷감 먼지가 그리는 형상이, 늙은 여자의 환영으로 보일 때도 있었다. 수십 대의 미싱이 일제히 빠르고 기운차게 돌아가면서 내는 소리와 다르게, 옷감 먼지는 한없이 느리고 평화롭게 떠돌았다. 그녀는 부령할매가 가게 앞에 나무 의자를 놓고 앉아 바느질하는 모습을 본 적 있었다. 복주머니 같은 것을 만들고 있었는데, 그녀는 그것이 오낭(伍囊)이라는 것을 알았다. 오낭은 염습할 때 죽은 사람의 머리카락과 좌우 손톱과 발톱을 베어 담는 용도로 쓰이는 붉은 주머니로 다섯 개로 구성되었다. 부령할매는 오낭이 아니라 동전 주머니라도 만드는 듯 눈을 반쯤 내리뜨고 설렁설렁 바느질을 했다.

그날 수덕이 수의점 앞에서 멈추어 선 것은, 미닫이문을 열고 그 안으로 발을 들여놓을 용기가 난 것은, 한 달 전 미싱을 돌리다 당한 사고 때문이었다. 바지 안쪽 옆 솔기 부분을 박아 나가던 중이었다. 미싱 바늘이 순식간에 그녀의 엄지와 검지를 파고들었다. 그녀는 자신의 손 엄지와 검지 사이가 다른 손에 비해 깊이 파였다는 것을 사고를 당하고 나서야 깨달았다. 그녀가 사고를 당하기 며칠 전에도 여자애 하나가 깜박 졸다가 미싱에 손이 먹히는 사고를 당했다. 수덕은 졸지 않았다. 부령할매가 자신과 등을 맞대고 앉아 바느질을 하고 있는 것 같은 착각에 휩싸였고, 훌쩍 뒤를 돌아다보는 바람에 사고를 당한 것이었다. 미싱 바늘이 엄지와 검지를 파고들 때 그녀가 비명을 지른 것은 피 때문이었다. 피가 그녀의 눈동자로 튀었다. 통증은 그 뒤에 왔다. 미싱 바늘이 박힌 상처는 아물었지만 흉터가 남았다. 그날 이후 그녀는 붉은색 천만 보면 피가 눈동자로 튀던 순간이 떠올라 소름이 끼쳤다. 붉은색 천이 피처럼 자신의 눈동자를 덮어오는 것 같았다.

사고를 당한 뒤로 그녀는 미싱 앞에 앉는 것이 두려웠다. 미싱이 광포하고 허기진 짐승처럼 느껴졌다. 그녀는 미싱 바늘은 두려웠지만, 바늘은 두렵지 않았다.

"바느질을 배우고 싶어요."

수덕은 어려서부터 손이 야무지다는 소리를 종종 들었다. 자신의 손이 특별한 재주를 타고났다는 것을 누구보다 그녀 자신이 잘 알았다. 머리를 땋거나, 수제비를 뜨거나, 송편을 빚거나, 구슬을 꿰거나, 엉킨 실을 풀 때 그녀의 손은 감추어져 있던 능력을 발휘했다.

"수의 짓는 걸 배우고 싶어요."

"죽은 사람 옷 짓는 건 배워서 뭐하게?"

부령할매가 낮게 내리뜨고 있던 눈을 치켜떴다.

그녀는 자신이 세상에 태어나 처음 뜬 바늘땀이 삼베 수의에 떠 넣은 바늘땀이라고 고백하고 싶었지만 꾹 참았다. 다른 손녀들과 다르게 옆에 꼭 붙어 앉아 수의 짓는 걸 구경하는 자신이 기특했는지 할머니가 불쑥 바늘을 내밀었다고, 얼떨결에 바늘을 받아 들고 어쩔 줄 몰라 눈만 끔벅이는 그녀에게 뚜벅뚜벅 뜨면 된다고 일러주었다고, 눈 덮인 밭에 발자국을 남기듯 뚜벅뚜벅 뜨면 된다고…… 할머니가 이른 대로 뚜벅뚜벅 바늘땀을 떠 나갔더니 정말로 떠지더라고.

그녀가 가지 않고 버티고 서 있자 부령할매가 말했다.

"누비 바느질이나 배워보든가."

"누비 바느질이요?"

"누비 바느질이라고 골이 빠지는 바느질이 있지. 누비옷 짓는 거나 배워보지그래."

부령할매는 생각만 해도 질린다는 듯 고개를 저었다.

"얼마나 배워야 하는데요?"

"못해도 10년은 배워야 그냥저냥 지을 수 있지. 남보다 잘 지으려면 어디 10년으로 되나. 평생을 해도 끝이 나지 않지."

부령할매는 고개를 내둘렀다.

"평생을 해도요?"

끝이 나지 않는다는 말이 그녀는 잘 이해되지 않았다.

"암튼 끝이 나지 않는 바느질이 누비 바느질이야."

누비 바느질이 낯설었지만, 수덕은 자신이 마음만 먹으면 얼마든지 배울 수 있으리라는 생각이 들었다. 그녀는 여전히 미싱 바늘은 두려웠지만, 바늘은 두렵지 않았다. 그녀는 더구나 미싱이라는 기계가 자신과 기질적으로 맞지 않는다는 것을 알았다. 미싱 소리가 그녀의 머리를 갉아먹는 것 같았다. 수십 개의 바늘땀이 순식간에 떠지는 것도 그녀는 마음에 들지 않았다. 어릴 때 할머니로부터 처음 바느질을 배운 그녀는 뚜벅뚜벅 바늘땀을 떠 나가는 기쁨을 알았다. 미싱을 돌릴 때 그녀는 자신의 손과 발이 미싱의 일부분처럼 느껴졌다. 닳고 무디어질 때마다 기름을 치고, 때가 되면 교체해야 하는 부속품처럼 느껴졌다. 봉제 공장에서는 아무도 그녀의 손에 감탄하지 않았다. 미싱을 돌리는 그녀의 손은, 미싱을 돌리는 수십 개의 손들 중 하나일 뿐이었다. 그녀는 봉제 공장에서 자신 또래의 여자들과 똑같은 미싱 앞에 앉아, 똑같은 천을 가지고, 똑같은 옷을 만들었다. 옷이 완성되면 사환 아이가 거두어갔다. 수거된 수십 수백 벌의 옷은 똑같은 옷감으로, 똑같이 패턴을 떠, 똑같이 지었기 때문에, 누가 지은 옷인지 구분이 불가능했다.

"평생 할 엄두가 나면 그때 다시 와."

부령할매가 엄포를 놓듯 말했다.

"평생이요?"

"일평생."

다급히 수의점을 나와 시장 안쪽으로 접어드는 그녀의 걸음은 무거웠다. 그녀는 중학교밖에 나오지 못했다. 열아홉 살 되던 해 서울로 올라온 그녀는 둘째 오빠와 새언니가 신혼살림을 차린 단칸방 다락방에 얹혀살았다. 일어나 앉으면 머리가 천장에 닿는 다락에서 그녀는 잠들고 깨어났다. 새언니는 아기를 가져 배가 불러오고 있었다.

어깨를 늘어뜨리고 시장 안쪽으로 걸어가던 그녀는 돼지국밥집 앞을 지날 즈음 참을 수 없는 허기를 느꼈다. 사내들로 우글거리는 국밥집으로 들어가 국밥을 시켰다. 10원짜리 동전 같은 기름이 떠다니는 국물을 허겁지겁 떠먹으면서, 돼지국밥집 앞으로 봉제 공장 여공들이 지나가는 것을 보았다. 다들 그녀와 한두 살 터울로, 봉제 공장에서 미싱을 돌려 버는 돈의 대부분을 고향에 보냈다.

평생을 해도 끝이 나지 않는 바느질이 누비 바느질이라는 부령할 매의 말이 예언처럼 무서웠지만 그것 때문은 아니었다. 그녀가 서둘 러 수의점을 나온 것은 사내 때문이었다. 부령할매의 어깨 너머 박 제 새처럼 웅크리고 있던 사내의 눈빛이 사금파리처럼 날카롭게 그 녀를 쏘아보았기 때문이었다. 사내는 부령할매의 아들 같았다.

보름 뒤 그녀는 다시 수의점을 찾아갔다. 부령할매는 완성한 도포 를 허공에 매달고 있었다. 그녀는 도포 양 소매를 대나무가 관통하 도록 꿰어서는, 천장에서 길게 내려온 철사 고리에 대나무 양 끝을 수평이 되게 고정시켰다. 옥빛 명주로 지은 도포는, 죽은 사람 하나 가 아니라 살아 있는 사람 서넛은 충분히 끌어안을 수 있을 만큼 컸 다. 수의점 미닫이문 문턱을 넘어 방 안으로 들이치는 바람에 도포 자락이 나부꼈다.

서까래가 폐병쟁이의 늑골처럼 튀어나온 수의점 천장은 높고 깊 었다. 수덕은 도포가 천장이 아니라 천공에 매달려 있는 것 같았다. 해와 달이 교차해 뜨고 별이 총총 박힌 천공에 매달려, 지상의 살아 있는 사람들을 굽어보고 있는 것 같았다. 구김이 저절로 펴지게 하 기 위해 그렇게 하는 것인지, 바느질이 잘 안 된 곳이 있나 살펴보려 고 그렇게 하는 것인지, 아니면 완성한 수의를 지나가는 사람들에게 구경시키려고 그렇게 하는 것인지 그녀는 궁금했지만 부령할매에게 차마 물어보지 못했다.

"배우고 싶어요. 누비 바느질이요. 가르쳐주세요."

부령할매가 손으로 머리를 긁었다.

"가만 있자…… 나흘 뒤가 쉬날이니까, 그날 와."

그녀가 다시 수의점은 찾아간 것은 나흘 뒤가 아니라 엿새 뒤였다. 다섯 송이이던 보라색 달리아는 네 송이로 줄어 있었다. 옥색 도포가 걸려 있던 수의점 허공은 텅 비어 있었다. 허공을 더듬던 그녀의 눈길이 어느 순간 짙은 밤색이 도는 3층장 너머를 더듬었다. 그녀는 어쩐지 3층장 너머에 그 사내가 숨듯 움츠리고 있을 것 같았다.

　"쥐날 오라니까 뱀날에 왔네."

　호박씨를 까먹고 있던 부령할매가 마뜩찮은 낯빛으로 중얼거렸다.

　"일이 많았어요."

　"뱀날이라 봐주는 거야. 호랑이날이었으면 어림도 없지. 용날이었어도 쫓아버렸을 거야."

　부령할매는 호박씨가 한 주먹 정도 담긴 함지박을 옆으로 밀쳤다.

　"지난번에 왔을 때는 달리아가 다섯 송이였는데 네 송이뿐이네요."

　"따갔어. 누가 꽃만 똑 따갔지 뭐야."

　부령할매가 바느질 도구가 담긴 대나무 바구니로 손을 뻗어 둥근 바늘방석을 꺼내 들었다.

　"가만 있자. 바늘이 어디 있더라."

　바늘방석에 꽂혀 있는 여남은 개의 바늘을 두고 부령할매는 바늘을 찾았다. 바늘방석에 꽂혀 있는 바늘들은, 바늘이 아니라는 듯.

　부령할매가 몸을 일으키더니 반닫이 서랍을 열고 그 안을 뒤적거렸다. 두꺼비 같은 손을 쑥 집어넣고 한참을 뒤적거리다 뭔가를 꺼내 들었다.

　"받아."

그녀는 반사적으로 두 손을 뒤로 숨겼다. 부령할매가 자신에게 내밀고 있는 것을 받아서는 안 된다는 그 어떤 의지가 그녀의 내부에서 발동하고 있었다.

"바늘이야."

부령할매의 말대로 그녀의 손에 들린 것은 바늘이 틀림없었지만, 수덕은 이상하게 바늘 같지 않았다. 도무지 바늘 같지가 않아서, 용도를 모르겠는 물건만 같아서 그것을 받기가 겁났다.

"누비 바느질을 할 때 쓰는 바늘이지. 가장 작지만 가장 많은 바늘땀을 품고 있는 바늘이야."

그녀는 여전히 두 손을 뒤로 숨긴 채 망설였다. 3층장 너머에서 사내가 자신을 지켜보고 있는 것 같았다.

"받지 않고 뭐해?"

그녀는 주저하면서 바늘로 손을 뻗었다. 그것을 잡는 순간 심장이 갑자기 격하게 뛰었고, 그만 바늘을 놓치고 말았다. 대여섯 번 허방을 짚은 뒤에야 그녀는 바늘을 겨우 집어 들었다.

"놓치기 쉬운 물건이야."

부령할매가 말했다.

바늘을 또 놓칠까 봐 그것을 잡은 손가락에 꼭 힘을 주는 수덕의 등줄기를 타고 땀이 흘러내렸다. 그녀는 수년이 흘러 자신 역시 두 딸에게 바늘을 건네게 되리라고는 꿈에도 생각 못 했다. 바늘이 부령할매에서 자신에게로, 두 딸에게로 건네지리라고는.

"봉제 공장 일을 당장 그만둘 수는 없어요."

그녀는 바늘을 더 꼭 잡았다. 그것을 놓칠까 봐서가 아니라, 부령할매가 그것을 도로 자신의 손에서 거두어갈까 봐서. 허방을 짚다 바늘을 다시 집어 들 때 그녀는 바늘이 자신을 집어삼키는 것 같은 기이한 착각에 휩싸였다. 그녀 자신도 모르는, 그녀의 운명을. 그것은 미싱이 집어삼키는 것 같은 기분과는 달랐다. 미싱이 집어삼키는 것 같을 때는 살과 뼈가 씹어 먹히는 것 같아 소름이 돋았다.

그녀는 봉제 공장 일이 끝나면 수의점으로 달려와 누비 바느질을 배우겠다고 약속했다.

"쥐날하고 뱀날하고 지렁이날에만 와."

"쥐날하고 뱀날하고 지렁이날이요?"

"다른 날은 수의를 지어야 하니까. 쥐날하고 뱀날하고 지렁이날에는 수의를 짓지 않지."

부령할매는 벽에 걸어둔 달력을 내려 쥐날과 뱀날과 지렁이날을 일러주었다.

쥐날과 뱀날과 지렁이날에 수덕은 봉제 공장 일이 끝나면 수의점으로 갔다. 누비 바느질과 누비옷 짓는 법을 배웠다. 부령할매는 줄치기라고도 하는, 씨실을 한 올씩 튕겨 누빌 선을 표시하는 법부터 그녀에게 알려주었다.

"줄치기를 할 때는 당긴 씨실을 도로 제자리에 넣는 게 중요해, 씨실을 빼버리면 구멍이 생겨서 바늘땀이 묻혀버리지."

쥐날에는 마름질과 마름질한 각 부분을 연결하고 안감과 겉감을 연결하는 법을, 지렁이날에는 실에 초를 먹이는 법을, 뱀날에는 목화솜 놓는 법을 배웠다.

목화솜을 빈틈없이 고르게 채워 넣는 법을 일러주면서 부령할매는 혼잣말을 중얼거렸다.

"친정어머니한테서 누비 바느질을 배웠지. 친정어머니는 외할머니한테서 누비 바느질을 배웠다고 했지. 외할머니는 누구한테서 누비 바느질을 배웠을까? 한 항아리에서 푼 된장에, 한 밭에서 난 아욱 썰어 넣고 국을 끓여도 외할머니가 끓인 국은 이상하게 달고 시원하다고 했지. 아무튼 외할머니 손만 닿으면 돼지고기도 소고기가 되고, 들기름도 참기름이 된다고 했으니까. 신 쇠비름도 외할머니가 무치면 고기 맛이 나는 눈개승마가 된다고 했으니까. 열아홉에 시집 가 스물한 살에 혼자되었지. 벌목공이던 남편이 늑막염으로 아들 하나 낳고 세상을 등졌지. 장인이 하던 한약방을 물려받은 친정 큰오빠가 방을 한 칸 내주어 석 달 남짓 살았을까, 큰올케가 어디서 신년 운수를 보았는데 시누이와 외조카를 데리고 있다가는 동티가 나도 크게 날 염려가 있으니 박정하다 원망을 듣는 한이 있더라도 내보내라고 했다면서 나가주었으면 하더군. 큰올케가 무남독녀 외동딸로 자라 자기밖에 몰랐지. 두 돌 갓 지난 아들하고 쫓겨나다시피 큰오빠 집에서 나와 발길 닿는 대로 걷다가 찾아 들어간 집이 바느질집이었지. 큰오빠 집에서 공짜 밥을 얻어먹는 게 죄스러워 큰올케에게 주려고 지은 누비저고리가 보따리 속에 있었거든. 쫓겨나면서 누비저고리를 챙겨 가지고 나왔지. 그거라도 팔아서 어떻게 해보려고. 바느질집 여자가 누비저고리를 보더니 집도 절도 없으면 자기 집에서 지내라고 하더군. 큰올케 주려고 지은 누비저고리가 오갈 데 없는 아들하고 나를 살렸으니, 큰올케가 살린 셈 치기로 했지. 그때부

터 바느질집에서 누비옷을 지어 먹고살았지. 누비저고리도 짓고, 그
냥 저고리도 짓고…… 어려서 친정어머니한테서 배운 누비 바느질
로 입에 풀칠을 하게 될 줄 누가 알았나? ……내 나이 마흔 살 되던
해 누비 승복을 기막히게 짓는다는 비구니를 찾아갔지. 그 나이가
되어서야 누비를 제대로 배우려고…… 비구니는 누구한테서 누비
를 배웠을까. 몹시 늙은 비구니였어. 화로에 두 손을 모으고 있는 모
습이 영락없이 여우 같았지. 화로 속에서 숯 서너 덩이가 발갛게 타
오르고 있었는데 노루의 심장 같았지, 여우가 배고플 때 먹으려고
아껴둔 노루의 심장 같았지, 다른 여우들이 혹시나 심장을 훔쳐갈까
봐 꼬박 지키고 있는 것 같았지…… 내가 지은 누비저고리는 거들떠
도 안 보고 내 얼굴만 뚫어져라 바라보더니 수의를 짓고 살 팔자라고
하더군. 수의를 만(萬) 습 지어야 전생의 업보가 풀어질 거라고 하더
군…… 누비저고리는 거들떠도 안 보고 그 말뿐이었지. 비구니 만나
고 돌아온 다음 날로 두말 않고 수의를 짓기 시작했지. 수의 잘 짓는
여자를 찾아가 그 밑에서 3년을 꼬박 수의 짓는 법을 배웠지. 수의
한 습이 어디 한두 가지여야 말이지. 단령, 도포, 심의, 바지저고리,
속바지, 고의, 복건, 버선, 신, 멱목, 악수, 천금, 과두, 지요, 대령금,
소령금, 솜버선, 염베, 풀남, 오낭. 이게 남자 수의 한 습이야. 죽어
땅에 묻히러 가면서 갖추는 게 많기도 하지? 여자 수의 한 습은 그보
다 많지. 원삼, 삼회장저고리, 홍치마, 속적삼, 단속곳, 속속곳……
금해야 할 것은 오죽 많나? 모시로는 수의를 짓지 않지. 자손들의 머
리가 모시처럼 하얗게 세고, 눈이 하얗게 된다는 믿음 때문이지. 만
습을 지으려면 몇천 습을 더 지어야 하나? 여태껏 지은 수의가 천백

두 습. 현생에서 만 습을 못 채우고 죽으면 내생에서 계속 지어야 하나? 만 습을 마저 채우기 위해 바늘을 들어야 하나? 내생에도 바늘을 여섯번째 손가락처럼 달고 살면서 수의를 지어야 하나?"

쥐날 그녀는 드디어 누비 바느질을 배웠다. 바늘을 엄지와 검지로 잡고, 골무를 낀 중지로 밀어 바늘을 떠 올리는 방식으로 바늘땀을 떠 넣는 것은, 더구나 누비 선을 따라 연달아 바늘땀을 떠 넣는 것은, 더더구나 바늘땀이 좁쌀만 해야 하는 것은 어려웠다. 좀처럼 손에 익지 않았다.

그녀는 한 땀을 뜨는 것이, 수십 땀을 뜨는 것보다 어려웠다. 그녀의 손은 스스로도 의식 못하는 새 미싱의 속도에 익숙해져 있었다. 수십 땀이 순식간에 떠지는 것을 못 견뎌 하면서도, 그것에 익숙해져 있었다. 그녀의 손은 조급하게 바늘땀을 떴다.

그녀가 누비 바느질에 익숙해지는 동안 달리아는 한 송이씩 사라져, 한 송이도 남아 있지 않았다.

딱 한 땀만 더

부령할매의 말처럼 누비 바느질은 끝이 나지 않는 바느질이었다. 평생을 해도 끝이 나지 않을 것 같은 바느질이었다. 고구마 줄기 간격으로 친 누비 선들을 전부 바늘땀으로 채우려면 몇 땀을 떠 넣어야 하는지 그녀는 가늠조차 되지 않았다.

도대체 몇 땀을 더 떠야 하는지 막막해하는 그녀에게 부령할매가 말했다.

"한 땀만 더 뜨면 떠 넣으면 된다는 심정으로 매달려 봐."

"한 땀이요?"

"한 땀만…… 떠도, 떠도 끝이 나지 않으니 딱 한 땀만 더 뜨면 된다는 심정으로 뜨는 수밖에 도리가 없지."

"어려운 말이에요."

그녀는 고개를 저었다.

"내 나이가 어느덧 예순일곱…… 죽었다가 깨어나도 수의 만 습을 못 짓겠지. 그래도 어쩌겠어. 한 습이라도 더 지어야지. 지을 수 있는 데까지는 지어야지. 새로 수의를 지을 때마다 이것만 지으면 마침내 만 습이라는 심정으로 바느질을 하지. 그렇게 마음먹지 않으면 수십 년을 해온 바느질인데도 바느질이 괴발개발 엉망이 되지. 제대로 수의를 지을 수가 없지. 한 땀을 뜨면서 아직 뜨지도 않은 열 땀을, 백 땀을, 천 땀을 생각하면 한 땀이 제대로 떠지겠어?"

부령할매가 이른 대로 한 땀, 딱 한 땀만 더 떠 넣으면 된다는 심정으로 바늘땀을 떠 넣던 그녀는 소스라치게 놀랐다. 수의점 허공에서 춤을 추듯 흔들리는 녹원삼 너머에 사내가 있었다. 그녀를 주시하듯 지켜보고 있었다. 그녀는 사내가 부령할매의 아들이라는 것을 알았다. 부령할매가 친정 큰오빠의 집에서 쫓겨날 때 두 돌 갓 지났던 아들이라는 것을. 사내가 어째서 온종일 수의점 방 안에 숨어 지내는지 그녀로서는 알 수 없었다. 왜 자신의 큰오빠나 고향 사내들처럼 어떻게든 돈을 벌어 지긋지긋한 가난으로부터 벗어나려 애쓰지 않는 것인지. 그녀의 고향 사내들은 기꺼이 파병군이 되어 월남 전쟁 터로 가거나, 광부가 되어 독일로 날아갔다.

그녀는 늘 잠이 모자랐다. 허기가 지고, 팔과 손가락이 저렸다. 봉제 공장 일을 마치면 그녀는 수의점으로 달려갔다. 꾸벅꾸벅 졸면서도 누비질을 했다. 바늘이 찔러올 때마다 그녀는 화들짝 놀라 깨어났다. 바늘이 찔러오는 것도 모르고 졸 때도 있었다. 미싱 앞에 앉을 때마다 그녀는 부령할매에게 달려가고 싶은 충동에 사로잡혔다. 그녀는 충동을 억누르고 벌을 서는 심정으로 미싱 앞에 앉았다. 발로 미싱 페달을 돌리면서 노루발 밑으로 옷감을 밀어 넣었다.

그녀는 닭집 여자로부터 부령할매의 아들 이야기를 들었다. 월급날이면 그녀는 닭을 한 마리 사 올케에게 가져다주었다. 올케는 닭보다 감자를 더 많이 썰어 넣고, 고추장 양념을 해 벌겋게 볶았다. 더는 건져 먹을 건더기가 없으면 닭기름 섞인 벌건 국물에는 밥을 비벼 먹었다.

월급날이라 닭을 한 마리 사려고 들른 그녀에게 닭집 여자가 대뜸 물었다.

"벌써 절에 들어갔나? 통 안 보이네."

닭집 여자가 수의점 쪽을 흘끔거리면서 물었다.

"절이요?"

"결핵이 심해져서 요양하러 절에 들어갈 거라며?"

닭집 여자는 닭장 문을 열고 잡히는 대로 닭을 한 마리 꺼냈다. 철망으로 짠 닭장 속에는 닭이 스무 마리쯤 들어 있었다. 숫자를 일일이 세보지 않았지만 닭은 늘어나지도, 줄어들지도 않았다. 그날따라 그녀는 더 큰 놈으로 달라는 소리를 하지 않았다. 닭을 살 때마다 그녀는 기왕이면 조금이라도 더 큰 놈으로 달라고 주문을 했고, 그때마다 닭집 여자는 그놈이 그놈이라는 말로 대꾸를 해왔다.

"부령할매 아들 말이야. 결핵 환자인 거 몰라?"

닭집 여자는 닭을 두 손으로 꼭 끌어안고 닭장 뒤쪽에 옹색하게 갖춘 수돗가로 걸어갔다. 시멘트를 바른 바닥에 닭을 짓누르듯 놓고 모가지를 비틀었다. 닭장 속 닭들이 지켜보든 말든. 한 손으로 닭을 누르고, 다른 손으로 닭의 모가지를 비틀 때 닭집 여자의 깡마른 목도 동시에 돌아갔다. 그녀의 손이 악착같이 비틀고 있는 것이 그녀 자신의 모가지라도 되는 듯.

"수의집에 뻔질나게 드나드는 것 같은데, 조심해. 괜히 결핵이라도 옮으면 어쩌려고 그래."

닭집 여자는 숨통이 끊어진 닭을 함지박에 넣고 손으로 털을 뽑았다.

"졸음을 쫓으려고 시베리아 벌판 같은 냉골에서 공부를 했다지 뭐야. 엉덩이가 동상에 걸린 줄도 모르고. 얼마나 지독하면 엉덩이가 어는 줄도 모르고 공부를 했을까. 하기야 법대를 놀면서 갔겠어? 지독하게 공부했으니까 갔겠지. 수의나 짓는 홀어머니 밑에서 태어났으니 어쩌겠어? 성공하려면 대가리에 쥐가 나도록 공부하는 수밖에 별 뾰족한 수가 있나. 부령할매도 안됐지. 사법고시 공부하던 아들이 결핵에 걸려 피나 토하고 있으니 말이야. 남편도 없이 그 아들 하나 믿고 평생을 살았을 텐데, 까닥 잘못하다가는 아들 입을 수의를 짓게 생겼지 뭐야."

중얼거리는 닭집 여자의 앞에 닭털이 쌓이고 있었다.

미싱을 돌리던 그녀는 문득 고개를 들었다. 졸음에 겨운 눈으로 봉제 공장 안을 둘러보았다. 수십 대의 미싱이 한꺼번에 돌아가는 소리를 반주 삼아, 옷감 먼지와 실오라기가 떠다녔다. 옷감에서 나는 휘발유 냄새는 콧속이 허는 것 같은 착각이 들 만큼 진동했다. 공장 장이 그녀의 미싱 앞으로 걸어오더니 질책하는 눈빛으로 그녀를 내려다보았다. 그녀는 페달을 밟고 있던 오른발을 끌어당기고 미싱에서 일어섰다. 가열하게, 서로를 독촉하면서 돌아가고 있는 미싱들을 지나 봉제 공장을 나왔다.

이튿날 그녀는 봉제 공장에 출근하지 않았다. 그녀는 원피스를 사 입고, 미장원에서 머리를 파마했다. 파마 약 냄새를 풍기면서 그녀가 수의점을 찾았을 때 부령할매는 어딜 가고 없었다. 수의점 허공에는 녹원삼이 여전히 걸려 있었다. 격자무늬 갈색 원피스는 그녀에게 작았다. 훤히 드러난 허벅지가 스스로에게 부담스러워 그녀는 손으로 원피스 자락을 끌어내렸다. 녹원삼 너머에서 사내가 자신의 허벅지를 훔쳐보고 있는 것 같았다.

"부령할매는 어디를 갔나요?"

그녀는 녹원삼 너머에 대고 물었다.

그녀는 누비대 앞에 자리를 잡고 앉았다. 누비대에는 흰 명주 저고리가 고정되어 있었다. 바늘땀을 떠 넣은 누비 선보다 떠 넣어야 할 누비 선이 더 많았다. 자신이 지난 두 달 동안 시간 날 때마다 수의점을 찾아와 떠 넣은 바늘땀을 바라보던 그녀는 누비 바늘을 집어 들었다.

한 땀, 딱 한 땀만 떠 넣으면 된다는 심정으로 바늘땀을 떴다. 한

땀, 딱 한 땀만 떠 넣으면 된다는 심정으로 또 한 땀을 떴다. 한 땀,
딱 한 땀만 떠 넣으면 된다는 심정으로 또 한 땀을 떴다.

한 땀, 딱 한 땀만 떠 넣으면 된다는 심정으로 뜨는데도 바늘땀이
헛 떠지는 것 같았다.

"미국 대통령이 암살당했대요."

그녀는 나풀나풀 흔들리는 녹원삼 너머로 향하는 눈길을 바늘로
끌어당겼다. 한 땀, 딱 한 땀만 떠 넣으면 된다는 심정으로 바늘땀을
떴다.

"겨우 마흔네 살이래요. 마흔네 살이면 우리 큰오빠하고 동갑이에
요. 그의 아내 재클린은 어떻게 되는 걸까요? 불행을 티끌만큼도 모
를 것 같은 여자가 그런 끔찍한 일을 당했다는 게 믿어지지 않아요.
우리 올케언니는 공평한 거래요. 세상이 그래도 공평하다는 생각이
들어서 살맛이 난대요. 올케언니는 재클린만 보면 세상이 너무 불공
평한 것 같아 우울하고 짜증이 났대요. 똑같은 여자인데 누구는 모
든 걸 다 가지고 태어나고, 누구는 아무것도 없이 태어나고…… 그
런 일을 두고 공평하다고 말하는 올케언니가 무섭다는 생각이 들었
어요. 더구나 배 속에 아기를 품고서, 남의 불행을 두고 공평하다고
말하는 게. 독일로 외화를 벌러 떠날 광부를 모집 중이라는 것은 알
고 있나요? 5백 명을 모집하는데 벌써 만 명 넘게 신청을 했대요. 대
학교까지 나온 사람들도 신청을 하나 봐요."

그녀는 누비 바늘을 놓았다. 천천히 몸을 일으켰다. 녹원삼 소매
자락을 슬그머니 잡는 그녀의 손가락들이 떨렸다.

닭집 여자가 함지박을 들고 골목으로 나왔다. 손으로 함지박 속 물

을 퍼 골목에 뿌렸다. 함지박에 남아 있던 물을 한꺼번에 흩뿌리고 돌아서던 닭집 여자가 수의점 안을 흘끗 들여다보았다. 춤을 추듯 리듬을 타면서 흔들리는 녹원삼 아래, 조금 전까지 자리를 지키고 앉아 있던 수덕은 어디로 가버리고 없었다. 그녀는 수덕이 그새 가버린 모양이라고 생각했다.

가버린 줄 알았던 수덕이 수의점에서 뛰쳐나오는 것을 닭집 여자는 보지 못했다. 갓 잡은 닭의 털을 뽑느라. 그녀는 생나물로도, 묵나물로도 무쳐 먹지 못하는 잡풀을 뽑아버리듯 털을 뽑았다.

올케는 마침 집에 없었다. 그녀는 부엌문을 꼭 닫고 하수구 옆에서 가랑이를 씻었다. 여름이면 올케와 그녀는 단칸방에 딸린 부엌에서 몸을 씻었다. 부엌문이 덜컥 열리고 올케가 들어왔다. 세숫대야 속 따뜻하게 데워진 물을 손으로 떠 가랑이를 씻던 그녀는 화들짝 놀랐다.

"뭐해?"

"간지러워서요."

"물이 왜 붉어?"

"……생리를 시작했거든요."

그녀는 치마를 내리고 몸을 일으켰다.

"뭘 그렇게 샀어요?"

"무하고 동태……"

올케가 장바구니를 석유곤로 옆에 내려놓고 방문턱에 걸터앉았다. 산달이 가까워서인지 올케는 숨을 거칠게 몰아쉬었다.

"생리라면 며칠 전에 하지 않았어?"

그녀는 못 들은 척 세숫대야를 들고 부엌을 나왔다. 다섯 가구가 함께 쓰는 수돗가에는 김장용 배추가 산더미처럼 쌓여 있었다.

천 땀을 떠야 하는 거면 꼬박 천 땀을 떠야지

엿새가 지나 그녀가 수의점에 갔을 때 부령할매는 자줏빛 직사각형 천 네 귀퉁이에 끈을 달고 있었다.

"송장 얼굴을 쌀 멱목이야."

부령할매가 끈 네 개를 다 달 때까지 그녀는 옆에서 조용히 지켜보았다.

"아팠어요…… 아파서 봉제 공장에도 일을 못 나갔어요."

그녀는 죽은 사람이 입을 옷을 짓는 부령할매에게 거짓말을 했다.

"병이 안 나는 게 이상하지."

"오늘이 무슨 날이에요?"

"염소날. 뭘 해도 무탈한 날이야."

"아드님은 어디를 갔나요?"

그렇게 묻는 그녀의 목소리가 떨려 나왔다.

"떠났어."

"어디로요?"

"깊은 산속 절로…… 고시 공부를 계속하러. 해방되던 해에 아들을 하나 낳았지. 백일도 못 채우고 허망하게 내 품을 떠나더군. 그때는 다들 자식을 낳기도 많이 낳고, 잃기도 많이 잃었지. 자식을 내리 여섯이나 잃은 여자도 봤으니까. 엄동설한 언 땅에 핏덩이를 묻고

602

돌아서려니 발길이 차마 떨어지지 않더군. 살아 있으면 어쩌나, 죽지 않고 살아 있는 핏덩이를 땅에 묻은 건 아닌가 싶어 무덤 앞에 주저앉아 평생 울 몫을 다 울었지. 날마다 무덤을 찾아갔지, 비석도 없이 헌 두꺼비집 같은 무덤을 찾아갔지. 바람이 심하게 부는 날은 바람에 날아갈까 싶어서, 비가 심하게 오는 날은 비에 쓸려갈까 싶어서…… 금세 태기가 있었지. 아홉 달 만에 태어난 자식이 또 아들이더군. 백일도 못 채우고 떠난 아들하고 판박이라서 그 아들이 다시 태어난 것이라고 생각했지. 혹여나 잘못 될까 봐 품에서 한시도 떨어뜨리지 않았지. 밥 먹을 때도 품에 안고 먹고, 밭에서 일할 때도 품에 안고 일했지. 아들이 첫돌을 지나자마자 남편이 시름시름 앓더니 세상을 뜨더군. 사십구재나 지났을까. 시댁 당숙어른이 찾아와서는 아들을 자신의 양자로 달라고 하더군. 그 어른에게 아들이 없었거든. 당신 밑에서 호의호식 누리며 살게 해줄 테니 양자로 주고, 한 살이라도 젊을 때 재가해 팔자를 고치라고 하더군. 당숙어른이 먹고살 만했거든. 싫다고 했지. 그대로 눌러앉아 있다가는 아들을 빼앗길 것 같아서 야반도주하듯 집을 떠나 원산 사는 친정 큰언니를 찾아갔지. 시부모하고 형부 눈치가 보이는지 언니가 강릉 사는 큰오빠에게 가보라고 하더군. 내가 다섯 형제인데 원산, 문천, 강릉에 뿔뿔이 흩어져 살았지. 함경북도 부령에서 태어나, 어쩌다 그렇게 흩어져 살게 되었을까. 한 부모 밑에서 태어나 어쩌다 그렇게 흩어져 살게 되었을까. 한 밥상에 둘러앉아 밥을 먹고, 한 이불을 덮고 잠들던 형제자매들이 어쩌다 그렇게 일면식조차 없는 남남처럼 떨어져 살게 되었을까. 별들을 보면 한 부모 밑에서 태어난 형제자매들 같단 말이

야. 흩어져 만나지 못하고 떠도는 형제자매들 같단 말이야. 별하고
별 사이가 까마득히 멀다지? 몇백 광년이라지. 광년이 빛의 속도라
지. 아들이 중학교에 다니던 어느 날 학교에서 돌아와 어머니인 내
게 일러주더군. 시침질로 뜬 바늘땀과 바늘땀 간격밖에 안 될 것 같
은 별과 별 사이가 인간 수명보다 멀다고…… 아들이 기특했지. 바
느질하는 내 옆을 떠날 줄 몰랐지. 학교에서 돌아오면 나가 놀 생각
도 않고 바느질하는 내 옆에 책을 펼쳐놓고 공부를 했으니까. 강릉
큰오빠 집에서 쫓겨난 지 3년째 되던 해 육이오전쟁이 터지더군. 아
들이 초등학교에 들어가기 전이었지. 전쟁이 끝나면 꼭 한 번 무덤
에 다녀오려고 단단히 맘먹었지만, 삼팔선이 생기는 바람에 못 찾아
갔지. 못 찾아간 지 70년이 다 되어가는데도 바람 불고 비가 올 때마
다 무덤이 어떻게 되는 게 아닌가 가슴을 쓸어내리지. 쓸려가도 벌
써 쓸려가고, 주저앉아도 벌써 주저앉았을 무덤이 잘못 될까 봐 가
슴을 쓸어내리지. 무덤이 눈에 선해. 무덤 찾아가는 길이…… 동서
남북이 산으로 막혀 밤톨 속 같은 마을을 벗어나 개울을 건너야 했
지. 두 폭 너비의 개울이 장마만 지면 세 폭, 네 폭, 다섯 폭, 여섯 폭
으로 금세 불어났지. 개울물이 두 폭 너비로 졸졸졸 흐를 때는 영락
없는 노방인데, 네다섯 폭으로 불어나면 무명이 되었지. 열 폭으로
순식간에 불어날 때는 툭툭한 광목이 되었지. 허리가 시옷 자로 휜
마을 늙은이가, 개울물이 무섭게 불어나는 줄도 모르고 다슬기를 줍
다 휩쓸려 내려가기도 했지. 광목에 둘둘 말려 떠내려갔지. 개울이
급하게 굴곡진 데서는 명주실 다발이 풀어지듯 물이 가닥가닥 풀어
졌지. 한 가닥 골라내 바늘귀에 꿰면 꿰어질 것 같았지. 개울을 건너

면 비탈지고 경사진 산길이 나왔지. 거짓말 조금 보태 탯줄처럼 좁은 산길로, 한쪽 면이 식칼로 절단한 것처럼 무너져 내려 있었지. 무너진 절단면으로 나무뿌리들이 드러나 있었지, 생전 처음 바늘을 잡은 봉사가 삼베에 덤벙덤벙 뜬 바늘땀처럼 어수선하게 드러나 있었지. 새들이 어찌나 우는지, 백일도 못 채우고 떠난 내 아기가 여기저기서 우는 것 같았지…… 볕 속에 무덤이 있었지. 세숫대야보다 조금 큰 무덤이 있었지. 그런 볕을 어디서도 보지 못했지. 어디서도 그토록 황홀한 볕을 보지 못했지. 볕이라고 다 같은 볕이 아니지. 명주라고 다 같은 명주가 아니듯이. 송홧가루보다 옅은 노란빛으로, 황금빛이 도는 볕 속을 흰 나비들이 날아다녔지."

수덕은 부령할매를 따라 무덤을 찾아가는 기분이었다. 남북이 갈리는 바람에 70년 가까이 찾아가지 못했다는 무덤을 찾아가는 기분이었다. 네 폭, 다섯 폭으로 불어나 무명이 된 개울물을 지나, 탯줄 같은 산길을 걸어 올라가……

"수의도 못 해 입혔지. 배냇저고리를 수의 삼아 땅에 묻었지. 수의 만 습이 아니라 한 습을 짓는 것 같아. 백일도 못 채우고 떠난 내 아기에게 입힐 수의 한 습을 짓는 것 같아. 뼈 한 조각 안 남았을 아기에게 입힐 수의를 짓는 것 같아."

부령할매는 다 지은 멱목을 자신 옆에 가만히 내려놓았다. 멱목을 들치면 그 밑에 얼굴이 있을 것 같아서 그녀는 두려웠다. 두 눈을 꼭 감고, 입을 일자로 다문 얼굴이 하나 있을 것 같아서.

"내 아들을 본 적 있나?"

부령할매가 물었다.

"아니요."

그녀는 거짓말을 했다.

"내 아들을 어떻게 알지?"

부령할매가 그녀를 바라보았다.

"아드님이 있다고 들었어요."

"닭집 여편네가 쓸데없는 말을 했나 보군. 들어오는 복을 입으로 죄다 까불려 날려버리는 여편네야. 타고난 걸 어쩌겠어. 타고나기를 그렇게 타고난걸."

"누비 바느질이 아무리 해도 손에 익지 않아요…… 전혀 늘지 않는 것 같아요, 제가 아무래도 바느질에 소질이 없나 봐요."

"얼마나 했다고 그런 소리를 할까? 수십 년을 해도 늘지 않는 게 누비 바느질이야. 신통한 수가 없는 게 누비 바느질이지. 두 땀 뜰 걸 한 땀 뜨고 말 수는 없으니까. 백 땀 뜰 걸 아흔아홉 땀만 뜨고 말 수는 없으니까. 천 땀 뜰 걸 구백아흔아홉 땀만 뜨고 말 수는 없으니까."

"……"

"천 땀을 떠야 하는 거면 꼬박 천 땀을 떠야지. 처음 바늘을 잡은 사람이나 수십 년 바늘을 잡은 사람이나 꼬박 천 땀을 떠 넣어야 하지. 더도 말고, 덜도 말고, 천 땀을 떠 넣어야 하지. 수십 년 바늘을 잡은 사람이 아무래도 더 정교하고 능숙하게 바늘땀을 뜨겠지만, 어쨌든 꼬박 천 땀을 떠야 하거든. 천 땀 중 숨거나 묻히는 땀이 있어서도 안 되고, 튀는 땀이 있어서도 안 되고, 엇나가는 땀이 있어서도 안 되지. 어떻게 보면 가장 공평한 바느질이 누비 바느질이지."

그녀는 누비대 앞으로 가서 앉았다. 누비 바늘을 들었다.

밤 열 시가 넘어서야 그녀는 수의점을 나왔다. 닭집의 닭들은 부리가 지워지고 없는 듯 조용했다. 그녀는 시장 안으로 천천히 발을 내디뎠다. 그녀는 부령할매에게 차마 말하지 못했다. 수십 년을 해도 전혀 늘지 않는다는 누비 바느질이, 천 땀을 떠야 할 경우 꼬박 천 땀을 떠 넣어야 한다는 누비 바느질이, 그녀는 두려웠다. 세상에서 가장 공평한 바느질이라, 두려웠다. 수십 년을 해도 늘지 않는 데다, 천 땀 중 단 한 땀도 허투루 뜨거나 적당히 빼먹고 넘어가서는 안 되는 바느질이라서. 아들이 공부를 계속하러 절에 들어갔다는 부령할매의 말을 그녀는 믿지 않았다. 전날 그녀는 봉제 공장 일을 마치고 집으로 돌아가는 길에 부령할매의 아들을 본 것 같았다. 아지랑이처럼 아련하고 위태로운 그가 시장에 넘쳐나는 사람들 속으로 지워지듯 사라지는 걸 본 것 같았다. 머리카락 한 올 남기지 않고 완전하게 사라지는 것을.

그녀가 집에 갔을 때 올케는 가계부를 쓰고 있었다. 초등학교도 졸업 못한 올케는 큰오빠가 벌어다 주는 돈을 무 채 썰듯 쪼개고 쪼개 썼다. 껌 한 통 산 것까지 기입했다. 충북 영동이 고향으로, 임신을 해 숨이 차고 속이 울렁거리는데도 열차를 타고 고향에 내려갈 때 입석으로 서서 갔다. 열차가 영동역에 설 즈음 그녀의 두 다리는 퉁퉁 부어 동치미를 담그는 무만 해졌다.

"애인이라도 생긴 거야?"

올케가 건네는 말을 못 들은 척 무시하고 그녀는 다락으로 올라갔다.

손바닥만 한 창문조차 없는 다락은 찜통이었다. 그녀는 등을 대고 누웠다. 다락문 새로 들어오는 빛은 길고 가늘어 식칼의 벼려진 날 같았다.

"사귀더라도 신혼 첫날밤까지 절대 잠은 자지 마."

천장을 뚫고 큰올케의 목소리가 올랐다.

그녀가 수의점을 찾아가지 않는 동안 파독 광부들이 독일로 떠나고, 올케는 아들을 낳았다. 산부인과의원에 들러 태어난 지 하루도 안 된 조카를 보고 돌아오는 길에 수덕은 가락국수를 파는 식당으로 들어갔다. 미원으로 맛을 낸 국물에 하얗고 굵은 면이 담겨 나왔다. 숟가락으로 가락국수 국물을 떠 입으로 가져가던 그녀는 구역질을 느꼈다. 식도를 통째로 토하듯 헛구역질을 하는 그녀에게 식당 늙은 여자가 말했다.

"애를 가졌네."

"국물에서 지린내가 나요."

"애가 들어서서 그래."

"애요?"

"입덧이야."

바늘을 잡는 법조차 까맣게 잊으셨지

화순은 가장 오래 우물집을 떠나 있었다. 그녀는 자신이 늘 어머니에게 돌아오려고 했다는 것을, 어머니와 바늘로부터 아무리 도망치려 해도 도망칠 수 없다는 것을, 마흔 살이 되어서야 깨달았다.

화순이 우물집에 돌아왔을 때 어머니 곁에는 금택이 있었다. 화순이 어머니를 떠났다 돌아오고 또다시 떠나기를 반복하는 동안, 금택이 늘 그렇게 말없이 어머니 곁을 지켰다. 어떤 의미에서 화순은 자신의 자리를 금택에게 양보했다. 금택이 절대로 우물집을, 어머니를 떠나지 않으리라는 걸 알았기 때문에 자신이 떠난 것이었다. 자매의 인연으로 엮인 자신들이 운명적으로 빼앗고, 빼앗길 수밖에 없는 관계라는 것을 화순은 일찌감치 알았다. 빼앗을 수 있는 권리가 금택에게만 특권처럼 주어졌다는 것을.

어머니는 화순을 알아보지 못했다. 어머니가 자신 또한 알아보지 못한다고, 당신 자신이 누구인지조차 모른다고 금택이 말했지만, 그녀는 아무 위로를 받지 못했다.

"바늘을 잡는 법조차 까맣게 잊으셨지."

"바늘?"

"바늘……"

어머니가 바늘을 어떻게 잡아야 하는지도 잊었다는 말조차 화순에게 아무 위로를 주지 못했다. 어머니와 자신 사이에 가로놓여 있는 것은 금택만이 아니었다. 바늘 역시 마찬가지였다. 머리카락 굵기의 바늘은 그녀에게 건너가는 것이 불가능할 만큼 망망한 강이었다. 더구나 그녀는 바늘 때문에 어머니가 자신을 버렸다는 피해 의식을 극복하지 못했다. 그녀는 자신이 영원히 그 피해 의식에 사로잡혀 살아가리라는 것을 알았다. 어머니의 바늘꽂이에 꽂힌 바늘들이 어느 날 전부 녹슬어버린다고 해도, 세상의 모든 바늘이란 바늘이 전부 녹슬어버린다고 해도. 화순은 금택으로부터 재숙이라는 제자가 떠나던 날 어머니의 오방색 바늘방석에 꽂혀 있던 바늘들이 전부 녹슬었다는 이야기를 들었다. 믿기 어려운 이야기였지만 화순은 그 말을 믿었다. 일종의 상징과 징조로 받아들였다.

금택은 화순을 어머니 앞에 남겨두고 서쪽 방을 나갔다.

화순은 처음으로 어머니의 손을 유심히 살펴보았다. 바늘을 어떻게 잡아야 하는지 까맣게 잊어버린 어머니의 손은 뽑힌 뿌리 같았다. 마디들은 구근처럼 불거져 있었고 손가락들의 방향은 제각각으로 틀어져 있었다. 구부러진 엄지손가락은 화순을 향해 있었다. 그녀는 그 손가락이 바늘처럼 자신의 심장을 찔러오는 것을 느꼈다.

세밀화를 그리듯 어머니의 손을 살피던 화순은, 자신의 손이 어머니의 손을 닮았다는 것을 깨달았다.

깨닫는 순간, 어머니의 손가락에서 멥쌀 같은 바늘땀들이 벌레처럼 기어 나오는 환영이 그녀의 눈앞에 펼쳐졌다. 바늘땀은 끝없이 줄을 지어 기어 나왔다.

만촌동 집에 살 때 화순은 간간이 우물집과 어머니에 대한 소문을 들을 수 있었다. 드물지만 금택과 전화 통화로 서로의 안부를 묻기도 했다. 전화를 걸어오는 쪽은 금택이었다. 그녀가 가장 마지막으로 들은 소식은 어머니가 딸들인 자신이나 금택이 아니라, 재숙이라는 여자를 위해 누비 바느질을 한다는 것이었다. 화순은 재숙이라는 여자를 만난 적은 없지만 그녀의 존재를 알았다. 자신이 부재하는 우물집에 그녀가 한동안 머물렀다는 것도 알고 있었다. 누비에 대해 아무것도 가르쳐주지 않는 어머니를 원망하면서 떠났다는 것도 알고 있었다. 화순과 재숙은 매번 서로 엇갈렸다. 그녀들이 우물집에서 공존한 시기는 없었다. 화순이 어머니를 떠났을 때 재숙은 어머니를 찾아왔다. 화순이 돌아왔을 때 재숙은 어머니를 떠나고 없었다.

만촌동 집을 나올 즈음, 화순은 재숙이 19세기 풍양 조씨의 무덤에서 출토된 잔누비 쓰개 장옷을 복원했다는 기사를 신문에서 읽었다. 복원된 잔누비 쓰개 장옷을 찍은 컬러 사진이 기사와 함께 신문에 실려 있었다. 잔누비 쓰개 장옷에 떠 넣은 바늘땀들이 어머니가 뜬 바늘땀들이라는 것을 화순은 알았다. 우물집에 내려오기 전 화순은 재숙의 전통 누비 연구소에 다녀왔다. 복원된 잔누비 쓰개 장옷을 사진이 아니라 직접 보고 싶었다. 어머니가 떠 넣은 바늘땀들을 가까이에서 보고 싶었다.

복원된 잔누비 쓰개 장옷은 유리 액자 안에 넣어져 있었다. 유리 액자 안에 고정되어 있어서인지 화순은 방부 처리한 거대한 박제를 보는 것 같았다. 깃털 한 가닥 손상되지 않은 새가 비상하려는 순간에 영원히 갇힌 상태로, 유리 액자 안에 넣어져 있는 것 같았다. 땀구멍처럼 미세한 바늘땀들은 숨죽이고 있었다. 화순은 유리 액자를 부수고 잔누비 쓰개 장옷을 꺼내고 싶은 충동에 사로잡혔다. 바늘땀들을 털어버리고 싶은 충동에 사로잡혔다. 바늘땀이 하나도 남지 않을 때까지 허공에 대고 만장을 흔들 듯 잔누비 쓰개 장옷을 흔들어대고 싶었다.

그녀는 충동을 간신히 억누르고 유리 액자 아래, 잔누비 쓰개 장옷에 대한 설명 문구를 천천히 읽어 내려갔다.

'19세기 풍양 조씨 무덤에서 출토된 잔누비 쓰개 장옷을 완벽 복원한 작품. 뒷길이 12cm, 화장 105cm, 품 72cm. 겉섶과 안섶 모두 두 조각으로 구성된 이중섶. 겨드랑이 아래로 작은 사각접음 무와 커다란 사다리꼴 무가 달려 있는 전형적인 장옷 구조. 누비 간격 0.3cm. 복원자 서재숙.'

설명 어디에도 어머니의 이름은 없었다. 어디에도 어머니의 이름이 없었지만 화순은 바늘땀들이 어머니가 뜬 바늘땀이라는 것을 알았다.

화순은 잔누비 쓰개 장옷에서 돌아서다가 재숙을 보았다. 눈이 마주쳤지만 재숙은 그녀가 누구인지 알아보지 못했다.

그녀는 재숙이 자신의 가까이 다가올 때까지 붙박인 듯 기다렸다가 말했다.

"설명에서 빠진 게 있어요."

재숙이 무슨 뜻인지 모르겠다는 표정으로 그녀를 바라보았다.

"가장 중요한 게 빠져 있어요."

여전히 무슨 뜻인지 모르겠다는 표정의 재숙을 싸늘히 지나쳐 가는 그녀를, 잔누비 쓰개 장옷이 조용히 지켜보았다.

어머니가 잔누비 쓰개 장옷의 복원에 동원되어 바느질품을 팔 때, 화순은 아무도 모르게 누비옷을 지었다. 시어머니 모르게 시장에서 떼 온 명주 옷감으로 누비저고리를 지었다. 어떤 의미에서 시어머니의 근거 없는 믿음은 들어맞았다. 시어머니는 바느질하는 여자치고 한평생 순탄하게 사는 꼴을 못 봤다고 악담을 했다. 옷감과 실을 자르고 끊는 행위를, 복을 자르고 끊는 행위와 연결시켜 이해했다.

공장들이 연달아 부도나자 시어머니는 진수를 서둘러 미국으로 보냈다. 시어머니는 언제나 그랬듯 모든 결정을 혼자서 내렸고, 모든 것이 정해지고 난 뒤에야 그녀에게 통보했다. 번복은 없었다. 남편은 미국으로 떠난 지 몇 년 지나지 않아 시민권을 취득했다. 시어머니는 자신의 아들이 미국 시민권자가 되었다는 것을 그녀에게 통보하듯 알려주었다. 어떤 경로를 통해서인지는 몰라도 그녀는 시어머니가 그의 소식을 듣고 있다는 것을 알았다. 시어머니는 극히 일부만 그녀에게 전했다.

"그래, 언젠가 돌아오겠지. 영원히 돌아오는 것은 아니더라도 언젠가 돌아오겠지."

시어머니의 그 말은 그녀에게 그가 영원히 돌아오지 않을 거라는 말보다 혹독하고 무서운 말로 들렸다. 그는 자신이 미국으로 떠나던 해 잉태된 아들이 자신과 함께 살기 위해 미국으로 오는 것을 거절하지 않았다. 그녀는 그가 어쩌면 미국에서 새로운 가정을 꾸렸는지도 모르겠다는 생각을 그제야 했다. 그가 미국으로 떠난 지 햇수로 14년이 흘러 있었다.

진수가 미국으로 떠나고, 스스로 만촌동 집을 나올 즈음 그녀의 손은 바느질을 할 수 없을 정도로 망가져 있었다. 그녀가 장기간 복용한 진통제는 류머티스관절염을 악화시키고, 그녀의 손을 기형으로 만들었다. 과다 복용한 탓에 진통제는 그녀의 위와 간을 망가뜨렸다. 신맛이 강한 과일이나 밀가루 같은 음식을 그녀는 입에도 대지 못했다.

그녀는 우물집으로 돌아가는 대신에 시장 골목 수선 가게로 흘러들었다. 손가락들의 방향이 틀어져 바늘을 들 수는 없었지만, 미싱을 돌리는 것은 가능했다. 반지하로 하루 종일 햇빛 한 조각 들지 않는 수선 가게에서, 그녀는 어머니만큼 늙은 여자와 단둘이서 미싱을 돌렸다. 변변한 간판조차 없는 수선 가게 주인은 오십대 사내로, 대량으로 납품하는 유니폼이나 교복 제작의 하청 일을 떼왔다. 왜소한 편인 그는 몸집의 두 배는 족히 되는 보따리를 아침저녁으로 지어날랐다. 보따리를 짊어지고 계단으로 오르는 사내의 모습을 언뜻 볼 때마다 화순은 바위를 나르는 형벌에 영원히 갇혀버린 시시포스가 떠올랐다.

늙은 여자는 미싱을 돌리는 일이 지루해지면 자신이 살아온 이야기를 화순에게 들려주었다. 김해가 고향이라는 그녀는 열일곱 살에 미싱을 배웠고, 평생 미싱 앞을 떠난 적이 없다고 했다. 미싱을 돌리다 어느 날 거울을 들여다보았더니 얼굴에 자글자글 주름이 지고, 옥수수 알곡 같던 어금니가 썩어 문드러지고, 머리가 세었더라고 했다. 남편은 죽고, 자식들은 장가나 시집을 가버리고, 혼자 미싱 앞에 덩그러니 남아 있더라고 했다.

하루는 늙은 여자가 미싱을 돌리다 말고 화순에게 사진을 한 장 보여주었다. 그것은 그녀가 처녀 때 여럿이 찍은 흑백사진이었다. 흑백사진을 보고 그녀는 몹시 놀랐다. 늙은 여자는 볼살이 통통한 여자를 손가락으로 짚어 보이면서 자신이라고 알려주었다. 그녀는 사진 속 얼굴들이 익숙했다. 사진 속 앳된 여자들의 얼굴은, 어머니가 처녀 때 찍은 흑백사진 속 처녀들의 얼굴과 닮아 있었다. 늙은 여자는 미싱을 돌려 번 돈을 거의 쓰지 않고 모았다. 고등어 한 토막을 지지면 그것으로 세 끼를 해결한다고 했다. 옷을 사 입는 돈이 아까워 남이 버린 옷을 수선해 입는다고 했다. 그렇게 모은 돈을 늙은 여자는 큰아들에게 보내고 있었다.

화순은 수선 가게에서 숙식을 해결했다. 밤이 되면 미싱 밑에 이불을 깔고 누워 잠을 청했다. 수선 가게는 식육 가공 업체와 나란히 자리하고 있었다. 그곳에서는 일정한 시간이 되면 톱날이 달린 기계로 닭을 토막 내는 소리가 들려왔다. 그 앞을 지나갈 때면 닭 특유의 비린내가 진동했다. 그녀는 간혹 냉동차가 그 앞에 서 있는 것을 보았다. 미싱 돌아가는 소리와 기계로 닭을 토막 내는 소리가 섞여 떠돌 때면 그녀는 까맣게 잊고 있던 자신의 현실을 자각하고 소스라치게 놀랐다.

　수선 가게에서 지낸 지 1년쯤 지난 어느 날이었다. 6월 중순이었고, 때 이른 장마가 오고 있었다. 청소 용역 업체의 유니폼 수십 벌이 미싱 밑에 쌓여 있었다. 그녀는 나일론 소재의 하늘색 바지에 주머니를 달았다. 식육 가공 업체에서는 아침부터 닭을 토막 내는 소리가 들려왔다. 쇠처럼 얼었던 닭이 녹으면서 풍기는 비린내가 역겹게 진동했다.

　자라는 동안 화순은 박탈감에 시달렸다. 자신의 자리를 뿌리째 빼앗겼다는 피해 의식에 사로잡혀 살았다. 백일도 안 지난 자신을 버리고 증발한 어머니는 6년이 지나서야 나타났다. 그것도 다른 여자아이의 어머니가 되어서. 어머니의 존재를 받아들이지 못한 상태에서 그녀는 억지로 금택의 존재를 받아들여야 했다. 금택의 존재를 이해하지 못해 혼란스러워하는 자신을 데리고 어머니는 우물집으로 숨어들었다. 마을 사람들은 금택과 자신을 쌍둥이로 오해했다. 그녀는 늘 금택에게 어머니의 딸은 자신이라고 상기시켜주고 싶었다. 똑똑히 일러주고 싶었지만, 어머니의 딸이 자신이 아니라 금택만 같았다.

　그녀에게는 자신이 어머니의 딸이라는 걸 증명하고 확인시켜줄 만한 것이 아무것도 없었다. 어머니는 과거와 과거의 인연들로부터 고립된 인생을 살았다. 어머니에게 이끌려 외삼촌 집을 떠나온 뒤로 그녀는 사촌들을 만난 적이 없었다. 그런데 누비 바늘이 있었다. 누비 바늘은 그녀가 어머니의 친딸이라는 사실을 증명해주었다. 그녀 자신에게 확인시켜주었다.

유일한 증거물인 누비 바늘을 손에 잡을 때마다 그녀는 그것이 자신의 운명을 통째로 집어삼키는 것 같았다. 어머니의 운명을 집어삼켰듯이 자신의 운명 또한.

그녀는 자신이 잘못 알고 있었다는 것을 깨달았다. 우물집에 돌아와 장롱을 정리하던 그녀는 천 쪼가리들을 보았다. 손바닥만 한 것부터 등짝만 한 것까지 다양한 천 쪼가리들에는 바늘땀이 떠져 있었다. 장롱 속에는 잔누비 배냇저고리와 잔누비 두루마기와 잔누비 저고리도 있었다. 그것들은 어머니가 지은 것이 아니었다. 금택이 어머니 모르게 지은 누비옷들이었다. 완성한 누비옷들을 그녀는 꼭꼭 숨겨두었다.

어머니가 들려준 누비 바늘이 금택의 손에서 달아나듯 미끄러져 떨어지던 순간을 그녀는 기억하고 있었다. 자꾸만 달아나는 누비 바늘을 그녀는 기어이 다시 자신의 손에 넣었다.

우물가를 덮은 이끼들을 화순은 내버려두었다. 이끼들이 풍기는 냄새가 우물집에 진동했다.

우물집 담을 뒤덮은 담쟁이 잎들은 붉게 물들었다. 30킬로대로 살이 내린 어머니의 몸은 바늘 같았다.

"화순은 어딜 갔니?"

"우물가에 있어요."

화순이 말했다.

"우물가에서 혼자 뭘 하니?"

"우물 속으로 날아든 두루미를 찾고 있어요."

"두루미?"

"두루미가 한 마리 우물 속으로 날아들었거든요. 어머니가 지은 누비저고리를 꼭 닮은 두루미가요……"

바늘은 찢긴 참새의 날개 위에 있어

우물집에는 세 여자가 살고 있었지만, 아무도 누비 바늘을 들지 않았다. 바느질을 하는 여자의 집에서는 아무도 바늘을 들지 않았다. 바늘땀을 뜨는 소리는 우물집 그 어디서도 떠돌지 않았다. 한때 세 여자의 손에 각각 누비 바늘이 들려 있던 적이 있었다. 세 여자가 바늘땀을 뜨는 소리가 우물집에 떠돌았던 적이 있었다. 금택이 한 땀을 뜰 때, 어머니는 세 땀을 떴고, 화순은 다섯 땀을 떴다.

금택이 말한 대로 어머니는 바늘을 까맣게 잊어버렸다. 어머니에게 바늘은 바늘을 넘어서는 그 무엇이 되었다. 바늘을 제외한 그 모든 것이 되었다. 화순은 어머니에게 바늘을 보여주면서 그것이 무엇인지 묻고는 했다. 금택은 어머니에게 바늘을 들이밀지 못했지만, 화순은 얼마든지 그렇게 할 수 있었다. 어머니는 어느 날은 빗이라고 했다가, 어느 날은 새라고 했다가, 어느 날은 지렁이라고 했다가, 어느 날은 소라고 했다. 그 어느 날은 고구마라고 했다. 바늘은 그렇게 어머니에게 바늘을 제외한 그 모든 것이 되었다. 살아오는 동안 어머니가 필요한 모든 것을 바늘로 구한 것을 생각하면 이상할 것도 없었다. 바느질하는 여자인 어머니가 바늘로 필요한 것들을 구하는 것은 어쩌면 당연했다.

화순의 손은 회복되지도, 더 악화되지도 않았다. 뒤틀린 손가락들은 제자리로 돌아오지 않았다. 그녀는 긴 휴전에 들어간 기분이었다. 숟가락을 잡는 것은 가능했지만, 바늘을 잡는 것은 가능하지 않았다. 옷 단추를 잠그고 푸는 것은 가능했지만, 바늘은 들고 바늘땀을 떠 넣는 것은 가능하지 않았다. 불가능한 것이 아니라 가능하지 않은 것이라고 화순은 생각했다. 불가능한 것과 가능하지 않은 것에는 미묘하고도 큰 차이가 있다고.

바늘의 무게가 화순은 천 근 같았다. 그녀에게 있어서, 세상에서 가장 작은 물건인 바늘이 가장 무거운 물건이 되었다. 그녀는 한 시간이고 두 시간이고 침묵 속에서 바늘을 들여다보고는 했다. 먹을 수도, 입을 수도, 땅에 심을 수도 없는 바늘을. 천지간에 바늘과 자신, 두 존재만 남겨진 듯.

그녀의 바늘은 찢긴 참새의 날개 같은 광목 조각 위에 놓여 있었다. 그녀가 우물집에 돌아오고 한 계절이 지난 어느 날 금택은 그녀에게, 그녀의 바늘이 어디에 있는지 알려주었다. 어디 있는지 물어보지도, 궁금해하지도, 찾지도 않았는데 알려주었다. 어릴 때 그녀는 자신이 바늘을 어디에 두었는지 금택에게 묻고는 했다. 그녀는 바늘을 아무 데나 놓아두었고, 어디에 놓아두었는지 깜박하고는 했다. 금택은 그때마다 그녀에게 바늘이 어디에 있는지 알려주었다. 바늘은 어김없이 금택이 있다는 곳에 있었다. 그녀는 그것이 신기하면서도 기분 나빴다. 자신의 바늘이 자신이 있으라고 한 곳에 있지 않고, 그녀가 있으라는 곳에 있는 것 같아서 싫었다. 금택이 있다고 한 곳에 바늘이 어김없이 있어서, 그녀는 어머니가 아니라 금택에게서 바늘을 받은 것 같은 착각마저 들 때가 있었다. 그래서 그녀는 가끔 시험 삼아 자신이 바늘을 어디에 두었는지 알고 있으면서도, 바늘이 어디에 있는지 금택에게 묻고는 했다. 그때마다 금택은 바늘이 어디에 있는지 정확히 알려주었다.

우물집 바느질하는 여자의 집에 살고 있는 세 여자의 손 중 온전한 손은 금택의 손뿐이었다. 그녀는 바늘을 유일하게 들 수 있었지만 들지 않았다. 그녀는 바늘을 드는 대신 바늘처럼 작고 가늘어진 어머니의 육체를 돌보았다. 어머니가 재숙의 제안을 받아들이는 것과 동시에 금택은 스스로 바늘을 놓았다. 화순은 그녀가 누비 바늘을 들지 않은 지 어느덧 여섯 해가 되어간다는 사실을 모르고 있었다. 금택은 누비 바늘을 잡지 않기 위해 자신의 손을 혹독하게 대했다. 자신의 손에 눈곱만치의 자비심도 베풀지 않았다. 그럼에도 불구하고 그녀의 손은 병들지 않았다. 망가지지 않았다. 금택은 바늘을 들지 않으면서, 바늘이 자신의 손에서 달아날지 모른다는 두려움에 사로잡혔다. 잃어버릴지 모른다는 두려움에, 어머니가 그것을 도로 거두어갈지 모른다는 두려움에.

어느 날, 화순은 금택에게 말했다.
"언니가 아니었으면 벌써 잃어버렸을 거야."
"뭘?"
"바늘."

어느 날, 금택은 화순에게 말했다.

"네가 아니었으면 벌써 놓아버렸을 거야."

"뭘?"

"바늘."

어느 날은 바느질하는 여자 이야기를 해주었다. 평생 남 옷만 짓느라 자신의 옷은 못 지어 입었다는 여자 이야기였다. 어머니가 그녀에게 자신이 지은 누비조끼를 주고 싶어 했지만 다시는 만날 수 없었다고. 그 여자 이야기를 들려주는 동안 금택은 어쩐지 지금 당장 정형외과 대기실에 가면 그녀를 만날 수 있을 것 같았다. 그 여자가 등나무 의자에 홀연히 앉아 있을 것 같았다. 닭이 깜박하고 떨어뜨리고 간 발 같은 손을 무릎 위에 얌전히 올려놓고. 닭이 발을 찾으러 올 때까지 언제까지나 그렇게 앉아 있을 것 같았다. 어머니가 선물한 누비조끼를 입고서. 어머니가 그 여자에게 끝끝내 누비조끼를 전하지 못했지만, 누비조끼를 선물한 것이나 마찬가지라고 금택은 생각했다. 언젠가 월성댁의 목에 노란 명주 누비목도리를 둘러주었듯, 그 여자에게 흰 양단 누비조끼를 입혀준 것이나 마찬가지라고.

화순이 우물집으로 돌아올 즈음 금택은 그렇게나 기다리던 월성댁의 소식을 겨우 들었다. 그녀는 정인한복에서 바느질품을 팔고 있다고 했다. 두 다리를 잃고 돌아온 그녀의 남편은 아직 살아 있다고 했다. 두 다리를 잃은 지 수십 년이 지났지만 밤마다 다리를 주물러 달라고 그녀를 들들 볶는다고 했다. 금택은 그녀가 복래한복 옛 주인과의 약속을 여전히 고집스럽게 지키고 있다는 생각이 들었다. 그녀가 진한복집에서 바느질품을 팔든, 천년한복집에서 바느질품을 팔든.

금택은 보름 더 전부터 화순에게 하고 싶었지만 차마 못하고 있던 말을 꺼냈다.

"어머니께 옷을 지어드리고 싶어."

"어떤 옷을?"

화순이 물었다.

"어머니가 지상에서 가장 마지막 날에 입으실 옷을."

"……"

"나 혼자서는 지을 수 없지만, 우리 둘이 지으면 지을 수 있을 것 같아."

화순은 대답하는 대신에 물었다.

"어머니가 죽은 사람의 옷도 지었다고 했지?"

며칠 뒤, 서쪽 방에 들었던 화순이 보자기를 들고 나왔다. 보자기를 펼쳐 보이면서 화순은 금택에게 물었다.

"이게 뭐지?"

"한산모시. 3년 묵은 한산모시 아홉 필."

"3년 묵은?"

화순이 물었다.

"모시는 삼은 지 3년이 지나야 제맛이 나는 옷을 지을 수 있다 지……"

마을 늙은 여자가 어머니에게 한산모시를 팔러 온 날이 까마득해 금택은 말끝을 흐렸다.

"누비저고리 한 벌 값을 주고 마을 여자로부터 이것을 사셨지. 몇 년이나 묵었는지 알 수 없는 한산모시가 어머니로 인해 3년 묵은 한산모시가 되었지. 10년이 지나도 여전히 3년 묵은 한산모시가 되었지, 백 년이 지나도 3년 묵은 한산모시가 되었지."

어머니에게 3년 묵은 한산모시를 판 마을 늙은 여자는 죽고 없었다.

"초록색 명주 한 필이 필요해."

화순이 말했다.

"……?"

"어머니 옷을 지으려면."

화순은 3년 묵은 한산모시를 금택 앞에 펼쳐둔 채 자리를 떴다. 어머니가 그렇게 했듯 금택은 보자기를 쌌다. 어느 날 보자기를 풀었을 때 삭을 대로 삭은 3년 묵은 한산모시가 나비 떼로 환생해 날아오를 것 같아서 보자기를 꼭 묶었다.

서쪽 방 아궁이 위 가마솥이 너덜너덜 찢긴 무명 같은 연기를 토했다. 금택은 연기가 가라앉기를 기다려 짚이 타고 남긴 재를 쓸어냈다. 짚을 뭉쳐 가마솥 안을 닦아준 뒤, 들기름 묻힌 무명으로 가마솥 안과 밖을 반질반질 윤기가 돌도록 문댔다.

금택은 멥쌀을 삭혀 풀을 쑤었다. 소가 만 번은 되새김질을 해 토한 것 같은 풀을 명주에 먹였다. 그녀는 풀을 입안에 머금고 분사해서 먹였다. 한나절을 꼬박 말린 명주를 차곡차곡 접어 다듬이질을 하는 동안에, 화순은 어머니의 몸 치수를 쟀다.

화순은 눈금이 우수수 떨어지고 없는 어머니의 자들로, 어머니의 몸 치수를 쟀다. 금택은 화순의 눈 속에도 눈금자가 있다는 것을 알아차렸다. 그녀 자신은 모르는 눈금자가 그녀의 눈 속에 있었다.

금택은 양파와 쪽으로, 푸새와 다듬이질을 끝낸 명주에 초록색을 냈다. 먼저 양파로 염색을 한 뒤 쪽 염색을 했다. 노란색을 남색이 덮으면서 초록색이 나왔다.

금택이 염색을 하는 동안 화순은 도면을 그렸다. 화순에게는 눈속 눈금자 말고도 앵두나무 자도 있었다. 그녀의 가늘고 뒤틀린 손가락들이 앵두나무 자였다. 하나하나가 다 앵두나무 자였다. 그녀에게는 모두 합쳐 열 개의 앵두나무 자가 있었다. 그녀는 한복 거리에서 가장 많은 앵두나무 자를 가지고 있던 복래한복 옛 주인보다도 많은 앵두나무 자를 가지고 있었다.

바늘을 잡은 손 · 셋

금택은 자신의 오른손을 더듬더듬 뻗었다. 죽은 새처럼 꼼짝 않고 있는 화순의 오른손을 덮었다. 손가락들을 벌려 그녀의 손을 슬그머니 끌어안았다. 화순은 움찔했지만 금택의 오른손에 붙들린 자신의 오른손을 빼지 않았다.

온기가 감도는 금택의 손과 달리 화순의 손은 얼음장 같았다. 금택은 화순의 손가락들 새새로 자신의 손가락들을 엇갈려 끼웠다. 화순의 구부러지고 틀어진 손가락이 자신의 손가락과 손가락 사이로 올라오는 순간 금택은 새 손가락이 살을 찢고 자라는 것 같은 기분이

들었다.

금택의 손바닥 온기가 화순의 손등에 온기를 감돌게 했다.

어느 순간 금택은 손가락들이 구별되지 않았다. 어느 것이 자신의 손가락인지, 어느 것이 화순의 손가락인지 그 구별이 모호해졌다. 열 개의 손가락이 전부 자신의 오른손에 달린 손가락 같았다. 단 한 개의 손가락도 예외 없이 자신의 손가락 같았다. 그와 동시에 열 개의 손가락이 전부 화순의 손가락 같았다. 열 개의 손가락은 그녀의 손가락인 동시에 화순의 손가락이었다.

금택은 아주 오래전부터 자신들의 손이 하나였던 것 같았다. 어머니가 처음 자신들에게 누비 바늘을 들려주던 그때 자신들의 손이 합일을 이룬 것 같았다. 둘에서 하나가 된 자신들의 손에 어머니가 세상에 단 하나뿐인 누비 바늘을 들려준 것 같았다.

"어머니가 우리를 부르시는 것 같아……"

"언니는 매번 어머니가 우리를 부르는 소리를 귀신같이 알아들었어."

"어머니가 언제나 우리를 부르시나 기다리고 있었거든, 언제나 우리를 부르시나……"

"그날은 나도 들었어."

"……?"

"어머니가 우리를 부르는 소리를 나도 들었지, 어머니가 언니하고 내게 바늘을 들려주던 그날……"

"그런데 왜?"

"그날따라 어머니가 우리를 연거푸 부르는데도 언니가 못 알아들었어. 언니가 못 알아들었으면 했어…… 어머니가 우리를 부르고 있다는 걸 언니가 몰랐으면 했어."

그날 금택은 자신만 들은 줄 알았다. 자매는 마루 기둥에 검정 고무줄 한쪽 끝을 붙들어 매고 고무줄놀이를 하고 있었다. 고무줄 한쪽 끝은 금택이 잡고 있었다. 월계화계수수목단금단토단일. 화순은 주문 같은 노래를 부르면서 폴짝폴짝 뛰었다. 마당에는 잠자리들이 낮게 날고 있었다. 장독대와 부엌 아궁이에는 빨간 쥐약이 뿌려져 있었다. 금강산 찾아가자 1만 2천 봉…… 화순은 노래를 바꾸어 부르면서 고무줄에 잘 걸리지 않았다. 잠자리들은 점점 더 낮게 날았다.

자매는 자신들의 포개어 잡은 두 손의 살과 살이, 뼈와 뼈가, 핏줄과 핏줄이 섞이는 것을 느꼈다.

포개어져 하나가 된 자매의 손이 바늘을 잡았다.

바늘을 놓치면 안 된다는 강박적인 불안이 금택의 뇌리를 스쳐 지나가는 순간, 바늘을 놓고 싶은 욕구가 화순의 목구멍에서 욕지기처럼 치밀었다. 불안과 욕구가 충돌하면서 맞대어진 금택의 손바닥과 화순의 손등이 들뜨고, 엇갈려 잡은 손가락들 새가 벌어졌다. 불안이 욕구를, 욕구가 불안을 억눌렀다.

두 개이자 하나인 자매의 손이 첫 바늘땀을 뜨는 소리가 떠돌았다.

녹원삼

초록빛이었다. 6월 하순의 풀들이 띠는, 독기가 한창 오르기 시작할 무렵의 초록빛이었다. 수덕이 가장 두려워하는 빛이기도 했다.

초록빛은 한 벌의 녹원삼이 되어 수덕의 눈앞에서 흔들리고 있었다. 녹원삼은 여자가 입는 옷들 중에 가장 크고 높은 옷이었다. 수덕은 여자들이 생을 마감하면 그런 옷을 입고 가장 좁고 낮은 곳으로 들어가 눕는다는 것이 이상했다.

그날, 수의점 허공에 걸려 있던 것도 녹원삼이었다.

그날은 쥐날이기도 했다.

그날 수덕은 시장에서 부령할매를 만났다. 그녀는 평소와 다르게 한복을 차려입고 있었다. 수덕은 부령할매가 무덤을 찾아가는 것만 같았다. 70년 동안 찾아가지 못했다는 무덤을 찾아가는 것 같았다.

"오늘은 내가 다녀올 데가 있으니 뱀날에 와."

"뱀날이 언젠데요?"

그녀가 물었다.

"바느질을 하려면 날을 꿰고 있어야지."

부령할매는 손가락을 짚었다.

"글피."

수덕은 부령할매의 말을 어기고 수의점으로 향했다. 녹원삼 너머에 사내가 있었다. 부령할매의 아들이 있었다. 수덕은 사내와 자신 사이에 한 벌의 원삼이 아니라 생과 사를 가르는 죽음이 놓여 있는 것 같았다. 죽음을 건너야만 사내에게 갈 수 있을 것 같았다.

수덕은 몸을 일으켰다. 녹원삼 소맷자락이 펄럭여 그녀의 머리를 쓰다듬듯 매만졌다. 닭 비린내가 미닫이 문턱을 넘어 수의점 방 안으로 들이쳤다.

한 생을 건너는 심정으로 수덕은 녹원삼 너머로 걸어 들어갔다.

쥐날에 금택을 가졌지. 바느질을 하지 않는 쥐날에…… 수덕은 한 생을 건너고 있었다.

감사의 말

한복에 대해, 특히 수의 짓는 법에 대해 세세히 가르쳐주신 한복전문가 엄숙희 선생님께 깊은 감사를 드립니다.

전통자수 기법에 대해 가르쳐주시고, 자료를 제공해주신 난곡 이숙자 선생님께 또한 깊은 감사를 드립니다.

바느질의 기본에 대해, 우리나라 전통 옷감에 대해 친절하게 가르쳐주신 경주 운정(耘情) 이미경 선생님께 특별한 감사를 드립니다.

『엄숙희 한복 소장전』(엄숙희 한복 펴냄), 『수자수공예실기』(이숙자 전통 자수연구실 펴냄), 『규방오방 색실과 천으로 잇는 천연 세상 규방공예』『누비 만들기』(김해자·유선희 펴냄)를 참고했음을 밝힙니다.